JN324900

媒介者としての国木田独歩

ヨーロッパから日本、そして朝鮮へ

丁 貴連
Jeong Gwiryun

翰林書房

媒介者としての国木田独歩――ヨーロッパから日本、そして朝鮮へ――◎目次

序章　朝鮮文壇と独歩——日本留学・ジャーナリズム・国語教育……9

第Ⅰ部

凡例

・韓国・朝鮮（人）についての表記は、基本的に朝鮮半島及びそこに住む人々を指す地域・民族名称として「朝鮮（人）」と総称し使用した。

・国号の表記については、一九四八年に大韓民国・朝鮮民主主義人民共和国が建国される以前は「朝鮮」と表記した。朝鮮（「李氏朝鮮」）の国号は一八九七年から一九一〇年までは大韓帝国である。

・朝鮮語からの引用は、特に断らない限り筆者の訳である。なお翻訳に際しては、できる限り原文の表現を尊重したが、一部においてはわかりやすさを考慮し、意訳したところもある。

・韓国・朝鮮の人名、地名などについては一部を除き、漢字、カタカナで表記した。

・「白痴」「支那」「内鮮」などの差別語は、資料の歴史性を考慮し、そのまま示した。

・書名・作品名、新聞・雑誌名には『　』を、記事・評論・エッセイ・論文には「　」を用いた。

・国木田独歩をはじめ李光洙、金東仁、田榮澤、廉想渉、金史良の作品は、断りのない限り、すべて初出の掲載誌（紙）およびその復刻に依拠した。引用に際しては、漢字を旧漢字から新字体へと適宜改めた。また、傍点・圏点・ルビなどは基本的に省くこととし、必要と思われる場合のみ付した。

・引用文中の（　）は筆者による補注である。

・年号は原則として西暦を採用し、適宜元号を略記して付した。

序章　朝鮮文壇と独歩――日本留学・ジャーナリズム・国語教育

1　東アジアの近代と日本留学

韓国近代文学史を一瞥すると、開化期に書かれた小説のほとんどが末広鉄腸や尾崎紅葉、徳冨蘆花、渡邊霞亭らの翻案[*1]であるばかりでなく、近代文学の基礎を作った李光洙や金東仁、朱耀翰、廉想渉、田榮澤らがいずれも日本への留学経験者であるばかりでなく、近代文学の基礎を作った李光洙や金東仁、朱耀翰、廉想渉、田榮澤らがいずれも日本への留学経験者であるという文学史的事実が浮かび上がってくる。これは、もっぱら西洋を見つめ、西洋近代文学の一方的な受信者であると考えられてきた日本近代文学が、実は、韓国近代文学の「起源」に深く関わっていたという事実を意味している。ただ残念ながら、日本や西洋、さらには韓国における近代文学研究者のほとんどは、日本の近代文学がヨーロッパ文学の圧倒的な影響の下で成立したという事実については関心を示しても、その日本の近代文学が韓国の近代文学に大きな影響を及ぼしていたという事実にはあまり関心を示していない。このような現状を私はかねてより物足りなく思っていた。そして、これまで、日本は西欧近代文学から多大な影響を受けて日本近代文学を作り上げたばかりでなく、韓国や中国、台湾の近代文学にも影響を及ぼしていたという事実を主張してきた。その過程の中で浮上したのが、国木田独歩の存在である。いったいなぜ韓国の近代文学者たちはこぞって独歩の作品を読み、その影響を受けていたのであろうか。

その理由の一つに、彼らの日本留学が挙げられる。十九世紀末、長い鎖国から開国に転じた朝鮮は周辺諸国に遅れを取るまいと急激に西洋文明の摂取を進めていった。しかし、朝鮮の開国が日本によって無理に推し進められたということもあって、朝鮮政府は文明開化に必要な諸知識を直接西洋からではなく日本を経由して得ねばならないという事情を抱えていた。自分たちよりもはるかに遅れた国と思っていた日本に大きく差をつけられてしまった朝鮮政府は、一八七六年、日朝修好条約以来朝鮮への影響力を着々と拡大していく日本に対して強い危機意識を抱きながらも、一方では短期間で制度や技術から教育・文化まで近代国家へと生まれ変わった日本に羡望の眼差しを送っていた。一部の先進的な知識人たちは、東アジアで唯一近代化に成功した日本に強い関心を示し、そのノウハウを学ぼうとする動きさえあった。[*2] このような時代の流れは、朝鮮政府をしてかつて見下していた日本に留学生たちを送り込ませた。しかし、何事にも段取り、順序があるように、初期の留学生達が日本の富国強兵に強い関心を示していたのに対して、日本の朝鮮支配が確実となった一九〇五年以降に日本に渡っていった留学生たちの関心はもっぱら思想や文学、文化などに向けられていた。

【表1】からも分かるように、朝鮮近代文学の基礎を作った文学者たちが日本に留学するようになったのは日露戦争が勃発した一九〇四年頃からである。つまり、最初の留学生が派遣されて二五年後のことである。この時期、日本に渡った留学生たちが文学など西欧文化に強い関心を示し、それを学ぼうとしたのは、言うまでもなく、日露戦争に勝利した日本が朝鮮を保護国にし、東アジアをめぐる国際情勢が大きく変動したからである。これにより、留学生の間には危機意識が広がった。そればかりか、かつて文明国であった朝鮮が、外国、しかも見下していた日本の支配を受けるようになった現実を受け入れることができない者も少なくなく、授業をボイコットしたり、留学を取り止めて帰国したりした。しかし、彼らはただ単に反発したわけではない。次の崔南善の回想からも分かるように、留学生の目に映った日露戦争直後の日本は国際情勢に影響を及ぼす、まさに今離陸したばかりの新興の帝国なのであった。

【表 1】 1881 年から 1919 年まで来日した朝鮮人留学生*[3]

年　度	総数	備　　考
1881年 2 月	3	「紳士遊覧団」の随員、兪吉濬と柳定秀は福沢諭吉の慶應義塾*[4]へ、尹致昊は中村正直の同人社に入学。
1881年10月	3	第 3 回修信使のうち 3 名、陸軍戸山学校に入学
1882	4	慶應義塾 2 名、東京専門学校 2 名*[5]、横須賀造船所 1 名、造韆所に 1 名入学
1883	44	慶應義塾*[6]に入塾した 44 名の官費留学生から陸軍戸山学校・横浜税関・通信省等に入学。
1884	—	「甲申政変」の失敗により、しばらく留学生派遣中断
1894	—	「日清戦争」勃発
1895	200	「甲午改革」。「朝鮮政府委託留学生」191 名が慶應義塾に入塾、早稲田大学には 16 余名が入学
1896	—	官費留学生から陸軍士官学校に 11 名入学
1897	310	官費留学生 64 名が成城学校、東京法科学院、東京工業学校、陸軍士官学校などに入学。
1898	163	官費留学生から陸軍士官学校に 21 名入学
1899	158	
1900	148	李人植、官費留学生として渡日
1901	—	
1902	152	官費留学生から陸軍士官学校に 8 名入学
1903	185	朝鮮政府、官費留学生に対して全員帰国するよう訓令を出す。
1904	260	「日露戦争」勃発。「皇室特派留学生」50 名が東京府立第一中学及び順天中学・早稲田実業学校に入学。崔南善、東京府立第一中学校特設韓国委託生科入学
1905	449	私費留学生激増*[7]　李光洙、洪命憙渡日
1906	583	日本留学生関西団体『太極学報』を発行。崔南善早稲田大学に入学、李光洙再渡日。李人植、新小説『血と涙』発表
1907	735	在日本東京大韓留学生会機関誌『大韓留学生会学報』発行。李光洙（明治学院普通部*[8]）、洪命憙（大成中学校）入学
1908	805	崔南善、朝鮮初総合雑誌『少年』創刊
1909	886	在日本大韓留学生会機関誌『大韓興学報』発行。高羲東、日本美術学校入学
1910	600	「日韓併合」
1911	542	
1912	560	朱耀翰（明治学院中等部）、田榮澤（青山学院中等部）、呉相淳（同志社大学）に入学
1913	537	廉想渉（京都府立中学）、金岸曙（慶應義塾大学）、羅蕙錫（女子美術学校）、金明淳（麹町女学校）に入学
1914	518	金東仁、東京学院中等部編入学。崔南善『青春』を発刊。
1915	607	李光洙再渡日し、早稲田大学入学。金東仁、明治学院中等部編入学
1916	574	玄鎮健来日、正則予備学校
1917	658	玄鎮健、成城中学校三年生編入学。李光洙、朝鮮初近代長編小説『無情』発表。金永郎、慶應義塾に入学
1918	769	廉想渉（慶應義塾大学）、金一葉（日新女学校）入学
1919	678	三・一独立運動、金東仁たち朝鮮初同人文芸雑誌『創造』創刊。朝鮮初の散文詩「プルノリ（火祭り）」（朱耀翰）発表

十五歳の秋に日本に渡って、その出版界が我国より盛大なのに驚愕した。ちょっと足を書店に踏み入れれば、定期刊行物にしろ臨時刊行物にしろ見たことがない物ばかりだし、それらの内容に対しても外見に対しても、少しでも批評できる知見が私には無かった。そんな私は、ただただ多大だ、宏壮だ、璀璨だ、芬馥だ、一言で言えば、とてつもない、という感が沸くばかりだった。私は何に対しても何を見る時も、つい我国の事物に比較して、あるひとつの思いに至るのが常だったが、この時も、まずその前に頭を垂れ、それから溜息をつき、でも終いまでつききらずに、拳を握り、同時に必ず「いつか自分達だって」と、あてがあるわけでない空望をギュット抱いて自らを慰めたのだった。（中略）ひたすら数年間、韓国に帰ってすぐまた日本に行ったその間中、日本と韓国との様々な物を見ながら、じっと心を痛め、世に出る勇気を培うばかりだったのだ。[*9]

日本との圧倒的な文明の差を認識させられた留学生たちは、亡国の危機から国を救い、国権を回復するには形だけの「文明開化」から、「文明開化」の精神を学ばねばならないと強く思うようになったのである。そこで留学生たちは、それまで親睦会に過ぎなかった大小の留学生団体を統一して大韓留学生会（一九〇六）を結成して国策補償運動への呼応や抗日義兵将崔益鉉の追悼会の開催など反日運動を展開する傍ら、『太極学報』（一九〇六年六月—一九〇八年一一月）をはじめ『大韓留学生会会報』（一九〇七年三月—五月）、『大韓学会月報』（一九〇八年二月—一一月）、『大韓興学報』（一九〇九年三月—一九一〇年五月）といった機関誌を発行して民衆の啓蒙に乗り出した。[*10]その数五〇余冊とも言われる。『太極学報』をはじめとするこれらの雑誌の目次には、国権回復と愛国、教育、旧習打破、家庭教育、女性教育などを訴える評論のほかに哲学、歴史、心理学、物理、科学、農業などの学術の紹介、詩（主として漢詩）、小説、エッセイなど文芸作品と翻訳など、さまざまな記事が掲載されている。[*11]いずれの雑誌も新教育の必要と普及を強く主張しているところに、留学生たちの危機意識が見て取れるが、これらの留学生雑誌が当時朝鮮で展開されていた「愛国文化啓蒙運動」[*12]の一翼を担っていたのはよく知られた事実である。

ところが、留学生雑誌に掲載された詩や小説、エッセイといった文芸作品の大半は当時、日本文壇を席巻していた自然主義をはじめとする新しい文学ではなく、異国に学ぶ学生の心境や望郷の思いを歌った漢詩や時調、民謡といった朝鮮の古典文学ばかりであった。つまり、文明開化の精神を紹介すべく雑誌を作った留学生たちの心を癒してくれたものは、自然主義など新しい文学ではなく、慣れ親しんでいた伝統文学の世界だったのである。これは、文明開化が進められていく過程において、文学など人の心に関わるものの受容が、制度や工業技術といった社会の根幹をなすものに比べてどうしても時間がかかるということをいみじくも表していると言える。

しかし、だからといって、すべての留学生が新しい文学にまったく関心を示さなかったわけではない。例えば、一九〇四年、初の皇室派遣留学生として東京府立第一中学校に入学した崔南善は、留学生のための特設クラスで学んだ唱歌に深い関心を示し、朝鮮初の唱歌「京釜鉄道」(一九〇八)を執筆している。また、一九〇七年に明治学院に入学した李光洙が、国語の授業で学んだ島崎藤村や田山花袋、夏目漱石、国木田独歩など日本の近代文学は無論、当時日本語に翻訳・紹介されていたトルストイやバイロン、イプセンなど西洋の文学作品を手当たりしだい読んだ結果、朝鮮初の近代小説『無情』(一九一七)を執筆して文壇を震撼させたのはよく知られた事実である。とりわけ、崔南善が留学を取り止めて帰国する際に購入した印刷機で「新文館」という出版社を作り、朝鮮初の近代雑誌『少年』(一九〇八)をはじめ『赤いチョゴリ』(一九一二)『子供の見る本』(一九一三)『青春』(一九一四)など、青少年児童向け雑誌を発行して若者の啓蒙と新文化の普及に努めた功績は強調し切れないほどである。

そして、これらの雑誌を読んで日本や西欧の新しい文化に強い関心を持ち、日本に渡ったのがほかでもない、一九一〇年代に渡日した朱耀翰や田榮澤、金東仁、廉想渉である。彼らは日露戦争の最中に来日し、保護条約に反発・抗議することに忙殺され、学問に専念できるような状況ではなかった者たちとは異なり、一九一〇年代の日本の文学界や思想界、美術界、宗教界の動きに強い関心を示し、影響を強く受けていた。一九一〇年頃の日本文壇といえば、社会に対する自我の目覚めとその苦悩を描く自然主義から、強烈な自己主張、自己肯定の作品を生み出す白樺派に至るまで文学的に非常に円熟していた。それゆえ、小学校を終えたばかりの留学生たちが簡単に読めるようなレベルではなかったのであるが、それでも留学生たちの関心を強く引く作家がいた。それこそが、「鹿狩」（一八九八）、「画の悲み」（一九〇二）、「少年の悲哀」（一九〇二）、「馬上の友」（一九〇三）、「非凡なる凡人」（一九〇三）、「春の鳥」（一九〇四）といった幼少年時代を追憶する作品を多く執筆した国木田独歩なのである。

2　一九一〇年代の日本文壇と独歩ブーム、そして留学生

独歩は、一九〇八年六月に肺結核で死亡しているので留学生たちが本格的に来日する一九一〇年代にはすでに過去の人である。それにもかかわらず、彼の作品は一九一〇年代に来日した留学生の間で最もよく読まれ、かつ親しまれていたのである。いったいなぜ彼らは漱石や藤村、花袋ではなく独歩の作品を読んでいたのだろうか。滝藤満義氏の次の指摘は示唆に富む。

独歩は長らく不遇の作家であった。従って彼は、第三作品集『独歩集』（明治38・7）出版にあたり、巻頭に「予の作物と人気」と題する小文を付し、自分の小説の不人気をかこざるを得なかったが、皮肉にも、この『独歩集』出版を契機に、彼の作品は文壇に受け入れられ始めたのである。それは長らく文壇の牛耳を執って来た硯友社派が、尾崎紅葉の死（明治36・10）あたりを契機に後退し、代わって欧州の自然主義に影響を受けたリアリズムの文学が、文壇を席巻しはじめたためであった。このような気運の中で、独歩の作品は自然主義の先駆

的な作品と目され、彼は自然派隆盛の象徴的な存在に祭り上げられたのであった。かつて一度も自ら自然主義を主張したこともなく、また一度も積極的に欧州の自然主義を研究することなく創作に従ってきた独歩は、当然この処遇に違和感を覚え、げんに彼は自分が自然主義者ではないことを最後まで言い続けたのであるが、しかし迎える側は彼のとまどいなどには頓着しなかった。何故なら、独歩の長い不遇は、彼ら自身のそれの象徴と受け止められたし、そしてやっと日の目を見た時には死病にむしばまれていたというような独歩の悲惨さには、自分たちの身代りを読み取っていたからである。明治四十一年二月四日の南湖院入院以来、独歩の病状は新聞や雑誌に細かく報じられ、茅ヶ崎詣での文壇人はますます数を増して行った。そしてその挙句の死であった。『新潮』に限らず、外に『新声』(第二次)『趣味』『中央公論』『新小説』もそれぞれに追悼号を組んだ。これはかつて紅葉の死においても見られなかった、空前の特集号ラッシュであったのである。*13

長い引用をしたのは、留学生たちが本格的に来日していた一九一〇年前後から、独歩はきわめて名高い作家だったことを示したかったからである。この引用でも明らかなように、長い間不遇だった独歩は、自然主義時代に入ってようやく文壇に受け入れられ、死ぬ直前には「自然派隆盛の象徴的存在」として絶大な人気を誇っていた。死後もその人気は一向に収まる気配がないばかりか、文壇を挙げての独歩ブームといった雰囲気にまでなった。「かつて紅葉の死においても見られなかった」、この異常とも言える独歩ブームの背景には、自然主義の台頭という日本文壇の事情が関わってはいるが、ともかく朝鮮や中国、台湾などから来日した留学生たちはこの独歩ブームに遭遇したのである。留学生達は好むと好まざるとに関わらず、独歩の病状を伝える新聞記事や独歩の死を追悼するために組まれた雑誌、あるいは国語教科書を通じて自然主義の先駆者としての独歩の存在を知り、やがてその作風に感化されていったのである。

注目すべきは、留学生たちが次々と来日するようになった一九〇八年頃から独歩の作品が中学校の国語教科書に掲載されはじめたことだ。[*14] 最初に掲載された作品は無論、「武蔵野」[*15]（坪内雄蔵編『中学新読本』（明治図書、一九〇八年）である。以後、昭和初期まで「日の出」「非凡なる凡人」「忘れえぬ人々」「空知川の岸辺」「春の鳥」「馬上の友」「画の悲み」「牛肉と馬鈴薯」「泣き笑ひ」「初孫」「たき火」「山林に自由存す」「都の友へ」などの作品が掲載されている。最も留学生の多かった一九〇八年から一九二七年までの間はほぼ毎年、五五の出版社から出された一〇八種の国語の教科書（うち高等女学校は三〇出版社から六〇種）に独歩の作品が掲載されていた。[*16] それゆえ、独歩は日本の中学生は言うまでもなく、朝鮮や中国から来日した留学生の間でも比較的読まれるようになっていたのである。

例えば、日本留学帰りの魯迅と周作人は一九二三年六月、国木田独歩、夏目漱石、森鷗外、鈴木三重吉、武者小路実篤、有島武郎、長与善郎、志賀直哉、千家元麿、江馬修、江口渙、菊池寛、芥川龍之介、佐藤春夫、加藤武雄の十五人の作品三十編を中国語に翻訳し、上海の商務印書館から『現代日本小説集』[*17] として出版している。この翻訳書は芥川龍之介に注目され、日本でも高く評価されたが、そこに独歩の「少年の悲哀」と「巡査」が収められているのである。魯迅と周作人は、独歩が文壇に受け入れられ始めた一九〇二年頃から独歩ブームが絶頂期に達した一九一二年まで日本に留学していたが、この時の体験が『現代日本小説集』の作品選びに反映されていたことは言うまでもない。

現代と違って書籍の少なかった時代の教科書、特に中学校の国語教科書は一冊の小説集ともいうべきもので[*18]、中学生たちがそこに載っている作品を読んで受ける感動や影響は今日では想像もつかないくらい大きなものがあったと思われる。生涯、独歩研究に打ち込んだ中島健蔵は、独歩の作品に初めて触れたときの感動を「わたくしにとって決定的であった。まだ固まり切らない心に、刻印を押しつけられたようなものであった」[*19] と語っているが、彼が独歩と出会ったのは他でもない中学校の国語の時間なのである。

中学校の三年ぐらいの時であった。学校の教科書に『武蔵野』の一部が出ていた。ちょうどそのころ、わたくしは、今の上馬、当時の上馬引沢に住んでいたのだが、まだ、全くの田園で、『武蔵野』に書かれているような風景が、そっくり残っていたのである。教室で、『武蔵野』にぶつかった時、わたくしは、思わず息をつめた。そして、先生のことばなどは全く耳にはいらず、ひとりで、読みふけってしまった。それからしばらく後に、どこかへ遠足に行った時、一人の級友が、『牛肉と馬鈴薯』を持っていた。(中略)わたくしはそれを借りて、汽車の中で読みはじめたが、今度こそ、根こそぎやられてしまった。つまり、ぴたりときたのである。わたくしは、あわてふためいて、翌日、さっそく本屋へ行って、そのころ出はじめた独歩の全集の縮刷版を買ってきた。それをポケットに入れて、読みに読んだのである。[20]

ここには、当時中学校三年生だった中島健蔵が国語教科書に載っている独歩の作品に深く共感し、そこから独歩への関心を広げ、当時出たばかりの独歩の『全集』を購入して読みふける様子がありありと描かれている。以後、中島が独歩研究者になったことはよく知られた事実であるが、国語の授業に習っていた教科書から文学の世界に飛び込んだのは彼だけではない。戦後文学の理論的支柱を形成したとされる文芸評論家平野謙も、「年少のころ、『武蔵野』の自然描写などに導かれて、文学の世界に踏み込んできた人は少なくあるまい」[21]と言っているほど、明治から大正、昭和にかけて教科書を通じて独歩を読み、そこから文学に開眼したり、あるいは独歩に強い関心を抱いたりした文学者は数多く見受けられる。[22]実は、朝鮮の留学生たちも中学校の国語教科書に掲載されていた独歩の作品がきっかけで文学に目覚めていったのであり、その先駆的な存在が李光洙である。

3　李光洙の啓蒙文学と独歩の「少年もの」

李光洙は、一九〇五年から六年まで日本語学校で学び、一九〇七年から一九一〇年までが明治学院中等部時代、そして一九一五年から一七年までが早稲田大学時代と、通算八年間日本に留学しているが、独歩との出会いは明治学院に在学中であった。

東京へ行ってようやく新文学に接することができました。最初に読んだ作品が何だったのかはよく覚えていませんが、国木田独歩、夏目漱石、バイロン、島崎藤村、田山花袋、トルストイ、木下尚江、これらの人たちのものを読みました。

「多難たる半生の途程」（『朝光』一九三六年四月〜六月、拙訳以下同）

これは、日本から帰国した李光洙が留学時代を振りかえって綴ったエッセイの中の一文である。後で詳しく述べるように、李光洙は日本留学時代を振り返るたびに必ず独歩に触れ、自分は生涯独歩を読んでいたと語っている。彼は、具体的に独歩のどのような作品を読んでいたのかについては言及していないが、かなり幅広く読んでいたと思われる。次の文がそれを明白に示している。

「熱沙漠々のサハラを旅する人も節々は甘き泉湧き涼き木蔭青きオーシスに出遭ひて死ぬ計りなる疲を休むる由あれど人生れ落ちて死の墓に至るまでの旅路には唯一度恋てふ真清水を掬み得て暫時は永久の天を夢むと雖も忽ち醒めて又其淋しき行程に上がらざるを得ず斯くて墓の暗き内に達するまで第二のオーシスに出逢ふこ

となく、ただ空しく地平線下に沈み了せぬる彼の真清水を懐ふのみ、果敢なきものならずや。*23」

一九一〇年一月三日、明治学院中等部の卒業を控えた李光洙は、独歩の作品の一部（作品名は明記していないが、筆者の調べたところ、一八九七年一一月頃に執筆された「一句一節一章録」の中の「八日条」である）を朝鮮語に訳した。そして、これがその原文である。発表当初はほとんど注目されることのなかったこの小品を、李光洙が敢えて朝鮮語に訳していたということからも、彼が如何に独歩の作品を愛読していたのかが窺える。

【図 1】 朝鮮人留学生が多く在学していた明治学院中等部の1920 年頃の正門*24

ただし、李光洙が明治学院に通っていた一九〇七年から一九一〇年までの間は、自然主義文学の先駆者として独歩の名声が極めて高かった時期である。しかしながら、李光洙が関心を示し、読んでいたと思われる独歩の作品は、自然主義の代表作品と目された晩年の「窮死」や「竹の木戸」「二老人」などではなく、中学校の国語教科書に掲載されていた「日の出」「非凡なる凡人」「忘れえぬ人々」「空知川の岸辺」「春の鳥」「画の悲み」「牛肉と馬鈴薯」といった初期と中期の作品である。李光洙の留学時代の回想文からも推測されるように、彼自身は、当時一世を風靡していた自然主義に関心を示し、島崎藤村の『破戒』（一九〇六）や田山花袋の『蒲団』（一九〇七）なども読むことは読んでいたのだが、それにより自然主義への関心が深まったわけではない。むしろ、彼の関心は、次第にアンチ自然主義、たとえば木下尚江や夏目漱石、トルストイ、バイロンなどの作品に注がれていった。彼が、いわゆるアンチ自然主義作品を読むようになった背景には一足先に留学していた洪命憙の影響が指摘されている。[*25] 確かに、李光洙自身も留学中に読んだほとんどの書物は洪命憙の手から渡されたものだとか、あるいは洪命憙が勧めてくれたものだと告白しているので、読書に関しては洪命憙の影響を受けていたことは間違いないが、果たしてそれだけなのだろうか。筆者は、李光洙が花袋や藤村など日本の自然主義作家の作品にあまり関心を示さなかったのは、当時の日本の文壇における自然主義文学の方向性にその原因があると思う。なぜなら、一九〇七年に田山花袋の『蒲団』が発表されて以来、日本の文壇では社会や他人と自分を比べて相対的に自分を見つめるというよりも、作家自身の私生活(特に性欲)を露骨に、そして無批判・無反省に描く告白形式の文学が主流となっていたからである。

その頃の李光洙はといえば、日本に渡って日本と朝鮮の間の文明の格差に圧倒されながらも、そのような差を生んだ背景を知ろうという自覚から民族意識に目覚め、「文筆家として民族の発展に寄与する道」を歩み始めていた。つまり、民族意識を高く掲げて文学活動を行おうとしていた李光洙にとって田山花袋流の自然主義文学は違和感があり、相容れなかったのである。だが、独歩の作品は違っていた。自然主義の先駆者として文壇の脚光を浴びているにもかかわらず、その作品世界にはカーライルやワーズワース、ツルゲーネフら外国文学を愛読し、キリスト教の洗礼を受けることによって生み出された「シンセリティー」や「驚異」といった独自の宗教観と自然観、文学観が流れていた。日本の自然主義文学に共感できずトルストイやバイロンなどを読んでいた李光洙が独歩文学に強く惹かれていったことは容易に想像がつくのである。

また、李光洙は啓蒙主義を高く掲げて文学活動を行う、いわゆる自他ともに認める啓蒙文学者だった。それゆえ独歩文学を受容する際にも、社会的弱者の平凡な人生を悠久なる自然の中に捉えようとする独歩文学の本質を理解するのではなく、啓蒙的な視点で捉えようとするきらいがあった。例えば、「からゆきさん」として朝鮮に流れていく下層社会の女とその女を気遣う少年との出会いと別れを、悠久なる自然と対比させ、やるせない悲哀を描き出した「少年の悲哀」に影響されて執筆した同名小説「少年の悲哀」(一九一七)は、少年から大人へと成長する無垢なる少年の精神世界を描きつつも、李光洙自身の強い啓蒙意識が災いして古い結婚制度を批判する作品になってしまったのである。同様に、女に背かれた男の切ない気持ちを一人称で告白した「おとづれ」に影響されて執筆した「幼き友へ」(一九一七)は、自由な男女交際と結婚の実践こそが朝鮮社会を封建的な因習から救い出すことができるという朝鮮社会に近代化を迫る作品になってしまっている。これは啓蒙文学者としての李光洙の限界であり、悲劇といわざるを得ない。従って、独歩文学の本質を理解し、さらにそれを越える作品が現われるためには、李光洙の啓蒙文学を徹底的に否定する『創造』派の出現を待たねばならなかった。

4 『創造』派の文学運動と独歩の一人称小説

一九一九年二月、日本に留学中の金東仁(川端画学校)、朱耀翰(第一高等学校)、田榮澤(青山学院大学)、金煥(東京帝国大学)、崔承萬(東京官立外国語学校)ら仲間五人が文学同人雑誌『創造』を創刊したのを皮切りに、『廃墟』(一九二〇)、『薔薇村』(一九二一)、『白潮』(一九二二)、『金星』(一九二三)といった同人誌が相次ぎ創刊された。まさに文壇を挙げての同人誌ブームが巻き起こったのだが、この時期、朝鮮近代文学史を塗り替える画期的な文学雑誌が次々と創刊された要因として、李光洙の啓蒙文学への反発が指摘できる。

『創造』をはじめとする文芸同人誌が創刊されはじめた一九一九年は、日本に併合されて一〇年目を迎える節目の年である。周知のごとく、朝鮮を併合した日本は水も漏らさぬといわれた憲兵警察政治を実施し、民衆の日常生活に至るまで軍事支配の網の目を張るなど、過酷な植民地政策を展開した。人々の生活は急変し、中でも一九一〇

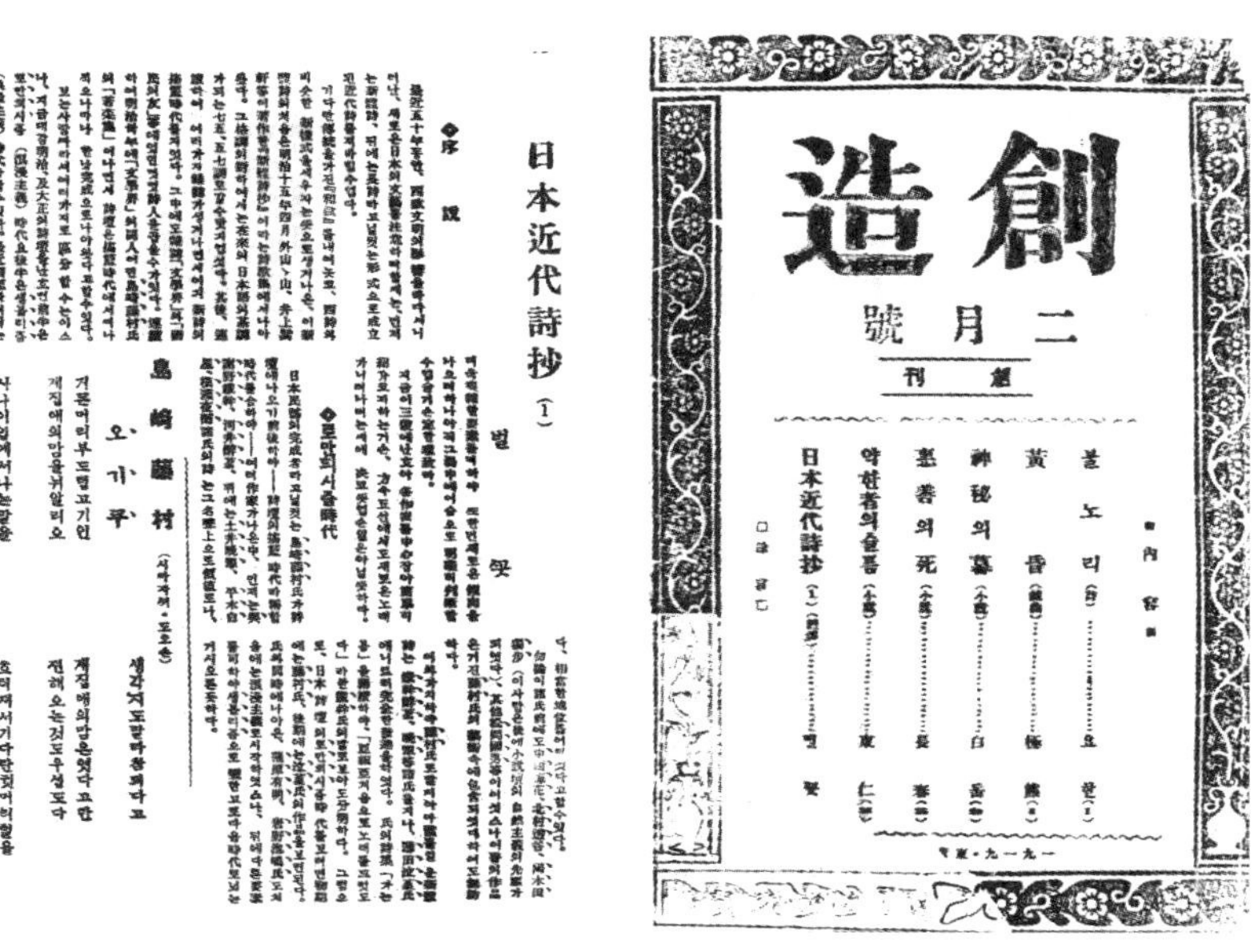

創造

二月號

創刊

■內容■

불노리（詩）……요한

黃香（戲曲）……極熊

神秘의幕（小說）……白岳

惡魔의死（小說）……長春

약한者의슬픔（小說）……東仁

日本近代詩抄（1）（翻譯）……벌꽃

一九一九・東京

日本近代詩抄（1）

벌꽃

◇序說

島崎藤村

【図2】『創造』創刊号表紙 1919年2月

【図3】『創造』創刊号に掲載された朱耀翰の「日本近代詩抄（1）」

年から一九一八年にかけて行われた土地調査事業は民衆の暮らしを一層悪化させた。土地調査事業は、建前は近代的土地制度による土地所有権の確立がその目的であったが、実際は土地収奪を強化するためであった。調査が終了した一九一八年頃には朝鮮農民の七割が小作農に転落し、土地を奪われた農民たちは住み慣れた故郷を捨てて満州やシベリア、日本などへと移住を余儀なくされるなど、人々は精神的にも物質的にも追い詰められていった。しかし、当時文壇をリードしていた李光洙はそうした社会の動きを顧みず、相も変わらず人々を教化し、改造しようとする啓蒙主義的な作品ばかりを描いていたのである。そんな李光洙文学に不満を抱いていた留学生を中心に、一九一九年頃から新しい文学運動が巻き起こったが、『創造』はその先駆的な存在である。

注目すべきは、『創造』の同人たちも李光洙と同じく独歩を読み、その影響を強く受けていたことである。しかし、彼らは李光洙と違い、自然主義の先駆者としての独歩に強い関心を示していた。朱耀翰は『創造』創刊号に島崎藤村を始め土井晩翠、薄田泣菫、蒲原有明、岩野泡鳴、北原白秋、三木露風らの日本の近代詩を翻訳紹介する「日本近代詩抄（1）」を掲載し、その冒頭で独歩を次のように紹介している。

> 日本民謡の完成者といわれる島崎藤村が詩壇に登場する前後――詩壇の揺籃期も含めて――様々な作家が登場して来る中、与謝野鉄幹、河井酔茗、土井晩翠と平永白星、横瀬夜雨らの詩はその名声からしても価値からしても相当な地位を得ていた。
> もちろん彼らの前にも中西梅花、北村透谷、国木田独歩（この人は後に自然主義の先駆者となった）、そのほか松岡国男などがいた。[*26]（傍線は筆者、拙訳）

日本の近代詩を翻訳紹介する場において、わざわざ独歩を日本の自然主義の先駆者と紹介しているところに、『創造』派が目指した文学が如何なるものなのかが見て取れる。

しかしながら、『創造』が刊行されていた一九一九年前後の日本文壇は、島崎藤村や岩野泡鳴、徳田秋声たちが個々に作品活動を続けてはいるものの、自然主義そのものはすっかり影を潜め、その代わりに耽美な世界をひたすら追求する耽美派やヒューマニズムに基づく楽観的な理想主義を掲げる白樺派、人間と社会を、感情に流されず理知的な立場で鋭くとらえる新現実主義派が主流となっていた時期であった。それゆえに朱耀翰をはじめとする同人たちもそうした日本文壇の動きに関心を示し、独歩の他に夏目漱石や島崎藤村、谷崎潤一郎、芥川龍之介、菊池寛、有島武郎などの作品を読んでいた。次の文は、同人の一人の田榮澤が『創造』創刊当時のことを回想したものであるが、これによれば、田榮澤は青山学院中等部在学中に日本文学の巨匠である漱石は無論、自然主義の先駆者として知られる独歩の作品を読んでいるだけではなく、自然主義にとって代わって文壇の主流となった白樺派の作品をも読んでいたことが分かる。

日本に行って、中学校ではアンデルセンの作品を面白く読んだ。日本人作家のものとしては、夏目漱石と国木田独歩、有島武郎のものをよく読んだ。そのほかの外国のものとしては、シェクスピア、ゲーテ、トルストイ、とりわけチェーホフとアンドレプのものを愛読した。（中略）素晴らしい西洋文学に目覚め、当時非常な勢いで隆盛していた日本の文壇に対し、なかでもとりわけ夏目漱石や有島武郎などの文学に対しては羨望の思いを禁じ得なかった。*27（拙訳）

田榮澤だけではない。金東仁は白樺派の中でもとりわけ有島武郎を愛読し、『創造』の第三号に掲載した小説「心薄き者よ」（一九二〇）の中では有島武郎の「宣言」（一九一五）について言及しているばかりでなく、一九二〇年九月には有島武郎の『死とその前後』（一九一七）の一部を翻訳紹介している。また、東京帝国大学法学部に在学していた朴錫胤は、有島武郎の「小さき者へ」（一九一八）の全文を『創造』第八号に翻訳掲載するなど、一九一〇年代に日本に留学していた留学生の間では有島武郎を始めとする同時代の日本の文学者の作品が広く読まれていた。

しかしその一方で、『創造』の同人たちはすでに全盛期が過ぎた自然主義文学にも深い関心を示し、その紹介にも力を入れていた。まず、創刊号で「自然主義」「リアリズム」*28という文芸用語が朝鮮近代文学史上はじめて用いられたのを皮切りに、第三号では、ロシアを代表するリアリズム作家、ドストエフスキーの生涯と作品を紹介した「露国文豪ドストエフスキーと彼の『罪と罰』*29」という評論を掲載し、ドストエフスキーは「一層深く、一層痛切に人心の不安や人生の苦悶を描いているところは、まさに近代文学界の先駆というべきでしょう」と、心理描写に優れた作家であると指摘し、それが最もよく書き表されているのが『罪と罰』であると、そのあらすじを詳細に紹介して、ドストエフスキーへの理解を促している。第四号では、十九世紀末のヨーロッパでフランスを中心に起こった自然主義の起源と概念、そしてゾラやイプセン、ツルゲーネフといった作家について論じた評論「文芸に関する雑談」[*30]を掲載し、尚古主義（Classicism）から浪漫主義（Romanticism）、自然主義（Naturalism）へと展開していった西欧の文芸思潮を詳細に紹介している。第七号では、同人の作品を批評した朱耀翰の「長江の魚区にて」というエッセイを掲載し、田榮澤をはじめとする『創造』の同人たちの作品が未だに近代文学のあるべき姿を描いていないと指摘し、

> 読者をして主人公と同じ世界に住まわせ、主人公の人格に共鳴させるためにはどこまでも冷静な態度でモデルの肉体を観察する、いわゆる画家の心を持たねばなりません。「あるがまま」に描く写実主義運動、これは朝鮮の芸術家なら一度は通過せねばならぬ重要な道の一つであるかと思います。[*31]（拙訳）

と、もっと自然主義の手法を取り入れるべきであると主張している。さらに、第八号と終刊号の第九号では十九世紀のフランスとロシアの自然主義の大家と言われるモーパッサンとツルゲーネフの作品、「孤独」と「密会」を翻訳掲載している。

このように見てくると、『創造』の同人たちはグループを挙げて、フランスを中心に一大ブームとなった自然主義の紹介に取り組んだわけであるが、無論、同人たちは単に自然主義の概念や理論などを紹介していただけではない。彼らは自然主義手法を取り入れた作品を積極的に執筆し、啓蒙文学が幅を利かせる一九一〇年代後半の朝鮮文壇に新しい風を吹きこんだのである。

しかしながら、一九一〇年代当時、日本に留学していた『創造』の同人たちは自然主義を中心に据えた新しい文学を生み出したいという意欲に溢れてはいたものの、中等部を卒業したばかりの留学生の彼らには、肝心の作品を生み出す力が欠けていた。そこで、同人たちは日本の自然主義を確立したと評される島崎藤村の『破戒』（一九〇六）をはじめ日本語に訳された西欧文学から見本となるものを探したが、ゾラやモーパッサン、ツルゲーネフなど西欧の自然主義文学はともかく、「家」や「父の権威」からの解放を目指す日本の自然主義文学は決して読みやすいものではなかった。何よりも、田山花袋の『蒲団』（一九〇七）以来、作家自身の私生活（特に性欲）を赤裸々に暴露する日本の自然主義の動きにはあまり感心しなかった。そんな彼らが注目し、創作の手本としたのが留学以来、その読みやすさと親しみやすいところから愛読していた独歩の小説なのであった。

留学生たちが次々と日本にやって来た一九一〇年代当時、独歩が自然主義の先駆者としてきわめて名声が高かったことは前述の通りである。『創造』の同人たちも創刊号に独歩を「この人は後に日本の小説界の自然主義の先駆者となった」と紹介するなど、自然主義文学者としての独歩に関心を示したが、当時の『創造』の同人たちが理解していた自然主義文学は、ただ事実を美化せず、ありのままに描くという程度のものであった。それゆえ彼らは、「窮死」「竹の木戸」のような自然主義の代表的作品と評価されたものよりも、それまで朝鮮文学では描かれたことのない形式の一人称小説、例えば「おとづれ」「少年の悲哀」「画の悲み」「馬上の友」「春の鳥」「女難」「運命論者」などに深い関心を示した。

一人称小説とは、〈私〉という一人称の語り手が自分の過去や経験、あるいは見聞したことを語る形式を指す。近代の始まる十八世紀頃からドイツを中心に登場し始め、十九世紀初頭には西欧近代文学を代表する叙述形式となったが、留学先の日本で初めてこの形式に接した『創造』の同人たちは、これこそ自分たちが目指していた新しい文学、つまり現実や人生を理想化せず、ありのままに描く文学スタイルにふさわしい形式と信じて疑わなかった。

その結果、『創造』には全一七篇（うち五編は未完と習作）の小説のうち一二編が一人称叙述形式で執筆されている。詳しく見ていくと、以下のとおりである。

一人称観察者叙述形式　田榮澤「白痴か天才か」（第二号）

枠形式　金東仁「命」（第八号）、金東仁「ペタラギ」（第九号）

一人称自伝的叙述形式　朴錫胤「生の悲哀」（第五号）、田榮澤「Kとその母の死」（第九号）

書簡体形式　朴英燮「一年後」（第六号）

書簡及び日記の挿入　田榮澤「恵善の死」（第一号）、金煥「神秘の幕」（第一号）、金東仁「心薄き者よ」（第三号～第五号）、田榮澤「運命」（第三号）、田榮澤「生命の春」（第五号～第七号）、金マンドク「音楽勉強」（第八号）

作品の完成度はともかく、『創造』の同人たちが如何に一人称叙述形式にこだわっていたかがこのリストからも分かる。中でも田榮澤と金東仁は、この形式を非常に好み、創刊号から一人称観察者視点形式、枠形式、一人称自伝的叙述形式、書簡及び日記挿入形式といった様々な手法の一人称形式を用いて、併合一〇年目を迎えて様々な問題が噴出している朝鮮社会と、そこに生きる人々のありのままの姿を描いた作品を次々と掲載し、それ以前の文学に反旗を翻した。とりわけ、第二号と終刊号に掲載された「白痴か天才か」（一九一九）と「ペタラギ」（一九二一）は、それまでの朝鮮文学にはなかった新しい視点で人間というもの、人生というものをとらえて文壇の注目を集めたが、この二つの作品は独歩の一人称観察者視点小説「春の鳥」と枠小説「女難」・「運命論者」の深い影響の下で執筆されたものである。同じ雑誌に独歩の影響を受けた作品が二つも掲載されているということに驚くが、それが単なるのである。

偶然の一致ではなく、意識的に行われているところに、『創造』の同人たちの危機意識を指摘せずにはいられないのである。

『創造』によって始められたこの新しい形式は、社会問題への関心が高まる一九二〇年代を代表する形式となった。一九一〇年代から近代文学のあるべき姿を模索してきた朝鮮近代文学は、この形式を獲得することによってようやく自分達の社会と、そこに生きる人たちのあるがままの姿を自在に書き写すことができたのである。つまり、『創造』の一人称叙述形式へのこだわりが、朝鮮文学を近代文学という表舞台へと引き上げてくれたが、その記念すべき作品がいずれも独歩の影響を強く受けている。それゆえ独歩の作品は日本に留学していた文学者だけではなく、留学したことのない文学者の間でも広く読まれていた。

5　一九三〇年代のジャーナリズムと独歩

国木田独歩について

金岸曙：わが文壇に非常に多くの影響を及ぼした作家です。簡潔な作風が気に入っています[*32]

これは、一九三四年七月、当時、最大発行部数を誇っていた大衆雑誌『三千里』（一九二九〜一九四二）に掲載された「文学問題評論会―（3）我が観た東京文壇」の中の独歩に関する記述である。この座談会では独歩の他にも菊池寛をはじめ谷崎潤一郎、夏目漱石、石川啄木、里見弴、国木田独歩、志賀直哉、島崎藤村、佐藤春夫、小林多喜二、北原白秋など、一七人の日本人作家を評価したコメントが載せられている。少し長いが、一九三〇年代当時、朝鮮文壇を代表する文学者たちが日本の小説をどのように読んでいたのか、その一部を見てみることにする。

菊池寛について

金東仁：『真珠夫人』を読みましたが、二度と読む気にはなれませんでした。以後、この作家の作品は読んでいません。「単なる安っぽい通俗作家に過ぎないです」。

朱耀翰：私も『接吻二重奏』を読んでからは二度と読む勇気がなくて、以来読んでいません。

金岸曙：短編にもよいところがなくて。

玄鎮健：初期のものには名作もあったのですが、お金を知って通俗化した後は質ががらりと落ちてしまいました。

谷崎潤一郎について

玄鎮健：大作家です。私の好きな作家でもあります。彼の芸術は天衣無縫の感があります。明治文壇始まって以来のスター作家です。

金岸曙：私も大好きです。彼の作品をたくさん読みました。

金東仁：谷崎は通俗小説と芸術小説を結びつけた功労者です。ただし、オスカー・ワイルドのように長く読まれるかどうかは、問題でしょうが。

夏目漱石について

朴英熙：彼の作品は比較的たくさん読みました。

金東仁：私も好きでした。

（中略）

佐藤春夫について

玄鎮健：東洋趣味があって、味わい深く叙風細雨風です。

梁白樺：そうです。ちょっと高踏的なところがありますが、田園趣味というか、山林学派というか、枯淡なところが捨て難いです。行文の流れは谷崎潤一郎とは好一対です。

徳永直について

朱耀翰：『太陽のない街』のようなものは良かったのですが、後のものはすべて「ワザトラシ」く、同じような作品ばかりです。

小林多喜二について

朴英熙：型にはまる前のものがよかったのです。彼には社会悪を掘り下げて、それらを表現しようとする情熱があります。

林房雄について

朴英熙：才能はあるのですが、少し気弱いところがあります。

葉山嘉樹について

朴英熙：初期の「淫売婦」などは良かったのですが、最近のものはつまらないです。

朱耀翰：最近、かなり質が落ちています。

島崎藤村について

玄鎮健：『夜明け前』は大作です。黎明期の明治政府の雰囲気がよく表れています。

朱耀翰：彼の詩は明治期に流行った浪漫主義から大きな影響を受けています。

金岸曙：彼の詩歌ほど日本文壇に影響を与えたものはありません。それだけでも不朽の作家と言えるでしょう。*33（拙訳）

金東仁をはじめとする座談会に出席した朝鮮の作家たちは、当時、隆盛を極めていたプロレタリア文学をはじめ純文学から通俗小説へと転向した菊池寛の小説、さらに谷崎潤一郎や島崎藤村、夏目漱石、志賀直哉など、いわゆる日本近代文学の大家と言われる作家の作品に至るまで幅広く日本の小説を読んでいた。ただし、彼らが下した評価はと言えば、谷崎潤一郎と島崎藤村以外の作家に対してはかなり厳しく、一九二〇年代後半から三〇年代にかけて日本文壇を代表する小説家の一人として最も人気の高かった菊池寛でさえ「二度と読む気にはなれません」「単なる安っぽい通俗作家に過ぎないです」などと、こき下ろしているのであった。問題は、このような日本小説に対する権威ある作家たちの評価が同時代の文壇のみならず、日本小説を読んでいた一般読者にも大きな影響を及ぼしていたということである。一九三七年五月から翌年一一月まで『朝鮮日報』に連載された蔡萬植の『濁流』という長編小説には、登場人物のデパート勤めの女店員が、

「フン！　小説を読む趣味を持っているのは立派な教養ですよ！」

「でもちょっと低級！」

桂鳳がまた進み出てそばかすにちょっかいを出したのである。

「なんで、あんた、小説を読むのが低級なのよ？」

「小説を読むのが低級といった？　このひと誤解だわ！」

「じゃ何が低級なのよ？」

「読む小説が……」

「なんで私が読む小説が低級なのよ？」

「菊池寛の小説が低級じゃなくて？　〈×××〉が低級じゃなくて？　……あんなのも芸術の類に入るの？

「芸術ってみんななにか干しからびてしわくちゃになったもんなの？　小説は小説じゃない……」

「ハハハハ、その通り、あんたの言葉はその通り。でも『秋月色』『劉忠烈伝』は読まないんだからそれは感心だわ！」

「あの子ぶしつけよ、ひとをむやみにからかって！」

「それが感心で、あんたの教養の点数は六十点あげるわ、落第はまぬがれるように、ウン？……それからあんたは……」[*34]（傍線は筆者）

と、菊池寛の小説を「低級」なもの、「芸術の類に入」らないものであり、それを読む行為を「落第をまぬがれ」た趣味であると言っているのである。この小説が発表される六年前の一九三一年一月二六日、『東亜日報』は京城市内の三つの女子高等普通学校の上級生四四名を対象に行ったアンケート調査を報道している。これによれば、当時、女学生の間では菊池寛、夏目漱石、鶴見祐輔など日本の小説が広く読まれていた。中でも菊池寛は『真珠夫人』（一九二〇）がベストセラーになるなど、もっとも人気の高い作家の一人であった。

ところが、朝鮮のデパート勤めの女店員は菊池寛の小説を「低級」だと酷評していたのである。無論、これは彼女自身の判断というよりも、登場人物の口を借りた作家の判断にほかならないが、それに影響を及ぼしたのが座談会に集まった金東仁や朱耀翰、金岸曙、玄鎮健といった当時文壇を牛耳っていた作家たちの評価である。その一人である金岸曙が、同じ誌上で独歩を「我が文壇に非常に多くの影響を及ぼした作家」であると紹介しているのでる。これは注目に値する事実である。

なぜなら、当時の朝鮮文壇には日本文学から直接、間接的に大きな影響を受けていながらも、日本の作品を読んだり、その影響を受けたりしていることに対して素直に認めようとしない、いわば日本への拒否感のような雰囲気があったからである。そんな文壇に対して、金岸曙は誰よりも早く朝鮮文壇に及ぼした日本文学、とりわけ独歩の影響を認め、そのことを当時最も大衆に読まれていた『三千里』の紙上で暴露していたのである。

独歩の朝鮮文壇への影響を指摘した金岸曙は、一九一三年に慶應義塾大学英文科に入学後、ランボーやヴェルレーヌなどフランスの象徴詩を東京留学生機関誌『学之光』に翻訳・紹介し、朝鮮の近代詩発展に基礎的役割を果たした詩人である。また、「近代文芸─自然主義・新浪漫主義（附）表象派詩歌と詩人」（『開闢』一九二一～一九二三年）という論文を長期にわたって連載することによって、朝鮮における自然主義文学の展開と発展に決定的な影響を及ぼすなど、自然主義にも強い関心を示していた。自然主義の先駆者として一世を風靡していた独歩の作品もかなり深く読んでいることが分かる。だからこそ、後に留学仲間の李光洙や金東仁、田榮澤、廉想渉、朱耀翰らが独歩の影響を受けていたことを、鋭く指摘することができたのである。この金岸曙の指摘はとりもなおさず、一九一〇年代に日本に渡った留学生たちのほとんどが独歩の作品を読んでいたことを証明している。

ただし、第2節で指摘したように、留学生が次々とやって来た一九一〇年前後の日本文壇といえば、フランスを中心にヨーロッパで一大ブームとなった自然主義が一世を風靡していた頃である。一方、私生活を赤裸々に暴露する自然主義に反発した夏目漱石や森鷗外が活躍し、耽美派、白樺派など新しい世代の作家が次々と登場する時期でもあった。それゆえに留学生たちも独歩のほかに田山花袋や島崎藤村、岩野泡鳴、夏目漱石、谷崎潤一郎、有島武郎などの作品を読んでいた。しかし、来日したばかりの日本語のおぼつかないまだ幼い中学生たちにとって封建的「家」や「父の権威」からの解放を目指したり、自我の実現を追い求めたり、官能や享楽、耽美な世界をひたすら追求したり、楽観的な理想主義を唱えたりする当時の日本文学は決して読みやすいものではなかった。それに対して、独歩の作品は「画の悲み」「馬上の友」「少年の悲哀」「春の鳥」といった少年時代を取り上げたものが多く、何よりも、技巧や文飾を重んじる同時代の他の作家と違って、「非常に率直で簡明で単純な文体」[*35]で書かれていた。その結果、独歩は他のどの作家よりも留学生の間で愛読されていたのである。しかも、その影響は生涯に渡って続いていた。かつて福田恆存は、「ぼくたちの――すくなくともぼくの――少年時代における独歩の影響は、現代の読者の想像もつかぬくらい大きなもの」(『国木田独歩作品集』創元社、一九五一年)[*36]であったといい、その影響は生涯続いたと告白している。同じことが、一九一〇年代に来日していた朝鮮や中国の留学生たちにも起きていたのである。

日本人の作品では、夏目漱石と国木田独歩を愛読していたが、しかし今では夏目漱石のものはそれほど再読したいとは思わないけれど、国木田独歩の芸術だけはいつまでも読みたいと思っています。

(「李光洙との対談録」『三千里』一九三三年九月、拙訳以下同)

(それは中学校に通っていた頃であった)夏目漱石に学んだのが何だったのかは分からないが、私は国木田独歩の短編とともに夏目漱石の長編が好きだった。

(「多難たる半生の途程」『朝光』一九三六年四月〜六月)

これは、明治学院に留学していた李光洙が帰国して二〇年が過ぎてもなお独歩を読み続けていると告白した回想文であるが、中国の周作人も日本留学から一一年後の一九二三年、独歩の「少年の悲哀」と「巡査」を翻訳した翻訳集を仲間と出していたことは前述のとおりである。つまり、留学時代に独歩を読んだ李光洙や周作人、金岸曙たちは帰国後も引き続き、独歩を読んでいただけではなく、仲間と翻訳書を出したり、新聞や雑誌などメディアを通じて独歩を、「我が文壇に非常に多くの影響を及ぼした作家」であると紹介したりしていたのである。

千政煥氏によれば、李光洙たちが独歩への思いをジャーナリズムに発表し始めた一九三〇年代の朝鮮は近代的な

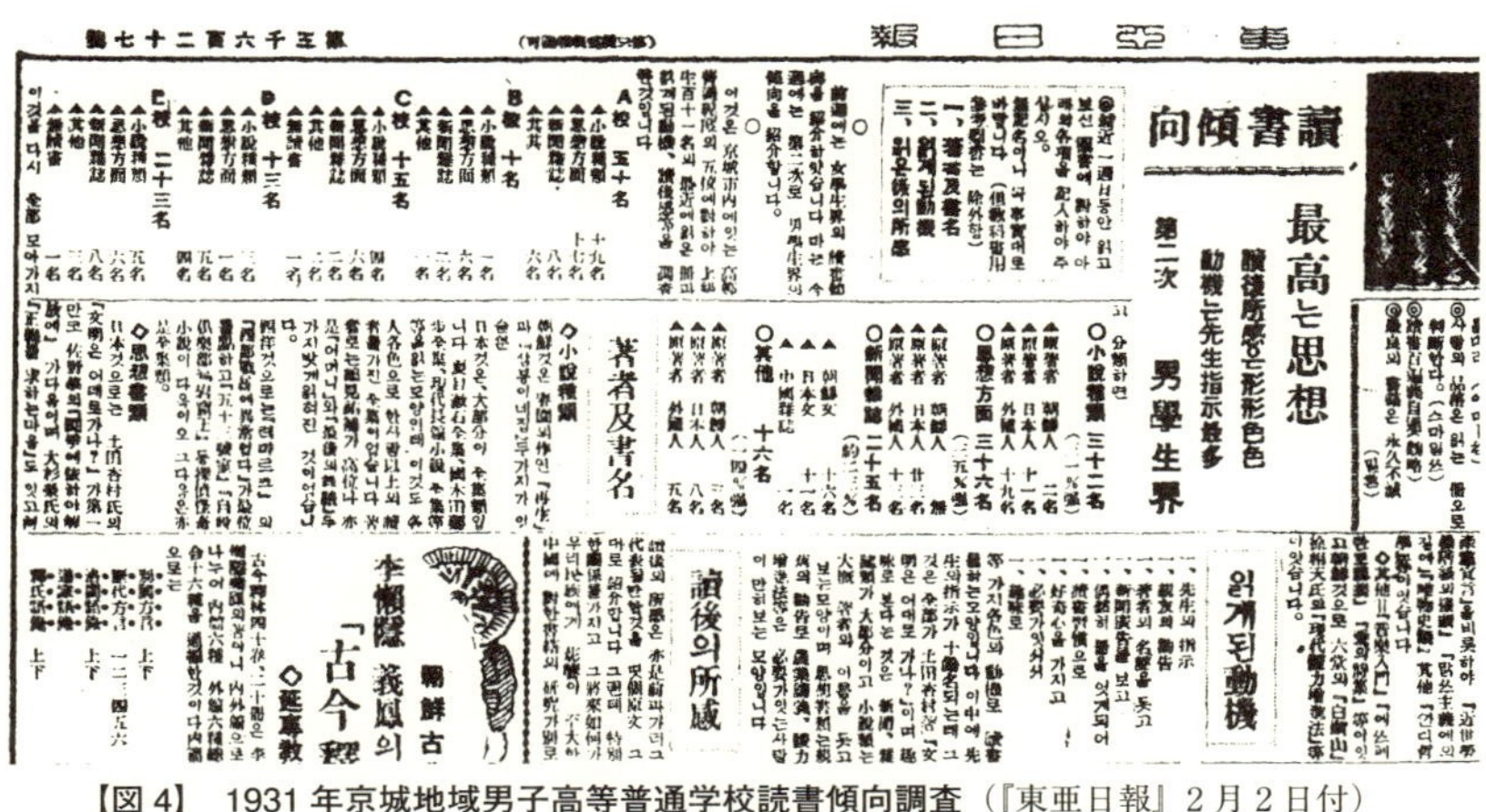

東亞日報

讀書傾向

最高는思想

讀後所感은形形色色
動機는先生指示最多

第二次　男學生界

읽게된動機

讀後의所感

著者及書名

【図4】　1931年京城地域男子高等普通学校読書傾向調査（『東亜日報』2月2日付）

出版・読書文化が定着し、ある一定の読書人口が出現した時期である。[*37]そして、この出版・読者文化を支えていたのが一九一〇年の日韓併合以降に生まれ育った、いわゆる新世代である。彼らは普通学校から高等普通学校、そして専門学校、あるいは大学などの学校教育を通じて日本語や日本文学を優先的に習っていた。つまり、朝鮮語よりも日本語で書かれた書物を読む機会の多かった世代なのである。当然、彼らは日本語や日本文学、日本文化への造詣も深く、日本文壇の動向にも強い関心を持っていた。『東亜日報』や『三千里』『朝光』といった新聞や雑誌は、こうした読者層を掴むために日本留学帰りの文学者たちに最新の日本文壇の傾向や作品及び作者の紹介を書かせ、さらには最新の日本語書籍の広告を掲載したりしていた。これらの新聞や雑誌に独歩は、日本文学界の大御所として知られる夏目漱石とともに「夏目漱石のものはそれほど再読したいとは思わないけれど、国木田独歩の芸術だけはいつまでも読みたい」[*38]と、紹介されていたのである。こうした独歩賛美は、ただちに一般読者に伝えられた。一九三一年二月五日、『東亜日報』が実施した「京城市内男子高等普通学校上級生読書傾向」アンケート調査結果はその事実を端的に示している。

この調査は、京城（現ソウル）市内の五つの高等普通学校に通う一一一名の男子生徒を対象に、最近一週間の間に読んだ図書（①著者及び書名②動機③感想、ただし教科書用参考図書を除く）についてアンケートを行ったものである。これによれば、一九三一年の京城市内の男子生徒はトルストイ『復活』、レマルク『西部戦線異常なし』、デュマー『巌窟王』など西欧作家の作品とともに、鶴見祐輔の『母』『最後の舞踏』、『夏目漱石全集』、『国木田独歩全集』、『現代長編小説全集』といった日本の作品を読んでいる。一九三〇年代の朝鮮の高等普通学生が漱石や独歩の全集を愛読していたという事実に驚きを禁じえないが、彼らが独歩と漱石を愛読書の一つに挙げているのは決して偶然ではない。アンケートが実施される一ヶ月前の同新聞（一月五日付）に、李光洙のエッセイ「私が小説を推薦するならば」が掲載されているが、そこに漱石と独歩の作品が推薦されているからである。

1. 『旧訳聖書』の第一編である「創世記」
2. トルストイ『復活』
3. ウィゴ『レミゼラブル』
4. ディケンズー『デイビット・コッパフィールド』
5. ハーディ『テス』
6. デュマー『モンテ・クリスト伯爵』
7. 『水滸伝』
8. 国木田独歩作『諸短編』
9. 夏目漱石作『坊っちゃん』『吾輩は猫である』
10. 『春香伝』11. 『玉楼伝』12. 『淑香伝』等々。

（「私が小説を推薦するならば」『東亜日報』一九三一年一月五日付、傍線は筆者）

一九三〇年代の朝鮮の中学生たちが愛読書の一つとして、大文豪として知られる漱石は兎も角、すでに過去の人となった独歩を選んだのは、おそらく直前に『東亜日報』に掲載された李光洙の「私が小説を推薦するならば」に影響されたものと考えられる。李光洙と『東亜日報』は、植民地下にあってつねに社会をリードしてきた朝鮮を代表する文学者と新聞社である。とりわけ、李光洙は植民地を通じて絶大な尊敬と人気を集めていた作家であるが、その李光洙がことある度に有力なジャーナリズムで独歩を紹介していたのである。

6 植民地朝鮮の国語教育と日本文学ブーム

独歩が、一九三〇年代の朝鮮文壇で広く知られるようになったのには、一九〇〇年代から一〇年代にかけて日本に留学していた文学者たちに負うところが大きい。彼らは留学中に独歩文学に出会って以来、生涯独歩を読み続けたが、実は、一九二〇年代後半頃から日本に留学していない、いわゆる「国内派」の間でも独歩を読む人たちが現われていた。独歩文学に接する機会の全くなかった彼らが、いったいどのようにして独歩ファンになり得たのだろうか。その背景には朝鮮総督府の国語教育が深く関わっている。

周知の如く、朝鮮総督府の言語教育は「国語（日本語）」と「朝鮮語及び漢文」という二重言語政策をとっていた。[*39] それゆえ学校教育における朝鮮語の占める比重は、「国語」は無論、漢文よりも低かった。中等学校で使用されていた公式朝鮮語教材である『高等朝鮮語及漢文読本』（一九一一／一九二四）は『小学』『論語』『孟子』『中庸』など漢文中心に編纂されていた。[*40] 後に「朝鮮語之部」が新たに出来て朝鮮語の比重が増えたものの、依然として漢文や

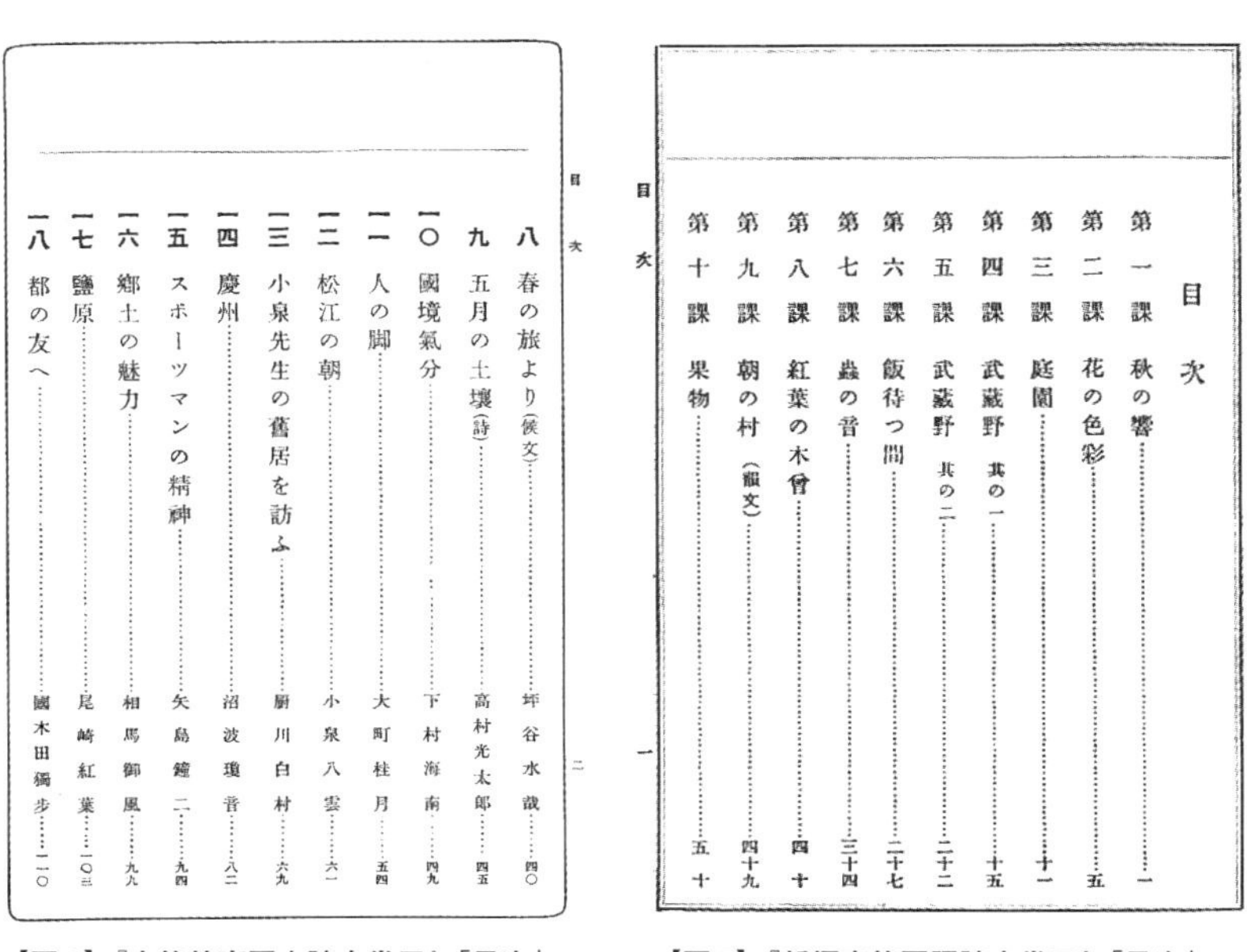

目次

第一課　秋の響……一
第二課　花の色彩……五
第三課　庭園……十一
第四課　武藏野　其の一……十五
第五課　武藏野　其の二……二十二
第六課　飯待つ間……二十七
第七課　蟲の音……三十四
第八課　紅葉の木曾……四十
第九課　朝の村（韻文）……四十九
第十課　果物……五十

目次　一

【図5】『新編高等国語読本巻四』「目次」
（朝鮮総督府、1924年）

八　春の旅より（候文）……坪谷水哉……四〇
九　五月の土壤（詩）……高村光太郎……四五
一〇　國境氣分……下村海南……四九
一一　人の脚……大町桂月……五四
一二　松江の朝……小泉八雲……六一
一三　小泉先生の舊居を訪ふ……厨川白村……六九
一四　慶州……沼波瓊音……八二
一五　スポーツマンの精神……矢島鐘二……九四
一六　鄕土の魅力……相馬御風……九九
一七　鹽原……尾崎紅葉……一〇三
一八　都の友へ……國木田獨歩……一一〇

目次　二

【図6】『中等教育国文読本巻五』「目次」
（朝鮮総督府、1932年）

漢詩、時調など古い文が多く、李光洙や金東仁、田榮澤といった同時代の作家が書いた文学作品をはじめ論説文、思想、哲学などは一切掲載されていない。一方、「国語」教材として編纂されていた『高等国語読本』（一九一二）、『改修高等国語読本』（一九一二）、『新編女子高等国語読本巻一～巻八』（一九二一）、『新編高等国語読本巻一～巻十』（一九二三年）、『中等教育国文読本巻一～巻十』（一九三二）などには近代日本を代表する文学者、思想家、哲学者、ジャーナリストなど錚々たる知識人の名文が多数掲載されていた。

日本語を主柱として「皇国臣民」教育が強行されていたことを考慮すれば仕方がないこととはいえ、朝鮮語で書かれた同時代の文章、とりわけ小説や詩、評論、エッセイなどのない朝鮮語教科書は時代遅れ以外の何物でもなく、新しい文章や文学を求めていた学生たちの関心はおのずと夏目漱石や正岡子規、徳冨蘆花、国木田独歩など日本文学や日本語に訳された西洋文学が豊富に掲載されている国語教科書に向けられていた。その教科書に独歩の「たき火」(一八九六)と「武蔵野」(一八九八)、「忘れえぬ人々」(一八九八)、「初孫」(一九〇〇)、「都の友」(一九〇五)が掲載されていたのである。その出典を記すと、以下のとおりである。

「武蔵野」 『新編女子高等国語読本巻四』第七課と第八課(一九二二)
「たき火」 『新編高等国語読本巻四』第四課と第五課(一九二三)
「初孫」 『新編女子高等国語読本巻六』第十七課と第十八課(一九二二)
「忘れえぬ人々」 『新編高等国語読本巻五』第十課(一九二四)
「都の友へ」 『中等教育 女子国文読本巻三』第五課(一九三三)
『中等教育 国文読本巻五』第十八課(一九三二)

独歩の作品は、一九二二年「第二次朝鮮教育令」に伴って改編された『新編高等国語読本』(一九二四)から掲載されるようになった。それまで使っていた実用日本語中心の教科書と違って[*41]、新たに改編された国語教科書には「現代社会に必要なる諸種のものを合わせ取[*42]」った現代文、とりわけ文学者の文章が多く収められた。島崎藤村「人生の春」、夏目漱石「吾輩は猫である」、正岡子規「飯待つ間」、大町桂月「日光だより」、幸田露伴「五重の塔」、芥川龍之介「鼻」などがそれであるが、独歩の作品は二年生と三年生、そして四年生(女子のみ)用として組まれている。当時の朝鮮の中学生が「武蔵野」をはじめ独歩の作品をどのように読んでいたのか、その感想は確かめることはできない。がしかし、独歩研究者として名高い中島健蔵が中学校三年生の時、国語の授業で読んだ独歩の「武蔵野」に共感し、そこから独歩への関心を広げて文学の世界へ踏みこんだように、朝鮮の学生たちも同様の思いをしていただろう。

　私が意識的に文学に興味を持ち始めたのは第一高等普通学校（一五才）二年生の頃からである。きっかけとなったのは日本語の作文時間だった。ある日、先生が優秀な作文を何本か（その中には李在鶴君のものと自分のものが含まれていた）選んで朗読して下さったが、それを聞いているうちに忽然と文学への感興が湧き起こった。（中略）つまり私の場合、文学的感動を初めてそそられたのは日本語を介してからである。第一高普の先生が学生たちに推薦した徳冨蘆花の『自然と人生』は非常にすばらしく、私はすっかり魅了されてしまった。（中略）三年生の時、図書室の当番を受け持ったことを契機に「小説」というものに一層興味を持つようになった。徳冨蘆花の『不如帰』と翻訳小説『野の花』（ハーディ著・黒岩涙香訳）は未だに記憶に残る。尾崎紅葉の『金色夜叉』は難しくて四年生の頃にようやく読み終えた。五年生の時は高山樗牛の『瀧口入道』、夏目漱石の『坊っちゃん』をはじめ明治文学にも興味が広がった。五年生になると、読むだけではなく、書くことにも興味が湧き、李在鶴、金周經、盧泳昌、姜信哲など、クラスの仲間と『十字架』という詩誌を出した。[*43]（拙訳）

これは、社会主義に理解を示す「同伴者作家」として知られる兪鎮午が自らの読書歴を回想したエッセイであるが、彼が文学に関心を示し、本格的に読み出したのは一九一九年、京城高等普通学校[*44]に入学してからである。日本人教師の勧めで読んだ徳冨蘆花の『自然と人生』を契機に日本文学への関心が広がった兪鎮午は、一九二四年三月に京城第一高等普通学校を卒業するまで尾崎紅葉、夏目漱石、高山樗牛、国木田独歩[*45]、賀川豊彦などを読み更け、やがて同人誌を出すに至ったと告白している。つまり、兪鎮午も内地の日本の学生と同じく、中学時代に読んだ文学作品が契機となって文学者の道に進んだわけである。無論、これは兪鎮午に限らず、一九二〇年代以降、植民地教育を受けた朝鮮の文学者によく見られる現象であるが、彼らの中に独歩の影響を受けた人たちが少なくない。在日朝鮮人文学の嚆矢として知られる金史良も、その一人である。

7 時代を越え、世代を越えて読み継がれる独歩文学

金史良は、兪鎮午と違って自らの読書経歴を語ってはいない。しかし、彼は兪鎮午以上に独歩を始めとする日本文学を読んでいたと思われる。なぜなら、一九二八年から三二年まで在学していた平壌高等普通学校で使用されていた国語教科書は、「第二次朝鮮教育令」に伴って改編された『新編高等国語読本』（一九二二〜一九二五）と『中等教育　国文読本』（一九二九〜一九三三）だからである。

【図5】と【図6】からも分かるように、金史良が使っていた『新編高等国語読本』と『中等教育国文読本』には新聞や雑誌などに所載の、きわめて今日的な題材の文章のほかに、漱石や独歩、藤村など同時代のすぐれた文学者の作品が数多く取り上げられていた。しかも、彼が高等普通学校に入学する一九二八年前後から『現代日本文学全集』（改造社、一九二六年）、『世界文学全集』（新潮社、一九二七年）、『明治大正文学全集』（春陽堂、一九二七年）、『世界大思想全集』（春秋社、一九二七年）、『現代大衆文学全集』（改造社、一九二七年）、『新興文学全集』（平凡社、一九二八年）、『日本児童文学全集』（アルス、一九二七年）といった文学関連の各種全集が日本から多数輸入され、総督府図書館をはじめ京城府立図書館、学校図書館[*46]及び家庭にまで普及していたのである。

これらの全集が当時の学生の間で広く読まれていたことは、前述の京城地域男女高等普通学校生を対象に行った読書傾向アンケート調査結果が如実に物語っている。アンケートが実施された一九三一年当時、平壌高等普通学校四年生であった金史良が、京城の男子学生たちのように、国語の授業のとき、教科書（あるいは先生の勧めで）に載っ

【図7】『東亜日報』（1926年11月3日）に掲載された改造社『現代日本文学全集』全面広告*47

【図8】『東亜日報』（1928年3月3日）に掲載された改造社『世界大衆文学全集』全面広告

ていた独歩の「武蔵野」に深く共感したこと、そして、そこから独歩への関心が広がり、中高校生の間で必読書として知られていた『現代日本文学全集』*48所収「第十五篇　国木田独歩集」を読んでいたことは想像に難くない。しかも、金史郎は平壌普通高等学校の卒業を間近に控えた一九三二年一二月、日本に渡って旧佐賀高等学校をへて一九三九年東京帝国大学ドイツ文学科を卒業している。

金史良が留学していた一九三〇年代当時の日本文壇は、李光洙や金東仁、田榮澤らが留学していた一九一〇年代のように、文壇を挙げての独歩ブームこそなかったものの、『現代日本文学全集・第十五篇』（改造社、一九二七年）、『明治大正文学全集・第二十三巻』（春陽堂、一九二八年）、『国木田独歩全集』（改造社、一九三〇年）、『独歩傑作全集』（大鐙閣、一九三〇年）、『現代詩人全集・第一巻』（新潮社、一九三〇年）といった全集をはじめ独歩関連書が相次ぎ出版されるなど、独歩は依然として文壇と読書界に影響力のある作家であった。来日する前から国語教科書や改造社版の

『現代日本文学全集』を通じて独歩の存在を知っていたはずの金史良は、こうした日本文壇の影響を受けながら七年間に渡る留学生活を送った。その間、彼は、日本語と朝鮮語による文筆活動を行い、その中の「光の中に」が一九四〇年度前半期の芥川賞候補作に選ばれたのを契機に日本文壇に登場し、作家への道を歩み出した。日本での活動はわずか二年あまりのものとなったが、「光の中に」(『文芸首都』一九三九年、翌年『文藝春秋』)を皮切りに「天馬」(『文芸春秋』)「草深し」(『文芸』)「無窮一家」(『改造』いずれも一九四〇年)「光冥」(『文学界』)「虫」(『新潮』いずれも一九四一年)など、力作を矢継ぎ早に発表し、当時沈滞期に陥っていた日本文学界に刺激を与えたばかりでなく、暗黒時代と言われる植民地末期の朝鮮文壇に民族主義を吹き込んだとして高く評価されている。[*49]

金史良が独歩を読んでいたかどうかについては確認されていない。しかし、平壌高等普通学校時代に国語教科書を通じて独歩の作品を読んでいたこと、[*50]七年に渡る留学生活、そして社会的弱者に寄せるヒューマニズムなどの作品世界[*51]を考慮すると、彼が民族や国境を越え、社会の底辺に生きる弱い者への共感や連帯感を描く独歩文学に触れている可能性は十分に考えられる。それを端的に示すものとして「号外」との影響関係が指摘される「留置場で会った男」(一九四一)の他にも、処女作「土城廊」(一九三七)と独歩晩年の作品「窮死」(一九〇七)との間に類似性が指摘できる。

しかし、金史良は一九一〇年代の独歩の影響を受けた李光洙や金東仁、田榮澤たちのように、朝鮮文学にはなかった新しい叙述形式やモチーフ、テーマなどに注目し、それらを積極的に取り入れることによって朝鮮文学の近代化を目指したりはしなかった。それよりも、彼は過酷な植民地下を生きる自分たちの問題を、むしろ独歩の作品をプレ・テキストにすることによって、改めて自らが置かれている植民地朝鮮の現状を描きとって見せていたのである。同様の傾向は兪鎮午にも見られる。しかも、彼は二〇年前に李光洙と金東仁が影響を受けていた「少年の悲哀」と「運命論者」を再受容し、李光洙たちが凝視できなかった植民地末期という時代的状況の中で独歩を読み直して李光洙を震撼させたのである。[*52]

このように見てくると、独歩の文学には時代を越え、国境を超えて韓国の読者の心をひきつけるものを持っていたことが分かるが、それを明らかにすることが本書の目指すところである。

8　本書の目的と構成

独歩は、ワーズワースやツルゲーネフ、モーパッサンなど西洋近代文学から独自の人生観と小説技法を模索し、従来の日本文学では取り扱われなかった新しいモチーフと短編スタイルを確立した作家として認識されている。しかし、その独歩の作品をモデルにして韓国近代文学の基礎が作られたことについてはほとんど知られていない。本書では、韓国近代文学の「起源」に深くかかわる独歩を手がかりとして、彼が植民地下の朝鮮文壇に受容された背景とその特徴、韓国文学にもたらした意味について検証する。と同時に、その過程で浮かび上がってくる「媒介者」としての日本近代文学の姿を浮き彫りにする。

以上の目的を達成すべく、本書は二部構成を取る。第Ⅰ部は形式（書簡体形式、一人称観察者視点形式、枠形式）の側面から、第Ⅱ部は内容（モチーフ・主題・プロット）の側面から、韓国近代文学に及ぼした独歩の影響を解明する。以下、各部及び各章の具体的な内容は次の通りである。

第Ⅰ部では、韓国近代文学史上初めて試みられた書簡体小説「幼き友へ」（一九一七）、一人称観察者視点小説「白痴か天才か」（一九一九）、そして枠小説「ペタラギ」（一九二一）が、いずれも独歩の書簡体小説「おとづれ」と一人称観察者視点小説「春の鳥」、そして枠小説「女難」の影響を受けて執筆されたことを指摘する。近代に入り、その時代とそこに生きる人々の現実を表わすために新しい叙述形式が必要になることは何も韓国に限ったことではない。日本文学も近代文学という表舞台へ進出するためにヨーロッパ文学を模倣するところから始まったことは周知の事実である。その一人、独歩もツルゲーネフやワーズワース、モーパッサンなどから独自の人生観と小説技法を学び、筋の面白さと粋や通を尊ぶ前代の文学とは全く違った新しい文学を切り開き、[*53]日本文学に書くことの自在さを獲得させた。それゆえ彼の作品は世代や流派を超え、石川啄木、志賀直哉、芥川龍之介、佐藤春夫、梶井基次郎、井伏鱒二などの明治から大正、昭和の作家に大きな影響を与えている。日本だけではない。独歩の作品の影響は海を越えて朝鮮や中国、台湾といった東アジア地域の文学者にまで及んでいた。とりわけ植民地下の朝鮮では、独歩の作品から枠形式と一人称観察者視点形式、書簡形式といった新しい叙述形式を取り入れることによって、ようやく自分たちが生きている近代という時代の現実を映し出すことができたが、その事実を、次の三つの章において考察する。

第一章「恋愛、手紙、そして書簡体という叙述形式」では、近代文学の祖と言われる李光洙が、「おとづれ」(一八九七)をはじめとする独歩の書簡体小説を手がかりとして、近代初の書簡体小説「幼き友へ」(一九一七)を執筆したことを指摘しつつ、独歩の「おとづれ」の中にこれまで注目されることのなかった自由恋愛のモチーフを見出し、自由な男女交際と結婚の実践こそが朝鮮社会を封建的因習から救い出すことができるという朝鮮社会の近代化をめざしたことを浮き彫りにする。

第二章「一人称観察者視点形式と『新しい人間』の発見」では、近代最初の純文芸同人雑誌『創造』を日本で刊行した田榮澤が、「春の鳥」(一九〇四)をはじめとする独歩の一人称観察者視点形式による小説を手がかりとして、それまで朝鮮社会が見落としてきた子供や愚者、女性、貧民の存在を発見し、社会的弱者への関心を促したという点を明らかにする。

第三章「近代文学の成立と枠小説、そして『恨(ハン)』」では、近代短編小説の開拓者として知られる金東仁が、「女難」

（一九〇三）など独歩の一連の枠小説を手がかりとして、朝鮮社会では絶対的タブーとなっていた近親相姦という事件を、〈私〉という一人称の語り手を設定し、その語り手が出会った不思議な男の身の上話として描く枠小説「ペタラギ」（一九二一）を執筆し、韓国文学史上初めて表現の自由を獲得したことを明らかにする。

第Ⅱ部では、独歩を通じて書簡体など新しい小説手法を手に入れた李光洙や金東仁、田榮澤、廉想渉たちが、その手法を使って自由恋愛や子供の発見、愚者文学、白痴教育、故郷の発見と喪失、近親相姦、余計者、都市下層労働者といったそれまでの韓国文学では扱われることのなかった新しいモチーフや主題を獲得していくプロセスを明らかにすることによって、独歩文学の韓国文学への影響が形式にとどまらず、内容や思想、芸術にまで及んでいたことを浮き彫りにする。以下、各章の具体的な内容は次の通りである。

第四章「もう一つの『少年の悲哀』」では、独歩の書簡体小説「おとづれ」を通して自由恋愛のモチーフを発見した李光洙が、独歩の「少年の悲哀」（一九〇三）の中に、「からゆきさん」として朝鮮に流れていく下層社会の女の悲哀と、その背景にある公娼制度と廃娼運動を見出し、そこから一九一〇年代の朝鮮社会が抱えている問題、すなわち封建的な結婚制度の矛盾を浮き彫りにした独歩と同名の小説「少年の悲哀」（一九一七）を執筆したことを考察する。

第五章「愚者文学としての『春の鳥』」では、ワーズワースの深い影響のもとで執筆された独歩の「春の鳥」が、朝鮮文学に受容される際にワーズワース的な発想ではなく、東アジア文化圏に古くから伝わる愚者文学として読まれたという事実を指摘し、独歩文学への新たな解釈の可能性を提示する。

第六章「帰郷小説が映し出す様々な故郷」では、自然主義文学の祖と評される廉想渉が、立身出世を追求する人生への疑念から故郷を賛美する独歩の帰省小説「帰去来」（一九〇一）を手がかりとして、植民地下という絶望的な状況では、故郷はもはや心をいやすユートピアでも母なる空間でもなく、民族の主体性を抹殺する「墓地」であるという逆説的真実を提示した帰郷小説「万歳前」（一九二二）を執筆し、韓国近代文学にはじめて「故郷」の概念を持ちこんだことを明らかにする。

第七章「傍観者としての語り手」では、日清戦争を契機に露呈・拡大し始めた社会的疎外者の深刻かつ悲惨な状況を、新中間層の視点から描いた独歩の「竹の木戸」（一九〇六）に注目した田榮澤が、どん底の貧困にあえぐ都市下層労働者の境遇に同情しつつも、彼らの生活にわけ入ろうとしない新中間層の傍観者的意識を浮き彫りにした「ファスブン」（一九二五）を執筆し、韓国文学の他者表象に新境地を画したことを指摘する。

第八章「余計者と国家」では、在日朝鮮人文学の嚆矢として知られる金史良が、日露戦争後の日本社会の閉塞感を、十九世紀のロシア文学に現われた〈余計者〉という人物像の視点から描いた独歩の「号外」（一九〇六）を手がかりとして、過酷な植民地支配下を生きる知識人たちが、知識人であるが故に社会や国家から疎外されて「余計者」になって行く過程を見つめた「留置場で会った男」（一九四一）を執筆し、韓国文学に新たな知識人像を提示したことを浮き彫りにする。

終章「もう一つの小民史――日清戦争と独歩、そして朝鮮」では、独歩文学が時代を越え、国境を越えて植民地下の朝鮮人文学者たちに愛読された原因を探る。

独歩は民友社から派遣されて日清戦争に従軍し、戦地に赴く途中朝鮮の大同江畔に立ち寄った。初めて異国の地を踏んだ独歩は、国家の行方など全く知らされずに平和に暮らしている朝鮮の人々を見、彼らの運命を憐れんだ。この時、独歩の見た「大同江畔の光景、朝鮮茅屋の実況」は「後年決して忘る、能はざる印象を与へ」ることとなった。それから数年後、独歩は「少年の悲哀」の中で朝鮮に流されていく貧しい日本人を描き、また「帰去来」では朝鮮貿易に従事する日本人を描くことによって、従軍記者時代に見た忘れえぬ朝鮮の人々を思い起こした。こうした朝鮮及び朝鮮人を見つめる独歩のまなざしは、独歩文学が時代や国境を越えて多くの朝鮮人文学者たちに読まれ、受容される契機を作った。そしてそれこそが、独歩文学を同時代の日本の他の文学と一線を画すものとしたのである。

従来、韓国における日本近代文学の受容を論ずる場合、そのほとんどがリアリズムないしは自然主義文学に重点が置かれていた。それゆえ島崎藤村や田山花袋、岩野泡鳴、それに有島武郎など、いわゆる私小説作家が多く言及され、独歩は単に日本の自然主義の先駆者であり、天性の短編作家であるという文学史的事実にしか焦点が当てられてこなかった。本書では、日清戦争で倒れていく彼我の兵士や婦人、子供への暖かいまなざしを胸に秘めながら育まれた独歩文学が、過酷な植民地下を生きる朝鮮や中国、台湾の人々の連帯感や同胞意識に共鳴し、広く深く受け入れられたこと、また、告白録をはじめとする独歩の生み出した短編スタイルが東アジア地域の近代文学の成立に計り知れない影響を与えたという事実を明らかにすることによって、独歩文学の知られざる側面を浮き彫りにする。

註

＊1　開化期に描かれた作品の中には翻案ものが少なくない。具然學『雪中梅』（一九〇八）、李相協『再逢春』（一九一二）、趙重桓『双玉涙』（一九一二）、金宇鎮『榴花雨』（一九一二）、鮮宇日『杜鵑声』（一九一二）、趙重桓『長恨夢』（一九一三）、李相協『貞婦怨』（一九一四）などは、いずれも末広鉄腸『雪中梅』、渡辺霞亭『想夫憐』、菊池幽芳『己之罪』、徳冨蘆花『不如帰』、尾崎紅葉『金色夜叉』、黒岩涙香『捨小船』をそれぞれ翻案したものである。

＊2　一八七六年、日朝修好条約の締結によって開国させられた朝鮮政府は、好むと好まざるとにかかわらず、外国に目を向けるようになった。アメリカやイギリス、フランスなどと次々と条約を結んだ朝鮮政府は、国際舞台への進出を果たした。しかし、当時の朝鮮は国際秩序に見合う知識をもっていなかった。そこで自分たちより一足先に近代化を

成し遂げた日本に使節団や留学生を派遣し、文明開化のイロハを学ぶことにした。その後ろ盾となったのが金玉均をはじめとする開化派である。日本の近代化に強い感化を受けた金玉均たちは、一八八四年一二月の甲申政変が失敗に終わるまで、福沢諭吉の慶應義塾に一〇〇名近い留学生を送っている。福沢諭吉もその監督を引き受け、慶應義塾で日本語などの予備教育を施した後、これを陸軍士官学校や横浜税関、通信省などに依頼して実務教育を受けさせたが、彼らの多くは一八八四年一二月、金玉均らが起こしたクーデター（甲申政変）に参加し、殺害されたり、あるいは行方不明となった。

＊3　①「日本留学史」（『学之光』六号、一九一五年七月）②李光燐『韓国開化史研究』（一潮閣、一九七〇年）③阿部洋「『解放』前韓国における日本留学」（『韓』五九号、一九七六年一二月）④朴賛勝「一八九〇年代後半における官費留学生の渡日留学」（『近代交流史と相互認識』慶應義塾大学出版部、二〇〇一年）を基に筆者作成。

＊4　一八八一年六月一〇日付『郵便報知』には、「朝鮮人の二秀才慶應義塾へ入学」と題する次のような記事が掲載されている。「頃日渡航せる朝鮮人兪吉濬（二五）、柳定秀（二六）の二名は、非常の奮発にて一昨日三田の慶應義塾へ入塾せり、同人等は彼国の士族にて非役の少年生なるが、本国にても文才の聞へあるものなるが、日本人に接するは釜山を発し今日まで僅か三十余日の間に早くも日本語を聞き覚え、寒喧一通りの挨拶ぐらいは出来るという、同人等は先づ日本語を伝習し、翻訳書を読み得て後に洋書を講究する見込みにて、只管修業に熱心してをる由、是まで同塾へ日本婦人に出来たる外国人の子は沢山に入塾せしが、純粋の外国人が入塾せしは此両名が嚆矢なりと」。

＊5　一八八二年九月一三日付『郵便報知』は、東京専門学校への朝鮮人留学生の入学について次のような記事を掲載している。「東京専門学校は、本年七月及び本月の両度に志願者の入学試験を行ひたるに及第せる者既に百余名に及び し程なるに猶ほ続々入学を死関する者あるに付き来る二十七日地方より延着の為さらに第三回の入学試験施行さるる由、又同校へは朝鮮人二名政治学志願にて入学せしと云ふ」。

＊6　官費留学生たちはまず慶應義塾で日本語など初歩的な知識を学んだ後、陸軍戸山学校や税関、あるいは通信省などに送られて実施研修を受けた。

＊7　阿部洋「『解放』前韓国における日本留学：〔第2部〕「解放」前日本留学の史的展開過程とその特質」（『韓』五九号、一九七六年一二月）。

＊8　一九一五年二月、中等部と改称。

＊9　崔南善「少年の既往と将来」（『少年』第三巻六号、一九一〇年六月）。ただし、荻生茂博「崔南善の日本体験と『少年』の出発――東アジアの〈近代陽明学〉」（『日本思想史』季刊No.60、二〇〇二年）の日本語訳を参照。

＊10　阿部洋、前掲書註＊7。

＊11　任展慧『日本における朝鮮人の文学の歴史』（法政大学出版局、一九九四年）五七頁。

＊12　愛国啓蒙運動は、二十世紀初めに日本の朝鮮支配に反対して言論、出版、教育、民族産業育成などの活動を通じて民族意識の高揚と国権回復（独立）をはかった民族運動を指す。主な担い手は都市知識人、学生、民族資本家などであった。運動は一九〇六年四月の大韓自強会（会長、初の日本留学生である尹致昊）の結成によって本格的に開始されたが、一九一〇年の日韓併合を機に解散させられた。

＊13　滝藤満義「解説」（中根駒十郎編『近代作家叢書一〇三　国木田独歩』日本図書センター、一九九〇年）三～四頁。

＊14　田坂文穂『旧制中等教育国語教科書索引』（財団法人教科書センター、一九八四年）参照。

＊15　財団法人教科書研究センター編『旧制中等学校教科内容の変遷』（ぎょうせい、一九八四年、一三八～一三九頁）によると、独歩の『武蔵野』は徳冨蘆花『自然と人生』『思い出の記』、島崎藤村『幼きものに』、正岡子規『子規小品』、二葉亭四迷『平凡』、夏目漱石『吾輩は猫である』『草枕』、森鷗外『即興詩人』とともに、明治末期から大正期にかけ、ほとんどすべての教科書に共通して掲載されていた。

＊16　田坂文穂、前掲載註＊14に同じ。

＊17　于耀明『周作人と日本近代文学』（翰林書房、二〇〇一年）三七～三九頁参照。

＊18　井上敏夫編『国語教科書資料』（東京法令出版、一九八一年）の「第二章、大正期」には、当時の中学生にとって国語教科書は教科書の目的のほかに文学作品としての役割を果たしていたことを知るエピソードが次のように紹介さ

れている。「大正十三年、中学に入学した私たちが使用したのは、吉田弥平編『中学国文教科書』(光風館)であった。「美しき日本」とか「春の光」とか、折からの気候風土に相応しい美文を朗読することは、かなり程度の高い文章表現ではあったが、進学の喜びにまぎれて、それほど苦痛とは感じられなかった。二葉亭の「ポチ」とか、漱石の「猫」とか、白秋の「雀」とか、新しい文学の香りのする作品が、所々に編みこまれていて、それを家庭で下読みすることは楽しかった。」

＊19 中島健蔵『近代文学鑑賞講座第一七巻　国木田独歩』(角川書店、一九六三年)二三七頁。

＊20 中島健蔵、前掲書註＊19 二三七〜二三八頁。

＊21 平野謙「作品解説」(『日本現代文学全集18』講談社、一九六二年)。

＊22 北野昭彦(『国木田独歩「忘れえぬ人々」論他』桜楓社、一九八二年)氏は、独歩の影響で文学に開眼した人として、同世代の宮崎湖処子、後藤宙外、徳冨蘆花、徳田秋声、田山花袋、島崎藤村から次世代の蒲原有明、沼波瓊音、真山青果、中沢臨川、正宗白鳥、吉江喬松、小山内薫、相馬御風、志賀直哉、片上伸、中村星湖、石川啄木、若山牧水、武者小路実篤、中村武羅夫、蘆谷蘆村、山本有三、久保田万太郎、江馬修、青野季吉、坪田譲治、日夏耿之介、芥川龍之介、佐藤春夫、西条八十、浜田広介、中西伊之助、井伏鱒二、木村毅、黒島伝治、中野重治、中島健蔵、福田清人、神崎清、唐木順三、瀬沼茂樹、藤原定、平林たい子、本庄陸男、伊藤整、亀井勝一郎、岩上順一、平野謙、野田宇太郎、中村光夫、戸川エマ、福田恆存、久保田正文、佐古純一郎、小島信夫、島尾敏雄などを上げている。

＊23 国木田独歩「一句一節一章」の内「一節　十一月八日日記」(『定本国木田独歩全集第九巻』学習研究社、一九九六年)一二一頁。

＊24 明治学院大学歴史資料館Ｗｅｂ資料。

＊25 波田野節子「獄中豪傑の世界——李光洙の中学時代の読書歴と日本文学」(『朝鮮学報』第一四三輯、一九九二年四月)。後に、『李光洙・『無情』研究——韓国啓蒙文学の光と影』(白帝社、二〇〇八年)に収録。

＊26 朱耀翰「日本近代詩抄(1)」(『創造』創刊号、一九一九年二月)七六頁。

＊27　田榮澤「私の自叙伝——その時代の私の生活回顧記」（『自由文学』創刊号、一九五六年）。

＊28　自然主義とともにリアリズムという用語が韓国近代文学史上始めて使用されたのは『創造』である。金東仁は「編集後記」で処女作「弱き者の哀しみ」について解説を行う際に、「みなさんは、この「弱き者の哀しみ」が世界に見られるあらゆる種類のはなし（作品）——リアリズム、ロマンチシズム、シンボリズムなどのはなし——とは描写法、作法において異なった点のあることに気づくでしょう。みなさんが、この点を正しく見出してくださるならば、作者は満足の笑みを浮かべるでしょう」と、リアリズムという用語を用いている。

＊29　崔承萬は「露国文豪ドストエフスキーと彼の『罪と罰』」を執筆するに当たって、日本に紹介されたベリンスキーのドストエフスキー論を下敷きにしている。

＊30　「文芸に関する雑談」に関しても、崔承萬は島村抱月の「文芸上の自然主義」（一九〇八）を下敷きにしている。

＊31　朱耀翰「長江の魚区にて（五月）」（『創造』第七月号・夏特別号、一九二〇年七月）五四頁。

＊32　「文学問題評論会」（『三千里』三千里社、一九三四年七月）。

＊33　「（3）我が観た『東京文壇』——文学問題評論会」（『三千里』三千里社、一九三四年七月号）二一一〜二一二頁。

＊34　蔡萬植著、三枝壽勝訳『濁流』（講談社、一九九五年）四〇五頁。

＊35　滝藤満義「この人に聞く　国木田独歩の魅力」（『国文学解釈と鑑賞　特集国木田独歩の世界』至文堂、一九九一年二月）一二頁。

＊36　ただし、北野昭彦「『潔の半生』——独歩の本質」（『国木田独歩——『忘れえぬ人々』論他』桜楓社、一九八一年、一〇頁）による。

＊37　千政煥「第4章　文学読者層の形成と分化」（『近代の読書——読者の誕生と韓国近代文学』図書出版青い歴史、二〇〇三年）を参照。

＊38　李光洙「李光洙との対談録」（『三千里』三千里社、一九三三年九月）。

＊39　千政煥、前掲載註＊37 三七三頁。

＊40　朴鵬培『韓国国語教育全史（上）』（大韓教科書株式会社、一九八七年）三六三頁。

＊41　兪鎮午の回想録「片々夜話」（『東亜日報』一九七四年三月一五日（金）付）によれば、一九一九年、創立されたばかりの京城高等普通学校では、京城中学校と龍山中学校など日本人向け中学校が使用していた教科書と違って、非常に程度の低い『師範学校用』が使用されていた。中でも国語教科書は、官庁文書や商用文など簡単な実用日本語を教えるために編纂されていたがため、とりわけレベルが低かった。つまり、朝鮮総督府は朝鮮の学生に日本語や日本文学を真面目に教えるつもりは全くなかったのである。それゆえ、日本人先生たちが割り当てられた総督府教科書を二、三週間で終えた後、日本人中学校で使う教科書を副教材形式として教えたのは、おそらく教育者的良心によるものであったと、兪鎮午は述懐している。

＊42　森田芳夫「資料――第三章日本統治期」（『韓国における国語・国史教育――朝鮮王朝期・日本統治期・解放後』原書房、一九八七年）四七六頁。

＊43　兪鎮午「片片夜話――文学と私」（『東亜日報』一九七四年四月九日付）。

＊44　一九二二年、京城第一高等普通学校と改称。

＊45　このエッセイでは独歩について触れていない。が、郭根はその著『日帝下の韓国文学研究――作家精神を中心に』（集文堂、一九八六年、五〇頁）の中で、兪鎮午は「中学校に入学した後、徳冨蘆花、高山樗牛、夏目漱石、国木田独歩、賀川豊彦の作品を読んだ」と指摘している。

＊46　一九三九年二月一八日付『東亜日報』には「高等女学校編同徳高等女学校」探訪記事が掲載されている。それによれば、「同校（同徳女学校）には体育室、博物標本室、理化学機械室があって、その方面の教育にも力を注ぐ一方、特に学生たちの芸術的な素養を育てるために図書室には『世界戯曲全集』『近代劇全集』『現代日本文学全集』『シェイクスピア全集』のほかに、一般美学に関する書籍が取りそろえられている」と、学校図書館には日本で出版された各種全集が配置されているだけではなく、それらが学生たちの芸術的感性を高める教養書として推薦されていることが指摘されている。

＊47　昭和初期、一冊一円の安価な全集が相次ぎ刊行された。出版界の不況打開のために企画されたが、その契機を作ったのは改造社の『現代日本文学全集』（一九二六）である。以後新潮社『世界文学全集』、平凡社『現代大衆文学全集』、春陽堂『明治大正文学全集』、アルス『日本児童文庫』などが次々と出版され、空前の円本ブームが巻き起こった。出版社は続々と刊行される全集を宣伝するために著名文士を使って各地で記念講演会を行い、派手な広告合戦を展開した。その一環として『東亜日報』をはじめとする朝鮮の各新聞にも全集を宣伝する各出版社の全面広告が次々と掲載されたのである。

＊48　ほかに、新潮社版『世界文学全集』も中高校生が必ず読まなければならない必読書として勧められた。

＊49　安宇植『金史良――その抵抗の生涯』（岩波新書、一九七二年）と『評伝　金史良』（草風館、一九八三年）参照。

＊50　安宇植　註＊49によれば、至って民族主義的色彩の強い家庭に育った金史良は、平壌の中学課程をほとんど終えた後来日したがために、日本語にはあまり自信がなく、日本語力アップのために努力を惜しまなかったという。

＊51　川村湊「金史良の生と死、そして文学」（『金史良作品集――光の中に』韓国語：ソダム出版社、二〇〇一年）三二八頁。

＊52　拙稿「時代状況と文学の接点――兪鎮午「馬車」と国木田独歩「運命論者」」（三枝壽勝ほか『韓国近代文学と日本』ソミョン出版、二〇〇三年）。

＊53　北野昭彦「浪漫派の若者たち」（『二十世紀の日本文学』白地社、一九九五年）四六頁。

第Ⅰ部

第一章　恋愛、手紙、そして書簡体という叙述形式——「おとづれ」と李光洙「幼き友へ」

1　自由恋愛と近代化

(1)　恋愛不在の国

かつての朝鮮社会では、婚姻前に男女が関係を持つことはもちろん、夫婦でさえも愛の表現を慎まねばならないという性に対する強いタブーがあった。こうしたタブーは東アジア共通のものではあるが、それが、文学作品においても徹底され、例えば、中国の『金瓶梅』や日本の井原西鶴の作品に見られるような奔放な愛を描いたものは、朝鮮では生みだされることがなかった。無論、朝鮮に男女間の愛を語った文学作品がないわけではなく、結婚相手を自由に選ぶ風習も全くなかったわけではない。例えば『北史』（六五九）には、高句麗では「男女相悦ぶ者」同士が自由意志にもとづいて結婚をしていたと伝えられている。[*1] また、新羅の代表的な文学作品である郷歌には、当時の結婚風俗を伝える次のような歌がある。

ソウル月明けき夜、
夜もすがら遊び暮らし
寝所に入れば
脚は四つなり。

二つは我れのものなれど
二つは誰がものぞ
もと我れのものなれど
今奪いたるを如何にすべき。*2

「処容歌」（八七九）という名で知られるこの歌には、夫以外の男性と関係した妻が描かれている。そのために「処容歌」は朝鮮最初の姦通文学として知られ、主人公の処容は朝鮮文学史上初のコケット、つまり女房を寝取られた男として名高い。また高麗時代の男女も、解放的な雰囲気の中で自由恋愛を楽しんでいたことを次の歌は伝えている。

双花店に双花（饅頭）買いに行ったら
回回おやじがおらの手を握っただ
そしておやじの言うことにゃ
これが店の内外でうわさになれば
タロルコディル
小さいお前　子役者め　お前が言うたと思うぞよ
トロツンション　タリルディル　タロルコディルタロル
お前の寝床にわしも行く
ウィウィ　タロルコディル　タロル

こげなひどい寝床は見たことない[3]（拙訳）

朝鮮時代に淫詞と言われて排斥された有名な「双花店」（一二七五～一三〇八）の第一連である。この歌は全部で四連で、ある娘が双花店に饅頭を買いに行ったところ、その店の主人であるモンゴルの「占領軍」が手を握り、寺に火を灯しに行ったところ「僧」が、井戸へ水を汲みに行ったら龍、すなわち「王」が、酒屋に酒を買いに行ったら酒屋の主人、すなわち「庶民」が手を握ったという内容となっている。つまり、この歌は当時の高麗の退廃的な社会相、すなわち上は王から下は庶民に至るまで、また宗教界も占領軍もおしなべて腐敗している様子を余すところなく伝えているのである。[4]

このように見てくると、朝鮮でも高句麗時代から新羅、さらには高麗時代までは自由な男女交際が行われていたことが分かる。しかし、朝鮮時代に入って儒教が国教となると、男女の愛情を表現した作品は「淫書」といわれ、その模倣すら許されず、特に情事を扱ったものは厳しく禁止されるようになった。その結果、朝鮮社会は長く恋愛不在の世界になってしまったのである。

ところが、この恋愛不在の世界に西洋の「恋愛文化」、すなわち男女の交際の自由と恋愛の自由が入ってきて、親の取り決めによる結婚しか知らなかった人々の生活基盤や意識に大きな変化をもたらすことになったのである。

(2) 日本留学と東京、そして自由恋愛

そもそも近代以前の東アジアには「恋愛」という言葉は存在しなかった。「恋愛」は十九世紀末、西洋の文物や文化の受容に積極的であった日本が、それまで男女間の思慕の感情を表していた「色」や「情」や「恋」といった言葉に対する新しい概念として取り入れ、一八八〇年代末に英語の Love を翻訳した新造語である。[5] この新しい言

葉が、朝鮮や中国に受容され、儒教の影響下にあった東アジア社会の結婚観を根底から覆したわけであるが、とりわけ、自由恋愛の波に翻弄されたのは中流や上流階級の知識人たちであった。なぜなら、彼らは西洋からもたらされた新しい学問や思想、教養を身につけながらも、一方では伝統的な儒教の教養や世界観・倫理観の下で成長していたからである。つまり、古い価値観を完全に捨てきれない状態で新しい価値観を受け入れていたのである。そのため、彼らは新しい価値観と古い価値観の葛藤に悩み、古い価値観を捨てきれない自分に嫌悪感すら抱いていた。中でも本人の意志を無視する結婚風習に対する嫌悪感はもっとも早く、かつ強い形で表出されたのだが、それを意識しはじめた場所はほかでもない、留学先の日本なのであった。

韓国における日本留学は一八八一年から始まるが、一九〇五年を契機に量的にも質的にも変化する。すなわちそれ以前は、政府の有力者の子弟が比較的短期間、派遣される官費留学生が中心であったのに対して、一九〇五年以降は多数の先進的な中流階級の子弟が自主的に渡日した。[*6] いわゆる私費留学の始まりである。さらには、この頃から女子も来日するようになり、一九〇八年には九名に過ぎなかった女子留学生が一九二六年には二三四名に増え、朝鮮各地から来日した三七一一名の男子学生とともに勉学に励んでいた。[*7]【表2】は、一九一二年から一九四四年まで朝鮮人女子留学生が在学していた学校と学生数を示したリストである。

この表からも分かるように、女子留学生たちは東京から横浜、京都、奈良、大阪、神戸、広島など日本全国で学んでいたが、その大半は女子美術学校を始め東京にある私立女子専門学校に通っていた。女子留学生が増え始めた一九一〇年代から二〇年代にかけての東京は、まさにモダン都市へと生まれ変わろうとしている頃であった。街にはデパートやカフェ、おしゃれなビルが建ち並び、断髪と洋装のモダンガールとモダンボーイが闊歩していた。このモガ、モボたちは誰にも憚ることなくカフェやダンスホールに遊び、大衆都市文化の花開く東京をリードしていた。留学生たちは、モダンでおしゃれで猥雑で危険で、そしてミステリアスな東京という大都会に戸惑いながらも、

【表 2】 女子留学生の在籍した学校と学生数（1912 ～ 1944 年*8）

学　校　名	人数	学　校　名	人数
女子美術学校	107	大阪音楽学校	6
帝国女子専門学校	83	広島女学院専門学校	5
同志社女子専門学校	82	ランバス専修学校	4
日本女子体育専門学校	80	広島女子専門学校	3
日本女子大学	69	東北帝国学校	3
東京女子医学専門学校	61	梅花女子専門学校	2
奈良女子高等師範学校	59	青山学院専門学校	2
東京女子高等師範学校	53	日本体育会体操部	1
帝国女子医薬学専門学校	47	共立女子専門学校	1
実践女子専門学校	28	共立女子薬学専門学校	1
武蔵野音楽学校	22	東京女子薬学専門学校	1
京都女子高等専門学校	20	和洋女子専門学校	1
日本女子高等商業学校	20	女子経済専門学校	1
金城女子専門学校	15	梅光女学校専門部	1
神戸女子神学校	13	広島保師専修学校	1
東京女子大学	12	九州帝国大学	1
神戸女学院専門学校	12	京都府立女子専門学校	1
東京家政専門学校	9	東京女子体育音楽学校	1
活水女学院専門学校	6	横浜女子神学校	1
津田塾専門学校	6	大阪女子専門学校	1
総　計		842	

その自由な雰囲気に引き込まれていった。次の文は、一九一〇年代に東京に留学していた女流文学者、金一葉の一生を紹介する『東亜日報』の連載記事であるが、ここには当時の東京の華やかな雰囲気と、一九一三年から女子美術学校と麹町女学校に在学していた羅惠錫と金明淳の様子が記されている。

東京の繁華な通りは数知れない角帽をかぶった学生の波で覆われ、地上最高の浪漫と哀愁が若者たちによって入り混じった華やかな時節だった。
女流画家羅蕙錫が専門学校の学生として人気を集め、女流詩人でもあり小説家の金明淳は若い浪漫に浸った人生を「エンジョイ」しており、角帽の留学生の中でも人生のすべてを恋愛至上主義に流れる傾向の多かった時節でも

조선일보 大正十五年八月五日（木曜日）
美聲의 主人尹心悳孃
青年文士와 投身情死
洋行하는 아우를 餞送한다 갓든길에
金祐鎭은
舞臺藝術研究者
主人을기다리는
寂寂空房에는
最後의 레코드 吹入
態度
動機는悲
나는不信하오

【図 9】 尹心悳と金裕鎭の心中事件を報道した『朝鮮日報』（1926 年 8 月 5 日付）記事

あった。[9]（拙訳）

金一葉をはじめとする留学生たちは、近代化の進む東京に溶け込んで留学生活を満喫していたが、何によりも彼らを強く惹きつけたのは若い男女の自由な交際と恋愛、そして女性の社交の自由であった。親の取り決めによる結婚しか知らなかった留学生たちは、この新しい習俗に異質さを感じつつも、自分の意思で配偶者を選択するという斬新な行為に魅力を感じずにはいられなかった。すでに一部の留学生の間では親睦会や講習会、講演会などを通じて恋愛関係に陥る者もいた。

ところが、彼らの前には早婚という現実の壁が立ちはだかっていた。当時朝鮮の中流、上流階級の家庭では息子が一〇代半ばになると、年上の女性と結婚させて早目に跡継ぎをもうける習慣があり、当然男子学生のほとんどは故郷に妻子をもつ既婚者であった。[10] それに対して、女子学生はほとんど未婚であった。それゆえ彼女たちは自分に見合う恋愛相手や結婚相手を既婚者の中から選ぶしかなかった。新女性の中に妾や後妻になった者が多い[11]のは、彼女たちにとって伝統的な結婚制度の壁が如何に高かったかを意味する。このような矛盾に満ちた現実を乗り越えようとする女性たちもいた。しかしその代価はあまりにも大きかった。朝鮮初のソプラノ歌手として知られる尹心悳が妻子のいる男性と無理心中を図ったのはよく知られた事実である。
尹心悳は、東京音楽学校に在学中の一九二一年に在日朝鮮人留学生親睦会を通じて知り合った早稲田大学生だった金祐鎮と恋に落ちた。しかし、大富豪の長男であった金裕鎮は当時の習慣に従ってすでに結婚していた。だから二人の恋は社会的に許されない、いわゆる不倫なのであった。二人は愛情と倫理の間で苦しんだが、結局因習の壁を越えられず、一九二六年八月四日、玄界灘に身を投げた。[*12] ジャーナリズムは競ってこの心中事件を報道し[*13]、高等教育を受けた女性の恋愛と結婚問題が社会的に注目された。

(3) 自由恋愛と早婚の壁

一九二六年当時、女子の普通学校就学率がまだ一〇%にも達していなかったという教育事情[*14]を考慮すると、尹心悳のように高等教育を受けた女性は非常に恵まれた、かつ貴重な存在なのである。本来ならば、彼女たちは留学などを通じて学んだ知識を社会に普及する重要な役割を担っていたはずである。しかし、それらの知識は因習的な結婚制度の前では邪魔もの以外の何物でもなかった。

このような現実に強い不満をもつ知識人達は、自由な男女交際と結婚の実践こそが朝鮮社会を封建的因習から救い出すことだと考え、自由恋愛を近代化のための重要なテーマとして取り上げるようになったのである。[*15] もちろんこれは決して朝鮮に限ったことではない。近代中国においても、「自由恋愛の実践」は「それと関連する婦人問題、例えば男女平等、女子教育」と密接に結びついていたし[*16]、日本の近代においても、自由恋愛は女性蔑視の風潮を打ち破る思想と一体化していた。[*17]

ところで、愛し合いながらも既婚男性と未婚女性であるがゆえに破局に終わるという問題は、啓蒙的な作品を書いていた当時の作家たちには格好のテーマとなった。なぜなら、当時の文学者たちにとって自由恋愛とは若い男女が愛を通じて人間の自由な意志を妨げる封建的な因習の不合理さを悟り、真の自我に目覚めるものとしてとらえられていたからである。言い換えれば、自由恋愛は近代意識の鼓吹と近代的自我の確立という側面から強調されたのである。[*18]二葉亭四迷の『浮雲』(一八八七)は、日本における近代的自我と内面を、恋愛事件を通して浮き彫りにした最初の文学作品として知られているが、『浮雲』より二〇数年遅れて韓国に自由恋愛を紹介し、普及につとめたのは、二回にわたる日本留学を通じて西洋文化に接していた李光洙(一八九二〜一九五〇)である。

李光洙は早婚制度によって結婚したものの自らの結婚に強い疑問をもち、東京留学中に医学を勉強している進歩的な女性に巡り合い、大恋愛の末に再婚する。この離婚と再婚の過程で味わった道徳的・心理的な葛藤や苦悩を、彼は次々と作品化し、西洋の恋愛文化に憧れていた若者たちを虜にしたのは周知の事実である。

李光洙は、朝鮮近代文学における恋愛文学の完成者といわれるほどたくさんの恋愛小説を執筆している。そのテーマは、一貫して魂と肉体の葛藤を経て魂が勝利する愛、すなわち肉体関係を超越したプラトニック・ラブである。[*19]不倫や姦通、裏切りといった男女間の肉体関係が中心をなす一九二〇年代の恋愛小説と一線を画する李光洙の恋愛小説は、精神的関係に重点を置く相思相愛の平等な男女関係を強調する明治期の恋愛小説と通じるものがある。[*20]その出発点となったのが一九一七年に発表された「幼き友へ」であるが、実はこれに国木田独歩の「おとづれ」(『国民之友』一八九七年一一月)が影響を及ぼしている。

独歩は大恋愛の末に佐々城信子と結婚するが、その結婚生活はわずか半年で破綻し、離婚という痛手を負う。信子との恋愛と結婚、そして離婚は、有島武郎の『或る女』(一九一一〜一九一九)の主人公早月葉子の人物像の造型に影響を与えるほど、当時最もスキャンダラスな恋愛事件として世間の注目を集めた。傷ついた独歩は自分のもとを去っていった信子の後日談を描くことによって癒しがたい失恋の苦しみから脱却しようとした。それが「おとづれ」である。この作品は「鎌倉夫人」(一九〇二)「第三者」(一九〇三)とともに、女に背かれた男の心情を一方的に告白しているだけなので、作品としての評価は今ひとつ芳しくない。しかし、「おとづれ」は有島武郎の『或る女』の主人公、早月葉子の人物像を形作る上で材料を提供したばかりでなく、朝鮮初の近代書簡体小説である「幼き友へ」に影響を及ぼしているという点で見逃せない作品である。

そこで本章では、日本における近代短編小説の開拓者であり、また自然主義の先駆者と評されている国木田独歩の、これまであまり注目されることのなかった「おとづれ」を、朝鮮近代文学の「起源」を考察する一つの例として挙げようと思う。

2 「おとづれ」と「幼き友へ」

「幼き友へ」は、当時最も先進的なテーマとされた「自由恋愛」を、それまで一度も用いられることのなかった書簡形式で描いた作品である。そこでまず、「幼き友へ」のあらすじを紹介する。この小説は四通の手紙で構成されている。第一通目の手紙では、異国上海で病気にかかり、人生のすべてが信じられなくなった〈私〉のところに見知らぬ清国の姉弟が訪ねてきて献身的に看護してくれたおかげで〈私〉はかろうじて気力を取り戻すということが語られる。第二通目では、名前も告げずに行方をくらましてしまった姉弟を探し求めているうちに、この清国の婦人を愛していることに〈私〉は気づく。そして、彼女が置いていった手紙を発見し、彼女は何と、かつて激しく愛していた金一蓮だということが分かる。その出会いの感慨から〈私〉は六年前の恋愛事件を思い出す。東京で留学生活を送っていた〈私〉は親友の妹に一目ぼれした。その思いは日増しに募り、居ても立っても居られなくなった〈私〉は彼女に求愛の手紙を送った。しかし、送られてきた返事は既婚者である〈私〉の愛を受け入れることができないという一方的な内容であった。ショックのあまりに生きる希望を失った〈私〉は鉄道自殺を図るなど自暴

第參百六拾參號 （一一〇） 國民之友 第貳拾壹卷 （七三八）

おとづれ

國木田獨步

上

五月二日附の一通、同十日附の一通、同二十五日附の一通、以上三通にて吾すでに厭足りぬと思ひ玉ふや。最早かゝる手紙願くは送り玉はざれとの御意、確かに承はりぬ。されど今は貴孃が吾に斯く願ひ玉ふ時は過ぎ去りてわれ貴孃に願ふの時となりしを奈何にせん。昨年の春より今年の春まで一年と三月の間、吾は貴孃が乞はるゝまゝにわが友宮本二郎が上を語せし手紙十二通を送りたり、十二通に對する君が十五通の殺狀を數えても一年と三月が間の貴孃がよろこびの程は知らる。今十二通の迹に漲る春の樂を變へて三通を貫く苦き消息となし玉ふは貴孃ならずや。貴孃が如何に深き事情ありとも排解き玉ふとも、甲斐なし、宮本二郎が沈みゆく今の有樣に何の關りあらん。彼の三通はげに貴孃が讀むを好み玉はぬ理ぞかし、これを認めしわれ、心亂れて手も顫ひければ。されど吾すでに此三通にて厭足りぬと思ひ玉はゞ誤なり。今はわれ貴孃に願ふべき時となりぬ。貴孃は我願を入れ、忍びて此の成行を見ざるべからず、而も貴孃、此の落着は遠くもあるまじ、次を見候へ。——手荒らく窓を開きぬ。

地平線上は灰色の雲重りて夕闇をこめたり。そよ吹く風に霧雨舞ひ込みて我面を拂へば何となく秋の心地せらる、たゞ萌え出づる青葉のみは季節を欺き得ず、げに夏の初、此年の春は此長雨にて永久に逝きたり。宮本二郎は言ふまでもなく、貴孃も吾も此悲しき、あさましき春の永久にゆきて復たかへり來らぬを願ふぞうたてき。

わが心は鉛の如く重く、暮れゆく空の雲を眺め入りて暫時は夢心地せり。吾には少しも此夜の送別會に加はらん心あらず、深き事情も知らでたゞ壯なる言葉放ち酒飲みかはして、宮本君が此行を送るを呼ぶも何かせん。

げに春てふ春は永久に逝きぬ。宮本二郎は永久を契りし貴孃千葉富子に負かれ、われは十年の友宮本二郎と海陸、幾久しく別れて又た何時逢ふべきやを知らず、斯くて此二人が樂しき春は永久にゆきたり。わが心は鉛の如く重く、暮れゆく空は墓の如し。

此時階下の大時計六時を靜かに打ち、泥を噛む轍の音重々しく聞えつ、車來りぬ、起つともなく起ち、外套を肩に掛けて階下に下り、物をも言はで車上に身を投

【図 10】 国木田独歩「おとづれ」
（『国民之友』1897 年 11 月）

靑春第九號 九六

어린 벗에게

외배

□第一信

사랑하는 벗이어—

前番 平安하다는 便紙를 부친後 사흘만에 病이들엇다가 오늘이야 겨우 出入하게되엇나이다。사람의일이란 참 밋지못할것이로소이다。平安하다고 便紙쓸때에야 누라서 三日後에 重病이 들줄을 알앗사오리잇가。健康도 미들수업고 富貴도 미들수 업고 人生萬事에 미들것이 하나도 업나이다。生命인들 엇지밋사오리잇가、이便紙를 쓴지 三日後에 내가죽을는지를 엇지 아오리잇가。古人이 人生을 朝露에 비진것이 참 맛당한가하나이다。이러한中에 오직 하나 미들것이 精神的으로 同胞民族에게 [illegible]影響을 끼침이니 그러하면 내몸은 죽어도 내 精神은 여러 同胞의精神속에 살아 그 生活을 營攝하고 또 그네의 子孫에게 傳하야 永遠히 生命을 保全할수가 잇는것이로소이다。孔子가 이리하야 永生하고 耶蘇와 釋迦가이리하야 永生하고 여러 偉人과 國士와 學者가 이리하야 永生하고 詩人과 道士가 이리하야 永生하는가하나이다。

나도 只今 病席에서 닐어나 사랑하는 그대에게 이便紙를 쓰려할제 더욱 이 感想이 깁허지나이다。어린그대는 아직 이 뜻을 잘 理解하지 못하려니와 聰明한 그대는 近似하게 想像할수는 잇는가하나이다。

내 病은 重한 寒感이라하더이다。元來 上海란 水土가 健康에 不適하야 이곳온지 一週日이 못하야 消化不良症을 어덧사오며 이번 病도 消化不良에 原因한가하나이다。첨 二三日은 身體가 倦怠하고 精神이 沉鬱하더니 하로 저녁에는 惡寒하고 頭痛이 나며全身이 쓸니어 그 괴로옴이 참 形言할수 업더이다。어느덧 한잠을 자고나니 이번은 全身에 모닥불을 퍼붓는듯하고 가슴은 밧작밧작 쫄여라고 燥渴症이 나고 脈은 부글부글 끌는듯하야 가금 精神을 일코 군소리를 하게되엇나이다。

이때에 나는 더욱 懇切히 그대를 생각하엿나이다

【図 11】 李光洙「幼き友へ」
（『青春』1917 年 7 月）

自棄の生活を送っていたが、やがて新しい生きがいを見つけて上海に渡ったという過去が告白される。そして三通目では、健康を回復した〈私〉が上海からアメリカへ行こうと海参威へ向かう途中、乗っていた船が水雷に撃沈されて危ない目に遭う。その騒ぎの中で同じ船に乗っていた金一蓮と偶然再会し、二人とも無事救出される。最後の四通目では、祖国に向かう汽車の中で金一蓮の過去、すなわち留学中に東京帝国大学の奇才と深く付き合っていたが、彼の突然の死に絶望してドイツに向かう途中遭難事故にあったという事情を知らされる。しかし、それでも〈私〉は金一蓮との邂逅の奇跡を思い、再会を喜び、将来を思い描くが、既婚者である今の〈私〉の立場では金一蓮との愛は成就できないという現実を嘆き、結局は宿命的人生観に屈する。以上が「幼き友へ」のあらすじであるが、李光洙がこの作品を執筆するに際して、独歩の「おとづれ」から多くのヒントを得ていることがいくつか確認できる。ここでは次の三点に注目してみたい。

(1) 叙述形式

第一に、叙述形式の類似が指摘できる。「おとづれ」は、〈吾〉という男が将来を約束した女性に一方的に背かれてしまった友人の心情を、その友人を見捨てた女性に二通の手紙で報告するという書簡体小説である。一方「幼き友へ」も、〈私〉という男が既婚者であるが故に愛する人を諦めねばならなかったその失恋談を、友人に四通の手紙で報告するという書簡体小説である。つまり両作品は、ともに失恋した男のこれまでの言動と心境がそれぞれに二通と四通の手紙文に認められ、その中で物語が展開されていくという形をとっている。しかも、発信者と受信者が直接手紙を交換するのではなく、発信者が一方的に送りつける、いわゆる「一方送信型」という点においても一致している。

実は、朝鮮近代文学における書簡体小説は十七、八世紀の西洋の書簡体小説のように複数の人物が互いに手紙をやりとりするのではなく、一人が一方的に書き送る「一方送信型」を特徴とする。[*21] 近代に入って初めて描かれた書簡体小説が、西洋の書簡体小説のような「相互送信型」ではなく、「一方送信型」となっているところに朝鮮近代文学の「起源」を問題視せずにはいられないが、そのことを作品に即して分析すると、例えば、金一蓮が〈私〉に送った離別の書簡と、富子から二郎に宛てられた離別の書簡は離別を決心するに至るまでの金一蓮と富子の心の葛藤や経緯について語った重要なものである。にもかかわらず、そのことについては何にも触れず、一方的な離別宣言となっている。独歩の「おとづれ」では富子から来た手紙が次のように紹介されている。

五月二日付の一通、同十日付一通、同二十五日付の一通、以上三通にて吾すでに飽き足りぬと思ひ玉ふや。最早かゝる手紙願くは送り玉はざれとの御意、確かに承はりぬ。(四三頁)

夏の玉章一通、年の暮れの玉章一通、確かに届きぬ。（中略）弁解の言葉連ね玉ふな、二郎とても吾とても貴嬢が弁解の言葉きゝて何の用にかせん。[*22]（五三頁）

〈吾〉は富子から返事を受け取っているにもかかわらず、その具体的な内容については一切語らず、富子の手紙を一方的に「弁解の言葉」を並べたものに過ぎないと決めつけている。一方「幼き友へ」でも、金一蓮から来た返事の内容にはまったく触れることがなく、それを読んだ〈私〉の独白からその内容が分かるような仕組みになっている。

学校から帰ると、机の上に一通の封筒が置いてありました。待ちに待った三日ぶりのこともあって胸騒ぎがしました。私は封筒の文字を見ました ―― 果たして彼女の筆跡でした。私は手紙をポケットにいれたその足できびすを返して大久保の野原に向かいました。（中略）封を切ることは切りましたが、中身を取り出せずしばらく躊躇しました。やがて封筒の中身を取り出しました。嗚呼、その中から何が出てきたのでしょう？私は激怒しました。「嗚呼」と叫び、ぱっと立ち上がってその手紙をずたずたに切り裂いてしまいました。それでもなお足りず、それに唾を吐き、足で踏んづけてしまいました。そしてあても無く周囲を彷徨いながら、侮蔑された羞恥と、それに対する憤怒をこらえられず、一人で拳を握りしめ、歯ぎしりをして地団太を踏みながら「嗚呼」「嗚呼」と叫び続けました。[*23]（一一六～一一七頁、拙訳以下同）

このように、富子と金一蓮が男に送った手紙は、別れを告げる、あるいは求愛を断るという重要なものであるにもかかわらず、具体的な内容がまったく紹介されていない。それゆえに読者は離別を決心するに至った富子と金一蓮の心情を直接二人からではなく、〈吾〉と〈私〉を通じて間接的に知るのである。つまり両作品は、受信者からの返事がなく、ある場合もその返事は作品の中では何の効果も発揮せず、ただ発信者の心情だけが一方的に綴られている典型的な「一方送信型」の作品である。この「一方送信型」の書簡形式が、後に朝鮮近代文学を代表する書簡形式となったことは注目に値する。

(2) 作品構成

第二に、両作品の構成に類似が見られる。前述した「幼き友へ」のあらすじと比較しつつ、「おとづれ」のあらすじを見ていく。まず(上)においては、それまで相思相愛の仲だった千葉富子から一方的に交際を打ち切られた宮本二郎が、その失恋の痛手を癒すために南洋に赴く前の心境と、その送別会の席上で地震が起こって災難に見舞われる様子を、〈吾〉の視点からその時々の感慨をこめて描かれる。そして(下)に入ると、宮本の帰国後、宮本と富子、それに〈吾〉の三人が横浜行の列車で偶然乗り合わすことになるのだが、富子には新しい恋人の宇都宮時雄が同伴している。しかも二人はかつて二郎と富子が出会った思い出の地、鎌倉に遊びに行くところである。このような事実を目の当たりにしても二郎の富子に対する慕情はますます募るばかりだと〈吾〉が富子に報告するという内容である。

つまり、両作品はともに、まず導入部で失恋した男が手紙を書くに至った現在の苦しい心境を告白し、次に愛していた女性から一方的に交際を断られ、その痛手を癒すために海外に行くことになった経緯、そして出発に際して災難に見舞われるが無事救出されたことが告げられる。結末部では、何年後かに自分を捨てた女性と列車の中で偶然再会したこと、そしてその女性にはすでに新しい恋人が存在していたが、それでもその女に対する未練をどうすることもできないという心情が告白される。このように整理してみると、両作品の構成が一致していることは明らかである。

(3) **描写**

第三に、小説の導入部、展開部、結末部といった物語の節目ともいうべき部分の描き方及び叙述の類似性が指摘できる。まず導入部について言えば、両作品はともに失恋した者の悲哀という通奏低音が効果を発揮できるように、もの淋しい暗鬱なトーンをかもしだす単語を選んだり、あるいは不吉なイメージを連想させる「墓」、「死」、「病気」などといった言葉を多用している。たとえば独歩の「おとづれ」の書き出しは次の通りである。

手荒らく窓を開きぬ。

地平線上は灰色の雲重りて夕闇をこめたり。そよ吹く風に霧雨舞ひ込みて我面を払へば何となく秋の心地せらる、たゞ萌え出づる青葉のみは季節を欺き得ず、げに夏の初、此年の春は此長雨にて永久に逝きたり。宮本二郎は言ふまでもなく、貴嬢も吾も此悲しき、あさましき春の永久にゆきて復たかへり来らぬを願ふぞうたてき。(四三〜四四頁)

これに対して、李光洙の「幼き友へ」の書き出しは次のようなものである。

人間の事はまことに信じられぬものであります。(中略) 健康も信じられず、富貴も信じられず、人生万事に信じられるものは何一つもありません。命でさえいかに信じられましょうか。この手紙を書いてから三日後に、私が死ぬかどうか、如何にして知りえましょうか。(中略) 今、私が、君を切実に思うのは異国の宿で一人寂しく病んで臥している身であるからでしょう。私は寂しさのあまりにうそでもいいから君が私のそばにいてくれるだろう、私の頭や手を握ってくれるだろうとも想像しました。夢現に君が私のそばにいるように思われたので目を覚ましたところ、寒々とした電灯だけが無心に天井にぶら下がっている部屋には硝子窓の隙間から冷たい風だけがびゅうびゅうと吹き込んでいるのでした。世間にはいろいろな苦しみがあると言うけれど、異国の宿で一人淋しく病に伏せている苦しみにまさるものはありますまい。(九六〜九七頁)

このように、季節こそ初夏と冬といった違いはあるものの、両作品はどちらも窓からもの淋しい暗鬱な風景が見える、あるいは寒風が吹きすさぶ寂しい部屋の中で感慨に耽っている主人公の様子を描いている。こうしてみると、場所といい、主人公の設定といい、共通性があることは間違いあるまい。

さらに「おとづれ」の小説世界をつつむトーンを見てみると、「わが心は鉛の如く重く、暮れゆく空は墓の如し」とか、「百噸の帆船は彼がための墓地たるを知らざるなり」「凍れる心は血に染みたり」「空気は重く湿り、茂り合ふ葉桜の陰を忍にかよふ風の音は秋に異ならず」「水溜に映る雲の色は心失せし人の顔の色の如く、これに映るわが顔は亡友の棺を枯野に送る人の如し」など、ことさら不吉なイメージを感じさせる言葉が連ねられているが[*24]、このようなトーンは「幼き友へ」の描写にも散見される。すなわち、「死についても考えた」「病気が次第にひどくなって明日かあさって、または今晩にでも命が朽ちてしまうのではないか」「私は今病気から全力で逃げ出さない限り、その無気味な死という恐怖に全身を襲われるような気持ちになる」「人は一生涯に得たあらゆるものを、墓に入る日、そのすべてを墓にとられる」「死を思い、そして恐れる」などとやはり死の気配をただよわせる暗鬱なトーンがかもし出されている。このように、両作品は書き出しで、「墓」・「死」・「病気」といった暗く、不吉なイメージを醸し出す単語を多用することによって、これから語ろうとする物語の主人公の深刻で暗鬱な心境を暗示しており、その点においても類似しているといえる。

次に展開部においては、主人公が災難に見舞われ、波乱に満ちた筋立てとなる点が一致している。「幼き友へ」では、中国の上海で病気にかかった〈私〉が、かろうじて健康を回復したのちアメリカへ旅立とうと船で海参威に向かう。が、その途中、運悪く乗っていた船が水雷に当たって撃沈されてしまうのである。

かつて聞いたこともない轟然たる爆音がし、船体が空中に浮いて落ちるかのように揺れました。もしかすると「水雷？　沈没？」という考えが稲妻のように頭をよぎりました。扉を蹴って甲板の方に駆け出していく途中、どしゃぶりのような水しぶきに気を失いそうになりました。甲板には寝巻のまま飛び出してきた男女が体を震わせながら叫び、船員たちは狂ったように右へ左へと駆け回っていました。われわれの船はすでに三十余度も左舷へ傾き、エンジンの音は死んでいく人の呼吸のように音を立てていました。「水雷だ、水雷だ」という声が口から口へと絶望的に流れていました。（二七頁）

この遭難の場面が「おとづれ」の次の場面とよく似ている。すなわち、南洋に赴く宮本二郎のために開かれた送別会の席上で突然地震が起こり、二郎は危険にさらされることになる。

此時何処ともなく遠雷の轟く如き音す、人々顔と顔見合はす際もなく俄然として家振ひ、童子部屋の方にて積み重ねし皿の類の床に落ちし響すさまじく聞えぬ。

地震ぞと叫ぶ声室の一隅より起るや江川と呼ぶ少年真先に闥を排して駆けいでぬ。壁の落つる音ものすごく玉突場の方にて起れり。躊躇ひ居し人々一斉に駆けいでたり。室に残りしは二郎とわれと岡村のみ、岡村は我手を堅く握りて立ち二郎は卓の彼方に静かに椅子に倚れり。此時十蔵室の入り口に立ちて、君等は早く逃げ玉はずやといふ其声、其挙動、其顔色、自己は少も恐れぬ様なり。此時振動の力更に加はりて此室の壁眼前に崩れ落つる勢すさまじく岡村と余とは宮本々々と呼び立てつゝ戸外に駆けいでたり。十蔵も続て駆けいでしが独り二郎のみは室に残りぬ、(中略)

間もなく振動は全く止みぬ。われ等急に内に入りて二人を求めしに、二郎は元の席にあり、(四九〜五〇頁)

このように、船の沈没と地震の勃発というシチュエーションの違いはあるにしても、海外へ行こうとして思いがけない災難に遭う主人公と、彼を含む三人の人物が描かれているという点においては明らかに両作品の間に共通性が感じられる。

最後に結末部をみると、いわば後日談のような形で主人公が自分を捨てた女性と再会する場面を描いているという点においても両作品は一致している。「おとづれ」では二郎と富子と〈吾〉の三人が横浜行の列車の車内で偶然乗り合わせ、「幼き友へ」では遭難事故から無事救出された〈私〉が祖国に向かう汽車の中で偶然にも金一蓮と一緒になる場面の他に、二人が沈没する船上で劇的に再会する場面も描かれている。

実は、李光洙の小説には登場人物たちが船や汽車といった乗り物の中で偶然再会する場面の設定が多く、それらについてはかなり早くから指摘されている。[*25] 「幼き友へ」はその最初の作品であるが、この点は李光洙文学における独歩文学の影響という点において注目してよかろう。両作品における再会の場面を見てみると、まず「幼き友へ」には〈私〉と金一蓮が沈没しつつある船上というきわめて緊迫した状況の中で劇的に再開する場面から始まる。

「助けて!」という女の声(英語で)が聞こえ、何かを叩く音がしました。その音はすでに水に浸かってしまった一等船室からしたので、私はすぐさまそちらに駆けつけまして「扉を倒しますので後ろに下がってください」といい、持っていた斧でドアのノブを思いっきり叩き壊しました。すると、中から年老いた西洋婦人一人と若い東洋婦人一人が寝巻きのまま飛び出てきました。私は命綱にするために斧で壊した扉を引き離しました。この時、背後から誰かが私にすがりつくので振り返ってみると、それは何と我が恩人、金一蓮ではありませんか。私は挨拶の言葉をかける余裕もなくただひたすら「この扉にしっかりと掴まりなさい。只今救助船が来ます」と言いました。船客と船員たちはすでに一枚ずつ板切れを摑んで海上に浮かんでいました。（中略）船上にはわれわれ三人しかいませんでした。私が斧で扉を壊している間に他は皆下船してしまったのです。嗚呼、どうしよう。この一枚の扉に三人がぶら下がっているわけにも行かないし、だからといっていまさらどうすることもできず、危機迫る状況の中でしばらく躊躇しました。しかし、私は「この扉に乗って出てゆきなさい。一歩間違うとおしまいです。早く早く早く」（三〇～三二頁）

このように、二人はまさに生きるか死ぬかの危機一髪の状況の下で再会を果たすのであるが、それは挨拶も交わすことのできないほど緊迫したものであった。それゆえ、二人が本当に再会を果たしたのは、「おとづれ」と同じく汽車の中である。ようやく救出された〈私〉は、祖国に向かう汽車の中で偶然にも金一蓮と一緒になる。

ちょうど午前四時。（中略）我々の乗っている車内には四つの寝台が上段と下段にそれぞれ二つずつ設置されていました。上段の二つは空いていて、私と金嬢は下段の寝台を占領しました。車内はスチームで暖められてまるで温突部屋にいるようでした。私は金嬢の寝ている顔を見ていました。（中略）私の足音に気づいたのか、金嬢は目を開けながら

「寒いですか?」

「いいえ、寝過ぎたので運動でもしようと思って」

「今何時ですか?」と、言いながら、金嬢は起きあがった。「五時五分です。もっと休んでください。まだ早いですから」と、私は答えました。私は何となく恥ずかしい気がして金嬢をまっすぐ見ることができず、窓を眺めたり、電灯を見たりしていました。(一三〇~一三四頁)

この場面と呼応するのが、「おとづれ」の(下)の再会の場面である。富子に裏切られ、ほとんど逃げるような気持ちで外国に行った二郎が、一年後に帰って来て〈吾〉と一緒に、横浜行の汽車に乗り込む。すると、そこに千葉富子が姿を現わす。

午後四時五十五分発横浜行の列車に吾等二人が駆け込みし時は車長のパイプすでに響きし後なることは貴嬢の知り玉ふ処の如し。(中略)弾力強き心の二郎はづか〳〵と進みて貴嬢が正面の座に身を投げたれど、正しく貴嬢を見る能はず両の掌もて顔を覆ひたるを貴嬢が同伴者の年若き君はいかに見玉ひつらん。(五三~五四頁)

この車中での再会は、日本近代文学の中で繰り返して使われるエピソードとして有名な場面である。[*26]独歩は、「おとづれ」の続編として知られる「鎌倉夫人」の中でも恋人に捨てられた主人公が新橋の停車場で偶然、昔の恋人に会うエピソードを再び使っている。また、有島武郎は『或る女』の冒頭で、葉子が横浜へ行くために新橋で列車に乗り、そこで偶然元婚約者である木部と思いがけず出くわす場面を作っている。『或る女』の車中での再会の場面は、独歩の「おとづれ」と「鎌倉夫人」から影響を受けていることはよく知られている事実である。

李光洙は、この汽車の中での再会のエピソードがよほど気に入ったらしく、「幼き友へ」をはじめ『無情』(一九一七)『土』(一九三〇)『再生』(一九三五)の中で繰り返して使っていた。「幼き友へ」はまさにその先駆的な作品であるが、それに独歩の「おとづれ」が影響を及ぼしている。両作品を比較すると、汽車の中で二人が隣同士に座って会話を交わす場面での主人公のうろたえぶり、相手の態度から別れた後の消息を互いに推測し合うといった仕掛け、さらに列車の出発時間など、両者の影響関係は明らかである。

以上、小説の形式と構成、場面のシチュエーションという三つの要素を考察してきたが、結論として李光洙は、「幼き友へ」を執筆するに当たって独歩の「おとづれ」から多くのヒントや示唆を受けていたことは明らかである。そのことを端的に示しているのは、「幼き友へ」の主人公が失恋の果てに大陸を放浪し、紆余曲折を経て昔の恋人と再会するというストーリーと、「おとづれ」の主人公が失恋の痛手を癒すために外国へ行って帰国後、昔の恋人と再会するというストーリーとの一致である。これは単なる偶然とは思えない。

しかしながら、「幼き友へ」を執筆した作者が、ストーリーよりも、むしろ失恋談を手紙で綴るというその叙述方法を試みたかったとするならば、「おとづれ」を自覚的に受容していたと認めてもよかろう。

3 方法としての書簡

独歩は大恋愛の末に佐々城信子と結婚したが、信子はすぐ出奔してしまう。ひどく傷ついた独歩は失恋の苦しみから脱却するために、自分のもとを去っていった信子の後日談、いわゆる「佐々城信子もの」[*27]を執筆しているが、その際に必ず書簡形式を用いている。別れて間もない頃に描かれた「おとづれ」も、何年か経って執筆された「鎌倉夫人」も「第三者」も、いずれも女に背かれた男が送った書簡という形式をとっている。独歩はなぜ失恋の苦しみを書簡形式で綴ったのだろうか。次の文章からその理由が推測できる。

自分の作た『おとづれ』が国民の友に出た。これが第二の小説である。世間は冷ややかに迎へても宜しい。△子は書き送た、『この「おとづれ」読み玉ひし人多き中に初の一字より終の一字まで涙と共に繰り返し〳〵読たるは妾一人ならん』と。自分は満足である。悲しい満足を感ずる。実は北海道の乙女にも読ましたい。[*28]

（傍線は筆者）

独歩は「北海道の乙女」、すなわち佐々城信子に読ませるために「おとづれ」を執筆していたことがこの文章から分かるのである。離婚後、独歩は信子との関係修復を強く望んだ。その気持ちは新しい恋人「△子」、すなわち後に妻となった榎本治子が出来ても変わらなかった。しかし、その望みとは裏腹に独歩は信子と会うことはもちろん連絡をとることさえもできなかった。独歩は何としてでも信子と連絡をとって今の自分の気持ちを伝えたかった。この信子に会いたい、伝えたいという強い気持ちが、明らかに独歩自身を思わせる失恋者から信子と思われる元恋人に送る手紙の形を取った作品を執筆させたのである。

瀬沼茂樹氏は、「この書簡体小説を一読するものは、誰しも独歩と先妻佐々城信子との関係から、宮本二郎と千葉富子との関係が連想されていることに気づかう。独歩はこの癒しがたい失恋の苦しみを第三者の立場で描き、未練な感情からの脱却をはかたもの」[*29]と述べている。しかし、この主張はすぐに否定され、滝藤満義氏は「おとづれ」を「『申し訳ないほど偽装』した不出来な作品」[*30]とまで酷評している。

「おとづれ」に対するこのような不評は、中島礼子氏もその著『国木田独歩―初期作品の世界』の中で指摘しているように、恋愛の破局の原因を一方的に相手の女性に求める叙述に負うところが大きい。というのも、第三者として設定された〈吾〉が第三者としての役割をまったく果たさず、むしろ宮本二郎と一体化してしまったがために、物語は千葉富子に背かれた宮本二郎の思いだけが一方的、かつ執拗に述べられているからである。本来ならば、二郎のもとを去っていった富子の言い訳や理由が説明されねばならない。しかし、そのような記述が一切ないまま、一方的に富子を非難し、恋の破綻の原因を富子の異性関係に求めている。この一方的な叙述がとりもなおさず、「おとづれ」の不評の要因になったのである。

しかし、「おとづれ」を書いた独歩の意図が、実は先妻の佐々城信子に書簡を出すことにあったとするならば[*31]、「おとづれ」の不評は最初から予想されていたことかも知れない。なぜなら、離婚直後の独歩はなぜ信子が自分のもとを去っていったのか、その理由を冷静に考えるよりも、むしろ自己の想い、すなわち自分を捨てた信子への憎しみと怨みを伝えるのに性急だったからである[*32]。

一八九五年一一月一日、独歩は佐々城信子と結婚式を挙げた。佐々城家からの出席者のいない、非常に淋しい結婚式ではあったが、独歩は信子を手に入れた悦びに浸りきった。その時の様子を、「午後七時信子嬢と結婚す。わが恋愛は遂に勝ちたり。われは遂に信子を得たり」と、独歩は日記に記している。ところが、さまざまな障害を乗り切ってスタートした結婚生活は、わずか半年たらずで信子の裏切りで幕を閉じ、独歩の自信は無残にも砕かれてしまう。己の体験した恋愛に強い自信のあった独歩にとって信子の背信は決して許されるべきものではなかったと思われる。むろん信子への憎しみと恨みは時間の経つにつれて次第に対象化・客観化されていったが、離婚直後の独歩の信子への心情は、

昨夜も彼の女を夢みぬ。彼の女後悔して余に帰り余に幾度なくキッスしたるを見たり。
彼の女、如何に余を欺きたりと人々は言ふも余は信ずる能はざる也。彼の女なくしては余は世界に何の趣味

なき心地す。[*33]

というように、夜事に信子の夢を見、その夢に現われた信子をして自らの行為を反省させるというきわめて一方的なものである。しかし、現実の独歩は信子に会うことも、個人的に連絡をとることも出来ないという非常にもどかしい状態に置かれていた。この時の生々しい内面を綴ったのが、後に明治における日記文学として樋口一葉の『一葉日記』と石川啄木の『啄木日記』とともに読み続けられる『欺かざるの記』である。

しかし、独歩の傷は日記の記述だけで癒されるものではなかった。どうしても現実の信子に自己の思いを伝え、結婚を破綻させた反省を促したかった。そのためには、ぜひとも書簡体という叙述様式が必要だったのであった。

ところで、李光洙の「幼き友へ」が恋愛に破れた男の後日談を綴ったものであることはすでに前節で見てきたとおりであるが、李光洙も独歩と同じく恋愛が破綻した話を書くに当たって書簡形式を用いている。彼はなぜ書簡形式を用いたのだろうか。独歩のように失恋の責任を相手の女性に転嫁するためであろうか。それとも単なる偶然なのだろうか。その点を端的に物語っているのは、「幼き友へ」の第二信のなかの有名な恋愛論の記述である。

私は朝鮮人です。愛という言葉は聞いたことはあるけれど、味わったことのない朝鮮人です。朝鮮に男と女がいないはずがないでしょうが、朝鮮の男女は未だに愛を通じて会ったことがございません。朝鮮人の胸中に愛というものがないはずがないでしょうが、朝鮮人の愛情はその芽が出る前、社会の習慣と道徳という石に押しつぶされて枯れてしまいました。なるほど朝鮮人は愛というものを知らない国民であります。[*34]

朝鮮人には愛がないという文章ではじまるこの恋愛論は、朝鮮における最初の本格的恋愛論として、それまで恋愛どころか、恋愛という言葉の意味さえ知らなかった朝鮮社会に恋愛とは何かを初めて知らしめた作品として、文壇はもとより読書界に与えた影響は計り知れない。これまで見てきたように、「幼き友へ」は旧結婚制度による男の悲哀を描いたものである。そこで李光洙は、恋愛の破綻の原因が早婚にあるという主題を説明するために、長いスペースを使って旧結婚制度の弊害を論じると同時に自由な結婚制度の意義を唱えた。その分量の多さから言えば、小説というより論説文とも見做せるだろう。そして、これらの主張が自由恋愛を渇望する当時の若者に支持されていた。李光洙にライバル意識を強く持っていた金東仁は、「幼き友へ」をはじめとする李光洙の作品が一九一〇年代の若者に与えた影響が如何に凄まじかったかを、次のように記している。

当時の青年たちは、一年に一、二回にしか発行しない『青春』(李光洙作「少年の悲哀」(八号)「幼き友へ」(九号~一一号)「彷徨」(一二号)が連載された総合文芸雑誌)をどれほど待ちわびていたことであろう。また、そこに掲載された李光洙の小説をどれほど愛読していたことであろうか? 朝鮮各地で離婚問題が巻き起きった。自由恋愛の犠牲となった少女たちが新聞の三面記事を賑わした。同時に解放された(?)女性たちは朝鮮各地で拒婚同盟を作った。[*35](拙訳)

金東仁によれば、「幼き友へ」は単なる小説ではなく、結婚問題に悩みを抱えていた若者に自由恋愛の「手引書」として受け入れられていたのである。[*36] このように考えていくと、「幼き友へ」を執筆した作者の意図が、失恋の告白だけではなく「愛というものを知らない国民」に、恋愛のすばらしさや愛の尊さを教えるためであったことも自ずと頷ける。そのことを裏付ける事実として、李光洙には作家活動を始める当初から一貫して伝統的な結婚制度を批判し続けた、もう一つの顔がある。とりわけ、早婚制度に対する批判は他の追従を許さないほど厳しいものがあったが、これは彼自身が早婚制度の被害者だという認識があったからである。

一九一〇年、祖父の取り決めで心ならずも結婚させられた李光洙は、愛情のかけらもない結婚生活に悩んだ末、ついに一九一八年離婚する。そして、一九二一年、東京留学中に知り合った進歩的な女性と大恋愛の末に再婚する。この離婚と恋愛結婚という騒ぎの中で、彼が「早婚の悪習」(一九一六)「婚姻に関する管見」(一九一七)「婚姻論」(一九一七)「子女中心論」(一九一八)といった一連の評論を執筆することによって、早婚の弊害と伝統的な結婚制度の矛盾を痛烈に批判するとともに、新しい結婚観として自由恋愛結婚を主張し、孝の国の儒者達を震撼させたことはあまりにも有名な話である。「幼き友へ」はその延長線上で書かれた作品である。すでに見てきたように、「幼き友へ」は恋愛に破れた主人公が大陸を放浪し、紆余曲折を経て昔の恋人と再会するという、自由恋愛を扱った小説である。しかし、その一方では伝統的な結婚観を否定・批判する啓蒙小説としても知られる。むしろ、後者の見方の方が一般的とも言われているが[*37]、実はこの「啓蒙」という目的こそ彼が、「幼き友へ」を執筆したもう一つの理由にほかならない。

李光洙は自分の思想や考え、価値観を主人公の口を借りて読者に伝えることを得意とした作家として知られている。すでに見てきたように、「幼き友へ」では愛を知らない朝鮮民族に延々と恋愛論を論じて結婚制度の矛盾を突いている。一方、最初の長編小説『無情』でも、伝統的な結婚観を頑なに守っている女性に向かって新しい結婚観と恋愛観を説くことによって自殺を思いとどまらせている。この民衆を啓蒙したい、民衆に伝えたいという作者の気持ちは、「幼き友へ」において明確かつ強烈な形で表出された。というのも、同じ頃に書かれた「少年の悲哀」や『無情』、『開拓者』(一九一八)などは、伝統的な結婚制度の矛盾を突く作品であるという点においては「幼き友へ」と変わらない。しかし、「幼き友へ」は、直接読者に語りかける書簡形式を用いることによって、読者が作者の言わんとする心に秘めた想いや感性の震え、あるいは意図までをも共有することができたという点が新しい。この書簡形式は文学を通して近代化を目指す啓蒙的な作家には最も有効な手段となったわけだが、李光洙はまさにその先駆者であった。つまり、李光洙が「幼き友へ」を執筆した動機と目的は、伝統的な愛の形しか知らない読者に、新しい恋愛観や結婚観を説くことであった。そして、この誰かに伝えたいという欲望が彼に書簡という形式を選択させたわけである。

このように見てくると、独歩が「おとづれ」を執筆した動機と目的が、実は離婚後の信子への「個人的なメッセージ」[*38]であるとするならば、李光洙のそれは愛というものを知らない国民を「啓蒙するためのメッセージ」であったと言える。この片方は「個人」で、片方は「国民」であるというずれは、東アジア各国における近代化の過程を、はからずも露呈している。それはともかく、「おとづれ」と「幼き友へ」は「一方送信型」の書簡形式を用いることによって、前者は女に背かれた男の切ない思いを、後者は伝統的な愛の形しか知らない民衆を啓蒙したいという思いを表現することができたのである。

ただし、李光洙が「幼き友へ」を執筆する前の朝鮮文学には、完全な書簡形式で書かれた小説がまったく存在していない。とすると、李光洙は如何にしてその手法を取得していったのかが問われる。

4　書簡体小説という叙述形式と日本近代文学

いくつもの手紙を連結させて物語を綴っていく書簡体小説の起源は古く、紀元一世紀頃のローマのオウィディウスの韻文恋愛詩『名高き女たちの手紙』にまで遡ることができる。しかしもちろん、近代的な書簡体小説の起源は十八世紀頃にある。イギリスのリチャードソンの『パミラ』(一七四〇)を皮切りに、フランスではラクロ『危険な関係』(一七六四)、ドイツではゲーテ『若きヴェルテルの悩み』(一七八四)、ロシアではドストエフスキー『貧しき人々』（一八四六）のようなすぐれた書簡体小説が登場した。[*39] とりわけ『若きヴェルテルの悩み』の出現は、その後の書簡体小説の隆盛に大きな影響を及ぼし、書簡体形式が世界中に広がり、一つの独立した小説様式として確立される契機を作った。

『若きヴェルテルの悩み』は、日本でも早くから注目され島崎藤村ら『文学界』の同人たちが英訳を介してではあるが、いち早く影響を受けているばかりでなく、一九〇四年にはすでに完訳が出るほど人気があった。[*40] この現象は朝鮮においても例外ではなかった。時期は少々ずれるが、一九二三年に『若きヴェルテルの悩み』がはじめて翻訳・紹介[*41]されて以来、書簡体小説は当時の作家の間でもっとも新しい小説様式として高い関心を集め、一九二〇年代には世界に類をみない書簡体小説が文壇で大流行した。一九一七年に発表された李光洙の「幼き友へ」はまさにその先駆的な作品だったのである。

ところが、全編手紙だけで構成される書簡体小説は、「幼き友へ」が執筆される前、例えば朝鮮時代の小説や開化期の新小説にはまったく存在しなかった新しい手法である。この新しい手法を李光洙は如何にして取得したのか。独歩との影響関係から推測すると、独歩の影響を受けたという結論を下すことができる。が、もちろん李光洙が創作した可能性も否定できない。さらに彼の二度にわたる日本留学を考慮すると、問題は単純ではない。

李光洙は一九〇七年から一九一〇年と、一九一五年から一九一九年の二度、日本に留学している。その間、彼には西欧や日本の近代小説を読むことによって、近代小説の手法を学んでいたという紛れもない事実がある。この書簡形式もそうした彼の小説研究の成果の一つであった。そこで、李光洙がこの形式を導入したことが韓国近代小説史において如何なる意味をもつのかを明らかにするために、彼が「幼き友へ」を執筆する前に接したと思われる韓国と日本、そして西欧の書簡体小説について見て行くことにする。

(1) 韓国における書簡体小説

◉朝鮮時代の小説

書簡体小説にはじめて関心を示した李在銑氏は、その著『韓国短編小説研究』(一志社、一九七二年)の中で韓国における書簡体小説の起源について次のように語っている。

> 書簡を小説の中に挿入するようになったのはすでに古く、朝鮮時代の小説でもよく見かけられる。(中略)ただし、全編書簡だけで構成される書簡体小説は一編もなく、書簡の一部を小説の中に挿入することによって、叙述や構成に重要な役割を果たすものは意外と多い。いわゆる艶情(恋愛)小説には、とりわけ書簡を挿入したものが多い。(中略)近代以前に、全編書簡だけで構成される書簡体小説が生まれてこなかったのには、手紙そのものがもつ実用性を虚構性に変えていく契機がなかったことと、小説形態に対する固定観点もなかなか崩すことができなかったからであろう。[*42](拙訳)

氏によれば、近代以前の朝鮮文学にも書簡体小説は存在していた。ただし、全編書簡だけで構成されたものは一編もなく、いずれも書簡の一部を小説の中に挿入したものである。そして、その傾向が顕著に表れているのが恋愛小説の最高傑作として知られる『春香伝』を始めとするいわゆる艶情(恋愛)小説である。書簡体小説の起源を、男女の間に実際に交わされていた恋文に求めるとするならば、朝鮮における書簡体小説もその伝統から例外ではなかったということになるが、とりわけ朝鮮時代では、書簡は重要な役割を果たしていた。

前述したように、儒教を国是としていた朝鮮時代は男女の交際の自由や配偶者の選択の自由が制度的に制限されていた。それゆえ男と女は七歳になると、内外法が適用されて直接会うことができなくなる。だからといって、朝鮮時代の男女はまったく恋愛ができなかったわけではない。彼らは直接会えない代わりに書簡という手段を通じて好きな人にこっそり会ったり、自分の想いを伝えたり、互いの愛情を確かめ合ったりしていたのである。つまり、書簡は直接会ってはいけない閉鎖的な社会に生きる朝鮮男女にとってはなくてはならない重要な意思疎通の道具なのであった。『春香伝』『雲英伝』『英英伝』『淑英娘子伝』『彩鳳感別曲』『白鶴扇伝』といった艶情小説に挿入された書簡は、「男女七歳にして席を同じうせず」という厳しい儒教倫理下においても男女間の愛が営まれていたという事実を端的に示している。

しかし李在銑氏も指摘しているように、朝鮮時代の小説に挿入された書簡は、艶情小説以外の小説に採用されることもなく、その機能も男女の出会いの場面以外に使われることもない。もちろん、書簡そのものが作品の主題になることも、構成の中心になることもなかった。書簡はあくまでも男女の出会いの道具としての機能しか持っていなかった。そこに近代文学との断絶が指摘されるのである。

◉開化期の新小説

それでは、近代的な郵便制度の確立や通信手段の発達に伴い、手紙のやりとりが人々の日常生活の一部になりつつあった開化期に書かれた新小説の場合はどうであろうか。全編書簡だけで構成される作品は未だ現われなくても、書簡を挿入した作品は朝鮮時代に比べてはるかに増えている。新小説の嚆矢として知られる李人植の『血の涙』(一九〇六)を皮切りに、李海朝の『驅魔剣』(一九〇八)、崔瓚植の『秋月色』(一九一二)『金剛門』(一九一四)『海岸』(一九一四)『雁の声』(一九一四)、李相協の『再春逢』(一九一二)『涙』(一九一三)、金宇鎮の『榴花雨』(一九一三)など、ほとんどの新小説が作品中に書簡を挿入している。[*43] しかも、その機能も男女の出会いの手紙はもちろんのこと、人を罠に陥れる計略の手紙や、父母の結婚強要への反対の意思を伝える家出の手紙をはじめ迷信に追従して滅んでいく本家を心配する手紙、新文明に触れた感動を伝える手紙など、実にさまざまである。これはそれだけ郵便制度が普及していることを意味する。

朝鮮に近代的な郵便制度が導入されたのは一八八四年一一月八日である。しかし、事業を始めて一八日目の一二月四日、郵政局の開設祝賀宴を契機に、いわゆる甲申政変が起こり、郵便事業は延期を余儀なくされた。一八九五年、ようやく復活された郵便制度は一九〇〇年万国郵便連合への加入を経て本格化し、一九一二年には全国に五〇〇余りの郵便取扱所が設置され、まだ都会中心とはいえ、ほぼ全域で郵便が利用できるようになった。[*44] これに伴って郵便の取扱量も爆発的に増加し、一九二五年一年間だけで七千万通の郵便が取り扱いされるなど、手紙を書く習慣が人々の間に急速に広まった。その結果、世間には手紙の書き方を教える書物や恋愛書簡文集が氾濫し、出版社も競って書簡文集を出したり、特集号を組んだりした。[*45]

若い男女が心に思っていることをその相手に手紙で伝えようとする際に、拙い文章では感動を与えられない。では、どのような手紙が人の心を惹くのか。

（『男女情熱の手紙』好文社広告、『東亜日報』一九二五年七月三一日付、拙訳）

手紙を上手に書く能力に長けている人は出世が早い。交際用とか商業用とか、兎も角上手に手紙を書くと、万人の尊敬を受けることもできるし、処世することもできる。

（「『文章百科大辞典』広告」、『三千里』一九三六年一二月、拙訳）

これは、『東亜日報』と『三千里』に掲載された手紙の書き方を宣伝する書簡文集の広告文である。一九二〇年代と三〇年代当時の人々にとって手紙はもはや日々の安否を確認したり、男女交際を媒介したりする私的な機能に

【図12】 1920年代後半から30年代にかけてよく売れた日本語の手紙教材『手紙書く時これは便利だ』の雑誌広告＊46

【図13】 1923年発売と同時にベストセラーとなった恋愛書簡集『愛の炎』（盧子泳）の新聞広告＊47

とどまらず、立身出世など社会的目的を達成するための道具と化していたことが、この広告から分かる。

ところがこのような手紙の使い方を、一九二〇年代、三〇年代よりも前に知り得ていた者たちもいた。それが、前述の開化期の作家たちである。日本に留学中、一足先に郵便制度に接していた彼らは、手紙が安否確認や男女の出会いを媒介する機能の他にも、人を罠に嵌めたり中傷誹謗したりする、いわゆる世俗の欲望を実現するために用いられているという新しい事実を知って驚く。そして彼らは、帰国後、開化運動の一手段として書き始めた小説に、朝鮮でスタートしたばかりの郵便制度を取り入れたのである。郵便という舞台で多彩な出来事が繰り広げられた彼らの小説は、従って、前代の小説とは一線を画すこととなった。ただし、残念ながら、全編手紙のみという本格的な書簡体小説はこの時点では描かれるに至らなかった。

以上のように見てくると、一九一七年に発表された李光洙の「幼き友へ」以前には全編書簡だけで書かれた本格的な書簡体小説は一編もないということが分かる。李光洙はこの形式をいったいどのように書き上げたのであろうか。

金一根氏はその著『諺簡の研究―ハングル書簡の研究と資料集成』（一九八六）の中で、韓国における書簡体小説の起源を「伝統文学からの発展」とするか、それとも「西洋文学からの移入」とするかという問題について「小説の場合は西洋文学の影響によってはじめて書簡形式の導入が可能となった」と結論付けた後、次のような説明を加えている。

> 古代小説の場合には朝鮮王朝末期に至るまで、さらには甲午改革以後書かれた新小説には書簡体小説は見当たらない。西欧でも十八世紀に入ってようやく書簡体小説が登場し、それが近代小説の起点となったという事実を考慮すると、韓国の古代小説はもちろん、東アジアにおいて書簡体小説の自主的な出現は期待しにくい状況であり、また史実である。したがって、一九一七年に書簡形式で描かれた李光洙の「幼き友へ」はおそらく日本が取り入れた西欧のそれを導入したと見た方が妥当であろう。[*48]（拙訳）

つまり氏は、韓国における西洋文学の受容という視点から考えると、書簡形式も他のジャンルと同じく日本に受容されていた西洋文学を取り入れたものと見た方が妥当であるという。この主張に対して朱鍾演氏は、

> 書簡体小説が日本を経て韓国に移入されたことは事実だが、具体的にどういう形で行われていたのかについてはほとんど知られていない。これには本格的な比較文学的アプローチが必要だが、まだ課題として残されている。[*49]（拙訳）

と、書簡体小説は日本を経て韓国に移入されたという、かなり突っ込んだ見解を示しているが、残念ながら指摘にとどまっている。この「日本」という漠然とした指摘に対して具体的な言及を行ったのが趙鎮基氏である。氏は、有島武郎の書簡体小説「宣言」（一九一五）と「小さき者へ」（一九一八）は韓国の書簡体小説の成立に大きな影響を

及ぼした作品であると指摘しているが、[50]やはり彼も具体的な分析にまでは至っていない。そこで改めて日本における書簡体小説に注目してみることにする。

（2）日本における書簡体小説

◉近代以前の書簡体小説

近代以前の日本文学には、完全な書簡形式で書かれた書簡体小説は少なからず存在する。世界における書簡体小説の嚆矢とされている『パミラ』より、五世紀も早い平安朝末期に成立した『堤中納言物語』の中の一編として書簡体小説「よしなしごと」がおり、同じく『パミラ』に先行すること半世紀の一六九六年には、日本における書簡体小説の完成期の作品といわれる井原西鶴の『萬の文反古』が刊行されている。[51]

暉峻康隆はその著『日本の書簡体小説』（越後屋書店、一九四三年）のなかで、『萬の文反古』は単にスタイルの上で先行しているわけではなく、名もない庶民を主人公とし、庶民生活の明暗を厳しく追及しているという点から見ても、近代小説として世界の文学に先行していると指摘している。[52]しかし残念なことに、明治以後書かれた書簡体小説の大方は、過去に優れた遺産を持っているにもかかわらず、他の近代文学同様、外国のスタイルを学んだものである、と氏は主張している。[53]つまり、日本の書簡体小説は朝鮮と同じく、伝統文学からではなく、西洋文学の強い影響下で形成されていたのであるが、その日本の書簡体小説が朝鮮に影響を及ぼしていたといえるのである。

◉近代以後の書簡体小説

朝鮮人文学者の日本留学は一九〇五年から本格化するが、一九〇〇年を前後に、日本では沢山の書簡体小説が出版された。例えば、アンデルセンの作品を翻訳した森鷗外の『即興詩人』（一八九二～一九〇二）を皮切りに、国木田独歩「おとづれ」（一八九七）「鎌倉夫人」（一九〇二）「第三者」（一九〇三）など、永井荷風『監獄署の裏』（一九〇九）、近松秋江『別れた妻に送る手紙』（一九一〇）、有島武郎『宣言』（一九一五）「小さき者へ」（一九一八）など、芥川龍之介「二つの手紙」（一九一八）、菊池寛『ある抗議書』（一九二〇）、武者小路実篤『友情』（一九二〇）など、完全な書簡体小説だけでもかなりの量が出版されている。[*54] この他に作品中に書簡が挿入されたものを含めると、当時、書簡体小説は作家達の間で最も人気のあった叙述形式の一つであったことが分かるが、そのなかでも、とりわけ独歩は書簡体小説を好んだ作家として知られている。

独歩は約六〇編の短編小説を残しているが、その中で完全な書簡体で書かれているものが一三編もある。列挙すると次の通りである。

「おとづれ」（一八九七）「野菊」（一八九七）「火ふき竹」（一八九八）「無窮」（一八九九）「初孫」（一九〇〇）「鎌倉夫人」（一九〇二）「湯が原より」（一九〇三）「第三者」（一九〇三）「一家内の珍問」（一九〇四）「夫婦」（一九〇四）「都の友へ、B生より」（一九〇七）「都の友へ、S生より」（一九〇七）「渚」（一九〇七）[*55]

一人の作家がこれほどたくさんの書簡体小説を書いた例はまずない。しかも量だけではなく、その技法上においても様々な工夫を凝らしている。例えば「鎌倉夫人」「初孫」のように作品自体が一通の書簡になっているもの、「おとづれ」のように同一の人物の手による数通の手紙からなっているもの、また「夫婦」「第三者」のように二人が取り交わした数通の手紙から組み立てられているもの、「原叔父」「武蔵野」のように作品中に書簡を挿入したものも非常に多い。それほど独歩の書簡体小説はその量と形式、種類において同時代の作家をはるかに超えていたが、とりわけ好んでいた形式は一人の発信者が一人の受信者に送り続ける「一方送信型」である。

(3)「一方送信型」による書簡体小説と独歩の短編小説

書簡体小説は、一編の書簡からなるものと、いくつかの書簡を交換するものに大きく分けられるが、これはさらに一声型と二声型、そして多声型の三つの形態に分類することができる。[*56] 一声型が一人の人物が決まった相手に手紙を送るのに対して、二声型は二人が相互に手紙を交換し、多声型は三人以上が入り乱れて手紙をやりとりする形態を指す。書簡体小説の技法上の特性をもっとも巧みに活用し、成功した作品として知られるラクロの『危険な関係』(一七八二)は多声型に分類される。

『危険な関係』に代表されるように、西洋では三人以上の手紙をやりとりする「相互送信型」の書簡体小説が主流となっている。それに対して朝鮮では、一人の発信者が一人の受信者に送る「一方送信型」が主流であることは前述した通りであるが、そのきっかけを作ったのがほかならぬ李光洙の「幼き友へ」である。つまり、李光洙は朝鮮の書簡体小説が「相互送信型」ではなく「一方送信型」になるのに決定的な影響を及ぼした作家なのである。李光洙はこの新しい形式を留学先の日本で読んでいた日本文学、とりわけ独歩の作品から学んでいたことはこれまで見てきたとおりである。一九〇〇年代の日本では独歩を始め森鷗外、永井荷風、近松秋江などによって「一方送信型」の書簡体小説が多く執筆されていた。[*57] 中でも独歩は「第三者」と「夫婦」を除くほとんどの書簡体小説が「一方送信型」である。ワーズワースやモーパッサン、ツルゲーネフなど西洋文学の影響を強く受けていた独歩が、複数の人物が入り乱れて手紙をやりとりする西洋の書簡体小説の伝統について全く無知だとは思えないが、彼は「相互送信型」よりも「一方送信型」を特に好んだ。それはなぜか。ここには彼の作家としての資質が深くかかわっていると思われる。

遠藤満義氏によれば、独歩は特定の読み手・聞き手というものを想定しないと文章が書けないタイプの作家であったという。[*58] だから彼は日清戦争に従軍した時にも「愛弟」という特定の読者を想定して従軍記事を書いていたのである。この特性は作家になっても変わらなかった。特定の相手の存在を必要とする書簡形式はもちろん、書簡形式以外の作品においても、独歩は一貫して語りかけたり、呼びかけたりする特定の相手を想定した作品を描き続けた。例えば、「画の悲み」や「女難」「正直者」「少年の悲哀」などは、いずれも「と岡本某が語りだした」「今より四年前のことである」「これから私の身の上噺を一ツ二ツお話しいたします」「と一人の男が話し出した」というように、一人の男が語り始めるという形式になっている。

　この特定の読者を想定して語りかけるという形の文体は、作者と読者の間を親密にするという利点を持つが、一方では特定の読者以外のものは受け入れない、あるいははじき出してしまう短所をも持っている。[*59] それゆえ、独歩の小説は同時代の文壇から「素人くささ」が指摘されるなど、[*60] あまり評価されなかった。「少年の悲哀」などは発表当初「作は拙劣読む可からず、筆の稚気ありて乳臭を脱せざる、尋中の二三年生さへ、此れ程の悪文は作られる可」（『帝国文学』一九〇二年九月）とまで酷評されている。

　後に独歩は日本における近代短編小説の始祖と評され、生前の不遇は十分以上に報われたが、その独歩の短編小説の近代性をいち早く評価したのはほかならぬ朝鮮から来日した李光洙や金東仁、田榮澤ら留学生である。中でも李光洙は、独歩の短編小説からそれまでの朝鮮文学には存在しなかった新しい手法や文体、モチーフを習って作家としてスタートを切った最初の作家である。一方送信型の書簡形式はその中の一つであるが、これがまた一九二〇年代の朝鮮文壇に受け継がれていたことを思うと、独歩の影響の広さと深さは計り知れないのである。

(4) 日本留学と外国文学

　ただ、当時の日本では独歩以外にも多くの作家が書簡体小説を書いていたし、ゲーテの『若きヴェルテルの悩み』など西欧の書簡体小説が数多く翻訳されていたので、独歩以外の書簡体小説の影響を受けている可能性は大いにあると思われる。次の文はそれを端的に示している。

「ゲーテと私」というものを書いてほしいと言われましたが、私はゲーテについてはまったく無知です。ゲーテの作品の中で読んだのは『若きヴェルテルの悩み』と『ファウスト』だけなのです。『若きヴェルテルの悩み』は学校のドイツ語の教科書で習い、『ファウスト』は森林太郎博士の日本語訳と新渡戸稲造博士の『ファウスト物語』で読みました。（中略）人格的にも芸術的にも彼の感化を受けたこともなく、『ファウスト』はどうもよいとは思わないし、むしろ退屈でさえありました。彼が偉大な人物であり、芸術家であることには間違いありませんが、私にとってはそれほど縁のある人物ではございません。*61（拙訳）

これによれば、李光洙は一九一五年から一九一九年一月まで在学していた早稲田大学時代に書簡体小説として世界的に名高いゲーテの『若きヴェルテルの悩み』を読んでいたことが分かる。とすると、李光洙は「幼き友へ」を執筆する際にはすでに十七、八世紀の西洋の書簡体小説に対する知識を持っていたことが知られる。実際、李光洙は明治学院中等部時代から日本文学をはじめ日本語に訳された西洋文学を数多く読んでいた。「金鏡」（一九一五）、「私の少年時代――十八才少年が東京で綴った日記」（一九二五）、「ゲーテと私」（一九三二）、「杜翁と私」（一九三五）、「多難たる半生の途程」（一九三六）、「彼の自叙伝」（一九三六）、「私の告白」（一九四八）、「私」（一九四八）といったエッセイや自伝的小説、回想録などには明治学院中等部時代以来読んでいた作品や作家が具体的に記されているのである。以下に、李光洙が繰り返し言及している作品及び作家名を列挙する。

木下尚江：『火の柱』『良人の告白』『霊か肉か』『飢渇』

夏目漱石：『三四郎』（二回）『坊っちゃん』『虞美人草』（二回）『吾輩は猫である』『文学論』
田山花袋：『蒲団』『花袋集』『野の花』
島崎藤村：『破戒』『春』『藤村詩集』
徳冨盧花：『思い出の記』
国木田独歩：諸短編集（二回）
永井荷風：『ふらんす物語』『あめりか物語』
長谷川天渓：『自然主義』
綱島梁川：『病間録』
バイロン：『海賊』（四回）『天魔の怨』（四回）『バイロン伝記』『ドンファン』（二回）『文界之大魔王』
トルストイ：『我宗教』『アンナカレーニナ』『復活』
ゴーリキー：『ゴーリキー短編集』
モーパッサン：『女の一生』『イカモノ』
イプセン：『蘇生の日』『建築師』『人形の家』
スコット『湖上美人』、ミルトン『失楽園』、ハーディ『野の花』、ユゴー『レミゼラブル』、ゾラ『パリ』、『沙翁物語集』、『ナポレオン言行録』、『詩人の恋』、『新約聖書』、『テニソン詩集』、李白、ツルゲーネフ、チェーホフ、ワーズワース、ディケンズ、シェイクスピア、プーシキン[*62]

（（　）の中の数字は記録した回数）

このリストからも分かるように、李光洙は当時一世を風靡していた自然主義に関心を示し、それらを読んでいたが、自然主義への関心は深まることはなかった。むしろ、彼は日本の作家では木下尚江と夏目漱石、西洋ではバイロンとトルストイといった、いわゆるアンチ自然主義の作品を読みだし、生涯にわたってその影響を受けたと語っている。実は、李光洙は夏目漱石について言及する時に必ず独歩についても触れている。例を挙げてみると、以下のようなものがある。

よいと思う小説を何編か推薦するとしたら、1．旧約聖書、2．トルストイ『復活』、3．ユゴー『レミゼラブル』、4．ディケンズ『ディビッド・コッパーフィールド』、5．ハーディ『テス』、6．デュマー『モンテクリスト伯』、7．水滸誌、8．国木田独歩『諸短編集』、9．夏目漱石『坊っちゃん』『吾輩は猫である』、10．春香伝、11．玉楼夢、12．淑香伝「私が小説推薦するならば」（『東亜日報』一九三一年一月五日、傍線は筆者。以下同）

日本人の作品では、夏目漱石と国木田独歩が好きだったが、今では夏目のものはそれほど再読したいとは思わないが、国木田独歩の芸術だけは何時も読みたいと思っています。

（「李光洙氏との対談録―作品について」『三千里』一九三三年九月）

東京に行ってようやく新文学に接することができました。最初に読んだのが何だったのかはあまり覚えてありませんが、国木田独歩、夏目漱石、バイロン、島崎藤村、田山花袋、トルストイ、木下尚江、これらの人たちのものを読みました。（「多難たる半生の途程―文学生活の芽」『朝光』一九三六年四月～六月）

（それは中学校に通っていた時期だった）夏目漱石に学んだのが何だったのかは分からないが、私は国木田独歩の短編とともに夏目漱石の長編が好きだった。（「多難たる半生の途程―『無情』を書く時とその前後」『朝光』一九三六年四月〜六月）

これらの文章は、李光洙が生涯に渡って独歩の作品を愛読し、その感化を強く受けていたことを如実に物語っているが、ここであらためて注目すべきことがある。それは李光洙が読んだと記している作品中に全編書簡のみで書かれたものは独歩のほかに見当たらないということだ。前述の「ゲーテと私」というエッセイの中で言及した『若きヴェルテルの悩み』は早稲田大学時代に第二外国語として学んでいたドイツ語の授業で知っただけであって、実際読んでいたわけではない。というのも、李光洙が読んだり感化されたりしたとして取り上げている作品や作家は、彼が一九一〇年に明治学院中等部を卒業して以来五年後、一〇年後、二五年後、さらには三五年後、四〇年後にそれぞれ発表してきた回想録や日記、自叙伝のなかで紹介しているものである。つまり、これらの作品や作家に対する李光洙の記憶の信憑性にははなはだ疑わしいものがある。この点に関して波田野節子氏は次のような見解を示している。

記憶の正確さという点からいえば、創作小説とはいえ中学卒業後五年しか経っていない時期に書かれた〈金鏡〉が一番信頼できるだろう。書名と作家名が一番多くあげられている〈日記〉は、実際の日記がもとになっているはずであるから信憑性は高いけれども、発表する時点で著者によって手を加えられている可能性は排除できない。〈多難たる反省の途程〉と『彼の自叙伝』で語られている書物や作家は、四半世紀という時間の濾過作用をへていることからして、李光洙の心にもっとも深く刻まれたものだと考えられる。だがそれから十二年後に書かれた『私』になると、他の回想とあまりにも内容がかけはなれており、むしろ「こうありたかった読書歴」と受け取るべき性質のものではないかと思われる。[*63]

つまるところ、李光洙が読んでいた、あるいは影響を受けていた最初の書簡体小説は独歩のものだということになるが、次の文はその事実を如実に裏付けている。

「熱沙漠々のサハラを旅する人も節々は甘き泉湧き涼き木陰青きオーシスに出遇ひて死ぬ計りなる疲を休むる由あれど人生れ落ちて死の墓に至るまでの旅路には唯一度恋てふ真清水を掬み得て暫時は永久の天を夢むと雖も忽ち醒めて又其淋しき行程に上らざるを得ず斯くて墓の暗き内に達するまで第二のオーシスに出逢ふことなく、たゞ空しく地平線下に沈み了せぬる彼の真清水を懐ふのみ、果敢なきものならず。[*64]」

これは、李光洙が明治学院中等部の卒業を控えた一九一〇年一月三日付けの日記に、独歩の作品の一部を朝鮮語に翻訳して書き記したものである。これまで出典不明としていたこの日記の原文は、筆者の調査によれば「一句一節一章録」（『趣味』追悼号、一九〇八年）の中の一節（一一月八日条）であることが判明した。後に「恋の日記」と改められ、『独歩小品』に収録されたこの作品は、離婚の痛手から立ち直ろうとする独歩と、それを支える新しい恋人、榎本治子との切なく美しい恋愛物語である。[*65]ところが、この「一句一節一章録」の中に「おとづれ」が言及されているのである。これは注目に値する事実である。

昨夜△子から手紙が来た。あゝ憐れの乙女よ、彼女はわが小説を読んで其身を千葉富子にひきくらべた。悲しい哀れな美しい手紙であつた。（中略）

自分の作た「おとづれ」が国民の友に出た。これが第二の小説である。世間は冷ややかに迎へても宜しい。△子は書き送た、「この『おとづれ』読み玉ひし人多き中に初の一字より終の一字まで涙と共に繰り返し〳〵読たるは妾一人ならん」と。自分は満足である。悲しい満足を感ずる。[*66]（傍線は筆者）

つまり、李光洙は一九一〇年前後にはすでに「おとづれ」という書簡体小説の存在を知っていたのである。実際に「おとづれ」を読んでいたかどうか、その事実は確かめようもないが、作品集にも収録されていない小品の翻訳を試みていた李光洙なら当然読んでいたと考えて差し支えないだろう。

これらの事実から次のことが言える。李光洙が「幼き友へ」を書く前に、強く影響を受けたと思われる書簡体小説は、朝鮮文学でも、西欧文学でもない。それはまさしく、留学以来深い共感をもって読み続けてきた国木田独歩の作品なのである。

(5) 翻訳された西欧の書簡体小説

最後に、韓国に翻訳紹介された西欧の書簡体小説を確認してみると、最初の翻訳書簡体小説は、一九一九年二月から三回に渡って在東京留学生楽友会の機関紙『三光』に掲載されたドストエフスキーの処女作『貧しき人々』を訳した「愛する友へ」である。[*67]「幼き友へ」が発表されてから二年後なので李光朱に与えた影響はなかったと思われるが、これを翻訳したのは当時、東京音楽学校に在学していた洪永厚、すなわち洪蘭波である。

洪蘭波は、韓国を代表する作曲家、バイオリニスト、指揮者として知られるが、実は、彼は留学中に音楽のほかに文学にも強い関心を持ち、仲間と文芸雑誌を創刊して西洋の様々な文学作品を紹介するなど、韓国の翻訳文化に大きな足跡を残したというもう一つの顔を持っている。その彼が最初の翻訳作品としてドストエフスキーを選んだのは、おそらく当時の日本文壇におけるドストエフスキーの評価と読み方の影響を受けているからであろう。

ドストエフスキーの代表作の一つである『罪と罰』が日本に翻訳紹介されたのは一八九二年である。[*68] 以後、『貧しき少女（貧しき人々）』（一九〇四）『損害と侮辱と（虐げられた人々）』（一八九三）『白夜』（一九一三）『カラマーゾフの兄弟』（一九一四）『悪霊』（一九一五）などが次々と翻訳され、一九一七年にはついに新潮社から全十七巻の『ドストエフスキー全集』が刊行された。これによってドストエフスキーの作品は知識人を中心に広く読まれるようになったが、[*69] ちょうど一九一六頃年から留学生活を始めた洪蘭波は、自然とドストエフスキーの作品に接し、それらを読んでいたと考えられる。事実、『貧しき人々』を最初の翻訳作品として選んでいる。

当時、ドストエフスキーは大正期の知識人の間で広く読まれるようにはなったものの、まだトルストイに比べると影が薄く、その受け取られ方も人道主義者、霊の人と見るところから一歩も出なかった。それゆえ『罪と罰』や『カラマーゾフの兄弟』といった思想性を前面に出したものよりも、『貧しき人々』や『虐げられた人々』など、涙を誘う感傷的な作品がよく読まれていた。[*70]

中でも、中年の貧しい下級役人マカールと身寄りのない薄倖の少女、ワルワーラとの不幸な愛を往復書簡形式で描いた『貧しき人々』（一八四六）は、洪蘭波が渡日する前年の一九一五年に広津和郎によって翻訳刊行されたばかりでなく、留学中の一九一七年に刊行された新潮社版のドストエフスキー全集にも収録されるなど、比較的に手に入りやすい作品であった。[*71] 洪蘭波はこの小説が非常に気に入ったらしく、一度雑誌に翻訳掲載したものに手を加え、二度（一九二三年と一九三四年）にわたって単行本（一九二三年版は『恋愛小説　青春の愛』新明書林、一九二三年）として出版刊行している。[*72]

その際、彼が使っていたテキストはこれまで出典未詳とされてきたが、筆者が調べたところ、広津和郎の『貧しき人々』（芳文堂、一九一六年）であることが判明した。広津は本書を翻訳するに当たって、Lena Milman の英訳（『Poor

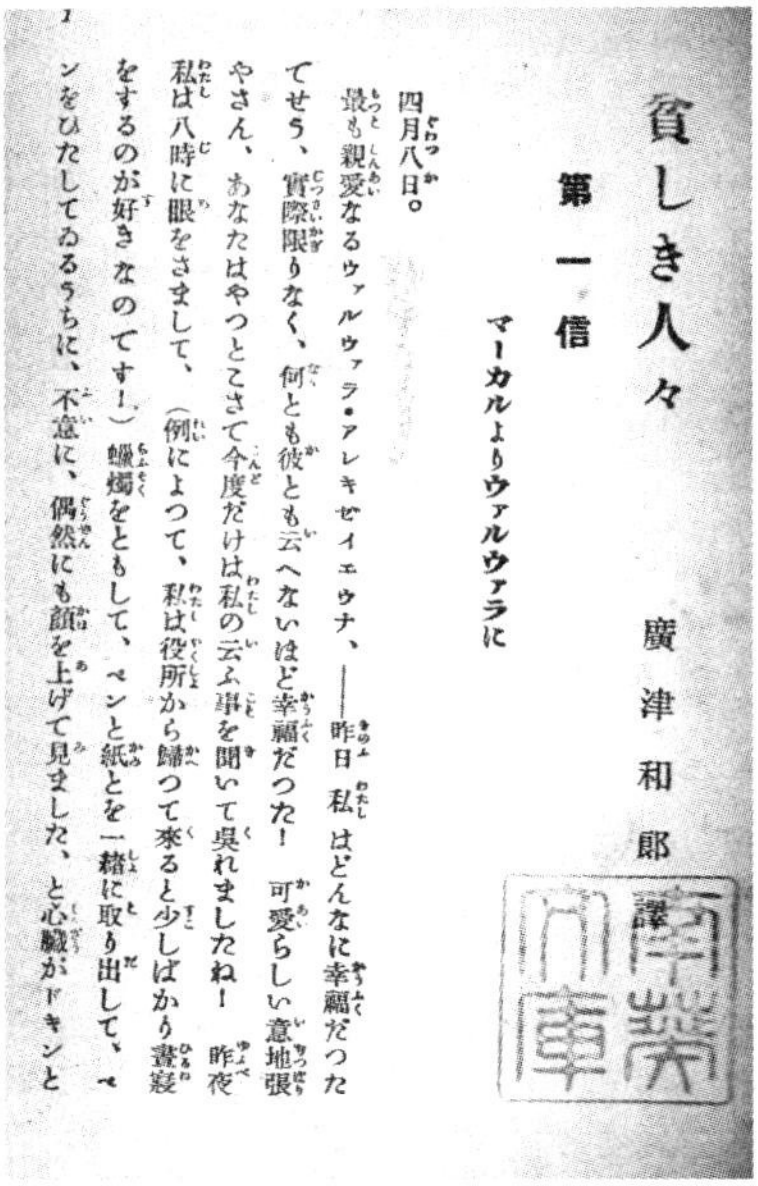
貧しき人々　廣津和郎譯

第一信

マーカルよりヴァルヴァラに

四月八日。

最も親愛なるヴァルヴァラ・アレキセイエウナ、——昨日私はどんなに幸福だつたでせう、實際限りなく、何とも彼とも云へないほど幸福だつた！　可愛らしい意地張やさん、あなたはやつとこさて今度だけは私の云ふ事を聞いて呉れましたね！　昨夜私は八時に眼をさまして、（例によつて、私は役所から歸つて來ると少しばかり晝寢をするのが好きなのです！）蠟燭をともして、ペンと紙とを一緒に取り出して、ペンをひたしてゐるうちに、不意に、偶然にも顔を上げて見ました、と心臓がドキンと

1

【図 14】広津和郎訳『貧しき人々』
（芳文堂、1916 年）

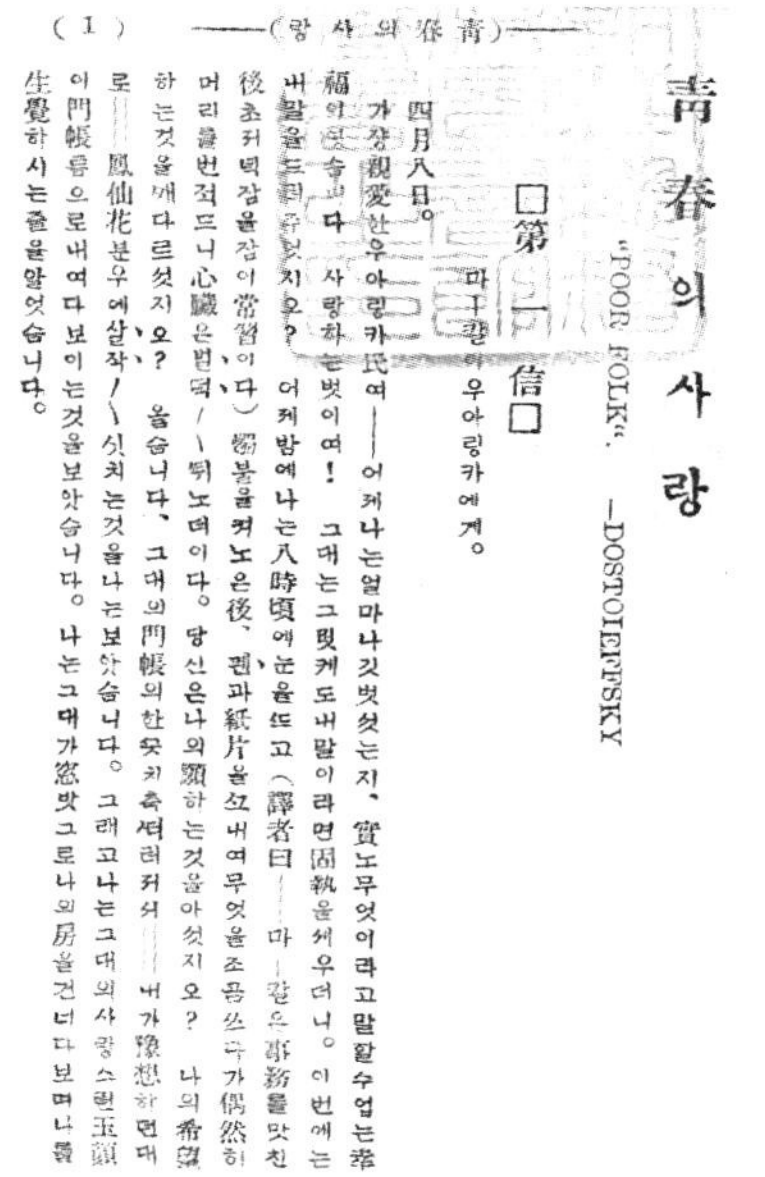
——(青春의 사랑)——　(1)

青春의 사랑

"POOR FOLK". —DOSTOIEFFSKY

□第一信□

마칼이 우아링카에게。

四月八日。

가장親愛한우아링카氏여——어제나는얼마나깃벗섯는지、貧노무엇이라고말할수업는幸福이엇슴니다 사랑하는벗이여！ 그대는그럿케도내말이라면固執을세우더니。이번에는내말을드러주엇지오？ 어제밤에나는八時頃에눈을뜨고（譯者曰——마칼은事務를맛친後초커녁잠을잠이常習이다）燭불을켜노은後、펜과紙片을쓰내여무엇을조곰쓰다가偶然히머리를번적드니心臟은번덕／＼뛰노데이다。당신은나의願하는것을아섯지오？ 나의希望하는것을깨다르섯지오？ 올슴니다、그대의門帳의한옷치축셔려저서——내가豫想하면대로——鳳仙花분우에살작／＼싯치는것을나는보앗슴니다。그래고나는그대의사랑스런玉顔이門帳틈으로내여다보이는것을보앗슴니다。나는그대가窓밧그로나의房을건너다보며나를生覺하시는줄을알엇슴니다。

【図 15】洪永厚訳『青春の愛』
（新明書林、1923 年）

Fork』一八九四年発行）と、エヴェリーマシスライブラリーに収められた英訳（『Poor Fork』一九一五年発行）とを参照したと、その出典を明かしている。[*73] つまり、洪蘭波はロシア語から直接訳したのではなく、英訳を重訳した広津和郎の日本語訳をさらに重訳していたのである。

金秉喆によれば、開化期から行われた外国文学の翻訳は、そのほとんどが日本語からの重訳か、それも梗概訳か抄訳、縮訳、意訳であるという。[*74] 原語からの直接訳は一九三〇年代に入ってからようやく出現するようになるが、開化期以来外国文学の翻訳を日本語訳に頼らねばならなかった背景に、当時の朝鮮の現実、すなわち近代化の過程で植民地に転落したという政治的状況を指摘せずにはいられない。

一九一〇年の日韓併合は否が応でも朝鮮人の日本語のレベルをアップさせた。朝鮮総督府は併合翌年には早速第一次朝鮮教育令を公布し、初中等教育においては全学年を通じて毎週一〇時間日本

語を教え、専門学校においては日本語の授業のほかに日本文学に毎週二時間（二年生から四年生）割り当てるなど、徹底的な日本語教育を実施した。[*75]その結果、初中等学校から専門学校を通じて一通り日本語教育を受けていれば誰もが専門的でレベルの高い日本語力を身につけることができたのである。この高い語学力を生かして日本の文学や思想、芸術はもちろん日本語に翻訳されていた西欧文学や文化を読むことができたのであるが、問題は日本語以外の外国語がまったく読めなかったということだ。

これにはわけがある。実は、大韓帝国を併合した日本は日本語を主柱としての「皇国臣民」教育を推し進めるがために、公教育の場から英語など外国語教育を排除する方針を打ち立てていたからである。[*76]これによって当時の朝鮮の知識人たちは日本語が出来ても、日本語以外の外国語はあまりできず、結局英語など諸外国語で書かれた西洋の文物及び文化は日本語で訳されたものを読むほかなかったのである。中には、得意の日本語を使って日本語で訳された西洋の文学や思想、哲学などを翻訳紹介するものもいたが、その中の一人が洪蘭波であった。

洪蘭波は、留学するや否や早速翻訳に取り掛かり、ドストエフスキー『貧しき人々』（広津和郎訳『貧しき人々』一九一五）、シェンケビッチ『クオバデイス』（未詳）、ツルゲーネフ『初恋』（生田春月訳『初恋』一九一八）、ユーゴ『レ・ミゼラブル』（黒岩涙香訳『噫無情』一九〇六）、ズーデルマン『売国奴』（登張竹風訳『売国奴』一九〇四）、ド・ミュッセ『愛の涙』（未詳）、ゾラ『ナナ』（宇高伸一訳『ナナ』一九二二）、スマイルズ『自助論』（中村正直訳『西国立志編』一八七二）といった世界的に名高い作品を次々と翻訳し、当時の朝鮮文壇に新風を吹き込んだ。[*77]無論『貧しき人々』を含むすべての作品は日本語からの重訳であるばかりでなく、『貧しき人々』を除くほかの作品はすべて抄訳か梗概訳、縮訳であるという不十分なものではあったが、外国文学に飢えていた若者を満足させるにはほとんど問題はなかったと思われる。中でも『貧しき人々』は朝鮮初の翻訳書簡体小説にして最初のドストエフスキーの翻訳作品[*78]として文壇の注目を浴びたが、残念ながらこの作品の朝鮮文壇への影響はそれほど大きくなかった。

なぜなら、朝鮮の書簡体小説は、一九一七年に発表された李光洙の「幼き友へ」によってその方向性、すなわち送信者の心情だけが一方的に綴られる一方送信型に決まってしまったからである。この一方的送信型による書簡体小説の伝統を作る契機となった作品が、独歩の「おとづれ」であることはこれまで見てきたとおりである。

【図16】「半洋女の嘆息！「ハズ」になるような人がいません*79」

5 自由恋愛の実践と書簡体小説のブーム

朝鮮社会が長い間儒教の価値観を頑なに守ってきた国であることは周知の事実である。儒教の価値観においては「男尊女卑」「女必従夫」「三従之道」「男女別有」「一夫従事」といった言葉に象徴されるように、女は子を産む道具であり、跡継ぎを作るための生殖機能という面でしかその価値が認められていなかった。中でも決定的に女性を縛っていたものは「貞操」思想である。女の子が七才になると、「内外法」を適用されるのはもちろん、婚約者が死んだら「マダン寡婦」といって一四、五才の幼い子にも一生貞節を守ることを強要した。そこに、西洋の新しい恋愛文化が入ってきたのである。自分の意志で結婚相手を自由に選択できるのだという「権利」を知った女性たちは、こぞって自由な愛を求めるようになった。いわゆる「新しい女性」の出現である。

ところが、新女性たちが求めてやまなかった自由恋愛とは、個人の自由を束縛する封建制度に対する反発でも、男女平等や女性の社会的地位、権利を主張するものでもなかった。それは、儒教道徳という名のもとで長い間抑圧されていた性からの解放を意味するものであった。もちろん彼女たちも最初から女性の性的解放や性道徳の一新を主張したわけではない。一九一〇年代に日本に留学した羅恵錫、金一葉、金明淳ら初期女流文学者たちは、留学中に『青鞜』をはじめとする日本の女性運動に刺激され、留学生会の機関誌を通じて女性の自我を主張し、儒教道徳における男尊女卑思想を批判し男女平等論を展開して注目を集めた。帰国後も、封建的価値観から女性を救い出す運動を展開するなど、女性の地位向上のために活動し、社会的に期待された。しかし、彼女たちの活動は男尊女卑に基づく儒教理念を頑なに守っていた社会の壁の前で悉く失敗した。中でも、とりわけ彼女たちを悩ませ、挫折させたのは因習的な早婚制度であった。

第1節で見てきたように、一八九四年甲午改革の際、早婚制度は再婚禁止とともに廃止となったが、古い習慣は一向になくならず、一九二〇年代当時もほとんどの家庭では男の子が一〇代半ばになると、年上の女性と結婚させて早目に跡継ぎをもうけるという習慣が行われていた。それゆえ、結婚適齢期に達した新女性に見合う、あるいは相応しい未婚の男性がいなく、新女性たちは不倫と分かっていながら、早婚をした妻子持ちの知識人の男性と婚姻関係に陥り、そんな彼女たちを世間は「第二婦人」[*80]と揶揄した。女子の普通学校就学率が一％にも満たなかった一九一〇年代に日本に留学し、男たちと肩を並べて勉学に励んでいた新女性の自負心は、伝統的な結婚制度の前では邪魔もの以外の何物でもなかったのである。

しかし、だからといって、儒教的価値観が支配する男尊女卑の世界に戻るわけにはいかなかった。結局、新女性たちがとった行動は、それまで何百年間に渡って男性たちが謳歌してきた自由な性を同じく追求することであった。そうすることによって、早婚や再婚禁止、貞操思想など男性社会が作り上げた社会規範を破り、家父長制度にひずみをもたらして、いつかは男女平等を勝ち取ることができると、新女性たちは思っていたのである。

しかし、派手な男性遍歴を繰り返す新女性たちを社会は黙って見ていなかった。新聞や雑誌、小説では、伝統的なモラルに捉われず不倫や離婚、同棲を繰り返す新女性たちを連日のように取り上げ、その自由奔放な生き方を批判したが、とりわけ留学帰りの男性作家は新女性の生き方に厳しいまなざしを向けていた。その結果、一九二〇年代に入ると、儒教的価値観の下ではまったく不可能と思われていた不倫や姦通など、派手な男性遍歴を繰り返す、いわゆる性的に自由奔放な女性たちが多く描かれるようになったのである。しかも彼女たちは、なぜ自分たちが不倫や姦通をし、婚約者を裏切り、妊娠した事実を隠したまま結婚しなければならなかったのか、その原因や理由、心の葛藤などを、手紙を通じて赤裸々に告白しはじめたのである。その主な作品を列挙すると、次の通りである。

李光洙「幼き友へ」（一九一七）、田榮澤「運命」（一九一九）、白夜生「一年後」（一九二〇）、金東仁「心の薄き者よ」（一九二〇）、金明淳「七面鳥」（一九二一）、廉想渉「除夜」羅稲香「星を抱いたら泣くのじゃない」（いずれも一九二二）、羅稲香「十七円五〇銭」（一九二三）、羅稲香「J医師の告白」李光洙「愛に飢えた人々」方仁根「最後の手紙」朴月灘「浮世」宋順益「孵化」RKY「悔恨」（いずれも一九二五）、羅稲香「血のついた手紙何切れ」趙抱石「R君へ」（いずれも一九二六）、方仁根「ある女の手紙」韓雪夜「誤った憧れ」（いずれも一九二七）、廉想渉「出奔した妻に送る手紙」（一九二九）、金一葉「愛欲を避けて」李光洙「有情」（一九三三）、李石薫「負債」（一九四〇）、林玉仁「前妻記」（一九四一）など。

注目すべきなのは、一九四五年まで約六〇編の書簡体小説が発表されているが、その半数以上が一九二〇年代に集中的に描かれ、*81 しかも大半は男女の愛情問題を扱ったものである。書簡体小説の起源を、恋する男と女の間に実際に交わされた手紙に求めるとするならば、書簡体小説に愛情物語はつきものであるが、それにしても三〇編近くの作品が描かれたということ、しかも作中の書き手の多くが自由恋愛に憧れる新女性であるということは言及すべき事実である。

一九一七年に発表された李光洙の「幼き友へ」は、女に背かれた男がその切ない思いを四通の手紙に綴った作品である。それゆえ読者は、離別を決心するに至った女性側の心情を直接女性からではなく、男を通じて間接的に知る仕組みとなっている。それに対して、一九二〇年代に描かれた書簡体小説の多くは、夫や恋人、婚約者といった男を裏切った女たちが、不貞に至った経緯と原因、心の葛藤などを直接語っている。これは、儒教的結婚観の変化、すなわち結婚の主体が男から女へと移行しつつあることを意味するが、現実はそう単純なものではなかった。再婚を禁止していた法律が廃止されてから三〇年が過ぎても、依然として朝鮮社会では貞操思想など、女性を縛る儒教的価値観が猛威を揮っていたのである。つまり、当時の朝鮮社会は近代化に伴って男女平等や自由恋愛が叫ばれるようになったとはいえ、結婚に関しては、女性は男性と対等な立場で話をするということはほとんど不可能に近かったのである。そうした儒教的結婚文化にどっぷり浸かっていた社会に対して、女性を男性と同じく対等な人間として認識させるためにはもはや自由恋愛による自由結婚の実践しかなかった。その突破口を切り開いたのが李光洙の「幼き友へ」である。

第3節で見てきたように、「幼き友へ」は既婚者であるが故に愛する人を諦めねばならなかった男の悲哀を描いたものであるが、この小説を書いた李光洙の目的と動機は、伝統的な愛の形しか知らない読者に、新しい恋愛観や結婚観を説くことであった。その目的は十分に達成され、李光洙の作品は当時の若者に熱烈に受け入れられた。次の文は、一九二九年七月二八日から八月一六日まで『朝鮮日報』に連載された金東仁の「朝鮮近代小説考」の中の「李光洙」について論じた箇所であるが、「幼き友へ」をはじめ李光洙の作品が当時の若者に与えた影響が如何に大きかったのか、金東仁は次のように述べている。

当時の青年たちは、一年に一、二回にしか発行しない『青春』（李光洙作「少年の悲哀」（八号）「幼き友へ」（九号〜一一号）「彷徨」（一二号）などが連載された総合文芸雑誌）をどれほど待ちわびていたことであろう。また、そこに掲載された李光洙の小説をどれほど愛読していたことであろうか？　朝鮮各地で離婚問題が巻き起こった。自由恋愛の犠牲となった少女たちが新聞の三面記事を賑わした。同時に解放された（？）女性たちは朝鮮各地で拒婚同盟を作った。[*82]（拙訳）

早婚など結婚問題に悩みを抱えていた若者たちは、李光洙の主張する自由恋愛論に深く共鳴し、その影響を強く受けていたが、中でも自由恋愛を渇望する新女性たちに与えた影響は大きく、彼女たちは一斉に自由恋愛を実践した。その結果、社会のあちこちでスキャンダラスな事件が後を絶たなかった。早婚の体験者として、本妻と新女性の間で苦悩していた男性作家たちは、新女性の苦悩に耳を傾けた。その一人、廉想渉は愛読していた李光洙の「幼き友へ」を逆手にとって、新女性の視点から旧結婚制度の矛盾を描いた「除夜」（一九二二）を発表し、文壇の注目を集めた。

「除夜」は、派手な男性遍歴を繰り返した挙句、他の男の子をみごもったまま結婚した女性がすべてを許すという夫に死を以て詫びる前に、不貞に至った顛末を一通の手紙で赤裸々に告白するという書簡体小説である。五年前に発表された李光洙の「幼き友へ」と違って、廉想渉は当時、社会的に批判の対象となってきた新女性を主人公に設定し、その女性に自らの行為を後悔する手紙を書かせている。しかし、その手紙の内容とは、

いったい石を投げる方はどちらでしょうか？　何が罪であり、堕落なのでしょうか？　それは自由恋愛を渇望する幼い処女にばかり覆いかぶせる名前なのでしょうか。

しかしながら、いわゆる世の道を嘆くという男たちはどうでしょう。蓄妾は離婚防止という名目の下で平気に行われ、芸者遊びは実業家の社交や志士の慰安、三文文士の人間学研究、さらには芸術家の耽美という美名の下で行われている。世間でいう非道は彼らにとっては正道であり、堕落は社会政策、事業の手段、学問の好材料となっているのではないでしょうか。しかし、最も恐ろしいのは人間性の根本的な堕落であることを彼らが知らないはずがないということでしょう。[*83]（拙訳）

というように、表面的には懺悔という形をとっているが、実は、自分を堕落させた原因は、それまで社会の中心に君臨しつづけてきた男たちであると、社会批判を展開している。つまり、廉想渉は置手紙という形式を借りて、新女性にのみ貞操を求める朝鮮社会を間接的に告発していたのである。

本妻と「第二婦人」の間で悩んでいた知識人男性、中でも作家たちはこぞって、不貞を犯した新女性たちを取り上げ、彼女たちに懺悔の手紙を書かせた。その結果、世界の文学史に類を見ない書簡体小説ブームが巻き起こったが、その幕開けが、独歩の「おとづれ」の影響を受けた李光洙の「幼き友へ」なのであった。

註

＊1　姜在彦「儒教の中の朝鮮女性」（『季刊三千里』七号、一九七六年）一〇一頁。

＊2　「処容歌」（金史燁訳『完訳三国遺事』明石書店、一九九七年）一九～二〇頁

＊3　「双花店」（『韓国古典詩歌選』創作と批評社、一九九七年）四四～四五頁。ただし、金史燁『朝鮮文学史』（金澤文庫、一九七三年、二二一～二二二頁）を参照。

＊4　張徳順『韓国古典文学の理解』（一志社、一九八八年）七九～八一頁。

＊5　柳父章『翻訳語成立事情』（岩波新書、一九八二年）八九～一〇五頁。
＊6　阿部洋「『解放』前韓国における日本留学」（『韓』VOL.5 NO.12 韓国研究院、一九七六年一二月）三一頁。
＊7　朴宣美『朝鮮女性の知の回遊――植民地文化支配と日本留学』（山川出版社、二〇〇五年）三五頁。
＊8　朴宣美、前掲書註＊7 三五頁。
＊9　「最初の女流詩人金一葉（上）」（『東亜日報』一九五九年一一月三日）三面。
＊10　李エシュク「女性、彼女たちの愛と結婚」（『我々は過去百年間を如何に過ごしたのか』歴史と批評社、一九九九年）二一三頁。
＊11　朴ウォルミ「一九二〇年代の女性解放意識と地位変化に関する研究」（一九八四年度『延世大学大学院社会学研究科修士論文』四九～五四頁）によれば、一九二〇年代当時、高学歴の女性の結婚は非常に厳しく、教育の上でも価値観の上でも自分に見合う男性と結婚するためには、妾になるか、後妻になるか、それとも結婚せず独身を通すかの三つの選択したかなったという。
＊12　ユ・ミンヨン『尹心悳　死の賛美――尹心悳評伝』（ミンソン社、一九八七年）と『金裕鎮全集Ⅰ・Ⅱ』（チョンイェウォン、一九八三年）参照。
＊13　尹心悳と金裕鎮の心中事件は、朝鮮国内は無論日本でも大々的に報道されるなど世間の注目を浴びた。注目すべきは、事件が起きた一九二六年以後も二人に関するうわさが後を絶たず、二人がイタリアに生きているという生存説も含め、一九三〇年代まで各新聞と雑誌には尹心悳と金裕鎮をめぐる記事が掲載されていた。
＊14　オ・ソンチョル『植民地初等教育の形成』（教育科学社、二〇〇五年、一三三頁）によれば、一九二六年女子児童就学率はわずか五・二％にも満たなかった。
＊15　崔柄宇「韓国近代一人称小説研究」（『一九九二年度ソウル大学大学院博士論文』）一二一～一二三頁。
＊16　張競『近代中国と「恋愛」の発見』（岩波書店、一九九五年）六七頁。
＊17　佐伯順子『「色」と「愛」の比較文化史』（岩波書店、一九九八年）一七頁。

＊18　趙鎮基『韓国近代リアリズム研究』(セムン社、一九八九年)二二八頁。

＊19　尹寿英は『韓国近代書簡体小説研究――形成と構造変異を中心に』(『一九八九年度梨花女子大学大学院博士論文』一二八～一二九頁)の中で、李光洙の恋愛小説は魂と肉体の葛藤に苦悩しながらも、最終的には魂が勝利するアガペー的な愛を描いているものが多いと指摘し、そのような傾向は「幼き友へ」から始まっていると主張している。

＊20　佐伯順子、前掲書註＊17一七頁。

＊21　尹寿英、前掲書註＊19四四頁。

＊22　国木田独歩「おとづれ」(『定本国木田独歩全集第二巻』学習研究社、一九九六年)以下頁数のみ記載。

＊23　李光洙「幼き友へ」(『青春九号・十号・十一号』新文館、一九一七年七月、九月、一一月)以下頁数のみ記載。

＊24　中島礼子「『おとづれ』・『わかれ』――文語体について」(『国木田独歩――初期作品の世界』明治書院、一九八九年、二四三頁)氏は、独歩は「おとづれ」において「ものさびしい暗鬱な感じを与えることば」や、「ことさら不吉なものをイメージすることば」を多用し、作品の基調を特定の方向に導こうとしていると指摘している。

＊25　李光洙の作品における「汽車の中での再会の場面」については早い時期から次のような指摘がなされていた。①金東仁は「春園研究」(『金東仁全集八巻』弘字出版社、一九六八年、五〇二頁)で、『無情』『土』『再生』『幼き友へ』(この場合は汽船)などの作品の中には、いわゆる「汽車の中での奇縁」(あるいは停車場)が多く見られる。これはおそらく李光洙自身が過去において汽車の中で奇異なことでも経験したことがあって、それが作中に影響を及ぼしたのではないかと思われると述べている。②金允植は『韓国近代作家論巧』(一志社、一九七四年、一九頁)の中で、李光洙の作品の中には偶然の出来事が多く、「車中での奇縁」はその中の一つであると指摘し、『無情』『土』『再生』などの主人公が汽車または停車場で偶然誰かと出くわすのは、単なる日常的な出来事ではなく、不幸な少年時代を過ごした彼にとっては必然的な出来事であると述べている。③韓承玉は『李光洙研究』(鮮一文化社、一九八四年、一二四～一二七頁)において、李光洙小説における汽車の役割は登場人物に空間を提供するという背景の意味としての存在価値だけではなく、プロットや人物にまで影響を及ぼす象徴的存在であるという。④三枝壽勝は「『無情』にお

ける類型的要素について――李光洙研究」（『朝鮮学報』第百十七輯、一九八五年一〇月）のなかで、李光洙の作品には、繰り返して登場する似かよったエピソードがあることを指摘している。これは、いわゆる比較文学的視点から見れば、原型となった作品があることも考えられるが、李光洙の場合、単に他の作品との影響関係を云々することはできない。李光洙は、物語を書くとき、自分の体験をエピソードとしてうまく利用する傾向がある。だからエピソード自体が主題に迫ることはないと述べている。これらの論に即して考えると、『幼き友へ』における汽車の中での再会場面は、一種のエピソードであり、その原型となった作品が独歩の『おとづれ』であることはいうまでもない。

＊26　①坂本浩『国木田独歩――人と作品』（有精堂、一九七九年）②鎌倉芳信「「武蔵野」の背景「おとづれ」より「わかれ」へ」（『日本文学論集』一九七八年三月）③中島礼子、前掲書註＊24。

＊27　坂本浩は前掲書註＊26の中で、「おとづれ」と「鎌倉夫人」と「第三者」を「佐々城信子もの」と命名し、その理由として、いずれの作品も信子との破婚をテーマとしている点、書簡形式である点を挙げている。

＊28　国木田独歩「一句一節一章録」（『定本国木田独歩全集九巻』学習研究社、一九九六年）一二四頁

＊29　瀬沼茂樹「解題」（『定本国木田独歩全集二巻』）五四五頁。

＊30　滝藤満義『国木田独歩論』（塙書房、一九八五年）一二三～一二四頁。

＊31　中島礼子、前掲書註＊24二四二頁。

＊32　中島礼子氏は、前掲書註＊24の中で、独歩は「おとづれ」に先立って「独歩吟」と「源叔父」において、すでに信子体験にもとづく被害者意識を反映していると指摘している。

＊33　国木田独歩『欺かざるの記』（『定本国木田独歩全集第七巻』学習研究社、一九九六年）四四五頁。

＊34　李光洙、前掲書註＊23一〇五頁。

＊35　金東仁「朝鮮近代小説考」（『金東仁全集第八巻』弘字出版社、一九六八年）五八九頁。

＊36　①金東仁「春園研究」（『金東仁全集第八巻』弘字出版社、一九六八年）四九二～四九三頁。②権正浩「春園の『幼き友へ』小考」――内部構造を中心に」（『国語教育』四十号、五十号、一九八四年一二月）③白鐵『新文学思潮史』

(新久出版社、一九八〇年)一〇五~一一一頁。④金泰俊『朝鮮小説史』(平凡社東洋文庫、一九七五/一九九五年)三〇五頁。

*37 ①趙演鉉『韓国現代小説史』(成文閣、一九八五年)一六五~一六九頁。②金宇鍾『韓国現代小説史』(成文閣、一九八二年)七〇~七一頁。③権正浩、前掲書註*36に同じ。

*38 中島礼子、前掲書註*24二六一頁。

*39 赤瀬雅子「書簡体小説」(『ジャンル別比較文学論』カルチャー出版社、一九七八年)六〇~六六頁。

*40 星野慎一(『欧米作家と日本近代文学4ドイツ編』教育出版センター、一九七五年)五七~六四頁参照)によると、『若きヴェルテルの悩み』は、①中井喜太郎『ウェルテル』(『新小説』一八八九年八月一八日、但し抄訳)②高山樗牛『淮亭郎の悲哀』(『山形日報』八九一年七月二三日~九月三〇日)③緑堂野史『わかきヱルテルがわづらひ』(『しがらみ草紙』一八九三年九月~一八九四年八月)④久保天随『ヱルテル』完訳(一九〇四年)らによって翻訳された。

*41 金秉喆(『韓国近代翻訳文学史研究』乙酉文化社、一九八八年、四四九頁)によれば、『若きヴェルテルの悩み』は、一九二三年にはじめて翻訳が試みられ、以後一九二〇年代だけでも四回翻訳紹介されている。具体的な内容を紹介すると、①金永輔訳『ヴェルテルの悲願』(『時事評論』一九二三年一月号)②白樺訳『少年ヴェルテルの煩悩』(『毎日新報』一九二三年八月一六日~九月二七日(四〇回連載))③天園訳『若きヴェルテルの悩み』(漢城図書、一九二五年)④赤羅山人訳『若者の悲しみ』(『新民』一九二八年九月~一〇月)である。

*42 李在銑『韓国短編小説研究』(一潮閣、一九七二年)一六〇~一六二頁。

*43 尹寿英、前掲書註*19二六頁。

*44 『朝鮮総督府郵便制度』(朝鮮総督府遞信局、一九三〇年八月)八~一八頁参照。『韓国郵政史I』(逓信部、一九七〇年)、李柄柱『韓国郵政一〇〇年』(逓信部、一九八四年)参照。

*45 李光洙が一九一七年、近代最初の書簡体小説「幼き友へ」を発表して以来、書簡への関心が一気に高まり、書簡体小説や書簡文集が文壇を挙げて大流行するようになったが、その契機を作ったのが一九二三年に出版された盧子泳の

恋愛書簡集『愛の炎』（漢城図書株式会社、一九二三年）である。以後『熱情の書簡』『恋愛書簡文集愛の秘密』（一九二三）、『愛の書簡集　珍珠の懐』『恋愛書簡楽園の春』（一九二四）、『男女情熱の手紙』『恋愛書簡異性のプレゼント』（一九二五）、『情熱の恋愛文集』（一九二六）、『現代模範手紙大辞典』（一九二七）、『手紙新百科事典』（一九二八）などが出版されるなど、手紙全盛時代を迎えた。

＊46　『三千里』（一九三六年八月号）一七七頁。

＊47　『東亜日報』（一九二三年二月一一日付（一）面）。

＊48　金一根「諺簡の諸学的考察」（『諺簡の研究』建国大学校出版部、一九九一年）一一九頁。

＊49　朱鍾演「李光洙の初期短編小説考」（『崔南善と李光洙の文学』（セムン社、一九八一年）一二七頁。

＊50　趙鎮基、前掲書註＊18　二二一～二二三頁。ただし、有島武郎の「宣言」は、AとBの二人の友人の間に交換された三七通の往復書簡より成立する、いわゆる「相互送信型」書簡体小説である。韓国における書簡体小説の特徴が、「一方送信型」を特徴とすることを考えると、趙鎮基氏の指摘には首肯しがたい。

＊51　①暉峻康隆『日本の書簡体小説』（越後屋書店、一九四三年）八～九頁。②赤瀬雅子、前掲書註＊39　六〇頁。

＊52　暉峻康隆、前掲書註＊51　九頁。

＊53　暉峻康隆、前掲書註＊51　七頁。

＊54　村松定孝『近代作家書簡文鑑賞辞典』（東京堂出版、一九九二年）参照。

＊55　滝藤満義「書簡」（『国文学　解釈と鑑賞』特集国木田独歩の世界、一九九一年二月）一四四頁。

＊56　George Watson, *The story of the Novel*, The Macmillan press LTD, 1979, p35

＊57　松村定孝、前掲書註＊54に同じ。

＊58　滝藤満義、前掲書註＊55　一四四頁。

＊59　滝藤満義、前掲書註＊55に同じ。

＊60　中村光夫「俗人独歩」（『中村光夫全集第三巻』筑摩書房、一九七二）三二二頁。

*61 李光洙「ゲーテと私」(『李光洙全集』十六巻』三中堂、一九六二年)四〇一頁。
*62 波田野節子「獄中豪傑の世界──李光洙の中学時代の読書歴と日本文学」(『朝鮮学報』第百四三輯、一九九二年)を参考に作成。後に『李光洙・『無情』の研究──韓国啓豪文学の光と影』(白帝社、二〇〇八年)に収録。
*63 波田野節子、前掲書註*62 一三一頁。
*64 国木田独歩、前掲書註*28 一二一頁。
*65 中島健蔵「解題」(『定本国木田独歩全集第九巻』学習研究社、一九九六年)五五〇頁。
*66 国木田独歩、前掲書註*28 一二二~一二四頁。
*67 金秉喆、前掲書註*41 三六五~三六六頁。
*68 小沼文彦「ドストエフスキー」(『欧米作家と日本近代文学3ロシア・北欧・南欧編』教育出版センター、一九七六年)一三八頁。
*69 小沼文彦、前掲書註*68 一四八~一五〇頁。
*70 小沼文彦、前掲書註*68 一五七~一六四頁。
*71 小沼文彦、前掲書註*68 一四八頁。
*72 金秉喆、前掲載註*41 五九三~五九四頁。
*73 広津和郎訳『貧しき人々』(芳文堂、一九一六年)六頁。
*74 金秉喆、前掲書註*41 三〇八頁。
*75 森田芳夫『韓国における国語・国史教育──朝鮮王朝・日本統治期・解放後』(岩波書店、一九八〇年)参照。
*76 森田芳夫、前掲書註*75参照。
*77 金秉喆『韓国近代西洋文学移入史研究』(乙酉文化社、一九八〇年)一六一~一六二頁。前掲書註*41 三六五~三六六頁。六八三~六八九頁。
*78 趙鎮基『韓国現代小説研究』(学文社、一九九一年)二七七~二八〇頁。

＊79 『朝鮮中央日報』（一九三三年九月二一日付）。

＊80 一九二〇年代当時、慣習に従って早婚をしていた知識人男性の多く（八〇％）は、旧式の妻を捨てて理想的な女性、すなわち近代教育を受けた新女性を選んだ。しかし、それは正式な婚姻関係ではなく、新女性の地位は「第二婦人」、つまり妾の身分であった。

＊81 尹壽英、前掲書註＊19 三〜四頁。

＊82 金東仁、前掲書註＊35 五八九頁。

＊83 廉想渉「除夜」（『廉想渉全集』民音社、一九八七年）六二頁。

第二章　一人称観察者視点形式と「新しい人間」の発見
――「春の鳥」と田榮澤「白痴か天才か」

1　新しい文学の「見本」としての独歩文学

(1) 日本留学と新しい文学

一九一九年二月、東京の青山学院大学神学部に在学中の田榮澤（一八九四～一九六八）は、留学仲間である金東仁や朱耀翰、金煥らとともに朝鮮初の純文芸同人雑誌『創造』（一九一九年二月～一九二一年六月）を創刊した。朝鮮近代文学史を塗り替える画期的な同人誌が外国、しかも日本で刊行されたという事実に朝鮮近代文学の「起源」を問題視せずにはいられないが、田榮澤はこの同人誌に処女作「惠善の死」を発表し、文学者としてのスタートを切ったのである。以後「白痴か天才か」（二号）、「運命」（三号）、「生命の春」（五・六・七号）、「毒薬を飲む女」（八号）、「Kとその母の死」（九号）などの小説を次々と発表し、本格的に小説家としての道を歩むことになるが、後年、田榮澤は小説を執筆するようになった経緯を次のように語っている。

恋愛小説ではない、ちょっと変わった小説が書いてみたくなって書いたのが「白痴か天才か」である。白痴のように見えながらも発明の才能を持つ「七星」という少年が自分の存在を認めない村を抜け出して自由な世界へ旅立とうとするが凍死するというストーリーの短編である。当時（一九二〇年代）は小説といえば恋愛をテーマにしたものしか書かなかったので、こういうものも小説だという見本を示したかった。[*1]（拙訳）

田榮澤が『創造』の同人となって一連の作品を書き続けたのは、恋愛など興味本位の小説が幅を利かせていた当時の朝鮮文壇に対して、新しい文学の見本を示すためであったことがこの文章からわかる。

新しい文学とは、一九〇〇年代、日本文檀で一世を風靡していた自然主義や写実主義、リアリズムといった、いわゆる事実をありのままに描く文学である。日本に留学中の田榮澤ら創造派の同人達は、自分達の周りのごくありふれた人たちを取り上げ、彼らの人生や現実を決して理想化せず、ありのままに描き出す文学作品に接して衝撃を受ける。そして、相も変わらず社会教化を目的とした啓蒙文学や男女の恋愛ばかりを興味本位で描く朝鮮文壇に危機感を覚えずにはいられなかった。こうした不安から、朝鮮近代文学史上最初の同人雑誌を日本で創刊し、文学運動を始めることになったのである。

ただ、当時、日本に留学していた田榮澤らは、まだ若くてリアリズムや自然主義、写実主義といった文学上の主義や理念を理解するには至らず、[*2]自分たちの力で新しい文学を打ち立てることはできなかった。そこで彼らは日頃から読んでいた日本文学や日本語に訳された西洋文学の中に見本となるものを捜し求めた。そして出会ったのが、簡潔な文体と豊富なモチーフ、それに多彩な短編スタイルを作り出していた独歩の短編小説だった。中でも田榮澤らの関心を強く引いたのは〈私〉や〈僕〉、〈自分〉という一人称の語り手が登場して自分の過去を回想したり、あるいは自分の見たことや聞いたこと、体験したことを語ったりする形式である。それまでの朝鮮文学では見ることのなかったまったく新しいスタイルの文学に接した田榮澤らは、これこそが自分達の目指していた文学にふさわしい小説形式にほかならないと信じて疑わなかった。

当時の朝鮮は三・一独立運動が失敗し、時代状況はどうあっても自分たちの力の及ぶところではないという一種の自嘲とも言うべき挫折感が社会全体に漂っていた時であった。その結果、未来への希望を抱きながら一所懸命に人生を切り開く人よりも、全てを運命のせいにし「人間とは何か」「人生とは何か」「我とは何か」という人生問題を考える人が多くなっていたからである。[*3] つまり、一般民衆の関心が外界や社会や他人のことよりも内省的な面に向かいつつあったのである。しかし、当時の朝鮮文壇はそうした社会の変化を顧みず、あくまでも興味本位の小説を描き続けていた。そんな文壇に強い危機感を抱いていた田榮澤らは、リアリズムこそが朝鮮社会の直面している諸問題と、そこに生きる人たちのありのままの生活を描きだすことができるものだと判断したのである。そのリアリズムの文学に多用されたのが、書簡体小説や枠小説、日記体小説といった一人称小説である。

一人称小説とは、〈私〉という一人称の語り手が自分の体験や見聞を語る小説形式を指す。近代の始まる十八世紀頃からドイツを中心に登場し始め、十九世紀初頭には西欧近代小説を代表する様式となっている。告白小説、書簡体小説、日記体小説など一人称で書かれたものは、この形態に含まれる。日本では、明治中期に初めて登場し、森鷗外の『舞姫』(一八九〇)、尾崎紅葉の『青葡萄』(一八九五)などの先駆的な作品を経て、明治三〇年代に入ってから国木田独歩や田山花袋、島崎藤村などによって本格的に描かれるようになった。中でも独歩は、全作品の半分以上が一人称形式で執筆されていることから、小山内薫から「第一人称の開祖」[*4]と評されたが、無論、独歩が新たに生み出したものではなく、二葉亭四迷や森鷗外らの翻訳小説、それに英訳を通して読んだヨーロッパの小説、とくに二葉亭四迷が訳したツルゲーネフの諸作品の影響を強く受けていたことは周知の事実である。[*5]

(2) 二葉亭四迷訳ツルゲーネフ「あひゞき」がもたらしたもの

言文一致体の提唱者として日本文学史に名を残す二葉亭四迷は、小説家のほかに翻訳家、ロシア文学者、大陸浪人など様々な顔を持つ人物として知られる。がしかし、二葉亭四迷という名を日本文学史に永遠に印したのは、ツルゲーネフをはじめゴーリキー、アンドレーエフなどの十九世紀のロシア文学を訳した翻訳家としての顔である。それほど彼の翻訳作品は当時の日本文壇に多大な影響を及ぼしたが、なかでも一八八八年、ツルゲーネフの代表作『猟人日記』の一編を訳した「あひゞき」への反響はすさまじく、一八八〇年代の文壇はもとより読書界全体、とくに田山花袋、島崎藤村、徳冨蘆花、蒲原有明、独歩といった若い文学者に与えた影響は計り知れない。蒲原有明の次の文章は、「あひゞき」が当時の文学青年に与えた感銘が如何なるものなのかをよく伝えている。

さて読み終み了つてみると、抑も何を書いてあつたのだか、当時のウブな少年の頭には人生の機微が唯漠然と映るのみで、作物の目的や趣旨に就ては一向に要領を得ない。だが、それにも拘らず、外景を描いたあたりはイリユウジォンが如何にも明瞭に浮かぶ。秋の末の気紛れな空合や、林を透かす日光や、折々降りかゝる時雨や、それがすべて昨日歩いて来た郊外の景色のやうに思はれる。その中で男の傲慢な無情な荒々しい声と、女の甘へるやうな頼りない声が聞こえる。謎だ、謎を聞いて解き難いのに却て一層の興味が加つて来るのか、兎に角私が覚えた此の一編の刺激は全身的で、音楽的で、また当時にあつては無頼(ユニク)のものであつた。それで幾度も繰返して読んだ。二葉亭氏の著作の中の此一編位耽読したものはほかにない。当時の少年の柔らかい筋肉に、感覚にしみ込んだ最初のインプレッシオンは到底忘れることは出来ない。*6

「あひゞき」は、地主の家に使われている男を愛する農家の娘が、近く自分を捨てて主人と一緒に都へ行こうとしている愛人と、森の中で最後の逢い引きをするところを、たまたまその場に居合わせた猟人が目撃するという話である。しかし、蒲原有明の回想からも分かるように、「自然」と言えば、「花鳥風月」を描くことであって、雑木

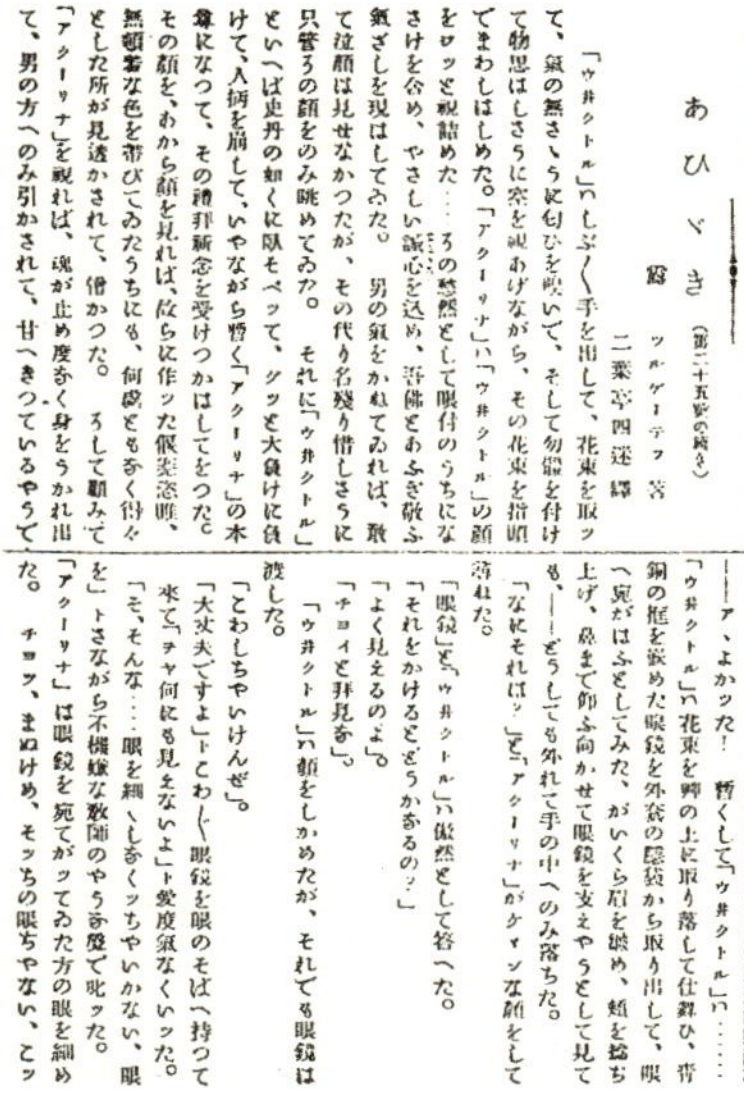
第二十七號　(二八)　國民之友　第三卷　(一四八)

あひゞき　(第二十五號の續き)

ツルゲーテフ 著
二葉亭四迷 譯

「ウヰクトル」ハしぶ〳〵手を出して、花束を取ッて、氣の無さゝうに匂ひを嗅いで、そして勿體を付けて物思はしさうに空を視あげながら、その花束を指頭でまわしはじめた。「アクーリナ」ハ「ウヰクトル」の顔をヂッと視詰めた……その悽然として眼付のうちになさけを含め、やさしい誠心を込め、崇佛とあふぎ敬ふ氣ざしを現はしてゐた。　男の氣をかねてゐれば、敢て泣顔は見せなかつたが、その代り名殘り惜しさうに只管その顔をのみ眺めてゐた。　それに「ウヰクトル」といへば史丹の如くに臥そべッて、グッと大負けに負けて、人柄を崩して、いやながら暫く「アクーリナ」の木偶になつて、その禮拜頌念を受けつかはしてをつた。その顔を、わから顔を見れば、故らに作ッた假裝恣睢、無頓着な色を帶びてゐたうちにも、何處ともなく得々とした所が見透かされて、憎かつた。　そして顧みて「アクーリナ」を視れば、魂が止め度なく身をうかれ出て、男の方へのみ引かされて、甘へきつているやうで

――ア、よかッた！　暫くして「ウヰクトル」ハ……銅の框を嵌めた眼鏡を外套の隱袋から取り出して、眼へ宛がはふとしてみた、がいくら眉を顰め、頬を捻ち上げ、鼻まで仰ふ向かせて眼鏡を支へやうとして見ても、――どうしても外れて手の中へのみ落ちた。

「なにそれはッ」と「アクーリナ」がケヤンな顔をして尋ねた。

「眼鏡」と「ウヰクトル」ハ傲然として答へた。

「それをかけるとどうかあるのッ」

「よく見えるのよ」。

「チヨイと拜見な」。

「ウヰクトル」ハ顔をしかめたが、それでも眼鏡は渡した。

「こわしちやいけんぜ」。

「大丈夫ですよ」トこわ〴〵眼鏡を眼のそばへ持つて來て「チヤ何にも見えないよ」ト愛度氣なくいッた。

「そ、そんな……眼を細くしなくッちやいかない、眼を」トさながら不機嫌な教師のやうな聲で叱ッた。

「アクーリナ」は眼鏡を宛てがッてゐた方の眼を細めた。　チヨッ、まぬけめ、そッちの眼ぢやない、こッ

【図 17】　二葉亭四迷訳「あひゞき」
(『国民之友』1888 年 7 月)

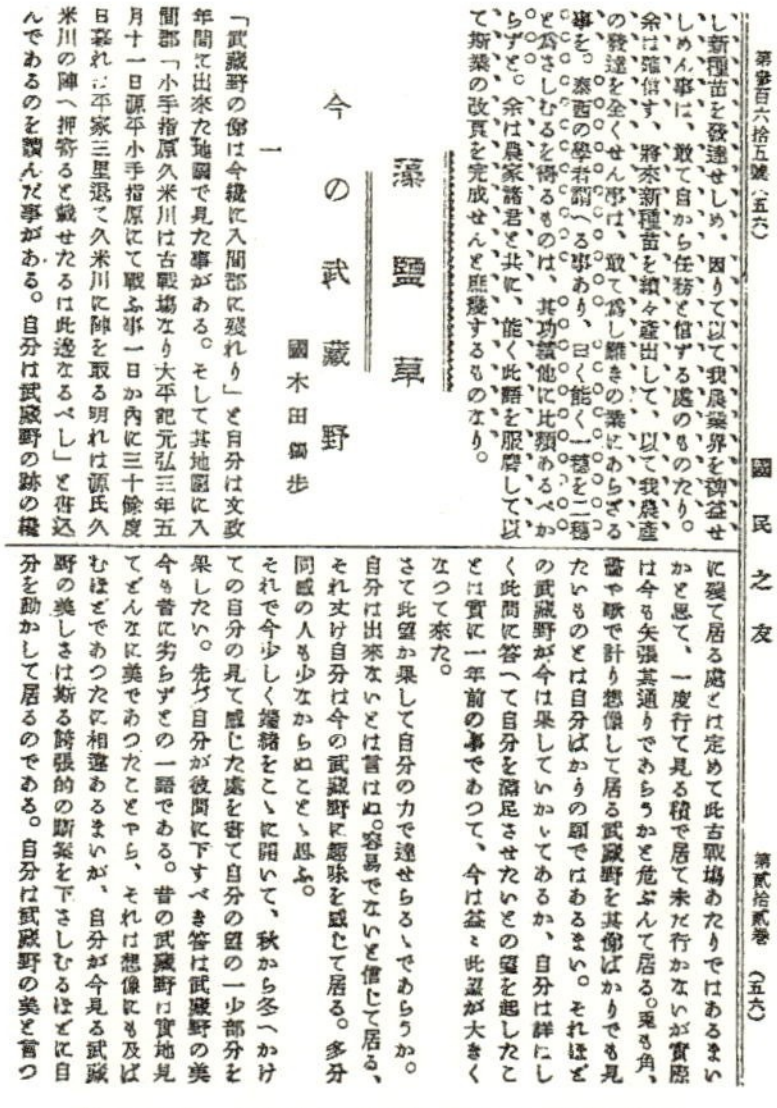
第參百六拾五號　(五六)　國民之友　第貳拾貳卷　(五六)

し新種苗を發達せしめ、因りて以て我農業界を裨益せしめん事は、敢て自から任務と信ずる處のものたり。余は確信す、將來新種苗を續々産出して、以て我農產の發達を全くせん事は、敢て爲し難きの業にあらざる事を。泰西の學者謂へる事あり、曰く能く一穗を二穗と爲さしむるを得るものは、其功績他に比類あるべからずと。余は農家諸君と共に、能く此語を服膺して以て斯業の改良を完成せんと庶幾するものなり。

藻鹽草

今の武藏野

國木田獨步

一

「武藏野の俤は今纔に入間郡に殘れり」と自分は文政年間に出來た地圖で見た事がある。そして其地圖に入間郡「小手指原久米川は古戰場なり太平記元弘三年五月十一日源平小手指原にて戰ふ事一日か內に三十餘度日暮れは平家三里退て久米川に陣を取る明れは源氏久米川の陣へ押寄ると載せたるは此邊なるべし」と書込んであるのを讀んだ事がある。自分は武藏野の跡の纔に殘て居る處とは定めて此古戰場あたりではあるまいかと思て、一度行て見る積で居て未だ行かないが實際は今も矢張其通りであらうかと危ぶんで居る。兎も角、畫や歌で計り想像して居る武藏野を其俤ばかりでも見たいものとは自分ばかりの願ではあるまい。それほどの武藏野が今は果していかゝであるか、自分は詳にしく此間に答へて自分を滿足させたいとの望を起したことは實に一年前の事であつて、今は益々此望が大きくなつて來た。

さて此望か果して自分の力で達せらるゝであらうか。自分は出來ないとは言はぬ。容易でないと信じて居る、それ丈け自分は今の武藏野に趣味を感じて居る。多分同感の人も少なからぬことゝ思ふ。

それで今少しく端緒をこゝに開いて、秋から冬へかけての自分の見て感じた處を書て自分の望の一少部分を果したい。先づ自分が疑問に下すべき答は武藏野の美今も昔に劣らずとの一語である。昔の武藏野は實地見てどんなに美であつたことやら、それは想像にも及ばぬほどであつたに相違あるまいが、自分が今見る武藏野の美しさは斯る誇張的の斷案を下さしむるほどに自分を動かして居るのである。自分は武藏野の美と言つ

【図 18】　国木田独歩「今の武蔵野」
(『国民之友』1898 年 1 月)

林のような平凡な山林の美を描くということはなかった東アジアにおいて、二人の逢い引きを目撃する〈自分〉と称する一人称の語り手が林の中で知覚、体感する白樺林の詳細な「自然」が描かれたこの作品は、その「作物の目的や趣旨」を差し置いて、当時の文学青年たちを感動させた。

さらに「あひゞき」にはそれまでの日本人が顧みることのなかった白樺林の景観が言文一致の口語文で描かれていたのである。新しい文学を目指しながらも、その手立て、方策が見つけられず、苛立っていた文学青年たちは「あひゞき」が描きだす新しい世界に戸惑いながらも、その手法を積極的に取り入れた。その結果、一八九〇年代に入ると、「花鳥風月」や、名所をたたえる紋切型の自然美から離れて、どこにでもある、ごくありふれた風景を取り上げ、その自然美を描く作品が執筆されるようになった。

中でも独歩は、耽読していたツルゲーネフの自然描写に導かれて、それまでまったく注目されることがなかった東京郊外の雑木林の風景を、当時まだ珍し

かった「話し言葉」で描く画期的な作品「武蔵野」(『国民之友』一八九八年一月)を執筆し、文壇を震撼させた。北野昭彦氏は「武蔵野」の出現を、近代日本文学史を塗り替える画期的な出来事であったと、その文学史的意義を次のように述べている。

日本の近代文学史上における画期的な事象の一つは、自然観の変革による新しい自然文学の出現である。それはやがてジャンルの枠を超えて日本人の自然観そのものを変え、以後の日本文学の自然描写に決定的な変化をもたらすほどの画期的なものであった。この新しい自然文学の出現をはじめに提唱し、その指針を提示したのは、民友社を創立したジャーナリスト徳富蘇峰の文学評論であり、これを「武蔵野」という実作によって創始したのが国木田独歩である。両者はこのように文学史上に位置付けられるべきであろう。*7

「あひゞき」に導かれたとはいえ、独歩の先見性に驚かずにはいられないが、ここで見落としてはならないのは、日本の自然観、風景観に革新をもたらしたと評される「武蔵野」が、実は小説形式においても大きな影響を及ぼしていたということだ。次の文は「武蔵野」の冒頭であるが、独歩は「武蔵野」を書くに当たって、〈自分〉と称する一人称の語り手を設定し、その語り手の〈自分〉が「見て感じた」武蔵野の自然を読者に語りかけるという形式を用いていたのである。

「自分は武蔵野の跡の纔に残て居る処とは定めて此古戦場あたりではあるまいかと思て、一度行て見る積で居て未だ行かないが実際は今も矢張其通りであらうかと危ぶんで居る。兎も角、画や歌で計り想像して居る武蔵野を其俤ばかりでも見たいものとは自分ばかりの願ではあるまい。(中略)

それで今、少しく端緒をこゝに開いて、秋から冬へかけての自分の見て感じた処を書て自分の望の一少部分を果したい。[*8]（傍線は筆者）

無論、この形式は独歩が新しく生み出したものではなく、「あひゞき」における「自分は」と始まる語りの手法をほとんどそのまま取り入れていたということはよく知られた話である。〈自分〉という言葉は、〈われ〉〈私〉〈おれ〉〈僕〉〈吾輩〉〈余〉など、一人称を指す人称代名詞である。この言葉が、一人称の語り手を指す言葉として日本の近代小説に初めて登場したのは二葉亭四迷訳「あひゞき」あたりからであると言われている。[*9] 二葉亭四迷はこの言葉が気に入ったらしく、「片恋」（一八九六）を除く、「あひゞき」と「めぐりあひ」（一八八八、後「奇遇」に改題）、「夢かたり」（一八九六）など初期の一人称の語り手には、当時よく使われていた〈予〉〈余〉、あるいは〈私〉ではなく、[*10]〈自分〉という言葉を用いている。以下に一人称の語り手を用いた各作品の冒頭部分を記すと、次の通りである。

秋九月中旬といふころ、一日自分がさる樺の林の中に座してゐたことが有ツた。（「あひゞき」一八八八）

自分の村から五里ばかりの処にグリンノエといふ村が有つたが、夏の中は屢く此村へ遊獵に往つた。（「奇遇」一八八八）

其頃自分は母と二人で、さる海辺の街に住まてゐた。自分は最う十七を幾月か越してゐたが、母は未だ三十五にもならぬ。（『夢がたり』一八九六）

恰ど私の二十五の時でした、と某といふ男が話し出した、ですから最う余程以前の事です。（「片恋」一八九六）[*11]

独歩は晩年、思想上の感化はイギリスのカーライル、ワーズワースなどから、作品上の感化はツルゲーネフ、トルストイ、モーパッサンなどから享受したと述懐しているが、とりわけツルゲーネフについては、

ツルゲーネフは昿古の大作家なり。其作品は余の最も愛読せる者の一なり。或る時代には、殆んどその手法にさへ私淑せることありき。[*12]

と、作品の「手法」に私淑したと告白しているが、その手法とはほかでもない、〈自分〉と称する一人称の語り手に自分の体験を率直に語らせるという形式なのである。[*13]「武蔵野」以来、この形式に深い関心を示すようになった独歩は、〈自分〉のほかにも〈私〉〈僕〉〈余〉など多様な一人称の語り手を用いた作品を次々と執筆した。その数、何と三〇数作品にも上る。以下にそれを列挙すれば、次のとおりである。

〈自分〉　「武蔵野」「死」（一八九八）、「小春」「驟雨」「遺言」「関山越」（いずれも一九〇〇）、「画の悲み」「巡査」「園遊会」「鎌倉夫人」「酒中日記」（いずれも一九〇二）、「馬上の友」「女難」「運命論者」「悪魔」「捕虜」「別天地」（いずれも一九〇三）、「雪冤刃」「夫婦」（一九〇四）「帽子」（一九〇六）、「波の音」「湯ヶ原ゆき」（一九〇七）

〈私〉　「野菊」（一八九八）「山の力」「正直者」（一九〇三）「春の鳥」（一九〇四）「あの時分」（一九〇六）

〈余〉　「浪のおと」「一火夫」「空知川の岸辺」（いずれも一九〇二）

〈僕〉　「湯ヶ原より」「少年の悲哀」「日の出」「非凡なる凡人」（いずれも一九〇二）「馬上の友」（一九〇三）など

このリストからも分かるように、独歩は初期から晩年まで、ほぼ一貫して一人称の語り手に関心を示している。なかでも特に多く用いた一人称は、「武蔵野」ではじめて使った〈自分〉である。それに〈私〉、〈僕〉、〈余〉を加えると、全小説の三分の二以上が一人称による語りの小説だということになる。それほど独歩はこの語りの形式を好み、愛用していたが、独歩だけがこの形式を使っていたわけではない。

明治三〇年代（一八九八～一九〇七）当時、新しい文学を目指しながらも、自らの力では生みだすことができず、焦っていた青年作家にとって、この一人称による語りの文体は、いわば「近代小説として要請される客観性というものと、作者の主観というものとの両者を、同時に表出できるようにするもっとも手っ取り早い、そして書きやすい方法だった」[*14]と、滝藤満義氏は指摘しているのである。それゆえ、花袋をはじめとする同時代の文学者、とりわけ自然派の作家たちはこの形式を競って取り入れ、文壇を挙げてのブームが巻き起こったが、それをリードし、かつ流行らせたのが独歩である。

それだけではない。前述したように、独歩が日本文壇に定着させたこの形式は海を渡って朝鮮にも伝わり、一九二〇年代を代表する形式となっていったのである。この一人称による語りの形式を取り入れた朝鮮文壇は、それまで顧みることのなかった子供や愚者、女、貧者など社会的弱者を発見することができたのである。そして、つまるところ「書くことの自在さ」を獲得するに至るのだが、そのきっかけを作ったのはほかでもない、二葉亭四迷訳を源流とする独歩の一人称の語りの形式だったのである。

そこで本章では、朝鮮近代文学の「起源」と深く関わる独歩の「春の鳥」を手がかりとして、朝鮮文学史にはじめて登場した一人称の語り手が朝鮮文壇に受容された背景とその特徴、そして朝鮮文学にもたらした意味について検証する。と同時に、その過程で浮かび上がってくる媒介者としての日本近代文学の姿を明らかにしたい。

2 独歩の一人称の語り手から田榮澤の一人称観察者視点形式へ

周知の如く、父祖への絶対的な服従と礼儀が徳目とされていた「孝の国」朝鮮では、子供は大人のために存在する玩具に過ぎず、子供の存在を強調することは長らくタブーとされてきた。[*15]こうした儒教的児童観は近代になっても廃れることなく、子供は儒教的ヒエラルキーの末端として様々な社会的差別にさらされていた。それゆえ、白痴の子供を小説の主人公にし、彼らを保護すべきだと主張する独歩の作品に、田榮澤は驚きを禁じえなかった。と同時に、依然として儒教的児童観の下にいる朝鮮の子供たちに思いを寄せずにはいられなかったのである。そうした思いが彼に朝鮮近代文学史上はじめて子供を素材とする作品を執筆させたわけであるが、それを可能にしたのは、彼が留学以来読んでいた独歩の一連の一人称小説である。独歩の作品の中に「一人称の語り手を設定し、過去を回想的に語る[*16]」小説が多いことはすでに述べたとおりであるが、山田博光氏はそれを次の四つの形式に分けて分類している。

独歩には話し手を設定した作品がかなり多い。その話し手にもいろいろある。「画の悲み」「山の力」「正直者」などは、①自らの体験や身の上を語る形式をとっている。「運命論者」「女難」などは、②一人称の聞き手を設定し、その聞き手に対して話し手が自分の身の上を語る形式をとっている。「少年の悲哀」「非凡なる凡人」

などは「春の鳥」と同じく、③話し手が過去に知り合った人物の身の上を語る形式をとっている。「馬上の友」は、以上にあげた三つの形式を組み合わせている。すなわち、④聞き手を設定し、話し手が自らの少年時代の体験を語るとともに、その時代に知りあった人物の身の上、その人との交流をも語る形式である。[*17]（番号は筆者）

これらの諸形式は、〈私〉という語り手が自分の体験や出来事を語るという意味においては一人称小説であるが、小説の時空間に関わる語り手の位置によって大きく二つに分けることができる。すなわち、①のように語り手自らが自身の体験や身の上を語る形式と、②と③と④のように語り手は観察者になって観察者が見た主人公の話を語る形式である。前者は古くから見られる形式であるのに対して、後者は近代になってようやく現われた新しい形式であるが、それを独歩は耽読していた二葉亭四迷訳のツルゲーネフの作品から学んでいたのである。中でも、中期の作品の書き出しに頻出する「と岡本某が語りだした」、「と或る男が話し出した」、「と一人の男から話し出した」というような語り口が、二葉亭四迷訳「片恋」（一八九六、後に「奇遇」に改題）の「恰ど私の二十五の時でした、と某といふ男が話し出した」という書き出しから学んだ手法だということはよく知られた事実である。[*18]以下にその主なものの例を挙げる。

「正直者」　「さて、これから私の身の上噺を一ツ二ツお話しいたします」
「日の出」　「ね、諸君、それを聞かして戴だかうではないか。」（中略）「僕の十二の時です」
「女難」　「今より四年前の事である、（と或る男が話し出した）
「画の悲み」　「と岡本某が語りだした」

「少年の悲哀」　「兎も角、僕は僕の少年の時の悲哀を一ツを語つて見やうと思ふのである。（と一人の男が話し出した）」

「馬上の友」　「僕の未だ十五の時だ。さうだ中学校に初て入つた年の秋のことだ。」

「非凡なる凡人」　「五六人の年若い者が集まつて互に友の上を噂し合つたことが有る、その時、一人が——」

「運命論者」　「僕が話しますから聞いてください、せめて聞いてください、僕の不幸な運命を！」

「春の鳥」　「今より六七年前、私は或地方に英語と数学の教師をして居たことがございます。」

ここまで多用するとなると、これはもはや影響などという程度を越えていると思わずにはいられない。実際に独歩は、特定の読み手・聞き手というものを想定しないと文章が書けないタイプの作家として知られる。[*19]それは、日清戦争当時、彼が従軍記者として戦地から記事を書き送る際にも弟に呼び掛ける形式でしか書けなかったということからも分かる。堅苦しい文語体の記事が多い中で、「愛弟！」と呼び掛けるこの斬新なスタイルの記事は読者から大いに歓迎されたが、独歩はこの形式を作家になってからも用いていた。しかも、初期から晩年に至るまでほぼ一貫してこの形式に関心を示している。それだけ一人称の語りの形式が独歩の体質と合っていたということだろう[*20]が、独歩はこの形式を多用したばかりでなく、その語り方にもいろいろと工夫し、談話形式や書簡形式、日記形式、告白形式、演説形式など様々な形式を作り上げている。その結果、独歩は日本の近代小説に新たな短編スタイルを開拓した作家として知られるようになったが、その独歩の作品が日本に留学中の田榮澤をはじめとする朝鮮の近代文学者に影響を及ぼしていたのである。中でも、田榮澤がとりわけ強い関心を示し、その影響を受けていたのは後者の一人称観察者視点形式（Minor character tells main character's story）である。

Cleanth Brooks & Robert. P. Warren の共著である *Understanding Fiction*（1959）によれば、この形式は副人物

が登場して主人物を観察し、それを語るという特徴を持っている。[*21] つまり、〈私〉はあくまでも第三者の立場、すなわち傍観者的証人[*22]に立って他者の人生を観察し、それを語る形式である。自分のことではなく、他者の経験を語るこのような形式は朝鮮には存在しなかった、全く新しい小説手法である。それが田榮澤の「白痴か天才か」の出現によってはじめて注目されるようになり、以後、この形式は社会の現実を写し取る新しい叙述形式として多くの作家から注目され、一九二〇年代を代表する形式の一つとなった。[*23] その主なものを列挙すると、以下のようになる。

田榮澤「白痴か天才か」(『創造』一九一九)
羅稲香「電車車掌の日記何篇」(『開闢』一九二四)
蔡萬植「三つの路へ」(『朝鮮文壇』一九二四)
李淳英「日曜日」(『朝鮮文壇』一九二四)
田榮澤「ファスブン」(『朝鮮文壇』一九二五)
廉想涉「検査局待合室」(『開闢』一九二五)
蔡萬植「親不孝息子」(『朝鮮文壇』一九二五)
玄鎮健「私立精神病院長」(『開闢』一九二六)
田榮澤「スンボギの便り」(『朝鮮文壇』一九二六)
廉想涉「飯」(『朝鮮文壇』一九二七)[*24]

以上から分かるように、田榮澤は一人称観察者視点形式を朝鮮に初めて導入したばかりでなく、それを文壇に広めた作家でもある。とりわけ、一九二五年に発表された「ファスブン」は、都市の底辺に生きる下層民が貧しさゆえに自殺を余儀なくされるそのいかんともしがたい現実を描き挙げて文壇の注目を浴びたが、実は、この作品にも独歩の「竹の木戸」（一九〇八）が影響を及ぼしている。ただし田榮澤は、「竹の木戸」から小説全体のプロット、すなわち都市の最下層に生きる主人公が貧困故に自殺を余儀なくされるという内容はそのまま借りつつも、その解決する手段もない、残酷な窮乏の現実を、独歩の三人称とは異なり[*25]、一人称の語り手が見た体験として描き上げている。いったいなぜ田榮澤は三人称から一人称に変えてしまったのであろうか。これには当時の朝鮮の現実が深く関わっている。

田榮澤が「ファスブン」を執筆する一九二五年前後の朝鮮は、植民地経済が破綻し、社会のいたるところに三度の食事にもありつけない貧民が続出していた時期である。そうした現実にようやく目を向け始めた田榮澤ら作家たちは貧困を題材に小説を書こうとした。しかしながら、当時の朝鮮文壇は封建的経済体制と、植民地統治がもたらした貧困問題を理論化する分析能力も、書き写す叙述形式もまだ持っていなかった[*26]。そこで、田榮澤はとりあえず自分の見た貧困の現場を読者に直接語りかける方法を使って「ファスブン」を書き上げたのであるが、実はこの方法こそ日頃愛読していた独歩の作品、とりわけ初期と中期に多く用いられた、一人称の語り手を通じて自分の体験を語る小説なのである。

独歩は、晩年に入ると、一人称の語り手を設定せず作中人物の人生の断片を描き上げる〈描写〉の方法をとることによって、それまでの「語り手を通じて登場人物の長い人生を語る物語形式」からの脱皮を図っている[*27]。しかし、田榮澤が関心を示した独歩の作品は、「竹の木戸」や「窮死」など晩年のものではなく、初・中期に多用していた一人称の語り手を通じて自分の体験を率直に語る〈物語〉形式である。一方は〈描写〉、他方は〈物語〉というずれは、東アジア各国における近代文学の成立過程を図らずも暴きだしているが、それはともかく、田榮澤によって始められたこの新しい形式は、社会問題への関心が高まる一九二〇年代に重要な叙述形式として多くの作者に取り

春の鳥

國木田獨歩

（一）

今より六七年前、私は或地方に英語と數學の教師を爲て居たことが御座います。其町に城山といふのがあつて大木暗く繁つた山で、餘り高くはないが甚だ風景に富んで居ましたゆゑ私は散歩がてら何時も此山に登りました。

頂上には城跡が殘つて居ます。高い石垣に蔦蘿から

【図19】 国木田独歩「春の鳥」
（『女学世界』1904年3月）

22

天痴? 天才?

長春

一

나는 成年도 되기前보터 못해본것업시 별거슬 다하엿나이다. 어려서는 學校도 댕겻나이다. 그러고는 主事노릇(官吏)도하엿나이다. 예수밋고 傳道도 하엿나이다. 엇든 會社에가서 月給쟁이 노릇도 하엿나이다. 엇든 觀測所와 作伴해서 「외입쟁이노릇」도 하엿나이다. 새며저서 엿장사도 하엿나이다. 밥客主도 하엿나이다 敎師노릇도 하엿나이다. 電車車掌노릇도 하엿나이다. 뛰어서 日本留學生노릇도 하엿나이다. 村에가서 農軍노릇도 하엿나이다. 네-한째는 熱烈한 愛國者노릇도 하엿지오. 엇든때는 儒者노릇도 하엿나이다.

그러다가 엇더케되어 나는 세번재 小學校敎師노릇을 하게되엿나이다.

나는 平生에 敎師노릇은 쯤직이 실여하엿나이다. 떠군아 小學校敎師노릇은 (어려서고히) 죽어도 아니하려고 하엿나이다. 初學訓長의 똥은 개도 안먹는 다는 俗談도 잇거니와 實狀 小學校敎師노릇이야 말노 사람은 못할노릇이외다. 더군아 血氣잇는 靑年은 참말 못할노릇이외다. 내가 旣往에 별노릇을 다해보앗스나 小學校敎師가치 못할노릇은 업더이다. 그럼으로 나는「세상에 노릇이 만흔가운데 訓長노릇이 가장 어렵다」하는 定義를 내리고 저혼자 늘 그생각을 하고 잇나이다.

내가 세번재 갓든 學校는 中和郡 西面 에잇는, 得英學校이엇나이다. 그러케 싫여하고 그러케 못할 小學校敎師노릇을 다만 十二圓月給에 팔녀서 세번재나 다시 하게된거슨 事勢 엇지할수업슴이엇나이다.

得英學校는 中和近邑에서 有勢力한 朴氏一門이 사는 村中에서 세운거시엇나이다. 敎室은 本來 書堂으로쓰든 기와집인대 동내뒷山쫑에 쓸쓸하게 지은거신고로 그近處 한數十里안에서는 어되서보든지 잇뚝소슨 得英學校가 얼는 눈에 뛰이나이다.

내가 맨처음에 敎師로 頭聘되어 봇짐을지고 得英學校를 차자오다가 멀니서 뵈이는 희쳐한 기와집을 보고 벌서 저거시 學校로구나 짐작이엿때에 어려가

【図20】 田榮澤「白痴か天才か」
（『創造』1919年3月）

入れられた。その先駆的な作品が独歩の「春の鳥」の影響を受けた「白痴か天才か」である。

3 「春の鳥」と「白痴か天才か」

「白痴か天才か」は全四章の作品である。第一章では、ある田舎の小学校に赴任してきた教師と一人の少年との出会いが描かれ、第二章では、少年との交流が深まるにつれて少年が知恵遅れの障害を持っていることがわかり、また母親から少年の教育を依頼される。第三章では、少年への白痴教育は失敗するが、少年の隠れた素質を発見し、第四章では、少年が突然、事故死するという構成になっている。一方「春の鳥」も全四章のうち第一章は、ある田舎の学校に赴任してきた教師が一人の少年に出会う場面から始まる。第二章では、少年との交流を深めていくにつれて少年が障害を負っていることがわかり、また母親から少年の教育を頼まれる。第三章では、少年への白痴教育は失敗するが、彼の意外な面を発見し、第四章では、少年が突然、

事故死するという構成になっている。これだけでも両作品の影響関係は充分見て取れるが、まず第一章から詳しく見ていくことにする。

(1) 少年との出会い

「白痴か天才か」では、ありとあらゆる職業を経験してきた〈私〉が訳あって、ある山村の学校に赴任してきた経緯を次のように語っている。

私は大人になる前から様々な仕事に就きました。小さい頃は学校に通い、官吏になったこともあります。キリスト教徒になって伝道活動をも行いました。ある時は会社に就職してサラリーマンにもなりました。ある時は友達と「女郎屋」にも通いました。どん底に落ちた時なんぞは飴売りや客引きにも手を出しました。教師もしました。電車の車掌もやりました。また日本留学生になったこともあります。田舎に行って農民にもなりました。それから一時は熱烈な愛国者になったこともあります。ある時などは汽車の石炭運びもしました。そしてどういうわけか私は三度目の小学校教師をすることになりました。（中略）

得英学校は中和郡で勢力の強い朴氏一族が住んでいる村が建てた学校です。教室は以前、寺子屋に使われていた瓦屋根の建物を使っていますが、村の裏山の麓に高くそびえているのでどこからもすぐ目に付きました。[*28]

（一二二頁、拙訳以下同）

一方「春の鳥」も、〈私〉が教員として赴任した町、とりわけ城山の情景描写から始まっている。

今より六七年前、私は或地方に英語と数学の教師を為て居たことが御座います。其町に城山といふのがあつて大木暗く繁つた山で、余り高くはないが甚だ風景に富で居ましたゆえ私は散歩がてら何時も此山に登りました。

頂上には城跡が残つて居ます。高い石垣に蔦葛からみ付いて其が真紅に染つて居る按排など得も言はれぬ趣でした。昔は天守閣の建て居た処が平地になつて、何時しか姫小松疎に生ひ立ち夏草隙間なく茂り、見るからに昔を偲ばす哀れな様となつて居ます。

私は草を敷いて身を横たへ、数百年斧を入れたことのない鬱たる森林の上を見越しに近郊の田園を望んで楽しんだことも幾度であるか解りませんほどでした。[*29]（三九三頁）

このように、両作品とも、最初に〈私〉という一人称の語り手が現われ、自分の経験や感想を告白するところから物語が始まっている。しかし、やがて〈私〉の物語の中に一人の見知らぬ少年が加わる。「白痴か天才か」では、赴任してきた翌日、裏山に散歩に出かけ、一人の少年に出会うくだりを次のように描いている。

翌日の午後、私は暗い部屋の中にいるのが嫌で独りで裏山に登りました。秋空がまるで静かな湖の如く澄んでいて、沈みかけている夕日の光は遠くの山、近くの村を紅色に染め上げました。私は頂上まで登って下界を見下ろしました。（中略）

私の足もとで「先生」という声が聞こえました。私がびっくりして下を見ると、どこかで見かけたような子供が、息を切らしながら、私を見ていました。（中略）「飯食えって！」という言葉に私は笑いをこらえられませんでしたが、その子供が朴教頭の家の息子だということはすぐに見当がつきました。私は「うん、行こう」

と言いながら、「名前は何と言うの？」と聞きました。「七星」。これが彼の返事でした。そこで私は「じゃあ、朴七星か」とまた聞きました。彼は頭をこっくりと一度うなずくと、また、頭を振っては口をぽかんと開けて私を見ていました。私はぴんと来るものがあって、それ以上は聞かず、彼の手を取ってゆっくりと村に向かって下りていきました。下りてゆきながら、「年はいくつかね？」と聞くと、急に顔つきがおかしくなって、返事をしないので、もう一度聞きました。すると、唇をぴくぴくさせてからやっと、「うん、十三だ。」と声を張り上げました。私は優しく今一度聞きました。「きみ、学校に行ってるの？」「うん」「何年生なの？」これには返事もせず、へへへと笑うと、私の手を振りはらい、突然大きい声を出して「学徒よ、学徒よ、青年学徒よ」と歌いながら、先に走っていったかと思うと、姿が見えなくなりました。（二一四〜二一五頁）

「春の鳥」でも、散歩がてらにいつも登る城山で〈私〉が一人の見知らぬ少年に出会う場面を次のように描いている。

或日曜の午後と覚えて居ます、時は秋の末で大空は水の如く澄んで居ながら野分吹きすさんで城山の林は激しく鳴つて居ました。私は例の如く頂上に登つて、や、西に傾いた日影の遠村近郊を明く染めて居るのを見ながら、持つて来た書籍を読んで居ますと、（中略）
『先生。何を為て居るの？』と私を呼びかけましたので私も一寸驚きましたが、（中略）
『書籍を読んで居るのだよ。此処へ来ませんか。』と言ふや、児童はイキなり石垣に手をかけて猿のやうに登りはじめました。（中略）
『名前は何と呼ふの？』と私は問ひました。『六』『六？　六さんといふのかね。』と問ひますと、児童は点頭いたまゝ例の怪しい笑いを洩して口を少し開けたまゝ私の顔を気味の悪いほど熟視て居るのです。『何歳かね、歳は?』と私が問ひますと、怪訝な顔を為て居ますから、今一度問返しました。すると妙な口つきをして唇を動かして居ましたが急に両手を開いて指を屈て一、二、三と読んで十、十一と飛ばし、顔をあげて真面目に『十一だ。』といふ様子は漸と五歳位の児の、やう〳〵数を覚えたのと少しも変わらないのです。そこで私も思はず『能く知つて居ますね。』『母上さんに教わつたのだ。』『学校へゆきますか。』『往かない。』『何故往かないの?』

児童は頭を傾げて向を見て居ますから考へて居るのだと私は思つて待つて居ました。すると突然児童はワア〳〵と唖のやうな声を出して駆け出しました。『六さん六さん』と驚いて私が呼止めますと『烏々』と叫びながら後も振りむかないで天主台を駆下りて忽ち其姿を隠くしてしまひました。（三九三〜三九五頁）

つまり両者ともに、〈私〉は、突然登場してきた少年に言葉をかけられ、しばらく彼と言葉を交わす。ところが、少年がいきなり奇声を出して〈私〉の前から姿を消したために、物語は再び〈私〉の視点に戻ることになる。

(2) 少年の障害と白痴教育

第二章に入り、再び少年に会った〈私〉は、その尋常でない様子に興味をそそられる。「白痴か天才か」では、下宿先の教頭の家で再び少年に会った〈私〉は、

翌日の朝、部屋でご飯を食べていると、昨夜私を呼びに来た七星が私に会えたのが嬉しいのか、ニコニコ笑

いながら部屋の敷居のところに立っていました。私もつい嬉しくなって、『七星ちゃん、ご飯は』と声をかけましたが、七星は答えもせず、ただ笑いながら立っているのでした。私が七星についてあれこれと見たり聞いたりしているうちに、七星の身の上が次第にわかってきました。（二一五頁）

というように、少年の異様な様子に気づき、彼を観察し始める。「春の鳥」でも全く同じ描写がある。

処で驚いたのは田口に移つた日の翌日、朝早く起きて散歩に出ようとすると城山で逢つた児童が庭を掃いて居たことです。私は、『六さん、お早う』と声をかけましたが、児童は私の顔を見てニヤリ笑つたまゝ草箒で落葉を掃き、言葉を出しませんでした。

日の経つ中に此怪しい児童の身の上が次第に解つて来ました、と言ふのは畢竟私が気を付けて見たり聞いたりしたからでしやう。（三九六頁）

つまり、どちらの作品でも〈私〉は、朝、下宿先で再会した少年の様子が気になり、彼をあれこれと観察する。そして、「白痴か天才か」では、七星は生まれつきの白痴で、その原因は彼の家が代々の大酒飲みで父親の女遊びも関係があるという事実を〈私〉は知る。だから息子の将来を案じた母親から七星の教育を頼まれると、

『先生』

『はい』と私は丁重に答えました。夫人は続いて
『ちょっと言いにくいのですが』と、少し間を置いてから言い出した。
『あの子一人を頼って生きているのに、いくら言っても勉強はせず、いたずらばかりしています。勉強をしようとしても先生の言うことがさっぱり分からないようです。先生達もしまいには腹を立てて諦めてしまいます。あれをどうすればよいのでしょうか』と、両目に涙を溜め、咽ぶ声で『先生に何とかしてあの子を教えていただき、人間として生きていけるようにしていただけま…』と最後まで言葉を続けられませんでした。私もついもらい泣きをしながら座っていましたが、『ええ、心配しないで下さい。どんなことがあっても私が何とかして教えて見せますよ」と答えました。（二一六頁）

と、〈私〉は快く七星の教育を引き受けてしまうのである。一方「春の鳥」でも〈私〉は六蔵の叔父から六蔵が生まれながらの白痴で、その姉も母親も白痴であること、義弟の父親が大酒飲みだったということを聞かされる。〈私〉は少年の白痴の原因は遺伝的なものと環境によるものだと断定する。そして、六蔵の母親から息子の教育を依頼されると、白痴教育の難しさを知りながらも、

『先生、お寝ですか』と言ひながら私の室に入つて来たのは六蔵の母親です。（中略）
『そろ〳〵寝やかと思つて居る処です』と私が言ふ中、婦人は火鉢の傍に座つて
『先生私は少しお願が有るのですが。』と言つて言ひ出しにくい様子。『何ですか。』『六蔵のことで御座います。あのやうな馬鹿ですから将来のことも案じられて、其を思ふ私は自分の馬鹿を棚に上げて、六蔵のことが気にか丶つてならないので御座います。』

『御尤もです。けれどもそうお案じになさるほどのことも有りますまい。』とツイ私も慰めの文句を言ふのは矢張人情でしやう。（三九八頁）

と、〈私〉はその依頼を引き受けるのである。

(3) 少年の異才

第三章では、少年と深く交流するようになった〈私〉が、少年の母親や叔父達が知らない少年の別の面を発見する。「白痴か天才か」では、白痴と思われていた七星が、実は好奇心の強い子供だということに〈私〉が気づく。そして、ある日美しい声で唱歌を歌う七星の姿を目撃したことで、その思いは確実なものになる。

午後、子供たちを帰した後、少し本を読んでから村に降りていって七星を探しました。しかし、七星はもういませんでした。それで、一人で村の外れに出かけました。そこは小さな小川が流れているところで、古い柳の木が一本立っていました。

晩秋の夕暮れでありました。空は澄んでいて、鳥の声一つ聞こえず、周囲が静かで、誰かが優しい声で唱歌を歌っているのが聞こえてきました。その声は私が十七歳の時滞在していた平壌のサラン村で聞いたことのある、幼い女学生たちの賛美歌のようでした。それこそ玉を転がすような歌声でした。驚きました。まさかその声の主が七星だなんて。七星の歌声があんなに美しいとは知りませんでした。

空の色、夕日の光、澄んだ川の水、古い柳の木、そこに少年、灯籠、まさに絵です。少年はまさに天使です。私はそっと柳の木の下へ行ってみました。七星は砂浜に腰をゆったりと下ろし、飛んでいく雁の群れを眺めながら一人で歌を歌っていました。私の目にはどうしても七星が白痴のようには見えませんでした。私は心の中で『あ！　君も自然の児だね、君こそ詩人だね』と思いました。（二八頁、傍線は筆者）

一方「春の鳥」では、六蔵の知能の程度が予想していたより遥かに悪いと知った〈私〉は六蔵の教育を諦めてしまう。そんなある日、〈私〉は六蔵が非常に腕白で、山登りが得意なばかりでなく、俗歌も歌えるという新たな事実を知るのである。

或日私は一人で城山に登りました、六蔵を伴れてと思ひましたが、姿が見えなかつたのです。冬ながら九州は暖国ゆえ天気さへ佳ければ極く暖かで、空気は澄んで居るし、山のぼりには却て冬が可いのです。

落葉を踏んで頂に達し例の天主台の下までゆくと、寂々として満山声なき中に、何者か優しい声で歌ふのが聞えます、見ると天主台の石垣の角に六蔵が馬乗に跨つて、両足をふら〳〵動かしながら、眼を遠く放つて俗歌を歌つて居るのでした。

空の色、日の光、古い城跡、そして少年、まるで絵です。少年は天使です。此時私の目には六蔵が白痴とは如何しても見えませんでした。白痴と天使、何といふ哀れな対照でしやう。しかし私は此時、白痴ながらも少年はやはり自然の児であるかと、つく〴〵感じました。（四〇〇頁、傍線は筆者）

このように、両作品ともに〈私〉は少年を教育したり散歩に連れて行ったりしながら間近で観察することによって、少年の意外な面を発見し、少年への理解をさらに深めていくのである。

(4)　**少年の死**

最後の第四章では、少年が突然事故死するが、〈私〉にはそれが単純な事故死だとは思えない。「白痴か天才か」では、ある日七星がいなくなり、村中が大騒ぎになる。その場面は次のように描かれている。

そうこうしているうちに冬になり、雪が降るようになりました。
私はある日の夕方、読んでいた本が面白くなかったので、少し遅れて朴教頭の家に行きました。行くと、七星が朝からいないといって、村中が大騒ぎになっていました。それで私は朴教頭の下男を一人連れて、彼の母親と一緒に提灯をもって小川の方へ出かけてみました。母親は居ても立ってもいられず涙を流しながら、「七星ちゃん、七星ちゃん」と叫びました。（中略）
翌日の午後になって七星は見つかりました。見つかることは見つかりましたが、何もしゃべらない、冷たい七星でした。（二九頁）

この場面に対応する「春の鳥」のそれは、三月末のある日、朝から姿の見えない六蔵を心配して田口の家の者が探し回り、〈私〉も、田口の下男一人を連れて、城山へ探しに出かけるくだりである。

彼是するうちに翌年の春になり、六蔵の身の上に不慮の災難が起りました。三月の末で御座いました、或日朝から六蔵の姿が見えません、昼過になつても帰りません、遂に日暮になっても帰つて来ませんから田口の家では非常に心配し、殊に母親は居ても起ても居られん様子です。
其処で私は先づ城山を探すが可らうと、田口の僕を一人連れて、提灯の用意をして、心に怪しい痛しい想を

> 懐きながら平常の慣れた径を登つて城趾に達しました。
> 俗に虫が知らすといふやうな心持で天主台の下に来て、
> 『六さん！　六さん！』と呼びました。（中略）
> 天主台の上に出て、石垣の端から下をのぞいて行く中に北の最も高い角の真下に六蔵の死骸が墜ちて居るのを発見しました。（四〇一～四〇二頁）

両作品ともに、捜索の甲斐もなく、少年は遺体で見つかる。「白痴か天才か」では、強い好奇心と旺盛な探求力を持っているが故に村人にじゃま者扱いされていた七星が、自分の探求心を満足させてくれるもっと広い世界を求めて家を飛び出す。が、結局平壌に向かう途中の道端で凍死した姿で発見される。一方、「春の鳥」では、鳥が大好きな六蔵が、鳥のように飛ぶつもりで城山の石垣から落ちて死んだらしく、石垣の下で発見される。ところが、どちらの作品でも語り手である〈私〉は、少年は死んでむしろ幸福だったのではないだろうかと思うのである。「白痴か天才か」の〈私〉は七星の冷たい遺体を前にして、

> 哀れな七星は今頃、邪魔するお母さんも、殴る叔父や先生も、そしてからかう友たちもいないところ――あの――雲の上、星の上に登って思い切りしたいことをしながら自由に暮らしているのではないだろうかと思います。（三〇頁）

と、少年は周囲のあらゆる束縛から逃れて自由の世界へと旅だったのではなかろうかと考えようとする。「春の鳥」で、六蔵の死に対する〈私〉の考えはほぼ同じ軌跡をたどっている。

『何だつてお前は鳥の真似なんぞ為た、え、何だつて石垣から飛んだの?……だつて先生がさう言つたよ、六さんは空を飛ぶ積りで天主台の上から飛んだのだつて。いくら白痴でも鳥の真似をする人がおりますかね。』と言つて少し考へて『けれどもね、お前は死んだはうが可いよ。死んだはうが幸福だよ……』

私に気がつくや

『ね、先生。六は死んだはうが幸福で御座いますよ。』と言つて涙をハラ〳〵とこぼしました。(四〇三頁)

六蔵が石垣から飛び降りて死んだのは、好きな鳥に変身して永遠に空を飛び回りたかったのだ。そう解釈することで〈私〉はあまりにも痛ましい少年の魂を慰めようとする。つまり、両作品の〈私〉にとって少年の死は、厳しすぎる現実からの脱出と映っているのである。

以上四章を順に見てきたが、両作品は〈私〉という語り手が、ある田舎の小学校に赴任した際に知り合った一人の白痴少年との交流を物語ると言う叙述形式といい、白痴少年の造型と子供の発見というモチーフ、そして作品全体の構成といい、明らかに影響関係にある。いや、その内容はもはや影響関係を越えているとしか言いようがないほど両作品は酷似している。

しかしながら、韓国の研究者の間では、七星が工作の上手な少年であるという理由からアメリカの発明王エジソンの影響が指摘されるなど[*30]、独歩との関連性については否定的な見解もなされている。確かに、山登りの上手な六蔵と「発明の才能」を持つ七星とは何の関わりもないように思われる。しかし、これまで見てきたように、「白痴か天才か」の主人公の白痴の少年は、「春の鳥」の白痴の少年をほとんどそのまま書き写した人物である。恋愛など興味本位の小説が幅を利かせていた文壇に対して、「こういうものも小説だ」という見本を示すために執筆した小説が、実は日本文学の翻案であったという事実に、田榮澤の朝鮮近代文学者としての苦悩を感じずにはいられないが、だからといって、田榮澤は単に独歩作品を翻案したわけではない。彼はそれまで朝鮮文学では一度も取りあげることのなかった「白痴」、しかも重度の「白痴」を造型し、その「白痴」の少年に「発明の才能」を与えることによって独歩作品からの変容を行っていたのである。この変容の過程を追求していくと、何故彼が重度の「白痴」の少年に発明の才能を与えていたのかが自ずと浮かび上がってくるのであるが、それについては第五章「愚者文学としての『春の鳥』」に指摘しておいた。

ところが、田榮澤にはもう一つの意図があった。それは、白痴同様、朝鮮近代文学が一度も取りあげることのなかった大人と異なる子供の存在をはじめて浮き彫りにしたことである。つまり、田榮澤は朝鮮近代文学史上はじめて白痴の子供を取り上げた、言い換えれば白痴の子供を発見した作家であるが、この発見こそが朝鮮における近代的子供観の獲得を促し、一九二三年から展開される児童文学運動の流れを作ったことはいくら強調してもし過ぎることはない。

4　子供の発見

(1)　儒教批判と児童論の台頭

「白痴か天才か」は、ある山村の小学校に赴任してきた教師である〈私〉が、七星という一人の「白痴」の少年に出会い、白痴であるが故に村人に疎外されて死んでしまった少年の身の上を語った作品である。つまりこの作品は、〈私〉が見た白痴の子供の物語であるが、実はこの子供こそが朝鮮近代文学が発見した最初の「新しい人間」なのである。

中村雄二郎氏によれば、一九六〇年代の初頭に、三つの「新しい人間」の発見があったと言う。[*31]「新しい人間」

とは、「近代ヨーロッパのヒューマニズムが自分達の社会の内部と外部に見忘れてきた深層的人間にほかならない」とし、アリエス『子供の〈誕生〉』(一九六〇)による子供の発見、フーコー『狂気の歴史』(一九六一)による狂人の発見、レヴィ＝ストロース『野生の思考』(一九六二)による未開人の発見を挙げている。無論彼らは、ある日突然発見されたのではなく、昔からずっと存在していたにもかかわらず、その姿が人々の意識の中にはっきりと見えてこなかっただけである。それが、近代化を経てその存在が明確に意識されるようになった。中でも、もっとも身近な存在である子供は未開人や狂人よりも分かりづらく、見えにくかったというが、[*32]「孝」の思想を重んじる朝鮮では子供はとりわけ見えにくい存在だった。

しかし、一九一〇年代に入ってから始まった儒教制度への批判[*33]と家族制度の見直し、さらには「孝」の概念が崩れるのを契機に徐々にではあるが、子供は保護されるべき存在として認識されるようになってきた。つまり、子供を取り巻く抑圧的な現実に対して大人達が問題意識をもつようになったのである。その結果、一九〇〇年代後半から一〇年代にかけての朝鮮では、かつて例のないほど子供達に熱い視線が注がれるようになったのである。『少年』(一九〇八)『赤いチョゴリ』(一九一二)『子供の見る本』(一九一三)『新しい星』(一九一三)『青春』(一九一四)といった少年向け雑誌が相次ぎ創刊され、作家、ジャーナリスト、教育者、宗教者など多くの人が一斉に子供(少年)を主題に取りあげ、少年賛歌とも言うべき言辞が論壇を賑わした。

ただし問題は、子供が賛美されるのはあくまでも雑誌や評論においてのことであって、現実は非常に過酷な状態に置かれていたことである。次の文は当時の子供が置かれている現実を如実に表している。

その他にも子供を殴る大人が無数にいて、書堂(寺子屋)に行けば先生と校長が、家に帰れば父母、兄弟が順番に待っている。見れば罵り、会えば殴るのでたとえ金石でも傷つかないはずがなく、鋼鉄でさえも耐えられるはずがない。そうしてしまいには「子供は三日殴られないと狐になる」という言葉が造られた。それほど大人の子供に対する暴力と暴言が日常的に行われている。何よりも問題なのは、このような現状から子供を救い出そうとする人がいないことだ。嗚呼！　子供達がかわいそう、憐れで仕方がない。[*34]（拙訳）

【図21】　河で洗濯する少女と水汲みをする少年[*35]

これは、大人の暴力と暴言から子供を解放すべきだと主張した評論である。当時、「長幼の序」を背景に子供への理不尽な暴力と暴言が日常茶飯事的に行われていたことがこの文章から分かるが、それを見かねた日本留学帰りの知識人達がジャーナリズムを通じて儒教的ヒエラルキーから子供を解放せよと主張し始めたのである。

ところが、子供の健やかな成長を阻むのは儒教式人間教育だけではなかった。資本主義経済の導入による農村の荒廃を背景に、貧困に耐えられなくなった親が我が子を遊廓などに売り飛ばしたり、あるいは里子に出したりするという人身売買行為が公然と行われ、子供たちは二重の差別を強いられねばならなかった。他にも、預け嫁（貧しい家庭の事情によって一〇歳にも満たない幼い女の子を嫁に出す習慣）や、子さらい、子供殺しなどの子供の虐待事件が毎日のように起き[*36]るなど、子供を取り巻く現状は極めて厳しかった。

しかしながら、前途多難な国家を担う子供像を追い求めていた当時の朝鮮文壇には、子供の悲惨な現実に目を向ける余裕などまったくなかった。そうした文壇に違和感を抱いていた田榮澤は、現実の子供の姿を浮き彫りにするために「白痴か天才か」を執筆したのである。

(2) 子供時代の発見

すでに第2節で見てきたように、「白痴か天才か」で描かれた七星という少年は、国家の運命を背負わされた人物でもなければ、雑誌『少年』が標榜する向上心溢れる人物でもない。それはまさしく田榮澤のまわりにいる、ごく普通の子供であるが、それを端的に示しているのが次の七星の遊びに関する記述である。

遊び方も変わっています。目に見えるものは何でも壊して分解しておくのです。そのせいで叔父にはいつも殴られています。またある時は、何か結構良さそうなものを作ったりもします。この間はナイフで何かを切ったり削ったりしていたかと思うと、銃を作りました。結構銃らしきものができあがりまして。またある時なんかは揚水機を作るといって、昼夜それにつきっきりでした。他の子は皆勉強しているのにあの子だけが勉強もせず、あのようなつまらない遊びばかりしているのです。それで私はあまりにも腹が立って、それを隠してしまいました。するとあれがなくなったことに気づいたあの子は食事もせずに泣くばかりです。仕方がないので返しました。それから、また妙な癖がありまして。四角い箱やケースがあれば片っ端から集めて部屋の中に積んでおくのです。(二六頁)

ここには父祖への服従と礼儀を徳目とする儒教的な児童観はどこにもなく、まさに子供時代にありがちな遊びに夢中になっている子供の姿が生き生きと描かれている。大人の使い走りとしか思われていなかった子供をここまで臨場感溢れるタッチで描いたのは朝鮮近代文学史上はじめてのことである。つまり、田榮澤は大人と異なる世界を持つ子供の価値を見出していたのである。

田榮澤が子供の存在を文学のテーマとしてとりあげようと思いついたのは、儒教的ヒエラルキーが幅を利かせていた一九一〇年代後半であったことをここで指摘しておきたい。当時朝鮮では、子供を指す言葉すらないほど、子供は卑下と否定の対象としか扱われておらず、その存在を強調することはタブーと見なされていた。[*37] そうした現状を打ち破って大人と異なる属性を持つ子供の存在を顕在化したのが田榮澤なのであるが、彼がほかの誰よりも早く子供の存在を発見することができたのは、他者の人生を観察し、それを語るという小説技法を誰よりも早く取得していたからである。

すでに前で見てきたように「白痴か天才か」は、ある山村に赴任してきた〈私〉という教師が、その村で出会った七星という幼い白痴の少年が発明の才能を持ちながらも、白痴と見なされているが故にその才能が認められず凍死する過程を見つめた作品である。ここで重要なのは、少年が周りの理解を得られず誰もいない道端で死んでいくその痛ましい過程を家族でも村人でもなく、外部からやってきた教師の視点から語っているところである。儒教の国朝鮮における教師の存在は、他の職業に比べて信頼度が非常に高い。それゆえ教師が見つめた少年の死は、決して空想の産物ではなく、現実の子供の置かれている状況として具体性を獲得し、読者に強くアピールすることができたのは言うまでもない。

(3) 理想と現実の狭間で

ところが、田榮澤に子供の発見を促したのは一人称の形式だけではなかった。彼は留学中に読んでいた日本文学や日本語に訳された欧米文学の中で、これまでに見たことのない新しい子供に出会う。それこそが彼に子供の発見を促したもう一つの原因にほかならない。

日本では、一九〇〇年代頃から富国強兵に役立つ理想主義的少年文学から脱皮し、既存の価値観や美意識、道徳にとらわれない子供を描く作品が多く出現してきた。[*38] 独歩の「画の悲み」の岡本と志村、竹久夢二の「春坊」、小

【図 22】 父の仕事を手伝う幼い子供*39

川未明の「赤い船」の露子らは、いずれも大人に気に入ってもらおうともせず、また大人を喜ばせようともせず、ひたすら自分のやりたいことを一生懸命にする子供たちである。こうした少年少女の姿に深く共鳴した田榮澤は、祖国に期待される理想主義的な子供像ではなく、自分の周りにいるごく平凡な子供の姿を意識するようになったのである。これはきわめて新しい見方である。

というのも、大人と異なる子供の属性が意識されるようになったのは、西欧においてもごく近年、すなわち資本主義社会が形成される十七世紀半ばからである。[*40] それまでの子供は、一人で自分の用が足せるようになると、「小さな大人」として大人の世界に入って、仕事も遊びも大人と共にしなければならなかった。つまり、今のような「大人」に対する「子供期」という概念はなかったのである。それが、近代家族の誕生とともに、子供は「愛され」「保護され」「教育され」る対象として見直されたのである。

当然そうした西欧の児童観が近代化とともに東アジア文化圏にも影響を及ぼした。ただ、日本が「明治五年の学制の頒布」を契機にいち早く近代的児童観を獲得していった[*41]のに対して、儒教的世界観が根深かった朝鮮や中国では子供の存在を強調することは依然としてタブーと見なされていた。だから、魯迅や李光洙ら東アジアの新文化運動の旗手たちは儒教のヒエラルキーから子供を解放せよと主張したのである。[*42] しかし、彼らが打ち出した子供像は、前途多難な祖国に期待される人間、すなわち大人となるべき子供像であって、現実の子供の姿とはほど遠かった。この国家に期待される子供のイメージから脱皮し、現実の子供の姿を描いたのがほかならぬ田榮澤である。

しかし、まったく新しい子供時代を描くことは決して容易なことではなく、七星が「春の鳥」の六蔵をヒントにして造型された人物だということはすでに見てきた通りである。その「春の鳥」の六蔵だが、実は本文中に独歩自身が「英国の有名な詩人の詩に『童なりけり』といふがあります」と、ワーズワースの詩に言及していることからも想像がつくように、ワーズワースの影響の下に生まれた人物である。桑原三郎氏は、ワーズワースの子供の発見に共鳴した独歩は、「明治の時代に最も早く子供を発見した一人であった」[*43]というが、その独歩の子供の発見に共鳴したのが田榮澤なのである。ただし田榮澤は、ワーズワースや独歩のように白痴と少年を結びつけて無垢なイメージにつながる少年像を描きながらも、白痴の少年に「発明の才能」を与えることによって、作品の主題を近代化への憧れとすり替えてしまう。このような変容の背景には、子供たちを取り巻く劣悪な環境に対する作者の危機感があったと思われる。

アリエスが指摘しているように、近代に入ると、子供は保護し、教育せねばならない未熟な存在として認識されるようになった。しかし、一九一〇年代の朝鮮の子供たちには未だに厳しい儒教倫理が強いられていた。そうした状態から子供たちを救い出し、近代的な児童観に基づいた教育を施そうとする動きが都市部を中心に展開されるようになったが[*44]、それはあくまでも少数の知識人の間のことであって、大多数の民衆には浸透していなかった。

七星がいなくなる前日、ある学生の時計がなくなりました。私は一人ずつ学生を呼びだして彼らの体を検査しました。すると、七星の体からその時計が出てきました。時計はすでにめちゃくちゃに壊れていました。私は七星の癖を知りつつも、以前私の万年筆を壊された事や今までの努力が無駄になったのが悔しくて、七星を思い切り殴りました。しかし、七星は何も人のものがほしくて盗んだわけではありません。チクタクチクタク動く時計が不思議で、その仕組みを見たくて盗んだのです。

七星には自分のものと他人のものの区別がありませんでした。友達が持っている時計も道端にある木の皮も彼にとっては同じものでした。彼は少しでも変わったものがあれば、それをとことん見ないと気が済まない熱心さを持っていました。私の万年筆を壊したのもそれでした。私はそれを妨害しました。私だけではなく、七星の周りにいる人は皆七星のやることを妨害しました。そんな村を七星は去りました。（三〇頁）

これは、「白痴か天才か」の七星が、なぜ家出をしたのかについて語ったくだりである。語り手の〈私〉によれば、七星は変わった子供である。母親をはじめとして村人には時々理解しかねる行動、すなわち友達の時計や先生の万年筆を勝手に持ち出して分解したり、四角い箱など変わったものに異常に執着したりする。しかし、七星は決して変わったことをしているわけではない。成長期の子供なら誰もが一度や二度は好奇心にかられてやる遊びをしているだけなのである。しかしながら、七星の母や村人たちはそのような子供時代への認識がないために、七星の燃えるような好奇心や探究心には全く関心を示さず、奇怪な行動をするといって暴力を振るったあげくに七星を死に追いやってしまうのである。これが当時の朝鮮社会の現実であった。こうした現実から逃れて「思いっきり壊してみたり、思うままに作ってみたり、そして可愛い箱を沢山集め」たいという幼い七星の夢は、必然的に死を意味する。

七星は冷たい風が吹く冬、雪の降り積もった柳の木の下に蹲って両手を摺りながらフーフーと息を吹きかけ、ぶるぶる震えながら死んでいった。その姿を見届けたのは、寝ないでキラキラと輝く空の星たちでした。哀れな七星は今頃、邪魔するお母さんも、殴る叔父や先生も、そしてからかう仲間達もいないところ――あの――雲の上、星の上に上って思い切りしたいことをしながら自由に過ごしているのではないだろうかと思います。（三〇頁）

七星の死を悼む〈私〉の想いは、「春の鳥」の六蔵の死を悼む〈私〉の想いとよく似ている。だが、両者の間には決定的な違いがある。それは七星が「ぶるぶると震えながら死んでいった」という死の描写である。七星の死は「春の鳥」やワーズワースの作品のように純真な少年の自然への回帰ではない。頑迷な村落社会が彼を殺したのである。評論の中では賛美され、理想化されていても、現実の子供達は七星のように悲惨な状態に置かれていた。それを大人たちが意識するようになったのである。田榮澤が七星を凍死させたのは、この理想と現実の差を認識していたからにほかならない。彼のこの現実認識こそが朝鮮における子供の発見を促し、一九二〇年代の児童文学運動へと受け継がれていったことはいくら強調してもし過ぎることはない。

しかし残念ながら、そうした事実が韓国では意外と認識されておらず、韓国における子供の発見は、崔南善と李光洙の理想主義的「少年文学」から方定煥の「天使的童心主義」へと発展していく過程において行われたという主張がなされている。[*45] 確かに崔南善や李光洙の少年文学運動は近代的な児童観を促し、その流れが、方定換の児童文学運動に影響を及ぼしたことは否めない。しかし、方定換らが近代的な児童観に基づいた児童文学運動を本格的に展開することができた背景には、一九一〇年代から二〇年代にかけて雑誌『学之光』を中心に新文化運動の旗手達が起こした儒教批判とともに、創造派をはじめとする日本留学帰りの文学者による近代文学の確立があった。

5　一人称小説のブームと他者への関心

朝鮮近代小説史上初めて子供を主題に取りあげた作家は李光洙である。が、彼の描いた子供像は、今日我々がイメージするものとはずいぶんかけ離れている。例えば「少年の悲哀」（一九一七）の主人公は、一八才の青年でありながら自分のことを少年と称している。「幼き友へ」（一九一七）の主人公は、本国に妻を残したまま外国を彷徨う青年である。その他「彷徨」（一九一八）、「尹光浩」（一九一八）等の主人公もすべて少年というよりも青年に近い人物である。つまり、李光洙にとっての子供とは妻子のいる、髭を生やした、いわば「小さな大人」なのである。これらの「小さな大人」たちは当然のことながら前途多難な祖国に期待される人間であって、後のロマン派の児童文学者が主張するような近代的な子供像ではない。

ところが、同じ頃執筆された李光洙の「子女中心論」（一九一八）や「少年へ」（一九二〇）などの一連の評論を見ると、彼は少なくとも大人と異なる子供の特性を認識していたことがわかる。このような小説と評論の差はどのようにして生じたのだろうか。この答えに対するヒントを、筆者は柄谷行人の『日本近代文学の起源』（講談社、一九八〇年）から得ることができた。氏は『日本近代文学の起源』の中の「児童の発見」という論文で「子供が『子供』として扱われるようになったのはきわめて近年のことであ」ると指摘し、「児童」は、「風景」や「内面」と同様に近代において発見されたものであり、児童が見出されるためには、「まず『文学』が見いだされねばならな」いと主張している。[*46]この柄谷の理論に即して考えると、「子女中心論」を書く頃の李光洙はすでに子供の実態について認識していたことが分かるのである。それを示すのが、「子女中心論」をはじめとする一連の評論である。ただ問題は、一九一〇年代の朝鮮文壇は子供の虐待を含めて社会の現実を分析し、それを書き写す形式を持っていなかったことである。つまり、当時の朝鮮にはまだ「文学」が成立していなかったが故に、作家たちは子供時代を認識しながらも、それを表象することができなかったのである。この理論（現実認識）と実践（表現の問題）の二重性ないし乖離は、近代文学が成立していく過程で次第に克服されていくが、ちょうどその分岐点となったのが『創造』とその仲間たちである。

前述のように、『創造』は社会教化を目的とした啓蒙主義文学や興味本位の恋愛小説が幅を利かせていた一九一〇年代の朝鮮文壇に対して新しい文学の見本を示すために作られた雑誌である。その『創造』が示そうとしたのは、古い価値観や倫理、道徳にとらわれない「新しい人間」を表象するために必要な新しい叙述形式、とりわけ一人称叙述形式の導入なのであった。

実際『創造』には全一七篇（うち四編は未完と習作であるがために分析対象から除外）の小説が掲載されているが、その内の九編が一人称叙述形式で執筆されている。詳しく見ていくと、以下のとおりである。

一人称観察者叙述形式　田榮澤「白痴か天才か」（第二号）

枠形式　金東仁「命」（第八号）、金東仁「ペタラギ」（第九号）

一人称自伝的叙述形式　朴錫胤「生の悲哀」（第五号）、田榮澤「Kとその母の死」（第九号）

書簡体形式　朴英燮「一年後」（第六号）

書簡と日記を挿入したもの　田榮澤「惠善の死」（第一号）、金煥「神秘の幕」（第一号）、金東仁「心薄き者よ」（第三号〜第五号）、田榮澤「運命」（第三号）、田榮澤「生命の春」（第五号〜第七号）

これは『創造』の同人たちが如何に一人称叙述形式にこだわっていたのかを如実に示しているが、この中の「白痴か天才か」と「ペタラギ」が、独歩の「春の鳥」と「女難」・「運命論者」の影響を受けている。

一九一〇年代から模索を続けてきた朝鮮近代文学は、この形式を獲得することによってようやく自分達の社会と、そこに生きる人たちの人生問題や体験、内面、現実を自在に書き写すことができたのである。つまり、『創造』派の一人称叙述形式へのこだわりが、朝鮮文学を近代文学という表舞台へと引き上げてくれたのであるが、田榮澤の「白痴か天才か」はまさにその記念すべき作品である。

何よりも特記すべき点は、田榮澤が一人称観察者叙述形式を用いることによって朝鮮近代文学史上初めて「愚者」と「子供」を発見したことである。しかし残念ながら、これに関してはあまり評価されていない。[*47] だが、これまで見てきたように、「白痴か天才か」の七星は明らかに近代的な児童観や白痴教育に基づいて描かれた子供である。にもかかわらず、「白痴か天才か」が注目されなかったのは、それだけ田榮澤による子供と愚者の発見が早すぎたことを意味する。しかし、彼のこの早すぎた子供の発見は、朝鮮社会が長い間忘れていた子供や愚者や女性の発見を促す契機となったことは間違いあるまい。そのことから考えると、改めて田榮澤の子供の発見の意味の大きさに驚かされるのだが、その背後に国木田独歩の子供の発見があったことを指摘せずにはいられないのである。

註

＊1　田榮澤「『創造』と『朝鮮文壇』と私」（『現代文学』一九五五年二月）七九頁。

＊2　蔡薫「外来思潮の導入とその土着化過程」（『一九二〇年代韓国作家研究』一志社、一九七六年）一四頁。

＊3　郭根『日帝下の韓国近代文学研究――作家精神を中心に』（集文堂、一九八六年）一八一～一九七頁参照。

＊4　小山内薫「故独歩氏の作物に就て」（『国木田独歩』日本図書センター、一九九〇年、六五頁）。但し初出は月刊文芸誌『新潮特別号国木田独歩追悼号』（一九〇八年七月）。

＊5　①安田保雄「ツルゲーネフ」（『欧米作家と日本近代文学第三巻ロシア・北欧・南米編』教育出版センター、一九七六年）②滝藤満義「この人に聞く　国木田独歩の魅力」（『国文学　特集国木田独歩』至文堂、一九九一年二月）など。

＊6　蒲原有明「『あひびき』に就て」（『二葉亭四迷』坪内逍遙・内田魯庵編輯　明治四十二年八月一日発行）ただし、「『あひゞき』『めぐりあひ』（奇遇）『片恋』の反響」（『あひゞき・片恋・奇遇他一編』（岩波書店、二〇〇四年）から再引用。

＊7　北野昭彦「国木田独歩『武蔵野』論」（『宮崎湖処子・国木田独歩の詩と小説』和泉書院、一九九三年）一九九頁。

＊8　国木田独歩「武蔵野」(『定本国木田独歩全集第二巻』学習研究社、一九九六年)六五頁。

＊9　後藤康二①「初期小説の小説構造――『武蔵野』『源叔父』の表現と世界をめぐって」(『日本文学』一九八六年一二月)②「近代小説における一人称の語り手〈自分〉」(『会津短期大学学報』第四五号、一九八八年)③「〈自分〉という語り手と物語――独歩『運命論者』場合」(『日本文学』一九八八年)④「『愛弟通信』と独歩の枠小説」(『日本近代文学』第四八集、一九九三年)。

＊10　谷川恵一氏(「自分の登場」『歴史の文体　小説のすがた　明治期における言説の再編成』平凡社、二〇〇八年)によれば、二葉亭四迷の「あひゞき」と「めぐりあひ」、および嵯峨の屋御室の「初恋」(一八八九)以前に発表された一人称小説、例えば『開巻驚奇　龍動鬼談』(井上勤訳、一八八〇年一一月)『魯敏孫漂流記』(同、一八八三年一〇月)『侠美人』(依田学海、一八八七年七月一一月)『西洋怪談　黒猫』(饗庭篁村、『読売新聞』一八八七年一一月三日〜九日)『種拾ひ』(坪内逍遙、同、一八八七年)「幻影」(笠峯居士〔森田思軒〕『郵便報知新聞』一八八八年四月二七日〜七月一九日)『探偵ユーベル』(思軒、一八八九年六月、初出は『国民之友』一八八九年一月〜三月)などでは、もっぱら〈余〉〈予〉ないしは〈私〉が用いられ、〈自分〉は使われなかったと言う。

＊11　『あひゞき・片恋・奇遇他一編』(岩波書店、二〇〇四年)六頁・一〇〇頁・一四六頁・二二二頁。

＊12　国木田独歩「病床録」(『定本国木田独歩全集第九巻』学習研究社、一九九六年)六七頁。

＊13　滝藤満義氏は、その著『国木田独歩論』(塙書房、一九八六年)の中で、「後年独歩は「或る時代には、殆んどその(ツルゲーネフの＝筆者)手法にさへ私淑せることありき(「病床録」)」と述べている。渋谷時代は既にその「或る時代」に入っており、「ここに言う「手法」への「私淑」が、文体へのそれと表裏をなすことは見やすい」と指摘している。

＊14　滝藤満義『国文学解釈と鑑賞　特集国木田独歩の世界』(至文堂、一九九一年二月号)一三頁。

＊15　金容穆「『海より少年へ』の理解」(『崔南善とり李光洙』セムン社、一九八一年)三二一〜三三五頁。

＊16　山田博光『国木田独歩論考』(創世記、一九七八年)一九八頁。

*17 山田博光、前掲書註*16に同じ。
*18 安田保雄、前掲書註*5に同じ。
*19 滝藤満義、前掲書註*14に同じ。
*20 滝藤満義、前掲書註*13に同じ。
*21 Cleanth Brooks & Robert Penn Warren, *Understanding Fiction*, New York: Appleton-Century-Crofts, Inc. 1959, p.148

	Internal analysis of events	*External observation of event*
Narrator as a character in Story	1. Main character tells own story	2. Minor character tells main character's story
Narrator not A character in story	4. Analytic of omnicient author tells story entering thoughts and feelings	3. Author tells story as external observer

*22 李在銑は、その著『韓国短編小説研究』（一潮閣、一九七五年、八四頁）の中で、一九二〇年代の短編小説の特色の一つとして、「傍観者的な証人、あるいは観察者としての一人称」が挙げられると指摘し、田榮澤の「白痴か天才か」はその先駆的な作品であると主張している。
*23 崔柄宇「韓国近代一人称小説研究」（『一九九二年度ソウル大学大学院博士論文』）三五頁。
*24 ①趙鎭基『韓国近代リアリズム小説研究』（セムン社、一九八九年）一九九〜二〇〇頁。②崔柄宇、前掲書註*23に同じ。
*25 「竹の木戸」は、「春の鳥」など初期・中期の作品と違って一人称の語り手は設定せず、作者が作中人物の断片を描き挙げる、いわゆる三人称小説となっている。
*26 崔柄宇、前掲書註*23に同じ。一五〇〜一五一頁。

＊27　後藤康二、前掲書註＊9の③。
＊28　田榮澤「白痴か天才か」（『創造二号』一九一九年三月）以下頁数のみ記載。
＊29　国木田独歩「春の鳥」（『定本国木田独歩全集第三巻』学習研究社、一九九六年）以下頁数のみ記載。
＊30　宋河春「個人化と事実への自覚」（『一九二〇年代韓国小説研究』高麗大学民族文化研究所、一九八五年）八二～八三頁。
＊31　中村雄二郎「子供――深層的人間／小さい人／異文化」『述語集――気になることば』（岩波新書、一九八四年）七六～八〇頁。
＊32　中村雄二郎、前掲書註＊31に同じ。
＊33　日本留学帰りの知識人や留学生らを中心とした新文化運動の旗手たちは、一九一〇年代から二〇年代にかけて朝鮮の伝統意識全般、すなわち家族制度や早婚、男尊女卑、孝、長幼の序などを封建時代の悪しき遺産として批判した。特に儒教制度の根幹とも言うべき「孝」の概念については強い疑問を提示し、批判を行ったが、その主なものを列挙すると、次のようなものがある。

李相天「新道徳論」（『学之光』一九一五）
姜女子「女子界にも自由が来た」（『学之光』一九一五）
金燦洙「新衝突と新打破」（『学之光』一九一五）
李光洙「朝鮮家庭の改革」（『毎日新報』一九一六）
李光洙「早婚の悪習」（『毎日新報』一九一六）
田榮澤「家族制度を改革せよ」（『女子界』一九一七）
朴勝轍「我々の家庭にある新旧思想の衝突」（『学之光』一九一七）
李光洙「婚姻に関する管見」（『学之光』一九一七）
李光洙「子女中心論」（『青春』一九一八）

李エレナ「女子教育の思想」(『女子界』一九一八)
田榮澤「旧習の破壊と新道徳の建設」(『学之光』一九一八)
桂麟常「古い殻を捨てよう!」(『学之光』一九一九)
金小春「長幼の序の弊害——幼年男女の解放を提唱する」(『開闢』一九二〇)
崔承萬「女子開放問題」(『女子界』一九二〇)
妙香山人「従来の孝道を批判——今後の父子関係を宣言する」(『開闢』一九二〇)
滄海居士「家族制度の側面観」(『開闢』一九二〇)
李敦化「新朝鮮の建設と児童問題」(『開闢』一九二一)
＊34 李相天「新道徳論」(『学之光』東京、学之光社、一九一五)。
＊35 『写真で見る朝鮮時代——生活と風俗』(瑞文堂、一九八七年)一五四頁。
＊36 『東亜日報』「一九二四年一一月二六日付」の記事によれば、一九二〇年代頃から幼い子供をさらって遊郭などに売り払う専門的な集団があちこちに出現し、そういった人たちにだまされて子供を僅かなお金で売ったり、また貧しさに耐えられなくなった親たちがほんの僅かなお金でわが子を里子に出したりするなど、子供への虐待が社会的な問題として浮上してきた。
＊37 韓国では、子供を指す言葉が多く、児孩、赤子、小児、幼年などさまざまな呼称がある。しかしながら、これらの呼称はいずれも子供を見下げる意味を持つ卑称である。こうした卑称の使用に真正面から反旗を翻したのが、一九二三年に児童文学雑誌『オリニ(子供)』を創刊した方定煥である。彼は「アへ(児孩)」を始めとする呼び名には、子供を卑しいものとし、粗末に扱ってもよいというような世間の暗黙の了解があると断定した上で、子供を尊い存在と見なすためには、まず用語から変えていかねばならないと考え、一九二三年「オリニ」という新しい言葉を作った。オリニ(어린이)という文字は、偉い人(높은이)、老人(늙은이)、善人(착한이)などの言葉からも分かるように、本来「〜人、〜方」といったいわゆる独立した人格を持った人たちを指す言葉である。韓国の子供たちは、このオリ

ニという言葉によってはじめて一個の人格を持つ存在として認められるようになったのである。つまり、近代的な児童観を獲得したわけである。

＊38　桑原三朗『日本児童文学名作集（上）解説』（岩波文庫、一九九四年、二七九～二八一頁参照）によれば、明治三〇年代頃から自由に学び、自分の生き方を真剣に考えて、自分の職業も自分で選ばなければならないという世代を中心に、文学作品の素材を貴種でも英雄でもなく、ごくありふれた人たちや子どもを取り上げ、そういう人間の生きる哀歓を描くようになったという。

＊39　P・アリエス著、杉山光信・杉山恵美子訳『〈子供〉の誕生――アンシアン・レジーム期の子供と家族生活』（みすず書房、一九八〇年）口絵。

＊40　アリエス、前掲書註＊39 三五～五〇頁参照。

＊41　河原和枝「近代日本における〈こども〉のイメージ――『赤い鳥』を中心に」（『ソシオロジ』No.110（第三十五巻二号）、一九九一年二月）。

＊42　李光洙が、一九一八年「子女中心論」という論文の中で儒教的ヒエラルキーから子供を救えと訴えた翌年の一九一九年、魯迅は「我々は今日どのような父親となるか」という論文の中で同じく子供たちを解放してやろうではないかと主張している。

＊43　桑原三郎、前掲載註＊38に同じ。

＊44　尹弘老（「作家意識形成の背景」『韓国近代小説研究――一九二〇年代リアリズム小説の形成を中心に』一潮閣、一九八〇年）によれば、一九一〇年代の朝鮮はソウルや平壌など一部の大都市を除く、ほとんどの地域が未だに教育的に無知で、貧しい環境の下におかれていた。大多数の人々は劣悪な環境から脱することもできずに、そこに安住するしかなかった。このような現実から脱するために日本留学帰りの知識人たちは人材育成など、いわゆる教育運動を大々的に展開していた。

＊45　李在轍「児童文化運動時代」（『韓国現代児童文学史』一志社、一九八七年）五九～六一頁。

＊46　柄谷行人「児童の発見」（『日本近代文学の起源』講談社、一九八〇年）一四四頁。

＊47　「白痴か天才か」は、一九六二年、金松峴が独歩の「春の鳥」の影響を受けたほとんど翻案に近い作品であると指摘して以来注目を浴びた。しかし、独歩の翻案だという事実ばかりが先行し、作品そのものに対するきちんとした分析や評価は未だに行われていない。しかし、李在銑氏によれば、「白痴か天才か」は韓国近代文学史上はじめて「愚者」を扱った作品であり、「一人の人間の二元性に着目したという点において見逃せない作品」である。また、「白痴か天才か」はそれまで韓国近代文学が一度も用いることのなかった一人称観察者叙述形式を用いた作品である。つまり、「白痴か天才か」は形式においても内容的にも近代韓国文学史に重要な功績を残した作品であるが、その評価は非常に低い。

第三章　近代文学の「成立」と枠小説、そして「恨(ハン)」

――「女難」・「運命論者」と金東仁「ペタラギ」

1　媒介者としての独歩文学

西洋文学の紹介・翻訳に積極的だった日本に、モーパッサンの作品が本格的に紹介されるようになったのは一九〇〇年代（明治三十年代）に入ってからである。モーパッサン紹介の第一人者として知られる田山花袋は、一九〇一年七月、日本の自然主義文学の展開に決定的な影響を及ぼした英訳本「アフター・ディナー・シリーズ」全十一巻を入手している。さっそく全十一巻を読み終えた花袋は、「ガンと棒か何かで頭を撲たれた」[*1]ような衝撃を受ける。そして、その感想を『太平洋』の「西花余香」に発表すると、たちまち文壇の話題になったことはよく知られた事実である。[*2]

ところが、花袋が「西花余香」の中で引用・紹介し、評価しているモーパッサンの作品は、いずれも不倫や姦通、近親相姦などを扱った、いわゆる「露骨なる性欲描写」のものばかりである。全部で一五四編が収録されている「アフター・ディナー・シリーズ」の中には不倫や姦通ものの他に抒情的、心理的、風刺的な作品も多く含まれている。にもかかわらず、花袋が不倫や姦通を中心とする「露骨なる性欲描写」にしか関心を示さなかったのは、花袋のモーパッサン理解が作品の本質に迫るものではなく、表面的なものに過ぎなかったことを端的に示していると[*3]言える。しかしながら、花袋が紹介したモーパッサンの人気はたちまち文壇に広がり、一九〇二年頃には馬場孤蝶らがモーパッサンの作品を次々と翻訳し、文壇に「モーパッサンの流行」現象が始まる。花袋ら自然主義文学者たちは、それまでの文壇や一般の社会ではタブーとされていた主題をためらうこともなく大胆に描き出したモーパッサンの作品に衝撃を受けたのである。国木田独歩もその中の一人である。

花袋の親友であった独歩は、花袋を通じてモーパッサンの作品に出会い、自ら翻訳を手がけるほどモーパッサンに傾倒した。独歩は後に、作品としてはツルゲーネフとともにモーパッサンに感化されたと述懐しているが、抒情的かつ浪漫的な彼の作品の中に一群の愛欲小説があるのは、花袋を通じて入手した「アフター・ディナー・シリーズ」の影響が大きい。性欲描写や不倫、姦通、近親相姦を主な内容とするこのシリーズの英訳本や馬場孤蝶らの翻訳に影響を受けて、独歩が不倫や姦通などを主題とする「女難」（一九〇三）「運命論者」（一九〇三）「正直者」（一九〇三）などの作品を発表し、田山花袋から「明治文壇における最初の肉欲小説」[*4]の著者と評されたことは周知の事実である。中でも「運命論者」は、それまでの日本文学ではタブー視されていた近親相姦のモチーフを扱っており、夏目漱石から「千人中只一人あるか無いかと云ふやうな、もっとも珍しい事件」[*5]を借りて人生を表現した作品であると評されるなど、当時の文壇に波紋を呼び起こした。

ところが、「運命論者」は「アフター・ディナー・シリーズ」に収録されている「隠者（L'ermite）」（一八八六年、初訳は馬場孤蝶「常久のうらみ」『新声』一九〇二年九月）と「港（Le port）」（一八八九年、初訳は馬場孤蝶「ふなが、り」『明星』一九〇二年一〇月）の影響を受けたものだという指摘が、正宗白鳥[*6]や伊狩章[*7]や山田博光氏[*8]らによって早くからなされている。この二作品はどちらも近親相姦を扱っており、「隠者」は父娘相姦を、「港」は兄妹相姦を主題にしているが、内容的にも形式的にも「運命論者」により近いのは「隠者」である。「隠者」は、父が実の娘とも知らずに犯すというきわめて珍しい内容の作品であるが、モーパッサンはこのおぞましい物語を、友人たちと古い隠者の住まいを見に行った〈僕〉という語り手がその帰路、仲間の一人から聞かされた話として描いている。つまり、モー

常久のうらみ

ギイ、ド、モーパッサン作

馬場孤蝶重譯

我は嘗二三の友と共に、カンヌよりラ、ナプールに亘れる廣野のもなかにある、高き木立繁れるものふりたる丘のうへに住へる老たる隠者を訪はむとて、行きしことありけり。其歸途、我等は昔はその數多かりけれど今はその跡を絶ちたる、彼の怪しき俗人の隠者に係る物語をなし、かゝる人々の世を捨てゝ山に入りたる思の原因を尋ね、かの昔に人をして孤獨の生活に入らしめける悲痛のいかなるものなりしかを思究めむと努めぬ。

突如に、友の一人は云ひぬ。

『我は二人の世捨人を知れり。その一人は男、一人は女なりき。その女のかたは今も尚ほ世に在るべきが、五年の前、コルシカの海岸なる、全く人住まぬ山の頂上の廢墟のうち、あたりの人家をば十五あるは二十キロメートルほども離れたるところに住めりき。女は侍婢と共にそこに在りしが、我は行きて之を訪へり。こは、確に世に名たゝる女の成れる果ならむ。我を迎ふることいと禮正しく、尙親しげなるさまをさへ示めしたり。されど、その身のうへに就きては何事をも知らず、又何事をも見出し得ざりき。

男のかたに就ては、我は今こゝに、其悲しき物語を語らむ。

顧み給へ。彼所に、ラ、ナプールの後、エステレルの峯々の前に聳てる木立深き一孤峯を見給はむ。かのあたりにては、是を蛇の山とは呼なすなり。我隠者が、十二年ほど前、少さき古りたる祉の古壁の裡に住みたりしは彼所なり。

この人の在るを聞ける時、我は之と相知らむと欲し、三月の或朝、馬上、カンヌに向ひぬ。ラ、ナプールの旅宿に馬を乗り捨

294

— 248 —

【図23】 馬場孤蝶訳モーパッサン「常久のうらみ」 (『新声』1902年9月)

38

ふながゝり

ギイ、ド、モオパッサン作

馬場孤蝶譯

上

千八百八十二年三月三日、支那海の航路に向ふてハーブルを出でたる方帆形の三檣船、ノオトル、ダアム、デ、ヴヮンは、四年の後、千八百八十六年八月八日、マルセェユに歸航り來りしが、そのはじめ、定めの支那港にその船荷を卸すや、次て、ブエノス、アイルに向ふ荷を得、また、其所よりは、ブラヂルに貨物をば載せたりしなり。

尙その他の航海、破損の修繕、數月に亘れる無風、さては、その航路より船を吹き漂はする暴風など、渾てかゝる不意の事件、海上の災難、冒險こそ、このノルマンの三檣船をばその國より遠くさまよはせしものなりけれ。されども、今や、そは、亞米利加の罐詰をろの荷艙に滿載して、マルセェユには入りたるなり。

はじめ船出せるをりしも、その船員は船長、副長、水夫十四人の外に、ノルマン人八人、ブリトン人六人なりしが、今、その歸り來れる時、ブリトン人の殘れるは五人、ノルマン人は四人に過ぎず、一人のブリトン人は途にて死、四人のノルマン人はさまぐ〜の事情のもとに船を去り、その代りとしては、二人の亞米利加人と、黑奴と、とある夕、シンガポオルの酒舗よりして誘拐ひ來れる諾威人との船に在るのみ。

今しも、その檣上の帆桁に帆を巻き收めたる大船の、その港の曳船にひかれて入り來るに、浪はひとしきり湧き立ちて船を搖りたりしが、その過ぐると共にまた靜穏に返りてしだいに靜まりぬ。船は、シヤツトオ、ディフの眞前を過ぎ、また、碇泊所の數多き灰色なせる巖礁が、落ち行く日の光を受けて、黃金色の霧に包まれたるもとをも過ぎ、やがて、この古き港に入りたりしが、こは、名に負へる大港の、げに隙間もなき繋り船、世界のありとある國々より來れる船の、大なる小さなる、さまぐ〜の形したる、さまぐ〜なる裝具したるが、混然として雜然として相ならびたる、港も爲めにいと狹く覺えられて、その水のいと汚ごれて、生ふる貝の類は互に相觸れ、相擦すれて、船の汁にて鹽漬になりたらむやうに見ゆるこの港をば、かりに食汁を盛れる鉢にたとふれば、船は、さながらにその汁の實のところせまげに浸りたるにもたとへつべし。

ノオトル、ダアム、デ、ヴヮンは、その時しも、繋れりし伊太

【図24】 馬場孤蝶訳モーパッサン「ふながゝり」 (『明星』1902年10月)

パッサンは非現実的な物語に信憑性を与えるために枠形式の方法をとっていたのである。

枠小説とは、物語の後ろと前に、ちょうど絵を囲む額縁のように、作者がその物語を書くことになったいきさつやその物語についての注釈を付け、その額縁が読者の視点と共通の視点であることによって、読者の持つ現実観と物語とを自然に結びつけようとする小説形式である。[*9] このような叙述方法の起源は古く、ボッカチオの『デカメロン』(一三四八〜一三五三)にまでさかのぼることができる。しかしもちろん、近代的な意味の枠形式の出現はメリメの『カルメン』(一八四五)まで待たねばならない。メリメはそれまで非現実的な話を伝えるときに伝統的に使われていた枠形式の方法を、リアリズムの表現方法の一つとして採用し、リアリズムの認識に基づく小説の話法とし

て徹底させた作家として知られるが[10]、それをさらに発展・完成させたのはほかならぬ、モーパッサンである。

前述したように、花袋をはじめ独歩、秋声、白鳥、泡鳴ら自然主義作家達はモーパッサンのエロチシズムや性欲、愛欲といった刺激的な作風に感化されていたが、実はそれだけではなく、近代短編小説の形式もモーパッサンから多く学んでいた。中でも独歩は、告白体や書簡体、独白体などといった西欧文学の伝統的物語形式を、モーパッサンを通じて日本近代文学に移植したと評されるほど、モーパッサンの作品から多彩な短編小説の形式を取り入れていた[11]。枠形式もその中の一つである。

独歩はモーパッサンの作品の中の、運命のいたずらで自分の妹を犯したり、あるいは父が実の娘を犯したりするという異常なモチーフに衝撃を受ける一方、そのようなおぞましいモチーフを如何にも事実らしく思わせる巧みな小説技法にも刺激された。そして、相手の女性が妹とも知らずに結婚してしまった男が、その忌まわしい半生を、鎌倉の砂浜で出会った作者とおぼしき〈自分〉に語って聞かせるという斬新な形式[12]の「運命論者」を執筆して文壇を驚かせたのである。

しかしながら、兄妹相姦などという衝撃的な設定の小説を掲載してくれる出版社はなく、「運命論者」は幾つもの出版社をたらい回しにされた末、一九〇三年三月『山比古』という小さな雑誌に掲載されることになった。それほど近親相姦というモチーフは当時の日本の文壇では特異なものであったといえよう。しかし、「運命論者」はその後、第三作品集『運命』に収録されるとにわかに注目を集め、大きな反響を呼ぶようになり、夏目漱石をはじめとして正宗白鳥、徳田秋声、烟霞生、「新声合評会」などから絶賛された。

そして、「運命論者」に対する日本の文壇の反響は海を越えて植民地期の朝鮮の文壇にも波及していった。一九二一年に発表された金東仁（一九〇〇〜一九五一）の「ペタラギ」[13]と一九四一年の兪鎮午（一九〇六〜一九八七）の「馬車」[14]は明らかにその影響を受けている。全く資質の異なる朝鮮の二人の作家が二〇年の時をへだてて同じ作品の影響を受けたのは、おそらく「運命論者」のモチーフと叙述形式の特異性によるものだろう。というのは、「ペタラギ」と「馬車」はそれまで朝鮮文学ではタブー視されていた不倫と、その後の主人公の運命を、枠形式で描いたという点において独歩の「運命論者」と酷似しているからである。とりわけ「ペタラギ」は朝鮮近代文学史上はじめて近親相姦のモチーフと枠形式を取りいれることによって、それまでの朝鮮文学を近代文学という表舞台へと引き出してくれたという点において当時の文壇から注目を浴びた作品である。

ここで注目すべきなのは、独歩がモーパッサンの作品から近親相姦のモチーフと枠形式という新しい叙述形式を得て「運命論者」という作品を執筆し、その「運命論者」のモチーフと形式を今度は朝鮮の文学者が取り入れていたことである。これはヨーロッパ文学の影響を色濃く受けた日本の近代文学が、朝鮮や中国といった東アジア地域の近代文学に影響を及ぼしていたことの裏づけでもある。その過程の中で独歩が浮かびあがってくるのである。

そこで本章では、西洋文学を一方的に受け入れていたと思われている日本の近代文学が、実は朝鮮近代文学に大きな影響を与えていたという、日本近代文学の「媒介者」としての側面を、枠形式を手がかりとして明らかにしたい。

2　枠小説「ペタラギ」の源泉としての「女難」

金東仁の「ペタラギ」(『創造』九号、一九二一年六月)は、朝鮮近代文学史上最初の「本格的な短編小説[*15]」であるばかりでなく「短編小説のパターンを確立[*16]」した記念碑的な作品として高く評価されている。ただ、この作品が創作される過程で独歩の作品から影響を受けていたことは早い段階から論じられてきた。すなわち「ペタラギ」と「女難」、「運命論者」との類似についてである。前者については早い段階で金松峴[*17]が指摘し、後者については金永和[*18]や趙鎮基氏[19]が指摘している。どちらの作品も不倫の恋を扱った枠小説であるが、とりわけ「女難」とは、第一に語り手と聞き手が音楽を媒介に出会うこと、第二に主人公が家族を失って流浪している漂泊者であること、第三に女性によって人生が狂わされていることなどが類似する。一方「運命論者」とは、第一に近親相姦をモチーフにしていること、第二に登場人物たちが運命の不可思議な力を深く信じていること、第三に妻への愛着が自分を苦しめていることなどが類似する。そして、いずれの作品もこのような悲惨な事件にリアリティを与えるために枠形式の方法をとっていることが酷似している。金東仁が独歩の「女難」と「運命論者」に注目したのは、近親相姦というおぞましい事件を、〈私〉という一人称の語り手を設定し、その語り手が出会った不思議な男の身の上話として描いているところ、つまり枠形式が新鮮に感じられたからだろう。そこで、まず枠形式から検討したい。

(1) 枠小説という叙述形式と日本近代文学

◉韓国における枠小説

「ペタラギ」は、〈私〉という一人称の聞き手を設定し、その聞き手に対して話し手が自分の身の上を語るという、一九二一年当時としてはきわめて斬新な小説手法で書かれた画期的な作品である。金東仁は、この新しい形式を留学先の日本で愛読していた日本文学、とりわけ独歩の作品から学んでいたが、韓国にもこのような形式は古くから存在していた。例えば、朝鮮時代には金時習の漢文小説『酔遊浮碧亭記』(十五世紀)をはじめ権韠『周生伝』(年代未詳)、李鈺『沈生伝』(年代未詳)、作者未詳『雲英伝』(年代未詳)、朴趾源『玉箱夜話』(十八世紀)『虎叱』(十八世紀)といったものがある。また開化期にも安国善『禽獣会議録』(一九〇八)「地方老人談話」(『共進会』一九一五)、作者未詳『話中話』(年代未詳)など[20]、枠形式を用いた小説は意外に多い。

しかし、「一九二〇年代の作家たちがこうした過去の文章を熟知していたか、あるいはそれを根拠にして新しい叙述形式を作りだそうとする努力を重ねていたかを問う必要があるだろう[*21]」と指摘されているように、当時の作家たちは過去に優れた叙述形式があるにもかかわらず、それらを知ろうともせず、近代化とともに新しく入ってきた外国文学の影響を受けていた。その外国文学とは、李在銑氏がいみじくも指摘しているように、日本語に翻訳された西欧文学なのである。つまり、一九二〇年代の朝鮮では朝鮮語訳を読む前にまず日本語訳を読んでいたのである。その背景として、草創期の文学者の日本留学が指摘されているが、それよりも、当時朝鮮における外国文学の翻訳状況を指摘せずにはいられない。金東仁が朝鮮文学史上初めて枠小説「ペタラギ」を発表した一九二一年六月当時、枠小説として翻訳されたものは一九一五年『青春』に梗概訳として翻訳紹介されたチョーサーの『カンタベリー物語』一編しかなかったのである。[*22]それに対して日本では、枠小説の古典として知られるボッカチオ『デカメロン』とチョーサー『カンタベリー物語』を皮切りに、メリメ『カルメン』、プレヴォー『マノン・レスコー』、エミリー・ブロンテ『嵐が丘』、ツルゲーネフ諸作品、モーパッサン諸作品などに至るまで枠小説として世界的に名高い作品のほとんどが、明治四十年代（一九〇八〜一九一二）にはすでに完訳されていた。さらに大正年間の初期にはすでに著名な作品を網羅した全集も出ている。[*23]従って、当時の文学者たちは、国内の文芸雑誌に西欧の枠小説が翻訳されなくても、日本の翻訳文学を通じて西欧の文学作品や枠形式の小説にはいくらでも接することができたと、李在銑氏は次のように指摘している。

近代に入って新しく接するようになった西洋小説の技法は、枠小説に対する当時の作家達の認識に少なからぬ刺激を与えた。西欧における枠小説の一典型として公認されているチョーサーの『カンタベリー物語』は概略的な紹介にとどまっていたとはいえ、すでに一九一五年にその紹介が行われていた。すなわち、崔南善が発行する『青春』六号から九号にかけてこの作品が紹介されたのである。

しかし、このような単純な受容過程の解明よりも、もっと広く認知しなければならないことは、当時の作家たちが行った文学修業の環境をまず考慮すべきであろう。ほとんどの作家たちはそうすることが正当であろうとなかろうと、日本で文学修業を行っていたという点である。従って、国内の文芸雑誌に西欧の枠小説が翻訳されなくても、日本の翻訳文学を通じて西欧の文学作品や枠形式の小説にはいくらでも接することができたわけである。[*24]（拙訳）

しかし、果たして当時の文学者たちが『カンタベリー物語』など日本語訳の西欧の枠小説をどれほど読み、枠形式について十分に認識していたのかについては、はなはだ疑問である。[*25] 序章で詳しく見てきたように、一九一〇年代に日本に留学していた文学者の多くは、小学校を終えたばかりのまだ幼い時分に日本に渡っていた。それゆえ彼らは、日本語に訳された西欧文学に興味を示す前に、まず日本語力を身につけねばならなかった。そんな彼らが注目し、読んでいたのは中学校の国語教科書に掲載されている作品である。国語の授業を通じて夏目漱石から島崎藤村、国木田独歩、谷崎潤一郎、芥川龍之介、有島武郎など明治から大正にかけて活躍した作家たちの作品を読んでいった留学生たちは次第に日本文学への関心を深め、中には校内誌の編集委員として活躍する学生が現われるほど、日本文学に深く傾倒していった。[*26] やがて、その学生たちが中心となって朝鮮近代文学史上初めて同人グループが東京で結成され、朝鮮文学の近代化が図られるようになるのだが、その際彼らがモデルとしていたものが、自然主義などヨーロッパから日本に伝わった文芸思潮や短編スタイル、モチーフなどである。無論、枠形式もその一つなのである。

◉日本における枠小説

周知の如く、枠小説は非現実的な話を伝える時に採用されていた伝統的な叙述形式である。それゆえ日本でも、この形式による作品は古くから存在した。『今昔物語』（一一二〇年頃）を皮切りに、『大鏡』（平安後期）『水鏡』（鎌倉時代）『増鏡』（室町時代）『宇治拾遺物語』（鎌倉前期）などは、いわゆる枠形式で書かれた物語である。[27]中でも『大鏡』は序という枠を組んで、その序においてこれから描かれ、語られるべき内容を紹介するという、典型的な枠形式の手法をとっていることから、枠小説の祖と言われている。[28]しかし、このような優れた枠小説の伝統があるにも関わらず、明治以後書かれた枠小説の多くは、書簡体をはじめとする他の叙述形式と同じく、日本文学ではなく、ツルゲーネフやモーパッサンなど外国文学から学んだものである。中でも、とりわけ強い影響を受けたのは、「あひゞき」（一八八八）をはじめとする二葉亭四迷が訳したツルゲーネフの一連の翻訳小説である。[29]ツルゲーネフは日本文学の自然描写に変革をもたらした作家として知られるが、実は、小説形式においても日本文壇に大きな影響を及ぼしていたのである。

第二章で詳しく見てきたように、一人称の聞き手を設定し、その聞き手に対して話し手が自分の身の上や体験を語るという小説手法は、「近代小説に要請される客観性というものと作者の主観というものとの両者を、同時に表出できるようにするもっとも手っ取り早い、そして書きやすい方法」[30]として、一八九〇年代頃から新しい文学を目指していた若い文学者に多く取り入れられた。中でも独歩は、この形式がよほど気に入ったらしく、多くの作品を執筆し、文壇に流行らせた。その主な作品を列挙すると、次のとおりである。

嵯峨の屋お室「初恋」（一八八九）、森鷗外「文づかひ」（一八九一）、石橋思案「わが恋」（一八九四）、国木田独歩「武蔵野」（一八九八）、泉鏡花「高野聖」（一九〇〇）、田山花袋「野の花」（一九〇一）「重右衛門の最後」（一九〇二）、島崎藤村「旧主人」（一九〇二）「爺」（一九〇三）、国木田独歩「少年の悲哀」「画の悲み」「酒中日記」（いずれも一九〇二）「女難」「運命論者」「正直者」（いずれも一九〇三）など。

ところが、この枠形式が一九一〇年代当時、日本に留学中の若き朝鮮人文学者たちに注目されていたのである。中でも一九一九年、留学仲間五人（金東仁、田榮澤、朱耀翰、金煥、崔承萬）が集まって東京で結成された『創造』グループに与えた影響は大きく、彼らはこの新しい形式を朝鮮文壇にはじめて導入しただけではなく、グループを挙げて流行らせたのである。その結果、枠形式は書簡体形式と一人称観察者視点形式とともに、一九二〇年代を代表する叙述形式となったが[*31]、その先駆的な作品が独歩の「女難」と「運命論者」の影響を受けた金東仁の「ペタラギ」である。

(2)「ペタラギ」と「女難」

後に、金東仁は「このペタラギこそ余にとって最初の短編小説（形にせよ量にせよ）であると同時に、多分朝鮮にとっても朝鮮文字と朝鮮の言葉で描かれた最初の短編小説であろう[*32]」と、自負してやまなかった。彼のこの自負は、朝鮮近代文学史上はじめて枠小説という新しい叙述形式を作り上げたという自信からきたものにほかならないが、それを書かせたのは留学以来愛読していた日本文学、とりわけ独歩の枠小説のうち「女難」と「運命論者」なのである。

「女難」と「運命論者」は冒頭と結びが枠に当たり、その枠の中で物語が展開する典型的な枠小説であるが、まず金東仁の創作意欲を刺激したのは、「女難」の書き出しに出てくる盲目の尺八吹きである。「ペタラギ」の主人公がすべてを失って離別の舟歌を歌いながらあちらこちらの海を漂泊するその姿は、「女難」の盲目の尺八吹きの世捨て人と重ね合わせることができるからである。そこでまず「ペタラギ」における「女難」の影響から考察を行いたい。

◉不思議な男との出会い

文藝界

小說

女難

（一）

（明治三十六年十二月一日發行）

國木田獨歩

今より四年前の事である、（と或男が話しだした）自分は何かの用事で銀坐を歩いて居ると、或四辻の隅に一人の男が尺八を吹いて居るのを見た。七八人の人が其前に立て居るので、自分もふと足を止めて聽く人の仲間に加はつた。

頃は春五月の末で、日は西に傾いて西側の家並の影が東側の家の礎から二三尺も上に這ひ上つて居た。それで尺八を吹く男の腰から上は鮮かな夕陽に照されて居たのである。

文藝界　（第二卷第七號）　小說　女難　一

【図 25】国木田独歩「女難」
（『文芸界』1903 年 12 月）

2　（創　造）

배따라기

김동인

됴흔 일긔이다。

됴흔 일긔라도、하늘에 구름뎜 업는——우리「사람」으로서는 감히 졉근치못홀위엄을가지고、노피서 우리 조고만「사람」을、비웃는듯이 나려다보는、그런 교만훈하늘은 아니고、가장 우리「사람」의 리해자인듯이、나추 뭉글〱 엉긔는 분홍빗구름으로서 우리와서로 손목을잡자는、그런하늘이다。사랑의하늘이다。

나는、잠시도멋지안코 푸른물을 황해로부어나리는 대동강을 향훈 모란봉기슭、새파랏케 도다나는 풀우에 뒹굴고 이섯다。

이날은 三月삼질、대동강에 첫배노리호는날이다。감——아케 나려다보이는 물우에는、물々히 한자이는 물길을、푸른 물결헤쳐어 라고넘으며、거긔서는 봄향긔에취훈、형々색々의뎟출이、유란보다도 보드랍운봄공긔를 흔드를면서 나려온다。그리고、거긔서、기생들의노래와 합쇠나라오는 뎌뎌아악(雅樂)은、느리거、길—거、뉴탕후거、부드럽거、그리고또 애초렁거、——모든 봄의청다옴과 앗까지 도화치안코는 안두겟다는듯이、대동강에흐르는 시컵은 봄물、청류벽에 도다나는、푸르른 풀어음、심지어 사람의가슴속에 봄에뛰노는 봄뜻는 뫼줄거싸지라도、습긔만흔 봄공긔를 다며노코、생뢰지안코는 두지안는다。

봄이다。봄이왓다。

부드럽게부는 조고만바람이、시컵은 되원술을께며 또는 도다나는 풀을슈치고 지나갈째의 그음악은、다른데서 듯지못홀 아름다운 음악이다。

아々 사람을취케호는、푸르른봄의 아름다옴이어。

열다섯살부터의 동경생활에、마음껏이런봄을보지못호엿던 나는、봄 이것을보는사람보다 몹이상의 감명을、여기서、맛지아눌수가업다。

평양성내에는、겨우、속々허진빵을헤치면、파릇파릇도다나는 나무색이와、도다나려는 버들의어음으로 봄이온줄아뢸뿐 아라、완전이 봄이안니르럿지만、이 모란봉일대와、대동강을넘어보이는 가난오토를 환상시키는 당림(長林)에는、마음쌋 봄의청다옴이 나르

【図 26】金東仁「ペタラギ」
（『創造』1921 年 6 月）

最初に、導入部の枠から見ていくことにしたい。「ペタラギ」では、三月のある日、語り手の〈私〉が大同江近くの牡丹峰の麓で思索にふけっていると、どこからか切ない歌声が聞こえてくる。耳を傾けてみると、それは三年前に永柔地方で聞いたペタラギという舟歌である。切なく哀しみのこもったペタラギに深く心を打たれた〈私〉は、その歌い手を探しに出かける。

片時も休まずに青い水を黄海に注いでいる大同江に面した牡丹峰のふもと、私は青く芽吹いた草の上に寝ころんでいた。（中略）

この時、箕子廟の近くから、不思議にもの悲しい旋律が春の空気を振動させて流れてきた。

私は何気なく耳を傾けた。

永柔ペタラギだ［ペタラギとは、平安道地方の船乗りが唄う民謡、船唄］それも、そこらの芸人や妓生などは足元にも及ばぬほどの、それほど、その舟歌の歌い手は名手だった。（中略）

「どこだろう?」

私は、またつぶやいた。

その時、その人がまた舟唄を一番から歌いはじめた。その声は左の方から聞こえてくる。左だなと思い、声のする場所を探し求めて松の木の間をしばらく歩き回っているうちに、ようやく、箕子廟でも明るくてひらけた場所に一人で寝ころがっている人物を発見した。(中略)

どこかの紳士が自分をうかがっているのを見て、彼は唄をやめて身を起こした。

「どうぞ、続けてください」

といいながら、私は彼の横に行って腰を下ろした。*33(二一〜五頁)

これは、〈私〉がペタラギの歌声に誘われて男を見つけるというくだりだが、この場面の趣向と筋立は、「女難」で家族を連れて鎌倉に避暑に行った〈自分〉が、月の美しい夜、浜辺を散歩していると、一人の盲人が一群の人々に取り囲まれた中で尺八を吹いているのに出くわし、〈自分〉はそれが以前、心に深く止めていた盲人であることに気づいたという場面に当たる。語り手の〈自分〉が盲人を自分の家にともなってくるところは、次のとおりである。

自分は小川の海に注ぐ汀に立つて波に砕くる白銀の光を眺めて居ると、何処からともなく尺八の音が微に聞こえたので、四辺を見廻はすと、笛の音は西の方、程近いところ、漁船の多く曳上げてある辺から起こるのである。

近いて見ると、果たして一艘の小舟の水際より四五間も曳上げてある、其周囲を取り巻いて、或者は舷に腰掛け、或者は砂上に蹲居り、或者は立ちなど、十人あまりの男女が集まつて居る、其中に一人の男が舷に寄つて尺八を吹いて居るのである。（中略）自分は舷に近く笛吹く男の前に立った。男は頭を上げた。思ひきや彼は此春、銀座街頭に見たる其盲人ならんとは。されど盲人なる彼れの盲目ならずとも自分を見知るべくもあらず、暫時自分の方を向いて居たが、やがて又た吹き初めた。指端を弄して低き音の糸の如きを引くこと暫し、突然中止して船端より下りた。自分は卒然、

『盲人さん、私の宅に来て、少し聞かして呉れんか。』[*34]（三二〇〜三二一頁）

このように同じく音の主を探す場面を比較すると、いずれも船が行き来する水辺の近くで音楽を聞きつけ、その曲に引かれていくこと、そして音の主に対して強い好奇心を抱くこと、また美しい音色に導かれて男を探しに出かけるなど、趣向と筋立において両者は酷似する。さらに「ペタラギ」では、男の言葉付きや態度から何か秘められた数奇な物語があるだろうと察し、やがて語り手が彼の身の上話を次のように聞き出す。

いい眼だった。海の広さと大きさが、申し分なくその眼に表われている。彼は船乗りだと、私は直感した。

「故郷は永柔ですか？」

「ええ、まあ。生れは永柔ですが、ここ二十年ほど、永柔には行っておりません」

「どうして、二十年も故郷に行かないのです？」

「人生なんて、思うようにいかんものですよ」

彼はなぜか、溜息をついた。「やはり、運命の力にはかないません」

運命の力にはかなわないという彼の声には、鎮められぬ怨恨と懺悔の思いが混じっていた。

「そうですか」

私はただ、彼を見つめるばかりだった。

しばらく沈黙してから、私はまた口を開いた。

「では、あなたの身の上話を一度お聞かせ願えませんか。差し支えなければ、話してください。」

「べつに差し支えなど……」

「じゃあ、お願いします」

彼は、ふたたび空を見あげた。しばらくして、

「お話しいたしましょう」

と言い、私が煙草に火をつけるのを見て、自分も煙草をくわえて話しはじめた。（六頁）

ようやく見つけだした男は、二〇年も故郷に帰らずに海を彷徨う船乗りであった。彼は二〇年も海を放浪していた理由を、「運命」だといい、その数奇な身の上を語り出す。この場面と、「女難」で〈自分〉と男が対面して語り合う場面を比較してみると、

『お前何処だイ、生れは。』
『生れは西で御座います、ヘイ。』
『私はお前を此春、銀座で見たことがある、如何いふものか其時から時々お前のことを思ひ出すのだ、だから今もお前の顔を一目見て直ぐ知つた。』（中略）
『尺八は本式に稽古したのだらうか、失敬なことを聞くが。』

『イヽエ、左様ではないので御座います、全く自己流で、たゞ子供の時から好きで吹き鳴らしたといふばかりで、人様にお聞かせ申すものではないので御座います。へイ。』

『イヤさうではない。全く巧妙いものだ、（中略）お前独身者かね？』

『へイ、親もなければ妻子もない気楽な孤独者で御座います。へッへ、、、、。』

『イヤ気楽でもあるまい、日に焼け雨に打たれ、住むところも定まらず国々を流れゆくなぞは余り気楽でもなからうじやアないか。けれどもいづれ何か理由のあることだらうと思ふ、身の上話を一ッ聞かして貰ひたいものだ。』と思い切って正面から問ひかけた（中略）

『へイ、お話しても可しう御座います。（後略）』（三二二～三二三頁）

盲人と「いい眼」をしている男という相違はあるものの、語り手と男の間に交わされる会話のやりとりといい、二人が対面して話し合う場のトーン、また語り手が男の身の上話を突然聞き出す趣向など、両者は非常に似ている。

◉男の数奇な身の上話

次は、枠内の物語、つまり男の語る身の上話について考察する。「ペタラギ」では、主人公が美しい妻をあまりにも愛していたが故に、妻を死なせ、弟を彷徨させ、自分自身もさすらいの身になって二〇年前から海を流転しているといういきさつが次のように語られている。

「忘れもしない、十九年前の八月十一日のことです」

と言って始めた彼の話の内容は、だいたい以下のとおりである。

彼がいた村は、永柔の町から二〇里ほど離れた、海岸の小さな魚村である。彼の村（三十戸ほど）で、彼はかなりの有名人だった。

彼の両親は、彼が十五歳のときに亡くなり、残された者といえば隣家で所帯を持っている弟夫妻と自分だけであった。彼ら兄弟は、その村一番の金持ちであり、一番の漁師であり、そのうえ読み書きができて、舟唄も村一番の歌い手であった。つまり、兄弟はその村の顔役であった。

陰暦八月十五日はお盆である。八月十一日、彼はお盆の買い物かたがた、妻が前から欲しがっていた鏡を買うために市へ出かけた。（六頁）

一方「女難」では、幼い頃、ある占い師から聞かされた自身の運命、すなわち女難さえまぬがれれば立派な人物になれるという占いを信じ、女性に対して恐怖心を抱くようになった男が、一二の時に一五歳ほどの娘おさよにかわいがられた話、一九の時にお幸と関係し、身ごもった彼女から結婚を迫られたために郷里を逃げ出した話、そして二八の時に大工の女房お俊と不倫して眼を患い、ついにお俊に捨てられて乞食となった話を、次のように語り出す。

私の九十の頃で御座います、能く母に連れられて城下から三里奥の山里に住んで居る叔母の家を訪ねて、二晩三晩泊まったものでムいます。今日も丁度その頃のことを久ぶりで思い出しました。今思ふと、私が十七八の時分他が尺八を吹くのを聞いて、心を奪られるやうな気がしましたが今私が九や十の子供の時を想ひだして堪なくなるのと丁度同じ心持ちで御坐います。

父には五つの歳に別れまして、母と祖母との手で育てられ、一反ばかりの広い屋敷に、山茶花もあり百日紅もあり、黄金色の麗枝の実が袖垣に下って居たのは今も眼の先にちらつきます。家と屋敷ばかり広うても貧乏氏族で実は食うにも困る中をははが手内職で、子供心には何の苦労もなく日を送って居たのでございます。

（三二四頁）

このように、両作品は運命に翻弄された自己の半生を語りだすという点においては類似している。ただし「女難」では、それを、男自身に直接語らせる、いわゆる一人称視点の形式を取っているのに対して、「ペタラギ」では男の身の上話を要約・整理して提示する、つまり作者の視点となっている。

このような視点の違いは、金東仁の独創性とも言えるかもしれないが、それよりもこの作品が朝鮮近代文学史上はじめて試みられた枠小説であるという事情を考慮しなければならない。というのも、他人の立場や心情に立って事件を叙述するという手法は技術的に非常に熟練を要するからである。[*35] 作家になったばかりの金東仁にとっては、いきなり主人公の立場になりきって事件を叙述するよりも、やはり慣れている三人称の方が書きやすかったに違いない。「ペタラギ」以後書かれた一連の枠小説、すなわち「遺書」「荒れた家跡」（一九二四）、「娘の業をつがんとて」（一九二七）、「狂炎ソナタ」「罪と罰」「大同江」「水晶の鳩」（いずれも一九三〇）、「結婚式」（一九三一）、「狂画師」（一九三五）、「太陽池のおばさん」（一九三八）などが、いずれも枠と枠内の物語という基本構成と視点においては「ペタラギ」に似ていながらも、より複雑かつ多様な形態をみせているのは、このことを端的に示している。

◉語り手の感想

最後に、結びの枠を見る。「ペタラギ」では、妻と弟の関係を疑ったために二人を失った男が、それを償うために二〇年間も流転生活を送っているという数奇な身の上を告白した後、次の文で結ばれている。

もう一度、彼は私のためにペタラギを歌った。嗚呼、歌にしみ込んだ鎮めきれぬ悔恨、海に対する哀切な慕情。

歌い終わると、彼は立ち上がり、背中にいっぱい赤い夕陽を浴びながら乙密台に向かってとぼとぼと歩いていく。私は彼を引き留めることもできず、ただその背中を茫然と見つめているだけであった。(中略)

彼の姿はその近くにはなかった。(一一三頁)

一方「女難」では、女難を予言された男が、女難から逃れようとしてかえって女難に陥り、いまは昔の放蕩を懺悔しながら放浪生活をしているという話を語った後、次の文で結ばれている。

盲人は去るに望んで更に一曲を吹いた。自分は殆ど其哀音悲調を聞くに堪へなかつた。恋の曲、懐旧の情、流転の哀、うたてや其底に永久の恨をこめて居るではないか。

月は西に落ち、盲人は去つた。翌日は彼の姿を鎌倉に見ざりし。(三五一頁)

「ペタラギ」の結末が「女難」のそれに基づいていることは明らかである。尺八の音とペタラギの歌声という違いはあるものの、両作品ともに哀音悲調が場面のトーンを形成し、それが懺悔の放浪生活を送らねばならぬ主人公の数奇な運命と共鳴している点が両者は共通している。また、そのような彼を気づかう語り手の感想が述べられている結び方にも両者は類似している。

このように見てくると、「ペタラギ」は、枠内の男が語る物語の視点こそ違うが、全体構成は「女難」と「同じく、〈私〉という語り手が一人の不思議な男に出会ったときの様子を語るところから始まり、やがてその男が運命に翻弄された自分の忌まわしい半生を語りだすことによって新たな物語が成立し、そして最後は語り手が再び登場して物語を締めくくるという点において、まぎれもない枠形式で書かれた小説である。

金東仁は、「ペタラギ」を発表する直前に枠形式を用いた「命」という作品を発表している。しかし、その試みはうまく行かず、枠形式の「前段階的な試み[36]」にとどまってしまった失敗作であると酷評されている。それが半年後に発表された「ペタラギ」では見事に成功している。あまりのすばらしい出来栄えに、李在銑氏は「西欧近代文学の影響を受けていたことは自明のことである[37]」と指摘しているが、金東仁がモデルにしていたのは、独歩の「女難」をはじめとする日本の枠小説だということはこれまで見てきたとおりである。

3 「近親相姦」というモチーフと儒教文化

「ペタラギ」を執筆する時、金東仁の創作意欲を刺激したものは、「女難」の主人公が尺八を吹きながら、あちらこちらの街をさすらうその漂泊の姿であったと前述したが、彼を刺激したのはそれだけにとどまらなかった。「ペタラギ」の核をなすものは、実は男の語る近親相姦の疑惑[38]と、それによる主人公の悔恨の流浪生活なのだ。

近親相姦は、西欧では必ずしも珍しいテーマではなく、父娘相姦や兄妹相姦、姉弟相姦などを扱った文学作品や社会的事例もしばしば見られる[39]。しかし、朝鮮や中国、日本といった東アジアの儒教文化圏社会では、神話などの例外はあるものの、近親相姦は一般的にタブーとされていた。そこに西洋から新しい恋愛文化が入るようになり、エロチシズムや性欲、愛欲を扱った作品が紹介され、醇風美俗的倫理観や思想を重んずる儒教文化圏の文学者たちを驚倒させた。早速、その影響を受けたのは日本であった。一九〇〇年代後半頃から姦通や不倫など、いわゆる性本能を描く作品が流行[40]し、田山花袋の「重右衛門の最後」(一九〇二)「新築の家」(一九〇三)「悲劇」(一九〇四)、島

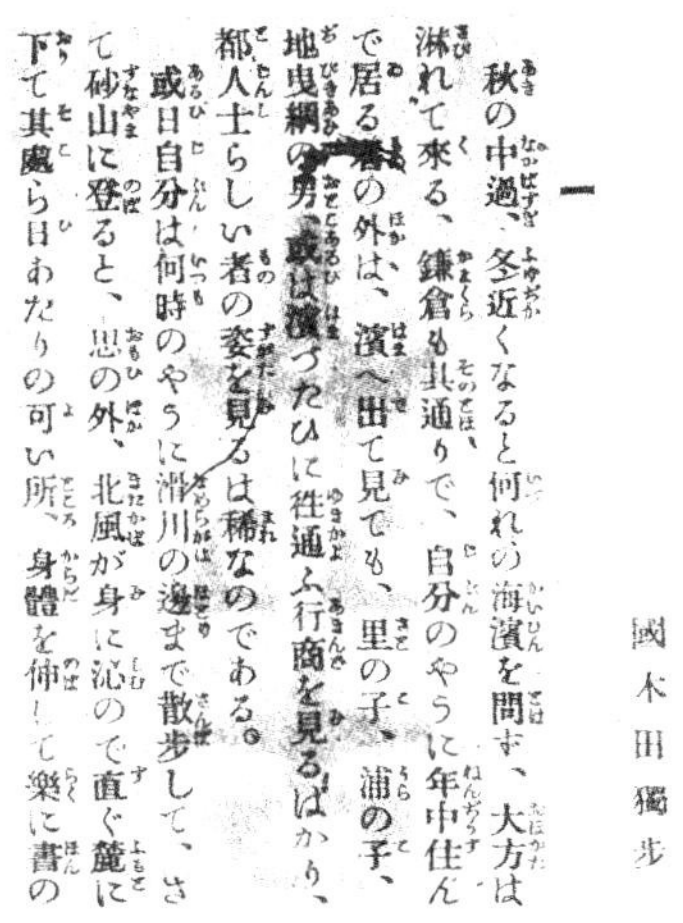

運命論者

國木田獨歩

一

秋の中過、冬近くなると何れの海濱を問ず、大方は淋れて來る、鎌倉も其通りで、自分のやうに年中住んで居る者の外は、濱へ出て見ても、里の子、浦の子、地曳網の男、或は濱づたひに往通ふ行商を見るばかり、都人士らしい者の姿を見るは稀なのである。

或日自分は何時ものやうに滑川の邊まで散歩して、さて砂山に登ると、思の外、北風が身に泌ので直ぐ麓に下て其處ら日あたりの可い所、身體を伸して樂に書の

【図 27】　国木田独歩「運命論者」
（『山比古』1903 年 3 月）

崎藤村の「旧主人」（一九〇二）「爺」（一九〇三）「老嬢」（一九〇四）、国木田独歩の「女難」（一九〇三）「正直者」（一九〇三）「運命論者」（一九〇三）などが書かれた。これらの作品が後の自然主義の成立に大きな影響を及ぼしたことはよく知られた事実である。

一九一四年、日本にやってきた金東仁は姦通や不倫、近親相姦など、いわゆる情欲を描いた日本文学に目を見張るような衝撃を受けた。とりわけ、朝鮮社会では絶対的タブーとされている近親相姦を扱った独歩の「運命論者」に強く想像力をかき立てられた。しかし、日本と違って、強固な父系血縁原理が社会関係の基礎となっている朝鮮では、結婚や恋愛に関しては「同姓不娶」「内外之分」「女必従一」などといった家族制度が厳しく守られていた。そのために家族や親族同士の恋愛は頑なに禁止され、とりわけ女性の不義、不倫、姦通などは死を意味した。つまり、近親相姦のモチーフは儒教道徳の根幹に触れる問題として日本とは全く異なる文化的伝統がたちはだかっていたのである。そこで金東仁は、このモチーフを朝鮮の伝統的価値観から理解し直し、朝鮮流に変えることによって読者の理解を得ようとした。つまり、兄と妹という兄弟相姦を兄嫁と義弟の恋愛事件に変え、しかもあまりにも妻に執着しすぎていた男の誤解がもたらした悲劇として処理したのである。言い換えれば金東仁は、血を分け合った兄妹相姦ではなく兄嫁と義弟の不倫事件にすることによって儒教思想に浸っている読者の関心を反らしたのである。次の文は、問題の兄嫁と義弟の不倫の現場である。

部屋の真ん中に餅の皿があり、片隅に立っている弟は、はちまきが抜けて首の後ろに垂れさがり、上衣の紐はすっかりほどけた状態だし、妻も、髪が全部後ろに垂れて、下衣もへそ下までずれ落ちそうになっている。妻と弟は彼を見て、どうしていいか分からない様子で立ちつくしていた。(一二〇頁)

これは外出から帰ってきた主人公が「思いも寄らぬ光景」に出くわしたくだりである。平素から弟に親切に振舞う妻をこころよく思っていなかった主人公は、妻が乱れた服装で弟と一緒にいるところを目の当たりにし、瞬間的に妻が弟と不倫をしていたのだと思いこむのである。当時の朝鮮社会では、結婚した女性が男と二人きりでいるだけで不倫と疑われるばかりでなく、一度貞操を疑われた女性は、誤解を解かない限り死をまぬがれ得なかった。つまり、女性の不義は社会的死を意味[*41]するものであるが、次の文はそれを端的に表している。

「こいつめ！　亭主の弟とこんな真似をするやつがいるか！」彼は妻を床に倒し、無茶苦茶に蹴りつけた。

「本当に、ネズミが……。ああ、死んじゃう」

「こいつ！　おまえもネズミだと？　死んじまえ！」

彼の腕と足が、めちゃくちゃに妻の体にふりおろされた。

「アイゴ、死にそう。本当に、さっき義弟が来たから、餅を食べさせようと思って、出したら……」

「聞きたくない、××××××〔伏せ字。弘字出版社では「亭主の弟とくっついたやつが」〕何を言う……」

「アイゴ、アイゴ！　本当なのよ。ネズミが一匹出てきて……」

「ネズミだと？」

「ネズミを捕まえようとして……」

「このアマ！　死ね！　海に落ちて、死んじまえ！」

思いっきり殴ってから、弟と同じように背中を押して叩き出した。そして妻の背に向かって、（中略）

「やっぱりネズミだったのか」

彼は小声で叫んだ。そして、へなへなとその場に座り込んだ。（一〇頁）

妻は弟と不貞を働いたわけではない。夫が市に行っている間に、義弟に餅をご馳走した際、どこからか鼠が出てきたので、それを捕まえようとして服装が乱れただけなのである。つまり、夫の目撃した「思いもよらぬ光景」は誤解に過ぎなかった。しかし、スカートがへその下までずり落ちたまま興奮気味でたっている妻の姿は、夫にすれば立派な不倫に見える。妻は必死になって誤解を解こうとするが、彼女が言い訳をすればするほど夫は妻の不貞を確信し、彼女に暴力を振い、「死ね」と強要するのである。それほど義弟との不貞は許されない行為であった。結局、妻は誤解を解くすべもなく海に飛び込んで自殺してしまう。一方、弟はといえば、

葬式をあげた次の日、弟はその小さな村から姿を消した。一日、二日は気にしなかったが、五日過ぎても弟は帰らなかった。それで調べてみると、弟と思われる人物が五、六日前に背嚢を担いで真っ赤な夕日を背に受け、とぼとぼと東の方に歩いていったという。それから十日が過ぎ、二十日が過ぎたが、出ていった弟は帰らず、一人残された弟の妻は毎日溜息をつきながら月日を送ることになった。（一一頁）

というように、弟も兄嫁を死なせた罪の意識から家族を残したまま村から消えなければならないのである。それほ

ど兄嫁との不貞は、たとえそれが誤解であっても許される行為ではなかった。これが当時の朝鮮社会の現実なのであった。

周知の如く、日本には近親相姦を黙認する文化的伝統がある。それに対して朝鮮では、近親相姦は絶対に触れてはいけないタブーとなっている。金東仁はあえてこのタブーに挑んだ。しかし完成した作品は、貞操を疑われた女性は死なざるを得ないという儒教道徳がいまだに力をもつ朝鮮社会における夫婦あるいは兄弟、さらには親族間の問題を描き出して、独歩文学とはまったく異なる文学となっていた。

4 モチーフとしての運命観

(1) 運命というモチーフと植民地

「ペタラギ」が、枠小説という叙述形式と近親相姦というモチーフの両方において独歩の「女難」と「運命論者」の影響を受けていることは見てきたとおりであるが、実はこうした類似点とともに、独歩作品と「ペタラギ」の相関関係を決定付けるもうひとつの類似点が指摘できる。それは「ペタラギ」の主人公が妻と弟の関係を疑った挙げ句に妻を死に追い込み、弟を放浪させ、そして自分自身も永遠に海をさまよわねばならぬさすらいの身になってしまったすべての原因を、「運命」として受け入れているところである。この「運命」の不思議さに対する主人公の諦めこそが独歩文学を貫くモチーフにほかならない。

独歩は、晩年『病床録』(一九〇八)の中で、人は如何にもがいても決して免れ得ない何者かの手に握られていて、この何者かが人間の力を超越した「運命」であると論じている。[*42] それ故に独歩の作品には運命に立ち向かうよりも、運命の力を認め、それに服従せざるを得ないという諦念的運命観を反映した作品が多く見られる。「運命論者」はまさにこの諦念的運命観を具体化した作品である。

ところが前述したように、「運命論者」は二〇年という時間を置いて二人の朝鮮の近代文学者に受容されている。同じ作品が二度にわたって受容されたという事実は、「運命論者」に対する当時の日本文壇の反響と評価を反映していると見ることもできるが、それよりも「運命論者」における「運命」というモチーフによるものだろう。というのは、この独歩文学の基本理念とも言うべき運命観が、実は植民地下の朝鮮文学の底流に流れていた諦念意識と深く通じているからである。

一九一〇年の日韓併合に始まった日本の朝鮮支配は、朝鮮の人々の日本に対する抵抗意識を強めさせ、反日運動が各地で後を絶たなかった。その一方、日本との差を認識させられた知識人たちは、日本の植民地支配から脱するためには実力を養成するほかないと認識し、「教育救国運動」を中心とした様々な愛国啓蒙運動を展開した[*43]。こうした運動が次第に高まり、一九一九年、民族的な抗日運動として展開されたのが、三・一運動である。しかし、運動は挫折し、朝鮮の人々は大きな衝撃を受けた。とりわけ、先頭に立って運動をリードしてきた知識人達の失望は計り知れず、彼らは人間の限界を深く自覚するようになる[*44]。このような時代状況に最も敏感に反応していたのは作家であった。しかし彼らの中には、植民地への抵抗や批判の姿勢をとるよりも、むしろ過酷な状況を運命と見なそうとする諦念意識が現れるようになっていた[*45]ことは見逃せない。

そして、あたかもそのような時代状況を反映するかのように、当時の朝鮮文学には感傷、暗黒、死、心配、鬱憤、退廃、挫折、失意などの言葉が頻繁に見られるようになる。一九一〇年代の抗日的な姿勢をあらわにしていた作品世界に比べるといかにも消極的な志向である。一九二〇年二月に創刊された文芸雑誌『廃墟』は当時の事情を次のように伝えている。

わが朝鮮は荒涼たる廃墟の朝鮮であり、私達の時代は悲痛することしかやることのない煩悶の時代である。廃墟という言葉はわが青年たちの心情を裂くような辛い声である。しかし、私はこの廃墟という言葉を口にせざるを得ない。そこには厳然たる事実があるからである。鳥肌の立つ恐ろしい声であるが、これを疑うこともできず、否定することもできない。

この廃墟の中には、吾らの内的、外的、心的、物的に渡るすべての不足、欠乏、欠陥、空虚、不平、不満、鬱念、嘆き、心配、懸念、悲しみ、痛み、涙、滅亡と死の諸悪が混じっている。

この廃墟の上に立つと、暗黒と死亡がその凶悪な口を大きく開けて我々を飲み込んでしまいそうな気分になる。*46（拙訳）

当時の朝鮮の作家達は、植民地支配を前にして現実を克服しようとするよりも、むしろ植民地が作り出す過酷な状況に運命的なものを感じざるを得なかった。こうした時代状況が、おのずと作中の登場人物達を諦念的で、運命に従順に従う人物像を作り上げたのである。金東仁の「ペタラギ」（一九二一）の船乗り、「台刑」（一九二五）の彼、「赤い山」（一九三〇）のイコ、玄鎮健の「貧妻」（一九二一）の私、「酒を勧める社会」（一九二一）の夫、「運のよい日」（一九二四）の金チョムチ、李孝石の「都市と幽霊」（一九二八）の陳書房、「奇遇」（一九二九）のチャノ、兪鎮午「滄涼亭記」（一九三八）の私、「山彦」（一九四一）のドンマン、「秋」（一九四一）のキホ、「馬車」（一九四一）のソンなどは、いずれも「人の力ではどうにもならない運命という不可思議な力」を信ずる運命論者なのである。*47

(2) 運命を信ずる登場人物

「運命論者」は、主人公が自分の妹とも知らずに近親相姦を犯し苦しむという珍しいモチーフを扱っているが、実はこのモチーフは独歩がモーパッサンの「港」という作品からヒントを得ていることはすでに述べたとおりである。「港」は、長年船員として外国を航海していた主人公が、ある港町でたまたま相手として選んだ女の身の上話を聞き、彼女が実の妹であることに気づき、嘆き悲しむという物語を、淡々と客観的に描いた作品である。それに対して独歩の「運命論者」は、妻が実は妹と知らずに結婚してしまった主人公が、近親相姦を犯したことも、生みの母親に捨てられたことも、そのすべてを「運命」と受け止めて、結局人間は「運命の力より脱る、ことが出来ない」という運命観に帰着している。つまり、独歩はモーパッサンと違って作品の最後に自らの人生観、すなわち「運命の前における人間の無力さ」を付け加えている。山田博光氏はここに独歩のオリジナリティーを認めている。*48 実は、この運命観こそが「ペタラギ」の全編をつらぬく通奏低音にほかならない。独歩の運命観は、晩年執筆した『病床録』の中にほぼ過不足無く要約されているが、この『病床録』に提示された運命観は、「運命論者」にほとんどそのまま投影されている。


『僕は運命論者ではありません。』

彼は手酌で飲み、酒気を吐いて、

『それでは偶然論者ですか。』

『原因結果の理法を信ずるばかりです。』

『けれども其原因は人間の力より発し、そして其結果が人間の頭上に落ち来るばかりでなく、人間の力以上に原因したる結果を人間が受ける場合が沢山ある。その時、貴様は運命といふ人間の力以上の者を感じませんか。』

『感じます、けれども其は自然の力です。そして自然界は原因結果の理法以外には働かないものと僕は信じて居ますから、運命といふ如き神秘らしい名目を其力に加へることはできません。』

『さうですか、さうですか、解りました。それでは貴様は宇宙に神秘なしと言ふお考へなのです、要之、貴様には此宇宙に寄する此人生の意義が、極く平易明瞭なので、貴様の頭は二々が四で、一切が問に合うのです。貴様の宇宙は立体でなく平面です。無窮無限といふ事実も貴様には何等、感興と畏懼と沈思とを呼び起す当面の大いなる事実ではなく、数の連続を以てインフィニテー（無限）を式で示さうとする数学者のお仲間でせう。』

と言つて苦しさうな嘆息を洩し、冷かな、嘲るやうな語気で、

『けれども、実は其方が幸福なのです。僕の言葉で言へば貴様は運命に祝福されて居る方、貴様の言葉で言へば僕は不幸な結果を身に受けて居る男です。』[*49]（一五〇～一五一頁）

これは、「運命論者」の導入部で主人公の高橋信造が語り手の〈自分〉に披瀝した運命論であるが、彼が説いているのは、結局運命というものは、「人間の力以上の者」であるということである。この運命という力が人間の一生を支配するという主題の提示は、実は「ペタラギ」の冒頭部でも〈私〉という語り手と〈彼〉との対話の中で強く押し出されている。


「どうして、二十年も故郷に帰らないのです?」

「人生なんて、思うようにいかんものですよ」

彼はなぜか、ため息をついた。

「やはり、運命の力にはかないません」

運命の力にはかなわないという彼の声には、鎮められぬ怨恨と懺悔の思いがこもっていた。（六頁）

男は、自分がなぜ、長年故郷に帰らなかったのかについて、その理由を長々と述べる代わりに、「運命の力にはかないません」と答える。この短い返事の中に込められている「運命」という言葉は、彼を二〇余年も放浪させた原因にほかならない。そして運命というものは「人間の力以上の者」であるという独歩の運命観と同じコンテクストで使われているということは言うまでもない。

このように、小説の冒頭において人間にはどうにもならない「運命」という力が働いており、その力からは逃げられないという事実を提示することによって、自分たちに降りかかってきた「運命」の力の大きさを暗示している点が両者は似ている。つまり、「運命」のいたずらによる異常な状況の発生、そして罪の意識の芽生えと懺悔による代償行為、これらが主人公の男に背負わされる構想や主題に両者の影響関係が認められるのである。しかも、彼らは運命の力によって、自殺もできずにひたすら自滅を待つか、あるいは二〇年も故郷へ帰らず海上をさすらわなければならなかったのである。

「運命論者」では、愛する妻が異父妹だったという事実を知った主人公は、一度は自殺を考える。だが、それすら許されない運命の力に、彼は打ちのめされる。

『自殺じやアない、自滅です。運命は僕の自殺すら許さないのです。貴様、運命の鬼が最も巧に使ふ道具の一は「惑」ですよ。「惑」は悲を苦に変ます。苦悩を更に自乗させます。自殺は決心です。始終惑のために苦んで居る者に、如何して此決心が起りませう。だから「惑」といふ鈍い、重々しい苦悩から脱れるには矢張、自滅といふ遅鈍な方法しか策がないのです』（一五三頁）

結局のところ、「運命論者」の主人公も、アルコールの力を借りて現実の苦悩を忘れる以外、ほかに方法を知らないのである。そんな彼に語り手の〈自分〉が「断然離婚なさつたら如何です」かと忠告すると、彼はそのようなことをしても、運命の力から逃れることはできないと次のように述べる。

『だから運命です。離婚した処で生の母が父の仇である事実は消ません。離婚した処で妹を妻として愛する僕の愛は変りません。人の力を以て過去の事実を消すことの出来ない限り、人は到底運命の力より脱る、ことは出来ないでせう。』（一七二頁）

彼は自分が妻との間に近親相姦を犯したことも、生みの母に捨てられたことも、そのすべてを「僕の運命」として受け止めて、結局人間は「運命の力より脱る、ことは出来ない」と悟り、運命の前にひれ伏し、現実から逃避するのである。

一方「ペタラギ」では、主人公が妻をあまりにも愛していたことが、妻の死をもたらし、兄弟の離別をまねき、己自身もさすらいの身になる。次の文はあれほど探し求めていた弟と再会する場面である。


彼が意識を取り戻したのは夜だった。いつのまにか彼は陸に上がっており、彼の衣服を乾かすために燃えている真っ赤な火の明かりで、自分を看護している弟が見えた。

彼は不思議なことにも驚きもせず、自然な調子で尋ねた。

「おまえ、どうしてここにいるんだ?」

弟はしばらく黙っていたが、やっと答えた。

「兄貴、すべてが運命です」

焚火の暖かさに誘われて眠りこもうとしていた彼は、ふと目覚めて、また言った。

「十年で、えらくやつれたなあ」

「兄貴。俺も変わったが、兄さんもひどく年をとったよ」

この言葉を夢のように聞きながら、彼はふたたび昏々と眠った。(二一一～二一二頁)

兄の誤解によって兄嫁との不貞という汚名を着せられ、それを晴らすことができず行方をくらました弟は、偶然、九年ぶりに兄と再会する。しかし、弟は兄を責めるのではなく、ただ「すべてが運命です」と語るのである。この言葉には、兄の誤解や兄嫁の自殺、そして自分たちの悔恨の放浪生活など、そのすべての不幸の原因は、誰の責任でもなく、はじめからそのように予定されていた運命だという認識が内在している。一方兄も、あれほど探し求めていた弟とやっと逢えたにもかかわらずまったく驚かない。兄も人の力ではどうすることもできない運命の力にすべてが操られていると認識しているからである。だからこそ、弟は兄をおいて再び放浪の旅に出るし、兄も弟を止めようとはしない。二人にとっては、出会いも別れも、死も生もすべて運命だからである。

このように見てくると、「運命論者」と「ペタラギ」に登場する人物たち、すなわち近親相姦の苦悩を忘れようと酒を飲み自滅を待つ「運命論者」の主人公、妻と弟への懺悔の気持ちを舟歌に託しながら海上をさすらい続ける「ペタラギ」の主人公、そしてこの二人の告白を聞き、なす術もなく彼らを見送る語り手、そこには運命に押し流された弱い人間というよりも、むしろ人間の力を超越した不可思議な力に圧倒されて嘆息する姿が共通して窺える。金東仁の「ペタラギ」が独歩の「運命論者」の影響を受けて執筆されたという根拠はまさにここに求められよう。

5　近代文学の成立と「恨(ハン)」

「ペタラギ」が、枠小説という叙述形式と近親相姦というモチーフ、そして作品全編を貫く運命観といった点において独歩の「女難」と「運命論者」の影響を受けていることはこれまで見てきたとおりである。しかし、このように類似点が明らかになることによって、その受容に収まりきらない点も明確になってくる。つまり、「ペタラギ」には独歩の作品世界には見られない韓国的な雰囲気や価値観が強く感じられ、はっきりと浮き彫りにされている。その韓国的雰囲気とはほかでもない、登場人物がいずれも「恨」を抱き、その恨を晴らすために死んだり、永遠の流浪の旅に出たりするということである。

「恨」は、日本語では「うらみ」と訓読しているが、韓国の場合は、「うらみ」ではなく「ハン」と読み、「うらみ」とはまったく違った意味で使われている。これは言い換えれば、恨という感情が韓国人固有の情緒表現であるということを意味する。千二斗は恨が韓国特有の文化たる所以を次のように述べている。

　恨は、絶え間ない外侵を受け続けてきた朝鮮の歴史の中での、特に悲惨な境遇に置かれてきた朝鮮民衆の、その悲惨な条件のもとで生き残るための、そして生き残るだけではなく、人間らしく生き抜くための美的・倫理的浄化・醗酵の装置として育まれてきたものである。だからそれは一応、歴史の産物であるといえる。しかし、それは一回性としての歴史の限界を超えた、民族的エトスの一つの典型的表象として成り立っている。何故ならば、朝鮮的恨は、不幸な歴史に由来するのは事実であるが、その不幸な歴史を乗り越えるポジティブなエネルギーとして作用してきたからである。そして、そのエネルギーは未来志向のそれなのである。[*50]

つまり恨は、韓国の長い苦難の歴史の中で育まれてきたものである。それゆえに一枚岩では行かない非常に多面的で複合的な側面を持っている。このような恨を理解するためには様々な角度からのアプローチが必要であるが、とりわけ「結ぶ」と「解く」の両側面を理解しなければならない。というのは、韓国人の情緒の中には「結ばれ」たものを「解く」という行為が重要な位置を占めているからだ。金烈圭氏によれば、韓国人は天気がよければ「解く」といい、景気が悪くなれば「塞がれた」という。また、健康状態が好転すれば「解く」ともいう。つまり、韓国人は自然秩序や経済生活、健康状態などにおいて恨を体験しているのである。[*51]

このように、「結ぶ」と「解く」という感情は、韓国人の日常生活や文化全般にわたってみられる現象であるが、この「結ぶ」という状態が悪化したものが「怨恨」の感情であり、逆に解かれた状態にしたものがシンミョン（神明）または、シンパラム（神風）という、いわゆる怨恨を超えた一種の超越または昇華とも言うべき感情である。[*52]

文学作品においては、恨を「結んだ」主人公は、最終的には恨を「解く」ことによって幸せになるという、いわゆるハッピーエンドの結末を迎える。これは怨を晴らすために復讐し、死で終わる日本文学や西洋文学の伝統とはまったく違う概念である。韓国の古典文学に悲劇が非常に少ない理由はまさにここに求められる。しかし、近代にはいって新しい文学概念が移入されると、恨を「解」いたハッピーエンドの作品は敬遠されるようになり、恨そのものを見せて終わる作品が多く登場する。例えば小説では、一九二〇年代の金東仁の「ペタラギ」（一九二一）を皮切りに、玄鎮健の「酒を勧める社会」（一九二四）「運のよい日」（一九二四）、一九三〇年代の金東里の「駅馬」（一九三六）「岩」（一九三六）、五〇年代から六〇年代の主に朝鮮戦争と南北分断を問題にした作品群、七〇年代の作家では韓勝源や文淳太、趙廷来らがあげられる。[*53]

ここで注目すべきなのは、朝鮮近代文学史上はじめて「恨」そのものを形象化した作品が金東仁の「ペタラギ」であるという事実である。これまで見てきたように、「ペタラギ」は枠形式という叙述形式と近親相姦というモチーフ、そして作品を貫く運命観といった点において明らかに独歩の「女難」と「運命論者」の影響を受けている。にもかかわらず、描かれた作品世界は独歩文学とは全く異なっている。それを端的に示しているのが、登場人物たちがいずれも自責の念から罪意識をもち、そのために自己破壊的な結末を迎えていることである。[*54]

葬式をあげた次の日、弟はその小さな村から姿を消した。（中略）出ていった弟は帰らず、一人残された弟の妻は毎日溜息をつきながら月日を送ることになった。

彼も、黙って見過ごすわけにはいかなかった。不幸のすべての罪は彼にあった。

とうとう彼は船乗りになった。せめて妻を奪った海と関わりながら、行く先々で弟の消息を尋ねようと、ある船に乗って船旅に出た。（一一頁）

これは、妻と弟の関係を誤解し、挙句の果てに妻を死に至らせ、弟を彷徨させた兄が、すべての罪は自分にあるという自責の念から恨を結び、そのために日常生活を捨てて永遠の放浪の途につく場面である。つまり、事件の発端と責任が自分にあると思った兄は、自責の念から恨を結んだわけだが、実は弟も、己のせいで兄嫁に汚名をかぶせたという罪の意識から恨を抱き、それを解くために果てしない悔恨の旅に出る。一方、妻は汚名を晴らすことができなかったために恨を結び、それを解くために自らの命を縮めるのである。このように、登場人物がみな自責の念から罪意識をもち、そのために放浪に出たり、自ら命を縮めたりする、いわゆる自己破壊で終わっている。これはそれまでの朝鮮文学では見られない、新しい人物像の造形と言える。

一九一九年二月、金東仁は処女作「弱き者の悲しみ」（『創造』一九一九年二月〜三月）を執筆し、「四千年の歴史を持つ朝鮮に新文学が生まれた」[*55]と豪語した。しかし、金東仁の主張とは裏腹にこの作品は当時の朝鮮社会の現実とかけ離れた内容、すなわちK男爵という貴族とエリザベスという名の女学生が繰り広げる姦通事件を、外国語を訳したような生硬な朝鮮語で書いた、いわゆる国籍不明の作品だった。それから二年後に執筆された「ペタラギ」はすでに見てきたように、ペタラギという伝統音楽を媒介に朝鮮人の美意識を、枠形式という全く新しい叙述形式で描いた新しい作品であった。国籍不明の作品から朝鮮人の美意識の表象へと変貌を遂げた背景には、新しい文学を目指したいという金東仁の文学への強い熱意を指摘せずにはいられない。

一九一九年二月、東京で創刊された『創造』は、当時日本に留学中の金東仁、朱耀翰、田榮澤ら五人によって作られた朝鮮初の純文芸同人雑誌である。留学仲間同士で、しかも外国で作ったためであろうか。創刊号から外国文学者の名前が目に付く。日本文学だけでも創刊号に国木田独歩を日本の自然主義の先駆者として紹介したことを皮切りに、島崎藤村、岩野泡鳴、有島武郎などの作品が翻訳・紹介されている。取り上げている作家がいずれも日本近代文学における自然主義ないし、リアリズムの作家であるところに、『創造』が目指した文学が如何なるものであったかが見て取れる。金東仁が刊行の経緯について述べているところを見てみると、

私たちが示そうとしたものは、決して新旧道徳や自由恋愛を主張するというような消極的なものではなく、人生の問題と煩悶であった。（中略）

このように我々は、小説の題材を朝鮮社会の風俗改良に求めず、「人生」という問題と生きていく苦悩を描いてみようとした。勧善懲悪から朝鮮社会の問題提示へ――さらに一転して朝鮮社会の教化へ――かかる過程を経た朝鮮小説は、ついに人生問題提示という本舞台に立ったのである。*56（拙訳）

つまり、金東仁ら『創造』派は、社会教化を目的としたそれまでの文学から脱皮して人生の切実な問題をありの

ままに表現するリアリズムの文学を目指していたのである。「ペタラギ」はまさにこれまでになかった見方で人間というもの、人生というものを捉えたものである。「ペタラギ」を手にした読者は、おそらく自分たちの周りで平凡に暮らしている漁師が、ふとしたことで妻と弟の間を誤解し、そのことが原因で家族を不幸に陥れたことから罪意識を抱き、もはや取り戻すことのできない二人への懺悔の気持ちをペタラギという舟歌に託しながら、果てしない悔恨の旅を続けるその人生に、自らの人生を重ね合わせたり、共感したり、あるいは暗示を受けたりしていたに間違いない。その意味において「ペタラギ」は、新しい近代文学の誕生と見てもよいであろう。後に金東仁は「ペタラギ」に触れながら、新しい文学を作り上げたという自負心を次のようにあらわにした。

この「ペタラギ」こそ余にとって最初の短編小説（形にせよ量にせよ）であると同時に、おそらく朝鮮においても朝鮮文字と朝鮮の言葉で書かれた最初の短編小説であろう。[*57]（拙訳）

金東仁の自負には、枠小説という新しい叙述形式を朝鮮近代文学史上はじめて成功させたという自信もあっただろう。しかし、それよりも、朝鮮社会とそこに生きるごくありふれた人たちの切実な人生問題を形象化して見せたという自負心の方が大きかったのではないだろうか。「ペタラギ」の主人公がすべてを失って離別の舟歌を歌いながら海上をさすらうその姿に、人の力ではどうにもならない切実な人生問題が提示されているという事実を私達は見逃すわけには行かないであろう。この人生問題の提示こそ金東仁が求めてやまなかった近代文学にほかならない。

註

＊1　伊狩章「モーパッサンと日本文学――独歩・秋声・白鳥・泡鳴」（『硯友社と自然主義の研究』桜楓社、一九七五年）三

三三二頁。

＊2　伊狩章、前掲書註＊1　三三五頁。

＊3　伊狩章、前掲書註＊1　三三五頁。

＊4　田山花袋「自然の人、独歩」（『新潮・国木田独歩追悼号』明治四十一年七月号）。

＊5　夏目漱石「独歩氏の作に低回趣味あり」（『新潮・国木田独歩追悼号』明治四十一年七月号）。

＊6　正宗白鳥「独歩論」（『新潮・国木田独歩追悼号』明治四十一年七月号）。

＊7　伊狩章「日本文学とフランス文学（2）「モーパッサンの輸入とその媒介者」（『比較文学――日本文学を中心として』矢島書房、一九五三年）二三二頁。

＊8　山田博光「『運命論者』の問題」（『国木田独歩論考』創世記、一九七八年）一七二頁。

＊9　野中涼『小説の方法と認識の方法』（松柏社、一九七四年）三〇頁。

＊10　野中涼、前掲書註＊9　三三頁。

＊11　①伊狩章、前掲書註＊1＊7。②大西忠雄「モーパッサンと日本近代文学」（吉田精一編『日本近代文学の比較文学的研究』清水弘文堂、一九七一年）③松田穣「モーパッサン」（『欧米作家と日本近代文学2・フランス編』教育出版社センター、一九七四年）。

＊12　ただし、「運命論者」で用いられている「自分」という語り手は、第二章で詳しく見てきたように「あひゞき」をはじめとする二葉亭四迷訳ツルゲーネフの作品の手法を起源としている。

＊13　①金松峴「初期小説の源泉探求」（『現代文学』一一七号、一九六四年九月号）②趙鎮其「金東仁小説の源泉探求」（『嶺南語文学第一六輯』一九八九年九月）③金永和「金東仁小説の視点――日本近代文学の影響を中心に」（『韓国現代小説研究』セムン社、一九九〇年）。

＊14　①鴻農映二「韓国人文学者の日本語受容」（『日語日文学研究』第二輯、韓国日語日文学学会、一九八一年）②拙稿「時代状況と文学の接点――兪鎮午「馬車」と国木田独歩「運命論者」（『韓国近代文学と日本』ソミョン出版社、二〇〇三年）。

＊15　李在銑「額縁小説の原質とその継承」（『韓国短編小説研究』一潮閣、一九七五年）一二五〜一二六頁。
＊16　趙演鉉『韓国現代文学史』（成文閣、一九八五年）三三八頁。
＊17　金松峴、前掲書註＊13。
＊18　金永和、前掲書註＊13。
＊19　趙鎮基、前掲書註＊13。
＊20　李在銑、前掲書註＊15 九五〜一二五頁参照。
＊21　李在銑、前掲書註＊15 八九頁。
＊22　金秉喆の『韓国近代翻訳文学史研究』（乙酉文化社、一九七五年）によると、一九〇〇年代から一九二〇年代にかけて行われた西欧文学の翻訳のほとんどは日本語からの重訳で、しかも抄訳か意訳、梗概訳であり、完訳が出るようになったのは一九三〇年代に入ってからであると言う。
＊23　国立国会図書館編『明治・大正・昭和翻訳文学目録』（風間書房、一九五九年）。
＊24　李在銑、前掲書註＊15 一二四頁。
＊25　金東仁の「心薄き者よ」（『創造』一九一九年一二月）の中には、「私はボッカチオの『デカメロン』の詩で世界に宣戦した」というぐたりがある。金東仁が言及した外国文学作家及び（日本人は除外）作品の読書目録を作成した金春美（『金東仁研究』高麗大学校出版部、一九八五年、九三〜九六頁）氏によれば、『デカメロン』は読んだというより、接していた方が正しいと指摘している。
＊26　『創造』の創立メンバーの朱耀翰は、明治学院中等部三年生の時（一九一五）、校内誌『白金学報』三七号に「日光へ」という修学旅行記が掲載されただけではなく、五年生の時（一九一七）は『白金学報』の編集委員に選ばれるなど、その日本語力が高く評価された。
＊27　野中涼、前掲書註＊9 三二一〜三二三頁。
＊28　小田切弘子「枠組小説」（『ジャンルベル比較文学論』（カルチャー出版社、一九七七年）六七〜六八頁。

＊29　①安田保雄「ツルゲーネフ」（『欧米作家と日本近代文学3ロシア・北欧・南米編』（教育出版センター、一九七六年）②小田切弘子、前掲書註＊23③滝藤満義「この人に聞く　国木田独歩の魅力」（『国文学解釈と鑑賞　国木田独歩特集』一九九一年二月号）④後藤康二「『自分』という語り手と物語―独歩「運命論者」の場合」（『日本文学』一九八八年一月）「『愛弟通信』と独歩の枠小説」（『日本近代文学』四十八集、一九九三年）。

＊30　滝藤満義、前掲書註＊28　一三頁。

＊31　一九二一年から一九四一年まで執筆された枠小説には次のようなものがある。金東仁「命」「ペタラギ」（一九二一）、K.S.生「月」（一九二二）、許永鎬「矛盾」（一九二一）、廉想渉「標本室の青蛙」（一九二一）、朱耀翰「初恋の値」（一九二五）、金基鎮「若い理想主義者の死」（一九二五）、金東仁「遺書」「荒れた家跡」（一九二四）、玄鎮健「故郷」（一九二五）、金東仁「娘の業をつがんとて」（一九二七）「K博士の研究」（一九二九）「狂炎ソナタ」「大同江」「水晶の鳩」（一九三〇）「結婚式」（一九三一）「赤い山」（一九三二）「狂画師」（一九三五）「太陽池のおばさん」（一九三八）、金東里「巫女図」（一九三六）〔黄土記〕（一九三七）、兪鎮午「馬車」（一九四一）など。

＊32　金東仁『足指が似ている』（首善社、一九四八年）。ただし趙演鉉『韓国現代文学史』（成文閣、一九八五年）三三八頁による。

＊33　本文中に引用した金東仁の「ペタラギ」（『創造』九号、一九二一年）は、波田野節子訳『金東仁全集』（平凡社、二〇一一年）による。但し、原文と照らしてニュアンスのやや異なるところなどは改訳させていただいた。

＊34　国木田独歩「女難」（『定本国木田独歩全集第三巻』学習研究社、一九九六年）以下頁数のみ記載する。

＊35　金永和、前掲書註＊13　一〇五～一〇六頁。

＊36　李在銑、前掲書註＊15　一二六頁。

＊37　李在銑、前掲書註＊15　一三一頁。ただし、具体的な作家及び作品についての言及はない。

＊38　①趙鎮其『韓国現代小説研究』（学文社、一九九一年）二五五頁。②李在銑『現代小説の叙事美学』（学研社、二〇〇二年）一一九頁など。

＊39 オットー・ランク著、前野光弘訳『文学作品と伝説における近親相姦モチーフ』（中央大学出版部、二〇〇六年）参照。

＊40 松田穣、前掲書註＊11、伊狩章、前掲書註＊7。

＊41 李文九『金東仁小説の美意識研究』（景仁文化社、一九九五年）一三五頁。

＊42 国木田独歩「病床録」（『定本国木田独歩全集第九巻』学習研究社、一九九五年）九八頁。本文は以下のとおりである。「吾人の智力の未だ到底予測し得ざる何等か神秘不可思議なる力の存するありて、吾人の一生の半はその手に操らるるには非ざる乎。余は此力を以て運命と解するなり。故に余は吾人日常の総てを通じて単に事実とのみ解し、運命の力を否定し去る能はず。然れども又総てを運命の力なりと断定して、運命の力以外全然人間の権威を認めずと言ふに非ず、所詮、吾人一生の起伏を通じて、事実と運命とは相半ばするなり。されば余は半面運命論者にして、半面事実論者たるなり。人間の権威能く運命を作る事を否定せざると同時に、或点以上人力を以て運命に抗すべからず、運命の力に、人間は服従せざるべからざる事を肯定す」。

＊43 尹弘老「作家意識形成の背景」（『韓国近代小説研究——一九二〇年代リアリズム小説の形成を中心に』一潮閣、一九八〇年）一九～五九頁。

＊44 尹弘老、前掲書註＊43 二二頁。

＊45 郭根「植民地時代の生の一方式——金東仁と玄鎮健の小説を中心に」（『日帝下の韓国文学研究——作家精神を中心に』集文堂、一九八六年）一八一～一九八頁参照。

＊46 呉相淳「時代苦とその特性」（『廃墟』創刊号、一九二〇年）五七頁。ただし、金宇鍾著・長璋吉訳註『韓国現代小説史』（龍渓書舎、一九七五年）参照。

＊47 ①郭根、前掲書註＊45 一一七～一三三頁。一八一～一九八頁。②曺南鉉『韓国知識人小説研究』（一志社、一九八四年）参照。③趙鎮其、前掲書註＊38参照。

＊48 山田博光（『国木田独歩論考』創世記、一九七八年）一七五頁。

＊49 国木田独歩「運命論者」（『定本国木田独歩全集第三巻』学習研究社、一九九六年）以下頁数のみ記載。

＊50　千二斗「朝鮮的『恨』の構造」（『季刊三千里』一九七九年冬号）一八七頁。
＊51　宋寛訳「「怨」と「恨」――文化創造のエネルギー」（金烈圭編『韓国文化のルーツ』（サイマル出版会、一九八七年）九九～一〇〇頁。
＊52　金烈圭、前掲書註＊51一〇四頁
＊53　呉世英、前掲書註＊51一一二頁。
＊54　呉世英、前掲書註＊51一一九頁。
＊55　金東仁「編集後記」（『創造』創刊号、一九一九年二月）。
＊56　金東仁「韓国近代小説考」（『金東仁全集第八巻』弘字出版社、一九六八年）五九二頁。
＊57　金東仁『足指が似ている』（首善社、一九四八年）。ただし趙演鉉『韓国現代文学史』（成文閣、一九八五年）三三八頁による。

第Ⅱ部

第四章　もう一つの「少年の悲哀」――「少年の悲哀」と李光洙「少年の悲哀」

1　「追憶文学の季節」と独歩の「少年もの」

(1)「時代閉塞の現状」と追憶文学のブーム

古今東西を問わず、過去としての幼少年時代を追憶する文学は数多く存在する。それは人間には自分の幼少年時代を回顧し、それが非常に美しい時代だったと、人に伝えたいという欲求があるからである。しかし、同時に過去を回想したり、追憶にふけったりするということは、つまりそれだけ今が暗鬱な時代だということも意味しよう。なぜなら、人は希望に満ちあふれたり、明るい未来が展望できたりする時には過去など振り返ろうともしないからである。明治四〇年（一九〇七）前後の日本文壇に起きた追憶文学のブームもまた、そのことを端的に示している例だと言えよう。千葉俊二氏の考察によれば、一九〇六年から一九一一年にかけて書かれた作品の中で追憶的要素を強くもつ作品として、

小川未明「霰に霙」をはじめとする諸作品、寺田寅彦『竜舌蘭』『森の絵』、中村星湖『少年行』、小山内薫『十三年』、北原白秋『思い出』、木下杢太郎『波高き日』『珊瑚珠の根付』、永井荷風『狐』『下谷の家』、後藤末雄『推移』、谷崎潤一郎『少年』『ぼたん』、水上滝太郎『山の手の子』、久保田万太郎『浅草田原町』、二葉亭四迷『平凡』、森鷗外の『ヰタ・セクスアリス』、鈴木三重吉の諸作品。*1

というようなものが挙げられる。この時期にこれほど多くの作家が追憶にふけった理由については日露戦争後の圧迫された社会状況が指摘される。

日露戦争によって日本は国際社会の仲間入りを果たしたが、その一方では戦争を通じて社会矛盾が深まると、各地で大規模な労働争議が起こり、それを支援する社会主義運動が激しくなるなど国内的には問題が山積していた。*2 ちょうどその頃の一九一〇年、多数の社会主義・無政府主義者が明治天皇の暗殺計画容疑で検挙され、翌年一月に処刑されるという事件が起きた。いわゆる大逆事件である。これを契機に社会主義者は厳しい弾圧にさらされ、社会主義運動は「冬の時代」を強いられるようになったが、この事件に最も鋭くかつ激しく反応したのが石川啄木である。

啄木は、事件後、社会の隅々まで張り巡らされていく国家の強権に危機意識を深めていったが、その危機意識をさらに煽る事件が起きた。同年八月に桂太郎内閣が強行した「日韓併合」である。この二つの事件に触発された啄木は、早速「時代閉塞の現状―純粋自然主義の最後及び明日の考察」(一九一〇年八月下旬頃)という評論を執筆し、時代閉塞の現状を作り出した「強権」に立ち向かうべきであると主張した。また「日韓併合」に際しては、「地図の上朝鮮国にくろぐろと墨を塗りつつ秋風を聴く」(一九一〇年九月九日)という短歌を詠み、怒りをあらわにした。

これらの一連の行為によって、石川啄木は日本文学史に高く、するどい批評精神を持った評論家としてその名をとどめたが、*3 問題は、むしろ啄木のような存在は例外であって、当時の日本の文学者のほとんどがこの二つの事件についてまったくといってよいほど想像力を働かせていなかったことである。無論、他の文学者たちがこれらの事件を無視し、あるいはそこから逃げたとは思いたくない。ただ彼らは啄木のように社会改良を考えるよりも、追憶の世界に浸かることによって目の前に立ちはだかる暗鬱な状況から逃避するほうを選んだと見ることが妥当だと言わざるを得ない。それゆえ、彼らが美しい追憶の世界に浸っている間に、強力な明治国家は隣国朝鮮を植民地にし、それを足場にして大陸への進出を図ったと見做されても致し方ない。ともかく、明治四〇年前後に文学者のほとんどが心の避難所を求めて追憶の世界に逃げ隠れていたのは、それだけ当時が思想的にコントロールされていたということにもなろうが、だからこそ高村光太郎の次の指摘には頷けるのである。

多くの矛盾と、重圧とに堪えへきれない今の世の空気の中で、追憶は一種の避難所である。風に当る露台(バルコニイ)である。一時的のレフレッシュメントではあるが、文芸が、時に眼前の世界から隠れて、追憶に足を入れるのも止み難い傾向であらう。[*4]

(2) 独歩の「少年もの」とワーズワース、そして新しい少年文学の誕生

ところで、こうした一九一〇年代の追憶文学の流行を論じるに当たって国木田独歩は、泉鏡花とともに決して看過できない存在である。それというのも一九一〇年代の一連の追憶文学に先だって独歩には幼少年時代を追憶する文学があまりにも多いからである。

「詩想」（一八九八）「二少女」（一八九八）「鹿狩」（一八九八）「初恋」（一九〇〇）「画の悲み」（一九〇二）「少年の悲哀」（一九〇二）「指輪の罰」（一九〇二）「日の出」（一九〇三）「非凡なる凡人」（一九〇三）「馬上の友」（一九〇三）「山の力」（一九〇三）「春の鳥」（一九〇四）「泣き笑ひ」（一九〇七）。[*5]

このように独歩には初期から晩年まで、いわゆる「少年もの」と呼ばれる作品が十三篇もある。とりわけ中期にもっとも多く、一九〇二、三年に（明治三十五、六年）集中して現われている。一九〇二、三年といえば、独歩が

もっとも充実した創作活動をしていた時期で、のちに作家としての名声を高めた作品集『運命』(一九〇六)に収められた諸作品はすべてこの時期に書かれたものである。しかしまた同時に、当時は彼の不遇時代でもあり、実生活上もっとも苦しい時期であった。

なぜなら、一九〇一年六月に星亨が暗殺されたことが契機となって民声新報社を退社した独歩は、同年一一月から翌一九〇二年にかけて、妻子を妻の実家に預けて西園寺公望邸に寄寓したり、鎌倉坂ノ下の権五郎神社境内で斉藤弔花らと自炊したりするなど、綱渡り的とも言える窮乏生活の中で創作活動に専念していたからである。[*6] この時期に「少年もの」がもっとも多く書かれたということは、石川啄木の言う「時代閉塞の現状」ではないにせよ、独歩が如何に生活苦にあえぎ、出口のない暗鬱な気分に閉ざされていたかを如実に物語っている。しかし、そうした辛い体験があるからこそ独歩は日本近代文学史に優れた少年ものを書き残すことが出来たわけであるが、その独歩の少年ものを北野昭彦氏は次の四つの視点に分類している。

第一は、『山の力』や『画の悲み』のような、彼自身の少年時代そのものの探求である。

第二は、「憂き事しげき世の人」になってから知った人生を、今一度、自己形成の原点であった少年のころの心に立ち返って、捉え直そうとする試みで『鹿狩』と『少年の悲哀』はこれに相当する。

第三は、少年の前途に立ちふさがる過酷な現実社会を批判的に再現しながら、そういう現実に屈することなく、純潔を死守し、つらぬこうとする姿勢を肯定するもので、『二少女』はその唯一の作品である。

第四は、さまざまな可能性をいだいて前途を待ち望んだ少年時代の探求をとおして、過酷な現実と戦いながら「運命を開拓」してゆく、新時代の青少年の範型を描くことによって、未来社会をになう少年読者に自己啓発を呼びかけようとする現われかたである。『非凡なる凡人』と『馬上の友』がこれにあたる。[*7]

この分類によれば、独歩も巌谷小波や幸田露伴、石井研堂らの描いた「少年文学」のように立身出世を目指す、あるいは刻苦勉励する、いわば明治国家によって期待される少年像を積極的に打ち出していたことが分かる。ただし、独歩の場合には同じく立身出世的な少年像を描きながらも、巌谷小波らの作品に見られるような教訓臭さはずっと抑えられていて、読者を喜ばせようという意識もない。[*8] あるものは、古い価値観に妨げられず自分の人生を真剣に考える少年たちの切実な姿である。これはそれまでの日本文壇では見られない、まったく新しい少年像である。立身出世主義的な少年像が幅を利かせていた当時、いったいなぜ独歩はこのような新しい少年文学を描こうと思いついたのであろうか。それはほかでもない、愛読していたワーズワースの影響のもとに行われた子供の発見があったからである。

ワーズワースは子供や老人、白痴といった周辺的な世界に生きる人々に注目し、彼らの人生を悠久な大自然の中で歌い上げた詩人であるが、そうしたワーズワースの人間観や人生観、自然観に深い理解を示したのが独歩である。独歩は登場人物の多くを乞食や白痴、漁師、老人、敗残者、子供といった周辺的な存在にしているが、これは間違いなくワーズワースの影響によるものである。[*9] 実際、ワーズワースの影響が指摘されている「春の鳥」「少年の悲哀」「鹿狩」「画の悲み」「馬上の友」[*10] などは、いずれも子供が主人公である。無論これらの作品に登場する少年たちは、長幼の序に基づく伝統的な子供観や人間観とは一線を画している。この新しい少年像に刺激された日本文壇が次々と新しい少年たちを描き上げ、一九一八年に「赤い鳥」運動を展開したのは周知の事実である。注目すべきは一九一〇年代に朝鮮や中国、台湾などから来日していた東アジアの留学生たちにも独歩の生み出したこの新しい少年たちが注目されていたことである。

中国近代文学の先駆者である周作人は、独歩の少年ものの代表作と知られる「少年の悲哀」を『現代日本小説集』

（一九二三年六月、上海）という翻訳集に自ら中国語に翻訳・掲載している。[*11]一方朝鮮では、近代文学の祖といわれる李光洙が「少年の悲哀」の同名小説「少年の悲哀」（『青春』一九一七年六月）を執筆している。中国と朝鮮を代表する二人の文学者が独歩の少年ものに注目し、一方は翻訳を他方は同名小説を書き残しているという事実は、独歩の少年ものへの新たな評価に関わる重要な問題であるが、それにしてもいったいなぜ二人はそろって「少年の悲哀」を読んでいたのであろうか。これには二人の日本留学が深く関わっている。

李光洙と周作人は一九〇五年（李光洙）と一九〇六年（周作人）に相次ぎ日本に留学し、明治学院中等部と立教大学で学んだのち一九一〇年と一九一一年に帰国している。つまり、二人はほぼ同時期に日本に留学していたのだが、実は、その際二人は空前の独歩ブームに遭遇していたのである。

独歩は一九〇八年六月に亡くなっているが、死に先立つ三年の一九〇五年あたりからようやく文壇に受け入れられ、たちまちに大家となったものの死に至る病に倒れて帰らぬ人となってしまう。それゆえ独歩は不遇の作家と言われたが、しかしその死は、はからずも独歩の名声を確認する結果となった。なぜなら、一九〇八年二月、独歩が茅ヶ崎南湖院病院に入院すると、新聞や雑誌などメディアはこぞって入院中の独歩の病状や近況などを詳しく報じ、死後は『新潮』をはじめ『新声』（第二次）『趣味』『中央公論』『新小説』といった有力な文芸雑誌が一斉に追悼号を組むなど文壇を挙げて独歩を称えたからである。ちょうどその頃日本にいた李光洙と周作人はおのずと、独歩の病状を伝える新聞記事やその死を追悼するために組まれた雑誌、あるいは国語教科書に掲載されている独歩の作品を通じて彼の存在を知り、やがてその作風にも感化されていったのだが、とりわけ二人の心の琴線に触れたのが「少年の悲哀」だった。

この作品は、少年の目から見た漂白の女の悲哀を描いたものであるが、その漂白の女は両親と早く死に別れ、四年前に生き別れた弟の行方も不明のまま、娼婦となって朝鮮へ売られていく薄幸の人である。周作人はともかく、李光洙が独歩の数多い少年ものの中でとりわけ「少年の悲哀」に関心を示したのは、おそらく女の「朝鮮」行きへの関心であろうが、そのこともさることながら李光洙の想像力を刺激したのは、朝鮮に売られていく女の運命を気遣う少年の存在ではなかろうか。それまで大人の付属物としてしか思われていなかった少年たちが、実は大人を慰める、救う、希望を与える存在であるという視点に、李光洙のみならず、周作人も斬新さを感じたに間違いあるまい。

ところが、朝鮮や中国の評価とは裏腹に、発表当時の「少年の悲哀」に対する日本文壇の評価は決してよくなく、『帝国文学』からは「作は拙劣読む可からず、筆の稚気ありて乳臭を脱せざる、尋中の二三年生さへ、此れ程の悪文は作られる可」(『帝国文学』一九〇二年九月)とまで酷評された。それが一九〇五年『独歩集』に掲載されたことを契機にようやく認められ、以後「少年もの」の代表作品として評価されるようになったが、それはあくまでも近年のことである。[*12] しかし、朝鮮や中国の読者の間では、まだ評価の定まっていない一九一〇年代当時から「少年の悲哀」を読み、その影響を受けていたのである。この事実は独歩文学の新たな評価を考える上において決して看過されてはならない重要な問題である。

そこで、本章では独歩と同じタイトルの作品を執筆した李光洙に注目し、いったいなぜ彼が同名小説を執筆したのかを、独歩の作品との比較を通して明らかにする。と同時に、従来、少年時代の感傷的な思い出を綴った作品と言われた「少年の悲哀」を、中島礼子氏がなぜ「当時の社会への鋭い批評性をこめた小説」であると評価している[*13]のか、その意味を李光洙との比較を通して問いなおしてみたいと思う。

2　李光洙の「少年もの」

李光洙が独歩の作品をかなり若い頃から読んでいたことは、回想文や日記に少なからぬ記述が見えることから広く知られているが、具体的にどのような作品を読んでいたのかについては明らかにされていない。ただ独歩のいくつかの短編集を耽読したということが断片的に知られるだけである。[*14] しかし、李光洙の留学時期および読書歴との重なりからいって第一作品集『武蔵野』（一九〇一）と第二作品集『独歩集』（一九〇五）、そして第三作品集『運命』（一九〇六）がそのなかに含まれていただろうことは十分に考えられる。その根拠として、李光洙が明治学院中等部に通っていた一九〇八年から独歩の作品が中学校の国語教科書に掲載されはじめたことと、掲載作品が初期と中期に集中していることとが挙げられる。

「武蔵野」「日の出」「非凡なる凡人」「忘れえぬ人々」「空知川の岸辺」「春の鳥」「馬上の友」「画の悲み」「牛肉と馬鈴薯」「泣き笑ひ」「初孫」「たき火」「山林に自由存す」など[*15]

これは、一九〇八年から一九二七年までに中学校の国語教科書に掲載された独歩の作品の中の主なリストであるが、詩二編を除く一一編の作品のうち七作品が「少年もの」である。何よりも注目したいのは、掲載された作品がいずれも全般的に読みやすく分かりやすく、そして親しみやすいものばかりである。

一九〇八年当時、中学校の国語教書には独歩のほかにも徳冨蘆花『自然と人生』『思い出の記』、島崎藤村『仏蘭西だより』『幼きものに』、正岡子規『子規小品』、二葉亭四迷『平凡』、夏目漱石『吾輩は猫である』『草枕』、森鷗外『即興詩人』などが掲載されはじめた。[*16] これらの作品は日本人の中学生にとっても決して読みやすいとは思えない、かなりレベルの高いものである。その結果、日本に来たばかりの、まだ日本語のおぼつかない留学生は無論日本の学生ですらも、漱石や二葉亭四迷、鷗外の作品よりも、読みやすくて分かりやすく、それに何よりも自分たちと同年代の少年たちが登場する独歩の作品に惹かれていったのである。

ただし独歩の作品は単に読みやすくて愛読されたわけではない。実は、独歩の作品に登場する主人公たちは、それまでの朝鮮文学では存在していなかったまったく新しいキャラクターなのである。とりわけ少年ものに出てくる少年たち、例えば「画の悲み」の岡本と志村、「少年の悲哀」の〈僕〉、「非凡なる凡人」の桂正作、「馬上の友」の糸井国之助と野村勉二郎、「山の力」の〈私〉、「二少女」のお秀、「鹿狩」の徳さん、「春の鳥」の六蔵などは、長幼の序に基づく伝統的な子供観では決して描けない新しいタイプの少年たちである。

【図 28】 韓国の伝統絵画には子供を描いたもの、つまり童子像が意外と多い。神仙図や山水画には必ずと言っていいほど童子と白髪の老人と共に描かれている[*17]

周知のごとく、父母への服従と礼儀を重んずる「考の国」朝鮮では、子供の存在を強調することは長らくタブーであった。それゆえ小説や絵画、歌（漢詩・時調）などに登場する子供たちはあくまでも、【図28】のごとく、大人の使い走り程度としか思われていなかったのである。

ところが、日本の中学校の国語教科書に掲載されている子供たちは、儒教的ヒエラルキーとはまったく無縁な人生を送っていたのである。彼らは大人に気に入ってもらおうともせず、また大人を喜ばせようともしない、ただひたすら自分のやりたいことを一生懸命にする子供たちである。こうした少年たちの姿に深く共鳴した李光洙が、崔南善とともに新たな子ども像を打ち立てようと少年讃歌運動を起こしたことは周知の事実である。その主な実績を以下に掲載すると、次のようなものがある。

雑誌　崔南善発行『少年』（一九〇八）『赤いチョゴリ』（一九一二）『子供の見る本』（一九一三）『新しい星』（一九一三）『青春』（一九一四）

唱歌　崔南善作「少年大韓」（一九〇八）「我々の運動場」（一九〇九）「大韓少年行」（一九〇九）「海上の勇小年」（一九〇九）「少年の夏」（一九一〇）

詩　李光洙作「我々の英雄」（一九一〇）「熊」（一九一〇）

小説　李光洙作「幼き犠牲」（一九一〇）「金鏡」（一九一五）「幼き友へ」（一九一七）「少年の悲哀」（一九一七）「尹光浩」（一九一八）「彷徨」（一九一八）

評論　李光洙作「今日の我が青年と情育」（一九一〇）「今日の我が青年の境遇」（一九一〇）「子女中心論」（一九一八）「少年へ」（一九二一）*18

二人の少年への関心が如何に深かったかを、このリストは如実に物語っているが、とりわけ注目したいのは、李光洙の執筆した二つの小説、「幼き友へ」と「少年の悲哀」である。これは李光洙文学のみならず、朝鮮近代文学の起源を知る上で非常に重要な作品である。なぜなら、両作品ともに独歩の影響を受けているからである。この事実はいくら強調してもし過ぎることはないと思われるが、問題は独歩の「少年もの」の影響が李光洙一人に留まっていないことだ。その代表が田榮澤である。

彼は、一九一九年に白痴の少年を主人公にした「白痴か天才か」という作品を発表しているが、本書第二章と第五章で取り上げているように、これは明らかに独歩の「春の鳥」を翻案したものである。一九一〇年代を代表する李光洙の「少年の悲哀」と田榮澤の「白痴か天才か」が独歩の少年ものの中でもとりわけ評価の高い「少年の悲哀」と「春の鳥」の影響を受けているという事実に驚きを禁じ得ないが、それだけ独歩の少年ものは一九一〇年代当時、留学生の間で広く読まれていたことが分かる。

親もとを離れて異国の地で一人寂しく暮らしていた多感な一四、五才の留学生たちは、独歩の「少年の悲哀」や「春の鳥」、「馬上の友」、「画の悲み」などの少年物がくり広げる作品世界に自分たちの境遇を重ね合わせ、あたかもそれを追体験するかのように耽読していたのであろう。とりわけ、なかば孤児のような境遇で留学生活を送っていた李光洙にとっては、独歩の少年ものは自分の少年時代とぴったり重ね合うものであったに間違いない。だからこそ後に創作の筆を執るようになった時、独歩の少年ものから多くのヒントを得て、自己の幼少時代を追憶する作品を書いていたのである。繰り返しになるが、前述の「幼き友へ」（一九一七）、「少年の悲哀」（一九一七）、「尹光浩」（一九一八）、「彷徨」（一九一八）などの小説は、いずれも李光洙が二五、六才の頃、少年時代の孤独な心情を回想して描いたものであるが、「少年の悲哀」はその題目からも、独歩の作品との影響関係が早くから取りざたされた作品である。[*19]

確かに両作品は、第一に少年時代の悲しい出来事を大人になって追憶していること、第二に悲しい姉弟愛、あるいは兄妹愛を取りあげていること、第三に田舎の叔父の家を小説の舞台として設定していること、第四にワーズワースに触れていること、第五に小説の結末が共通しているといった点において類似性を指摘することができる。ただし李光洙の「少年の悲哀」を読んでいくと、独歩の影響が題材や主題、小説の舞台などといった表面的なものにとどまっていないことに気がつく。というのも、李光洙の「少年の悲哀」は少年時代の悲しい出来事を回想的に描いている点においては独歩の作品と共通しているが、その少年が感じた「悲哀」は必ずしも独歩の作品の主人公が感じた「悲哀」とは一致しないからである。そこでまず李光洙の「少年の悲哀」のあらすじをまとめてみる。

主人公の文浩は田舎の中等学校に通う血気盛んな少年である。彼は従妹たちをこよなく愛し、彼女たちのために小説や詩を書いたり、読んであげたりする優しい文学少年である。中でも文学の才能のある蘭秀がとりわけ好きで、密かに恋心をよせている。ところが、蘭秀が一六になった年の秋、彼女はある金持ちの一五才となる息子と婚約させられ、しかもその息子は知恵遅れだというのである。驚いた文浩は蘭秀の父親に対してただちにこの婚約を破棄することを提案する。しかし、人よりも家門の名誉を重んじる蘭秀の父親は文浩の要求を無視し、結局蘭秀は父親の意向に従ってその知恵遅れの少年の処に嫁いでしまう。失望した文浩は翌年の春、日本に留学する。二年後、留学から帰ってきた文浩は、三才となる息子を抱きかかえながら、永遠に過ぎ去ってしまった少年時代を懐かしく回想するのであった。

以上が「少年の悲哀」のあらすじであるが、確かに独歩的なアイデアは見受けられる。しかし、その内容に関しては両者はまるきり異なっている。あらすじからも分かるように、李光洙の描いた「少年の悲哀」は聡明で愛らしい従妹にひそかに恋心を寄せている文浩という少年が、父母の決めた知恵遅れの少年と結婚することになった従妹を救えなかったことに対してやるせない悲哀を感ずるという内容となっている。つまり、文浩の「悲哀」は早婚に象徴される因習的な結婚制度によるものだという点において、独歩の「少年の悲哀」が感じたそれとは根本的なところで異なっている。この少年達が感じた「悲哀」を追求していくと、李光洙の独歩受容は、従来指摘されているような題材や主題、小説の舞台などといった表面的なものではなく、むしろ作品の深層にまで及んでいたという事実が浮き彫りにされるのである。そこで次節では、少年達の「悲哀」の背景について見ていくことにする。

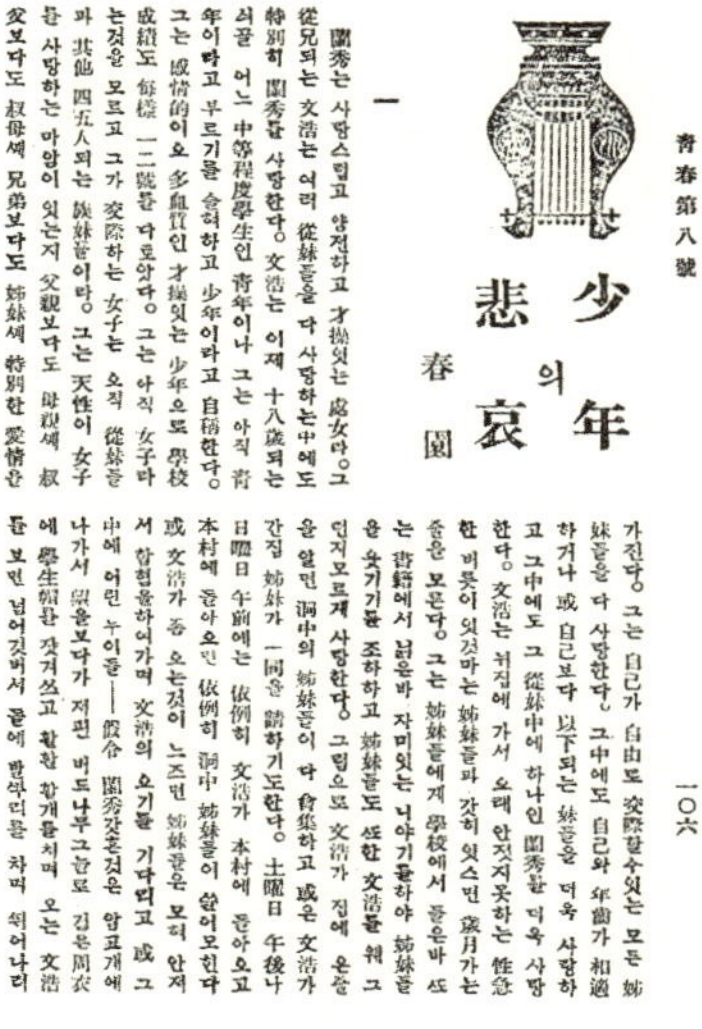

【図29】 国木田独歩「少年の悲哀」
（『小天地』1902年8月）

【図30】 李光洙「少年の悲哀」
（『青春』1917年6月）

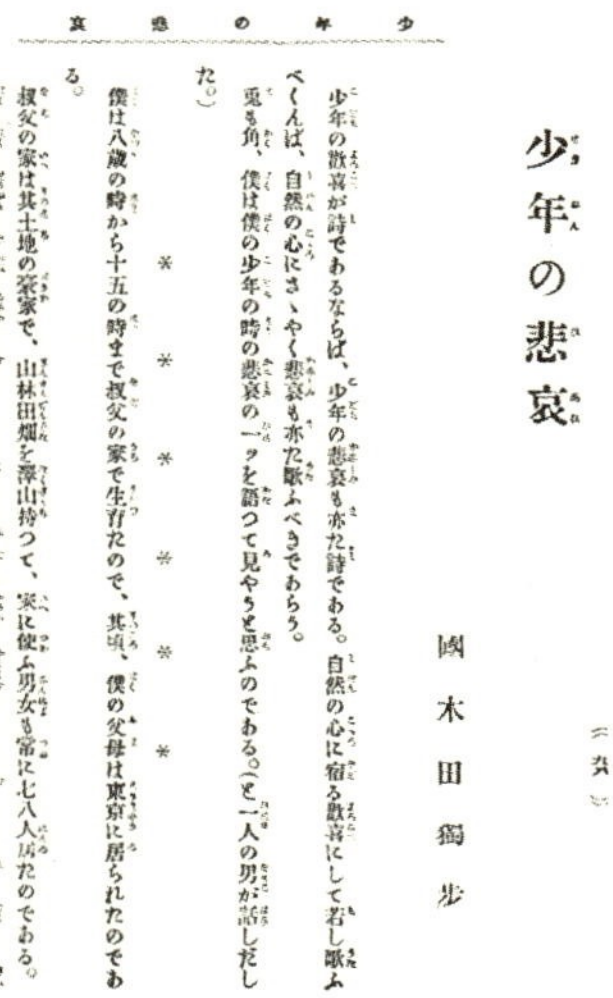

3 時代の「悲哀」としての「少年の悲哀」

木谷喜美枝氏は、独歩の「少年の悲哀」には「自分の力では運命を変え得ない薄幸な女の悲しみ」と、「その女の悲しみを救えない男の悲しみ」、そして二人の悲しみに触れた「少年〈僕〉の心に生じた〈言ひ知れぬ悲哀〉」の三つの悲しみがあると指摘しているが[20]、実は李光洙の作品にも全く同じ「悲しみ」が存在する。すなわち、女子であるが故に学校に行かせてもらえなくても、親の都合で知恵遅れの少年と婚約させられても、それを批判したり断ったりすることのできない儒教道徳に支配された女の悲しみと、その女を救えない男の悲しみ、そして男尊女卑や早婚制度を押しつける「無知で非情」な大人の世界を知ってしまった少年が、その大人の世界に組み込まれていくことに対して抱く悲しみである。以下、作品に即して具体的に見ていくことにする。

(1)〈僕〉の「悲哀」

まず独歩の「少年の悲哀」から見ていくと、八才から一五才まで瀬戸内海に面した叔父の家で育った主人公の〈僕〉は、一二才の時のある日の夜、徳二郎という下男に誘われて海の涯まで見渡せる遊廓に行き、そこで一人の若い女に出会う。

「十九か二十の年頃」に見えるその女性は、「病人ではないかと僕の疑つた位」に「青ざめた」顔色をしている。女はしばらく徳二郎と酒を飲んでいたが、やがて自ら小船を漕いで〈僕〉を沖合の方に連れ出して次のような身の上話を語りだす。

『否、死んだのなら却て断念がつきますが、別れた限、如何なつたのか行方が知れないのですよ。両親に早く死別れて唯つた二人の姉弟ですから互に力にして居たのが今では別れ〳〵になって生死さへ分らんやうになりました。それに私も近い中朝鮮に伴れて行かれるのだから最早此世で会うことが出来るか出来ないか分りません。』と言つて涙が頬をつたうて流れるのを拭きもしないで僕の顔を見たまゝすゝり泣に泣いた。[*21]（四八一頁）

中島礼子氏は、この女の身の上話から、「彼ら（女とその弟）は両親と死別後、誰かに引き取られ助け合って生きていた。その引き取り先にしても、経済的な事情からか、姉弟が重荷になり、姉は青楼に売られて苦界に身を沈めた。弟は姉の身の処しかたに匹敵するような酷い境遇に追いやられたのではないだろうか[*22]」と推測しているが、これは決して推測ではない。実際下層社会のいたるところで繰り広げられていた現実である。

当時貧しい家庭では家計を助けるために子供を奉公に出したり、売り飛ばしたりする行為が公然と行われていたからである。とりわけ、女の子の場合は親兄弟によってわずかなお金で遊郭に売られて各地を転々とした挙句、朝鮮や満州、台湾など海外にまで売られていったが、〈僕〉の出会った青楼の女こそ貧しさゆえに娼婦に身を落としてあちらこちらの遊郭に転売されたすえ三日後には朝鮮に流されていく運命の人なのである。そうした自分の運命に対して、彼女は「死んだはうが何程増しだか知れないと思」う。が、運命はそれすら許さず三日後には朝鮮に渡らねばならない。そんな女の境遇に深く同情していたのが下男の徳二郎である。

徳二郎は一一、二歳の頃から叔父の家で雇われている二五才位の身寄りのない青年である。同じ境遇の青楼の女と親しく付き合っていたが、彼女が唯一の肉親である弟とも生き別れて朝鮮に売られていくことにひどく心を痛めていた。しかし、一介の下男の身では、女の弟の面影に似た〈僕〉を女に引き合わせてやるのが精いっぱいであって、それ以外はどうすることもできず、三日後には女を見送らねばならない。それが現実であると思うと、何ともいえない無力感を感じる。その無力さを打ち消すかのように、徳二郎は女に酒をすすめ、歌を歌ってやると言って陽気に振舞うのであるが、陽気に振舞えば振舞うほど、女を救えない虚しさが増してくることを、次の文は如実に物語っている。

『イ、エ徳さん、私は思切つて泣きたい、此処なら誰も見て居ないし聞えもしないから泣かしてくださいな、思ひ切つて泣かしてくださいな。』

『ハツハツ、、、そんなら泣きナ、坊様と二人で聞くから』と徳二郎は僕を見て笑つた。

女は突伏して大泣に泣いた、さすがに声は立て得ないから背を波打たして苦しさうであつた。徳二郎は急に眞面目な顔をしてこの有様を見て居たが、忽ち顔を背向け山の方を見て黙つて居る、(四八二頁)

女は、歌を歌ってやると言う徳二郎に向かって、「思切つて泣きたい」「思切つて泣かしてください」と言って号泣する。もはや自分の力ではどうにもならない運命を、女は思い切って泣くことによって受け入れようとするのである。

山田博光氏は、泣かしてほしいと言う女の言葉に、「それまでの女の不運な生涯、すなわち悲しくても人目をはばかって思い切って泣けなかった境遇がにじみでている」と指摘し、「泣くことはなんの解決にもならない。しかし、この女のような社会の下積みの人間にとって、思う存分泣くことは一つの救いであり、カタルシスともなる」[*23]と述べている。しかし、山田氏自身もいみじくも語っているように、その涙は「自分の運命を打開する道がまったくとざされている無力」な涙なのである。だからこそ徳二郎は女の泣く姿が直視できないのである。そうした二人の切ないやり取りを見ていると、たとえ「少年心にも」「言ひ知れぬ悲哀」を覚えずにはいられないのである。

このように見てくると、木谷喜美枝氏の指摘のように「少年の悲哀」には自分の力では運命を変えることのできない女の悲しみと、その女を救えない男の悲しみ、そして二人の大人の切ない別れに触れた少年の「言ひ知れぬ悲哀」がその底流に流れているのが分かる。

中島礼子氏は、「青楼の女」と徳二郎、そして少年の「悲哀」の根底に、「個人の力ではいかんともし難い」「当時の日本における貧しい現実のかかえる問題」を見出し、「朝鮮に連れて行かれる」女に対して、なすすべもなく別れねばならない徳二郎の「悲哀」と、それを感じ取った「僕」の「悲哀」は「時代の『悲哀』」にほかならないという斬新な指摘[*24]を行い、それまでの「少年の悲哀」の解釈に新しい視座を切り開いた。

ところが、中島礼子氏よりも遥か以前に独歩の「少年の悲哀」を「時代の悲哀」として読み取っていた人がいた。それはほかでもない、韓国における最初の独歩受容者として知られる李光洙なのである。李光洙は、「少年の悲哀」の中に、娼婦として朝鮮に流されていく下層社会の女の悲哀とその背後にある公娼制度という主題を見出し、そこから当時の朝鮮社会の抱える結婚制度の矛盾を浮き彫りにした同名小説「少年の悲哀」を執筆したのである。

(2) 文浩の「悲哀」

前節のあらすじでも述べたように、李光洙の「少年の悲哀」は田舎の中学校に通う少年とその従妹たちの交流を描いた作品であるが、物語はその従妹の一人である蘭秀の結婚話を中心に展開していく。

蘭秀をはじめ従姉妹達は学校での出来事を話したり、小説を読んでくれたりする文浩が誰よりも好きである。しかしながら、彼女たちは女子だという理由だけで学校へ行かせてもらえない。文浩は従姉妹にも教育の機会を与えてほしいと思うが、叔父をはじめとする大人達は「女の子が勉強なんかして何になるつもりだ！」と叱責するだけである。挙げ句の果てには一六才になったばかりのまだ幼い蘭秀を、本人の意志も聞かず勝手にある金持ちの息子と婚約させてしまうのだが、その婚約者は何と、

しばらくすると新郎となる者が知恵の足りない白痴だという噂が聞こえてきた。家中のものが皆心配した。とりわけ悲しんだのは文浩である。噂の真相を調べるために五、六里ほど離れた新郎宅を訊ねて新郎を見てきた文浩の父親が、

「ちょっと愚鈍なところもあるが、まあ、その方が幸せになるんだよ」と言ったのでとうとう婚姻は成立した。（中略）

文浩は泣きながら叔父に懇願した。しかし、叔父は「出来ないんだ。両班の家で一度承諾したことをもとに戻すことは出来ないんだ。これも皆蘭秀の運命だからね。」

「でも、両班の面子は暫時のことでしょうが、蘭秀のことは一生に関わる問題ではないでしょうか。一時の

面子のために一人の人間の一生を台無しにするなんてあんまりです。」と、文浩は訴えたが、叔父は逆に腹を立てながら、

「人の力ではできないんだ。」と言って二度と文浩の話を聞こうとしない。文浩は「両班の面子」というものが憎かった。そして、一人で泣いた。*25（一一二〜一一三頁、拙訳以下同）

というように、知恵遅れなのである。文浩は一人の人間の一生よりも家や家門、両班といった社会制度を重んじ、婚約者が白痴であるということを知りながら、蘭秀をその男に嫁がせる大人達の「無知と非情」を憎んだ。大人達を憎めば憎むほど蘭秀を救い出したいと強く思うのであるが、自らもまだ子供なので蘭秀をどうしてやることもできず、ついに結婚式を迎える。切羽詰まった文浩は蘭秀をソウルへ連れて行こうとするが、父母の命令には絶対的に服従してきた蘭秀にとってその行為はあまりにも大胆なものだった。次の文には晴れ着姿の蘭秀を目の当たりにした文浩のやるせない心情が綴られている。

翌朝文浩は叔父の家に行った。晴れ着に髪を結い上げた姿で部屋に座っている蘭秀を文浩はじっと見つめた。蘭秀は文浩の顔を見てすぐ頭を落とす。文浩は蘭秀の晴れ着姿と髪の形が変わったことを見ると、何とも言い知れない悲哀と嫌悪を感じた。（中略）あんなに綺麗で才能のある娘をまるで玩具のように知恵遅れの男の足下に投げ捨ててその人生をだめにするかと思うと、家中の者が皆悪鬼のように思われた。自分に力さえあればあの悪漢どもを殴り倒し、あの群れの手の中で死んでいく蘭秀を救いたかった。（一一六頁）

文浩は愛する蘭秀を因習的な結婚制度から救い得なかったと思うと、何とも言えない悲哀を感じる。当事者より

も親の意志が優先される結婚制度と、能力があっても女子であるが故に学校へも行かせてもらえない男尊女卑の制度を頑なに守っている大人たちに、文浩は強く反発し、抵抗もした。しかし、文浩の精一杯の抵抗は大人たちに通じず、蘭秀はその男に嫁いでいき、文浩は蘭秀を救えなかった自分の無力さをかみしめるのであった。

【表3】は一九一〇年代から一九四〇年代における女子児童の普通学校就学率を示したものである。「少年の悲哀」が発表された一九一七年、すなわち一九一〇年代の女子就学率は全体学生数の一％にも満たず、女子教育の浸透度合いの低さが見て取れる。

【表3】 女子児童の普通学校就学率*26

年度	全体学生数	女学生数	就学率(%)
1912	44,638	3,998	0.4
1914	59,397	5,583	0.5
1916	73,575	7,661	0.7
1918	90,778	11,207	1.0
1920	107,201	13,916	1.2
1922	236,031	32,075	2.7
1924	374,122	55,039	4.5
1926	438,990	68,395	5.2
1928	462,538	75,997	5.8
1930	489,889	86,889	6.2
1932	513,786	96,949	6.8
1934	636,334	125,764	8.6
1936	798,224	173,370	11.4
1938	1,049,625	252,293	16.2
1940	1,376,304	363,587	22.2
1942	1,752,590	533,434	29.1

つまり、「少年の悲哀」に描かれた、女子であるが故に教育を受けられなかった従姉妹の現実は決して特別なものではなく、当時一般家庭のいたるところで繰り広げられていた普通の考え方だったのである。

近代化の波に乗って欧米から「自由平等」という考え方が伝えられたのを契機に、それまでの儒教式教育が見直され、女性教育は新たな時代を迎えた。その口火を切ったのはキリスト教宣教師である。教育を中心に宣教活動を行っていた宣教師たちは、とりわけ女子教育を積極的に展開し、一八八六年に朝鮮初の近代式女子学校として知られる梨花女学校が設立されたのを皮切りに貞信女学校（一八九五）、進明女学校（一九〇六）など、私立女学校が次々と設立された。こうした宣教師の教育活動は当時新文化運動を推し進めていた知識人に大きな影響を及ぼし、一九〇八年、朝鮮初の官立女学校が設立されるなど、朝鮮の女性たちは遂に近代的な教育を受けるようになった。しかし、いくら女子教育論が取りざたされ、女学校が設立されても、「無学を徳」と見做していた当時の一般家庭では、女の子に「婦道」以外の教育を受けさせるようなことはしなかった。それゆえ、一九一一年八月「第一次朝鮮教育令」が実施され、女子児童も男子児童と同じく教育が受けられるようになっても、大多数の大人たちは「少年の悲哀」の文浩の叔父のように、「女の子が勉強なんかして何になるつもりだ！」と叱責するだけであって、彼女たちを公立の普通学校に行かせなかったのである。

周知の如く、韓国では長い間、封建的・儒教的な体制の中で女と子供は社会の末端として独立した人格が全く認められなかった。それが近代化に伴う西洋式の近代教育の導入などによって女性や子供に対する認識が変化しはじめた。しかし、女子児童普通学校就学率が示しているように、その恩恵を受けるのはごく一部の人に限られた話であって、ほとんどの女性や子供は儒教的世界観にどっぷり浸かっている家父長の下で生きていた。とりわけ結婚前の女の子は、「少年の悲哀」の文浩の従姉妹、蘭秀のように父親の手にその運命が委ねられていたのである。

李光洙の「少年の悲哀」は、従妹との淡い恋が因習的な結婚制度によって破れた悲しみを、一児の父親になって追憶する作品と評されてきた。[*27] しかし、これまで見てきたように、文浩の悲しみは単に従妹との恋が破れたためではない。それは、従妹が白痴と結婚させられても、女だという理由で教育をうけさせてもらえなくても、どうすることもできない現実に対して感じずにはいられなかった悲しみである。つまり、李光洙も独歩と同じく、少年の悲哀の背後に本人の意志とは無関係に親の取り決めがすべての因習的な結婚制度を見ていたのである。

以上の考察から、李光洙と独歩が描いた「少年の悲哀」という同名小説は、いずれも単なる少年時代の悲しい思い出を追憶するものではなく、その背後にそれぞれの社会が抱えている「時代の悲哀」を浮き彫りにしようとした作者の意図が見られるという点で共通性がある。

4　少年の「悲哀」の背後に潜む社会の陰影

　ところで、北野昭彦氏は、独歩の「少年の悲哀」は「不幸な現実に対してどうすることも出来ない悲哀を、無垢な目と心で捉え直すことを主眼としているため、「悲哀」の背後にある現実社会そのものの実体がほとんど描かれていない」[*28]と指摘している。確かに「少年の悲哀」には悲哀の背後にある現実社会についての具体的な事件にまったく言及していない。「青楼」・「朝鮮に伴れて行かれる」・「流の女」という言葉からそれがかろうじて垣間見えるだけである。

　しかし「少年の悲哀」が発表される直前、すなわち一八九〇年代はといえば、日本全国で廃娼運動が展開され、日本における娼婦の実体がメディアなどで大きく取りあげられた時期である。[*29]新聞や雑誌などを通じて娼婦への恐るべき搾取の事実を知った当時の読者は、「青楼の女」が「流の女」として「朝鮮に伴れて行かれる」という文脈の中に込められた作者の意図を読み取っていたのではないだろうか。少なくとも李光洙の描いた同名小説「少年の悲哀」を読むかぎり、独歩の意図はしっかりと読者に伝えられたと見てよかろう。

(1)　「流の女」と公娼制度、そして廃娼運動

　そこで、まず独歩の「少年の悲哀」に込められた作者の意図から見ていくことにするが、これに関して独歩は後年、次のようなことを語っている。

　少年の悲哀は事実譚にあらず、作中の娼婦も若者も共に架空の人物なり。されど娼婦だけは全くモデルなき

に非ず。余が二十一二の頃豊後より東京に来る時なり。柳津に暫く滞在して、某の山に上るを日課としぬ。（中略）而して余は殆ど毎朝の如く此山上にて会ひたる女あり。十六七の、顔青褪めて背のすらりと高き少女なりき。友禅模様を置ける金巾の小袖を検束なく着たる、昨夜の白粉が襟の辺に残り居れる、無論いかゞはしき種類の女とは一目にて知れたれど、面長にて睫毛の長き実に印象の深き顔の女にて、何時も御堂の白壁にもたれて、便りなき目遣ひに凝ツと向ふを見詰めて立つて居るなり。

その女、余はそれ限り会はず。而も、名も所も素性すらも好く知らぬ其女のことが気になりて、何時までも忘るゝ事能はざりき。今にても回想すれば、其梯髣髴して、言ひ難き哀愁を覚ゆ。知れる者なら尋ねて話して見たいやうな気もするなり。後幾度かその女を描き見んと思ひしも成らず、偶々『少年の悲哀』を稿するに当り、その時の感じを表はさんと力めたり。*30

つまり「少年の悲哀」の中の女は、独歩が二一、二才の時、すなわち一八九二年頃に柳津（谷林博によれば、柳井ではなく、山口県熊毛郡平生町水場の周辺である）*31で見かけた実在の娼婦なのである。一目でいかがわしい商売だと分かるこの女のことが気になっていた独歩は、女のイメージをずっと心の中で温め、一〇年後の一九〇二年、朝鮮に売られていく「流の女」として造型したのである。この言説に注目した中島礼子氏は、この作品が一八九〇年代（明治三〇年代）に繰り広げられていた廃娼運動と深い関連があり、「『少年の悲哀』は、当時の社会への鋭い批評性を込めた小説とも言える」*32と指摘したのである。

明治になり、「文明開化」の美名のもとで文化や教育、社会制度がどんどん変わっていったが、遊廓だけは江戸時代と少しも変わらず、平然と人身売買が行われていたと、金一勉氏はその著『遊女・からゆき・慰安婦の系譜』（一九九七）の中で指摘している。*33氏によれば、親や身内によって遊廓に売られた無数の婦女子達は、明治政府の黙認のもとで吉原を皮切りに全国津々浦々の遊廓に散らばって芸妓や娼妓、酌婦として働き、中には台湾や満州、朝鮮といった海外にまで渡ったものも少なくない。このような事態を重く見た名古屋メソジスト・プロテスタントの宣教師モルフィや山室軍平を指導者とするキリスト教の一派である日本救世軍などキリスト教団体と矢島楫子の創設した日本基督教婦人矯風会、島田三郎を社長とする東京横浜毎日新聞社などジャーナリズムが立ち上がって廃娼運動を起こし、その結果一八九九年から一九〇二年にかけて解放された娼婦の数は二千名に達した。[*34] ちょうどこの時期に独歩の「少年の悲哀」が創作されたのである。

独歩は、新聞や雑誌などで大きく取りあげられていた廃娼運動の流れに、若い頃柳津で見かけた娼婦のイメージを重ね合わせていたに違いない。なぜなら、独歩は「名も所も素性すらも好く知らぬ其女のことが気になりて、何時までも忘るゝ事ができ」ず、「後幾度かその女を描き見ん」と思っていたが、結局描けなかったからだ。しかし、一八九〇年頃からメディアを通じて娼婦への恐るべき搾取の実態が浮き彫りにされるようになると、独歩は青年時代に出会った娼婦の行く末に思いを馳せずにはいられなかった。だからこそ、「少年の悲哀」を執筆した際に、その末尾を次のように締めくくったのである。

> 流の女は朝鮮に流れ渡つて後、更に何処の涯に漂泊して其果敢ない生涯を送つて居るやら、それとも既に此世を辞して寧ろ静粛なる死の国に赴いたことやら、僕は無論知らないし徳二郎も知らんらしい。（四八三頁）

つまり、独歩は柳津で会った娼婦を単なる娼妓ではなく、朝鮮につれて行かれる女、つまり「からゆきさん」として造型したのである。この「からゆきさん」に注目した前田愛は、「少年の悲哀」に込められている「流の女」の悲しみは、「明治の娼婦のありようをそのもっともふかいところで指し示している」[*35]と指摘しているが、その「ふ

【図 31】 敷島遊郭（仁川）1902 年に設置*[39]

かいところ」とはほかでもない。「日清・日露両戦役で勝利を獲得した明治日本がアジア諸国への帝国主義的進出に乗り出すとき、公娼制度もまた国威発揚として輸出されなければならない」*[36]という事実なのである。

一八八二年、群馬県の廃娼決議から端を発した廃娼運動はまたたくうちに全国各地に広まった。しかし、その勢いは日露戦争の勃発とともに「兵隊の慰安」という文句のもとに後退し*[37]、各地の娼婦たちは戦場へと送り出された。日露戦争だけではない。戊辰戦争を皮切りに西南戦争、日清戦争、日露戦争をへて太平洋戦争へと、日本は近代にはいって多くの戦争を行ったが、その際出征兵士の慰安と称して日本国内は無論遠くは台湾、朝鮮、南洋にまで遊廓を作り、娼婦を輸出していたのである。実は、この輸出先の主要中継地となったのが他ならぬ、朝鮮だったのである。

一八七六年の日朝修好条規後、釜山や仁川、元山といった朝鮮の主要都市が次々と開港されると、西日本各地から商人や海運業者、白木綿業者が渡航してきた。そのうちこれらの業者とともに多数の日本人が朝鮮に移住するようになり、釜山など開港地を中心に日本人居留地が作られた。これらの居留地は日

【図 32】 桃山遊郭（京城龍山）1906 年に設置*[40]

清・日露戦争をへて拡大し続けたが、問題は初期の渡航者のほとんどが独身男性なのである。*[38] 彼らの中には風俗を乱す事件を引き起こすものも少なくなく、こうした男たちの息抜きの場として居留民の多い釜山に「遊郭」の設置が許可され、それが儲かるとなると、東京の吉原遊廓が乗り出し、以後仁川、元山、京城、木浦などの居留地に次々と遊廓が設けられた。これが朝鮮における公娼制度の始まりである。こうして作られた遊郭に、地理的に近い長崎県や山口県、熊本県など九州地方の貧しい家の女性たちが渡ってきて、さらに満州やシンガポール、シベリアなどへと渡っていったのである。

独歩は、日朝修好条規が締結された一八七六年から従軍記者として日清戦争に従軍する一八九四年までの約一八年間、萩、岩国、山口、舟木、平生、柳井と県下の裁判所に勤務する父について山口県の各地を転々として過ごした。六才から二四才という人生の中で最も多感な時期を過ごした山口時代は独歩の文学世界に大きな影響を及ぼし、それが「河霧」をはじめ「山の力」「帽子」「置土産」「帰去来」「少年の悲哀」など多くの作品を生みだしたことは周知の事実である。中でも「少年の悲哀」では、山口県と朝鮮の意外なつながり、つまり貧しさ故に遊廓に売られた娘たちが各地を転々としたあげく身寄りのいない朝鮮にまで流されていくという明治社会の貧しい現実が描かれている。山口県には昔から「朝鮮成金」といわれる資産家が多く、独歩も「帰去来」で取り上げているように対朝鮮貿易が盛んな地域であったが、[*41]その一方では家計を助けるために「からゆきさん」として朝鮮や台湾は勿論、遠く南洋にまで売られていく娘達も少なくなかった。

こうした明治国家の陰影を敏感に感じとっていた独歩は、廃娼運動が絶頂期に達した一九〇二年、〈文学〉という器をかりてその実体を浮き彫りにしようとしたのではないだろうか。「少年の悲哀」はその抒情性もさることながら、「流の女」が、主人公の少年を通して肉親に、ひいては母国に別れを告げようとしたところに、その隠れた主題が読みとれる[*42]という前田愛の鋭い指摘は、〈文学〉と時代状況の接点を裏付けてくれる。

ただし独歩は、「少年の悲哀」を執筆するに当たってあえて公娼制度や廃娼運動についての具体的な言及を避けている。その代わりに朝鮮に連れて行かれることになった青楼の女がなじみの客の徳二郎に「私は思切つて泣きたい、此処なら誰も見て居ないし聞えもしないから泣かしてくださいな、思ひ切つて泣かしてくださいな」と言わせることによって、自分の力ではどうすることもできない社会の最下層に生きる娼婦の悲しみを浮き彫りにし、そのような女を救えない男の悲しみを際ただせている。だからこそ余計に作品の背後に潜む「時代の悲哀」が気になるのである。

(2) 李光洙と早婚、そして反封建運動

一方、李光洙の「少年の悲哀」においてはどのようなことが言えるだろうか。一九〇八年夏、当時明治学院中等部に在学中の一七才の李光洙は、夏休みを利用して三年ぶりに帰省した故郷で、是非婿になってほしいと懇願する病床の父の友人の願いを断り切れず、結婚する。しかし、式はあげたもののどうしても新婦を受け入れることがで

きず、李光洙は新婦のもとを去って東京に行ってしまう。以後、妻への愛情が持てないまま悩み抜いた末、一九一八年に離婚する。この早婚と離婚は李光洙の文学世界に深い影を落とし、短編「無情」(一九一〇)「少年の悲哀」(一九一七)長編『無情』(一九一七)「幼き友へ」(一九一七)「開拓者」(一九一七)「彷徨」(一九一七)「尹光浩」(一九一七)などの作品を執筆させたのだが、中でも「少年の悲哀」は早婚問題を真正面から取りあげて注目を浴びた作品である。

早婚は、子孫繁栄や労働力の確保のために近代以前の社会では古今東西を問わず一般的に行われていた風習の一つであるが、近代化によって教育や就職などの機会が増えるにつれて次第になくなっていった。しかし、儒教倫理の根強い朝鮮では早婚の風習は一向に減らず、二十世紀半ばになっても依然として遊び盛りの一〇代前半の子供同士が結婚させられた。*43 婚姻当事者の意志が全く無視される、いわば強制婚の性格の強いこのような早婚の風習は、当然ながら本人とその家族、さらには社会に深刻な問題を引き起こした。とりわけ、まだ性的に未熟な幼い妻にとって結婚生活は苦痛以外の何ものでもなく、彼らの中には結婚の桎梏から逃れるために自殺を図ったり、放火や殺人など犯罪を犯したりするものも少なくなかった。

一九二〇年に創刊された『東亜日報』(一九二〇年四月〜一九四〇年

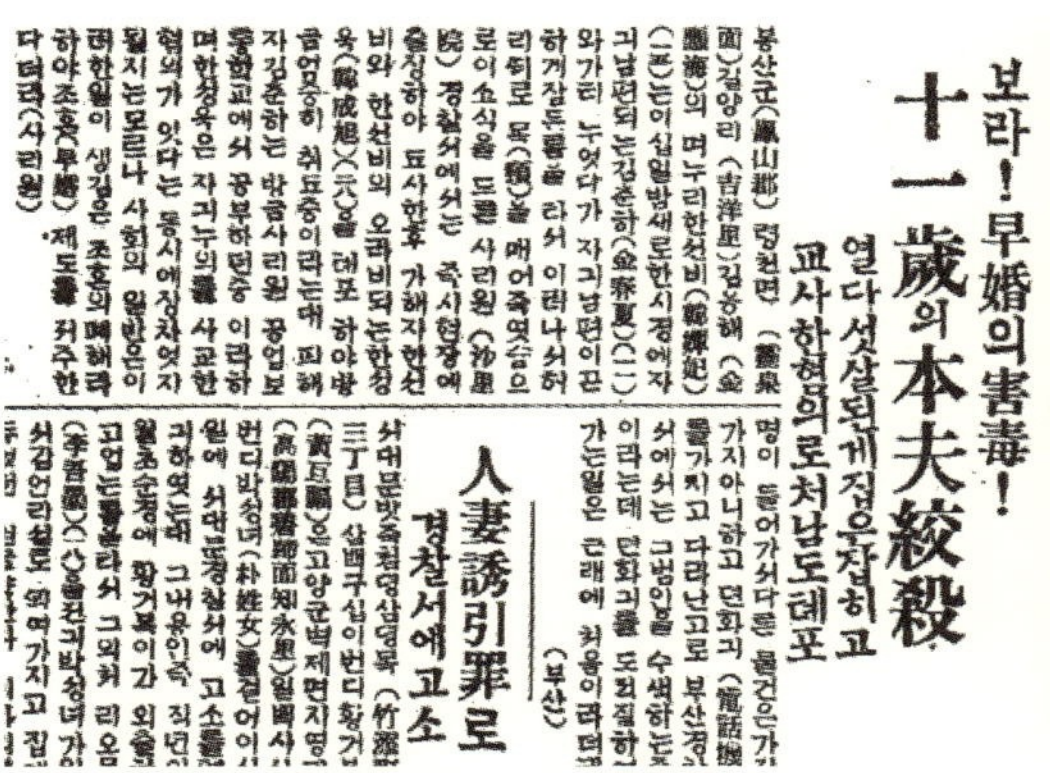
보라! 早婚의害毒!
十一歲의本夫絞殺
열다섯살된게집은잡히고
교사한혐의로처남도톄포
봉산군(鳳山郡) 령천면(靈泉面)길양리(吉洋里)김봉해(金鳳海)의 며누리한선비(韓鮮妃)(一五)는이십일밤새로한시경에자긔남편되는김춘하(金春夏)(一一)와가티 누엇다가 자긔남편이끈하게잠든틈을 타서 이러나서허리띄로 목(頸)을 매어죽엿슴으로이쇼식을 드른 사리원(沙里院)경찰서에서는 즉시현장에출장하야 됴사한후 가해자한선비와 한선비의 오라비되는한창옥(韓成旭)(二六)을 톄포 하야방금엄중히 취됴중이라는데 피해자김춘하는 사리원 공업보통학교에서 공부하던중 이라하며한창옥은 자긔누의를 사교한혐의가 잇다는 동시에장차엇지될지는모르나 사회의 일반은이러한일이 생김은 조혼의폐해라하야조혼(早婚)제도를 저주한다더라(사리원)

명이 들어가서다른 물건은가…
가지아니하고 뎐화긔(電話機…
를가지고 다라난고로 부산경…
서에서는 그범인을 수색하는…
이라는데 뎐화긔를 도적질하…
가는일은 근래에 처음이라더…
(부산)

人妻誘引罪로
경찰서에고소

【図 34】 早婚の害を報道した『朝鮮日報』(1925 年 1 月 23 日付) 記事

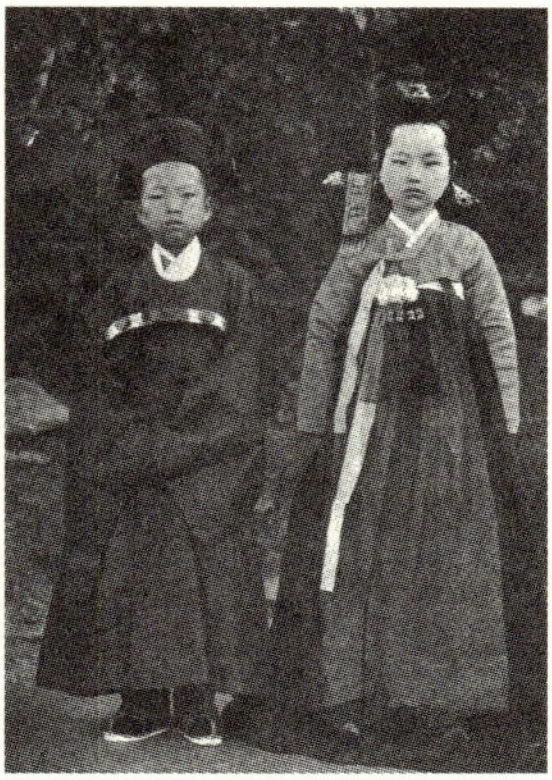
【図 33】 結婚式を挙げたばかりの幼い新郎新婦*44

八月強制廃刊、四五年十二月復刊）は、創刊直後から早婚による様々な弊害の記事を掲載し、健全な結婚文化の啓蒙を行っていたが、その一部を以下に紹介すると、次のようなものがある。

「八歳の幼い妻、夫の虐待で離婚を請求」（一九二二年一一月三日）「姑の虐待で婦女自殺」（一九二三年二月二六日）「幼い妻、実家に帰りたくて自殺」（一九二四年一〇月二七日）「夫怖くて放火」（一九二八年五月三一日）「貞操を疑われた幼い妻を生き埋め」（一九二九年三月一六日）「婚礼日の慟哭騒ぎ—新郎は不具者」（一九三〇年一月八日）「十七歳の新婦、夫を毒殺—夫の性的要求に堪えられず」（一九三〇年一〇月二二日）「未熟な性関係？—結婚三日目に新郎を絞殺」（一九三三年一二月九日）「結婚式を控えた新婦、逃亡」（一九三四年三月一三日）「頻発する夫毒殺、十八歳の妻が毒殺を図る」（一九三八年一二月一〇日）など

このリストからも分かるように、早婚の弊害は男性よりも女性に圧倒的に多く現われている。親の決めてくれた結婚相手に気にいってもらえなかったり、あるいは気に入らなかったりして結婚生活に不満が生じても、男性たちには蓄妾制度などいくらでも逃げ道があった。しかし、女性たちにはそのような逃げ場もなく、ただひたすら堪えるしかなかった。結局、幼い妻たちは夫との性的不一致や婚家の虐待など出口の見えない結婚生活から逃れるために放火や殺人のような犯罪を引き起こすまでに至ったのである。

このような状態を重く見ていた槿友会をはじめとする女性団体や日本留学帰りの知識人、近代的な教育を受けた若者達が立ち上がって早婚廃止運動を展開し、一九三〇年代頃から「早婚廃止同盟」の組織をはじめとする様々な啓蒙活動が行われるようになったが、これらの早婚廃止運動に強い影響を及ぼしたのが他ならぬ、自他共に啓蒙主義者として名高い李光洙なのである。

李光洙は、結婚直後から愛情のない結婚生活に悩み、その感情が最も高まった一九一六年から一九一八年の間に、「朝鮮家庭の改革」「早婚の悪習」(共に一九一六)「婚姻に対する管見」(一九一七)「婚姻論」(一九一七)「子女中心論」(一九一八)などを執筆し、因習的な結婚制度への痛烈な批判を行う一方、自由恋愛や自由結婚をテーマにした小説を矢継ぎ早に発表し、新しい結婚文化の紹介と啓蒙につとめた。これらの論説と小説が親の取り決めによる結婚という形しか知らなかった若者たちの心をつかみ、社会に旋風を巻き起こし、やがて早婚廃止運動など反封建啓蒙運動へとつながっていったことはよく知られた事実である。

金榮敏氏は、その著『韓国近代小説史』(一九九七)の中で「少年の悲哀」は婚姻制度など朝鮮社会が抱えている古い因習や制度への大胆な批判活動の始まりを告げる作品であると同時に、長編『無情』(一九一七)とともに啓蒙主義に代表される李光洙の本格的な文学世界を開く作品である、とその文学史的意義を高く評価している。[*45] 氏によれば、「少年の悲哀」は早婚廃止運動など、いわゆる反封建啓蒙運動のスタートを切った文学作品と言えるが、李光洙も、独歩と同じく、少年時代の悲しい思い出を描きながら、その悲哀の背後に自らの生きている時代の悲哀、すなわち封建的な早婚制度のために自我が無惨にも押しつぶされる個人の悲劇を浮き彫りにしようとしたのである。

以上のように見てくると、独歩の「少年の悲哀」における時代状況との密接な関わりは、その影響を受けた李光洙の同名小説「少年の悲哀」によってさらに浮き彫りにされたと見てよかろう。独歩は一九一〇年代の追憶文学の流行に先立って、少年時代を追憶する一連の「少年もの」を書いている。しかも、一九一〇年代の多くの作家たちがただ追憶の世界に浸っているのに対して、独歩は朝鮮に流されていく「流の女」の運命を気遣うことによって、その背後に横たわっている公娼制度に批判の目を向けていた。李光洙が独歩の「少年の悲哀」を受容したのは、この時代や社会に対する独歩の鋭敏な感覚と関心の方向性に惹かれたからにほかならない。

5　もう一つの「少年の悲哀」

ところで、独歩の「少年の悲哀」は「少年もの」の代表作といわれているが、「画の悲み」や「馬上の友」「非凡なる凡人」などのように純然たる「幼少年時追想の作品」ではなく、二一、二才の頃の独歩自らの体験を「十二歳の少年」に託して「少年の時の悲哀の一ツ」として書き上げた作品である。[*46] ではなぜ独歩は青年時代に路傍で見かけた一人の娼婦を、一二才の少年に仮託投影し、少年時代の悲しみの一つとして回想する形をとったのだろうか。次の木谷喜美枝氏の指摘は示唆に富んでいる。

作者の目は、運命を変え得ない薄幸な人間の不幸を悲しいと見たのであるよりは、そうした世界に触れさせられた少年が、おとなの世界を知ることによる悲しみに向けられていたと言うべきであろう。おとなの世界の悲しさを知る、人生を知る、とは、こどもの無垢な時代の終わりを迎えたということと同義である。それは誰もが通過することなのだが、ここにはその少年の日が失われていくことの悲しさが描かれているのだ。[*47]

氏によれば、独歩の描きあげた少年の「悲哀」とは、単に無垢なる少年時代との決別を悲しむのではなく、矛盾と悲しみに満ちた大人の世界を知った少年が、そのような大人の世界に組み込まれていくことに対する悲しみ、つまり少年時代から大人の世界へと、境界を越えるときに誰もが味わわなければならない悲しみと言えよう。実は、このモチーフこそ李光洙の独歩受容のもうひとつの側面にほかならない。

すでに見てきたように、李光洙の「少年の悲哀」は前半では文学をこよなく愛する少年とその従妹たちとの交流が描かれているのに対して、後半では一転して古い結婚制度への批判となっている。この後半の部分が強調されたために、「少年の悲哀」は因習的な結婚制度を果敢に批判した作品として注目されてきた。確かに文浩と従妹たちとの交流が断たれた背景には、因習的な結婚制度が存在している。しかし、作者の意図は実は違う処にあったのではなかろうか。次の一文は私たちにもう一つの視点を与えてくれる。

三年前の楽しみは永遠に過ぎ去ってしまった。文浩は泣きたかった。しかし、三年前のように涙が出ない。文浩は向かい側に座っている従兄弟の文海の黒い髯を眺める。そして、自分の顎を触りながら、「文海、もう僕たちの顎にも髯が生えてきたよ」と言って伸びてきた顎髯を引っ張りながら笑う。文海も今昔の念を抑えきれず鼻の下に黒く生えてきた髯を触る。従妹達も二人が髯を弄る様子を見て笑う。しかし、彼女たちは二人の笑いの本当の意味などわからないのである。

母が幼い二人の児を連れてきて文浩の前に置く。じっと文浩を見つめていた子供はワーと泣きながら母のところへ行ってしまう。母は二人の子供を抱き上げながら

「この児たちももう三歳になっちゃったよ」と言う。文浩は一人が自分の児で、もう一人が文海の児であることは知っていながらも、どちらが自分の児なのかさっぱりわからず、泣いている児をしばらく見ていたが、自嘲的に

「ああ、僕たちももう親父だよ、少年の天国は永遠に過ぎ去ってしまった」と言うものの、目には涙をいっぱい溜めている。（二一七頁）

留学から帰ってきた文浩と、文浩を暖かく迎える従妹たち、そして談笑。「少年の悲哀」の最後の場面である。

文浩と従妹たちが楽しく交流をするという点に限れば冒頭の場面と変わらないが、両者の間には明らかな違いがある。それは文浩と従妹たちがかつてのように心を通わせていないことだ。黒く生えてきた髭を引っ張りながら「僕たちももう親父だよ」と苦笑いする文浩と、その笑いの真意がわからない従妹たち、つまり彼らは少年と少女の関係から大人と子供の関係へと変わっていたのである。

周知のごとく、儒教を国是とするかつての朝鮮では、目上の人、年長の者への絶対的な服従と礼儀が徳目とされていた。子供たちは長い間「父母に死ねと言われれば、死なないまでも死ぬふりくらいはしなければならない」ほど、大人たちの理不尽な暴力になすすべもない無力な存在であった。従妹の結婚を通じて「無知で非情」な大人の世界を知ってしまった文浩は、彼らを「悪鬼」や「悪漢ども」と罵倒し、大人への不信感を募らせた。しかし、三年後の文浩を待っていたのはあれほどまでに嫌がっていた大人の世界への強制である。一児の父親になった文浩は、「少年の天国は永遠に過ぎ去ってしまったよ」と自嘲し、矛盾に満ちた大人の世界に組み込まれてしまったことを嘆き、悲しむのであった。これはかつての朝鮮文学ではない、まったく新しい視点である。それを李光洙は独歩の「少年の悲哀」から得ていたのである。

其後十七年の今日まで僕は此夜の光景を明白と覚えて居て忘れやうとしても忘るることが出来ないのである。今も尚ほ憐れな女の顔が眼のさきにちらつく。そして其夜、淡い霞のやうに僕の心を包んだ一片の哀情は年と共に濃くなつて、今はたゞ其時の僕の心持を思ひ起してさへ堪え難い、深い、静かな、やる瀬のない悲哀を覚えるのである。

其後徳二郎は僕の叔父の世話で立派な百姓になり今では二人の児の父親になつて居る。流の女は朝鮮に流れ渡つて後、更に何処の涯に漂泊してその果敢ない生涯を送つているやら、それとも既に

此世を辞して寧ろ静粛なる死の国に赴いたことやら、僕は無論知らないし徳二郎も知らんらしい。（四八三頁）

これは「少年の悲哀」の最後の場面であるが、主人公の〈僕〉は、一二才の時にたった一度しか会っていない女を、一七年経った今でもなお忘れられないと述懐し、その女の行く末を案じている。ここで注目したいのは、女の行く末を案じる〈僕〉のまなざしである。

一七年前の〈僕〉は、月夜の海に浮かぶ船の上で唯一の肉親である弟や愛する男とも引き離されて娼婦として朝鮮に渡っていく女の身の上話を聞き、少年ながらもその境遇に同情して「言い知れぬ悲哀」を覚えていたが、その思いはあくまでも漠然としたものであった。ところが、〈僕〉の女への思いは薄らぐどころか、むしろ年とともに濃くなって、今はあの夜の光景を思い起こすだけで「堪え難い、深い、静かな、やる瀬のない悲哀を覚え」てしまうほど、その思いは強くなる一方である。この一七年間の間にいったい何があったのか。それはほかでもない、世の中に対する〈僕〉の見方や認識、理解が深まったことである。つまり、〈僕〉は無垢な少年から「憂き事しげき世」を経験した大人になっていたのである。

この大人の視点から女の朝鮮行きを考えると、少年の時には理解できなかった女の数奇な人生、すなわち貧しさゆえに苦界に身を落とし、あちらこちらの遊郭に転売された揚句、ついには外国にまで売られていく、その悲惨な境遇が手に取るように分かる。だからこそ〈僕〉は、女を「流の女」と呼び、その行く末を案じずにはいられなかったのである。

しかし、朝鮮につれて行かれた女のその後の人生が予測できるようになったということは、それだけ無垢な心が失われたということにもなる。無垢の喪失、それはすなわち大人の世界への強制を意味するが、この新しいモチーフを、李光洙は誰よりも早く読み取っていて、一九一七年、もう一つの「少年の悲哀」を書き上げたのである。

ただし、これまで見てきたように、李光洙は、独歩と同じく少年時代の悲しい思い出を追想しつつ、その悲しみの矛先を、早婚に象徴される古い結婚制度への批判に向けねばならないという時代的制約から決して自由ではなかった。この時代的制約から解放されて少年の置かれている現実を直視し、無垢なる存在としての少年時代を顕在化したのはほかでもない、独歩の少年ものの代表作として知られる「春の鳥」を翻案した田榮澤である。

となると、独歩の少年ものは、長幼の序に基づく儒教的人間観に縛られていた朝鮮近代文学に新しい突破口を開くカギとなったわけであるが、これには前述の通り、ワーズワース的人間観や人生観、世界観が深い影響を及ぼしていたということをここで繰り返しておく必要があるだろう。

註

＊1　千葉俊二「追憶文学の季節」(『白秋全集』月報三六、一九八七年)一三頁。

＊2　五味文彦ほか編「第九章　近代国家の成立」(『詳説日本史研究』山川出版社、一九九八年)三七九〜三八〇頁。

＊3　福田清人編堀江信男著『石川啄木』(清水書院、一九六六／一九九四年)一八〇頁。

＊4　高村光太郎「北原白秋の『思い出』」(『高村光太郎全集第七巻』筑摩書房、一九七六年)二四二頁。

＊5　北野昭彦「『少年もの』と『教師もの』の人間観的基盤」(『国木田独歩の文学』桜楓社、一九七四年／一九八〇年)二〇三頁。

＊6　北野昭彦「『少年の悲哀』と『画の悲み』」(『園田国文』4号、一九八二年一〇月)。

＊7　北野昭彦、前掲書註＊5二一〇頁。

＊8　①桑原三郎『日本児童文学名作集(上)解説』(岩波文庫、一九九四／一九九六年)二七九〜二八一頁参照。②前田愛「子どもたちの変容」(『国文学解釈と教材の研究――〈子ども〉の文学博物誌』学燈社一九八五年一〇月号)三五〜三六頁。

＊9　金田真澄「付録　ワーズワースと独歩」（『ワーズワースの詩の変遷――ユートピア喪失の過程』北星堂書店、一九七四年）参照。

＊10　岡本昌夫「ワーズワースとコールリッジ」（『欧米作家と日本近代文学・英米編Ⅰ』教育出版センター、一九七四年）一〇二頁。

＊11　于耀明氏（『周作人と日本近代文学』翰林書房、二〇〇一年）によれば、『現代日本語小説集』は、一九二三年六月、上海の商務印書館から「世界叢書」の一つとして出版された翻訳書である。これに収められている日本の作家は、国木田独歩を皮切りに夏目漱石、森鷗外、鈴木三重吉、武者小路実篤、有島武郎、長与善郎、志賀直哉、千家元磨、江馬修、江口渙、菊池寛、芥川龍之介、佐藤春夫、加藤武雄の十五人の作品三〇編である。独歩の作品は「少年の悲哀」と「巡査」二編が、周作人によって翻訳掲載された。

＊12　「少年の悲哀」が、〈少年もの〉の代表作として、またワーズワースやツルゲーネフの影響下にある作品として、肯定的に論じられるようになったのは、戦後になってからである。①本田浩『国木田独歩』（清水書院、一九六六年）②片岡懋「独歩の少年もの」（『明治大正文学研究』（一九五五年）③後藤桂子「国木田独歩――少年物を中心に」（『立教日本文学』一九六九年六月）④山田博光『日本近代文学大系第十巻　国木田独歩集』角川書店、一九七〇年）⑤北野昭彦『国木田独歩の文学』桜楓社、一九七四年）⑥北野昭彦「独歩のワーズワース受容と『少年の悲哀』の主題設定」（『志賀大国文十四号』一九七六年一二月）など。

＊13　中島礼子「独歩『少年の悲哀』――その作品世界をめぐって」（『国士館大学紀要』一九八八年三月、後『国木田独歩――短編小説の魅力』おうふう、二〇〇〇）に収録、二一〇頁。

＊14　李光洙は、「多難たる半生の旅程」「李光洙氏との交談録」「無情を書く時とその後」といったエッセイと日記などを通じて独歩の諸短編集を読んだと述べているが、具体的な作品名については語っていない。

＊15　田坂文穂編『旧制中等教育国語教科書索引』（財団法人教科書センター、一九八四年参照）。

＊16　財団法人教科書研究センター編『旧制中等学校教科書内容の変遷』（ぎょうせい、一九八四年）一三八～一三九頁。

＊17　姜希顔（一四一七〜一四六四）「高士渡橋図」（国立中央博物館所蔵）。
＊18　拙稿「啓蒙と文学の間で――韓国近代文学における子供」（『宇都宮大学国際学部研究論集』第九号、二〇〇〇年）。
＊19　独歩の李光洙への影響関係については、①金松峴「初期小説の源泉探究」（『現代文学』一一七号、一九六四年九月）②宋百憲「春園（李光洙）の『少年の悲哀』研究」（『大田工専論文集』三輯、一九八六年）③八重樫愛子「韓国近代小説と国木田独歩」（『建国語文学』第十一・十二合輯、一九八七年）らが指摘しているが、いずれも指摘にとどまり、具体的な影響関係については言及されていない。
＊20　木谷喜美枝「少年の悲哀」（『国文学解釈と鑑賞　特集国木田独歩』一九九一年）。
＊21　国木田独歩「少年の悲哀」（『定本国木田独歩集第三巻』学習研究社、一九九六年）以後頁数のみ表記。
＊22　中島礼子、前掲書註＊13に同じ。
＊23　山田博光注釈「少年の悲哀」（『日本近代文学集第十巻』角川書店、一九七〇年）二〇七頁。
＊24　中島礼子、前掲書註＊13に同じ。
＊25　李光洙「少年の悲哀」（『青春第八号』一九一七年六月）以後頁数のみ表記。
＊26　オ・ソンチョル『植民地初等教育の形成』（教育科学社、二〇〇〇年）一三三頁を参考に筆者作成。
＊27　安承徳「少年の悲哀考――自叙伝的要素及び主題を中心に」（『国語国文学』七七号、一九七八年一二月）。
＊28　北野昭彦、前掲書註＊5　二〇三頁。
＊29　中島礼子、前掲書註＊13に同じ。
＊30　国木田独歩「病床録」（『定本国木田独歩全集第九巻』学習研究社、一九九六年）八一〜八二頁。
＊31　谷林博『青年時代の国木田独歩』（柳井市立図書館、一九七〇年）六八頁。
＊32　中島礼子、前掲書註＊13に同じ。
＊33　金一勉『遊女・からゆき・慰安婦の系譜』雄山閣出版、一九九七年』一三三頁。
＊34　金一勉、前掲書註＊33　一六三頁。ほか①竹村民郎『廃娼運動――廓の女性はどう解放されたか』（中公新書、一九

八二年）②小野谷敦「日本の夜明けと廃娼運動」（『日本売春史――遊行女婦からソープランドまで』新潮選書、二〇〇七年）③鈴木裕子「からゆき・「従軍慰安婦」・占領軍「慰安婦」」（『近代日本と植民地Ｖ――膨張する帝国の人流』岩波書店、一九九三年）参照。

＊35　前田愛「陰画の街々」（『幻影の明治』朝日選書、一九七八年）一〇五頁。

＊36　前田愛、前掲書註＊35　一〇六頁。

＊37　金一勉、前掲書註＊33　二六三頁。

＊38　川村湊①『妓生――もの言う文化誌』（作品社、二〇〇一年）一七九頁。②『ソウル都市物語――歴史・文学・風景』（平凡社、二〇〇〇年）一一七～一三六頁参照。

＊39　『写真で見る近代韓国（上）山河と風物』（瑞文堂、一九八七年）六九頁。

＊40　前掲書註＊39　五八頁。

＊41　桑原伸一『国木田独歩――山口時代の研究』（笠間書院、一九七二年）一四一頁。

＊42　前田愛、前掲書註＊35　一〇四頁。

＊43　一八九四年甲午改革の際、早婚制度は再婚禁止の法律とともに廃止となったが、古い習慣は一向になくならず、一九一〇年代当時ほとんどの家庭では男の子が十代半ばになると、年上の女性と結婚させて早目に跡継ぎをもうけるという習慣が行われていた。

＊44　『写真で見る朝鮮時代（続）生活と風俗』（瑞文堂、一九八七年）一八〇頁。

＊45　金榮敏「近代小説の完成Ⅰ」（『韓国近代小説史』ソル出版社、一九九七年）三八〇頁。

＊46　北野昭彦、前掲書註＊5　二〇四頁。

＊47　木谷喜美枝、前掲書註＊20に同じ。

第五章　「愚者文学」としての「春の鳥」――「春の鳥」と田榮澤「白痴か天才か」

1　ワーズワースの詩心から白痴教育へ

中島健蔵から「ほとんど批判を絶する傑作である」[*1]と絶賛された「春の鳥」がワーズワースの深い影響の下に生まれた作品であることは周知の事実である。具体的に影響を与えた作品として *There was a Boy*（1799）と *The Idiot Boy*（1798）が指摘されている。[*2]とりわけ *There was a Boy* については本文中に独歩自身によって、

> 英国の有名な詩人の詩に『童なりけり』といふがあります。それは一人の児童が夕毎に淋しい湖水の畔に立て、両手の指を組み合はして、梟の啼くまねをすると、湖水の向の山の梟がこれに返事をする、これを其児童は楽にして居ましたが遂に死にまして、静かな墓に葬られ、其霊は自然の懐に返つたといふ意を詠じたものであります。[*3]（四〇二頁）

と、その題目と内容が紹介されていることからワーズワースの影響は紛れもないものとされてきた。しかし、「春の鳥」の主人公にモデルがいたとすれば、この作品がただ単にワーズワースの影響を受けたものだとは言えなくなる。なぜなら、独歩は晩年「予が作品と事実」（『文章世界』一九〇七年九月）の中で「春の鳥」の主人公には実在のモデルがいたと次のように述べているからだ。

There was a Boy: ye knew him well, ye cliffs
And islands of Winander!—many a time
At evening, when the earliest stars began
To move along the edges of the hills,
Rising or setting, would he stand alone
Beneath the trees or by the glimmering lake,
And there, with fingers interwoven, both hands
Pressed closely palm to palm, and to his mouth
Uplifted, he, as through an instrument,
Blew mimic hootings to the silent owls,
That they might answer him; and they would shout
Across the watery vale, and shout again,
Responsive to his call, with quivering peals,[7]
And long halloos and screams, and echoes loud,
Redoubled and redoubled, concourse wild
Of jocund din; and, when a lengthened pause
Of silence came and baffled his best skill,
Then sometimes, in that silence while he hung
Listening, a gentle shock of mild surprise
Has carried far into his heart the voice
Of mountain torrents;[8] or the visible scene
Would enter unawares into his mind,
With all its solemn imagery, its rocks,
Its woods, and that uncertain heaven, received
Into the bosom of the steady lake.

【図35】 Wordsworth, *There was a Boy*[*6]

一人の少年がいた。
ウィナンダーの断岸と島々よ、
お前たちは彼をよく知っている。
幾度となく、黄昏れどき、
一番早い星々が山の端に見えつ隠れつ動きそめるころ、
樹の下に、あるは、うすひかる湖水のほとりに、
少年はただひとり佇んでいた。
彼は指と指とを組み合せ、
掌と掌とをしっかり合せ、
口につけては笛のように、
沈黙せる梟が答えるために、
ホーホーと真似声を立てた。
すると梟は湿っぽい谷を越えて叫び、
彼が呼べば梟も、また、叫んだ。

【図36】 ワーズワース「一人の少年がいた[*7]」

> 此一遍の主人公、白痴の少年は余が豊後佐伯町に在りし時親しく接近した実在人物で、此少年の身の上話は皆な事実である。しかして此少年が城山で悲惨な最後を遂げた事は余の想である。[*4]

独歩は、一八九三年九月から約十ヶ月間、大分県佐伯で英語と数学の教師をしていたことがある。その時親しく接していた白痴の少年にいたく同情し、自らその少年の教育に携わり、また彼を観察した記録「憐れなる児[*5]」を書き残している。つまり、「春の鳥」は佐伯時代に出会った白痴の少年との交流の体験が下敷きになっていたのである。独歩は、この少年の境遇に同情し、何とか彼の手助けになろうと数の概念を教えたりしたが、効果がなかったことにひどく落胆し、「自然を疑はざるを得ざりき」とまで言い切っている。しかし、実際のモデルや白痴の少年の観察記録が「春の鳥」の原型になったとしても、「春の鳥」の中心をなしているモチーフはやはり「余の想」、すなわちワーズワースの二つの詩に触発されて構想された白痴の少年と自然との交感を象徴する少年の事故死に焦点があるのは言うまでもない。

ところが、「春の鳥」の主人公のモデルの存在が明らかになり、

それが独歩の白痴教育への関心と結びついていることから、近年の研究では、白痴の少年に関する白痴教育と独歩との関連が注目されるようになった。橋川俊樹氏は、独歩が編集長をしていた『民声新報』（一九〇一年五月三日、四日）に、日本における白痴教育の先駆者と知られる石井亮一が創立した滝乃川学園に関する「瀧の川学園を観る（一）（二）」が載っていることを指摘し、その記事における白痴認識ないし、その教育方法が「春の鳥」の執筆と深くかかわっていることを明らかにしている。[7] さらに新保邦寛氏は、「独歩の〈白痴〉認識がかなり深いものであること、というよりも独歩の作品が、日本の精神薄弱教育史に書き留めるに値する程レベルの高いものであったこと」を明らかにし、石井亮一に先だって内村鑑三がアメリカで白痴教育を実践し、その報告書である「流竄録」（『国民之友』一八九四年八月）を独歩が読んでいたことを指摘している。[8] 橋川・新保両氏による詳細な研究によって、佐伯時代の体験にワーズワースの詩のイメージを重ね合わせて成立したとされてきた「春の鳥」に新たな解釈が与えられることとなった。[9] つまり、それまでワーズワースの影響と見做されてきた白痴少年の鳥好きと、それが原因で事故死するというプロットには独歩の白痴認識も深くかかわっていたという解釈が可能になってきたのである。

この独歩の白痴認識に一〇〇年前から注目し、「春の鳥」に込められている少年の死の意味を読みとろうとした文学者がいた。一九一九年二月、留学先の東京で仲間と同人雑誌『創造』（一九一九年二月〜一九二一年六月）を創刊した田榮澤である。

田榮澤はこの同人誌の第二号に独歩の「春の鳥」の影響を受けて執筆した「白痴か天才か」（一九一九）を発表している。後に田榮澤は、「白痴か天才か」を執筆したのは、興味本位の恋愛小説が幅を利かせていた当時の文壇に対して「こういうものも小説だ」という見本を示すためであったと述べている。[10] 確かに「白痴か天才か」は、朝鮮文学では一度も用いられたことのない一人称観察者視点形式という新しい短編スタイルを使って、朝鮮社会が長い間顧みなかった「白痴」の存在をはじめて文学の場に登場させたという点において前代の文学と一線を画している。

新しい文学を目指しながらも、その手立て、方策が分からず、苛立っていた植民地下の若き文学者たちは、田榮澤が示した「白痴」という新しいモデルに戸惑いながらも、そのモチーフを積極的に取り入れた。その結果、白痴や菽麥（豆と麦の区別が出来ない愚昧な人を指す）、馬鹿、間抜け、知恵遅れといった「愚者」を描いた作品が次々と執筆されるようになったのである。その主なものを列挙すると、以下のとおりである。

田榮澤「白痴か天才か」（一九一九）、玄鎮健「酒を勧める社会」（一九二一）「堕落者」（一九二二）、羅稲香「唖の三龍」（一九二五）、李泰俊「月夜」（一九三三）「孫巨富」（一九三五）、金裕禎「春・春」「椿の花」「山里の旅人」「金を掘る豆畑」（いずれも一九三五）、桂容黙「白痴アダタ」（一九三五）、崔泰応「阿呆ヨンチリ」（一九三九）、李無影「ある妻」（一九三九）、金ヨンス「海面—小説家Q氏とその妻」（一九四〇）など[*11]

このように、田榮澤をはじめ玄鎮健、金裕貞、羅稲香、李泰俊、桂鎔黙、崔泰応、李無影など一九二〇年代から三〇年代にかけて文壇をリードしていた文学者たちが、いずれも力や知性の劣る「愚者」に強い関心を示し、彼らの姿をありのままに描きだすようになった。そしてそのことが、愚者が、そうであるが故に社会の片隅でひっそりと生きている事実が浮き彫りにされ、底辺の者として認識されていた彼らの人生に光が当てられるようになった。

そして、その先駆的な作品が、「白痴のように見えながらも発明の才能を持っている『七星』という少年[*12]」が周りの理解を得られず悲惨な死を遂げる過程を淡々と描いた、田榮澤の「白痴か天才か」である。李在銑氏は、田榮澤の「白痴か天才か」は「愚者の探求という点ではまだ深みはないが、一人の人間の二元性に着目したという点で無視することのできない作品である[*13]」と指摘しているが、残念ながら独歩の「春の鳥」を翻案したという事実[*14]ばかりが先行し、「白痴か天才か」に対する十分な分析や評価がほとんど行われていない[*15]。しかし、第二章で見てきたように、「白痴か天才か」は朝鮮文学史上一度も用いられたことのない一人称観察者視点形式という新たな短編形式を使って朝鮮社会が長い間顧みなかった子供、とりわけ白痴の子供を造型した最初の作品である。つまり、「白痴か天才か」は形式においても、内容においても朝鮮近代文学史を論ずるに当たって決して看過できない重要な作品なのである。

そこで本章では、田榮澤の白痴認識に深い影響を及ぼした独歩の「春の鳥」を手がかりとして、なぜ田榮澤はワーズワースや独歩のように白痴と少年を結びつけて無垢につながる少年像を描きながら、その白痴の子供に「発明の才能」を与え、なおかつそれを教育しようとしたのか、その変容の背景を明らかにすることによって、「春の鳥」を翻案した田榮澤の意図を浮き彫りにする。

2 「白痴」の少年、六蔵と七星

「白痴か天才か」は、ある山村の小学校に赴任してきた〈私〉が、七星という一人の「白痴」の少年に出会い、白痴であるが故に村人に疎外されて死んでしまった少年の身の上を語った作品である。つまりこの作品は、〈私〉が見た白痴の子供の物語であるが、この白痴の子供こそ朝鮮近代文学が発見した最初の「新しい人間」[*16]にほかならない。しかし、第二章で見てきたように、田榮澤は朝鮮近代文学史上はじめて「白痴」という「新しい人間」を発見するに当たって、独歩の「春の鳥」の主人公の白痴少年、六蔵から多くのヒントを得ている。それは例えば、二人の少年の異様な眼や笑い方、数の概念の欠如と言葉が不自由なこと、勉強がまったくできず、また規則正しい生活も出来ないこと、こうしたことの原因が母からの遺伝と大酒飲みの父によるものであることなどが挙げられる。以下にそれらを比較しながら見ていくことにしよう。

第一に、二人がともに眼がすわり、異様な笑い方をする少年として描かれていることが目をひく。「白痴か天才か」では、語り手の〈私〉がはじめて七星に会った時の場面を次のように描写している。

どこかでちらっと見たような子供が、息を切らしながら私を見ていました。顔は丸くて青白く、白目が多く、それににやにやと笑っているのが、どうも怪しげに見えました。その笑いは私に会えてうれしがっているのではなく、訳のわからぬ異常な笑いでした。[*17]（二四頁、拙訳以下同）

このように、七星は白目が多く、怪しげな笑い方をする少年として〈私〉の眼に映る。この描写は、「春の鳥」の六蔵にそのままあてはまる。

子供は熟と私の顔を見つめて居ましたが、やがてニヤリと笑ひました。其笑が尋常でないのです。生白い丸顔の、眼のぎよろりとした様子までが唯の子供でないと私は直ぐ見て取りました。（三九四頁）

〈私〉がはじめて六蔵に会った時、彼のニヤリとした奇妙な笑い方、生白い顔と眼のおかしな様子、「口を少し開けたまゝ私の顔を気味の悪いほど熟視て居る」様子は、彼が白痴とは知らなかった〈私〉にも、ただの子供ではないという印象を与える。つまり、二人の少年は、奇妙な眼と笑みによって普通の子供ではないことがほのめかされる。

第二に、数の概念の欠如と言語が不自由だという点が共通している。「白痴か天才か」では、学校の裏山で〈私〉は七星に「飯食えって！」と声をかけられる。そこで七星と話をしてみると、ますます七星が普通の子供ではないことが分かる。

「名前は何と言うの?」と聞きました。「七星」。これが彼の返事でした。そこで私は「じゃあ、朴七星か」とまた聞きました。彼は頭をこっくりと一度うなずくと、また、頭を振っては口をぽかんと開けて私を見ていました。(中略)「年はいくつかね?」と聞くと、急に顔つきがおかしくなって、返事をしないので、もう一度聞きました。すると、唇をぴくぴくさせてからやっと

「うん、十三だ」と声を張り上げました。

私は優しく今一度聞きました。

「きみ、学校に行ってるの?」

「うん」「何年生なの?」

これには返事もせず、へへへと笑うと、

私の手を振り払い、突然大きい声を出して「学徒よ、学徒よ、青年学徒よ」と歌いながら、先に走っていったかと思うと、姿が見えなくなりました。(二二四〜二二五頁)

七星は言葉を喋ることはできるが、ようやく言葉を覚えた幼児のようにごく簡単な言葉しか言えないし、文法的にも間違っている。〈私〉の質問に対しても、それが論理的な説明を要する場合は返事ができず、まったく違う行動をとってしまう。また、数字に対する反応が鈍く、自分の歳を聞かれると、「唇をぴくぴくさせて」やっと答えられるだけで、七星が普通の子供ではないという印象を〈私〉はさらに強める。この描写は「春の鳥」の六蔵とほとんど同じである。教師の〈私〉が城山の裏手で六蔵に「先生」と声をかけられて、始めて六蔵と話を交わす次の

場面がそれである。

『名前は何と呼ふの？』と私は問ひました。

『六』『六？　六さんといふのかね。』と問ひますと、児童は点頭いたまゝ例の怪しい笑を洩して口を少し開けたまゝ私の顔を気味の悪いほど熟視て居るのです。（中略）『何歳かね、歳は？』と私が問ひますと、怪訝な顔を為て居ますから、今一度問返しました。すると妙な口つきをして唇を動かして居ましたが急に両手を開いて指を屈て一、二、三と読んで十、十一と飛ばし、顔をあげて真面目に

『十一だ。』といふ様子は漸と五才位の児の、やう〳〵数を覚えたのと少しも変らないのです。そこで私も思はず『能く知つて居ますね。』『母上さんに教つたのだ。』『学校へゆきますか。』『往かない。』『何故往かないの？』児童は頭を傾げて向を見て居ますから考へて居るのだと私は思つて待つて居ました。すると突然児童はワア〳〵と唖のやうな声を出して駈出しました。（三九五頁）

六蔵もやはりごく簡単な言葉しか喋ることができないし、論理的な説明を求められると、返事に困り、違う行動をとってしまう少年である。また、数字は一から三までしか数えられないようであり、その数え方も普通ではない。このような行動は六蔵が普通の子供ではないということを強く印象づける。特に、数の概念の欠如は「春の鳥」では非常に重要なモチーフとして扱われ、六蔵の白痴の度合いが分かる仕組みとなっている。それに対して、「白痴か天才か」では、七星が数の概念に欠けているという具体的な指摘はされておらず、ただ数字がうまく言えないという程度の描写にとどまっている。

渡辺正氏によれば、西洋では精神障害者と健常者との異質性を労働力の有無に置くのに対して、日本では意思疎

通力の有無に置くという。[*18]その理由は、近世までの日本医学では精神障害を癲・癇・狂と考えられていたからであるが、このような発想は日本だけではない。韓国においても、古くから民間の間では、知恵遅れの人たちを描いたり、示したりする時、言語障害や意思の疎通力の欠如が特徴的に語られている。田榮澤が、数字の概念の欠如に重きを置かなかったのは、数字よりもまして意思の疎通力の欠如の方が知恵遅れの特徴だと認識していたからであろう。

第三には、二人とも好奇心や執着心が異常に強いという点があげられる。七星は四角い箱を見れば命がけでもそれを集めて部屋に積んで置く癖がある。また、気になるものがあれば、人に何を言われても最後までとことん調べてみないと気がすまないところがある。一方、六蔵は鳥が大好きで、鳥さえ見れば目の色を変えて騒ぐ少年である。また鳥の名前をいくら教えても「鳥」としか言えないのだが、それでも鳥に異常なほど関心を見せる。

第四には、二人は勉強がまったくできないばかりでなく、規則正しい生活に耐えられない少年として描写されている。「白痴か天才か」の七星は、学校には行っているが勉強がまったく出来ない。いくら教えてもさっぱり分からないので、先生たちもしまいには怒り、ほとんど教育することを諦めている。それに厄介なことは、学校の友達のものを勝手に持ち出す癖があり、いくら叱ったり殴ったりしても治らないなど、ほとんど団体生活が出来ない。一方「春の鳥」の六蔵は、始めは学校に通っていたが、やはり何一つ学ぶことかできず、そのため他の生徒と一緒に教えることはできず、腕白な生徒のいじめに会うのでいまは登校していない。

第五には、両作品がともに白痴の原因を遺伝と環境だとしている点が指摘できる。「白痴か天才か」では、〈私〉は七星の叔父から甥が白痴であるので教えても無駄だと言われた後、七星の家系について次のような話を聞かされる。

あの子の姓は鄭というが、もともと白痴に生まれたと言われています。母親は若い時に夫を亡くして実家に戻り、七星とその上の十六になった娘の子供二人を連れて兄である朴教頭を頼って一緒に暮らしているのでした。

朴教頭の話によると、（中略）義理の弟は次第に酒を飲み始め、しまいには大酒飲みになりました。（中略）最後には女遊びにまで手を染めて、ついに酒と女のせいで恐ろしい病気にかかって命までなくしたと言います。その父親も酒を飲み過ぎて若いうちに死にましたが、その後七星の父までもがこうなったので、家産を蕩尽したのだそうです。（二五〜二六頁）

七星の叔父の話によると、七星の白痴は遺伝的には大酒飲みの家系、環境的には父親の女遊びによる恐ろしい病気が原因である。全く同じことが「春の鳥」にも指摘されている。六蔵の叔父から、六蔵は生まれつきの白痴で、その姉も母親も白痴であること、姉弟の父親が大酒のみだったという話を聞かされた〈私〉は、

児童は名を六蔵と呼びまして田口の主人には甥に当り、生れついての白痴であつたのです。母親といふは四十五六、早く夫に分れまして実家に帰り、二人の児を連れて兄の世話になつて居たのであります。六蔵の姉はおしげと呼び其時十七歳、私の見る処ではこれも亦た白痴と言つてよいほど哀れな女でした。（中略）主人の語る処に依ると此哀れなきようだいの父親といふは非常な大酒家で、其為に生命をも縮め、家産をも蕩尽したのださうです。（中略）二人の小供の白痴の源因は父の大酒にもよるでしやうが、母の遺伝にも因ることは私は直ぐ看破しました。（三九六〜三九七頁）

と、六蔵の白痴の原因を「父の大酒」と「母の遺伝」と確信するのである。このように、両作品はともに、子供の白痴の原因を遺伝と環境によるものだと認識しているが、問題は田榮澤の白痴認識である。

というのも、「白痴か天才か」が執筆された一九一九年頃の朝鮮には、人間の素質が遺伝と環境によって決定づけられるという自然科学的な概念はまだ存在していなかったからである。[*19] また、田榮澤が留学した一九一〇年代当時の日本の文壇では、すでにゾライズム的な考えは流行らなくなっていたし、自然主義も下火になり、それに代わって白樺派や芥川龍之介などを中心とする大正文学が台頭しはじめた時期である。[*20] こうした文壇の状況を概観すると、田榮澤の白痴認識ははなはだ疑わしいものがあると言わざるを得ない。

一方、独歩の白痴認識は、当時の白痴研究、すなわち内村鑑三の「流竄録（一）白痴の教育」（『国民之友』一八九四年八月）や石井亮一の『白痴児　其研究及教育』（一九〇四年四月）、また独歩自身が編集長を勤めていた『民声新報』に掲載された一連の「白痴教育」関連記事（一九〇一年五月三、四日）をきちんと踏まえた結果である。[*21] それゆえ独歩の造型した六蔵の白痴ぶり、すなわち奇妙な眼と笑い方、数の観念の欠如と言語障害、好奇心と執着心が異常に強いこと、集団生活に耐えられないことなどは、いずれも精神薄弱の特性に合致していると金子弘氏は、『人物でつづる精神薄弱教育史・日本編』（日本文化科学社、一九八八年）の中で次のように指摘している。

作品中で独歩はこの少年（六蔵）を表現するのに白痴と言う言葉を使っており、白痴教育と言う言葉を知っている等、日本の精神薄弱教育史を調べるに当たっても貴重な資料となろう。また六蔵についての観察も鋭く、そのいくつかを示すとすべてが精神薄弱の特性に合致しているのである。
○数は10までいえても対象物と一致しない。
○俗歌を暗誦してひとり口ずさむ。

○叱られると大声で泣き、すぐにけろりとしている。
○山を気ままに闊歩し、鳥にはまったく目がなくて、すべての鳥をただ鳥と呼ぶ。
○人なつっこく、学校での勉強に耐えられず登校しない。[*22]

独歩の「白痴」認識の程度がかなり深いものであったことをこの一文は如実に示しているが、そうした独歩の「白痴」認識を、田榮澤は全面的に受容し、朝鮮近代文学史上はじめて白痴の少年を描きあげたのである。それにしても、いったいなぜ田榮澤はそれまでまったく顧みられたことのない白痴の存在に関心を示したのか。これには当時の朝鮮の現実が深く関わっている。

3 白痴教育

一九一〇年大韓帝国を併合した日本は、翌一九一一年八月二三日には早速第一次朝鮮教育令を公布し、「教育は教育に関する勅語ノ趣旨ニ基キ忠良ナル国民ヲ育成スルコトヲ本義」として、いわゆる「一視同仁」の下で数次にわたる普通学校普及計画を実施した。[*23] その結果、日本語の普及を目指した普通教育と農業・商業・工業に関する知識と機能を教える実業教育、専門教育が行われるようになったが、大学教育は禁止された。大学教育、すなわち高等教育が排除されたこのような教育令の目的はあくまでも植民地政策に素直に従う人、あるいは役立てる下級官僚や事務員、勤労者などを養成することであった。つまり、朝鮮総督府の打ち出した教育制度は国語（日本語）を主柱としての植民地政策に役立てる実用教育に重点が置かれていたのである。それゆえに子供の個性や能力、素質を配慮した人間教育、とりわけ心身に「障害」を持つ者に対する特殊教育は学校教育から完全に排除された。[*24] 学校教育から排除された特殊児は宗教的な使命を持った宣教師によって保護されたりしたが、それも盲児に限られ、白痴のような精神薄弱児への特殊教育は戦後まで待たねばならなかった[*25]。

このような時代に田榮澤は白痴の少年を造型し、しかも彼に教育を施そうとする筋立ての作品を執筆したのである。これはいったい何を意味しているのであろうか。実は、この白痴教育こそが「春の鳥」の「白痴か天才か」への影響関係を決定付けるもう一つの類似性にほかならない。そこで二人の白痴の少年に施される白痴教育を比較しつつ、両者における白痴教育の意味と、その目的を捉えてみる。まず、「春の鳥」では下宿先の田口から甥の六蔵の教育を依頼された〈私〉は、次のような理由から田口の相談を辞退する。

白痴教育といふが有ることは私も知つても居ますが、これには特別の知識の必要であることですから私も田口の主人の相談には浮かと乗りませんでした。たゞ其容易でないことを話したゞけで止しました。(三九七頁)

〈私〉は白痴教育というものは一般教育と違い、それには特別の知識が必要であると思っている。だから軽軽しく六蔵を指導する気にはならないのである。これは独歩がすでに内村鑑三の「流竄録」の中の白痴教育に関する記事や、日本における白痴教育の創始者と知られる石井亮一が運営する滝乃川学園に関する記事の熟読を通じて、白痴についてそれなりの知識を備えていたことを雄弁に物語っている証拠である。

つまり、〈私〉は白痴教育に鑑みて六蔵は助からないということをすでに知っていたのである。しかし、それでも幼い六蔵の様子を見ていると、「不遇の中にもこれほど哀れなものはない」と同情し、六蔵に「少しでも其知能の働きを増してやりたい」と思うようになる。そのためであろうか。二週間後のある日の夜、〈私〉のもとを訪ねてきた六蔵の母親から息子への特別指導を依頼されると、

『先生私は少しお願が有るのですが。』と言つて言い出しにくい様子。『何ですか。』『六蔵のことで御座います。あのやうな馬鹿ですから将来のことも案じられて、其を思ふと私は自分の馬鹿を棚に上げて、六蔵のことが気にかゝつてならないので御座います。』

『御尤もです。けれどもさうお案じになさるほどのことも有りますまい。』とツイ私も慰めの文句を言ふのは矢張り人情でしやう。（中略）

そして母親も亦た白痴に近いだけ、私は益々憐を催ふしました。思はず私も貰ひ泣きをした位でした。其処で私は六蔵の教育に骨を折つて見る約束をして気の毒な婦人を帰し、其夜は遅くまで、いろ〳〵と工夫を凝らしました。（三九八頁）

〈私〉は教育的な見地からではなく、我が子の将来を心配する母親の哀れな姿に同情し、その依頼に応じるのである。一方「白痴か天才か」では、職業の中で教師ほどいやな仕事はないと思っていた〈私〉は、心ならずに教師になってしまったことへの不安から、これから教えることになる子供たちについてあれこれと考える。

あの学校には少なくとも十五人ほどの生徒がいるだろう。その中には才能のある「天才」もいるだろう。愚かな「白痴」もいるだろう。あるいは凶悪な不良もいるだろう。手に負えない悪い子がいて、私の言うことを聞かず、問題を起こしたらどうしょう。――悩みました――いやそうでもない。私が誤った教育をすれば不良を作ることもできるし、良い教育を施せば天才を養成することもできる、または不良を優等生に導くこともできる。（一二三頁）

つまり〈私〉は、子供とは教師の教育次第によって良くも悪くもなれる者であり、たとえ周囲から白痴と思われている者でも、その個性や才能を引き伸ばすことによって天才的な能力を発揮することも可能だという教育観の持ち主である。だから、七星の母親から息子の特別教育を頼まれると、

「ちょっと言いにくいのですが」と言ってから少し間をおいて、「あの子一人を頼って生きているのに、いくら言っても勉強はせず遊んでばかりいます。勉強をしようとしても教えてくれることがさっぱり分からないようです。先生達もしまいには腹を立てて諦めます。あれをどうすればよいのでしょうか」と涙でむせびながら「先生が何とかあの子を人間として生きていけるように教えていただけま……」と最後まで言葉を続けられずにいた。私も、つい貰い泣きをしながら座っていましたが、「ええ、心配しないでください。どんなことがあっても私が必ず教えて見せますよ」と答えました。(二六頁)

と、その場で即座に母親の願いを引き受け、しかもその教育に情熱を示している。これは田榮澤が白痴及び白痴教育についてまったく無知であるという事実を端的に示している場面にほかならない。実は、独歩にもこれと全く同じことを書いた「憐れなる児」(一八九三年一一月二六日以降二九日?)[*26]という作品がある。それは佐伯滞在中に下宿先の主人から知恵の衰える甥について相談を持ちかけられた時の感想を記した小品であるが、その中で独歩は白痴及び白痴教育に対して次のような反応を示している。

吾老人の心を察して甚だ気の毒に思へども、実は甚だ答へに困りぬ。然れども亦自ら思ひぬ。此の児、愚かは勿論相違なきも、自ら見たる処、老人より聞きたる処、処々の点より之を伺ふに、何となく全くの愚者にも

あらぬ様に思はれ、一種の原因あるありて心性発達を圧せらるるにあらざるか、若し能く之を導き心性本来の微なる処より薬を投するならば或は意外の変化起こらざるべき乎吾かく思ひ、遂に試みに自分指導の任に当たりて見んことを託しぬ。[*27]

つまり独歩は、下宿先の甥は白痴であることには変わらないが、どこか愚者のようには思われないところがある。それ故にその原因を突き止めて教育すれば「意外の変化」が起こるかもしれないと、田榮澤と同じく白痴教育への期待を抱いていたのである。しかし、この教育への期待は早二〇日後には見事に破れ、独歩は「可憐児は依然として可憐児なり」と悟るのである。このような辛い体験があるが故に、独歩は後に内村鑑三や石井亮一の説く白痴教育に強い関心を示し、それから白痴認識を深め、白痴と少年を結びつけて無垢のイメージにつながる子供像を描いた「春の鳥」という作品を執筆したことはすでに前で見てきたとおりである。

しかし、田榮澤の場合は、作品中の語り手に「教育学は一度も勉強したことがない。もちろん児童心理学のようなものは見たこともない」と語らせているように、「白痴か天才か」を執筆する頃はまだ白痴に関する具体的な知識は備えていなかった。だからこそ教育的に何かを加えれば七星はよくなるだろうという漠然とした期待を抱き、その日のうちにその依頼を引き受けるのである。

このように、両作品は少年の家族から白痴教育を頼まれ、それを引き受けて教育を行おうとする。しかし「春の鳥」では、白痴を指導するのには教育的に特別の知識が必要であるといって一旦は辞退しながらも、再び哀れな母親から頼まれると、今度は教育的な次元というよりも、むしろ幼い六歳の白痴ぶりに痛く同情してその教育を引き受けうける。それに対して「白痴か天才か」では、白痴教育の専門性に無知であるが故に、教育的な変化を求めて即座に依頼を引き受ける。白痴少年への両者の認識の違いは当然ながら白痴教育の方法にも影響を及ぼすこととなる。

「春の鳥」では、母親の依頼をうけてから六蔵を観察していた〈私〉は、六蔵に数の概念が欠けており、一から十までの数が数えられないという事実に気づく。そこで〈私〉はとりあえず数の数え方から教えることにする。しかし、その甲斐もなく、〈私〉は六蔵の「白痴」の程度に絶望する。なぜなら、

私も苦心に苦心を積み、根気よく努めて居ました。或時は八幡宮の石段を数へて昇り、一、二、三と進んで七と止まり、七だよと言ひ聞かして、さて今の石段は幾個だとき、ますと、大きな声で十と答へる始末です。松の並木を数へても、菓子を褒美に其数を数へても、結果は同じことです。一、二、三といふ言葉と、其言葉が示す数の観念とは、此児童の頭に何の関係をも有つて居ないのです。

白痴に数の観念の欠けて居ることは聞ては居ましたが、これほどまでとは思ひもよらず、私も或時は泣きたい程に思ひ、児童の顔を見つめたま、涙が自然に落ちたこともありました。（三九九頁）

と、六蔵は三までしか数えられない「重度」の白痴の少年だったからである。前述のとおり、数の概念の欠如は、六蔵の白痴の程度の度合いを知る上で重要な仕掛けとなっているが、その目安が「三」だったのである。これは独歩が勝手に設定したわけではなく、内村鑑三の「流鼠録（二）白痴の教育」から学んだものである。一八八五年一月から約七カ月間、アメリカで精神薄弱児の看護と指導に従事したことのある内村鑑三は、その時の経験から「白痴の最大特徴」として、

欧州における古来の定前に依れば単数二十以上を算へ得ざるものを以て白痴となすと云へり、然れども是れ

必ずしも然るにあらず、勿論数理的観念の欠乏は白痴の最大特徴なるに相違なし。其最下等のものには四より以上を算へ得ざるもの多し。[*28]

と「数理的観念の欠乏」を挙げている。佐伯から上京して間もない一八九四年八月二六日、『国民之友』に発表されたばかりの「流鼠録」を読んでいた独歩は、後に「春の鳥」を執筆する際、その知識を生かして六蔵の白痴の程度を四以上の数字を数えられない「最下等のもの」に造型したのである。[*29]つまり、独歩は体系的な白痴認識に基づいて、六蔵をもはや救いようのない「白痴」の少年に設定し、三までしか数えられない六蔵のレベルでは、いくら教えても白痴は白痴であることに変わりはないという事実を読者に突きつけていたのである。

それに対して、「白痴か天才か」では全く異なる反応が示されている。〈私〉は七星の母親から、実は七星は「目に見えるものは何でも壊したり破いたり、そして分解したり」「時には結構物らしいものを作ったり」する非常に変わった子供であると打ち明けられると、

私はこの話を聞いてはじめて七星の頭の後頭部が出っ張っていることを思いだし、平凡な子供ではないと思いました。そして、どんなことがあっても何とかして教えてみようと決心しました。（二七頁、傍線は筆者）

と、これ以上にも増して「特別に力を入れ」て「自分の知っているあらゆる知識のすべてを搾り出して出来る限り時間をかけ」て、七星を教えようと決意するのである。白痴少年に対する両者の考えがこのように違うのは、田榮澤の白痴認識の欠如を指摘することもできるが、それよりも日本と朝鮮とでの精神薄弱児に対する発想の違いが指摘できる。その違いとは、朝鮮では七星のように変わった行動をする人を身体的特徴、すなわち「後頭部が出っ

張ってい」たり、あるいは頭が異常に大きかったりすることと結び付け、そのような人たちは何か特別な力を秘めていると見なされているからである。例えば、金裕貞とともに「単純愚者」を好んで取り上げた作家として知られる李泰俊は、「月夜」（『中央』一九三三年一一月）という作品の中で、

> 二三言口を利いたゞけで白痴だということが直ぐ分かつた。城北洞の山よりも水よりも細道よりもこの白痴が私に、城北洞は田舎だという感じを覚えさせたのであつた。
>
> 京城にだって白痴がいないわけではないものの大抵は人中へ出て大きな顔が出来ないのだが、田舎だとどんな白痴でも大ぴらに出て歩けるせいか、白痴は田舎にばかりいるもののようによく田舎で目についた（中略）ところがその日の夜、黄寿建は十時近くになつて私の処へ訪ねてきた。彼は暗い庭先から頓狂な声を張り上げて、（中略）
>
> 常識はずれの言い方なのでよく気をつけて彼の姿を見て見ると、先ず目に付いたのは剃り立てたような彼のいが栗頭であつたが、普通の大きいという程度以上にその頭は大きかつた。その上に横から見ると、ひどい才槌頭であつた。[*30]

と、登場人物の愚者の原因を頭の大きさに求めている。医学的にはまったく根拠のない話であるが、少なくとも朝鮮においては古くから世間一般に広く語り伝えられている。だから「白痴か天才か」の語り手も、白痴の少年に大きな期待を寄せるのである。

以上のように、両者はそれぞれの母親に頼まれて白痴の少年に特別教育を行なうが、その結果はまるで異なる。「春の鳥」では体系的な白痴知識に基づいているからこそ六蔵の中に「白痴」性を認めている。それに対して「白

痴か天才か」では白痴教育に無知であるが故に、古くから伝わる民間信仰に基づいて七星の中に「天才」性を見出すのである。この「白痴」と「天才」という全く異なる白痴教育の結果は、東アジア各国における近代化の過程をはからずも暴きだしている。

4 愚者文学としての「春の鳥」

「春の鳥」のもうひとつの特徴は、前半と後半とで六蔵の描写が異なっていることである。前半では、独歩は六蔵を「生まれついての白痴」と設定し、さらに六蔵の白痴の程度は最も低いレベルであり、そんな六蔵に教育を行なっても白痴であることに変わりはないと、六蔵の「白痴」性を認識している。ところが、後半になると、あれほどまでに強調されていた六蔵の白痴ぶりは一変して、

然るに六蔵はなか〳〵の腕白者で、悪戯を為るときは随分人を驚かすことがあるのです。山登りが上手で城山を駆廻るなどまるで平地を歩くやうに、道のあるところ無い処、サツサと飛ぶのです。（三九九頁）

落葉を踏んで頂に達し例の天主台の下までゆくと、寂々として満山声なき中に、何者か優い声で歌ふのが聞こえます、見ると天主台の石垣の角に六蔵が馬乗に跨つて、両足をふら〳〵動かしながら、眼を遠く放つて俗歌を歌つて居るのでした。（四〇〇頁）

というように、「高五間以上もある壁のやうな石垣」をスルスルと登ることができる腕白少年であるばかりでなく、

俗歌をも歌える少年として描かれている。つまり、六蔵は怪しい笑みを浮かべて自分の名前すらうまく発音できず、また年齢もろくに数えられない白痴、すなわち「愚者」であるが、その愚者が「異才」を発揮しているのである。[*31]

このような解釈を可能にした背景に、東アジア文化圏における愚者文学の系譜が考えられる。とりわけ朝鮮には、昔から「愚者」と思われていた主人公が異才を発揮して「賢者」になる説話が数多く伝えられている。[*32] その代表は、『三国史記』（一一四五）巻第四五「列伝第五『温達』」に登場する温達である。温達は、はじめは人々から「愚かな温達」と呼ばれていた。ところが、宮殿を追われた王女に出会い、彼女に教育されることによって愚者から立派な将軍へと変貌する。そして、戦争に行って数々の手柄を立てて国王に認められて出世する、いわば「賢い愚者」である。[*33]

実は、愚者と見なされていた人物が、教育によって異才を発揮するというモチーフは必ずしも朝鮮だけの現象ではない。日本や中国、モンゴルといった東アジアの古い文献や説話、昔話の中に愚か者と見なされていた人物が賢者（成功、富者、出世）になるという説話が幾つも見出すことができるのである。[*34] 例えば、日本の「炭焼き小五郎」とモンゴルの「棗紅馬」などは、家を出た女が卑しい身分（愚者）の男に出会い、彼を出世、ないしは富者にするという点において「賢い愚者」モチーフの系譜を引いている。「春の鳥」の六蔵が、白痴と見なされながらも、山登りや歌に「異才」を発揮するという設定は、このような東アジア文化圏の「愚者文学」の系譜を継承したものと捉えることができる。

こうした東アジア的要素は、六蔵が鳥好きで、どんな鳥を見ても烏と言い、結局は鳥のまねをして石垣から落ちて死んだ時、

石垣の上に立つて見て居ると、春の鳥は自在に飛んで居ます。其一は六蔵でありますまいか。よし六蔵でな

いにせよ。六蔵は其鳥とどれだけ異つて居ましたらう。（四〇二〜四〇三頁）

と、死んだ六蔵を鳥の化身とし、彼を自然に帰すという発想にも認められる。三浦佑之氏は、日本人は古くから「幼くして死んだり志半ばに死んだ人の魂は小鳥になる」という普遍的な信仰を持っていると指摘しているが、[*35]人の魂が鳥など、いわゆる動物や植物、鉱物に変身して自然に帰るという発想は決して日本だけのものではない。朝鮮でも古い文献や説話、昔話などに、そのモチーフはしばしば見出すことが出来る。例えば、新羅の文武王は竜に変身して海に帰り、あるいは郷歌や時調などの昔の詩歌の主人公たちは青い鳥や花、蝶、松の木、石に変身して自然に帰ろうとした。[*36]こうした動植物への変身願望は近現代文学にも影を落としている。金素月の「コノハズク」（一九二三）、金永朗の「不如帰」（一九三五）、徐廷柱の「帰燭途」（一九四八）、韓河雲の「青い鳥」（一九五五）などは、いずれも死んだ後、鳥に変身して自然に帰る詩である。[*37]三浦佑之氏によれば、日本の昔話の中には小鳥前生譚と呼ばれる一群の話型があり、命半ばにして死なければならなかった薄幸な少年や少女達が小鳥になったという話が広く語り伝えられているという。[*38]次の金素月の「コノハズク」は平安道博川郡に伝わる説話をもとに書かれた詩である。

昔　わが国
はるか　彼方の
津頭江沿いに住みし　姉は
継母の虐待に　死にました

姉と呼んでくれん

ああ　忍びなき
虐待に　帰らぬ見となりし　わが姉は
死して　コノハズクになりました

残りにし　九人の弟らを
死後も　あまりに忘れず
寝静まりし　夜更けに
あの山、この山さまよい　悲しく啼きます[*39]

継母の虐待にあい、命半ばに死んだ娘の魂は九人の弟たちを置いたままあの世に行くことが出来ず、コノハズクになって夜毎家の窓に向かって啼くのであるが、このような説話は朝鮮各地に数多く伝えられている。[*40]六蔵の鳥好きと転落死、そして鳥への変身というモチーフは、朝鮮の読者にとっては、まぎれもなく東アジア的モチーフだったのである。

ところで、視点を変えて見てみると、ワーズワースに心酔していた佐伯時代の独歩が『竹取物語』を非常に熱心に読んでいたという事実がある。一八九三年一一月二五日付、大久保余五郎に送った手紙にはその傾倒ぶりが次のように描かれている。

本日竹取物語を読み大に感心致し候小生急に吾国の文学が恋しく相成り申候竹取物語の如きは之れ一大詩と申す可く小生読みて終に近くに従ひ幾度か巻を覆ふて泣き申し候竹取物語を読みて泣かぬ者未だヒュマニチー

と人世とを語るに足らずと一時は思ひ定め候但し之れは余り過激論ならめ、兎も角小生丈はたしかに泣き申し候今猶ほ思ひ起せば何となく天地茫々人生悠々の哀感胸にみつる心地せられて甚だあはれに候[*41]

独歩はこの物語がよほど気に入ったらしく、同じ日に別の友人にあてた手紙にも『竹取物語』について言及し、さらに翌日の一八九三年一一月二六日日記にも次のような賛辞を述べている。

昨日午前竹取物語を読む（中略）竹取物語を読み吾大に吾国文の妙なるに感じ、此物語の神韻縹渺として詩想の高きに感ず、かぐや姫の将に月の宮の帰らんとて、嘆き悲しみ、養ひ翁の別れ惜みてもだへ苦しむ様情こま（や脱カ）かにし言外の妙味実に吾をして幾度か巻を覆ふて泣かしめぬ。[*42]

ほとんど崇拝に近い心酔ぶりであるが、これらの日記や手紙に記しているのを見ると、独歩がとりわけ強い関心を示していたのは、月に帰るかぐや姫の昇天である。つまり、羽衣伝説であるが、この伝説は独歩自身も、

竹取物語は、わが国の物語中尤も秀でたるものなり。日本文学の精華として長く後代に伝ふべきものならん。唯惜しむらくは、彼の構想或は支那の物語などに胚胎せしならんかを。[*43]

と述べているように、日本のほかに中国、朝鮮など東アジアに広く分布している説話である。独歩は、後に自己の文学の出発点について、

徳川文学の感かも受けず、紅露二氏の影響も受けず、従来の我文壇とは殆ど没関係の着想、取扱、作風を以て余が製作も初めた事に就ては必ず其本源がなくてはならぬ。その本源は何であるかと自問して、余はワーズワースに想到したのである。[*44]

と、日本文学の影響を否定しているが、ワーズワースに心酔していたまさにその頃、東アジア文化圏に共有する説話をいくつも含んでいる『竹取物語』に深く傾倒していたという事実は、独歩自身は無意識であったにせよ、彼の文学世界には東アジア的モチーフへの志向があったと指摘せずにはいられないのである。

日本に留学中、独歩作品に出会った田榮澤が、「春の鳥」の主人公六蔵が三つまでしか数えられない重度の白痴の少年であるにもかかわらず、山登りに優れた能力を発揮していることに興味を覚え、それを自分の作品に用いたのは、愚者が異才を発揮したり、変身して自然に帰ったりするというモチーフが、彼にとって決して珍しいものではなかったからであろう。問題は、「異才」の表われ方である。そこに「春の鳥」から「白痴か天才か」へ、改変の意図が隠されていると思われる。

5 「白痴」と「天才」、そして近代化

「白痴か天才か」は、「春の鳥」と同じく作品の前半では七星の白痴ぶりが強調され、教師の〈私〉はすっかり七星を白痴だと思い込んでいる。それが後半になると、白痴と思われていた七星が、六蔵と同じく優しい声で唱歌を歌うばかりでなく「異才」をも発揮する。しかし、その異才とは次のとおりである。

私はさらに驚いたことがあります。

七星は私を見つけると、突然起き上がって「先生！」と呼びました。私は何のことかと思って七星のところへ。

「何しているの?」と聞きました。

「漕がなくても勝手に動く船を作ってみましたが、動きます！　動きます！」と口を開けて手を叩きながら飛び回りました。

私はさぞ嬉しそうに（実は好奇心の為に）いったいなぜあんなに騒いでいるのかしらと見ていました。すると七星の脇に玩具のような小さい船が置いてありました。私は玩具の内容を調べようともせず、もう一度実験してほしいと七星に請いました。七星は船を持ってきて「よく動くのに」といいながら、川の方へ行きました。しばらくゴタゴタしていたと思ったらいつの間にか水に浮かべられた船は音を立てながら滑り出しました。

（二八頁）

「春の鳥」の六蔵のように、道もないような深い山を上手に登るといった能力ではなく、「目に見えるものは何でも壊したり破いたり、あるいはばらしたり」する分解の能力と、「漕がなくても勝手に動く船」や玩具の銃、揚水機などいろいろなものを作る、いわゆる「発明」の才能である。いったいなぜ田榮澤は白痴の少年の異才を変えたのであろうか。実は、その答えは田榮澤自身がすでに語っている。

田榮澤は、後年「白痴か天才か」という作品は、「白痴のように見えながらも発明の才能を持った「七星」という少年が自分を理解してくれない村を離れて自由の世界へ旅立っていく途中凍死した物語である」[*45]と述べている。この発言に即して言えば、田榮澤が白痴の少年にわざわざ「発明の才能」という異才を与えたのは、異才そのものよりも、その異才を理解しない村人の無知を啓蒙するためであったことが分かる。次の文はそのことを如実に物語っている。

教頭は、八十圓もかけて修理し、こんなに立派な学校になったと自慢するが、その教室は教師の寝泊りする部屋まで合わせて二間半しかなく、割れた窓ガラスがそれでも新しいものでした。（中略）教頭は見るからに天下にこれ以上のないけちのような人物でした。（中略）この村の有志たちは皆非常に傲慢だという話と、教師をまるで乞食のように侮辱するという話も聞きました。子供でさえ大人の感化を受けたせいか教師を軽蔑し、かなり馬鹿にしているという話と、冬になると、学校が非常に寒いという話をも聞こえてきました。そこで私は、きっとこの学校で首をつったり、凍死したりしたものがいるだろうと思いました。とりわけ凍死した人は必ずいるだろうと思いました。もうすでにあちこちのひび割れした壁の隙間から空の星が見え、冷たい秋風が入ってきました。（二二三～二二四頁）

これは、「白痴か天才か」の語り手の教師が着任したばかりの学校を案内された時、あまりにも劣悪な教育環境に戸惑う様子を描いたものであるが、実は、この場面は【図37】のように、一九一〇年代の朝鮮のあちらこちらで繰り広げられていた現実そのものである。

一九一〇年に大韓帝国を併合した日本が、翌年には早速第一次朝鮮教育令を公布し、近代的な教育制度を打ち出したことは前述したとおりである。しかし、その恩恵を受けるのは京城（現ソウル）など都市に住む一部の子供に限って、大多数の子供たちは個人が経営する書堂など私塾に通うのが背いっぱいであった。しかも、それらの私塾は学校と呼べるには程遠く、ほとんどの子供たちは無知と貧困、偏見のはびこる閉鎖的な空間の中で教育らしい教育も受けずに過ごしていた。だからこそ、崔南善ら新文化運動の旗手たちは子供たちを儒教的ヒエラルキーから解放せよと主張したのである。*46

しかし、引用文からも分かるように、子供たちを取り巻く教育環境は改善されるどころか、むしろ悪化していった。危機感を抱き始めた知識人たちは「長幼の序」を背景とした儒教的人間観に縛られている大人たちに対して、子供とは無限な力と可能性を持った存在であるばかりでなく、子供だからこそ旧い価値観や因習、偏見に縛られず新しい社会を切り開くことができるのだということ、そして、子供を保護し、教育することが社会や国家にとって如何に重要なことなのかを訴え始めた。しかし、儒教的人間観にどっぷり浸かっている大人たちの意識はなかなか変わらず、子供たちは依然として劣悪な教育環境にさらされていた。

【図37】 書堂で学ぶ子供たち*47

そこで田榮澤は、当時誰も関心を寄せなかった白痴を主人公にし、作品中で白痴の少年に「発明の才能」を与え、教育を施すという設定にした。これは、前節で見てきたように、決して変わった描き方ではない。説話や昔話を少しでも読んでいる人ならば、この小説が東アジアの伝統的発想に立つものだということにすぐに気づくはずである。つまり田榮澤は、未だ教育の価値について無知な民衆に向けて、東アジアの文化圏に馴染み深い愚者文学のモチーフを用いて、たとえ白分の年齢や名前が上手くいえない愚者であっても、より良い教育と環境を提供すれば、いずれはその子が持っている才能を発揮し、愚者文学の主人公たちのように新国家建設に役立つ人材になるという教育的見地から、白痴の少年にあえて「発明の才能」を与えたのである。「白痴か天才か」の書き出しに、教育者の資質や学校環境、教師としての自覚及び覚醒、教師という職業など、いわゆる教育問題について長く紙面を割いていることがそのことを如実に裏付けている。

この小説が独歩の作品と異なっているのは、教育の焦点を少年の素質にあてることで、同時に、少年を取り囲む環境（村落）の無知さも浮かび上がってきているという点である。つまり、七星が住んでいる村落は、彼の燃えるような探究心を満足させる環境ではなく、彼のことを何も理解しない「無知」と偏見のはびこる因習世界として設定されていたのである。このような村に新しく赴任してきた語り手の〈私〉は、自分の年齢すら数えられない重度の白痴の少年が、ものを分解したり作ったりする奇妙な行動をする少年だということと、彼の後頭部が出っ張っていることから、「平凡な子供ではない」と気づく。しかし、その異才を活かして、それに相応しい教育をすることが子供にとって如何に重要なのかを理解する人も環境もそこにはなかった。だからこそ、〈私〉にはどうしても七星を教育し、その才能を開花させてあげたいと思わずにはいらなかったのである。独歩作品からの、このような変容の背景には、作品執筆当時、世界を風靡していた「民族自決主義」の影響[*48]が指摘できる。

「白痴か天才か」が発表される前年の一九一八年一月、世界はアメリカのウィルソン大統領が提案した「民族自決主義」に突き動かされていた。各民族は他の民族や国家に干渉されることなく、自らの国土は自らの力で治めるというその理念が、植民地支配下にある世界各地の弱小民族に独立への希望を与えた。と同時に、植民地支配から独立するためには何よりも先ず国力をつけねばならないという考えが各国の間に認識されるようになったからである。朝鮮も例外でなく、併合前から行われていた「愛国啓蒙運動」を中心とした近代化運動を大々的に展開した。

その結果、朝鮮近代史上最大の反日運動、いわゆる三・一運動が起こったわけであるが、これらの運動の中心的な存在がほかならぬ日本留学帰りの知識人か、あるいは日本に留学中の留学生である。彼らは三・一運動を支えながら、その一方では教育や科学、芸術といった文化運動と言論運動に重点を置いた近代化運動をも推進した。とりわけ、教育への関心が高く、在日東京朝鮮留学生学友会の機関誌『学之光』[*49]などを通じて教育こそ近代化への近道であるという主張を活発に行った。

それらを一瞥すると、「我が韓教育界に対する余の意見」「教育方針に対する意見」「列国教育の調査」「教育の新潮」「教育急務莫先乎養師」「日本教育界思想の特点」「英米人及び他国人の子女教育比較」「科学界の一大革命」「常識と科学」「ダーウィンの淘汰論と社会的進化」「女子教育の思想」など、教育に関する記事が目立つ。当時の留学生たちが如何に教育を通じて近代化を成し遂げようとしたのかが如実に窺えるが、田榮澤の「白痴か天才か」はまさにこのような状況と歩調を合わせるようにして生まれた作品である。

但し「白痴か天才か」は、当時誰も関心を持たなかった白痴をとりあげ、その少年への教育を通して近代化を促すという点において他の作品と一線を画している。この点はいくら強調してもし過ぎることはないと思われるが、とりわけ注目したいのが、田榮澤の現実認識である。次の文はそのことを雄弁に物語っている。

> 七星は冷たい風が吹く冬、雪の降り積もった柳の木の下に蹲って両手を摺りながらフーフーと息を吹きかけ、ぶるぶる震えながら死んでいった。その姿を見届けたのは、寝ないでキラキラと輝く空の星たちでした。
> 哀れな七星は今頃、邪魔するお母さんも、殴る叔父や先生も、そしてからかう友達もいないところへ——あの——雲の上、星の上へ上って、思い切りしたいことをしながら自由に過ごしているのではないだろうかと思います。（三〇頁）

これは、いなくなった七星が捜索の甲斐もなく遺体で見つかる場面である。本来ならば、七星は「温達」や「炭焼き小五郎」「棗紅馬」などの愚者文学の主人公たちのように、教育によって異才を発揮しなければならないはずである。しかし、七星は死んでしまったのである。しかも、凍死という厳しい死に方として描かれている。

ここで注目したいのは、七星の痛々しい遺体を目にした語り手の〈私〉が、その死を悲しむよりも、むしろ死んでよかったのではないかと思い、今頃七星は「思いきりしたいことをしながら自由に過ごしている」かもしれないと推測するところである。この語り手の推測に即して言えば、七星は自分を理解してくれない村を逃げ出して新しい世界へ旅立っていく途中死んでしまったということになる。とすると、七星が逃げ出した村こそ田榮澤が見出した現実にほかならない。その村とは、七星の好奇心や探求心を「邪魔」したり、「からか」ったりする家族や村人、友人たちが住むところ、すなわち無知と偏見と貧困がはびこる因習社会なのである。

このような封建的な社会から抜け出すために、朝鮮政府は開国以来西洋の制度や教育、文化などを受け入れて近代国家建設を目指してきたわけであるが、現実は日本に併合されるという、厳しい結果であった。知識人の間には危機意識が広がって、「愛国啓蒙運動」を中心とした近代化運動を展開させたが、一部の都市を除くほとんどの地域は未だに封建的な生活から抜け出さずにいた。[*50] その厳しい現実を、田榮澤は文学という器を通して暴露したのである。

これまで見てきたように、「白痴か天才か」は独歩の「春の鳥」の深い影響の下に執筆された作品である。田榮澤は、この「春の鳥」の中に東アジア的モチーフを見出し、たとえ白痴にみえようとも、その内部に秘められた能力や素質を引き出す教育をすれば、いつかは秘められた異才が発揮されると期待し、そのことを小説の前半に描き上げた。しかし、白痴教育どころか、一般教育でさえ満足に提供できない当時の教育界の現状を考えると、田榮澤にはどうしても愚者文学の主人公たちのような浪漫的な結論が描けなかった。その結果、白痴少年の事故死という最悪の結末を迎えてしまったのであるが、この結末に込められている田榮澤の思いはほかでもない、近代化の過程で植民地に転落した朝鮮知識人の危機意識である。その危機意識を揺さぶったのが独歩の「春の鳥」であろう。

註

＊1　中島健蔵「国木田独歩論」（『現代日本文学全集第十四巻』筑摩書房、一九四二年）四一五頁。

＊2　金田真澄氏は、*There was a Boy* の「春の鳥」への影響について、二人の主人公の少年がともに鳥が好きで、ともに夭折して自然の懐に返ったという点において両者は類似していると指摘している。（『ワーズワースの詩の変遷――ユートピア喪失の過程』（北星堂書店、一九七二年）。一方渡辺正氏は、*The Idiot Boy* の「春の鳥」への影響について、両者ともに山里に住む白痴の少年と彼を愛する母親の物語であること、また両少年とも数ないし時間の観念を欠き、周囲の自然の事物に気を奪われて一切を忘れてしまい、ものを区別する判断力もなく、恐れを知らない者として造型されていること、そして鳥に始まり鳥に終わるという物語である点を挙げている。（「ワーズワースと独歩『春の鳥』」（『名古屋工業大学学報』第二五巻、一九七三年）。

＊3　国木田独歩「春の鳥」（『定本国木田独歩全集 第三巻』学習研究社、一九九五年）以降頁数のみ記入。

＊4　国木田独歩「予が作品と事実」（『定本国木田独歩全集第一巻』学習研究社、一九九六年）五二一頁。

＊5　「憐れなる児」は、遺稿として『独歩小品』（新潮社、一九一二年五月）に収録された作品である。ただし、草稿として「可憐児」（『定本国木田独歩全集第十巻』（学習研究社、一九七八年三月増改版）にはじめて収録された）がある。独歩は、佐伯滞在中に坂本永年という家に寄宿していたが、坂本家には永年の妹の子、山中泰雄が同居しており、彼は数の概念が欠けている、いわゆる白痴の子であった。独歩はこの少年に痛く同情し、いろいろと手を尽くしたりしたが、うまくいかなかった辛い体験がある。その時の体験を「憐れなる児」という小文に書き留めている。

＊6　Jonathan Wordsworth, *WILLAM WORDSWORTH THE PTELUDE 1799, 1805, 1850*, w.w. Norton &

Company, Inc. 1977, p173

＊7　田部重治訳『ワーズワース詩集』（岩波書店、一九三八／一九九〇年）三〇頁。

＊8　橋川俊樹「『春の鳥』――『白痴教育』との接点」（『東京成徳国文』一九八七年三月）。

＊9　新保邦寛「「春の鳥」の執筆時期をめぐって――中期の独歩文学とその背景から」（『稿本近代文学』第十四集、一九八九年十一月）後、『独歩と藤村――明治三十年代文学のコスモロジー』（有精堂、一九九六年）に収録。

＊10　田榮澤「『創造』と『朝鮮文壇』と私」（『現代文学』一九五五年二月）七九頁。

＊11　李在銑氏は、「愚者文学論」（丁貴連・筒井真樹子訳『韓国文学はどこから来たのか』白帝社、二〇〇五年、三八九～三四〇頁）の中で、近代韓国文学における愚者モチーフの起源は田榮澤の「白痴か天才か」から始まると次のように指摘している。「韓国の現代小説で最初に愚者に対する関心を見せたのは田榮澤の「白痴か天才か」（一九一九）である。これは愚者の探求という点ではまだ深みはないが、一人の人間の二元性に着目したという点で無視することのできない作品である。その次が玄鎮健の作品に現われる「菽麥（豆も麦の区別が出来ない愚かな人を指す）者」思想である。「堕落者」（一九二二）「酒を進める社会」（一九二二）など、不健全な社会の中で苦悩する知識人の姿を描いたこれらの作品の主人公たちは自分のことをよく「菽麥」だと卑下する。（中略）一方、白痴や馬鹿の「反語的純真さ」を受容したのが金裕貞の一連の作品と羅稲香の「唖の三龍」（一九二五）、桂鎔默の「白痴アダダ」（一九三五）、崔泰応の「馬鹿のヨンチリ」（一九三九）などである。金周榮もまた愚者文学の系譜の継承者である。これらはみな愚者の人間的価値を肯定的に捉えた作品である」。

＊12　田榮澤、前掲書註＊10に同じ。

＊13　李在銑、前掲書註＊11に同じ。

＊14　金松峴「『白痴か天才か』の源泉探求」（『現代文学』一〇〇号、一九六三年四月）。

＊15　例えば、金允植はその著『韓国近代小説史研究』（乙酉文化社、一九八六年、二六四頁）の中で、「精神薄弱児でありながら特別の才能を持つ七星という少年は、田榮澤が造型した人物ではない。そのような人物はどこでも発見され

る。特殊な人物を掲げてそれを描くことはすでに多くの小説が行っていることだ。日本の明治・大正時代の小説の中でそのような人物類型を見つけることは難しいことではない。「白痴か天才か」は国木田独歩の『春の鳥』をほとんどそのまま模倣したものである」と指摘しているが、それ以上の分析には至っていない。

＊16　中村雄二郎『述語集――気になることば』（岩波新書、一九八四年、七六〜八〇頁）によれば、一九六〇年代の初頭に三つの「新しい人間」の発見があったと言う。「新しい人間」とは、「近代ヨーロッパのヒューマニズムが自分達の社会の内部と外部に見忘れてきた深層的人間にほかならない」とし、アリエス『子供の〈誕生〉』（一九六〇）による子供の発見、フーコー『狂気の歴史』（一九六一）による狂人の発見、レヴィ＝ストロース『野生の思考』（一九六二）による未開人の発見を挙げている。

＊17　田榮澤「白痴か天才か」（『創造』第二号、創造社、一九一九年三月）以降頁数のみ記入。

＊18　渡辺正、前掲書註＊2。

＊19　①趙鎮基「韓国近代リアリズム文学の成立」（『韓国近代リアリズム小説研究』セムン社、一九八九年）②姜仁淑『自然主義文学論Ⅰ』（高麗苑、一九九一年）などによると、韓国近代文学におけるゾライズムの受容及び影響は一九二〇年代以降からである。

＊20　日本におけるゾライズムは、明治三〇年代になってから本格化し、小杉天外、永井荷風などによってその主義の試みが行われたが、ほとんど表面的模倣にとどまり、充分な成果を見るには至らなかった。一九一二年から留学生活をスタートさせた田榮澤は、読書量も少なく、読んでいた作家は独歩を除く、夏目漱石、有島武郎など反自然主義作家が主流をなしていたので、日本のゾライズムの影響を受ける可能性は少ない。

＊21　石井亮一や内村鑑三に先だって、西洋障害児教育事情を体系的具体的に紹介したのは福沢諭吉である。『障害者教育史』によれば、福沢諭吉が『西洋事情』（一八八六〜一八七〇）の中で「痴児院」を紹介して以来、障害者教育は西洋文明の一部として広く知られるようになったという。以下に「痴児院」に関する記述を挙げておく。「痴児院は児童の天禀知恵なきものを教ゆる学校なり。読書算術等を教ゆるも尋常の学校と同じからず。書は皆大文字を用ゆ。

言を教ゆるにも絵に由て解せしむ。例へば犬と云ふ字を教ゆるには犬の絵にを描き、買と云ふ語を教ゆるには物を買う模様を描き、絵の傍らにその語を附し、いく度も之を読て漸く解さしめ、種々の器あれども今其一を挙ぐ。教頭小丸数個を持ち、二個を出して衆痴児に示し、此丸は幾個あるやと問ふ。答曰、二個。又二個を加へ、幾個なるやと問ふ。答曰、四個。又問ふ、此四個に三個を加えて幾個なるや、三個を加えて一個を引けば幾個となるや、此総数を二ツに分てば幾個なるやと。一問一答、次第に教導して、ついには物の数を知り、筆算をもなし得るに至る」。

＊22　金子弘『人物でつづる精神薄弱教育史・日本編』（日本文化科学社、一九八八年）一七八～一七九頁。

＊23　森田芳夫『韓国における国語・国史教育——朝鮮王朝期・日本統治期・解放後』（原書房、一九八七年）八七～九〇頁。

＊24　「植民地教育」（『日本近代教育史事典』平凡社、一九七一年）五七三頁。

＊25　佐野通夫「疎外の中の疎外」——韓国「特殊教育の状況」」（『近代日本の教育と朝鮮』社会評論社、一九九三年）一二三頁。

＊26　中島健蔵「解題」（『定本国木田独歩全集第九巻』学習出版社、一九九五年）五六七頁。

＊27　独歩「憐れなる児」（『定本国木田独歩全集第九巻』学習研究社、一九九五年）三三九～三四〇頁。

＊28　内村鑑三「流鼠録」（『国民之友』二三三号、一八九四年八月二三日）。

＊29　独歩は、一八九四年八月二六日付日記「欺かざるの記」に、「今日国民之友来たり夏期附録あり。流鼠録。靴師、司馬江漢の世界観等をよみぬ」と「流鼠録」を読んだと記している。（『定本国木田独歩全集第七巻』学習研究社、一九九六年）一九八頁。

＊30　李泰俊「月夜」（鄭人澤訳『福徳房』東方社、一九五五年）三〇～三一頁。

＊31　渡辺正は前掲書註＊2の中で、「独歩の自然志向の当然の帰結として昔話的発想法が考えられる。白痴六蔵の純粋さや象徴性を裏付ける意味からも、「春の鳥」の中に昔話的発想法を拾って見ると、まず、書物による教育のない世界、人間と動物との相違がない程に自然と人間とか融合している世界とは昔話の世界に他ならない。「春の鳥」においては、

六蔵の白痴が強調される。異常誕生児は日本の昔話の定石である。自分で何をする事も出来ない愚者である場合が多い。その愚者が異才や異能を発揮する。六蔵は五間もある石垣をスルスルと登り、かぐや姫が持ちつきに見入るように歌を歌いながら自然に見入る。白痴ぶりの強調と、その白痴が異能を発揮して天使のように美しい姿を呈する不思議さ、こうしたロマンチックなレヴェルアップ現実を解釈する上での昔話的飛躍があってこそ、鳥の前身を彷彿させる少年の死が、目を覆うような悲惨さであったに違いない現実を超えて、変身の空想に詩人を走らせることになった」と、指摘している。

＊32 ①金大淑「女人発福説話の研究」(『梨花女子大学校大学院博士論文』一九八七年)②任東権著、熊谷浩訳、『韓国の民話』(雄山閣、一九九五年)。

＊33 李在銑、前掲書註＊11 三八三〜三八五頁。

＊34 金大淑、前掲書註＊32に同じ。

＊35 三浦佑之「鳥になる魂」『東京新聞(夕刊)』一九九九年一二月三日(金曜日)。

＊36 李在銑、前掲書註＊11 一二七四頁。

＊37 李在銑、前掲書註＊11に同じ。

＊38 三浦佑之、前掲書註＊35に同じ。

＊39 金烈圭編、宋寛訳『韓国文化のルーツ――韓国人の精神世界を語る』サイマル出版会、一九八七年)一一五〜一一六頁。

＊40 呉世英、前掲書註＊39 一一五頁。

＊41 国木田独歩「手紙」(『定本国木田独歩全集第五巻』学習研究社、一九九五年)三一四頁。

＊42 国木田独歩「欺かざるの記」(『定本国木田独歩全集第六巻』学習研究社、一九九五年)三四五頁。

＊43 国木田独歩「病床録」(『定本国木田独歩全集第九巻』学習研究社、一九九六年)六七頁。

＊44 国木田独歩「不思議なる大自然――ワーズワースの自然主義と余」(『定本国木田独歩全集第一巻』学習研究社、一

九九六年）五三九～五四〇頁。

＊45 田榮澤、前掲書註＊10 七九頁。

＊46 子供たちを儒教的ヒエラルキーから救い出せと言い出したのは朝鮮だけではない。中国でも魯迅をはじめとする新文化運動の旗手たちが子供の解放を主張したが、とりわけ魯迅は、一九一九年「われわれは今日どのように父親となるか」という論説文を執筆し、子供たちを解放してやろうではないかと主張した。

＊47 『写真で見る朝鮮時代　民族の写真帖第一巻　民族の心臓』（瑞文堂、一九九四年）一一五頁。

＊48 田榮澤は、①「文壇自叙伝」（『自由文学』創刊号、一九五六年）②「『創造』と『朝鮮文壇』と私」（『現代文学』一九五五年二月）③「『創造』を中心としたその前後」（『文芸春秋』一九六四年四月）といったエッセイの中で、日本に留学している時、アメリカのウィルソン大統領が提唱した「民族自決主義」の影響を強く受けたと述べている。

＊49 『学之光』は、一九一二年一〇月、それまでの在日朝鮮留学生の親睦会、倶楽部などの団体を大同団結させて作った東京朝鮮留学生学友会の機関紙である。一九一四年創刊。はじめは隔月刊の予定であったが、民族的な内容を帯びているとしてたびたび発売処分を受け、年に二～三号しか刊行できず、一九三〇年四月の二十九号で終刊となった。毎号百頁前後で、六百ないし千部を発行、その約半分を朝鮮本国に送り込んだ。時事正論的なものは掲載できなかったが、評論、学術論文、随筆、紀行、文芸などの多岐に渡る内容が盛られ、朝鮮人自身の朝鮮語による唯一の総合雑誌として当時言論の自由のなかった植民地朝鮮において民族意識の高揚の役割を果たした。

＊50 尹弘老（「作家意識形成の背景」『韓国近代文学研究――一九二〇年代リアリズム小説の形成を中心に』一潮閣、一九八〇年）によれば、一九一〇年代当時、教育救国運動など近代化運動が積極的に行われていた地域は、近代化運動をリードしていた新民会の組織が置かれていた都市、すなわちソウル・平壌・定州・宣川・安岳・咸興・鏡城・江華・忠州であって、ほかの地域は近代化運動とは無縁な村落社会であった。

第六章　帰郷小説が映し出す様々な故郷——「帰去来」と廉想渉「万歳前」

1　故郷、異郷、そして帰郷小説

故郷、あるいは帰郷の問題を主なテーマにしている文学作品は洋の東西を問わず数え切れないほど多い。それを日本の近代文学に求めるならば、宮崎湖処子の『帰省』（一八九八）を取り上げることができる。なぜなら、『帰省』は刊行以来多くの読者に迎えられ、明治年間のベストセラーの一つになったばかりでなく、文学史的にも帰省小説や田園小説といった新しい文学ジャンルを切り開き、明治二〇年代（一八八八〜一八九七）の日本文学に故郷の意味を持ち込んだ作品だからである。[*1]

北野昭彦氏は、『帰省』の人気の秘密を、「それまでの近代文学で扱われなかった地方出身者の内なる〈故郷〉の重さ、〈故郷〉との関わりを、初めて問題にして典型化し、文学世界に定着化した点にある」[*2]と指摘している。前田愛は、この故郷の意識に明治初期、一世を風靡した立身出世という思想が深く関わっていると、次のように語っている。

> 故郷の自然は都会の苛烈な生存競争が強いる絶え間ない内的緊張に休憩と慰籍をもたらす。（中略）このような故郷の役割は、やがて立身出世主義そのものの虚妄を自覚させる契機へと転化する。宮崎湖処子の『帰省』における故郷がそれである。（中略）故郷に帰省する船上から筆を起こした『帰省』は、立身出世の欲求に駆

りたてられて故郷を離脱した青年の軌跡を辿る『世路日記』とはおそらく対蹠的な地点にある。いいかえれば立身出世をめざす青年達を取り上げた小説は明治十七年の『世路日記』から明治二十三年の『帰省』にいたって一つのサイクルを終えたのである。*3

明治初期は封建的身分制度が撤廃され、自己の努力と才能だけで道が開けるようになった時代である。中村正直は『西国立志編』（一八七〇〜一八七二）を、福沢諭吉は『学問のすゝめ』（一八七二〜一八七六）をそれぞれ翻訳、執筆し、人は生まれながらに平等で、誰もが努力すれば成功できるという立身出世思想を訴え、これらに鼓舞された多くの地方青年が立身出世を夢見て上京した。しかし、明治政府の体制が次第に安定していく二〇年代になると、学問を万能とする立身出世の夢は政府の敷いたレールに乗った者だけに限られるようになり、多くの青年たちは挫折感を抱いたまま帰郷せざるを得なかった。『帰省』はちょうど立身出世思想が急激に色あせていく明治二〇年前後に立身出世を目指して都会に集まりながら、そのことに懐疑的になりかけていた青年たちに熱烈に迎えられた作品である。

中でも『帰省』に共感したのは、国木田独歩や石川啄木、三木露風、佐藤春夫、北原白秋、萩原朔太郎、島崎藤村、室生犀星ら地方出身の文学者たちである。*4 とりわけ独歩は、宮崎湖処子が切り開いた「ローカル・カラー（地方色）文学」*5の系譜を引き継いで「帰去来」（一九〇一）や「河霧」（一九〇二）、「酒中日記」（一九〇三）などを執筆し、都会にも故郷にも定着し得ない、いわば「〈都会〉と〈田舎〉との二極を揺れ動く」*6新しい人物像を造型し、明治三〇年代の文壇に新しい故郷観を提示したことは周知の事実である。

ところで、故郷や帰郷、離郷は朝鮮の近代小説史においても重要なテーマの一つである。*7 戦前だけでも、李常春の「帰路」（一九一七）を皮切りに、朱耀翰「村の家」（一九一七）、廉想渉「墓地」（一九二二年、二年後の一九二四年「万

【図 38】 間島（現在の中国延辺朝鮮族自治州）へ移住する行列*9

歳前」に改題出版）、崔曙海「故国」（一九二四）、玄鎮健「故郷」（一九二六）、李益相「移郷」（一九二六）、趙明姫「洛東江」（一九二七）、韓雪野「過度期」（一九二九）、李箕永「洪水」（一九三一）、李泰俊「故郷」（一九三一）、李光洙『土』（一九三二）、沈薫『常緑樹』（一九三五）、李箕永『故郷』（一九三六）などが書かれている。*8

近代になって故郷や帰郷、離郷のモチーフを扱った作品が多く現われるようになった背景には、日本の植民地支配による国権喪失という深い傷跡が指摘できる。一九一〇年の日韓併合によって国権を失った朝鮮の人たちには自分たちが生まれた土地、すなわち故郷しか残されていなかった。しかし、その土地でさえも朝鮮総督府の組織的な土地収奪政策によって失われてしまう。そのために農民のほとんどは寄生地主となった日本人の小作人に転落するか、貧困と圧政から抜け出すために何百年も暮らし続けてきた故郷を離れ、ユートピアを求めて満州、シベリアなどへと移住して行くしかなかった。しかし、他郷に行ったからといってどこにもユートピアなどはなく、貧困のどん底を流浪しながら再び故郷に戻ってくる貧しい農民が少なくなかった。しかし、彼らを待っていたのは暖かく迎えてくれる母なる故郷ではなく、搾取されて「墓地」のように荒れ果てた「故郷」なのであった。このような「故郷」の意識をはじめて近代文学に持ち込んだのが廉想渉の「万歳前」（一九二四年。ただし初出は月刊総合雑誌『新生活』に「墓地」という題名で一九二二年七月から九月と三回に渡って連載されたところで中断した）である。

　廉想渉（一八九七～一九六三）は、一九一二年一五才で渡日し、麻布中学、聖学院中学、京都府立第二中学校を経て一九一八年慶應義塾大学文科予科に入学するまでと、一九二六年から二八年までの二年間の文学修業の計約八年間、日本に滞在したことがある。この間、彼は日本文壇で一世を風靡していた自然主義の影響を強く受けるとともに、夏目漱石や高山樗牛、そして有島武郎ら白樺派作家の作品を読破するなど日本文学に心酔し[*10]、後に朝鮮近代文学史を塗り替える三部作「標本室の青蛙」（一九二一）「暗夜」（一九二二）「除夜」（一九二二）を書き上げている。この初期三部作に有島武郎の『生まれ出づる悩み』（一九一八）と「石にひしがれた雑草」（一九一八）が深い影響を及ぼしたのはよく知られた事実である[*11]。確かに有島武郎文学の廉想渉への影響は従来の小説概念を打ち破る、新たな「心理分析」方法を開拓し、それまでの文学とは一線を画すところとなった[*12]が、実は廉想渉の日本近代文学受容は有島武郎だけではない。朝鮮近代文学史上初めて汽車と船、人力車を乗り継いで帰郷する様子を描いて注目を浴びた「万歳前」は、明らかに独歩の帰省小説「帰去来」の影響を受けている。

「帰去来」は、将来の妻と決めた故郷の娘に求婚するため、はるばる東京から四年ぶりに帰省した主人公が娘の死を契機に再び東京に戻るという典型的な帰省小説である。廉想渉は、大都会に遊学中の青年が汽車や船などを乗り継いで帰郷し、故郷の風景や人々に触れるにつれて都会での奴隷のような生活がばかばかしく思われてきて故郷への安住を考えつつも、ある事情によって再び都会に戻っていくという、従来の朝鮮文学にはなかった新しい小説ジャンルに目を見張った。もちろん朝鮮にも故郷や帰郷をモチーフにした作品は古くから多く存在する[*13]。但し、これらの古典文学に描かれた故郷や帰郷のイメージは、陶淵明の『帰去来辞』に象徴されるように、いわゆる安住・安息の地である。

　しかし、近代化に伴う都市化や産業化などによって故郷はもはや安住や安息の場所ではなくなりつつあった。そのことにいち早く気づいていた廉想渉は、大都会から帰郷した主人公が故郷への安住を考えつつも再び都会に戻っていくという新しい故郷観を捉えた独歩の「帰去来」に強く刺激されたのではなかろうか。しかも「帰去来」には、朝鮮貿易に従事するために、一島の住民の七割が釜山や仁川など朝鮮に移住したという内容が盛られているので廉想渉にとって決して見過ごすことのできない作品であったと思われる。

廉想渉が独歩の作品を読んでいたという事実は明らかにされていない。しかし、「万歳前」は、妻の危篤の知らせを受けて久しぶりに東京から帰郷した主人公が、妻の死を契機に東京に再び戻っていくという内容からも、また汽車と船と人力車を利用して他郷から故郷、さらに他郷へ戻るという小説構造においても独歩の「帰去来」から多くのヒントを得ていたことは間違いあるまい。何よりも廉想渉の創作欲をかき立てたものは、独歩の見出した「故郷」の意味であろう。なぜなら、廉想渉は、独歩が描いた心の癒される、美しくて優しい人たちの住む「ユートピア」としての故郷に、「墓地」という正反対のイメージを与え、そこから脱出しなければならない空間として捉え直していたからである。いったいなぜ廉想渉は「ユートピア」から「墓地」へとイメージの変容を行ったのか。その変容の背景を追っていくと、東アジアの近代化の過程がおのずと浮かび上がってくるはずであるが、本章では独歩の帰省小説「帰去来」を手がかりとして考察したい。

2 様々な「故郷」

「帰去来」と「万歳前」の主人公はともに東京に出てきた「地方出身者」である。「帰去来」の主人公は、山口県のある地方から上京し、今は「東京で一個の職業を持てる、未熟ながらも既に世間に出て一人前の位置を占めて居る。一方「万歳前」の主人公は、朝鮮の京城（現ソウル）から日本に渡って、今は東京のW大学文科に在学中の留学生である。つまり、二人は志を立てて故郷を出て勉学に励んだ結果、今は政治経済文化の中心地である東京で一人前に仕事や勉学に追われる、いわばそれなりの成功を収めた者である。無論、このような成功を得るためには「苛烈な生存競争が強いる絶え間ない内的緊張[*14]」が支配する都会の現実の下で身も心もぼろぼろになるまで耐えねばならない。だからこそ、彼らは数年に一度故郷へ帰って、その疲れた精神を癒す必要があったのである。日本と朝鮮で帰省小説が流行りだした背景には、実は都市に生きる多くの地方出身者の故郷への抑え切れない「回帰願望」があったのである。ただ問題は、故郷はもはや彼らの望むような美しくて心の癒される空間ではなくなっていたことだ。近代化の波は故郷にまで押し寄せ、その現実は都会よりも厳しいものとなっていた。そこに「帰去来」と「万歳前」の主人公が向かうわけであるが、果たして彼らを待っている故郷はどのようなところであったのか。

(1) ユートピアとしての「故郷」

まず、独歩の「帰去来」から見ていこう。「帰去来」は一九〇一年五月に『新小説』に発表され、後に独歩の第四文集『涛声』(一九〇七年五月)に収録された作品である。これは、作中の構成が〈其一〉から〈其十九〉までとなっているところからも分かるように、独歩の作品の中では比較的長いものであるが、「長い丈面積は広いが、長さに比して深さは浅い。別に新しいと云ふ程のところもない[*15]」と厳しい評価を受けている。しかし、帰省小説という枠組から見ていくと、「帰去来」は宮崎湖処子の帰省小説を踏襲しつつ、朝鮮貿易に従事するために一島の住民の七割が朝鮮に移住したり、あるいは村の若者たちが次々とハワイへ出稼ぎに出かけたりするという「外部」の視点を持ち込むことによって近代化の波に洗われ、大変貌をとげつつある田舎の現実を浮き彫りにするなど[*16]、決して見逃すことのできない作品である。

実は、この事実にいち早く気づいていたのが廉想渉である。廉想渉は異郷の地に移り住んだ「帰去来」の登場人物のその後の生活を垣間見た作品を執筆し、朝鮮近代文学に故郷意識を持ち込んだからである。これは注目に値する重要な問題であるが、その前に「帰去来」に描かれた故郷がどのようなところであったのかを見ていく必要がある。

「帰去来」は、地方から上京しそのまま東京で就職した主人公の吉岡峯雄が、故郷にいる小川綾子という一九才の美しい娘にプロポーズするために帰郷するところからはじまる。それゆえ故郷に向かう峯雄は希望に満ちあふれ、足取りも非常に軽やかである。東京の新橋を出発して横浜、大森を過ぎた頃、汽車の窓から田舎の風景が見えると、峯雄は「あゝ此香だ、此香だ」とすっかり興奮し、「己は確に今わが故郷に帰りつゝあるのである」と帰郷の喜びをかみしめる。その実感は故郷が近づくにつれて一層高まっていく。関が原、琵琶湖、大阪、播磨灘、国府津、神戸を経て広島に着いた峯雄は、宇品から船に乗り換えて海に出ると、もう故郷に帰ってきたような気がする。柳井津で一泊し、翌日いよいよ家路

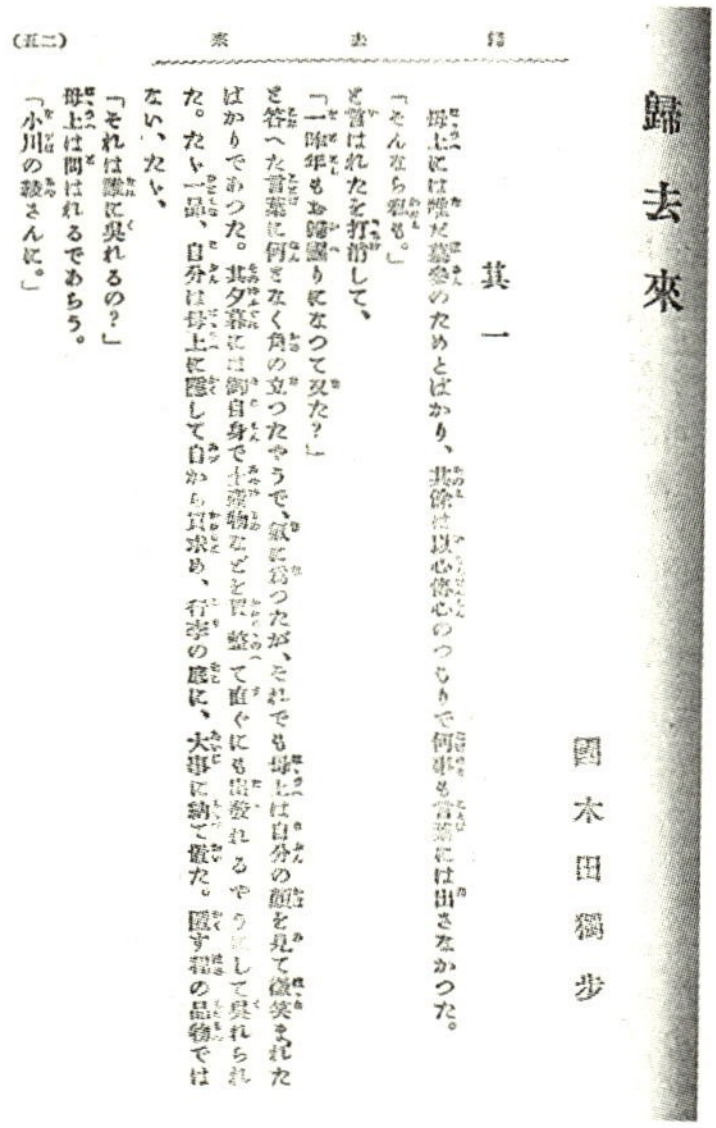
（二五）　歸去來

歸去來

國木田獨歩

其一

母上には唯だ墓參のためとばかり、其餘は以心傳心のつもりで何事も言葉には出さなかつた。

「そんなら私も。」

と言はれたを打消して、

「一昨年もお歸國りになつて來た？」

と答へた言葉に何となく角の立つたやうで、氣に障つたが、それでも母上は自分の顏を見て微笑まれたばかりであつた。其夕暮には御自身で土産物などを買ひ整へて直ぐにも出發れるやうにして呉れられた。たゞ一品、自分は母上に隱して自から買求め、行李の底に、大事に納て置た。隱す程の品物ではない、たゞ、

「それは誰に呉れるの？」

母上は問はれるであらう。

「小川の綾さんに。」

【図 39】　国木田独歩「帰去来」
（『新小説』1901 年 5 月）

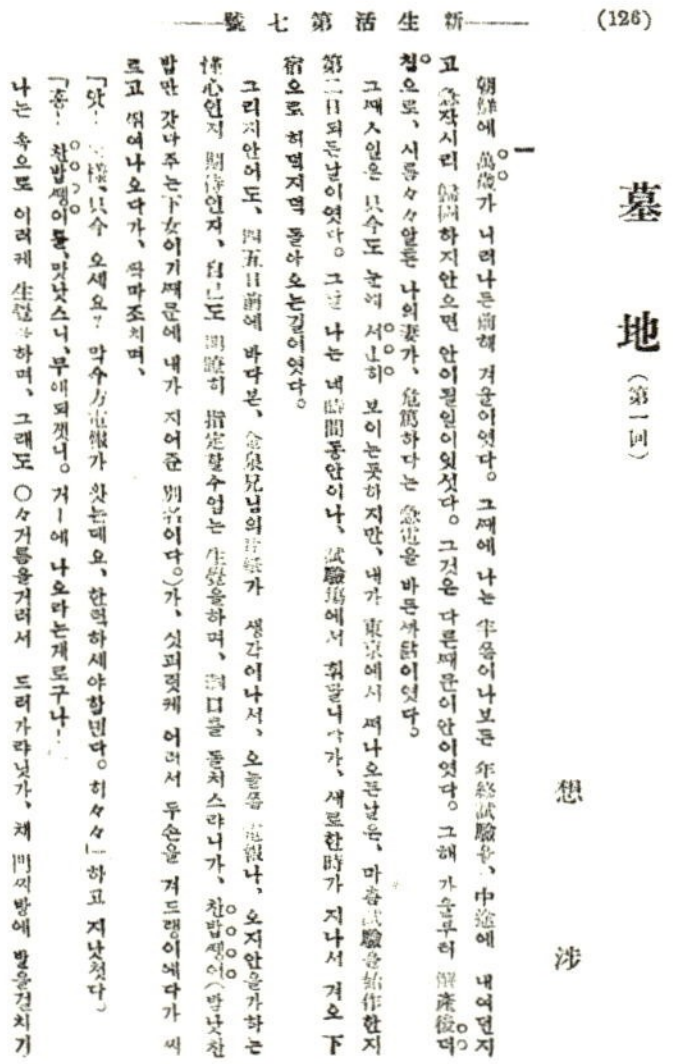
(126)　新生活第七號

墓地（第一回）

想涉

一

朝鮮에 萬歲가 니러나든前해 겨울이엿다。그때에 나는 半年이나보든 年終試驗을、中途에 내여던지고 金작시리 歸國하지안으면 안이될일이잇섯다。그것은 다른때문이안이엿다。그해 가을부터 解産後더침으로、시름々々알튼 나의妻가、危篤하다는 急電을 바든색닭이엿다。

그때스일은 只今도 눈에 서언히 보이는듯하지만、내가 東京에서 떠나오든날은、마춤試驗을始作한지 第二日되든날이엿다。그날 나는 네時間동안이나、試驗場에서 휘달니다가、새로한時가 지나서 겨오 下宿으로 허덕지덕 돌아오는길이엿다。

그러치안어도、四五日前에 바다본、金泉兄님의書信가 생각이나서、오늘쯤 電報나、오지안을가하는 憬心인지 期待인지、自己도 明瞭히 指定할수업는 生覺을하며、門口를 둘처스랴니가、찬밥쟁이（밥낫찬밥만 갓다주는下女이기때문에 내가 지어준 別名이다。）가、섯퍼럿케 어러서 두손을 겨드랭이에다가 끼르고 뛰여나오다가、딱마조치며、

「앗、電報、只今 오세요？ 악수方電報가 왓는데요、한덕하세야할면다。히々々」하고 지낫첫다。

「좀、찬밥쟁이가、맛낫스니、무에되겟니。거ー에 나오라는재로구나……」

나는 속으로 이러케 生覺을하며、그래도 ○々거름을거려서 드러가랴닛가、채 門ㅅ방에 발을걸치기

【図 40】　廉想渉「万歳前」（初出「墓地」）
（『新生活』1922 年 7 月）

についた峯雄は、人力車の上から見下ろす故郷の風景に懐かしさが込みあげてきて叔母の家に着くやいなや早速外へ飛び出して幼い頃よく遊んだ丘に登る。四年ぶりに故郷の夏の自然に接した峯雄は「身うちに健康の充ちあふれるを覚え」、

二日前には東京に居て足を爪立て「将来」をめがけて駆足をして居たのが、今は故郷の丘に帰て、松根にどつかと尻を下ろして居る。騒々しい現から静かな夢の世界に入つたと言はうか将た、怪しい、重くるしい夢が忽然として醒め、長閑かな、日の永い現の世界に帰つたと言はうか。[*17]（三二五頁）

と、まるでユートピアに来ているような気持ちになる。生存競争の激しい東京から来たばかりの峯雄にとって故郷の自然とは、その疲れを癒してくれるユートピアのような処でなければならないが、今、峯雄の目の前にある故郷の風景はまさにそれである。だからこそ彼は、村の若者たちがこのユートピアのような故郷を捨てて遠くハワイに出稼ぎに行き、中にはアメリカの果てまで流れていき、そのまま消息を絶った者も少なくないという噂を聞くと、

故郷に於て確実なる生活の中、限りなき平和を享有し得る運命を棄てゝ、黄金の山でも発見するやうに、騒いで、浮立つて、天涯万里に流浪するのが目出度い事であらうか、幸福であらうか。

「何が不足なんだ！　この長閑な、豊な、冬寒からず夏暑からず、四時の風光に富み、天の祝福を十二分に享けて居る村落に生まれながら何が不足なんだ！」自分は思つた。（三二七頁）

というように強く反発するのである。しかし、実は自分も「この長閑な、豊な、冬寒からず夏暑からず、四時の風

光に富み、天の祝福を十二分に亨けて居る」ユートピアのような村落を飛び出した一人であると気がつくと、かねてより思っていた「『帰去来』の一念が火の如く燃え上が」って来る。この〈帰去来〉の思いが一挙に高まっていったのは帰省二日目である。

峯雄は、懐かしい「高塔」に登って愛読書のジョンソンの『ラセラス伝』を読んだ。読みふけっているうちに、幸福の谷に住みながらもなおかつ幸福を求めて彷徨いつづけるラセラスの生き方に誘発されて、果たして自分の「幸福の国は何処にある」と自問し、「ふと頭を挙げて、眼を半ば閉じ夢想の翼を空瞑に放つ」と、夏の日盛りの自然が自分に迫ってくるのを感じるのである。

考えてみれば、峯雄は帰省初日から故郷の自然に触れるだけで、「身うちに健康の満ちあふれるを覚え」、「たゞ理由もなく身が軽くなつて、気が確然りして、何か心に深く決する処あるかの如く感じ」ていた。そのことに気がつくと、ジョンソンに導かれて探していた「幸福の国」はほかならぬ、今自分がいる、この故郷の山林であると確信する。そして、昨日までの都会生活を次のように反省する。

「凡て此等の者は天が自分に与えた賜物である。何を苦で此賜物を捨て、自ら好んで都会の生活に此身を投ずるのだ。『事業のため』、『義務を尽さんがの為め』、『国利民福の為め』、『人類の為め』、なるほど実に左うかも知れない。希くは以て自ら欺く勿れである。凡て此種の美名を以て汝を束縛する勿れである。

「自分は果して少の束縛を感ぜずして、都会の生活を楽で居るか。決して左うでない。虚栄の奴隷に非ずんば、奢侈なる遊戯の使童である。只だ日一日と何者か眼前三尺の先に浮動する処の金色体を逐ひつゝ、生活して居るのである。少も落着いて、府仰して、此天地の生を受用する暇がないではないか、其上ならず、此事に付いては彼人、彼事に付いては此人と、夫れ〳〵競争すべき人を有し、或は嫉妬し、或は羨み、或は冷笑し、或

は崇拝す。見よ、すべて是れ奴隷の心情の狂態ではないか。(三二三頁)

峯雄は、故郷とは「天が自分に与えた賜物であ」り、それを捨てて都会に出たところで奴隷のような生活が待っているだけであると自覚する。そして、自分が本当に探し求めていた生活は、「たゞ自由なる、純朴なる、剛健なる、不羈独立なる生活!」「砂漠に住む獅子の生活」であり、そのような生活が送れるところは、村の若者や自分が捨てたこの故郷の山林のほかないと、故郷での田園生活を決意する。

ただし峯雄の〈帰去来〉の夢は、「左う都合よく行けば宜いが」という「運命の神の囁」きが予兆するように、封建的な故郷の壁にぶつかって断念せざるを得ない。そのことについては第三節で改めて述べることとするが、それにしても峯雄は帰省してわずか二日目に故郷への定住を決意する。この早い決心の背後には、たとえ一時的な休憩であるとしても故郷に触れるだけで精神が癒されるという故郷賛美の思想が見られるが、「万歳前」の主人公を迎えた故郷は果たしてどのような場所だったのか。

(2)「墓地」にたとえられた「故郷」

「万歳前」は、一九二二年に『新生活』という雑誌に「墓地」というタイトルで七月号から三回掲載される予定であったが、途中厳しい検閲で中断を余儀なくされた。しかし、作品そのものは断念されることなく、二年後の一九二四年『時代日報』(四月六日~六月四日)に「万歳前」と改題して完成された。[*18] それゆえこの作品は、「三・一運動直前の植民地下の朝鮮社会の現実を提示した」[*19]、「植民地下という厳しい現実のもとで苦闘する朝鮮知識人青年の精神の彷徨と成長を描いた」[*20]、「二十三歳の植民地朝鮮留学生の内面風景を示した」[*21]「日本に留学中の一人の留学生の目を通して暗鬱な朝鮮の実情を批判し告発し糾弾した」[*22] などと評価されている。確かに指摘の通り、「万歳前」

は三・一運動直前の植民地下の朝鮮の現実をインテリ青年の目を通して冷静且つ批判的に描き挙げた小説である。だが実は、この作品は朝鮮近代文学史上初めて帰郷小説というジャンルで書かれた作品でもある。この帰郷小説という視点から「万歳前」を読み直すと、植民地下を生きる「インテリ青年特有のニヒリズム」を顕在化した「一種の教養小説[*23]」というだけでは片付けられない主題をも内包している。

というのも、著者の廉想渉は、一九二〇年代当時、汽車旅行がようやく人々の意識に浸透しつつある現象に注目し、日本留学中に読んでいた日本の帰省小説の影響を受けて朝鮮近代文学史上初めて汽車や船、人力車を乗り継いで帰省する斬新な小説を執筆し、朝鮮近代文学に故郷の意識を持ち込んだからである。注目すべきは、廉想渉の見出したこの故郷意識が、その後の帰郷小説の模範となっていることだ。つまり、前述の通り、廉想渉は朝鮮文学に帰郷小説という新しいジャンルを打ち出した作家と言えるが、実は、この廉想渉の故郷意識に影響を及ぼしているのが独歩の一連の帰省小説なのである。

「万歳前」は、東京に留学中の主人公がソウルに残してきた妻の危篤の知らせを受けて帰国し、妻の葬式を終えた後再び東京へ戻るという点において独歩の作品と類似しているばかりでなく、主人公の帰郷の旅を通して、故郷の現実を認識していくという点においても似ている。ただし、「万歳前」（初出は「墓地」）というタイトルが示すごとく、故郷の現実は独歩の「帰去来」のように美しいところではなく、それゆえ牧歌的な田園生活を志向する場では決してない。そのことを端的に示しているのが、主人公の帰省の時期である。

> 朝鮮に万歳が沸き起こった前の年の冬のことだった。その時、私は半分ほど受け終えていた期末試験を途中で投げして、急に帰国しなければならない用ができた。それはほかでもなく、その年の秋から産後の肥立ちが悪く長患いで臥せっていた私の妻が、危篤だとの急電が舞い込んだためだった。[*24]（五頁）

「万歳前」の主人公は「朝鮮に万歳が起こった前の年」、すなわち一九一九年三月一日に日本の植民地支配からの独立を望んで起した反日独立運動が水面下で着々と進められていた一九一八年の冬に帰省している。この年は第一次大戦が六月に終結し、世界が新たな方向へと動き出した時期である。つまり、第一次大戦中に起きたロシア革命により社会主義を標榜する国家が出現し、これに危機を感じた資本主義国家からも大戦終結とともに理想主義が新たに復活するなど、世界的に「新生の曙光が満ち」溢れていた頃である。

しかしながら「万歳前」の主人公は、そうした世界の動きとは対照的に植民地下の祖国に、しかも病気の悪化した妻を見舞うために帰郷しなければならない。[*25] そのためであろうか、故郷に向かう主人公の足取りは非常に暗く、かつ重い。だが、だからといって、妻の病気を心配している様子でもない。それどころか、彼はなかなか出発しようとせず、好きな女給のいるカフェを訪ねて別れの酒を飲み交わしながら時間を持て余す。ようやく乗り込んだ汽車の中では病中の妻よりも女給の静子のことを思い出し、神戸に着けば、一時期好きだった留学生の乙羅に会うなど、故郷の妻のことはまったく眼中にない。今の彼は愛情のかけらもない早婚の妻の待っている故郷に帰るよりも、東京での自由な生活に満足し、そこを離れたくないという気持ちが強い。

ところが、下関で釜山行の連絡船に乗ってから彼の意識に変化が現われ始めた。その契機となったのは船の浴場で立ち聞きした日本人同士の対話である。彼らは朝鮮の人々を「台湾の生蕃」、すなわち賤民よりはましだと見下していたのである。見るからに百姓上がりのみすぼらしい日本人たちに故郷の人たちがここまで侮辱されていると思うと、「憂国の志ではな」くても怒りを覚えずにはいられないのである。しかし、日本人の朝鮮人に対する傲慢な態度はそんな程度のものではないことを次の文は雄弁に物語っている。

「で、田舎に行って何をするんです?」

「そりゃいろいろありますよ。どこへ行っても飯の食いはぐれになる心配はないけれども、最近、金もうけになることがちょうど一つあるんですわ、元手いらずで苦労もせずにね……ハハハ」（中略）

「実はたやすいことなんですわ。私も今度行って来たら三度目にもなるんだが、内地の各会社と連絡を取りながらヨボの連中をつかまえて来るんですかね……つまり朝鮮クーリー（苦力）ってわけですよ。労働者ですわ。で、そいつは大抵、慶尚南北道か、でなければ咸鏡、江原、その次には平安道で募集しなきゃならんのですが、中でも慶尚南道がいちばん楽ですな。ハハハ」（四五～四七頁）

李寅華は、朝鮮各地の農民が日本のブローカーにだまされて「この世の地獄とも言える日本各地の工場に身売りされていく」という「恐るべき話」を聞かされたのである。「全く初耳の話」なので始めのうちはまさかと耳を疑っていたが、やがてそれが実話だと考えが及ぶと、怒りと屈辱と悲しみに胸が押しつぶれそうになる。

【図41】関釜連絡船に乗る朝鮮人渡航者（1928年頃）*26

「元々、政治問題に無関心」な李寅華は、故郷が植民地に転落しても自分には関係のないことと思っていた。しかし、故郷の状態、とりわけ善良な農民たちが「亡国の民」であるが故に酷い仕打ちを受けているという現実を知るにつれ、「腹がいっぱいで飽満の悲哀を訴える」今の自分の生活を考えてみる。そして、この憐れな農民たちが故郷を追われ日本各地の工場に身売りされていく背景には「年がら年中死に物狂いで苦労しても、半年ほどは菜っ葉くずで命を長らえねばならぬ」悲惨な生活から逃れるためであるという事実に考えが及ぶと、もうやりきれなくなる。こうして始まった彼の心境の変化は、故郷に近づくにつれてより一層強くなるとともに、その対象も植民地統治に対する怒りから同胞への批判へと転じていく。

ようやく故郷の地、釜山にたどり着いた李寅華は、懐かしい故郷に戻ってきたという安心感からなのか、急に朝鮮料理が食べたくなったので船を降りて市内に出かけた。しかし、探していた朝鮮料理屋はどこにもなく、目につくのは日本式の建物や日本の食べ物を売る店ばかりである。仕方なく入った日本のうどん屋には日本人の夫に捨てられながらも、女手一人で自分を育ててくれた朝鮮人の母を毛嫌いする日韓混血の若い娘が、日本から出稼ぎに来ている日本人酌婦に混じって暮らしている。何よりも驚いたのは、釜山の人たちの態度である。

「わが故郷にゃ電燈もついたし電車も開通したぞ。見に来たまえ。小奇麗な料理屋も二、三軒できたぞ。……君は日本の売春婦を見たことあるか？　一度見せてやろう。」

何千年何百年代の間、家門にもなく家系図にもなかったことが生じたのである。あるがままにはしゃぎ回るご時世が到来したのである。便利でよし、繁華でよし、遊ぶのに具合が良くて、田んぼ一町歩売っては一方で「うちんところじゃ二階家も今じゃずいぶん増えて、洋屋も何軒かできたぞ。やっぱり夏には畳が便利だな、衛生にも非常にいいんだ。」と言いながら、二町歩を売り飛ばすしかなくなるのである。誰の二階家であり、誰のための衛生なのかというのだ。

洋服を着込んだ借金取りが玄関先で騒ぎ、料理屋が告訴するぞと脅し、電気代に追われ新聞代が二ヶ月、三ヶ月とたまってタバコがなくちゃ友達のところにも行けんな、電車賃がなくちゃどこへも行けんな、などと眉をしかめている間に家の権利書は殖産銀行の金庫に入ってしまって新しい持ち主に出会うのである。そうし

てまた百軒減り、また二百軒が減ったのである。（七三頁）

つまり彼らは、自分たちの家屋や店や土地がいつのまにか日本人の手に渡っていることについてまったく無頓着であるばかりでなく、むしろ便利な世の中になったと喜んでいる。釜山のあまりの変貌ぶりに愕然とした李寅華は、そそくさとソウル行きの汽車に乗って釜山を後にする。

しかし、ソウルへ向かう途中目にする故郷の風景と、そこに生きる人々の様子は釜山以上に荒れ果て、窒息しかけていた。行く先々には、日本人の前では馬鹿のふりをして暮らした方が何事にも便利だという笠売りの男や、ろくに日本語も話せないのに朝鮮人であることをひたすら隠そうとする駅夫、日本人憲兵よりも悪質な朝鮮人憲兵補などのような卑屈や卑怯、屈服に馴れてしまった人々がうようよしている。李寅華はショックのあまり涙がにじみ出たが、次第に腹の底から憤怒がわき上がってきて、次のように叫ばずにはいられなかった。

> 「墓場だ。ウジのわいている墓場だ！」と、私はうんざりしたように唇を噛んでみた。（中略）私はぐるっと一度見回してから、
>
> 「共同墓地だ！　ウジがうようよしている共同墓地だ！」と心の中で思った。
>
> 「この車内からして紛れもない共同墓地だ。共同墓地にいるからして共同墓地に入るのを嫌がるのだ。ウジがうようよしている墓地の中だ。すべてがウジ虫だ。おまえも俺もウジ虫だ。そんな中でも進化論的なすべての条件は一秒も欠けることなく進行しているんだろう！　生存競争があり、自然淘汰があり、おまえの方が偉いだの俺の方が偉いだのと、騒ぎ立てるのであろう。しかしほどなく、ウジの一つ一つが解体されて元素になり土になって、俺の口に入りおまえの鼻に入りして、おまえも俺もくたばったら、遠からずまたウジになり元

素になり土になるのであろう。えいっ、くたばっちまえ！　つぼみも芽もなくなっちまえ！　滅びるままに滅びてしまえ！（一一九頁）

李寅華は、何もかも日本風に変わってしまった故郷の風景もさることながら、その中で無自覚、無関心、無感動のままに暮らしている故郷の人たちがまるで墓場に棲息する蛆のように思われて仕方がなかった。この思いはソウルで家族に会うと、一段と高まっていく。なぜなら、彼は自分が墓地のようだと感じた故郷が、実は植民地支配による精神の荒廃の上にさらに封建的桎梏の下でも苦しんでいるという新たな事実を知らされたからである。何よりも問題なのは、率先して封建秩序を打破すべき上流階級の者たちが相変わらず封建秩序にどっぷり浸かって暮らしているということである。李寅華の家族はまさしくその典型であった。

西洋医学をまったく信用しない父は嫁の乳腫に古い治療法しか用いず、結局嫁を死なせてしまう。小学校で教鞭を執っている兄は、妻がありながら跡継ぎの男の子がいないことを口実に平然と妾を同居させている。本家の跡取りだというだけで仕事もせずぶらぶら暮らしている従兄は新女性と不倫をしている。また、李寅華自身も一三歳で結婚した早婚の妻から逃げ出して東京でカフェの女給と戯れている。それに金義官に代表される親日派と乙羅に表象される自由奔放な新女性たち、そして卑屈や卑怯に慣れ親しんでいる民衆らは、まさに墓の死体にたかる「蛆」そのものであり、この蛆たちが、故郷をますます「墓地」化していくのだと、李寅華は確信するのである。そう思い至るや、もはや故郷は正常な人間が住める処ではないと判断し、この墓地のような故郷から一日も早く脱出しようと決心する。

帰省してわずか二日後に故郷への定住を希望した「帰去来」の主人公と違って、「万歳前」の主人公は故郷に近づけば近づくほどそこから脱出しようとする。たとえ植民地支配下の故郷とはいえ、そこには彼の帰りを温かく迎えてくれる家族もいれば、都会生活で疲れた心を癒してくれる懐かしい風景もあったはずである。にもかかわらず、「万歳前」の主人公が故郷を墓地と認識し、そこから一日も早く出て行こうとしたのはほかでもない、それが「現実」だからである。「帰去来」のように他郷生活に疲れた精神を癒してくれるはずの「母」なる故郷は、すでに近代化の波に踏み荒らされてしまって跡形もなくなっていたのである。その現実に「万歳前」の主人公は敏感に反応したわけである。

とすると、「ユートピア」とたとえられた「帰去来」の故郷には近代化の波など押し寄せてこなかったこととなるが、実はそうでもない。岩崎文人氏も指摘しているように、主人公の峯雄が故郷に向かう途中、汽車の中で叫ぶ「あゝ此香だ、此香だ」「己は確に今わが故郷に帰りつゝあるのである」という場合の「故郷」、あるいは故郷の夏の自然に触れて「怪しい、重くるしい夢が忽然として醒め、長閑かな、日の永い現の世界に帰つた」ような気がする「故郷」などは、いずれも「峯雄の内部に想起されるイメージとしての故郷」であり、あるいは「騒々しい都会に対比され観念的に把握された故郷」[*27]である。つまり、峯雄が称賛してやまなかった故郷は、恋人への求婚を控えている一時帰郷者が想念のうちに描いた「幻影」にほかならなかったのである。だから、結婚の夢が消え去って絶望的になった眼で故郷を見直すと、そこは「ウジがうようよしている共同墓地」までは行かなくても、封建的人間関係が幅をきかせる前近代的な農村社会だという現実が浮かび上がってくるのであるが、それについては次節で述べることとする。

3　「故郷」からの脱出

(1)「帰去来」の場合

「帰去来」の主人公、吉岡峯雄は、東京から帰郷し、故郷の自然に触れて今までの都会の生活が「奴隷の心情の狂態」に思え、故郷での田園生活を決意する。だが、峯雄の〈帰去来〉の夢は早々に破れ去り、再び東京に戻る決心をする。いったい何が彼を奴隷のような生活が待っている東京へ再び戻そうとしたのか。実は、この四年の間に峯雄の故郷にも近代化の波が押し寄せてきて安住や安息、ユートピアといったかつての故郷のイメージを一変させていたのである。次の文はそれを象徴的に物語っている。

「徳三は達者かね。」（中略）

「徳三は此春布哇（はわい）へ行きました。」

「さうか」自分は驚いた。

「菊蔵も行きました。」

「さうか。」

「私も行こうかと思て居ります。」（中略）

布哇（はわい）出稼！　これが我故郷の流行の一つとは兼ねて知て居たが、斯くまで村の若者相率ひてゾロゾロと出て行く程には思はなかつた。中にも布哇（はわい）から直ぐ帰らないで亜米利加のはてまで流れ行き、其儘消て了ふ者もある。それやこれやで出稼のために我故郷では色々の悲しい痛ましい説話が幾多も出来て居るのである。（三二六～三二七頁）

これは、帰省したばかりの峯雄が村の若者たちの間にハワイ出稼ぎが流行っているという話を聞く場面である。峯雄は村の若者たちが故郷を捨てて遠くハワイにまで出稼ぎに行くことに強く疑問を感じ、「故郷に於て確実なる生活の中、限りなき平和」を送るべきだと考える。しかし、故郷の現実は峯雄が考えるような純朴な人々が住むユートピアではなくなっていた。村の若者たちのハワイ出稼ぎの背景には、実は次のような事情があったのである。

一八八〇年初頭に、松方財政のデフレ政策がもたらした農村の深刻な疲弊があった。農村では激しい農民分解が起きたが、土地から遊離した貧農を吸収する近代産業は、当時まだ育っていなかった。ハワイ官約移民は、北海道移民とならんで、この事態に対処する日本初の人口調整政策であった。最初の渡航では六〇〇人の募集に対して二万八〇〇〇人もの応募者があったという。日本社会の中に、出稼ぎへの切実な欲求が構造化していたのである。[*28]

明治維新後、資本主義の発展に伴い、近代化に取り残された農村では農民層の分解が進んだ。その結果、一八八〇年代から九〇年代にかけて多くの農民が小作農に転落し、[*29]経済的に窮乏を極めた農民たちが家計を助けるために東京や大阪などのような大都会ばかりでなく、遠くハワイや朝鮮といった海外にまで出稼ぎに出かけ、低い賃金と劣悪な労働環境の下で働かされていたことはよく知られた事実である。つまり、村の若者たちが住み慣れた故郷を捨ててハワイへ出稼ぎに行った背景には近代化に取り残された農村社会の停滞があったのである。

しかしながら、「帰去来」にはこうした農村の抱える問題を、故郷の不動産を叔母に任せて東京で生活する「地主階級の息子」[*30]の視点からしか見ていない。それゆえに窮迫した家計を助けるために出稼ぎに行く村の現状が十分に作品に反映されておらず、主人公の田園志向だけが強調されているのである。そして、その田園志向を支えるのが他でもない「理想の細君」[*31]なのである。つまり、理想の妻がいるからこそ故郷に思いを馳せるのであって、その対象がいなくなると、故郷そのものが束縛と感じ、そこから解放されようとするのである。四年ぶりに帰省した峯雄が、故郷の変貌ぶりにはあまり関心を示さず、綾子との結婚を気にしていたのはまさに「理想の妻」あってこその田園志向であったことと言える。しかしながら、峯雄の故郷意識はそう甘くない。

帰省してから綾子へのプロポーズの機会を窺っていた峯雄は、いよいよと思ったその矢先に、小川家の下男五郎から綾子が朝鮮へ嫁ぐことになったことや、自分の「情婦」であるという話を聞かされる。「恥、怒、惑、限りなき悲痛」のためにいても立ってもいられなくなった峯雄は滞在中の小川家を飛び出して二週間ほど旅をしてから戻ってくると、何と綾子は事故死し、もうこの世にいないのである。ひどく傷心した峯雄は叔母から手渡された生前の綾子の手紙を読み、ことの真相を把握する。

「突然の御出立につき御心のほども相わかり其夜は悲しく泣き明し候私の口よりは何事も申上げ兼候何にも姉より御聞取り被下度く候遠からず朝鮮へ参る身には今一度お目にかゝり度く願へどそれもかなはず候随分御身を御大切に御出世のほど陰ながら祈上候なほ幾末永く御忘被下まじく候」（三五四頁）

峯雄は、綾子が自分の事を慕いながらも、父の意志を従順に受け入れようとしたがために事故で死んだという事実を知る。綾子を将来の妻として思慕し、故郷での田園生活を決意したばかりのことである。しかし、その故郷は、実は娘の結婚に本人の意志よりも家を優先する家父長の意志がいまだ絶対視されている封建社会なのであった。峯雄の夢は故郷に依然として存在する家父長制度の前で無残にも敗れてしまったのであるが、考えてみると、そこはまた豊作続きだというのに若者たちが次々とハワイへ出稼ぎに出て行く停滞した社会でもあった。このような故郷で綾子は死んでいったのである。

峯雄は自分が思い描いていた故郷と現実の故郷との間に大きな隔たりがあることを感じる。牧歌的趣味を満たすところだと思っていた故郷は、実は都会よりももっと「低次元な封建的人間関係が温存[*32]」する前近代的な封建社会だったのである。しかもその因習的な制度は、一帰郷者に過ぎない彼にはどうすることもできない壁であった。[*33] 綾子のいない故郷にもはやいる必要がなくなった峯雄は、次のような言葉を残して東京に戻る決心をする。

> 不羈、独立、自由！　人は此地上に於て其十分を享有すべき約束を持て居ない。
> 「戦闘！　さうだ戦闘こそ人の運命だ。たゞ夫れ戦闘それ自身が人の運命だ。行かう、明日立たう、明日！」
> （三五九頁）

峯雄は今まで「面白くないやうなら、何時でも、直に足の塵を払つて此故郷に帰て来る」と思っていたように、故郷を東洋的理想郷としての「田園」と考えていた。しかし、綾子の不慮の死を知って、田園趣味という空想を抱いたままではとうてい故郷の生活になじむことができないことに気がつく。そして、彼は「戦闘こそ人の運命」と悟り、新たに現実を変革する「戦闘」を誓って、再び東京に戻っていくのである。

(2)　「万歳前」の場合

この故郷からの脱出と東京への回帰という主題を支えるプロットは廉想渉の「万歳前」にも見られる。但し、独歩の「帰去来」が田園生活を目指しながらも、恋人の死を契機に故郷の前近代性に気づき、故郷から出て行くのに対し、「万歳前」は故郷に近づくにつれてそこは正常な人が住めない、脱出すべき空間として認識していたことはすでに前節で見てきたとおりである。いったい何故「万歳前」の主人公は故郷を人の住めない墓地と認識し、そこから出て行こうとしたのであろうか。次の文にそのヒントが隠されている。

今や欧州の天地はあの惨憺たる殺戮も終わりを告げ、休戦条約が完全に成立したではありませんか。欧州の天地、ただ単に欧州の天地だけではありません、全世界には新生の曙光が満ち満ちています。もし全体のアルファとオメガが個体にあると言えるなら、新生という光栄な事実は個人から出発して個人に終わるのではないでしょうか。それなら我々は何よりも新たな生命が躍動する歓喜を得る時まで、我々の生活を光明と正道へと導いて行きましょう。（一五七頁）

これは、李寅華が妻の葬式の直後に愛人の静子に出した手紙であるが、ここで注目したいのは彼が故郷を脱して東京へ戻ろうとした時期だということである。前述のように、李寅華は「朝鮮に万歳が起きた前の年」、すなわち一九一八年の冬に帰省しているが、この年は第一次大戦が終結し、世界的に「新生の曙光が満ち」溢れていた時期である。ちょうどその頃、李寅華は妻の危篤の知らせを受けて留学中の日本から帰省したのである。

しかしながら、故郷の人たちはこうした世界的動きにはまったく無頓着であるばかりでなく、古い因習の世界にどっぷり浸かっていた。何よりも驚いたのは家族である。彼らは、西洋医学を嫌う父のせいで嫁の病気が取り返しのつかないものになってしまっても黙って見殺しにする人たちである。一方彼らは、「りっぱな葬式を出して墓をちゃんと造ることが親孝行だ」とか「子孫が絶えるというのが先祖に対する罪である」などと言って封建的な家族制度を重んずるがあまりに李寅華の妻がまだ「死んでもいないうちから入るべき穴」を心配し、いよいよ彼女が死ぬと、その死を悼むのではなく、三日葬にするのかとか五日葬にするのかとかいって葬式のやり方、すなわち外面ばかり気にする者たちである。そんな家族に対して李寅華が取った行動は次のようなものである。

段取りがついて、私も一切合切を任せ切って客間に出てきてタバコばかりふかしていて、じっと寝そべっていた。しかし、遺体を清州まで運んでいくということには絶対に反対した。五日葬だとかどうだとかいうのにも極力反対をして、三日で共同墓地に埋葬させた。妻の実家から来た人たちは気に入らない素振りでもあり、私が、死んだことでせいせいしていると思い込んで薄情だという顔つきだったが、私は自分の意志を貫いた。（一四五頁）

前節でも見てきたように、李寅華は故郷の現実を共同墓地と認識し、そこから脱出しなければならないと主張してはばからなかった。にもかかわらず、彼は自分の妻をその共同墓地に埋葬してしまったのである。結婚以来一度も思いやったことのなかった妻だとはいえ、死者への侮辱としか言いようがないが、彼がこのような大胆な態度を取ったのは他でもない、世界各地に見え始めた「新生の曙光」にまったく気づかず、いつまでも因習の世界に閉じこもっている家族を目覚めさせるためである。だからこそ、彼は家族の反対を押し切ってでも自分の意思を貫いたのである。

この主人公の決意と行動は、「帰去来」の主人公が、恋人の死の真相を前近代的な大人（綾子の父）の封建性に求めつつも、それ以上追求せず故郷を後にすることとは対照的である。*34「万歳前」の主人公は、妻を見殺しにした父や家族の封建性を黙って見ていられなかった。なぜなら、今度こそ家族の封建性を改めさせなければ自分や家族、さらに故郷は「新生の曙光が満ち」溢れる世界から永遠に取り残されるかもしれないという強い危機意識が、彼にはあったからである。その危機意識を教えてくれたのがほかならぬ妻であると、彼は静子に当てた手紙の中で次のように告白する。

私の周りはまるで共同墓地のようです。生活力を失った白衣の民＝魍魎のような生命が蠢いているこの墓の中に居座っている今の私としては、どうして「花の都」を夢見ることができましょうか。目に触れるもの、耳にするものの一つとして私の心を柔らかく包んでくれ、気分を爽快にしてくれるものとてないのです。（中略）しかし、私は自分自身を救わねばならぬという責任があることを悟ったのです。自らの道を探り当て、開拓して行かねばならない、自分自身に課した義務があることを悟ったのです。私の妻はとうとう苦しみの多かった命が尽きました。彼女は決して死んだのだとは思えません。なぜかというと、その夫である私に、「おまえを自ら救え！　お前の道をみずから切り開け！」という、しおらしくも大切な教訓を与えて行ったからである。（一五五頁）

李寅華が、妻の不慮の死を知ってはじめて「ウジがうようよしている共同墓地」と化した故郷の現実を受け入れ、そのような現実を変えていかねばならないと自覚していたことが、この文章から分かる。そして、その醒めた目で故郷を見ると、そこはなお「生活力を失った白衣の民＝魍魎のような生命が蠢いている」「共同墓地のよう」なところである。だから彼は、人間の自然を圧殺する封建的秩序が幅を利かせる故郷から脱出して「新たな生命が躍動する」近代都市、東京へ戻っていくのである。

結局「万歳前」の主人公も、「帰去来」の主人公と同じく故郷から出て行く。ただ「帰去来」の主人公が故郷に惹かれつつも、そこが自我の目覚めを妨げる場所だと気づくと出て行くのに対して、「万歳前」の主人公は故郷にたどり着いていないうちから故郷を「墓地」と見なし、そこから出て行こうとする。つまり、「万歳前」の主人公にとって故郷とは最初から脱出すべき空間だったのである。しかしだからといって、彼は故郷を見捨てたわけではない。これは「帰去来」の主人公にとっても同じことだ。彼らは妻や恋人の死を契機に、それぞれの故郷が抱えている様々な問題に気づき、それを解決するために再び東京での閉鎖的ではなるが、それでも学問の場の求められるところで奮闘しなければならないと自覚したのである。この自覚は、故郷をいったん自己から引き離して客観的に見られたからこそ得たものであるが、この客観的に故郷を見直すと、やはり故郷は脱出すべき空間だったのである。

4 「故郷」の中の女たち

ところで注目すべきは、自我の目覚めを妨げる桎梏のような故郷を抜け出したのは男だけであるということだ。[*35] 残された女たちは、古い慣習や道徳に支配された家を守りながら、立身出世の風潮に促されて故郷を出た男たちが成功して帰ってくるのをひたすら待ち続けた。「帰去来」と「万歳前」における女たちも、実はその中の一人なのであるが、まず「帰去来」の峯雄の恋人、小川綾子の場合を考えてみよう。


「昨年は何故にお帰りんなさりませんだの。」

「休暇が一週間しか取れなかつたから、東京の近辺へ遊びに行つて了ひました。今年も当前は一週間の休暇だけれども、故郷の方に少し用事があり、墓参かた〴〵帰国するからと言つて無理に四週間休暇を貰らつたのです。」

「昨年は皆なが待ちきつて居りました。」

「今年は待たなかつたのですか。」

「最早こんな田舎にはどうせお帰りんさることはないと思ふて居りました。」

「処が矢張り帰つて来ましたよ。何時帰つて見ても故郷は同じ事だが、つまり故郷ほど佳い処はありませんねえ。」

「さうでご座りますか。私は何だか東京へ行つて見度うて。」

「行けば可いじゃア有りませんか、今度私の帰るとき一同に行きませんか、姉さんと三人で。」綾子は軽く嘆息をついて、

「さうなると私はどんなにか嬉しう御座りますが、最早それも出来んやうになりました。」（三四五〜三四六頁）

これは四年ぶりに帰省した峯雄を、恋人の綾子が「昨年は何故にお帰りんなさりませんだの」と責める場面である。綾子が峯雄の帰りを待ち望んでいたのに対し、峯雄はそんな綾子の気持ちなど知らず東京で好き勝手なことをしていたことがこの文章からうかがえる。つまりこれは、田舎から都会へ出て、新しい都市の文物に接した男たちにとって故郷は特別な用事でもなければそれほど帰りたくないような場所となっていたことを意味するが、その帰りたくない故郷に恋人や母、更には妻といった女たちが残っていたのである。無論彼女たちも故郷を飛び出して広い世界に触れてみたいと思っていたのは言うまでもない。しかしほとんどの女性は、故郷から一歩も出ず一生を故郷の中に閉じこもり、家のことにのみ力を注ぐ生活を強いられていた。女性が故郷を出て行くためには帰省した男からプロポーズされるほか方法はなかったのであるが、綾子もその一人なのである。しかし、東京に行ってしまった峯雄はなかなか帰ってこないし、人目をはばかったのか、便りも少ない。それでも彼のプロポーズをひたすら待ち続けるほかないのが故郷に残された女たちの現実である。

ところが、峯雄を待ち続ける間に綾子は下男の五郎に付き纏われて「若し何処かに嫁（ゆ）くやうなら必定邪魔してやる」と脅迫されるようになり、処置に困った綾子の父が、ひそかに、貿易先にあたる朝鮮の日野屋という大問屋へ綾子を嫁がせる約束をしてしまったのである。その約束は父が公表するまで誰も知らなかったばかりでなく、

父が此春朝鮮に参りました時、日野屋といふ大問屋へ妹を嫁ることに略約束したらしう御座ります、私共も真実此頃までは何にも知りませなんだ。さうすると、先達日野屋の若旦那が番頭を連れて突然やつて来て、其時初めて父は約束のことを妹や私に話しました。妹は此話を聞いた時、唯黙つて居りました。私は妹が如何する積りだらうと其晩聞いて見ましたら、父が一度約束して、先方が又た彼アやつて来た以上は嫁く、と申しました。

「そしてお前は峯雄さんの方は如何するの」と聞きましたら、

「姉さん、其は最早言ふて下さるな、私は絶念めました。私だけ幾多ら思ふても、これぱかりは如何もしかたが御座りません。丁度五郎が私を思ふのと同じ事で御座ります。それだから何時まで五郎に狙はれて苦むよりは、死んだ積りで何処へでも嫁きます」と申しました。（中略）

「未だ結納が済まんのだから今の中、父へ話して如何にか為て貰へと申しましたら、其れでは父の立瀬がなくなり気の毒だから、黙て嫁く、自分は全然あきらめたと申しました。」

これ犠牲である。自分は最早此上を聞くことが出来なかつた。（三五七～三五八頁、傍線は筆者）

というように、当の綾子にさえ秘密にされていたのである。そんなことは露知らない峯雄は綾子にプロポーズするために四年ぶりに故郷に帰ってきたのだが、それが遅きに失した帰省だと知るのは綾子が五郎に無理心中させられてからである。

この綾子の死の真相をめぐって、岩崎文人氏は「綾子の父の前近代的な封建性と絶対的な父に黙って服従し、自己の一生を犠牲にしていく綾子自身にあったのは明白である」[*36]という。確かに、綾子は峯雄を慕いながらも、そのことを主張せず黙って父の意思に従う伝統的な女性である。しかし、彼女を死に至らせた直接の原因は女にのみ忍耐と服従と犠牲を求める家父長制であることは言うまでもない。
近代化とともに自我に目覚めた若者たちが、綾子の父のように家を第一に考える家長と対立・葛藤を起し、故郷を飛び出したのは周知の事実である。また、それらをテーマにした文学作品が数多く描かれたのもよく知られた事実である。島崎藤村の『家』（一九一一）と廉想渉の『三代』（一九三一）はその典型的な作品であるが、注目したいのは現実の人物にせよ、小説の主人公にせよ、故郷を飛び出したのはいずれも男たちであって、綾子をはじめとする女性たちは男たちが捨てた家を守っているということである。その家そのものが人間性を圧殺する封建的な家父長制が支配する桎梏であることはこれまで見てきたとおりであるが、故郷の中の女たちが絶対的な家父長の権威に自己を埋没させられている状況は、「万歳前」の場合にも重要な枠組みとなっている。
主人公の李寅華はお産の後遺症で長く患っていた妻が危篤に陥ったという知らせを受けて急遽帰郷し、一年半ぶりに病床の妻と対面する。骨と皮ばかりにやせこけた妻は、自分の病気よりも、

「……私は、私はもうすぐ死ぬんです。……で、でも、あの重基だけは……」と言いながら、また元気なく口を開こうとしたが、むせんでしまった。思い切り泣きたいのだけれども、気力が尽きてしまって涙ばかりがこぼれてくるようだった。

「そんなこと言うもんじゃない。死ぬって、どうして死ぬんだ。……気持ちをしっかり持っていれば、よくなるさ。」

「……もうこれ以上生きたくもないんです。……と、とにかくあの子だけは頼みますね……」と言って、またしゃくりあげていたが、

「……あの子のことを思うと、いつ、一日でももっと生きなきゃと思うんですけど……」と言いながら、わ

んわん声を上げて泣いては、時おり、喉がつまって蚊の泣くような声になっていった。（一二四頁）

このように息子の将来だけを案じている。その憐れな姿を目の当たりにした李寅華は結婚してから「初めてかわいそうだ」と思う。そして、これまで一度も思いやったことのない妻の一生を次のように回想するのである。

嫁入りなどといっても私と一緒に暮らしたのは日数を数えると何日にもならないであろう。私が十三才、本人が十五才でハトの巣箱ともいうべき、ままごとのような新婚の部屋を構えたので、十年間も夫の家で仕えたことになる。しかし、私が十五才で東京に逃げ出したから、実際は夫婦といっても名ばかりだ。大晦日に嫁に来た新婦が正月一日にそのまま嫁入りしてから二年になると言うようなものである。（一四二～一四三頁）

李寅華の妻は典型的な封建的大家族制度の下に嫁いできた女性であった。結婚して一〇年が経ったにもかかわらず、夫である李寅華と暮らした期間はわずか数年に過ぎない。なぜなら、夫が結婚して間もなく留学という名目で日本へ去ってしまったからである。しかもその夫というものは、一人残された彼女がつらい嫁暮らしに耐えている間に留学先の東京で静子という日本女性や新女性の乙羅と付き合うなど、妻のことは一度も思いやったことがない薄情な男である。それでも彼女は、死ぬ間際まで夫を信じ、子供の将来を気にかけている。これは彼女が如何に忍耐と服従と犠牲を美徳とする伝統的な女性像に縛られているのかを端的に示している場面だと思うが、その彼女を縛り続けているのはほかでもない父を始めとする男たち、すなわち家父長制度である。その具体的表象として家父長の権威が彼女の上にのしかかってくる場面を見てみると、

「そういう乳腫だったら総督府病院へ行って早く腫れものをつぶしてもらったらよかったんでしょうがね。」と一言言ったところ、

「近頃の西洋医に何がわかる？　おまえの兄もそんなことを言うもんだから、死なせることになっても、わしの手で死なせると言ったんじゃが……」と、怒るのであった。私は黙り込んでしまった。（一二五〜一二六頁）

李寅華の妻の病は充分治るはずの病気である。しかし、西洋医学をまったく信用しない李寅華の父は古い治療法に固執し、それを見かねた息子たちが西洋医学の治療を受けさせた方が良いのではないかと勧めても、「死なせることになっても、わしの手で死なせる」といって決して譲らない。その結果、李寅華の妻はろくな治療も受けられずに死んでしまったのである。つまり、李寅華の父は嫁を見殺しした張本人なのである。しかし、そのことについて誰も文句を言えない。それほど家長の権力は絶対だったのである。

以上のように見てくると、李寅華の妻も、綾子と同じく絶対的な権力を振りかざす家父長制の犠牲になった不幸な人物と言えるが、しかし前節で見てきたように、彼女たちの死は決して無駄ではなかった。「帰去来」と「万歳前」の二人の主人公は、恋人や妻の死を通して始めて自分たちの故郷の置かれた現実に眼をむけるようになったのである。その現実を打破すべく二人の主人公をはじめとする当時の日本と朝鮮の若者たちは故郷を飛び出して大都会へと出かけていったが、その中の一つとして朝鮮の釜山が指摘できる。

5　異郷としての釜山

「帰去来」と「万歳前」にはともに釜山に関する記述が見える。独歩の「帰去来」では島民の七割以上が釜山に

移住したという話が、廉想渉の「万歳前」では押し寄せてくる日本人の増加に伴って釜山の街並みがすっかり日本風に変えられたという事実が描かれている。この「帰去来」と「万歳前」に描かれた釜山の描写の違いは、いみじくも釜山の異郷化の過程を物語っている。そこでまず、「帰去来」から見ていくことにする。

主人公の吉岡峯雄は、帰省中に将来の妻と決めていた小川綾子の自宅の離れで過ごすのを何よりの楽しみにしていた。帰省するやいなや早速小川家の離れの様子を聞き出したところ、離れにはすでに客がいるので一週間ほど待ってほしいという予期せぬ返事が返ってきた。峯雄は一瞬戸惑ったが、朝鮮からの客だと知ると、直ぐ気を取り直した。なぜなら、

> 小川は朝鮮貿易を重なる業とし、朝鮮釜山には多くの知人、のみならず親戚すらある家ではないか。殊に麻里布村の者は沢山釜山に移住して居る。朝鮮貿易をする者は小川の外、麻里布には猶ほ四五軒あつて、皆五十噸、七十噸、乃至九十噸までの合子船を四五艘も持て居るのである。「朝鮮」の語は麻里布では少も外国らしく響かない、東京大阪といふよりも今少しく近しく思はれて居るのである。且つ同村の中に編入して有る馬島、麻里布の岸から数丁隔つる一小島の住民の七分は已に釜山仁川等に住居して、今は空屋に留守居のみ住で居る次第である。(三二九頁)

というように、朝鮮貿易を主なる業としている小川家に朝鮮から客が訪れることはよくあることだからである。

すでに第3節で指摘したように、一八八〇年代から九〇年代にかけて広島をはじめ、山口、熊本、福岡といった中国・九州地方では海外移民や移住する者が多かった。中でも山口県熊毛郡はハワイ出稼ぎ労働移民とともに朝鮮にも多くの者が移住している。[*37] ハワイ移民が多かった熊毛郡内の中で、とりわけ麻里布村は人口の九割以上が朝鮮

【表 4】　麻理府村民の海外進出先別人数（1917 年現在[41]）

進　出　先	麻理府村	熊毛郡
朝鮮	829	4,880
「満州」及び「支那」	—	451
台湾	9	468
南洋	—	55
南米	—	127
布哇	15	2,545
北米本土	11	906
樺太	—	14
北海道	4	104
その他	—	112
合計	868	9,662
1916 年 12 月末本籍人数	2,038	106,983
1916 年 12 月末現在者数	1,524	88,544
1916 年 12 月末現在戸数	276	16,713

への渡航を経験し、馬島などは独歩も作中で指摘しているように、一九〇三年時点で総戸数の七四・五％にあたる七九戸が朝鮮に移住するなど、もっとも頻繁に朝鮮進出が行われた地域である。ハワイや北米への農民による出稼ぎ労働移民と異なり、朝鮮への進出は商業を中心とした朝鮮貿易が特徴であり、その起源は江戸時代まで遡ることができる。[38]しかし、本格的な朝鮮貿易及び進出が始まるのはやはり一八七六年の日朝修好条規による釜山開港以降である。

　明治維新後、朝鮮への進出を図っていた日本政府は、開港直後江戸時代に日朝交渉の窓口が置かれていた倭館の広大な敷地に早速日本人居留地を設置し、この居留地を目指して馬島をはじめとする西日本よりさまざまな日本人が渡航していった。初期の居留民たちは徒手空拳の渡航者が多く、雑貨や綿布、塩などを朝鮮に搬入し、金や穀物を搬出する私的な貿易に携わっていた[39]が、日清・日露の両戦争をへて日本の勢力が強まるに伴って貿易量も拡大し、やがて「帰去来」の小川家のように朝鮮貿易で財をなした「朝鮮成金」[40]も現われるようになったのである。

　独歩は、一八九一年五月に熊毛郡麻郷村（現在田布施町麻郷）に帰省し、翌年六月まで麻郷村を中心に麻里布村、平生、柳井などで過ごしたことがある。この一年間の体験は後に「熊毛もの」といわれる一連の作品群を生み出すなど独歩の精神世界に強い影響を残しているが、「帰去来」は麻里布村を舞台にした作品である。ちょうどその頃の麻里布村馬島は「男のほとんどは朝鮮貿易のために、あるいは遠洋へ出漁のために不在で、女のみのきわめて淋しい島」[*42]であった。つまり、現実の麻里布村は田園生活を満喫するようなユートピアではなく、近代化に取り残された貧しい漁村だったのである。

独歩は、麻里布村に滞在中にハワイ移民や朝鮮貿易で栄える村の背後に、明治維新による急激な社会変化によって多くの地場産業が衰退し、再編を迫られた農・漁村の人々が新たな活動場所を求めて朝鮮やハワイなどへの移住を余儀なくされているという事実を垣間見ていたに違いない。[*43]だからこそ一〇年後の一九〇一年に「帰去来」を執筆し、馬島の住民の七割が住み慣れた故郷を捨てて異郷の地・釜山へ移り住むという現実を描いたのである。このような独歩の作品は当然、朝鮮からの留学生にも瞠目されていたが、中でも廉想渉は、日本人の手によって釜山の街並みが次々と日本化されていく現実を取り上げた「万歳前」を執筆して文壇の注目を集めた。

「万歳前」以前にも釜山を取り上げた作品はある。李人稙『血の涙』(一九〇六)『血の涙、下編』(一九〇七)『鬼の声』(一九〇七)、崔瓚植『秋月色』(一九一二)など、いわゆる開化期に描かれた新小説である。ただしこれらの作品に描かれた釜山は、のどかな漁港から蒸気機関船が出入りする国際的な港へと大変貌を遂げていく近代的な都市である。[*44]この近代都市を目指して朝鮮各地は無論、日本や中国などから人と物が集まり、その結果、釜山は飛躍的な発展を遂げることになったが、問題は釜山の近代化が日本主導で行われていた事実である。しかし、開化期の作家たちはそうした事実には目を向けず、むしろ日本化を促すような、助長するような描き方をしている。[*45]このような無批判的な日本化と一線を画したのが廉想渉である。

すでに第2節で見てきたように、「万歳前」には日本化が進んだ結果、釜山市内から朝鮮人街が完全に消え去ってしまった事実が取り上げられている。その箇所を詳しく見てみると、次の通りである。

埠頭を後にして西に曲がって電車道に沿って大通りをどんどん歩いたが、左右には二階建ての家がどこまでも続いていて朝鮮家屋らしきものは一つも目に留まらない。二、三町も行かずして電車道は北の方に曲がっていて、向かい側には色とりどりの芝居小屋なのか映画館なのか、はでな絵看板やらのぼり旗が目に付くばかりだった。三叉路に立ってしばらく四方八方を眺めやったが結局、通りがかりの担ぎやの人夫に朝鮮人町はどこかと聞いた。担ぎやはしばらくためらい勝ちに考え込んでいたが、南のほうへと通じる道を教えてくれながら、そっちへ行けば何軒かあると言う。私は教えられた通りに踵を返した。生臭くもあり、腐ったような匂いが鼻を突く海産物倉庫がちらほらと建っている間の道を抜けて、あっちにつっかえこっちにつっかえしながら分け入ると、海辺に抜ける汚くて狭い路地が現れた。やたらと乱造された粗末な二階建が左右に五、六棟ずつ立ち並んでいるのは朝鮮人の家のようには見えないが、あちこちの玄関口から出入りする人たちは朝鮮人である。あの家この家と覗き込みながら通り過ぎようとしていると、ある家の二階に長鼓を立て掛けてあるのがガラス越しに見えた。しかし、表にはたいてい旅人宿という看板をかけてあった。ちょっと見るだけで、こういう港町にはよくあるそういう種類の商売をするところだというのがはっきりわかった。しかし女の姿はまったく見かけなかった。（七〇頁）

これは、釜山港に着いた主人公の李寅華が、朝鮮料理が食べたくなって市内に出かける場面である。だが、このことから彼は皮肉にも、朝鮮人街が市内の中心地から郊外に追いやられてしまったという事実を認識させられることになる。

前述したように、日本政府は日朝修好条規締結翌年の一八七七年に早速朝鮮時代以来日本人居留地のあった倭館の跡地に新たに日本人専管居留地を開設し、そこを中心に市街地作りを行った。ところが、その居留地が押し寄せ

【図42】 開港直後の釜山港 1900年代*47

てくる日本人渡航者であふれかえって敷地が足りなくなり、朝鮮総督府は居留地の外の土地を次々と買収しはじめた。*46その結果、市内の中心地に住んでいた多くの朝鮮人たちは、何千何百年に渡って「祖先が粘り強い努力で少しずつ少しずつ踏み固めた、この土地を、ほかの人の手に投げだして市外に追いやられ」ていったのである。

何よりも問題なのは、そうした事実について当の釜山の人よりも、朝鮮を訪れた外国人が関心を示し、心配をしている点である。一八九四年一月から一八九七年三月までの間に四度、朝鮮を訪問したイザベラ・バードは、その著『朝鮮とその近隣諸国』(Mrs. Bishop [Isabella L. Bird], *Korea & Her Neighbours: A Narrative of Travel, with an Account of the Recent Vicissitudes and present position of the Country*, London, 1898) の中で日本人による釜山占領を次のように語っている。

船が投錨してまず目に入るのは朝鮮ではなく日本である。はしけは日本のものである。(中略)

釜山の居留地はどの点から見ても日本である。五五〇八人という在留日本人の人口に加え、日本人漁師八〇〇〇人という水上生活者の人口がある。日本の総領事は瀟洒な西洋館に住んでいる。銀行業務は東京の第一銀行が引き受け、郵便と電信業務も日本人の手で行われている。（中略）

読者にしてみれば「いったい朝鮮人はどこにいるのか。日本人のことなど読みたくもないのに！」とじれったくお思いのことだろう。わたしとしても日本人のことばかり書きたくはないが、事実はいかんともしがたく、日本人がいるのは釜山のれっきとした事実なのである。

汽船の甲板から眺めると、海岸からある程度の高さを保ってのぼりくだりしながら、日本人街から山腹に細かい小道が三マイルばかりつづいている。この小道は、わたしが最後に見たときには無人だったが、官衙もある小さな清国人居留地を通り、その終点に、城壁に囲まれた釜山の旧市街地がある。砦はとても古いものの、なかの市街は三世紀前の構想にそっと日本人の手で近代化されている。

岸辺の岩場に座っているのは、ペリカンかペンギンかを思わせる白い物体の群れである。が、同じような物体が人間そっくりの足取りで釜山の新旧市街間をとめどなく行きかうところを見ると、すわっている物体もどうやらその同類らしい。[48]

釜山港に到着したばかりのバードは、「万歳前」の主人公と同じく、果たして自分が朝鮮に来たのか日本に来たのか訳が分からなくなるが、この体験は何もバードだけのものではない。開化期に朝鮮を訪れた外国人たちが書き残した見聞録には、釜山の日本化を指摘する記述が数多く見られる。例えば、バードより一〇年も前の一八八四年に来日したH.N.アレンは、同年九月一四日付けの日記の中で「釜山は完全に日本化された都市である。市外に出て行かない限り朝鮮人に出くわすことはまずない」と述べている。[49]これら外国人の書いた一連の見聞録は、釜山の

【図 43】 日本化の進む大田、本町通り＊50

日本化がすでに一八七六年の日朝修好条規から始まっていることを如実に物語っている。

廉想渉は、一九一二年から一九一八年まで日本に留学しているが、その間、彼は帰省のために何度も釜山港に立ち寄ったことがある。船から見下ろされる釜山市内は、増え続ける日本人渡航者に比例してどんどん日本風に変わっていく。その様子を目の当たりにする度に、廉想渉は朝鮮の玄関である釜山が、今や日本の地方都市の一つに転落してしまったと嘆いたに間違いない。釜山だけではない。仁川、大田、木浦、麗水、鎮海、京城、大邱、平壌、群山、金泉、元山など駅や港がある都市も次々と日本化していった。次の文は釜山からスタートした日本化が朝鮮全土に広がっている様子を雄弁に物語っている。

> 駅の外に出て、雪をサクサクと踏みながら大通りに出てみると、七年前に日本に逃げて行く時、昼の十二時に大田に降りて昼飯を食べた店がどの辺なのか方角の見当もつかなかった。道の向かい側にずっと並んでいるのは真っ暗でよくは見えないが、日本人の家のようだった。「夜鍋饂飩」（夜売る日本のうどん）を売る屋台の車が寂寞とした夜のしじまを破り

ながら、もの寂しげにチリンチリンと鐘を振っているのをしばし眺めて立っていたが、あの時、飯屋をしていた三十過ぎの宿屋の女は今ごろどこで埋もれているのやら？　と思いながら、また駅の構内に戻ってきた。（一一八頁）

これは、「万歳前」の主人公が釜山駅を出発してソウルに向かう途中立ち寄った大田駅の風景を描いたものであるが、大田も釜山と同じく駅の中心地はすでに日本人に蚕食されている。

かつてはのどかな一村落に過ぎなかった大田が急浮上したのは、一九〇四年の京釜鉄道開通以後、湘南線（一九一三年開通）との分岐点にあたる交通の要として注目を浴びたからである。[*51]　京釜線開通当時、大田に住んでいた日本人居留民はわずか八八人に過ぎなかったが、経済的に注目されるや否や釜山などに住んでいた日本人が移り住み始め、一九〇七年には一〇〇〇人を超え、一九一一年には三八九一人になった。湘南線の完成に伴って人口はさらに増え、一九二五年には五七二四名に達した。これは在朝日本人の六六％を締める高い数字である。[*52]　日本人が多く住んでいるという事実は、それだけ日本化が進んだこととなるが、その日本化が本格的に進む一九一八年に大田駅に立ち寄った「万歳前」の主人公はすっかり変わってしまった駅の様子に愕然とするのであった。しかし、彼を失望させたのはそれだけではなかった。行く先々で会う人たちがもはや日本化現象を当然の事実として受け入れていることだった。

兄さんの家の方に行く町内の入り口まで来て、前には見たことのなかった日本人の商店が道端に一軒でき、路地に入っても日本人の門札のかかった家が二軒もあるのを見て、

「しばらくの間にずいぶん変わりましたね！」と兄さんを眺めると、兄は何か考えごとをしている人のよう

に微笑みながら黙ってうなずいてみせた。
私は先に立って歩く兄さんの後について入っていきながら、去年より一層みすぼらしくなった玄関を見やって、

「崩れ落ちそうになっているのに、戸口でも直したらどうです？」と、独り言のように聞いた。

「もうどれだけも住まないんだ！　ここもうじきに日本人村になるはずだから、このまま持っておいて来年当たりにそれ相当の値段で売っちまおうと思ってるんだ。こうみえても今の時勢ではここが一番高いんだよ。」

兄さんは七、八年前に買った時と比べて、ほぼ二、三倍に時価が上がったといたく喜んでいるようだった。私はけさ釜山で見た光景を思い出しながら、（八六〜八七頁、傍線は筆者）

これは、金泉に住む兄の家に寄った時の場面であるが、社会の指導層であるはずの兄は押し寄せてくる日本人のおかげで土地の値段が急騰したと喜んでいる。その兄の姿に「けさ釜山で見た光景」、すなわち目先の利益を追うあまりに市内から町はずれへ、町はずれから僻地へと追われた釜山の人たちを重ね合わせた李寅華は、釜山の教訓が全く生かされていないことに気づく。

前述のイザベラ・バードをはじめ開化期に朝鮮を訪れた外国人は口をそろえて釜山はもはや「朝鮮ではなく日本である」[*53]と危惧した。しかし、当時の朝鮮にはそうした指摘に耳を向ける余裕などなく、金泉や大田のように第二、第三の釜山があちこちに出現してきた。その現実を目の当たりにした李寅華は、釜山こそ朝鮮の運命を「縮図」「象徴」したところにほかならないと、次のように叫ぶのであった。

釜山といえば朝鮮の港としては第一流であり、朝鮮の重要な門戸であることは小学校にひと月通っただけでも分かることである。事実、釜山は朝鮮の唯一の代表なのである。朝鮮の縮図、朝鮮の象徴はやはり釜山なのである。外国の遊覧客が朝鮮を見たいというのなら、まず釜山に連れて行って見物させれば充分であろう。聖なる釜山！　朝鮮を背負い立つ釜山！　釜山の運命が朝鮮の運命であり、朝鮮の運命がすなわち釜山の運命であった。（六九頁）

釜山の重要性をいち早く認識していた廉想渉は、一八七六年の開港とともに異郷の地に移り住んだ「帰去来」の登場人物のその後の生活、すなわち釜山に日本の文化や生活習慣、しきたりなどをもたらすことによって釜山の街並みが次々と日本化されていく事実を暴露した作品を執筆し、朝鮮文学に故郷意識を持ちこんだのである。それゆえ彼は植民地下の釜山の運命を最も鋭くかつ正確に捉えた作家として知られるようになった[*54]が、注目すべきなのは、廉想渉の釜山に対する認識である。

前述したように、開化期の新小説に描かれた釜山は、新しい文明と文化を取り入れて大変貌を遂げつつある近代都市である。しかし、現実の釜山は日本資本に蚕食されつつある植民都市なのであった。その現実を暴露したのが廉想渉であることはこれまで見てきた通りであるが、彼が開化期の新小説と一線を画した視点を持ちえたのはほかでもない、釜山の置かれた現状を旅行者の目で見ていたからである。この旅行者の目で故郷を捉える視点はそれまでの朝鮮文学にはなかった、まったく新しい見方である。

6　鉄道と汽車旅行、そして帰郷小説という新しい小説ジャンル

廉想渉は、一九一二年九月に来日し、麻布中学、聖学院中学をへて一九一八年に京都府立第二中学校を卒業している。その頃の日本は明治から大正に変わり、前代の明治とはまったく異なる様相、すなわち資本主義経済の発展に伴う産業の隆盛とそれがもたらした自由競争や個人主義、自己主義といった傾向が幅を利かせるようになった時期である。文学の世界でも、このような社会的変化を捉える動きが起こりはじめ、明治から活躍していた作家たちとまざって新しい世代の作家が続々と登場してきた。その新しい世代を代表したのが白樺派である。

日本語学校を経て中学校に入った廉想渉が、日本文壇の新しい動きに関心を示し、とりわけ白樺派の文学作品を読んでいたことは前述したとおりである。しかし廉想渉が、柳宗悦を通じて志賀直哉など白樺派のメンバーに接触し、彼らの思想や文学に傾倒しだしたのは慶應義塾大学に入学した一九一八年以後である。[*55] 中学校時代は、一九〇八年頃から国語教科書に頻繁に掲載されるようになった徳冨蘆花や島崎藤村、夏目漱石、国木田独歩、正岡子規、森鷗外、二葉亭四迷といった明治時代から活動していた作家たちのものも読んでいた。[*56] 中でも独歩の作品は、作中に「からゆきさん」として朝鮮に流されていく下層社会の女の話や、朝鮮貿易に従事するために島民の七割が釜山に移住している話が盛り込まれているがために非常になじみ深い作家の一人であった。しかも、独歩の作品にはそれまで朝鮮文学では取り扱ったことのない新しい叙述形式とモチーフが非常に豊富である。だからこそ独歩の作品は李光洙や田榮澤、金東仁といった当時、朝鮮文壇をリードしていた文学者に注目されるようになったわけであるが、その中の一つが帰郷モチーフである。

実は、一九二〇年代の朝鮮では開化期以来、様々な理由で離郷を余儀なくさせられた人たち、例えば併合前後に日本に留学していた知識人たち、満州や上海などを拠点に独立運動を繰り広げていた抗日運動家たち、そして土地調査事業などで土地を失って放浪・移住を繰り返していた農民たちの帰国ラッシュが起きていた。[*57] この帰郷ブームは当然小説家たちにも注目され、たくさんの帰郷小説が描かれるようになったのは前述したとおりである。繰り返しになるが、改めてそのリストを示すと、以下のようなものがある。

廉想渉「墓地」（一九二二、二年後の一九二四年に「万歳前」に改題出版）、崔曙海「故国」（一九二四）、玄鎮健「故郷」（一九二五）、趙明姫「洛東江」（一九二七）、韓雪野「過渡期」（一九二九）、李箕永「洪水」（一九三一）、李泰俊「故郷」（一九三一）、李光朱「土」（一九三二）、沈薫「常緑樹」（一九三五）、李箕永「一九三六」、李無影「第一課第一章」（一九三九）、韓雪野「帰郷」（一九三六）「太陽」（一九三九）など

このリストからも分かるように、帰郷モチーフをはじめて文学的に顕在化したのが廉想渉の「万歳前」である。「万歳前」の前に帰郷モチーフを扱った作品として李常春「帰路」と朱耀翰「村の家」（共に一九一七）が存在する。しかし、両作品はともに近代小説としての完成度が足りず[*58]、本格的な帰郷小説の出現はやはり「万歳前」以後となる。

注目すべきは、これらの帰郷小説には故郷にたどり着くまでの旅の過程がまったく描かれていないことだ。満州や沿海州、日本などといった遠方から帰郷した主人公たちは当然ながら汽車や船、車、人力車などを使ってそれぞれの故郷に向かっていたはずである。にもかかわらず、いずれの作品も、

「汽車は南大門に到着した」（李常春「帰路」一九一七）

「昌浩は故郷に帰ってきた。」（朱耀翰「村の家」一九一七）

「大望を抱いて故郷を出ていたウンシムが再び朝鮮に現われたのは癸亥年三月中旬であった。」（崔曙海「故国」一九二四）

「早冬の暗い夜（中略）ちょうど車から降りた一行は船を待つために川岸の高台の上で不ぞろいに集まっていた。」（趙明姫「洛東江」一九二七）

「チャンソニは四年ぶりに昔の土地に帰ってきた。」（韓雪野「過渡期」一九二九）

「朴健成が日本から帰ってきたのは今から一ヶ月前である。彼は七年前に故郷を出たが、見違えるほど人が変わってしまった。」（李箕英「洪水」一九三一）

という具合に、故郷に帰ってきた瞬間から物語が始まっている。しかし廉想渉の「万歳前」は違っていた。主人公が帰郷の決意を固めるところから書き出され、電車、汽車、船、人力車を乗り継いでの帰郷の様子が実に詳しく描かれている。

弁当箱のおかず入れのようにすし詰めで、そこここで押し合いへし合いしながら窮屈な中で座っている間に、やっとうとうとして目が覚めたが、まだ夜が明けるには一、二時間ほど間がある様子。車内は夜の冷気でひんやりしていたが、人いきれとタバコの煙で空気は濁っていた。再び目をつむってみたが、なかなか寝付かれそうにもなく、外套を引っかけた肩が薄ら寒いので、座り直して煙草に火を付けてくわえてから、網棚に載せた静子のくれた風呂敷包みを下ろした。（二七頁）

これは東京駅を出発したばかりの車中の風景を描いたものであるが、車中の描写ばかりでなく、釜山駅から金泉、永同、大田を経て終点の南大門駅に着くまでの行く先々の駅や車中、車窓の風景が詳細に描かれている。次の文はようやくソウルにたどり着いた汽車が終点の南大門駅に到着するまでの車内の状況を描いた場面である。

【図44】 南大門駅（現ソウル駅）の1914年頃の様子*59

もうじきソウルだな！　と思うと、それでもうれしくなくはなかった。永登浦を過ぎ、漢江鉄橋を渡るときには、大理石で暗渠にふたをしたような、人影とてない川一面の氷を眺めながら、思わず一度、背伸びをした。龍山駅まで来ると、後ろのキーセンが立ち上がって身繕いをしながら、今にも降りるようにして私をしげしげと眺めてもじもじしていたが、列車が発車しようとして呼び子を吹く音がすると、そのまま座ってしまった。初めてソウルに来たキーセンではないようなのだが、知り合いの顔がなくて不安になったものか訝しいことだった。私が自分の座席に戻って網棚の荷物を下ろして座り直した後も、私の一挙一動を目で追いながら何やら話しかけそうにしながらも口を開けないようだった。ソウルで訪ねていく道を教えてもらおうというのやら、

何やらわけがあるようで、こちらから先に声をかけたかったが、大学の制服制帽であることに敬意を表して口をつぐんでしまった。

汽車は南大門に到着した。（一二〇頁）

このように、南大門駅までの道のりや、終点に近づくにつれて降りる支度をする人々の様子などが実によく描かれている。これはかつてなかった、まったく新しい見方である。いったいなぜこのような作品が突如描かれたのか。またいったいなぜほかの作家たちは帰省の旅を描かなかったのか、と不思議に思うが、廉想渉の日本留学を考慮すると、自ずと分かってくる。

すでに前で見てきたように、日本では明治二〇年代から三〇年代にかけて帰郷や故郷をテーマとした帰省小説が流行っていた。これらの作品を紐解いてみると、帰省の旅、すなわち主人公が帰省の決意を固めるところから書き出され、汽車と船、馬車とを乗り継いでの旅の様子が詳しく描かれている。ただし、これらの作品をよく読んでみると、船や馬車の旅に関しては、「山の形にも笑ひ水の波立つにも面白がりて打興じ、白浜外浦大川和田、海辺の道の景色に浮かれて」とか、あるいは「列べて走らす車の上和かき風にも身を煽がせつ」という具合に、旅の情緒が描かれているのに対して、汽車の旅の場合は、「国府津よりは汽車一飛、新橋にこそ着にけれ」と実に素っ気なくすませている。[*60] 一八七二年九月に新橋と横浜の間に鉄道が開通されて以来、汽車は小説にとって最新のモードの一つとして注目され、作家たちもこぞって取り入れるようになったが、そのほとんどの作品には「汽車旅行独特の情緒」が描かれていない。

このような現象について、新保邦寛氏は「汽車以前の旅に慣れ親しんでいる人の目にはスピードの速い鉄道旅行がもたらす新しい風景に気づくことが出来な」かったからだと指摘し、そのタブーを破ったのがほかならぬ国木田独歩だと言うのである。[*61] 独歩は、一九〇一年五月に帰省小説「帰去来」を発表しているが、この作品には他の帰省小説と違って汽車の旅が詳細に描かれている。次の文は「帰去来」の主人公が故郷に向かって東京駅を出発した直後の車中の様子である。

汽車はさまでこまず、自分の臥べる余地は十分あつた。雨の降り込むのを恐れて、風上の窓を閉め切て居たから何とも言へぬ熱さである。隅の西洋人は顔をしかめて居る。自分も堪え兼ねて後の窓を少し開けて見たが、品川沖から吹き付ける風で雨は遠慮なく舞込む、仕方なく叉閉めると、「夕立だ、今に晴れる」と言つた声が彼方の方でした。

大森を過ぎると、雨は果たして小やみになつた。人々いそがしく窓を開け放つ、雨の名残が心地よく舞込む、吐息をついて顔を見合はす、巻煙草に火を移ける者もある、しかし誰一人話をする者はなかつた。

窓から頭を出してみると、早や天際に雲ぎれがして、夏の夜の蒼い空が彼方此方に黒澄んで、涼しい星の光がきらめいて居る。田舎の灯火があちこちに見える、それも星のやうである。田面一面に蛙が鳴て稲の香をこめた小気味よい風が吹き付ける。

「ああ此香だ、此香だ、」自分は思つた、「己は確かに今わが故郷に帰りつゝあるのである。」(三一七頁)

汽車の中の様子や車窓から見える風景が実によく描かれていることがわかる。新保邦寛氏は、独歩の「帰去来」は日本近代文学史上はじめて車中の様子を書いた先駆的な作品であり、彼が他の文学者が見向きもしなかった車中の風景を描くことが出来たのは、「鉄道によってもたらされた新しい風景」にいち早く気づいていたからにほかならないと指摘している。[*62] つまり、伝統的な風景観の呪縛にとらわれていなかったからこそ、車窓の外の景観が鑑賞できたわけであるが、そうした先駆性があるからこそ独歩の作品は朝鮮の留学生に広く読まれていたのである。しかし、「汽車旅行独特の情緒」を描いた独歩の作品に反応を示したのは廉想渉くらいである。それでは他の作家たちはどうして帰省の旅を描いた小説に関心を示さなかったのか。

一九〇〇年、京城と仁川の間に鉄道が敷設されたのをスタートに、一九〇四年には京釜鉄道、一九〇六年には京義鉄道、一九一三年には京元鉄道と湘南鉄道が相次ぎ開通し、一九一九年末には朝鮮内総年長二一九七キロに至る主要幹線鉄道が完成した。これ以降、汽車は近代生活に不可欠な乗り物として人々の生活の中に浸透していった。しかし、実際に汽車を使って旅行をするなど、汽車そのものが人々の生活と感性に深く根をおろすようになったのは一九三〇年代に入ってからである。つまり、汽車はそれほど珍しいものであったのである。その汽車の威力と魅力にいち早く関心を示したのがほかならぬ廉想渉である。しかも廉想渉は、汽車の威力にただ驚くのではなく、その魅力にも気づいていた。処女作「標本室の青蛙」(一九二一)には、日本から帰省した主人公が友達と京城から平壌を経て鎮南浦、北国寒村(烏山)まで汽車旅行をする様子が描かれている。もちろん「万歳前」のように車中や車窓の風景には一顧だにしない、素っ気ない旅行ではあったが、廉想渉はすでに汽車を使って旅をするという新しい文化を楽しんでいたのである。彼がほかの誰よりも汽車旅行に強い関心を示し、それを作品に取り入れたのは、六年間に渡る日本留学体験があったからである。

当時日本への留学は、金允植氏も指摘しているように、鉄道に代表される「近代」を学ぶためである。その日本で廉想渉は六年に渡って近代教育を受けていたのである。無論、廉想渉のほかにもたくさんの留学生がいたし、彼らも鉄道に関心を示していた。

例えば李光洙は、廉想渉に先立って鉄道を取り上げた作家として知られる。彼は処女作「愛か」(一九〇九、「鉄道自殺」)をはじめ、「幼き友へ」(一九一七、「車中奇縁」)、『無情』(一九一七、「車中奇縁」・「車中読書」・「車中・車窓の風景」)、『土』(一九三二、「鉄道自殺未遂」)、『再生』(一九三五、「車中奇縁」)といった作品を通じて当時どの作家よりも早く作品に鉄道を取り入れている。*63 またその描き方も汽車というモダンな空間を使って男女が出会ったり、読書をしたり、自殺を図ったり、窓の外の風景を鑑賞したりするという、それまで朝鮮社会には存在しなかった新しい文化現象として捉えられている。それゆえ彼の作品は、一般読者は無論、廉想渉など同時代の文学者からも絶大な支持を得ていた。ただし「幼き友へ」に用いられた「車中奇縁」のモチーフに独歩の「おとづれ」の影響が指摘されるなど、李光洙の鉄道認識も、実は廉想渉と同じく日本留学の産物であることを指摘せねばならない。

李光洙ら朝鮮の留学生が学んでいた一九一〇年代の日本では、汽車はもはや「文明の利器」ではなく、日常生活に不可欠な交通機関と化していた。つまり、人々が普通に汽車を使って仕事や観光地、故郷などに出かけていた時期である。そうした社会の変化を受け、文学作品に描かれるようになった汽車も新風俗を運んでくれるイメージから単なる移動の手段へと変わっていったが、その先駆的な作品が独歩の「帰去来」(車中・車窓の風景)と「おとづれ」「鎌倉夫人」(ともに車中奇縁)である。前述の「車中・車窓の風景」とともに「車中奇縁」も、実は独歩が日本近代文学にはじめて持ち込んだ新しいモチーフである。[*64] 有島武郎の長編小説『或る女』(一九一一～一九一九年)の冒頭は、主人公の早月葉子が列車の中で偶然元婚約者と再会する場面から始まるが、それが独歩の「おとづれ」と「鎌倉夫人」から影響を受けていることはよく知られている事実である。この汽車の中での再会のエピソードを、李光洙が繰り返し使っていたことは、すでに当時から金東仁などによって指摘されている。[*65]

李光洙は生涯にわたって独歩文学を読み、その影響を受けていたと告白した唯一の作家である。おそらく「帰去来」も読んでいたはずである。しかし彼は廉想渉と違って、汽車を使って故郷に帰っていく帰郷モチーフには関心を示さなかった。彼にとって汽車はあくまでも「文明」を運んでくれる道具であって、それを使って植民地に転落した故郷の現実を描き挙げるという発想はなかった。これは啓蒙文学者としての李光洙の限界であり、悲劇と言わざるを得ない。だからこそ彼の文学は同時代の若手文学者に真正面から批判されたが、その中の一人が廉想渉である。

これまで見てきたように、廉想渉は李光洙が見逃した帰郷モチーフに注目し、朝鮮近代文学に帰郷小説という新しい小説ジャンルをもたらしたばかりでなく、「墓地」のように荒れ果てた故郷の現実を浮き彫りにしている。この事実はいくら強調してもし過ぎることはないと思われるが、それができたのは、廉想渉こそほかの誰にも増して近代の象徴である「鉄道」の本質に気づいていたからであろう。

註

＊1　山田博光「湖処子と独歩──帰省小説をめぐって──」（『国木田独歩論考』創世記、一九七八年）一三九頁。

＊2　北野昭彦「宮崎湖処子『帰省』と〈故郷〉に取材した諸作」（『宮崎湖処子・国木田独歩の詩と小説』和泉書院、一九九三年）一六頁。

＊3　前田愛「明治立身出世主義の系譜──『西国立志編』から『帰省』まで──」（『文学』一九六五年四月）。後に『近代読者の成立』（有精堂、一九七三年）に収録。

＊4　北野昭彦、前掲書註＊2に同じ。

＊5　山田博光、前掲書註＊1に同じ。一四一頁。

＊6　岩崎文人「『帰去来』論」（『文教国文学』一九七六年三月）。

＊7　帰郷や離郷、異郷は戦後韓国文学にとって重要なモチーフの一つである。過酷な植民地支配から逃れるために海外への移住を余儀なくさせられていた人たちは、一九四五年解放されるやいなや長い間離れていた故郷を目指して世界各地から帰ってきた。だが、植民地からの解放は朝鮮半島が南北に分断される時代の始まりを意味することでもあったので新たな故郷喪失者が生まれてきた。一方、一九七〇年代に入ると、韓国社会の産業化・都市化に伴い、農村から都市へと異郷した人たちが故郷と異郷で行き場を失い、さまよう人たちが出現した。許俊『残燈』（一九四六）、蔡萬植『歴路』（一九四六）、廉想渉『解放の息子』（一九四九）、金承玉『霧津紀行』（一九六四）、黄晳暎『森浦に行く道』（一九七三）、金源一『夕焼け』（一九七七）、文俊泰『とらの音』（一九七七）、宋基源『月行』（一九七七）、宋基源『再び月門里にて』（一九八三）、趙廷来『焚火──人間の門』（一九八三）などはその代表的な作品である。

＊8　李大揆「帰郷小説研究序説」（『韓国近代帰郷小説研究』以會、一九九五年）一一〜三七頁参照。
＊9　『写真で見る独立運動（上）――叫びと闘争』（瑞文堂、一九八七年）一五二頁。
＊10　金允植『廉想渉研究』（ソウル大学出版部、一九八七年）三九頁。
＊11　金允植、前掲書註＊10に同じ。九四〜九五頁。
＊12　金宇鐘著・長璋吉訳註『韓国現代小説史』（龍渓書舎、一九七五年）一五四頁。
＊13　李大揆、前掲書註＊8に同じ。一九頁〜二四頁参照。
＊14　前田愛、前掲書註＊3同じ。
＊15　「芸苑愚語」（『文庫』三巻六号、一九〇七年八月一五日）但し、『定本国木田独歩全集第十巻』（学習研究社、一九九六年）三九八頁による。
＊16　①滝藤満義「様々な帰郷」（『国木田独歩論』塙書房、一九八六年）二一七頁。②花森重行「反帰省小説としての『帰去来』――国木田独歩における「連続」と「驚き」（『言語文化研究』十二巻三号、立命館大学国際言語文化研究所、二〇〇〇年一一月号）。
＊17　国木田独歩「帰去来」（『定本国木田独歩全集第二巻』学習出版社、一九九六年）以後頁数のみ記載。
＊18　李在銑「日帝の検閲と『万歳前』の改作」（『韓国文学の解釈』セムン社、一九八一年）参照。
＊19　李在銑、前掲書註＊18に同じ。一〇五頁。
＊20　白川豊「廉想渉・作〈万歳前〉解説――インテリ朝鮮青年の鬱憤吐露と新生模索の旅の物語」（『白川豊訳、万歳前』勉誠出版、二〇〇三年）一九一頁。
＊21　李大揆、前掲書註＊8に同じ。三九頁。
＊22　張伯逸「第三章廉想渉初期短編小説研究」（『韓国リアリズム文学論』探求堂、一九九五年）二一四頁。
＊23　白川豊、前掲書註＊20に同じ。
＊24　本文中に引用した「万歳前」は白川豊訳『万歳前』（勉誠出版、二〇〇三年）による。ただし、原文（『廉想渉全

集』民音社、一九八八年）と照らしてニュアンスのやや異なるところなどは改訳させていただいた。

*25 李甫永は、その著『乱世の文学――廉想渉論』（図書出版イェチカク、一九九一年）において、廉想渉の「万歳前」は三・一運動の起きる直前の冬の事件を扱っているにもかかわらず、それがまったく無視されていると指摘し、この作品は主人公が三・一運動の前夜、すなわち第一次大戦が終わって世界が希望に満ち溢れていた一九一八年に帰郷した、その意義を考えねばならないと言及している。

*26 坂本悠一・木村健二『近代植民地都市釜山』（桜井書店、二〇〇七年）一四〇頁。

*27 岩崎文人、前掲書註*6に同じ。

*28 岡部牧夫『海を渡った日本人』（山川出版社、二〇〇二年）二八〜三〇頁。

*29 岡部牧夫、前掲書註*28に同じ。

*30 北野昭彦「『帰去来』――「山林の自由の生活」と現実との衝突」（『国木田独歩の文学』桜楓社、一九七四年）一二二頁。

*31 ①柳田国男「故郷七十年」（『定本柳田国男集』別巻三　筑摩書房、一九七一年）二一二頁頁。②滝藤満義、前掲書註*16に同じ。③花森重行、前掲書註*16に同じ。

*32 北野昭彦、前掲書註*30に同じ。

*33 北野昭彦、前掲書註*30に同じ。

*34 岩崎文人、前掲書註*6に同じ。

*35 ①竹内洋『立身出世と日本人』（NHK人間大学、一九九六年）②門脇厚司編集・解説『現代のエスプリ・立身出世』（至文堂、一九七七）参照。

*36 岩崎文人、前掲書註*6に同じ。

*37 木村健二『在朝日本人の社会史』（未来社、一九八九年）三〇〜五九頁参照。

*38 木村健二、前掲書註*37に同じ。三三頁。

＊39　①木村健二、前掲書註＊37に同じ。②高崎宗治「釜山に上陸した日本人」（『植民地朝鮮の日本人』岩波書店、二〇〇二年）一〜二五頁参照。
＊40　桑原伸一『国木田独歩——山口時代の研究』（笠間書院、一九七二年）一四一頁。
＊41　木村健二、前掲書註＊37三三頁。
＊42　桑原伸一、前掲書註＊40に同じ。一六〇頁。
＊43　木村健二、前掲書註＊37に同じ。五八頁。
＊44　曺甲相『韓国小説に描かれた釜山の意味』（キョンソン大学校韓国学研究所、二〇〇〇年）一〜五二頁参照。
＊45　曺甲相、前掲書註＊44に同じ。
＊46　曺甲相、前掲書註＊44に同じ。四三〜四五頁。
＊47　『写真で見る朝鮮時代　民族の写真帖第二巻　民族のルーツ』（瑞文堂、一九九四年）三〇頁。
＊48　イザベラ・バード著、時岡恵子訳『朝鮮紀行——英国夫人の見た李朝末期』（講談社学術文庫、一九九八年）三六〜四〇頁。
＊49　H．N．アレン著、金コンモ訳『アレンの日記』（壇国大学校出版部、一九九一年）二二頁。
＊50　『写真で見る近代韓国　山河と風物』（瑞文堂、一九八七年）一〇四頁。
＊51　谷浦孝雄「大田」（『朝鮮を知る辞典』平凡社、一九九八年）二六二頁。
＊52　朴チョノン『魅惑の疾走・近代の横断——鉄道で顧みた近代の風景』（サンチョヨロム、二〇〇三年）二〇八〜二一〇頁。
＊53　イザベラ・バード、前掲書註＊48に同じ。三六頁。
＊54　朴チョノン、前掲書註＊52に同じ。二二一頁。
＊55　金允植、前掲書註＊10 六七〜九六頁参照。
＊56　①財団法人教科書研究センター編『旧制中等学校教科内容の変遷』（ぎょうせい、一九八四年）によると、明治末

期から大正期にかけて国木田独歩『武蔵野』、徳冨蘆花『自然と人生』『思い出の記』、島崎藤村『仏蘭西だより』『幼きものに』、正岡子規『子規小品』、二葉亭四迷『平凡』、夏目漱石『吾輩は猫である』『草枕』、森鷗外『即興詩人』などの作品が、ほとんどすべての中学校の教科書に掲載されていたという。②金允植、前掲書註＊10 三九頁によれば、廉想渉は京都府立中学校に在学中、下宿屋のおばさんに尾崎紅葉の『金色夜叉』を読み書かせていたという。

＊57 李在銑著、丁貴連・筒井真樹子訳『韓国文学はどこから来たのか』白帝社、二〇〇五年）二〇四〜二〇八頁。

＊58 韓国における近代帰郷小説の系譜は廉想渉の「万歳前」（一九二二）から始まると言われている。しかし、廉想渉の前にも帰郷モチーフは用いられていた。一九一七年一一月に『青春』という雑誌に発表された李常春の「岐路」は、田舎から上京した主人公が様々な苦難を乗り越えて立身出世して故郷に錦を飾るという内容の、いわゆる立身出世型帰郷小説である。一方同じ雑誌の同じ号に掲載された朱耀翰の「村の家」は、都会に出て新学問を修めて久しぶりに帰郷した主人公が、故郷の家族や友人、村の人々に触れていくに連れ、彼らが昔と全く変わっていないことが見えてきて、ついには閉鎖的で古い価値観の支配する故郷に自分の居場所を見つけられず再び故郷を出て行こうとするという内容の帰郷小説である。とりわけ「村の家」は他郷から帰郷した主人公が再び離郷しようとする小説構造において「万歳前」と類似している。廉想渉が「村の家」を読んでいたかどうかは分からない。ただ、「村の家」の執筆時期が日本の明治学院中等部に在学中であるという事実を考慮すると、朱耀翰も日本の帰省小説を意識していたのかも知れない。

＊59 『写真で見る朝鮮時代　民族の写真帖第三巻　民族の伝統』（瑞文堂、一九九四年）一〇二頁。

＊60 李常春の「帰路」と朱耀翰の「村の家」は『青春』という雑誌が公募した「特別懸賞文芸」にそれぞれ入賞と佳作として選ばれた作品である。最優秀作品として入賞はされたものの、まだ短編小説としてのプロットや構成上の緊密性にかけているが故に文学的に評価されることはほとんどなかった。それをはじめて分析したのが金ヒョンシル（『韓国近代短編小説論』（共同体、一九九一年）一二六〜一二七頁。一七四〜一九三頁）である。

＊61 新保邦寛「車窓の風景・〈眼〉の解放」（『独歩と藤村——明治三十年代文学のコスモロジー』有精堂出版、一九九九

六年）一九八頁。

＊62　新保邦寛、前掲書註＊61に同じ。一九九頁。

＊63　金允植、「『無情』――その記念碑的性格」（『李光洙とその時代』ソル出版社、一九九九年）六〇九頁。

＊64　①坂本浩『国木田独歩――人と作品』（有精堂、一九七九年）②鎌倉芳信「『武蔵野』の背景『おとづれ』より『わかれ』へ」（『日本文学論集』一九七八年三月）③中島礼子「『おとづれ』・『わかれ』――文語体について」（『国木田独歩――初期作品の世界』明治書院、一九八九年）。

＊65　金東仁「春園（李光洙）研究」（『金東仁全集』弘字出版社、一九六八年）五〇二頁。

第七章　傍観者としての語り手──「竹の木戸」と田榮澤「ファスブン」

1 「貧民」の発見

日清戦争後、明治政府は清国から得た莫大な賠償金をもとに産業の振興を積極的に推進した。その結果、欧米先進諸国が二〇〇年から三〇〇年を要した産業革命を、わずか半世紀という極めて短期間で成し遂げた。しかし、性急な近代化は様々な社会的矛盾を露呈・拡大させ、足尾鉱山鉱毒事件や紡績女工の悲惨な状態が深刻な社会問題となりはじめた。[*1] とりわけ、東京などの大都市には下層民ばかりが住む貧民窟があちこちに出現するなど、「貧困」が新たな社会問題として浮上してきた。

このような社会情勢を背景に、文壇には社会・経済的に抑圧された労働者や農民の姿、社会の底辺に取り残された人々の姿を映しだしたり、あるいは社会の裏側に隠された醜悪な現実を暴露したりするものが現われた。桜田文吾『貧天地饑寒窟探検記』（一八九三）、松原岩五郎『最暗黒の東京』（一八九三）、横山源之助『日本の下層社会』（一八九九）などのルポルタージュがそれにあたる。桜田文吾と松原岩五郎は、当時、東京の三大貧民窟であった下谷区万年町、四谷区鮫カ橋、芝区新網町を実地探検し、都市の貧民層の悲惨な状態を告発した。また、横山源之助は都市や農村の貧民・小作人・職工などの生活を調査し、その実態を暴露した。桜田文吾や松原岩五郎、横山源之助らの貧民、下層社会への関心の表明ないし実地踏査のルポルタージュの出現は、封建的な小市民的社会観に基づいた硯友社文学の偏狭な人情小説に飽きていた小説家達に、文学の新たな可能性を切り開いて見せた。[*2] 広津柳郎、泉鏡花、川上眉山、小栗風葉、樋口一葉、国木田独歩、田岡嶺雲などは、桜田や松原らのスラム探訪報告の影響を受け、従来の小説には決して描かれることのなかった下層民の深刻かつ悲惨な生涯や事件を描いて、近代日本文学においてはじめて「貧民」および「貧困」というモチーフを発見した。[*3]

ところで、「貧困」および「貧民」は朝鮮近代文学を語るにおいても重要なテーマのひとつである。近代化に乗り遅れた朝鮮は、いち早く資本主義経済を導入して産業革命を成し遂げた日本にとって経済進出に格好の国であった。一九一〇年、大韓帝国が日本の植民地に転落すると、日本はさっそく土地調査事業を実施し、本格的な経済収奪に乗り出した。その結果、土地調査事業が終わった一九一八年頃には農民の七割が小作農に転落し、土地を収奪された農民たちは離農を余儀なくされた。彼らは京城（現ソウル）、釜山、平壌などの大都会に群がり出て背負夫、日雇い、下女などの最下層労働に従事したりしながら慣れない都会生活を始めるしかなかった。しかし、生活はいっこうによくならず、あっという間に社会の最下層に転落していった。京城など大都市には乞食同然の生活を送る貧民層が溢れだし、貧困が社会問題として浮上してきた。一九二〇年創刊されたばかりのハングル新聞と雑誌には住居も職業もなく、飢餓状態で都市をさ迷う細窮民及び乞食に関する記事が連日のように掲載され、都市の最下層に生きる貧民の実態が浮き彫りにされた。その一端を見てみると、次のようなものがある。

「見よ、このひどい現状を―幼い民衆たちの呻吟する人間地獄」（『朝鮮日報』一九二四年五月一四日付社説）「飢餓対策は如何―天災より憂心な人災」（『朝鮮日報』一九二四年九月二二日付社説）「飢饉と食料問題―人禍か甚於天災」（『朝鮮日報』一九二四年一〇月二九日付社説）「飢餓救済に対する無理な干渉」（『朝鮮日報』一九二四年一一月九日付社説）「朝鮮人の貧困問題」（『東亜日報』一九二四年一一月二一日付社説）「飢饉と人情」（『東亜日報』一九二四年一一月二一日付社説）、「凍死者と社会悪」（『東亜日報』一九二四年一二月一四日付）「飢饉に耐えられず愛娘を売り飛ばす」（『東亜日報』

一九二四年一二月二六日）「三百円で娘を売り渡す」（『東亜日報』一九二五年一二月二三日）

一家零落して都会に出てきた貧民たちが飢えに耐えられず盗みや強盗、人身売買など犯罪に手を出して社会の最下層へと転落していく様子を、この新聞のタイトルは如実に伝えている。[*4] そして、日増しに緊迫感を帯びていくこれらの新聞報道を文壇も看過することはできなかった。玄鎮健、田榮澤、廉想渉、金東仁、羅稲香、崔曙海、金基鎮、李箕永、李益相、朱耀燮、宋影らは、故郷を離れて異国や異郷を彷徨う農民や小作人、工場労働者、都市の下層労働者の悲惨な生活を暴露した。[*5] 中でも、崔曙海の描く貧窮は、李光洙や金東仁、田榮澤など日本留学派の裕福な家庭の、いわゆる「お坊っちゃん」たちが頭の中で「想像」した世界ではなく、彼自身が体を張って体験した最下層の現実なのであった。[*6] 想像を絶する現実を目の当たりにした文壇は、その凄惨な人生に身震いをし、驚愕した。崔曙海の作品は文壇にセンセーションを巻き起こし、彼は一躍、文壇の寵児となった。朝鮮近代文学における「貧困」の発見である。

このように、近代化は「貧困」という新しい問題をもたらし、各国の作家が文学のテーマとして取り上げるようになったのである。これは偶然の一致というよりも、いわば時代が求めた必然とでも言うべきかもしれない。そして、こうした貧困問題を、当時、新たな階層として台頭しつつあった中産階級との対比という視点で捉えた異色の作品が日本と韓国に存在する。国木田独歩の「竹の木戸」（『中央公論』一九〇八年一月）と田榮澤の「ファスブン」（『朝鮮文壇』一九二五年一月）である。独歩の「竹の木戸」は、東京を舞台に、貧困にあえぐ植木屋夫婦が、貧しさ故に盗みを働いて自殺に追い込まれる悲劇を、隣に住む中流家庭の一家との比較を通して淡々と語った作品である。田榮澤の「ファスブン」も、同じく京城を舞台に、貧困にあえぐファスブン一家がやむを得ず我が子を里子に出したことを苦に凍死する悲劇を、隣の小市民的生活をしている会社員の家庭と対比しながら、冷静かつ客観的に語った作品である。

近代化の進展にともなって貧富の差が拡大し、社会は勝ち組と負け組にはっきりと二極分化されていった。「竹の木戸」と「ファスブン」は、こうした社会状況における貧困問題を、社会の主流になりつつあった中産階級の目を通して淡々と語ることによって、より巧みに浮き彫りにした作品である。と同時に、貧困層と関わりを持とうとしない中産階級の人たちの認識をも描いた小説でもある。以下、本章では「貧困」を軸として、日本と朝鮮両国で台頭しはじめた中産階級が「事なかれ主義」の傍観者になっていく過程に迫りたい。

2　都市下層民の憂鬱

第二章と第五章で見てきたように、田榮澤は「ファスブン」を執筆する六年前に、独歩の「春の鳥」（一九〇四）の影響を受けて「白痴か天才か」（一九一九）を執筆している。こうした事実をふまえながら、「竹の木戸」と「ファスブン」を読んでいくと、両作品はきわめて似ていることに気づく。まず一番目に、金持ちというほどではない中流家庭と、その家の下男部屋に住む貧しいファスブン一家とを対比し、都市の底辺に暮らす下層民のどん底の貧しい生活を見つめていること。二番目に、どん底の貧しい生活を送るファスブン夫婦が迫りくる冬を前にして子供だけは飢え死にさせまいと我が子を里子に出してしまい、そのことへの罪悪感から死を迎えること。三番目に、こうした貧しいファスブン一家の境遇に同情しながらも、彼らの生活に深入りしようとしない中産階級の人々の傍観者的意識を描いていることなどである。とりわけ、若いファスブン夫婦が貧困と寒さのために結局は自殺を余儀なくされるという小説全体のプロットは、「竹の木戸」のそれと全くといってよいほど類似している。そこでまず、ここでは都市の最下層に生きる極貧階層の人たちが貧困故に自殺を余儀なくされる、そのいかんともしがたい現実に

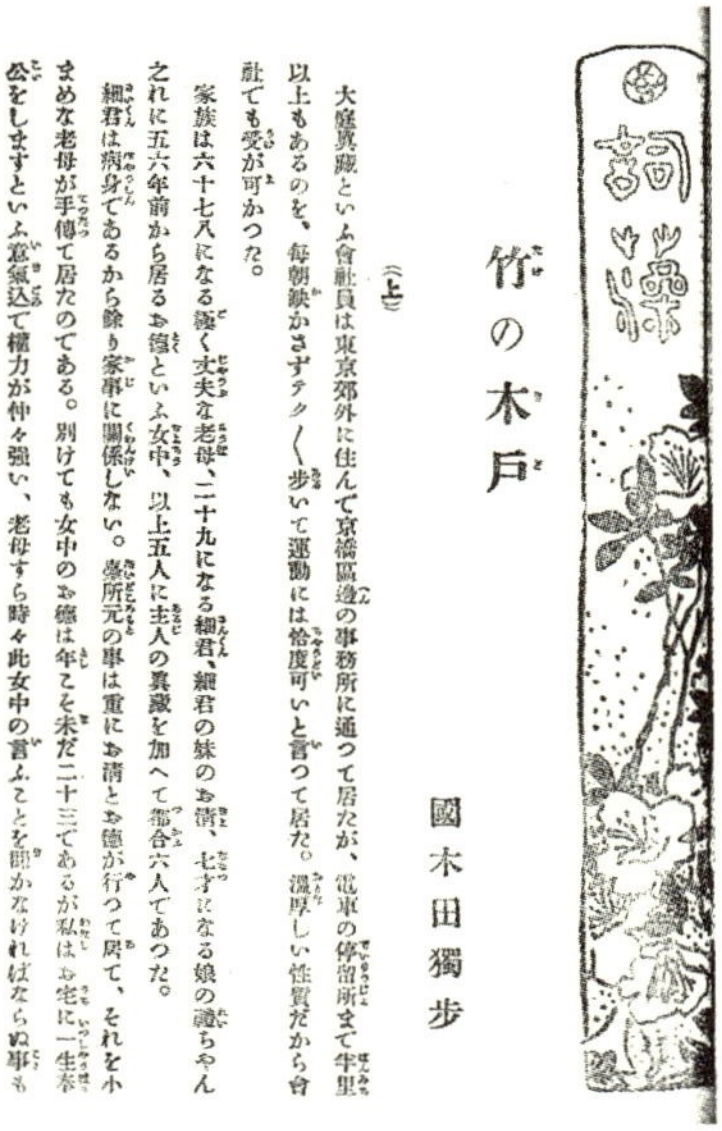

竹の木戸

國木田獨歩

（上）

大庭眞藏といふ會社員は東京郊外に住んで京橋區邊の事務所に通つて居たが、電車の停留所まで半里以上もあるのを、毎朝缺かさずテク〳〵歩いて運動には恰度可いと言つて居た。温厚しい性質だから會社でも受が可かつた。

家族は六十七八になる極く丈夫な老母、二十九になる細君、細君の妹のお清、七才になる娘の禮ちやん之れに五六年前から居るお德といふ女中、以上五人に主人の眞藏を加へて都合六人であつた。

細君は病身であるから餘り家事に關係しない。臺所元の事は重にお清とお德が行つて居て、それを小まめな老母が手傳て居たのである。別けても女中のお德は年こそ未だ二十三であるが私はお宅に一生奉公をしますといふ意氣込で權力が仲々強い、老母すら時々此女中の言ふことを聞かなければならぬ事も

【図45】 国木田独歩「竹の木戸」
（『中央公論』1908年1月）

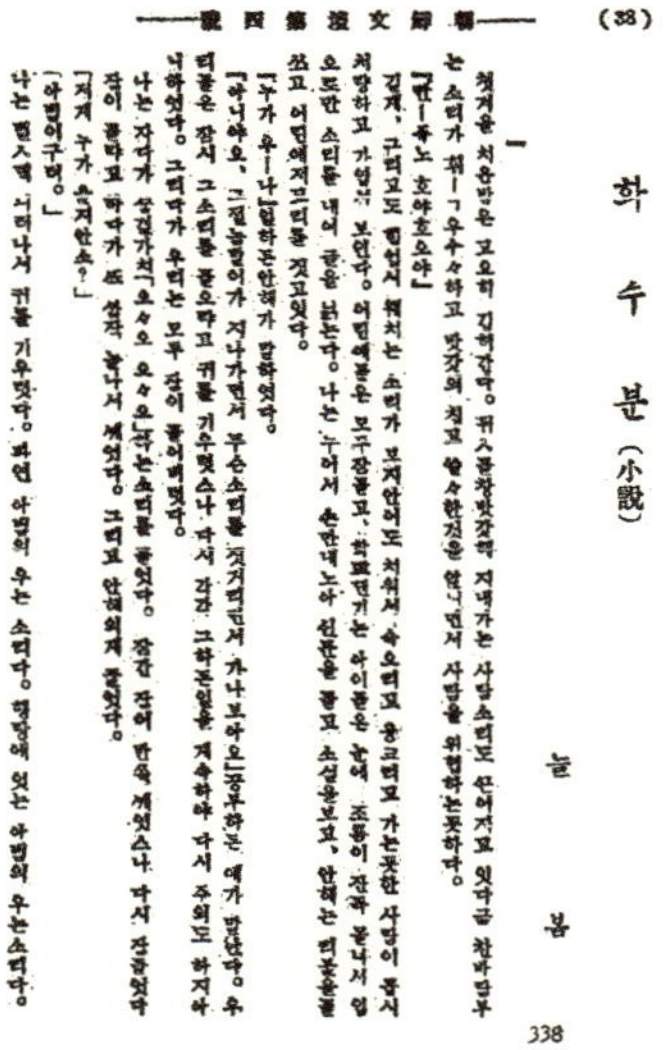

(38) 朝鮮文壇第四號

화수분 (小說)

늘봄

338

【図46】 田榮澤「ファスブン」
（『朝鮮文壇』1925年1月）

注目したい。

(1) 住まい

「竹の木戸」と「ファスブン」は、どちらも経済的に安定した中流家庭と、社会の最下層に住む夫婦とを対比させて、その中から都市に生きる貧民たちの、その遺る方ない現実を見つめた作品である。「竹の木戸」は、貧しさから炭を盗み、それに気づかれた植木職人の女房が、夫も盗みを働いたことを知り、結局はそれを苦に首をくくってしまう。一方「ファスブン」では、貧しさに耐えかねた若い夫婦が、子供だけは飢え死にさせまいと、長女を人に預けてしまい、それを苦に道端で行き倒れになる。今では想像もつかないことであるが、当時においては貧しさゆえに泥棒や強盗をしたり、妻や子供を売り飛ばしたりすることは決して珍しいことではなかった。そうしなければ、死が待っているだけだったのである。それほど彼らは貧困の袋小路ともいえる現実に直面していたのであるが、「竹の木戸」では、

こうした都市に生きる貧しい人たちの状況を、まず住居環境という面から取り上げている。

生垣一つ隔て、物置同然の小屋があつた。それに植木屋夫婦が暮らして居る。亭主は二十七八で、女房はお徳と同じ年輩位、（中略）
初め植木屋夫婦が引つ越して来た時、井戸がないので何卒か水を汲まして呉れと大庭家に依頼みに来た。大庭の家では其は道理なことだと承諾してやつた。[*7]（一三三～一三四頁）

植木屋夫婦の住まいは「物置同然の小屋」である。当時、都市に集まる人々は、貸家生活を経て裏長屋へ、さらに貧民窟から乞食へと転落していくのが常であった。[*8]「物置同然の小屋」は裏長屋にも住めないということを意味しているのであるが、「竹の木戸」の作者は、植木屋夫婦を「物置同然」の小屋に住まわせることによって彼らの悲惨な生活をより一層強調している。が、都市下層民の悲劇はそれだけではない。植木屋夫婦の家には井戸がないのである。幸い隣家の配慮で水は得られたものの、生きていくうえで最低限必要な水がないということは、植木屋夫婦の生活がすでに絶望的な状況であることを意味する。それが次の文章である。

火鉢に炭を注がうとして炭が一片もないのに気が着き、舌鼓をして古ぼけた薬鑵に手を触つて見たが湯は冷めて居ないので安心して『お湯の熱い中に早く帰つて来れば可い。しかし今日若か前借して来て呉れないと今夜も明日も火なしだ。火ぐらひ木葉を拾つて来ても間に合ふが、明日食ふお米が有りや仕ない』と今度は舌鼓の代に力のない嘆息を洩した。髪を乱して、血の色のない顔をして、薄暗い洋燈の陰にしよんぼり座つて居る此時のお源の姿は随分憐な様であつた。（中略）

お源は垢染た煎餅布団を一枚敷いて一枚被けて二人一緒に一個身体のやうになつて首を縮めて寝て了つた。（一三七～一四〇頁）

植木屋夫婦の家には家財道具らしきものはほとんどない。あるものは「古ぼけた薬鑵」と「垢染た煎餅布団」一組だけである。それに「物置同然の小屋」と貰い水となると、植木屋夫婦の生活は、女房のお源の言葉を借りるまでもなく、ほとんど「乞食同然」の暮らしである。当然ながら彼らはその日の食べ物にもこと欠いている。親方や同僚から前借りや借金をしているが、それさえもほとんど生活の足しにならない、ひどいどん底の貧しさである。当時、東京などの大都会には、植木屋夫婦のようにろくな家財道具もなく豚小屋のような掘っ建て小屋で綱渡り的な生活をする人は少なくなかった。横山源之助の『日本の下層社会』によれば、木賃宿を転々としながら残飯を奪いあって食べ、蚤や虱や皮膚病に苦しみ、汚水にまみれて生きている人が、東京だけでも何十万人もいるという。[*9]つまり、「竹の木戸」に描かれた植木屋夫婦の極貧生活は決して特別なものではなく、当時下層社会のいたるところで繰り広げられていた普通の生活だったのである。

一方「ファスブン」はどうであろうか。次の文はファスブン一家の貧しさが、「竹の木戸」の植木屋夫婦よりも、もっと深刻な状態におかれていることを雄弁に物語っている。

行廊部屋の親父は今年の九月、女房と幼い娘たちを引き連れて、我が家の行廊（下男部屋）に入った。年の頃は三十才くらい、背はひょろ長で、脂の浮いた顔は黄色っぽく、頭には未だにマゲをつけており、目は少し大きめといった風采で、人柄はとても純朴で善良そうだった。主人を見ると、どんなときでも、たとえ疲れ切って食事をしていてもぱっと立ち上がり、腰を屈めてお辞儀をする。[*10]（三九頁）

つまり、ファスブンには住む処がないのである。「竹の木戸」の磯吉夫婦がたとえ「物置同然の小屋」でも自分の家を建てて独立した環境に身を置いているのに対して、ファスブン夫婦は家族を連れて人の家の行廊暮らしを始めている。

行廊暮らしとは、部屋を借りる能力のない人が家賃を払わずに主人の家の仕事を手伝うことを条件に下男部屋に住まわせてもらうことである。その起源は朝鮮時代の同居奴婢制度にまで遡ることができるが、一般には植民地期に土地を失った離村農民が労働力を提供する代わりに、最低限の衣食住を解決していたことを指す。[*11] 一九二二年当時、京城市内には約四万から五万人[*12]が行廊暮らしを余儀なくされていたが、これは京城府朝鮮人総人口の二三%を占める高い数字である。近代になってからこのような新たな住居形態が生じた背景には日韓併合に伴う「土地調査事業」と「産米増産計画」が指摘できる。

大韓帝国を併合した日本が「土地調査事業」(一九一八年終了)を強行し、土地を失った農民が離農を余儀なくされたことは前述したとおりであるが、その離農に拍車をかけたのが一九二〇年から三四年まで実施された「産米増殖計画」である。「産米増殖計画」とは、日本国内の米不足を、朝鮮米の増産によっておぎなうことと、米を増産することによって朝鮮農民の富の増進をはかり、支配の安定化を実現することであった。しかしこの計画の実施により米の増収は果たされたものの、農民たちはかえって米が食べられなくなるばかりでなく、小作料や水利組合費の借金で土地を手放した者が続出した。[*13] その結果、京城には夜逃げ同然で農村を逃げ出した没落農民であふれ、その数は年々増加していった。しかし、当時の京城には彼らを受け入れる施設などなく、また彼ら自身も自力で住宅を用意する能力などまったく持っていなかった。そこで登場したのが行廊暮らしだったのである。田榮澤の「ファスブン」にはその行廊暮らしを始めたばかりの人たちの様子が次のように描かれている。

彼らにはいま着ている単衣と小さな鍋のほかに何もない。所帯道具もなければ、もちろん着る物も、かける夜具も、飯を盛る器も、食べる匙一つもない。あるものとては、むさくるしい二人の娘と、下の子をおんぶする際に使うぼろ切れと結わえ紐、行廊部屋の親父が稼ぎに使うチゲ（背負い子）一つ――これだけだ。飯はとりあえず主人の家で出してやった丼と匙で食べ、水は、やはり主人の家の子供が飲んだ粉ミルクの空き缶をもらって飲んだ。（三九頁）

行廊に住まわせてもらったファスブン一家は、スプーンや茶碗、布団といった所帯道具から、服、そしてご飯や水に至るまで、生きていく上で最低限必要なものはすべて主人に借りている。「竹の木戸」の植木屋夫婦が、物置同然の家で食うや食わず、垢染みた煎餅布団一枚にくるまって二人一緒に寝るような惨めな生活とはいえ独立した生計を立てているのに対して、ファスブン一家は奴婢同然の生活だったのである。しかも、その生活も増え続ける流浪民たちによって、いつ追い出されるか分からないのである。次の『東亜日報』（一九二四年一二月二九日付）の社説「この現象をどう救えるか」は、行廊暮らしさえ出来なくなった人たちの末路を取材したものである。

最近、朝鮮の人たちの生活状態はあまりにも酷すぎる。毎日、新聞記事の七、八％は生活苦に関する内容で埋め尽くされている。（中略）掲載された記事のほとんどは乞食に関するものか、さもなければ財産没収、破産、餓死、凍死等に関するものばかりである。また、そうでなければ生活苦のために自殺を図った事件や強盗、泥棒に関するものである。また飢饉に耐えられず妻子や子供を魔窟に売り飛ばす記事ではないか。[*14]

行廊暮らしから追い出された人たちを待っていたのは餓死か凍死、そして【図47】と【図48】のような土幕暮ら

【図 47】 京城の町はずれに藁筵で建てた土幕*16

【図 48】 1924 年頃の京城の貧民窟*17

しであった。つまり、田榮澤が描いたファスブン一家の絶望的な貧困は、独歩の造型した磯吉夫婦と同じく実は、当時京城市内のあちらこちらで見かけられた下層民たちの普通の生活だったのである。*15

(2) 自然の猛威

ところで、こうした貧民達をさらにどん底の状況に突き落とすものがあった。それは時々刻々迫ってくる冬という季節である。つまり、「竹の木戸」と「ファスブン」は都市下層民の苦しさをよりいっそう浮き彫りにするために、冬の最も寒い時期に物語を設定していたのである。

まず「竹の木戸」から見ていくと、この物語は大庭家の隣に引っ越して来た磯吉夫婦が、井戸を使わせてくれと頼みにきてから二ヶ月が過ぎた一一月の末から本格的に始まる。水を汲むたびに一々大庭家の門を通らねばならない植木屋夫婦は、不便なので生け垣を三尺ばかり開けて通れるようにしてほしいと大庭家に頼み、優しい大庭家はそれを承諾する。その木戸が完成した日、磯吉の妻のお源は井戸端で竹の木戸をめぐって大庭家の女中と言い合う。自分の家に戻ったお源は炭どころか米も買えない状況に落胆する。そこに仕事から帰ってきた夫が二円しか前借りできなかったと言い、お源はますますがっかりする。それでもお源は夫を信じて眠りにつくが、その日は夜風が吹き込む寒い夜であった。しかしながら、お源夫婦は薄い煎餅布団一枚しか持っていなかったのである。

お源は垢染た煎餅布団を一枚敷いて一枚被けて二人一緒に一個身体のやうになつて首を縮めて寝て了つた。壁の隙間や床下から寒い夜風が吹き込むので二人は手足も縮められるだけ縮めて居るが、それでも磯の背部は半分外に露出て居た（一四〇頁）

二人が垢汚れで煎餅のように薄くぺちゃんこな蒲団を一枚敷いて、手足を縮めるだけ縮めて寝るこの場面からは、彼らの置かれた状況の悲惨さがありありと伝わる。しかし、これもまだ本格的な冬が始まらないうちの話である。本格的な冬が始まれば、夫婦の体温だけでは足りなくなる。次の文はお源夫婦のような都市下層民にとって、冬という季節が如何に過ごしにくい過酷な季節かということを如実に教えてくれる。

十二月に入ると急に寒気が増して霜柱が立つ、氷は張る、東京の郊外は突然に冬の特色を発揮して、流行の郊外生活にかぶれて初て郊外に住んだ連中を吃驚さした。然し大庭真蔵は慣れたもので、長靴を穿いて厚い外套を着て平気で通勤して居た（一四〇頁）

つまり、大庭家のような中産階級は、急に寒くなると、「長靴を穿いて厚い外套を着」たり、蓄えておいた上等の佐倉炭を使って暖をとればいい。言い換えれば、冬を過ごすにはお金がかかるのである。しかし、その日食べるものにもこと欠く下層民の植木屋夫婦には、防寒服もなければ暖をとる炭もない。もちろんそれらを買うお金などあるはずがない。とりわけ、本格的な冬が始まる一二月から一月、二月、三月は、都市の底辺に生きる貧しい人達を悩ませる辛い季節である。なぜなら、それまで炊事用に使っていた炭が、暖房用にも使われるようになるからである。*18 お米も満足に買えない植木屋夫婦などは、寒さに凍えてそのまま凍死するか、それとも人の炭を盗んで暖をとるしかなかったのである。結局、お源は寒さに耐えられなくなり、木戸を使って隣家の炭を盗む道を選んでしまい、それが原因で自殺を余儀なくされるのである。「竹の木戸」におけるお源の死の原因は言うまでもなくどん底の貧しい生活である。しかし、彼女を死へと導いていったものはほかでもない、自然の猛威[19]なのである。次の文は冬という季節が貧しい人たちをどん底に陥れる要因として働いていることを端的に示している。

そこで磯吉が仕事から帰る前に布団を被つて寝て了つた。寝たつて眠むられは仕ない。垢染た煎餅布団でも夜は磯吉と二人で寝るから互の体温で寒気も凌げるが一人では板のやうにしやちや張つて身に着かないで起きて居るよりも一倍寒く感ずる。ぶる〳〵慄えそうになるので手足を縮められるだけ縮めて丸くなつた処を見ると人が寝てるとは承知ん位だ。（一四七頁）

これは、お源が炭を盗む現場を目撃された後、恐怖と羞恥の入り混ざった不安な気持ちをどうすることも出来ず、夫の帰りを待たずに寝床に入る場面である。お源は炭を盗んだ事実を巧く誤魔化し得たと思っていた。が、家に戻って盗んだときのことを考えれば考えるほど不安でいたたまれなくなる。その不安をうち消すために早く寝床に入ったのだが、板のように堅くて薄くなった布団は、掛けた気はせず、むしろ起きているよりも寒く感じられる。羞恥心や罪の意識から逃れようとしたお源は、寒さによって逆に羞恥心や罪の意識を自覚させられて自殺に追い込まれていくのである。

一方、「ファスブン」においても「寒さ」は「貧困」とともに重要なモチーフとなっている。[20]「竹の木戸」と同じく、九月に下男部屋に引っ越してきたファスブン一家の悲劇が本格的に始まったのは、引っ越してきてから二ヶ月が過ぎた一一月頃である。ある日、ファスブンの妻は、知り合いの米屋の奥さんに子供を誰かにやったらどうかと

相談を持ちかけられる。その際米屋の奥さんは、

「子供というのはみんなそんなもんだけど心配ないよ。ねえ、いいお屋敷で（上の子を）欲しがっていらっしゃるから、あげなさいよ。ちゃんと育てて嫁入りさせてくださるってよ。それに、あんたたちはまだ若いんだから生きなきゃならないんだよ。子供をみんな抱えていちゃあ、もう時候もだんだん寒くなってくるんだし、みんな一辺に飢え死してしまう……」（四一頁）（傍線は筆者）

と、現状を鑑みれば、今後本格的な冬が始まると、一家全員飢え死にするのは火を見るよりも明らかだと諭す。つまり、冬を越すためには一人でも食い扶持を減らさなければならない。そうしないと死が待っていたのである。実際、一九二〇年代当時、冬になると、各新聞の社会面には寒さに耐えられず凍死した貧民の記事が毎日のように掲載されていた。次の文は、一九二六年一二月三一日付『東亜日報』に掲載された社説「野有餓莩」である。一晩に四〇人もの凍死者が出たというその内容もさることながら、凍死者のうち三〇名が京城、つまりソウルで凍死していたという事実に驚きを禁じ得ない。それほど都市の底辺に生きる貧民にとって冬は大変な季節だったことを、この社説は伝えている。

おととい本誌が報道したように、京畿道管内だけで四十名の凍死者が出て、その内三十名は京城府管内で凍死したが、そのうちの一人は京城の中心街である太平路二街で凍え死んだという。そしてその凍死者たちがすべて朝鮮人であったことは、もちろんである。

凍死というのは、少しも不思議な現象ではない。天気が非常に寒い時、衣食住をろくに持っていなければ誰

でも凍死を免れることができないであろうし、凍死すればつまり、殭死と呼ばれるのである。

今年、冬はまだ先が遠い。小寒、大寒が控えているので四十名の数倍の殭死者が、きらびやかな電灯の下、坦々とした大路上に倒れて、朝鮮の文化政治を冷ややかすのであろうか。[*21]

結局、ファスブンの妻も冬を越すために長女を見知らぬ人に預けてしまう。こうして始まったファスブン一家の苦しみは、深まる冬とともに次第に深刻になっていく。

田舎にいる兄が足のケガで動けなくなったため、その手伝いに行ったファスブンは、過労で倒れてしまい、京城に戻ることができなくなる。季節は「キムチをつけ込む時期はとっくに過ぎ、立冬も過ぎて本当に寒い冬」となった。雪が降り積もる中、帰ってこない夫を待ちあぐねていたファスブンの女房は、「寒い冬をどう一人で切り盛りして行くか途方にくれ」て、夫の後を追って田舎に行くことにする。出発の日はあいにく風が吹くひどく寒い朝であったが、夜になっても気候は一向に回復せず、〈私〉はあまりの寒さに、ファスブンの妻は凍死しなかっただろうかと心配する。その〈私〉はといえば、

あくる日の朝、風のひどい寒い朝だったが、ファスブンの妻は小さい子を背負って、気がかりになるものとてない行廊部屋を一度振り返りながらよたよたと出ていった。

其の夜もひどく寒かった。われわれは戸をぴったり閉ざし、戸の隙間には布切れをつめ布団を二枚重ねて、ぴったり寄り添いながら早いうちから寝た。私は寝ながら、ファスブンの妻は無事に行ったのだろう、凍え死にはしなかっただろうと思った。（四五頁）

と、寒風が入らないように締め切った暖かい部屋で布団を二枚重ねて寝ていたのである。つまり、立冬を過ぎた寒い日でも、行廊部屋に人を住まわせるだけの余裕のある〈私〉は、寒さから身を守ることができるのである。【図49】は、冬は貧しい人々にとって、如何に辛い季節なのかを如実に見せてくれる。

しかし、最下層の行廊部屋暮らしをしているファスブン一家には、寒さから身を防ぐようなものは何一つない。結局のところ、ファスブンの妻は〈私〉の予想どおり、寒さと飢えに力尽きて故郷を目の前にして凍死してしまうのである。その死を伝える次の場面は、当時の貧民たちが寒さに対してまったく無防備な状態に置かれていたことを端的に示している。

【図49】 貧しい人々は「窓が抜けても広い紙一枚買うお金がな」い。しかし、裕福な人たちが住む「文化住宅には冬が来ると、煙突から暖炉の煙がもくもくと上がる*22」

ファスブンは、楊平を正午前に出て、日が暮れるまでには十里近く歩き、ある高い峠にさしかかった。身を切るような風が頬を打った。彼は肩をすくめ前かがみになってみると、松ノ木に白っぽい人影が見えた。すぐ駆け寄ると、それは次女とその母親だった。木の根もとの雪の上に枝を敷き、子供をおんぶする時使う古いぼろ切れをまとって、ちびをしっかりと抱え、うずくまって震えていた。ファスブンは駆け寄って抱きついた。ファスブンの妻は、目は開けたものの一言もしゃべらない。ファスブンもしゃ

べれない。二人は子供を中においてそのまま抱き合って夜を過ごしたもののようだ。（四六頁）

この作品の意図が、都市下層民のどん底の貧困を際立たせるためであるならば、ファスブン夫婦の凍死ははじめから予想されていたのかもしれない。なぜなら、冬を越すためには防寒服や暖をとる燃料などがどうしても必要となってくる。が、食事にもありつけないファスブンのような貧民たちは迫ってくる冬に対して何の対策も取れないからである。無論、彼らも何にもしないわけでなかった。ファスブンは、一家飢え死にしないために長女を里子に出し、「竹の木戸」のお源は、凍死しないために人の炭を盗んで暖をとるという対策を取っていたのは前述した通りである。しかし、それが結局、彼らの命を奪うことになる。

(3) 窮死

「竹の木戸」と「ファスブン」はともに結末が死で締めくくられている。しかもその死は、貧困によるものである。「竹の木戸」の磯吉とお源は、貧困と寒さのために盗みを働くに至り、一方、ファスブンは子供を見知らぬ人にあずけることになる。そもそも貧困の一つの表現として、「竹の木戸」では炭の値段の暴騰から炭を盗むという行為へと導いて行く。「ファスブン」では、子供の養育費が家計を圧迫することを示し、子供を里子に出す行為へとつながっていく。さらに、この「盗み」と「子供」の要素は、それぞれの主人公の負い目になり、その負い目が死に向かわせるのである。

まず「竹の木戸」から見ると、お源は寒さに耐えられず木戸を通って大庭家の炭をちょくちょく盗んでいた。ところが、ある日曜日、盗みの現場を隣家の主人、真蔵に見られてしまう。炭を盗んだ事実を「巧く誤魔化し得たと思つ」ていたお源ではあったが、家に帰ってから真蔵とのやりとりを考えてみると、色々考へると厭悪な心地がして来た。貧乏には慣れてるがお源も未だ泥棒には慣れない。先達からちよく〱盗んだ炭の高こそ多くないが確的に人目を忍んで他の物を取つたのは今度が最初であるから一念其処へゆくと今までにない不安を覚えて来る。此不安の内には恐怖も羞恥も籠もつて居た。

眼前にまざ〱と今日の事が浮かんで来る、見下ろした旦那の顔が判然出て来る、そしてテレ隠しに炭を手玉に取つた時のことを思ふと顔から火が出るやうに感じた。（一四七頁）

と、やはり不安でいられなくなる。なぜなら、お源は貧乏のどん底にあっても、決して人間らしさを失っていなかったから[*23]である。しかし、寒さには勝てずつい盗みをしてしまったのである。言い換えれば、お源は自分で自分を裏切った。だからこそ、盗みの現場を見つかってしまうと、激しい羞恥心を覚えるのである。しまいには、大庭家にばれるのを恐れるあまり、

『真実に如何したたらう』とお源は思はず叫んだ。そして叙々逆上気味になつて来た。「若しか知れたら如何する」。「知れるものか彼旦那は性質が良いもの」。「性質の良いは当にならない」。「性質の善良のは魚鈍だ」。と促急込んで独問答をして居たが

『魚鈍だ、魚鈍だ、大魚鈍だ』と思はず又叫んで『フン何か知れるものか』と添出した。（一四八頁）

というような「自己に有利な解釈[*24]」をしてしまう。それほどお源は炭を盗んだ自らの行為を後悔し、後ろめたさを感じていたのである。だからこそ、これまで貧乏のどん底にあっても一度も愚痴をこぼさなかった夫に、もっと人

間らしく生きたいと泣き叫ぶのであった。しかし、お源の叫びもむなしく、翌朝、夫も盗みを働いたという新たな事実を知るのである。


『何炭を盗られたの。』とお徳は執着くお源を見ながら聞いた。

『上等の佐倉炭です。』

お源は此等の問答を聞きながら、歯を食いしばつて、蹌踉いて木戸の外に出た。土間に入るやバケツを投げるやうに置いて大急ぎで炭俵の口を開けてみた。

『まア佐倉炭だよ！』と思わず叫んだ。（一五二〜一五三頁）

お源は夫の盗みを知ったその日に自殺する。それはお源の磯吉に対する信頼と、そしてそれによって保たれていたお源のプライドが崩れ落ちたからであろう。貧しいながらも、怠け者とも言える磯吉にお源が連れ添ってきたのは、磯吉はやるときはやる、頼もしい人間であると信じていたからである。それがお源のプライドで、どん底の貧乏生活をしながらも自立して家庭を持っている強さであった。お源はそのプライドにすがっていたのである。しかし、信じていた磯吉は、やるときもやらない、楽な方に流れる、いい加減な人間であった。お源は自らのプライドに裏切られた。お徳に何を言われようと、磯吉を信じられればこそ生きていられたのだが、磯吉を信じられなくなったら、お源には何も残っていなかったのである。

一方、「ファスブン」はどうだろう。ファスブン夫婦は苦しい生活の中、子供だけは飢え死にさせまいと、長女を里子に出してしまうが、子供を里子に出す契機となったのは、ファスブン一家の貧しさを見かねた近所の人たちの積極的な勧めがあったからである。それほど、当時は子供を里子に出したり、わずかなお金で子供を売り飛ばしたりすることが頻繁に行われていたのである。ファスブン自身も妻に相談をもちかけられた時は、「俺の知ったことか。お前の良いようにするんだな」といって半ば承諾する。しかし、いざ子供が里子に出されたことを知ると、

そのうち夜となって父ちゃんが帰ってきましたので、その話をしますと、何も言わずに、あんなにおいおい泣き出したのです。（中略）

よくよくのことでもなけりゃ自分の子を、見ず知らずの人にやれるもんですか。どうしょうもなくてそうしたんです。家においてひもじい思いをさせるよりはましかと思って、そうしたんです。（四三頁）

と、ファスブンは子供に対する申し訳なさと世間に対する恥が入り交じって泣き出してしまう。ファスブンは、今でこそ乞食同然の貧乏暮らしをしているが、父親が生きていた頃は人並み以上の生活をしていた農民であった。今も「田舎の本家に行けば、ひもじい思いなんかさせぬが、こんな姿で帰るのは面目ない」といって、田舎に帰れないファスブンであった。それほどまでにファスブンには人間としてのプライドがあった。だからこそ、田舎にも帰らず精一杯の見栄を張るのである。子供を自分の手で育てることも見栄の一つだった。しかし、貧しさと寒気にはかなわず、見ず知らずの人に長女を預けてしまったのである。貧しさ故の仕方のない行為とは言っても、父親としての責任を果たせなかったファスブンのプライドは傷ついた。ファスブンは自らの行為を後悔し、後ろめたさに駆られるあまり、

「キドンイ、キドンイ、何処へ行った。元気でいるか…」そういってはしゃくり上げ、「あんなに食べたがった飴玉一つも買ってやれず、甘柿一つ買ってやれないで」と声を張り上げておいおい泣いた（四六頁）

と、人にやってしまったわが子の名前を呼び続けながら、自らの行為を後悔するのであった。そこに、早く帰ってこなければこちらから行くという妻の手紙が届くと、ファスブンは居てもたってもいられなくなる。

「あいご、オクブンちゃんよ、母ちゃんよ」

とまたおいおい泣いた。泣いているうち、がばっと立ち上がり、ソウルの古着屋で買ってきたよそ行きの服を着、帽子をかぶった。家中の人が懸命に引き留めるのを振り切って、柴戸の外に出ると、ファスブンは飛ぶように走り出した。（四六頁）

ファスブンは貧しいながらも、子と妻を愛していた。それが傍目には醜い子供であろうとも、愚かな妻であろうとも、愛していた。しかし、その愛するものを守れない自分に無力さを感じ、最後の力をふりしぼって妻と娘のところに駆けていき、妻とともに死を迎えた。それがファスブンの精一杯のプライドであった。

「竹の木戸」と「ファスブン」は、貧困の結果、植木屋夫婦は盗みを働くに至り、一方は子供を里子に出すことになる。しかし、この盗みと子供という要因は、それぞれの主人公の後ろめたさになり、その後ろめたさが死に向かわせた。お源は自らと夫の盗みによって自殺し、ファスブンとその妻は凍死する。確かに、両者の「貧困」が向かう方向は違っている。しかし、貧困故に冒した自らの行為を後悔し、後ろめたさを覚え、それが死につながっていくという点は共通している。しかも、それらの行為はやむを得なかったのである。それを選ばなければ、おそらく死が待っていたのだろう。

ここまで、都市の底辺に生きる貧しい人たちを悩ませる三つの要因を中心に両作品を比較してみたが、田榮澤は「ファスブン」を執筆するにあたって、おそらく独歩の「竹の木戸」の影響を受けて小説を構想していたということになるだろう。もちろん習作時代のように独歩の作品をそのまま翻案したりはしなかった。むしろ「竹の木戸」が提示した問題点を通して、自らが置かれている朝鮮社会という環境が抱えている問題点を浮き彫りにしようとしたというべきであろう。

3　傍観された貧困の現場

この二つの小説の根底に流れる貧困、やむを得ない行為、後悔、そして避けられなかった死を、それぞれの語り手は淡々と語っている。自然主義らしいと言えばそれまでだが、この二つの作品にはそれ以上に意味があると考える。もちろん、主観を交えない語り口が、逆に貧困の悲惨さを強調するという効果はある。ただ、それだけではないだろう。語り手はその語り口以上に傍観者である。木戸によってのみ結びつく関係はまさにそうである。大庭真蔵は隣家を見ているだけである。お源の盗みの現場を見たときも、彼自身は何の行動もしない。次の文はお源の盗みの現場を目撃した真蔵が、自分の書斎に戻ってお源とのやりとりを振り返る場面である。

真蔵は直ぐ書斎に返つてお源の所為に就て考がへたが判断が容易に着ない。お源は炭を盗んで居る所であつたとは先づ最初に来る判断だけれど、真蔵は其を其儘確信することができないのである。実際たゞ炭を見て居たのかも知れない、通りがゝりだからツイ手に取つて見て居る所を不意に他人から瞰下されて理由もなく顔を赤らめたのかも知れない。まして自分が見たのだから狼狽へたのかも知れない。と考へれば考へられんこともないのである。真蔵は成るべく後の方に判断したいので、遂にそう心で決定て兎も角何人にも此事は言わんことにした。（一四二～一四三頁）

真蔵は、お源は果たして炭を盗んでいたのか、それともただ見ていただけなのか、とお源の行動についてあれこれと考えたあげく、後者だという結論をくだすのである。しかも、そのことを誰にも言わないことにする。これを真蔵の「温厚しさ」「優しさ」の表われとして解釈することもできる。[*25] が、果たして性格ということだけで片付けられる問題なのだろうか。次の文は真蔵のまた別の側面を示している。

『お宅では斷いふ上等の炭をお使ひなさるんですもの、堪りませんわね。』と佐倉の切炭を手に持て居たが、それを手玉に取りだした。窓の下は炭俵が口を開けたまゝ並べてある場所で、お源が木戸から井戸辺にゆくには是非この傍を通るのである。

真蔵も一寸狼狽いて答に窮したが、

『炭のことは私共に解らんで……』と莞爾微笑て其まゝ首を引つ込めて了つた。(一四二頁)

盗みの現場を見られたお源が、その場を逃れるために「お宅は斷いふ上等の炭をお使ひなさるんですもの、堪りませんわね」と言ったのに対して、真蔵は「炭のことは私共に解らんで」と言って逃げてしまう。

このお源の言葉の背景には、産業革命後の富の二極分化、すなわち炭の値が暴騰したにもかかわらず「上等の佐倉炭」を蓄えて安楽に暮らしている者がいる反面、「計量炭」も満足に買えず「泥棒」になり果ててしまった下層民の存在がある。しかし、真蔵はそういった社会的背景には全く関心を示さず、「炭のことは私共に解らんで」と言って逃げるだけである。真蔵は、植木屋夫婦に井戸を使わせてやったり、木戸を作らせてやったりするなど彼らと関わりを持ちながらも、いざ彼らがトラブルを起すと、「どちらにしてもお徳が言つた通り、彼処へ竹の木戸を植木屋に作らしたのは策の得たるものでなかつた」と、木戸を作らせたことを後悔する。そして、しまいには植木屋とは「先ア関はんが可い」と漏らすのである。これは明らかに人と争うことを好まぬ温和な、悪く言えば「事なかれ主義の性質[*26]」と見ることができる。次の文には中産階級の「事なかれ主義の性質」が随所に示されている。

『静に、静に、そんな大きな声をして聴れたら如何します。私も彼処を開けさすのは厭じやツたが開けて了つた今急に如何もならん。今急に彼処を塞げば角が立て面白くない。植木屋さんも何時まで彼様物置小屋見たやうな所にも居られんで移転なり如何なりするだらう。そしたら彼処を塞ぐことにして今は唯だ何にも言はんで知らん顔を仕てる、お徳も決してお源さんに炭の話など仕ちやなりませんぞ。現に盗んだ所を見たのではなし又高が少しばかしの炭を盗られたからつて其を荒立てゝ彼人者だちに怨恨れたら猶ほ損になりますぞ。真実に。』と老母は老母だけの心配を諄々と説いた。

『真実に左様よ。お徳は如何かとすると譏誚を言ひ兼ないがお源さんに其様ことでもすると大変よ、反対に物言をつけられて如何な目に遭ふかも知れんよ、私は彼の亭主の磯が気味が悪くつて成らんのよ。変妙来な男ねえ。彼様奴に限つて向ふ不見に人に喰つてかゝるよ。』とお清も老母と同じ心配。（一四六頁）

ここには、中産階級の下層民への理由もない拒否感、差別感がいみじくも現われている[*27]。老母と義妹のお清は、磯吉をまるでやくざか何かのように思い[*28]、そしてそんな男と同棲している女を、炭を盗んだといって捕まえたりしたら大変な目に遭うと、女中のお徳に対して下手に騒ぎ立てないように諭すのである。これは明らかに下層民と関わりを持とうとしない傍観者的意識である。

お源の死をめぐっては、貧しさ故の悲惨な死[*29]、あるいは盗みに対する倫理的な死[*30]など、様々な見方がある。が、大庭家の人たちがお源の盗みを知っていながらも、お源に対して何も言わなかった傍観者的態度を見逃してはならないであろう。言い換えれば、お源を自殺に追いつめた原因には、どん底の貧しさや盗みへの罪の意識もさることながら、お源のような最下層民は盗みを働いても当然だと思う大庭家の人々の態度があったのである。

一方、「ファスブン」の主人も、「竹の木戸」の真蔵と同じく行動らしい行動は何もしない。〈私〉の家族は真夜中、行廊部屋から男の泣き声が聞こえると、

「あれは……。誰か泣いていないか」

「行廊部屋の親父だわねえ」

私はぱっと起き上がって、耳をそばだてた。まさしく、彼の泣き声だ、行廊部屋に住んでいる親父の泣き声だ。

「どうして泣いてるんだろう。男のくせに。田舎から不幸の知らせでもきたのかな。それともいやな目にでもあったのかな」

私は「おい、おい」せき上げつつ泣く声を聞きながら家内に尋ねた。

「なんで彼は泣いてるんだろう」

「そうね、どうしたんでしょうね」(三八～三九頁)

と、「なんで彼は泣いてるんだろう」「そうね、どうしたんでしょうね」とは言うものの、彼らは行廊部屋に赴いてファスブンにそのわけを聞こうとはしない。〈私〉は暖かい部屋のなかで同じ敷地内に住んでいるファスブンの慟哭の理由をあれこれと想像するだけであって、真夜中に泣かねばならない彼らのせっぱ詰まった事情を知ろうとはしない。これを、林鐘国はその著『韓国文学の民衆史―日帝下文学の民衆意識』(実践文学社、一九八六年)の中で「傍

る。

観者の文学」[31]だと指摘している。次の文には、ファスブン一家に対する〈私〉の傍観者的な態度が端的に示されている。

われわれは、今はじめて、行廊部屋の親父が昨日泣いたわけを知り、この時やっと、彼の名前がファスブンであり、楊平の人だということを知った。（四三頁）

〈私〉は行廊部屋にファスブン一家を住まわせながらも、ファスブン一家がどういう人たちなのかについては全く関心を示さなかった。引っ越してから二ヶ月が過ぎ、しかも真夜中の泣き声を聞いたことからようやく、彼の名前や彼が置かれた境遇を知ったのである。こうした傍観者的な態度は、ファスブン一家が生活に苦しんでいるのを見ても、スプーンや茶碗を貸す程度で、それ以上、つまり貧困から抜け出す努力をするようにアドバイスをするというようなことはいっさいしないところにも明白に現われている。言い換えれば、〈私〉はファスブン一家に対して同情の気持ちはあっても、彼らの貧困に対しては無関心である。だからこそ、ファスブンの子供を「誰かにやったらどうだろう」と、まるで他人事のような発言をするのである。こうした傍観者的立場は、ファスブンが妻と末の子を置いたまま田舎に行ってしまう次の場面に鮮明に表されている。

「旦那様、行って参ります。田舎のお兄さんが仕事中に斧で足を切って怪我をしましたので、行ってみなくちゃなりません。収穫が済んだらすぐ戻ります。あとのことは、ただもう旦那様だけを頼りにしています。」

私はどう返事していいか分からず、「そんなら、気をつけてな」といった。ファスブンはもう一度お辞儀をすると、「ご免下さいませ」といいながら出ていった。

「あんなふうに家族を残して出て行くと、どうしろというんですかね？　うちも楽じゃないのに、どうやってあの人たちを世話してやるつもりですか？　それにすぐ帰って来るんでしょうかね」

こう心配する家内の話を聞いて、私は急いで表へ出てファスブンを呼び止め、

「すぐ帰って来るんだよ。冬を越すようではだめだよ」（四四頁）

ここでは、〈私〉の、残されたファスブンの家族の面倒を見ることだけは避けたいという気持ちが強く出ている。このような面倒を回避しようとする〈私〉の態度には、他人の不幸よりも自らの安定した生活を壊したくないという意識が強く出ている。つまり、〈私〉はファスブン一家の境遇に同情はしても、彼らを助けようとはしない傍観者だったのである。

このように、「竹の木戸」と「ファスブン」のそれぞれの語り手は、井戸を使わせてやるなり、行廊部屋を使わせてやるなり、本来は主人公たちとより密接な関わりを持っているはずである。しかし、大庭もファスブンの主人も、結局は何もしない。木戸から向こうを垣間見ることも、行廊部屋と自分の家の間に一線を画すことも、貧困による死にも、そして同情するのみであることも、すべて傍観につながっていく。そして周囲の人たちがそのように傍観するだけであることが、貧しい人たちの苦しみをますます深刻なものにしていくのである。

4　〈新中間層〉と中流意識、そして傍観者へ

戸松泉氏は、大庭真蔵が、お源が炭を盗む現場を目撃したにもかかわらず見ないふりをするのを消極的態度とし、面倒を回避しようとする「自己防衛的論理」によるものと見なしている。そして、真蔵の中に、「ひたすら自らの

生活や、自らの現在の安定を守ることを第一義とする小市民的な生活意識[*32]」を見いだしている。このような小市民的な生活意識は、産業革命の進行に伴って現われた〈新中間層〉といわれる中産階級に顕著である。〈新中間層〉とは、官庁や企業に勤める高学歴のサラリーマンを中心に形成された新しい社会層を指すが、隅谷美喜男は〈新中間層〉の特徴を次のように述べている。


産業革命の進行は、日本の社会に一つの新しい社会層を生み出した。それは教養の点でインテリと呼ばれ、職業の上ではサラリーマンといわれる新しい中産階級である。

明治政府が曲がりなりにも近代国家としての体裁をととのえていくためには、行政技術を身につけた官僚や、司法制度に習熟した司法官や弁護士、さらにそれらの補助者が必要であった。また近代的な経営を運営していくためには、多数の技術者や事務員が必要であった。農村の小地主や富農の子弟や、旧士族の中の一部の子弟が、中等教育や高等教育を受けて、この新しい社会層を形成していったのである。

かれらは小学校以来、新しい教育制度の中で育てられ、その教養において欧米の個人主義的思想に触れた新しい知識層であった。日本の近代社会の構造に対応して、かれらは大都会に居住し、そこで伝統から比較的解放された生活を営んでいた。[*33]

氏によれば、〈新中間層〉は新しい教育制度の下で育てられ、欧米の個人主義的思想に触れた新しい価値観の持ち主である。つまり、〈新中間層〉の人々は、仲間意識や助け合いなどに代表される家族共同体的価値観よりも、面倒なことにはできるだけかかわろうとしない自己防衛論的価値観を優先し始めるようになった階層である。すでに見てきたように、女中のお徳が掛けた罠によってお源の盗みが発覚したとき、できるだけことを荒立てまいとす

【表 5】 1930 年代都市生活者の生計費と労働時間*[34]

職業区分	収入		労働時間	1ヶ月生活費	備考	階級階層
	1日	1ヶ月（ウォン）				
医者		75	9～16時			上層
弁護士				200ウォン以上		上層
女教員		45	8～16時	25ウォン		中間層
新聞記者		50	10～16時	下宿20ウォン、酒代15ウォン	月10ウォン位赤字	中間層
牧師		50				中間層
銀行員		70	8～9時間	家賃15ウォン、食費30ウォン		中間層
百貨店女店員	0.7		10時間以上	大体洋服代		労働者
交番のお巡りさん		36	2日交代		6人家族、常に赤字	
女職工	0.46		朝7時から午後17時	寄宿舎費9ウォン	残り洋服代	
印刷工	0.25		同上			
電車車長	1.30		10時間		1ウォン貯金、常に赤字	
運転手		38	11時間	50ウォン	月12ウォン赤字	
冷麺配達夫		24～5	10～24時			日用労働者
人力車夫	50				稼ぎ次第支出	
豆腐売り	0.35			主に酒代		
アイスクリーム売り	5	150	一日中		夏期の収入で1年生活	
白菜売り	1		一日中		稼ぎ次第支出	
カフェ女給	1～4		14～02時	主に酒代	常に赤字	－
キーセン	6				借金が600ウォン	－

る大庭家の人々の態度は、まさに自己の生活を優先する自己防衛論的倫理に基づいたものである。まったく同じことが「ファスブン」にも言える。

急用が出来たファスブンが家族を残したまま田舎に帰ってしまうと、〈私〉の妻は、「うちも楽じゃないのに、どうやってあの人たちを世話してやるつもりですか?」と愚痴をこぼす。これは明らかにファスブン一家を負担に思い、できるだけ関わりたくないという自己防衛的な態度なのである。

本来ならば、〈私〉はファスブンが田舎から帰ってくるまで残された家族の面倒を見てやるという道義的な責任がある。身分制度が撤廃されたとはいえ、人々の意識はなかなか変わらず、ファスブン夫婦のような底辺の人々は、自分たちを行廊部屋に住まわせてくれる主人を単なる大家とは思わず、いわゆる伝統的な主従関係に基づく主人として従い、そのような行廊部屋暮らしの人々を大家たちもまたよく面倒を見ていたからである。〈私〉もファスブン家族が行廊部屋に暮らし始めた当初は、食器など家財道具を貸すなど、生活上の面倒を見ていた。しかし、それ以上のことはしなかった。というよりも、助けてやろうにも、その能力がなかったという方が正しい。なぜなら、〈私〉は土地や資産を多く所有する伝統的な上流階級ではなく、一九二〇年代当時、新たに台頭した俸給生活者、すなわち〈新中間層〉の一人だからである。

資産家と労働者の間に位置する俸給生活者たちは新たな階層として時代をリードしていったが、【表5】「1930年代都市生活者の生計費と労働時間」からも分かるように、彼らの多くは借家に暮らし、その生活水準は「労働者がその日その日の食い持ちに追われ、そんな生活から抜け出そうとするように、（中略）毎月毎月借金を催促され、金に追われる生活から逃れ[*35]」ようと必死であったと、南一は「現代の浮遊層—月給取りの哲学」（『彗星』一九三一年八月号）の中で指摘している。つまり、〈新中間層〉の人たちは傍目には華やかに見えても、実は他人の面倒を見るだけの経済的な余裕などまったく持っていなかったのである。実際、〈私〉も物価高い京城市内に行廊部屋付

の家に住んではいたものの、その暮らしぶりはといえば、

ファスブンも行き、その妻も、一人残った小さい子を背負って出て行ってからは、門屋はさっぱりと片付けられ、真っ暗な行廊部屋の窓は、ずっと閉められ放しだった。それからというもの、我が家ではもう下男もいれず女中もおかなかった。ひどく冷え込む日、家内は自ら小さい子をおぶって隣家の井戸へ行き、白菜と大根を洗って越冬用のキムチをあらかた漬け終えた。家内は一人でキムチをつけながら涙を流し、ファスブンの妻のことを考えた。(四五頁)

と、井戸もなく、女中も置けない決して裕福とは言えない状況だったのである。だからこそ、〈私〉夫婦は、残されたファスブン家族を負担に思い、その世話を嫌がったのである。

一九二〇年代半ばに入ると、それまでの人間関係、すなわち助け合いや仲間意識、他人への思いやりといった家族共同体的価値観よりも、自己の安定した生活を優先する人物が小説の中に現われはじめる[*36]が、その最初の人物として韓国の読者に提示されたのが「ファスブン」の語り手の〈私〉なのである。この事実はいくら強調してもし過ぎることはないと思われるが、それにしても、いったいなぜ〈新中間層〉と呼ばれる人たちは自己の安定した生活を第一義と考えるようになったのか。余呉育信氏の次の指摘はその背景を知る上で非常に示唆に富む。

欧米なみの〈一等国〉をめざす日本のイメージリーダーとしての〈新中間層〉は、職住分離と同時発生した消費生活、その生活を経済的に保障する国家、資本との真面目に働く/月給という雇用関係など、徹底的に近代資本制の産物なのであるが、そのライフスタイルは社会、経済構造の激変を経た国民の目指すべき対象とし

てイメージされていた。国家と資本の要請もともないメディアの言説が〈中流〉への欲望を煽動し、真面目に働く、その〈生活倫理〉こそが〈中流〉への道として流通していくことになる。*37

つまり、〈新中間層〉の人々は真面目に働くことによって中産階級の道を手に入れることが出来たわけである。彼らは東京の郊外で庭付きの一戸建ての家に暮らし、物価が高いと言いながら上等の佐倉炭を使い、女中も使うほど経済的に安定した生活を送っている。しかし、だからといって特別に金持ちというわけではない。まじめに働いているからこそ今のライフスタイルを維持できるのであって、最初からそのような生活をしているわけではない。*38このことは言い換えれば、まじめに働けば誰でも〈新中間層〉のライフスタイルが手に入る一方、そうでなければどん底の貧しい生活が待っているということを意味している。「竹の木戸」には、磯吉夫婦が貧困に陥ったのは気まぐれに仕事を休むせいだという件がある。

『これじや唯だ食つて生きて居るだけじやないか。餓死する者は世間に滅多にありや仕ないから、食つて生きてるだけなら誰だつてするよ、それじや余り情けないと私は思ふわ』涙を袖で拭て『お前さんだつて立派な職人じやないか、それに唯だ二人限の生活だよ。それが如何だらう、のべつ貧乏の仕通しで、其貧乏も唯の貧乏じや無いよ。満足な家には一度だつて住まないで何時でも斯様物置か――』(中略)『そんなら何故お前さん月の中十日は必然休むの？ お前さんはお酒は呑まないし外に道楽はなし満足に仕事に出てさえお呉なら、如斯貧乏は仕ないいんだよ。――』(一四九頁)

磯吉は立派な職人であるばかりでなく、お酒もほかの道楽もしない。仕事にさえまじめに出れば十分やっていけるはずである。にもかかわらず、磯吉は月に一〇日も仕事を休んでしまう。植木屋という仕事柄、天気に左右されることもある。しかし、語り手はそうした理由ではなく「お前さんが最少し精出してお呉れなら此節のやうに計量炭もろくに買ないやうな情ない……」というように磯吉を怠け者と見なしている。こうした視点には、明らかにまじめに働くことこそ正義だという「生活倫理」が働いていると言える。

一方「ファスブン」の場合はどうであろう。ファスブン一家は「日に二度の食事にもこと欠く」極貧暮らしをしているが、その家長であるファスブンはと言うと、

ファスブンは夜明け前にチゲをかついで家を出、夜暗くなってから戻ってくるのだが、日に二度の食事にもこと欠く始末で、たいていは仕事にあぶれて、明け方に出かけても正午ごろになれば戻ってくる。戻ってきてはたいてい寝てしまう。こんな時は、明くる朝まで何も食わない。(四〇頁)

このように、毎日朝早く出かけてはいるものの、仕事にあぶれて途中戻ってくることが多く、帰ってきてからはたいてい寝てしまう。つまり、ファスブンも「竹の木戸」の磯吉と同じく、仕事にあまり精を出していない、いわゆる怠け者として描かれているのである。このような描き方に対し林鐘国は、「植民地的貧困の現場に目をつむった」[*39]と手厳しく批判している。まさに指摘の通りである。

前述したように、一九二〇年代の朝鮮社会は「土地調査事業」と「産米増産計画」の相次ぐ実施によって農村の貧窮化が急激に進み、その影響をまともに受けた農民たちが大量に都市に流れ出て都市下層労働者と化していった。しかし、都市に出てきたからといって仕事が保障されたわけではない。工場は限られ、しかも年齢制限もあって、三〇才になると、就職の道は閉ざされてしまう。[*40]結局、農村から都市にやってきた農民たちは荷物運搬人夫か人力

車夫、土木人夫といった日稼人足になるしかなかった。なかでも、背負子で荷物を運んで駄賃をもらうチゲクンと呼ばれる荷物運搬人夫は、背負子さえあればどこでも仕事ができるが故に、夜逃げ同然で農村を追われた農民たちにとってはまさにうってつけの仕事であった。京城駅など各駅周辺には数百人のチゲクンが客を待っていたが、問題はその数が年々増えだし、チゲクンの間で仕事の奪い合いが激しくなっていたことだ。ファスブンが仕事にあぶれて昼間から家に戻ってきたのは、実はこうした社会的背景があったのである。

【図50】 客を待つチゲ（背負子）の群れ（1920年頃）*41

しかし、作者はあえてそのことに触れず、仕事の途中帰ってきたファスブンが手持ち無沙汰に昼寝をすることのみを描くことによって、貧困の原因をファスブン個人の問題に帰している。このような傍観者的視点は、次の文にも表れている。

あの人のお父さんが生きておられるときは、米の百石も作っていて、三人兄弟が楊平で人並み以上の暮らしをしたんですよう。（中略）それが、私が嫁いでからは、お舅さんが亡くなり、上の兄さんが死に、百姓仕事のもとである牛一頭を盗まれるといった具合で、段々と暮らしが傾き始め、とうとうこんな乞食同然の姿になってしまいました。（四三頁）

これは、ファスブン一家が行廊暮らしに転落した理由を述べた箇所であるが、作者はファスブン一家の没落を、舅と兄が相次いで亡くなり、さらに農作業のもとである牛を盗まれるという偶然の出来事がいくつも重なって次第に家計が傾いていったと指摘している。

しかし、農民の没落の原因は、一九一〇年の日韓併合とともに始まった「土地調査事業」と「産米増産計画」によるものだということは周知の事実である。[*42] にもかかわらず、作者はそういった社会的・経済的現状には全くふれず、むしろファスブン一家の個人的な事情による問題だとしているのである。

従来、貧困の原因は怠惰、無知などの個人的責任や天災その他にあるとされていた。しかし、資本主義の進展とともに社会そのものにその責任があると考えられるようになった。しかし、「竹の木戸」と「ファスブン」では、貧困の原因を甲斐性のない主人公の個人的問題だとして、あえて社会問題に切りこんでいない。ここにこの二作品の意図、すなわち貧困の社会的・経済的問題に目を向けない傍観者的態度を見ることができる。

独歩と田榮澤は、〈新中間層〉のまじめに働くことが正義だという「生活倫理」が社会に流通するにつれて、磯吉やファスブンのように「物置同然」の小屋でその日の食事にもこと欠く「乞食同然」の生活をする、いわゆる下層社会の貧民たちが、「落伍者」や「怠け者」として社会から切り捨てられていく現実を見ていたのではなかろうか。「竹の木戸」と「ファスブン」はそうした貧民への差別や傍観者的態度が、中産階級を中心に広がりを見せ始める様相を最初に描いたものとして注目に値する作品である。

以上のように見てくると、「竹の木戸」の大庭と「ファスブン」の〈私〉は、隣に住む貧しい家族に、井戸を使わせ、行廊部屋に住まわせてやるなどして同情はする。しかし、いざ彼らが助けを求めると、自己の安定した生活を優先して回避してしまう、いわゆる傍観者なのである。つまり、語り手は傍観者なのである。同情するだけの余裕はあるが、救済するだけの力はない。社会の主流となりつつあった中産階級の人たちの共通の認識がここにあるのかもしれない。近代化されて、次第によくなっていくはずの世のなかではあるが、絶望的な貧困はなかなか根絶されない。中産階級の人間は、傍観者にならざるを得ない。そのような共通の認識が社会に形成されていたのではないだろうか。貧困のみならず、社会の時事問題に関心はあるにもかかわらず、実際は「事なかれ主義」の傍観者に過ぎない。独歩と田榮澤は、その社会の現実を描いたのである。

5　新たな都市文学の台頭

田榮澤の「ファスブン」は、京城を舞台に中流家庭とその行廊部屋に暮らす貧困にあえぐファスブン一家を対照的に描き、植民地下の一九二〇年代頃の朝鮮社会の現実を浮き彫りにした作品である。当時の朝鮮社会は、近代化政策によって伝統的な農村経済が破綻し、貧乏に耐えられなくなった農民たちが大量に都会に流れ出て都市下層労働者と化していった。そうした現状を文壇も黙ってみてはいなかった。ファスブン一家のように、貧しい農村から豊かな生活を夢見て都市に出ていった農民たちが、豊かな生活を手に入れることなく、そのまま貧民層に入り、都市下層労働者に転落していく過程を見つめる作品が多く現われるようになったのである。中でも田榮澤の「ファスブン」は、主人公が貧しい農村から都市へ移住するものの、都市でも貧乏から抜けられず、結局は悲劇的な死を迎える事実をことさら誇張することなく淡々と描いたという点において自然主義の代表的作品と評価された。[*43]このような評価に対して、林鐘国はその著『韓国文学の民衆史――日帝下文学の民衆意識』の中で、「ファスブン」は一九二〇年代当時、下層社会の至るところで繰り広げられていたどん底の貧困の事実をただ提示しただけであって、それらの状況を生みだした社会矛盾の深部に分け入ろうとしなかった作品であると批判し、田榮澤の文学を植民地下の現実を傍観した「非情な傍観者の文学」[*44]であると断定した。

しかし、これまで見てきたように、「ファスブン」が独歩の「竹の木戸」の影響を受けて執筆された作品であるという事実が明らかになった以上、この作品を単に「非情な傍観者の文学」と批判するわけには行かないであろう。

田榮澤は日本留学中（一九一二年～一九二三年）に、「竹の木戸」の主人公、大庭真蔵のように、どん底の貧困にあえぐ植木職人の境遇に同情しつつも、決して彼らの生活にわけ入ろうとしない、いわゆる新中間層の存在を知った。そして一九二三年の帰国後、彼は、貧民や貧困問題に対して同情するだけの余裕はあるが、救済する力を持っていない新中間層が、朝鮮社会にも台頭しつつあることを知った。だが、当時の文壇では相も変わらず下層民のどうにもこうにもやりきれない悲惨な貧困生活を描く貧困文学が幅をきかせているだけであった。[*45] こうした文壇へのささやかな抵抗として「ファスブン」は執筆されたのではなかろうか。

日韓併合後、日本の経済的収奪によって朝鮮半島の「窮乏化」[*46]が推し進められていく中、一九二〇年代頃からインテリ・サラリーマンといわれる新しい都市中産階級が台頭し、社会の主流となり始めた。彼らは新しい教育制度の中で育てられ、官公庁の官吏や銀行員、会社員などのホワイトカラーの仕事に従事しながら大都市に居住し、個人主義、無関心、社会的孤立、不安などといった都市的パーソナリティーを特徴とする生活を営んでいた。[*47]「ファスブン」の語り手の〈私〉はまさしくこの都市的パーソナリティーを持ち始めた最初の人物なのであった。この〈私〉の人物造形に独歩の「竹の木戸」の大庭真蔵が大きく影響していることはもっと注目されてしかるべきであろう。

註

＊1　五味文彦・高林利彦・鳥梅靖編「近代国家の成立」（『詳説日本史研究』山川出版社、一九九八）三七一～三八一頁。

＊2　立花雄一「底辺ルポルタージュ文学の発生と展開」（『明治下層記録文学』ちくま学芸文庫、二〇〇二年）一一七～一三〇頁。

＊3　①立花雄一前掲書註＊2　一三二～一七六頁。②山田博光「文学の制度的確立と再編」（『二十世紀の日本文学』白

地社、一九九五年）四一～四五頁。

＊4　孫禎穆著・松田皓平訳『日帝強占期――都市社会相研究』（ソウル書林、二〇〇五年）八八～九五頁参照。

＊5　①金鉉・金允植「個人と民族の発見」（『韓国文学史』民音社、改訂版二〇〇一年）②趙鎮基「崔曙海と貧困の文学」（『韓国現代小説研究』学文社、一九九一年）③白鐵「新文学の分かれ道」（『新文学思潮史』新丘文化社、一九八〇年）。

＊6　林鐘国①『韓国文学の社会史』（正音社、一九七四年）一一五頁。②『韓国文学の民衆史――日帝下文学の民衆意識』（実践文学社、一九八六年）一四五頁。

＊7　国木田独歩「竹の木戸」（『定本国木田独歩全集第四巻』学習研究社、一九九六年）以下頁数のみ表記。

＊8　西川祐子「生きられた家・描かれた家」（『借家と持ち家の文学史』三省堂、一九九九年）五八～五九頁。

＊9　横山源之助「東京貧民の状態」（『東京の下層社会』岩波文庫、一九九七年）二三～七六頁参照。

＊10　本文中に引用した田榮澤の「ファスブン」（『朝鮮文壇』一九二五年一月）は、三坂千里訳「ファスブンという名の男」（『朝鮮研究』一九六九年二月）による。ただし、原文と照らしてニュアンスのやや異なるところなどは改訳させていただいた。

＊11　孫禎穆、前掲書註＊4　二三〇頁。

＊12　鮮干全「朝鮮人生活問題の研究（其二）」（『開壁』一九二二年三月）。

＊13　「産米増殖計画――米を食えなくなった農民たち」（朝鮮史研究会編『入門朝鮮の歴史』三省堂、一九八六年）一七二～一七五頁。

＊14　社説「この現象をどう救えるか」（『東亜日報』一九二四年一二月二九日付）。

＊15　「ファスブン」が発表された一九二五年を前後に行廊暮らしを取り上げた作品がいくつも発表されている。羅稲香「行廊暮らしの息子」（『開壁』一九二三年）、「水車小屋」（『朝鮮文壇』一九二五年）、玄鎮健「運の良い日」（『開壁』一九二四年）、金東仁「甘薯」（『朝鮮文壇』一九二五年）などである。同じ時期に同じテーマが繰り返して取り上げ

られているという事実は、それだけ行廊暮らしが社会問題と化していたことを意味する。

＊16 孫禎穆『日帝強占領期　都市社会相研究』（一志社、一九九六年）口絵。

＊17 「貧民村探訪記（六）別世界」（『東亜日報』一九二四年一一月一二日付二面）。

＊18 山田博光「国木田独歩集注釈・竹の木戸」（『日本近代文学大系・国木田独歩集』角川書店、一九七〇年）三四三頁。

＊19 小島幸隆氏は、「窮死・竹の木戸（独歩）」（『民友社文学・作品論集成』三一書房、一九九二年）の中で、「窮死」「竹の木戸」には自然の無情（天候の非情さ）が主人公の孤独感・疎外感に追い討ちをかけ、やがて自殺に追い込む装置となっていると指摘している。

＊20 金相善「ファスブン――作品の光と構造」（李在銑・趙東一編『韓国現代小説作品論』図書出版文章、一九九五年）九七頁。

＊21 『東亜日報』社説「野有餓莩」（一九二六年一二月三一日付）。

＊22 「漫文漫画　晩秋風景（五）鳩屋の冬夢」（『朝鮮日報』一九三三年一〇月二六日付）

＊23 山田博光、前掲書註＊18に同じ。三四九頁。

＊24 山田博光、前掲書註＊18に同じ。三四九頁。

＊25 戸松泉「晩年の独歩――「竹の木戸」論」（『東京女子大学紀要』昭和六一年三月）二七〜二八頁。

＊26 山田博光、前掲書註＊18に同じ。三四八頁。

＊27 ①戸松泉、前掲書註＊25に同じ。②藪田乃笛子「『竹の木戸』論――真蔵の可能性・空白のその後」（『藤女子大学国文学雑誌』一九九九年三月）。

＊28 山田博光、前掲書註＊18三四八頁。

＊29 長谷川泉「竹の木戸」（『国文学解釈と鑑賞』一九五六年二月号）。

＊30 戸松泉、前掲書註＊25に同じ。

＊31 林鐘国、前掲書註＊6に同じ。

＊32　戸松泉、前掲書註＊25に同じ。
＊33　隅谷三喜男「考えるホワイトカラー」（『日本の歴史・22巻』中央公論社、一九六六年）二九四頁。
＊34　千政煥『近代の読書――読者の誕生と韓国近代文学』（図書出版青い歴史、二〇〇三年）四九二頁。ただし氏は、「この【表】は「現代サラリーマン収入調」（『三千里』一九三六年一月）を再構成したものである。「都市の生活前線」（『第一線』一九三二年七月、三八～四一頁）にも同様の内容が掲載されている。この調査は当該職業群全体の平均を算出したものではなく、個別の調査対象とのインタビューを通して行われたものである。それゆえ算出された金額と労働時間は平均値としての意味を持たず、客観性に欠けている可能性がある」と指摘している。
＊35　金振松著・安岡明子他訳『ソウルにダンスホールを――一九三〇年代朝鮮の文化』（法政大学出版局、二〇〇五年）一四二頁。
＊36　①曺南鉉「韓国小説文学略史」（『韓国文学概観』語文閣、一九八六年）②李康彦「廉想渉小説の都市性研究――一九二〇年代作品を中心に」（『韓国現代小説の展開』蛍雪出版社、一九九二年）などによれば、一九二〇年代後半頃から都市に暮らす中産階級の人々の生活を描いたものや中産階級の都市下層民への関心を示したものが集中的に現われ始めた。前者は、廉想渉の「電話」（一九二五）「孤独」（一九二五）「輪転機」（一九二五）「飯」（一九二七）など、後者は、崔曙海「医者」「葛藤」「貧しい妻」、朴英熙「事件」、金八峯「赤いねずみ」「若い理想主義者の死」、趙明熙「R君へ」「同志」「洛東江」宋影「扇動者」、李益相「土の洗礼」、崔承一「鳳熙」、兪鎮午「スリ」などがある。
＊37　余呉育信「『竹の木戸』の〈空間〉／新たな〈忘れえぬ人々〉の物語」（『日本文学を読みかえる・12都市』有精堂、一九九五年）五七頁。
＊38　余呉育信、前掲書註＊37に同じ。
＊39　林鐘国、前掲書註＊6 七二頁。
＊40　孫禎穆、前掲書註＊4 四三頁。
＊41　『写真で見る朝鮮時代　民族の写真帖第一巻　民族の心臓』（瑞文堂、一九九四年）二〇五頁。

＊42　朝鮮史研究会編、前掲書註＊13に同じ。
＊43　①白鐵、前掲書註＊5　三一五〜三二八頁。②趙演鉉『韓国現代文学史』（成文閣、一九八五年、二九四〜三二六頁）③金宇鍾『韓国現代小説史』（成文閣、一九九二年、二一二〜二三一頁）。
＊44　林鐘国、前掲書註＊6　六一頁。
＊45　例えば、崔曙海「紅焔」「脱出記」「妻の寝顔」「洪水の後」「飢餓と殺戮」「餞迓辞」、朱耀燮「人力車」「殺人」「犬の餌」、李箕永「農夫の家」「貧しき人々」、趙明熙「三人の乞食」「戦闘」、宋影「石工組合代表」、金基鎮「赤いネズミ」など。
＊46　①金鉉・金允植、前掲書註＊5　二二〇〜二三〇頁。②趙鎮基、前掲書註＊5　三一六頁。
＊47　李康彦、前掲書註＊36　三九頁。

第八章　〈余計者〉と国家――「号外」と金史良「留置場であった男」

1　近代社会と知識人

　独歩の「号外」の主人公、加藤男爵が〈余計者〉のタイプとして造型されていることは一般によく言われているところである。[*1]〈余計者〉とは、十九世紀のロシア文学に現われた貴族知識人を指す。彼らは鋭い知性と深い教養を持ちながら、官職につくことを好まず、貴族社会の愚劣や虚偽に不満を抱き、高貴で潔癖な理想主義の精神に貫かれている。が、同時にいっさいに懐疑的で精神の倦怠を意識しており、実際的な行動への意志を欠くため、結局は理想も善意も無意味にすりへらされ、悲劇的運命をたどる人物像として描かれている。[*2]グリボエードフ『智慧の悲しみ』のチャーツキー、プーシキン『エフゲニー・オネーギン』のオネーギン、レールモントフ『現代の英雄』のペチョーリン、ゲルツェン『誰の罪か』のベリトフ、ツルゲーネフ『余計者の日記』のチュルカトゥーリンと『ルージン』のルージンなどはその典型である。

　これらの〈余計者〉的な知識人が文学的に注目されるようになったのは、必ずしもロシア文学に限ったことではない。国によって現われる時期は異なっても、近代的自我に目覚めた知識人の自意識の問題は各国に様々な〈余計者〉の像を生み出している。日本でも、早い時期から〈余計者〉的知識人が文学作品に登場してくる。その先駆的な作品が、ツルゲーネフ文学の翻訳家でもあった二葉亭四迷の処女作『浮雲』（一八八七）であることはよく知られた事実である。主人公内海文三は、優秀な成績で学校を卒業して官吏となったが、優柔不断な性格ゆえに、さらには社会性に欠けるために落ち度もないのに勤めていた役所から免職になり、それが原因で恋人にも振られ、人格的にも破綻して次第に孤立して〈余計者〉と化してしまう人物として造型されている。[*3] 以後、北村透谷「蓬莱曲」(一八九一)の柳田素雄、尾崎紅葉『金色夜叉』(一八九七)の間貫一、内田魯庵『暮れの廿八日』(一八九八)の有川純之助など、不本意にも社会からはじき出されて苦悩する知識人像が造型され、その後、正宗白鳥『何処へ』(一九〇八)の菅沼健次、夏目漱石『それから』(一九〇九)の長井代助などに至って、本格的な余計者的知識人が造型されるようになった。[*4] 有能な人が失敗者となり、社会から孤立して滅んでいくという内容の小説の流行は、明治という時代が、良心的でかつ進んだ知識人が暮らすにはあまりにも閉塞した時代であったことを象徴していることにほかならないが、同時に知識人という存在が、明治社会のゆがみを映し出す鏡として文学者に強く意識され、文学上重要なテーマとなったことは否めない。

ところが、知識人は韓国近代文学を語るにおいても重要なテーマの一つである。韓国は長い間、知識人の社会的責任や役割、使命が非常に大きいばかりでなく、知識人自身も自分たちこそが民衆を指導し、啓蒙する立場に置かれていることを強く意識する、いわゆる知識人のモラルが強く求められてきた社会であった。[*5] だからこそ、近代化に失敗した祖国が植民地に転落するという国家的危機に直面した時、多くの知識人は知識人として果たさねばならない社会的使命をめぐって苦悩したのであるが、こうした知識人の苦悩を、文学者たちも黙って見てはいなかった。彼らは競って知識人を主人公に設定し、植民地下という時代状況のなかで、知識人たちが現実をどう受容し、またどのように対応していったのかを創作をもって突き詰めようとした。[*6] その結果、たくさんの知識人小説が書かれ、一九三〇年代は「知識人小説の開花期」とも言われている。[*7]

しかし、それらの作品を読んでみると、現実を鋭く追求することによって時代状況への認識を深めたものも一部あるが、大半は時代状況に対して幅広い洞察力を持ち得ないまま現実から逃避するものばかりだった。むしろ、後者が朝鮮の知識人小説の特徴だとも言われている。[*8] とりわけ、満州事変を境に日本の植民地政策が過酷さを増していった一九三〇年代以降は、現実と理想の狭間で苦悩し挫折して、現実の社会からも家庭からも疎外されていく知識人像が多く描かれたが、兪鎮午の「金講師とT教授」(一九三五)はその典型的な作品である。学生時代の左翼活動を隠したまま専門学校に就職した金講師は、理想とかけ離れた現実に戸惑いながらも、だからといって不条理な現実に何の抵抗もせず、むしろ過去が明るみになるのを恐れながら、やっとつかんだ講師職を逃すまいと戦々恐々とする人物として描かれている。この金講師の不安と葛藤と苦悩、そして悲哀は、本来ならば普遍性を持った主題である。[*9] しかし、あることから、その「普遍」が「特殊」に転化していく。それは、金講師が生きる舞台が植民地下という極めて特殊な環境であるからだ。このような知識人像によって、韓国の知識人小説が日本をはじめとする各国の知識人小説と一線を画すものとなったことは言うまでもない。

ところが、韓国における知識人小説の系譜から明らかにずれる作品がある。在日朝鮮人文学の嚆矢として知られる金史良の執筆した「留置場で会った男」(一九四一)である。主人公の王伯爵は、植民地支配下の親日派華族の息子として身分も財産も保証されながら、その出身階級からはみ出て無為徒食の生活を送っている。不穏思想もないのに何度も留置場に拘留されるなど「狂信的」な行動を繰り返すがために、周りから孤立し、次第に狂っていく人物である。この人物像からまず思い浮かぶのは、十九世紀のロシア文学に現われた〈余計者〉的知識人である。

知識人階級が社会の余計な人間として扱われる、いわゆる余計者シリーズがロシア文学に登場し、それに注目した日本の文学者が様々な日本型余計者的知識人像を造型したのは前述した通りであるが、その中の一人に数えられる独歩の造型した加藤男爵が、実は「留置場で会った男」の主人公と酷似しているのである。主人公の加藤は、男爵でありながらぼろ服を着て、平民どものたむろする酒場に出入りし、毎日無為徒食の生活を送っている。彼は日露戦争後、口癖のように「戦争がないと生きて居る張り合いがない、あゝツマラ無い、困つた事だ、何とか戦争を初める工夫はない者か知ら」と、「狂的」発言を繰り返しているがために周りから疎外されている。植民地支配下と日露戦争後という時代的背景は違うものの、両者の人物関係がここまで一致してくると、もはや単なる偶然とは思えない。

金史良（一九一四〜一九五〇？）は、平壌高等普通学校の卒業を間近に控えた一九三二年一二月に日本に渡り、旧佐賀高等学校を経て一九三九年東京大学ドイツ文学科を卒業した。学生時代から日本語と朝鮮語で執筆活動を行い、そのうちの「光の中に」が一九四〇年度前半期芥川賞候補作に選ばれたのを契機に日本文壇に登場した。日本での活動はわずか二年あまりのものとなったが、「光の中に」（『文芸首都』一九三九年、翌年『文藝春秋』）を皮切りに「天馬」（『文芸春秋』）「草深し」（『文芸』）「無窮一家」（『改造』いずれも一九四〇年）「光冥」（『文学界』）「虫」（『新潮』いずれも一九四一年）など力作を矢継ぎ早に発表し、当時沈滞期に陥っていた日本文学界に刺激を与えたばかりでなく、暗黒時代と言われる植民地末期の朝鮮文壇に民族主義を吹き込んだことで高く評価されている。[*10]

金史良が独歩を読んでいたかどうかについては確認されていない。しかし、平壌高等普通学校時代に教科書を通じて独歩の作品を読んでいたこと[*11]、七年に渡る留学生活、そして社会的弱者に寄せるヒューマニズムな作品世界[*12]を考慮すると、彼が民族や国境を越え、社会の片隅に生きる弱い者への共感や連帯感を描く独歩文学に触れている可能性は十分に考えられる。それを端的に示すものとして「留置場で会った男」と「号外」の影響関係の他にも、金史良の処女作「土城廊」（一九三七）と独歩晩年の作品「窮死」（一九〇七）との間に類似性が指摘できる。「土城廊」は、平壌のスラム街・土城廊に流れ込んだウォンサム爺がどん底の生活の中でも仲間の助けに支えられて自立を目指す途中、洪水に見舞われて溺死するという内容の作品である。一方「窮死」は、「土方」や「立ちん棒」などその日暮らしをしている都市下層労働者の主人公が仲間の善意に支えられながらも、どうにもこうにもやりきれなくなって轢死するという内容の作品である。つまり、両者は時代背景こそ違うが、ともに近代化の波に乗り遅れ、社会の底辺に生きることを余儀なくされた最下層の人たちと、どん底の生活の中でも互いを気遣う貧しい人たちの連帯意識を取りあげているところに類似性が感じられるのである。

金史良は「土城廊」以来、一貫して朝鮮の下層社会の現実と、その現実社会からも受け入れられずに疎外された下層大衆への関心を示したが、この社会的弱者への共感や連帯感、同情の気持ちが芽生えだしたのは皮肉にも日本に留学してからである。『金史良—その抵抗の生涯』（岩波新書、一九七二年、後『評伝金史良』草風館、一九八三年に書き換える）の著者である安宇植によれば、金史良は東京大学在学中に横川橋帝大セツルメントに所属し、都会の最下層で暮らす人たちの支援事業に参加していたが、その際当時、移住朝鮮人労働者と言われる同胞にはじめて接している。平壌屈指の富豪の次男として何不自由なく留学生活を送っていた金史良は、故郷の同胞が異国の地で民族的な差別や蔑視の中で悲惨な生活を送っている様子を目撃し、強く心を揺さぶられる。「光の中に」「無窮一家」「留置場で会った男」「親子コブセ」などは、異国をさまよう移住朝鮮人への凝視が産み落とした作品にほかならないが、金史良の文学的スタートはまさにこの移住朝鮮人への凝視から始まったという。[*13] 確かにその通りであるが、「土城廊」と「留置場で会った男」に見られる社会的弱者への共感や同情、連帯感は、実は独歩文学の基本理念でもあったのである。

そこで本章では、独歩文学が金史良の現実認識、すなわち植民地統治下の朝鮮の現実を自覚させられたという点を明らかにするためにも、「留置場で会った男」と「号外」の主人公加藤男爵と王伯爵を比較し、さらに十九世紀のロシア文学に現われた〈余計者〉という人物像が、日本や韓国でどのように受容され、かつ変容されたのかについて考察を行いたい。

2　「号外」と「留置場で会った男」

「留置場で会った男」は朝鮮で発行されていた文学雑誌『文章』の一九四一年二月号に発表された短編小説である。初出は朝鮮語で書かれたが、単行本化にあたっては若干の手を加えるとともに作者みずから日本語に翻訳し、題名も「Q伯爵」と変えて第二小説集『故郷』（一九四二）に収録している。当時、金史良は主要な作品をほとんど日本語で執筆していたが、この作品がわざわざ朝鮮語で書かれていることには作家の深い意図があったと思われる。それは官憲の検閲の網をくぐり抜けるために、小説のクライマックスはどう読んでも両義的に解釈されるように表現されている箇所に秘められている。とりわけ、王伯爵の人物造型はまさにその意図と深く結びついていたのであるが、これに決定的な影響を及ぼしたのが独歩の「号外」である。しかもその影響は人物造型に留まらないのである。例えば、第一に、両作品が談話体形式の会話を中心として物語が展開されていること、第二に、作品の最後に作者の分身たる語り手の意見が提示され、それが主題を形成していくこと、第三に、主人公が〈余計者〉のタイプとして造型されていること、第四に、〈余計者〉であるが故にかえって他者を求める志向を強くもっていること、第五に、国家と社会から疎外されていく〈余計者〉の存在、ないしは視点を通して国家とは何かを問いかけようとしていることなど、形式から主題、内容にまで及んでいる。そこで、ここではまず小説全体の構造に注目したい。

独歩の「号外」は、正宗ホールという大衆酒場の飲み仲間の姿を描写しながら、加藤男爵と彫刻家の中倉の対照的ともいえる議論と、その議論に対する第三者の意見で締めくくられる作品である。一方金史良の「留置場で会った男」は、列車で帰省中の飲み仲間の談話を描写しながら、その仲間の一人である新聞記者が語った王伯爵という人物の数奇な身の上話と、第三者たる語り手が記者の話を引き取って締めくくるという作品となっている。つまり

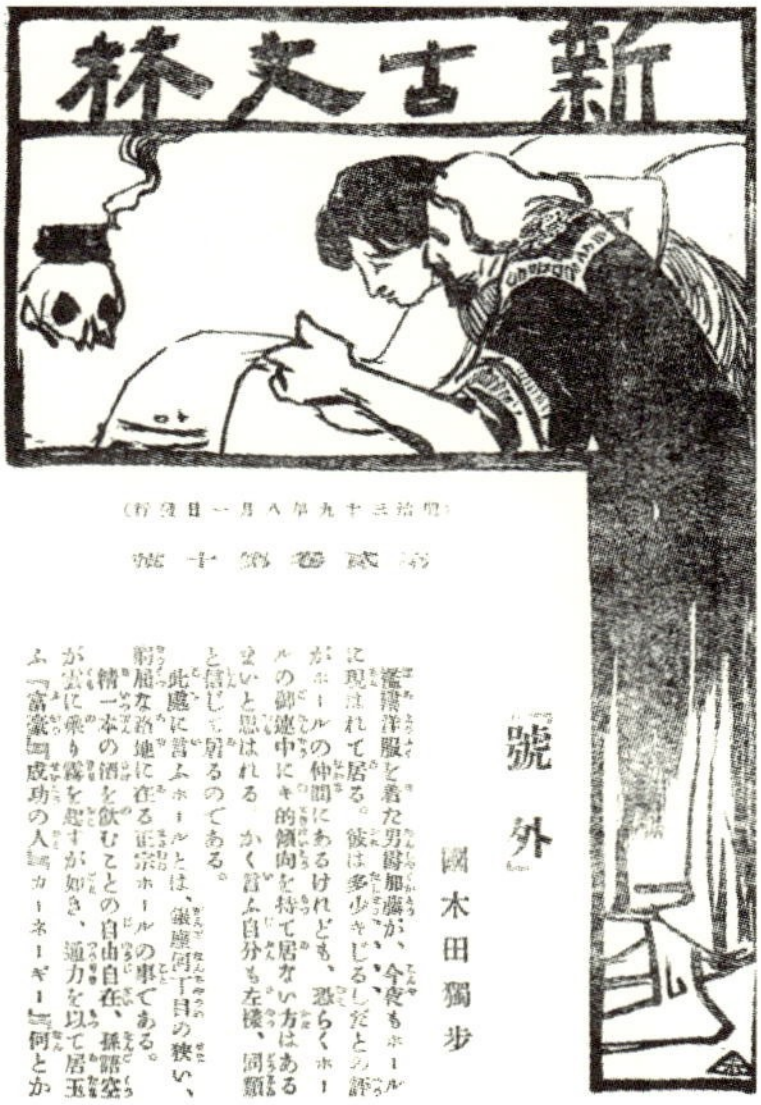

(明治三十九年八月一日發行)
第貳卷第十號

號外

國木田獨歩

濫褸洋服を着た男爵加藤が、今夜もホールに現はれて居る。彼は多少きじるしだとの評がホールの仲間にあるけれども、恐らくホールの御連中にキ的傾向を持て居ない方はあるまいと思はれる。かく言ふ自分も左樣、同類と信じて居るのである。

此處に言ふホールとは、銀座何丁目の狹い、窮屈な路地に在る正宗ホールの事である。精一本の酒を飲むことの自由自在、孫悟空が雲に乘り霧を起すが如き、通力を以て居玉ふ『富豪』『成功の人』『カーネーギー』何とか

【図 51】　国木田独歩「号外」
(『新古文林』1906 年 8 月)

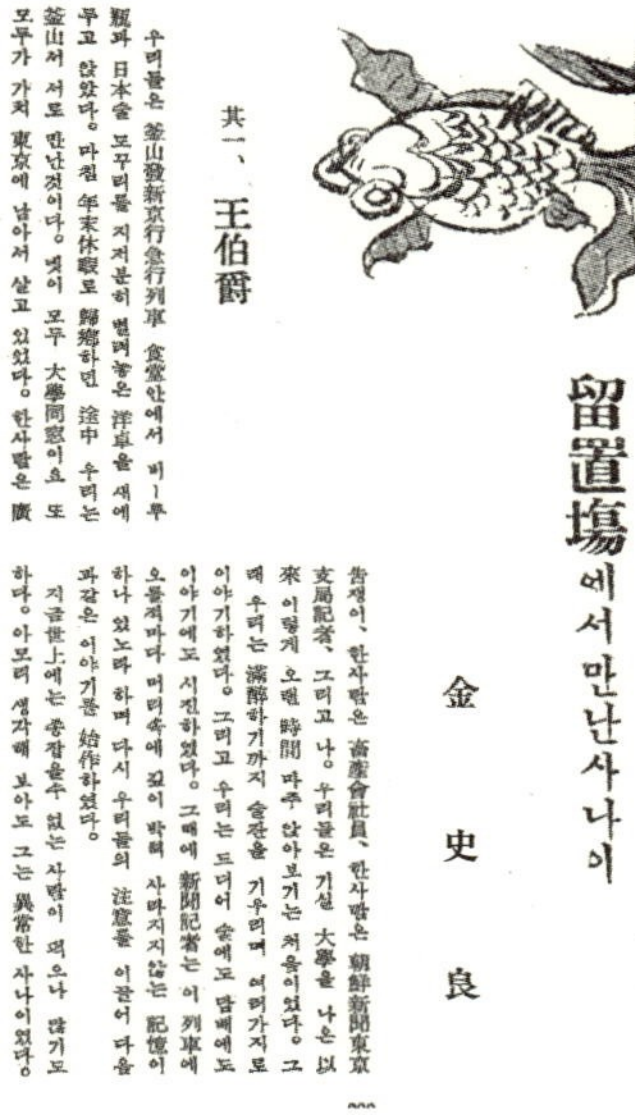

留置場에서 만난사나이

金史良

其一、王伯爵

우리들은 釜山發新京行急行列車 食堂안에서 비ー루甁과 日本술 도꾸리를 지저분히 벌려놓은 洋卓을 새에 두고 앉았다。마침 年末休暇로 歸鄕하던 途中 우리는 釜山서 서로 만난것이다。넷이 모두 大學同窓이요 또 모두가 가치 東京에 남아서 살고 있었다。한사람은 廣告쟁이、한사람은 畜産會社員、한사람은 朝鮮新聞東京支局記者、그리고 나。우리들은 기실 大學을 나온 以來 이렇게 오랜 時間 마주 앉아보기는 처음이었다。그때 우리는 滿醉하기까지 술잔을 기우리며 여러가지로 이야기하였다。그리고 우리는 드디어 술에도 담배에도 이야기에도 시진하였다。그때에 新聞記者는 이 列車에 오를적마다 머리속에 깊이 박혀 사라지지않는 記憶이 하나 있노라 하며 다시 우리들의 注意를 이끌어 다음과같은 이야기를 始作하였다。

지금世上에는 종잡을수 없는 사람이 적으나 많기도 하다。아모리 생각해 보아도 그는 異常한 사나이였다。

【図 52】　金史良「留置場で会った男」
(『文章』1941 年 2 月)

両作品は、大衆酒場と走る列車内の食堂に集まる飲み仲間の談話を中心に物語が展開され、最後に作者の分身とも思われる人物が登場して議論あるいは身の上話を締めくくるという構成となっている。

(1) 舞台設定

まず、舞台設定から見ていく。「留置場で会った男」は次のような書き出しから始まる。

われわれは釜山発新京行き急行列車の食堂内で、ビール瓶や日本酒のトックリを雑然と並べたてたテーブルを囲んでいた。ちょうど年末の休暇で帰郷する途中、われわれは釜山で一緒に乗り合わせたのであった。四人がみな大学の同窓で、しかも同じく東京に留って住んでいた。一人は広告屋、一人は畜産会社員、一人は朝鮮新聞東京支局記者、それに私であった。わたしたちはその実大学を出て以来、こんなにゆっくりと向かい合ったことは初めてであった。そこ

でみんなはすっかり酔払うまで杯を傾けながら、いろいろ話し合った。*14（二五三頁）

このように、列車内の食堂の雑然とした雰囲気のなかで、日本の大学を卒業した後、東京で仕事をしている四人の仲間が、年の暮れに帰省する際、偶然同じ列車に乗り合わせて酔っぱらうまで飲みながらいろいろと談話を交わす様子が描かれている。これに対して「号外」の書き出しは、

> 襤褸洋服を着た男爵加藤が、今夜もホールに現はれて居る。（中略）
> 此処に言ふホールとは、銀座何丁目の狭い、窮屈な路地に在る正宗ホールの事である。
> 精一本の酒を飲むことの自由自在、孫悟空が雲に乗り霧を起すが如き、通力を以て居玉ふ「富豪」「成功の人」「カーネーギー」「何とかフェラー」、「実業雑誌の食物」の諸君に在りては何でも無いでしょう、が、我等如きに在りては、でない、左様でない。正宗ホールでなければ飲めません。
> 感心に美味い酒を飲ませます。混成酒ばかり飲ます、此不愉快な東京に居なければならぬ不幸な運命のおたがひに取てはホールほどうれしい所はないのである。
> 男爵加藤が、何時も怒鳴る、何と言ふて怒鳴る「モー一本」といふて怒鳴る。
> 彫刻家の中倉の翁が何といふて、其太い指を出す、「一本」
> 悉く飲み仲間だ。悉く結構！*15（四六三頁）

というように、正宗ホールという庶民的な酒場で議論する飲み仲間の姿が描写されるところから始まっている。確かに、列車内の食堂と大衆酒場という違いはあるにしても、両者はともに庶民的な雰囲気が醸し出されるような場

所を設定し、そこに集まる人々が酒を汲み交わしながら、くつろいだ談話をしている情景を描写している。しかも、汽車と大衆酒場の一角でありながら、いずれも知識人の一面がうかがわれる顔ぶれが集まって談論するという場面設定によって、これから展開する両作品の性格を暗示しているところにも類似点が見て取れる。

(2) 談話、身の上話

次に、談話あるいは身の上話について見ていく。「留置場で会った男」は列車内の飲み仲間の一人である新聞記者が語った王伯爵という「狂信的」な人物の身の上話が中心となっている。新聞記者が見つめてきた王伯爵という人物は実に不思議な男である。彼は何十回ともなく留置場に拘留され、すっかり署の常連になっている。しかし、特別に官憲にとがめられるような不審な思想をもっているわけではない。ただ皆がやっている事を自分もやることで、人生の目的を得ているだけである。それだけに、不穏思想やアナーキズムがはやらなくなると、人生の目的を失ってしまうのである。そのために、新たな人生の目的を求めて移民列車に乗り込むのだが、だからといって、王伯爵には満州に移民しなければならない切実な目的や理由があるわけではない。ただ群衆と一緒に同じ方向に向かって進んで行くのがうれしいから乗り合わせただけである。このような形でしか人生の目的を見出し得ない彼の精神状況はやがて戦争の協力者になっていく。そんな王伯爵を同じ同胞として気遣う新聞記者の心情は複雑である。

一方「号外」は、日露戦争に終始符を打つポーツマス条約の締結を契機として、挙国一致の緊迫感から解放されつつある時代状況のなかで、正宗ホールという大衆酒場に集まる飲み仲間の加藤男爵と中島の論争を中心に展開されていく。ホールの仲間に「キじるし」「狂的」と評される加藤男爵は、最近口癖のように「戦争が無いと生きて居る張合がない、あゝツマラ無い、困つた事だ、何とか戦争を初める工夫はない者か知ら」と嘆く。戦後という一種の弛緩した時代状況は、国民のなかに精神を結束させるような目的を見失わせてしまった。男爵も、国民（国家）

の精神を統合させようとする状況においてこそ、異様に緊張する人生の目的を見出していた一人であった。それゆえあらためて国民を結束させる目的のためであれば、戦争までをも希求するという、戦争論者のような発言をする。そして、いつもの如くポケットから古い号外を取り出して朗読し、その文面がかつてはどんなに心を躍らすものであったかと感慨をもらす。しかし、いま古い号外を読んでも昔のような刺激や緊張感が覚えられず、自分を「がつかりの総代」と自嘲する。そんな彼を「我々の号外」と認めながらも、戦後の状況に対応できず、号外にしか生き甲斐を求めない加藤の精神状況に、仲間は複雑な心情である。

このように両作品を比較していくと、人生の目的を活性化するためなら、戦争をも求める、一見好戦者のように見える主人公を設定しているところは無論、彼らが本当に望んでいるものは、実は戦争ではなく生きる張り合いであり、挙国一致の緊張感であるところにおいても、類似している。

(3) 第三者の意見

こうした彼らの心情を見つめる第三者の意見が作品の最後に提示されている。「留置場で会った男」の結末の部分では、移民列車の中で王伯爵と思いがけぬ別れ方をした後、その消息が分からず気になっていた新聞記者が、一年後の春、ソウルの鍾路で防空練習が行われた日、警防団員に向かって訓示している後ろ姿の男がどうも王伯爵だったような気がするとつぶやく。それを聞いた語り手の〈私〉は、

「きっとそうだ。王伯爵にまちがいないだろう。彼は戦争になって喜んでいるに違いない。なぜなら、いまわが祖国は、移民列車のように現実的な苦しみはあるにせよ、一定の方向に向かい挙国一致の体制で邁進に邁進を重ねているからね。彼はいま生活の目標をかち得たかもしれない。警防団の班長ぐらいは充分つとまりそ

うだ」（二七五頁）

と、思わず叫んでしまう。語り手の〈私〉は人生の目的を活性化するためなら、戦争でさえ無条件に歓迎する王伯爵の生き方に驚きながらも、これも確固としたひとつの生き方なのだと納得する。一方「号外」では、戦争が終わってしばらく経ったいまも、戦時下で読んだ号外に覚えた興奮が忘れられず、古い号外をポケットから取り出しては朗読し、昔のような興奮や緊張感が得られないでがっかりしている加藤男爵を、語り手である満谷は、以下のように感慨する。

銀座は銀座に違ないが、成程我が「号外」君も無理はない、市街まで落胆して居るやうにも見える。三十七年から八年の中頃までは、通りがゝりの赤の他人にさへ言葉をかけて見たいやうであつたのが、今では亦た以前の赤の他人同志の往来になつて了つた。

其処で自分は戦争でなく、外に何か、戦争の時のやうな心持に万人がなつて暮す方法は無いものか知らんと考へた。考へながら歩るいた。（四七一頁）

つまり、日露戦争後の一種の虚脱状態の中で、再び国民を結束させる連帯意識や緊迫感を希求し、そこに生きがいを感じようとする加藤男爵に、満谷は一定の理解を示しながらも、戦争による国家目的の遂行に向かっての国民の連帯という方法には否定的である。

以上のように、両作品は庶民的な雰囲気のする舞台を設定し、気心の知れた仲間と酒を飲み交わしながら語り合った談話、ないしは身の上話を中心に物語が展開されているところに類似性が感じられる。しかも、作品の最後で第三者の意見を盛り込むという形で作者自身の考えを提示しながら締めくくるという構成を取っている点においても、金史良が独歩の「号外」を意識していることは明らかである。ただし金史良は、「戦争」の認識については独歩とまったく異なった見解を見せている。それぞれの作者が提示している「戦争」に対する姿勢は、主人公の人物造型と密接に関わっていると考えられるので、次節では主人公の人物造型について考察することにする。

3 〈余計者〉という知識人の像

独歩の作品の中には「号外」のほかに〈余計者〉を扱った作品がいくつかある。「まぼろし」の渠、「河霧」の上田豊吉、「酒中日記」の今河今蔵、「運命論者」の高橋信造、「正直者」の〈私〉、「女難」の盲目の門付け、「二老人」の河田翁などがそうである。[*16] これらさまざまなタイプの〈余計者〉は、独歩によるオリジナルな人物造型ではなく、主としてツルゲーネフの『余計者の日記』や二葉亭四迷訳『うき草』、それに同じ二葉亭四迷の創作である『浮雲』などの諸作品を通して得られたものである。独歩はツルゲーネフの思想と文学の両面から大きな影響を受けているとされるが、[*17]〈余計者〉もツルゲーネフからの影響であることは周知の事実である。しかし、あらかじめいえば、そのようなことは外的契機にすぎない。

(1) 無為徒食の遊民

ところで、こうした独歩文学における〈余計者〉的な主人公の中でもとりわけ加藤男爵が植民地下の朝鮮の文学者に注目されたのはなぜなのであろうか。その理由は王伯爵が〈余計者〉になっていく過程を見つめることによって得られよう。そこに新たな人物造型を必要とした内的契機が見出されるかもしれない。

まず、「留置場で会った男」から見ていく。主人公の王伯爵は東京のA警察の留置場に拘留中である。彼がどういう事件で留置場に入ったのかについては誰一人知っている者がいなかったが、ともかく署内では非常に人気が高く、看守や拘留者からも一目置かれている。それ故なのだろうか。その風貌描写からは他の拘留者とは違う、どこか貴公子らしい一面が伺われる。

> 年のころは二十六、七、捕虜になった韃靼人のようにぼろぼろの洋服、髪は長髪賊のようにぼうぼうに伸びていた。ただその広い額と、虚ろな大きな目と、丸い顔とが、ようやく現実の人間という感じを抱かせる。けれどもそう思って見るせいか、顔の表情や体つきに、どことなく打ち解けた楽しさと、常人ならざる貴公子風なところがあった。（二五八頁）

一方「号外」の加藤はどうであろうか。彼もまた汚い格好で毎晩酒場に現われているが、その風貌描写からは、

> 三十前後の痩がたの背の高い、汚ならしい男、けれども何処かに野人ならざる風貌を備へて居る、しかし何と言ふ乱暴な衣装だらう、古ぼけた洋服、鼠色のカラー、櫛を入れない乱髪！（四六五頁）

というように、野人とは思えない気品が漂っている。この風貌描写から読者が受けとるものは、この二人が本来であれば社会に対して責任をもつべき知識階級に属しながらも、精神的にはそこから逸脱した男であるということであろう。その表示が服装描写に認められるわけである。しかし、この二人がたとえ乞食のような格好をしていても社会的には財産も身分も保証されている華族階級であることに変わりはない。「留置場で会った男」では、

「あの男はどうしてはいったんだい」と私は小声できいてみた。

「そりゃ知らんけど、ああ見えてもあれでてめえんところの伯爵だとよ」と前科者がいまいましそうにつぶやいた。

「あいつ、おれは思想家だなんてぬかしてやがらあ」

「あいつの親父は朝鮮のどことかの知事だそうじゃねえか」（中略）

「なんでもあいつは百万長者だそうだぜ。おい、朝鮮のシンマイ。おまえ知らねえのか。そうか、まだ知らねえのか。あいつはあれでなかなかの男だぜ」（二五六頁）

このように、王伯爵は実は百万長者で、しかも身分が保障された伯爵である。一方「号外」の主人公はといえば、

彼は兎も角も衣食に於て窮する所なし、彼には男爵中の最も貧しき財産ながらも、猶且つ財は是れ在り、狂的男爵の露命をつなぐ上に於て、何のコマルところは無いのであるが、彼は何事も為て居ない。（四六七頁）

というように、彼も貧しいながらも、衣食に窮することのない男爵である。つまり、彼らは華族として財産も身分も保証されながら、その出身階級からはみ出て、無為徒食の毎日を送っているのである。いったいなぜ二人は自らの出身階級から離脱して仕事もせず無為徒食の落伍者になってしまったのか。

実は、彼らは最初から〈余計者〉であったわけではない。王伯爵の場合は道知事の息子として日本に渡って留学生活を送る途中、思想犯として捕まったことのある知識人である。一方「号外」の加藤も、男爵として洋行の経験もあり、横文字が読めて西洋の思想家の影響を受けた知識人である。それが両者ともに〈余計者〉となって前者は

植民地を渡り歩き、後者は平民共がたむろする酒場の常連となっているのには、それだけの原因があるのである。それには植民地下と日露戦争後という時代的、社会的要因のほかに、二人が属している華族という特権を伴う社会的身分が考えられる。とりわけその身分からくる、ある「特殊性」が二人を周りのものから疎外し、特殊な人物として生きることを余儀なくさせている。その「特殊性」とはほかならぬ、パンを得るために働かなくてもよいという恵まれた環境である。[*18]

「号外」の主人公加藤男爵は、戦争という「国家の大難に当りて、これを挙国一致で喜憂する事に於て其生活の題目を得た」。それゆえ、戦争が終わって生きがいが得られなくなってしまうと、彼はすっかりやる気をなくし、毎夜酒屋に出かけて日々の無聊を慰めている。そして、戦争のことはすっかり忘れて「自身の問題に走」る一般の人々に対し、「戦争が無いと生きて居る張合がない、ああツマラ無い、困つた事だ、何とか戦争を初める工夫はない者か知ら。」という狂的発言を繰り返すのである。彼の、この発言からは日露戦争を通じて深まった社会矛盾と、その影響を真っ先にかつ直接に受ける一般民衆への配慮などかけらも見えない。

というのも、当時日本社会は日清戦争以来顕在化してきた貧困問題が日露戦争後の慢性的不況の影響を受けていっそう深刻化し、東京や大阪のような大都市には、日雇いなどで生計をかろうじて立てる貧しい人たちが住むスラムが続出すなど一般の人々の窮乏が目立ってきた時であった。[*19] しかし、「兎も角も衣食に窮する所な」い特権階級の加藤男爵は、生活に困らないその恵まれた環境故に、あくせく働いても三度の食事にもありつけない悲惨な生活を送る一般の人々の切羽詰まった現実に気づかないのである。だからこそ、彼は現実離れの発言を繰り返し、時代に取り残されていくのである。この加藤の姿からは、植民地支配下の中でも確かな身分と財産が保障されるが故に、民衆の切実な願いが分からず苦しむ王伯爵の姿を重ねてみることが出来る。

一九一〇年、大韓帝国を併合した日本は土地調査事業を強化し本格的な経済収奪に乗り出した。その結果、農民

【図 53】 併合直後中国へ亡命する移住集団*[21]

の七割が小作農に転落し、土地を収奪された農民たちは離農を余儀なくされた。彼らは都会に出て工場労働者になったり、日雇い労働に従事したりしながら慣れない都会生活を始めるしかなかった。しかし、生活はいっこうによくならずあっと言う間に社会の最下層に転落していった。ソウルを始めとする各都市には乞食同然の生活を送る貧民層が増えだし、こうした貧民層が住む貧民窟があちこちに出現するなど貧困は大きな社会問題として浮上してきた。一方、それすらできない階層はわずかな縁をもとめて、あてのない流亡の旅に出、シベリアや中国東北部（旧満州）、日本に流れたり、あるいは山奥に入って焼き畑農業に従事したりする者もいたが、その生活は悲惨を極めるものであった。つまり、一九一〇年に始まる日本の朝鮮支配は、数百年にわたって暮らしてきた故郷を捨てて異郷の地をさまよう「植民地流民」*[20]を生み出したわけであるが、「留置場で会った男」の王伯爵はこれらの流民の後を追っかける人物だったのである。

ところが、王伯爵は民衆の後を追いながらも、決して彼らの中に入り込むことも、彼らと生活をともにすることもしない。ただ皆の後を追いかけていたに過ぎない。いったいなぜ彼は、みなの後を追随し、植民地を渡り歩いたのか。その心理については次節で詳しく述べるとして、王伯爵のこの行動からまず窺えるのは、働かなくてもパンが保障される裕福な人の貧しい人への好奇心である。無論、王伯爵は好奇心のために民衆の後を追っていたわけではない。彼は、長年暮らしていた故郷を捨ててまで海外に移住せねばならない民衆のことが知りたくて彼らの後を追いかけただけである。だが、植民地下において道知事まで出世した父を持つその身分ゆえに、彼の行動は民衆に理解されず、だからといって彼自身も民衆を知らなすぎるために、結局民衆との間に壁を作って孤立を深めていく。

こうして二人とも、生活に困らないその恵まれた環境故に現実から遊離し、〈余計者〉と化していったが、実は、王伯爵も加藤男爵も自分達のことを〈余計者〉と自覚していた。[*22] それを象徴的に表すものとして両作品には、それぞれ「アナーキスト」と「号外」という言葉が提示されている。

(2) 〈余計者〉を自認する

まず「留置場で会った男」から見ていくことにする。王伯爵が留置場の中では非常に人気が高く、看守たちにも一目置かれていることは前述したとおりだが、現実の彼は酷い脚気に苦しんでいて、しかも毎日特高室に呼び出されて何かを書かせられていた。そんなある日、王伯爵は如何にも誇らしげに自分はアナーキストだと次のように告白するのである。


「ところでアナーキストって何だい」

「アナーキストって、そりゃ、つまり……」

わたしはあっけにとられて口ごもった。何しろ三年ほども前だから一昔前のこと、そのころはアナーキストもいるにはいただろう。だがこの王伯爵が突然倒れんばかりに身をねじって笑いながら、こう叫んだのだ。

「えへへ、えへへ、おれがそれなんだよ。ちょうどそれなんだよ」（中略）

「おい、結局おれはアナーキストってことになるんだよ。何かの事件があると、必ずおれは引っ張られるんだ。おい、アナーキストって知ってるか。知らんだろう。うん、そうだろう」

けれど監房の人たちは誰一人彼の言葉を真に受けようとはしなかった。ただ黙ったままにやにやと笑い去る。

（二六〇頁）

しかし彼は、アナーキストでも何でもなく、単なる不穏思想を追っかける人物に過ぎなかったことが次の文章から分かるのである。しかもその不穏思想とは、

「流行を追うにしては、あまりに度が過ぎて……。それにもう、そういう不穏思想もあまりはやりません」

「いったい何という思想ですかな」

と、老伯爵は沈痛な面持でたずねた。主任はさも弱ったように答えた。

「さあ、アナーキストとでも申しましょうか」（二六二頁）

このように、もうすでに流行らなくなってしまった古い思想なのである。[*23] にもかかわらず、彼がアナーキストを名乗り続けるのは、アナーキストそのものへの関心でもなければ、単なる流行を追うだけでもない。それは、彼が植民地社会という閉塞した空間の中で生きる意味を見いだせず、さまよう朝鮮知識人なのだからである。

植民地統治下の朝鮮の知識人は、知識人としての使命と、生活人としての知識人という二重問題につねに悩まされていた。つまり、当時の朝鮮知識人は、植民地主義に抵抗して独立運動家になるか、それとも植民地主義に迎合して親日派になるかの二者択一の生き方を余儀なくされていたのである。これは、植民地という社会が知識人に

とって如何に暮らしにくい閉塞した時代であったかということを意味するが、それゆえ知識人という存在は朝鮮社会を映し出す鏡として文学者に強く意識されていたのである。前述した兪鎮午は、理想と現実の狭間で苦悩する知識人像を通じて、植民地という舞台が、有能な知識人を失敗者にし、社会から葬らせてしまう極めて閉塞した空間であるという事実を浮き彫りにした。それに対して、金史良は更に植民地主義に迎合してやむを得ず親日派となった知識人の苦しむ姿を通じて、そのような知識人を横行させた社会への批判を行っている。「留置場で会った男」「天馬」「草深し」などはその典型的作品である。

中でも「留置場で会った男」の王伯爵は、出世した親日派の息子としての生活と、朝鮮知識人としての使命との間で苦しむあまりに自分の属する華族社会では「絶望的な孤独感にとらわれてい」た。その孤独感から抜け出すために、彼は自らの出身階級からはみ出してアナーキストを名乗ったのである。そして、何十回も警察に拘留され、自他共に認めるアナーキストと言われるようになったが、アナーキストとしての実際的な行動は何一つ起こしていない。それなのに、自分をアナーキストと名乗り続けるのは、自分の存在をアナーキーな立場、すなわち無政府主義に追いつめておくことによって、華族社会には属さない者、言い換えれば朝鮮総督府という日本政府そのものを否定し、自らも流民、すなわち〈余計者〉として生きることを宣言したいからである。この自覚は「号外」の加藤にも見られる。

戦争が終わり、世間の人々がことごとく「彼ら自身の問題に走」った時、財産も身分も保証された環境にある加藤には、何らの緊張感も伴わない生活が「ツマラ」なくてたまらない。唯一の楽しみは、戦時中の緊張感と連帯感が覚えられる新聞の「号外」を読むことである。彼はしばらく古い号外を持ち歩いて、しきりにそれを読み、挙句の果てには「僕自身が号外である」と宣言するまでに至る。

「号外といふ題だ。号外、号外！　号外に限る、僕の生命は号外に在る。僕自身が号外である。然り而して僕の生命が号外である。号外が出なくなつて、僕死せりだ。僕は、これから何をするんだ。」（四六七頁）

しかし、「号外が出なくなつて、僕死せりだ」という加藤の言葉に象徴されるように、号外から覚えられる興奮は、時間が経つにつれて薄れていく感動である。したがって、「僕自身が号外である」という加藤の主張は、一般民衆からもはみ出し、また華族社会からもはみ出して、一人取り残されて孤独感を味わうことになった〈余計者〉の自認にほかならないのである。

このようにみてくると、王伯爵も加藤も富裕な華族階級に生まれ、高い知識を身につけていながらも、仕事に就くこともなく、国家や自分の属する華族社会に批判的・冷笑的な態度をとっている。しかし、だからといって民衆を知っているわけでもない。むしろ彼らを知らないために現実から遊離し、孤立し〈余計者〉と化してしまった人物である。その意味においては、彼らも十九世紀のロシアに現われた〈余計者〉的知識人像の系譜につながっていると考えられる。

ただし、彼らを〈余計者〉と規定する理由は、つねに国家と対立する概念として、である。独歩と金史良が〈余計者〉という新たな人物造型をみずからの小説に導き入れた内的契機には、一方に日清・日露の両戦争を経て西欧列強に伍する近代国家の姿を、反発するにせよ翼賛するにせよ、認識する日本知識人の存在が想定されるし、また一方には日韓併合条約締結によって国家を失った朝鮮知識人の喪失感を背景にしている、とも見られるのである。

4　〈余計者〉と他者意識、そして国家

前述したように、王伯爵は最初から〈余計者〉だったわけではない。他者、とりわけ同胞と同じ心を共有したいが故に、自らの出身階級からはみ出して〈余計者〉にまでなったのである。しかし、親日派の息子という呪縛から逃れられず、彼は「常に絶対の孤独の中にうずもれてい」た。そんな「絶望的な孤独感」から逃れるために、留置場に入り、赤の他人でさえお互いにいたわったり気遣ったりする、そこでの生活を通して人生の目標を得ていた。しかし、それもつかの間。思想弾圧に伴う取り締まりの強化などによって社会全体に閉塞感が漂い、「不穏思想があまりはやらな」くなってしまったのである。生きがいを失ってしまった彼は早速次の目標を探し出した。そして見つけたのが移民列車に乗り込むことであった。

しかし、そもそも出世した道知事の息子である彼には移民しなければならない理由などあるはずがない。だから、王伯爵は、皆が目的地に着いて喜んでも喜べず、むしろ一般民衆との間に越えられない壁を感じ、挙句の果てには次のように泣き叫ばずにはいられないのである。

「おれは、ああ、いま、現におれ自身に復讐されているんだ。のどをしめつけられているんだ。希望もない。喜びもない。悲しみもない、目的すらないんだ。ああ——、おれはこの移民列車に乗ってる時だけが、幸福なんだ。彼らといっしょに泣くことができる。わめくことができる」

「だが、この人たちには希望がある。悲しむために移民するんじゃない」

「それはどうでもいい。おれはただ、彼らと同じ汽車で同じ方向に進んで行くというのが、うれしくてならねえんだ。泣くのもいっしょ。わめくのもいっしょ。だが、おれはどうしよう。おれはどうしよう。この人たちが国境を越えてしまうと、一人で引き返さねばならねえんだ。その時を思うと……」（二六九～二七〇頁）

【図 54】 泰陵志願兵訓練所で徒手訓練を受ける志願兵たち
（1938年6月13日第1回志願兵入所）*24

王伯爵が移民列車に乗ったのは、現実生活から得られない生きがいや一般民衆との連帯感を求めていることがこの文章から分かる。しかし、彼が生きがいを求めれば求めるほど、一般民衆との間に連帯を求めれば求めるほど、一般民衆は彼から遠ざかっていくのである。同じことが「号外」の加藤男爵にも見られる。

加藤は戦時中、「国家の大難に当りて、これを挙国一致で喜憂する事に於て其生活の題目を得」ていたが、戦後になって「世上の人は悉く、彼等自身の問題に走り」元の赤の他人同士の生活に返ってしまったことを痛嘆する。そんな彼を世間の人は相手にしてくれないし、また、彼の方からも赤の他人同士の状態にもどった世間の人々を「白眼」視するようになっていた。そのために、彼は虚脱感に陥り、ただ酒を飲んで無為徒食の落伍者のように暮らしているのである。

このように王伯爵と加藤男爵は、〈余計者〉だからこそ陥る虚脱感や孤独感から免れるために、他者との連帯感を求めるのだが、連帯意識を求めれば求めるほど民衆から遠ざかってしまう。この民衆との隔絶は王伯爵や加藤男爵が戦争に固執しなければならない要因にほかならない。

「留置場で会った男」の語り手は、防空演習の日、警防団員に向かって訓示している後ろ姿の王伯爵の中に、「戦争になって喜」ぶ王伯爵を見いだし、彼が当然行き着くべきところにたどり着いた、と判断する。語り手のこの態度は、どうみても当時の日本国家の政策遂行に迎合しているとしか見えない。しかし、これは決して単純な戦争賛美論でも迎合論でもない。むしろ国家と民衆の間につねに心を引き裂かれてきた王伯爵の生き方への同情というべきかもしれない。植民地社会にあって道知事にまで出世した親日派の息子として生まれ、日本国家へのひそやかな抵抗から〈余計者〉となって放浪を続けた王伯爵が、民衆との連帯に絶望するならば最後に落ちつくところは、結局は戦争しかなかったのだと語り手は考えたのであろう。

というのも、一九一〇年日韓併合条約の締結によって始まった日本の朝鮮支配はさまざまな統治政策の下で朝鮮の民衆を苦しめた。一九四一年二月に発表された「留置場で会った男」は、こうした植民地統治の実情をよく伝えている。作品に描かれる王伯爵の軌跡はそのまま日本の植民地政策を歩んでいるといってよかろう。すなわち、一九一九年三月一日に勃発した三・一運動を起点として始まった独立運動に参加した朝鮮の闘士たちに対する検挙と拘留を始め、「土地調査事業」「産米増産計画」によって土地を収奪された朝鮮人農民が、故郷を離れて遠く満州やシベリアへ移民するか、あるいは山奥に入って焼畑耕作をするかを余儀なくされたこと、さらには太平洋戦争による「志願兵制度」「徴兵制」などを実施したことは、いずれも日本の植民地統治においてそれぞれ節目を為す重要な政策であった。とすれば、王伯爵が民衆との連帯感を求めて東京から満州、さらには江原道の山奥や、ソウルの鍾路を流浪する姿は、すべて最後の戦争に収斂していくためであることが知られる。

一九三七年、中国との全面戦争に突入した日本はさらに太平洋戦争を起こした。しかし皮肉にも、この戦争の拡大は朝鮮人に日本の敗戦を確信させ、独立への希望を与える結果を招いた。朝鮮の各地では独立のための準備がひそかに進められ、光復軍を訓練し解放に備えていた。[*25] 日韓併合以来、独立を希望していた同胞の夢は、皮肉にも、植民地支配者が起こした戦争によって現実化し始めた。しかし、こうした時代状況に王伯爵が気づくはずがない。

彼は朝鮮が解放されるその日まで、朝鮮の民衆が共有していた日本からの解放と新しい国家建設という希望を共有出来ないままさまよい続けたのであろう。それが日本の植民地政策を歩み続けた彼の運命であった。語り手はその運命に同情したのである。

それに対して独歩の「号外」はどうであろう。「戦争が無いと生きる張合いがない」と繰り返す戦争論者たる加藤男爵に対して、平和主義者中倉は反対するのだが、この二人の対立に耳を傾けていた語り手の満谷は、日露戦争の戦時下には凝集していた国民意識の結束（「挙国一致」）が、戦後しばらく経つとともに「赤の他人同士」となってしまった状況は認められるにしても、だからといって、国民の連帯意識（挙国一致がもたらす緊張感）をあらためて想起させるために戦争が必要だとは決して思わない。したがって、そのために戦争に代わる「何か」を欲する。

この語り手の内なる想念こそ、日清戦争後に行われた三国干渉以来、植民地争奪戦争に勝つという国家目的に国民を統合してきたナショナリズムという名の国民意識の結束が、日露戦争を頂点にやがて崩壊し、「赤の他人同士」、すなわちそれぞれの生活と利益を守ることに価値を置く「個人」主義が自覚される傾向が起こり始めたことが[*26]、その背景に踏まえられているのではないだろうか。しかし、戦争論者たる加藤はこうした時代状況に気づくことができなかった。その意味では、彼もまた王伯爵と同様、他者の心を理解することが出来ず、逆に社会の人々に取り残され、孤独感を味わわなければならない〈余計者〉にならざるを得なかったのである。

王伯爵と加藤男爵は、華族階級に生まれ、優れた知性と高い理想を持っているがゆえに社会から孤立して〈余計者〉となった人間である。彼らはこの孤立から逃れるために、戦争という異常な状況を渇望するという間違った手段によって他者との連帯を得ようとした。ただし、金史良の「留置場で会った男」における語り手のつぶやきによってアンヴィバレンツに想起される反面こそが、実は、作家の秘められた意図ではなかったのではなかろうか。金史良の冷徹な眼からすれば、植民地を争奪しようとする戦争のもたらす結果は、植民地統治からの解放と独立による新しい国家建設を希望する可能性を生み出すものでもあった。日露戦争後の時代状況が生んだ〈余計者〉加藤男爵に注目し、植民地統治下における朝鮮の〈余計者〉を造型した理由は、まさにここにあったというべきである。

5 植民地と知識人小説の流行

第1節でも指摘したように、韓国は伝統的に知識人のモラルが強く問われる社会である。それゆえだろうか。近代文学史を一瞥すると、知識人を主人公にした作品が非常に多い。代表的なものを列挙すると次の如くである。

李人植『血の涙』（一九〇八）、李光洙『無情』（一九一七）、廉想渉「標本室の青蛙」（一九二一）、玄鎮健「貧妻」「酒を進める社会」（一九二一）、崔曙海「八ヶ月」（一九二六）、廉想渉『万歳前』（一九二四）、朴英熙「徹夜」（一九二六）、趙明熙「低気圧」（一九二六）、李孝石「都市と幽霊」（一九二八）、兪鎮午「五月の求職者」（一九二九）、李光洙『土』（一九三二）、蔡萬植「レディメード人生」（一九三四）、沈薫『常緑樹』（一九三五）、兪鎮午「金講師とT教授」（一九三五）、李孝石「薔薇病む」（一九三八）、蔡萬植「痴叔」（一九三八）、李無影「ある妻」（一九三九）、安懐南「海面」（一九四〇）、金史良「天馬」（一九四〇）など

以上から分かるように、開化期から植民地末期まで、ほぼ一貫して知識人に興味が示されている。しかも、その種類も啓蒙的であり志士的だった初期の知識人から自由奔放で退嬰的な知識人、社会の余計な人間として扱われる知識人など様々である。[*27] また小説の外にも、不知庵「インテリゲンチャ」（一九二五）、春宇「所謂知識階級の新運動」（一九二五）、崔鎮元「インテリゲンチャ論I〜V」（一九三二）、朴英熙「朝鮮知識人の苦悶と其の方向」（一九三五）、

崔載瑞「現代的知性に関して」（一九三八）など、知識人をテーマにした評論も非常に多い。こうした知識人小説や知識人論が多く書かれるようになった背景として、一九一〇年に始まる日本の朝鮮支配が指摘できる。

日本の朝鮮支配は朝鮮の人々に屈辱を与えると同時に、日本との力の差を強く認識させられたといわれている。[*28]とりわけ後者を強く意識した知識人は、失われた国権を回復するためには武力による反日運動もさることながら、貧困と無知の中にいる国民を啓蒙することが最優先であると認識し、併合前から行われていた「教育救国運動」をはじめとする様々な愛国啓蒙運動を展開した。これらの運動がやがて一つに統合され、一大民族運動と化したのが一九一九年三月一日に起きた三・一運動なのである。しかし、朝鮮総督府の武力弾圧によって運動は失敗し、先頭にたっていた知識人は計り知れない絶望感を味わった。ちょうどその頃から知識人の間では植民地下という時代状況はどうあっても自分達の力の及ぶところではないという深い挫折感が芽生えはじめたのである。[*29]

このような現状に危機感を抱いていた文学者たちは、植民地現実から目を背ける知識人を描くことによって彼らの現実認識を促そうとした。しかし、満州事変を境に厳しさを増していく植民地政策は知識人の現実離れにいっそう拍車をかけ、文壇では何の行動も起こせず理想と現実の狭間で葛藤する知識人への批判や同情、怒りを綴った作品が横行し始めた。その結果、他では例を見ない知識人小説の全盛期を迎えたのである。

『韓国知識人小説研究』（一志社、一九八四年）を執筆した曺南鉉は、一九二〇年代から三〇年代にかけて知識人を主人公にし、彼らの考えや行動、境遇を描く小説が集中的に現われたのは必ずしもよい現象ではないと指摘し、その理由を作家の現実への無関心をあげている。[*30]というのは、知識人階級に属する作家達は自分たちの置かれた現状を描くあまりに、植民地の現実から見放された底辺の人々や子供、女などへの関心が疎かになっていたからである。確かに、一九三〇年代に入ると、二〇年代の玄鎮健や崔曙海、田榮澤の作品に見られるような社会の最下層に棲息する人々への関心はすっかり影を潜め、現実と理想の間で苦悩する知識人や、現実との妥協を強いられた知識人の苦悩や不安、悲哀などが中心テーマとなっている。これは、それだけ朝鮮知識人の置かれた現状が厳しかったことを物語っていると思われるが、だからこそ知識人の現実認識を問題にせずにはいられないのである。

ところが、金史良は違っていた。金史良が活躍していた植民地末期は御用文学や親日文学が幅を利かせていた頃でもある。彼自身も御用雑誌として名高い『国民文学』に小説を執筆するなど、決してそのことから自由ではいられない環境に置かれていた。だが、金史良は「あくまでも朝鮮の下層社会における生活の実態と、下層庶民と反抗者、さらには植民地統治下にある現実社会からも受け入れられずに疎外された下層大衆」[*31]を対象にし、「日本の統治にあえぐ朝鮮民族の、悲惨な境遇からの解放とそれをたたかいとる方向、そしてそれ以後に置ける民族の進路などを暗示」[*32]するなど、彼の民族的・芸術的抵抗の姿勢はいささかも揺ぎなかった。しかし、当時ほとんどの作家の関心が向いていたのは、抗日運動に携わるか、現実から目を背けて生きるかの二者択一の生き方を余儀なくされた知識人ばかりであった。伝統的に知識人の使命が強く求められる社会とはいえ、知識人以外の階級への関心が甚だ少ないという現実に危機感を抱いていた金史良は、都市のスラム街に暮らす最下層の人たちや、植民地主義に迎合してやむを得ず親日派になった知識人、あるいは差別や侮蔑の渦巻く植民地宗主国に暮らす朝鮮移住労働者といった社会的「弱いもの」を通して、日本の植民地政策への批判を行っていたのである。

中でも「留置場で会った男」は、最も検閲の厳しい時期に、それまでの朝鮮文学では一度も取りあげられることのなかった親日派華族の息子を主役に登場させて植民地政策への批判を行うばかりでなく、その彼方に朝鮮の独立を予告する内容を盛り込んでいる。新聞記者や作家という職業柄、いち早く日本の敗戦を予測していた[*33]金史良は、加藤男爵という〈余計者〉的知識人を通して時代の変貌、すなわち日露戦争後、肥大化したナショナリズムが崩壊し、それとともに民衆が国家という目的から離れて個人として生きようとする国民意識の変貌[*34]を鋭く見抜いていた独歩文学に強い共感を覚えた。そして、早速それをプレ・テキストとして、あらためて自らが置かれている植民地朝鮮の状況を描き取って見せたのが「留置場で会った男」なのである。

無論、金史良は初期文学者達のように独歩をそのまま受容していたのではなかった。彼は、独歩が加藤男爵という〈余計者〉的知識人を通して、国家目的から解放されようとする国民の個人意識の台頭を見つめていたのに対して、むしろそれを逆手にとって新たな国家建設という希望につなぐ植民地下の民衆に共通する心を書いている。〈余計者〉という人物造型においては同質であっても、意図するところは全く異質な二つの作品が成立した理由はまさにここにあったと言えよう。

註

＊1　①山田博光「『号外』解説」(『日本近代文学大系10国木田独歩集』角川書店、一九七〇年)「明治期の知識人の肖像」(『国木田独歩論考』創世記、一九七八年)②北野昭彦「『号外』——覚醒感と共生志向と状況との響き合い——」(『国木田独歩「忘れえぬ人々」論他』桜楓社、一九八一年)③芦谷信和「『酒中日記』への一視点——余計者今河今蔵——」(『国木田独歩——比較文学的研究』和泉書院、一九八二年)。

＊2　①畑有三「『余計者』の系譜」(『近代文学3　文学的近代の成立』有斐閣、一九七七年)②『文芸用語の基礎知識』(至文堂、一九八六年)七二三〜七二四頁。

＊3　畑有三、前掲書註＊2 六二頁。

＊4　畑有三(前掲書註＊2 六一〜六五頁)によると、日本における明治以降の余計者の系譜は一代目の知識人と二代目の知識人の二つに分けて分類することができる。前者は、国家・社会という「公」の価値を信ずる知識人が、その国家や社会機構から疎外されて「余計者」となり、圧倒的に強力な社会に対して有効な反抗の手がかりがないままに、孤立して次第に傷心から無気力もしくは破滅へのコースをたどってゆくタイプとして、二葉亭四迷の『浮雲』の主人公内海文三がその典型である。一方後者は、国家や社会は自分とは無縁な存在と思う知識人が、みずから「余計者」

の道を選び、生の情熱を傾けるべき目的を見いだせぬまま、憂鬱、倦怠、空虚感にさいなまれ、懐疑の目と自意識ばかりが研ぎ澄まされてゆくタイプとして、夏目漱石の『それから』の主人公大助がその典型としてあげられている。

＊5　①金泳模『朝鮮支配層研究』（一潮閣、一九七七年）②金泳模『増補朝鮮支配層研究』（一潮閣、一九八三年）③曺南鉉『韓国知識人小説研究』（一志社、一九八四年）。

＊6　趙鎮其「韓国現代小説に現われた知識人像（Ⅰ）」（『韓国現代小説研究』學文社、一九九一年）三〇六頁。

＊7　曺南鉉、「韓国小説史」（『韓国文学概観』語文閣、一九八八年）一九四頁。

＊8　曺南鉉、前掲書註＊7　一九八頁。

＊9　三枝壽勝「解説」（『朝鮮短編小説選（上）』（岩波文庫、一九八四年）四〇三頁。

＊10　安宇植『金史良——その抵抗の生涯』（岩波新書、一九七二年）『評伝金史良』（草風館、一九八三年）参照。

＊11　安宇植によれば、至って民族主義的色彩の強い家庭に育った金史良は、平壌の中学課程をほとんど終えた後来日したがために、日本語にはあまり自信がなく、日本語力アップのために努力を惜しまなかったという。

＊12　川村湊「金史良の生と死、そして文学」（『金史良作品集——光の中に』韓国語：ソダム出版社、二〇〇一年）三二八頁。

＊13　安宇植「早く光の中に出たい」（『金史良作品集——光の中に』ソダム出版社、一九九九年）四～七頁。

＊14　「留置場で会った男」のテキストは大村益夫他編訳（『朝鮮短編小説選（下）』岩波文庫、一九八八年）によった。但し、原文（『文章——創作三十四人集』文章社、一九四一年二月号）と照らし合わせてニュアンスのやや異なるところなどは改訳させていただいた。

＊15　国木田独歩「号外」（『定本国木田独歩全集第三巻』学習研究社、一九九六年）以下頁数のみ記載する。

＊16　芦谷信和、前掲書註＊1　一七四頁。

＊17　①安田保雄「『片恋』と独歩」「『うき草』と独歩」（『比較文学論考』學友社、一九六九年）②芦谷信和、前掲書註＊1「酒中日記」（『独歩文学の基調』（桜楓社、一九八九年）など参照。

＊18　中島新「国木田独歩『号外』詩論」（『日本文学論集』一九八五年三月）。

＊19　五味文彦他『詳説日本史研究』山川出版社、一九九八年）三七一〜三八一頁参照。

＊20　姜徳相「流民」（『朝鮮を知る辞典』平凡社、一九八六年）四五〇頁。

＊21　『写真で見る近代韓国　独立運動（上）』（瑞文堂、一九八七年）一五二頁。

＊22　芦谷信和は、前掲書註＊1の中で「「余計者」とは自らを「余計者」と規定し、自認している者である。したがって彼らはいずれも知識人に属している。彼らは強い自意識に縛されて、「余計者」を自認し、自ら意識することによって、自らを一層「余計者」にしてゆくという傾向をもっている」と指摘している。（一七二頁）。

＊23　李浩龍『韓国のアナーキズム――思想編』（知識産業社、二〇〇一年）によると、一般に「無政府主義」と訳されるアナーキズム（anarchism）は、十九世紀末から二十世紀前半にかけてヨーロッパを中心に、すべての政治組織と規律・権威を拒否し、国家権力機関の強制手段の撤廃を通じて自由と平等、正義、兄弟愛を実現しようとする人たちによって提唱されたユートピア的イデオロギーとその運動をさす。韓国では、植民地時代、独立運動や社会運動を目的に中国や日本に渡った独立運動家や留学生、社会主義者らの間に、資本主義の搾取と共産主義の独裁を越えて人間性を尊重する国民自治による理想的社会をめざすアナーキズムこそが日本帝国主義の強権支配から独立を勝ち取ることができる政治思想と認識され、その受容に励んだのがはじまりである。とりわけ日本では、一九一五年頃から社会主義を信奉していた留学生を中心に受容が始まり、一九一九年の三・一運動前後から在日朝鮮人社会全般に広がった。一九二一年一一月には在日本初朝鮮人アナーキスト団体黒濤会が結成され、中津川ダムで起きた在日朝鮮人労働者集団虐殺事件に対する抗議闘争など、本格的な活動が行われた。この過程で在日朝鮮人アナーキスト・朴烈とその妻、金子文子がいわゆる大逆事件（一九二三年の関東大震災の際に引き起こされた在日朝鮮人殺戮の対内外的な口実作りのためにでっち上げられた事件）の被告にさせられて死刑判決を受けた後、無期懲役となるという事件が起きた。朴烈・金子文子事件が当時の在日朝鮮人アナーキストに与えた衝撃は計り知れず、またそれがきっかけで韓国内のアナーキスト運動に火がついたが、満州事変と日中戦争を境に沈滞期に陥った。朴烈・金子文子事件以後、高まったア

ナーキズムへの関心は、朝鮮各地に様々な無政府主義団体を組織させたが、一方では、いわゆる知識人と自認する人々の間にアナーキズムそのものよりも、流行を追うあまりにアナーキストを名乗る風潮をも現われた。

＊24　『写真で見る近代韓国　独立運動（下）』（瑞文堂、一九八七年）一六一頁。

＊25　宮田節子「太平洋戦争」『朝鮮を知る辞典』（平凡社、一九九六年）二六四頁。

＊26　平岡敏夫「明治四十年代文学における青年像」（『文学』一九六九年六月）。

＊27　金辰松「知識人、ルンペンとデカダン」（『現代性の形成――ソウルにダンスホールを』現実文化研究、一九九九年）一一一～一三三頁参照。後に、川村湊監訳安岡明子・川村亜子訳『ソウルにダンスホールを――一九三〇年代朝鮮の文化』（法政大学出版局、二〇〇五年）として邦訳された。

＊28　尹弘老「作家意識形成の背景」（『韓国近代文学研究――一九二〇年代リアリズム小説の形成を中心に』（一潮閣、一九八〇年）二二頁。

＊29　郭根『日帝下の韓国文学研究――作家精神を中心に』（集文堂、一九八六年）一八一～一九七頁参照。

＊30　曺南鉉、前掲書註＊7　一九八頁。

＊31　安宇植、前掲書註＊10　一三三頁～一四〇頁。

＊32　安宇植、前掲書註＊10に同じ。

＊33　安宇植はその著『評伝　金史良』（草風館、一九八三年）の中で、金史良は一九四一年に鎌倉署に拘留中、「同じく留置されていた、ある経済学者の分析だといって、緒戦はともかく、さいごには生産力の点からみても、日本は必ずこの戦争には負ける」ということを、保高徳蔵に語って聞かせたと指摘している。つまり、金史良はこの時すでに日本の敗戦を予測していたのであるが、これは金史良に限らなかった。林祐輔（『韓国入門』東方書店、一九九八年）によれば、太平洋戦争が勃発すると、朝鮮各地では、日本の敗北を期待する流言蜚語が飛び交い、供出物資は隠匿され、徴用対象者が逃亡するなどといった、「非協力」という形の消極的抵抗が続く現象が起きるなど、朝鮮人は表面上は日本に従うように見えながら内心ではまったく反対のことを考えていた。「面従腹背」という形の、あまりに日

常的な取り締まりようのない反抗に日本側は焦りと恐怖を覚え、それ故に一層皇民化政策強化に狂奔するという実に不毛な悪循環に陥ったという。

＊34　平岡敏夫、前掲書註＊26に同じ。

終章　もう一つの「小民史」——日清戦争と独歩、そして朝鮮

1　日清戦争とジャーナリズム、そして従軍文士

一八九四年、朝鮮の支配権をめぐって日本と清国が戦った。いわゆる日清戦争である。近代国家に生まれ変わって間もない日本は、初めての対外戦争に挙国一致体制で臨み、大勝利を収めたが、その雰囲気を作っていく上で福沢諭吉や徳富蘇峰といった当時メディアをリードしていたジャーナリストが果たした影響は計り知れない。彼らは、戦争直前から自らが主宰する新聞や雑誌を通じて政府の政策を支持・弁護する記事を次々と掲載して開戦を促したばかりでなく、戦争が始まると、総力を挙げて戦況を報じた。[*1]

当時はまだラジオ放送がなく、戦況を伝える情報は戦地から送り届けられる記事がすべてであった。それゆえ、新聞各社はたくさんの特派員を派遣し、速報を競い合ったのである。その数は全国六六の新聞雑誌社から記者一一四名（一八九四年七月〜一八九五年一一月）と画工一一名（一八九四年七月〜一八九五年七月）、写真師四名（一八九四年一一月〜一八九五年一一月）の計一二九名とされる。[*2]

『時事新報』も『国民新聞』もたくさんの従軍記者を派遣したが、とりわけ『国民新聞』は主筆の徳富蘇峰自ら広島大本営に赴いたのをはじめとして、第一軍には松原岩五郎、第二軍には古谷久綱及び久保田米僊・米斎・金僊親子、国木田独歩、その他十名余りを含めて計三〇名が派遣された。[*3]これは『朝日新聞』に次いで多い。そして、その中に国木田独歩や松原岩五郎のような文学者や、久保田米僊のような画家など、いわゆる文化人が多数参加し

【図 55】 平壌攻防戦に従軍した記者たち*5（右が遅塚麗水、その隣の座っているのが坂崎紫瀾、後列中央の白いナポレオン帽が三宅雪嶺）

ていた。*4『国民新聞』だけではない。『時事新報』や『報知新聞』『日本』なども正岡子規や三宅雪嶺、遅塚麗水、山本芳翠、黒田清輝、浅井忠、中村不折など著名な文学者や画家を派遣している。文筆で身を立てていたのは、はともかく、著名な画家がこぞって従軍していたのは、まだ写真が一般化されていなかった当時、絵は記事だけでは伝わらない遠い戦場の様子を視覚的かつリアルに伝える手段として重宝されていたからである。

興味深いのは、従軍記者の多くは新聞社の依頼により戦地に赴いたが、異国の風土に魅かれ、自ら志願した者も少なくなかったということである。正岡子規は、結核を患いながらも従軍を熱望して周囲を驚かせた。彼が命の危険を冒してまで従軍を決意したのは、自分にとって未知の戦争というものを直接自分の目で見、耳で聞き、手で触れたいという熱い思いからなのであった。*6同様の思いは『報知新聞』から戦地に派遣された遅塚麗水にも窺える。彼は従軍記者として戦地に行くように社より推薦されると、余は之を聴きて、初は大に喜び、而して終に憂へり、喜ぶものは未見の山河を踏みて、異殊の風俗を観、而して一朝両国干戈相見ゆるの日に当りては、観光の客、復た筆を載せて軍旅の間に従ひ、豊公征韓後、五百年の壮観を観るとを得るに在り、憂ふるものは垂白の老母、堂に在り、誰れに頼りて甘脆の養を尽さん。*7

と、豊臣秀吉の朝鮮征伐以来の「壮観」となる戦闘とまだ見ぬ異国の風俗を見る機会に恵まれたことを何よりも喜んだ。小説家にとって、戦争や外国をじかに見る「従軍」の機会は、文学的センスを深めるだけでなく、自分を売り込むチャンスでもあった。*8 それゆえ多くの文学者が従軍を希望したわけであるが、希望したからといって皆が行けるというわけではなかった。従軍できなかった田山花袋が、青山の練兵場から戦地へ向かう軍隊を見送りながら、

私は遠い戦場を思つた。故郷にわかれ、親にわかれ、妻子にわかれて、海を越えて、遠く外国に赴く人達のことを思はずには居られなかつた。また、さびしいひろい野に死屍になつて横はつてゐる同胞を思はずには居られなかつた。私は戦争を思ひ、平和を思ひ、砲煙の白く炸裂する野山を思つた。自分も行つて見たいと思つた。牙山の戦、京城仁川の占領、つゞいて平壌のあの大きな戦争が戦はれた。月の明るい夜に、十五夜の美しい夜に……。*9

と、遠い戦場に思いをはせたことはあまりにも有名な話である。

従軍できた遅塚麗水も、従軍できなかった田山花袋も、彼らを戦場へと駆り立てたのは、人間が人間を殺し、あるいは傷つけ、多くの兵隊たちが憎悪に燃えて戦う、つまり血腥い戦争を体験したいという文学者ゆえの好奇心にほかならないが、問題は彼らの書いた従軍記の中身である。あれほどまでに戦場における戦いというものを体験し

たい、そしてその光景を描きたいと言いながら、結局のところ、彼らは戦争がもたらす悲惨な現実を見据えることも、戦争の本質を暴くこともなく、[*10]「隣国侮蔑の排外的な忠君愛国主義」[*11]に走ってしまったのである。「勉メテ忠勇義烈ノ事実ヲ録シテ敵愾ノ気ヲ奨励スベシ」[*12]という「従軍心得」に基づいた報道合戦を展開せねばならなかった当時の状況からすると、仕方がなかったと言えるのかもしれないが、中には軍に言われたわけでもないのに「忠勇義烈ノ事実」を探すのに躍起になっていた従軍記者も少なくなかったと、佐谷眞木人氏は指摘している。[*13]その一端を見てみると、

嗚呼、朔寧、元山の両支隊は平壌を占領せるなり、（中略）是に於て参謀は喇叭手を喚て丘端に進め『進め』の譜を吹奏せしむ、喇叭手面を仰ぎ、満腔の精気を尽くして高く吹くこと一回す、吹き終わる、参謀曰く、更に一回、喇叭手更に吹く、丘の隅、圃の陰、草の中、樹の辺、天皇陛下万歳の声ならざるはなし（『報知新聞』一八九四年九月一六日、後『陣中日記』（一八九五）として刊行[*14]）

これは、『報知新聞』から陸軍に派遣された遅塚麗水が平壌陥落の瞬間の光景を伝えた文章の一部である。

われ、諸君と叫びぬ。ストップ〱静かに〱の声左右より起り、今まで怒鳴りたる周囲、水を打ちたるが如く静まる。頭髪の頂より、足の爪先迄、吾れ感激を以て充たされぬ。
我が大日本帝国の国民は、諸君の如き忠勇なる軍人を有するを誇る！　諸君亦常に記憶せよ。諸君の頭上、英聖文武なる皇帝陛下あり。諸君の後、情熱燃ゆる如き四千万の同胞あり。諸君は幸福なり。此の皇帝を戴き、此の国民を控ゆる諸君の幸福に比すべき軍人、全世界何処にかある。諸君は幸福なり。（『国民新聞』一八九四年

一一月三日、後『愛弟通信』（一九〇八）として刊行[*15]

これは、『国民新聞』から海軍に派遣された国木田独歩が千代田軍艦の上で開かれた天長節の祝賀会の席上で軍人たちを励ますために行ったスピーチである。

【図56】は、日清戦争の中で最も華々しい勝利として知られる旅順占領を報じた『時事新報』（一八九四年一一月二四日）の号外である。

新聞に掲載されたすべての記事が忠君愛国思想に毒されていたわけではないが、当時の新聞が如何に読者のナショナリズムを湧き立たせていたかということを、これらの記事は雄弁に訴えているのである。

（明治廿五年三月十一日遞信省認可）
時事新報號外
明治廿七年十一月二十四日
大日本帝國萬歲
大日本海陸軍萬歲
○旅順占領確報（芝罘電報）
本日府下の某公使館に達したる旅順占領の芝罘發電報は左の如し
實際を目撃して當港に歸着したる軍艦の確報に依れば日本軍は劇烈なる戰鬪の後、水曜日（二十一日）を以て全く旅順を占領したり
○旅順占領別報（上海電報）
去る十九日以來引續きたる劇戰の後日本軍は二十一日を以て總軍突貫終に旅順城を占領し了れり
以上芝罘上海兩地の報道に依り去る二十一日を以て我軍の旅順を占領したるは確實なりと知るべし
日本帝國萬歲
帝國海陸軍萬歲

【図56】 旅順占領を報じた『時事新報』の号外[*16]

2 「旅順虐殺事件」と国木田独歩

ところが、こうした戦勝ムードの中でも戦争の悲惨な現実を直視し、戦争の本質を伝えようとした者がいた。徳富蘇峰に請われて海軍に従軍した独歩である。無論、独歩も前述の記事も含めて他の従軍記者同様、清国兵を「チャン」と卑下し、旅順陥落の際には「万歳！」と叫び、日本軍の勇敢さを称える記事を盛んに書くなど、国民全体が国家と一体化していた戦勝ムードから完全に自由ではあり得なかった。しかしながら、独歩の従軍記は竹内

好をはじめとする諸研究者に高く評価されている。[17]いったいなぜ独歩の従軍記は評価されるのであろうか。次の文はその疑問に答えてくれる。

愛弟、吾れ始めて『戦ひに死したる人』を見たり。剣に仆れ、銃に死したる人を見たり。無論そは清兵なりき。見たるうち一人は海岸近き荒野に倒れ居たり。鼻下に恰好なる髭を蓄へ、年齢三十四五、鼻高く眉濃く、体躯長大、一見人をして偉丈夫なる哉と言はしむ。天を仰ひで仆る、両足を突き伸ばし、一手を直角に曲げ一手を体側に置き、腹部を露はし、眼半ばに開く。吾れ之れを正視し、熟視し、而して憐然として四顧したり。凍雲漠々、荒野茫々、天も地も陸も海も、俯仰顧望する処として惨憺の色ならざるなし。『戦』といふ文字、此の怪しげなる、恐ろしげなる、生臭き文字、人間を詛う魔物の如き文字、千歳万国の歴史を蛇のごとく横断し、蛇の如く動く文字、此の不可思議なる文字は、今の今まで吾に在りて只だ一個聞きなれ、言ひ慣れ、読み慣れたる死文字に過ぎざりしが、此の死体を見るに及びて、忽然として生ける、意味ある文字となり、一種口にも言ひ難き秘密を吾に私語きはじめぬ。然り、吾れ実に此の如く感じたり。

従来素読したる軍記、歴史、小説、詩歌さへも、此の惨たる荒野に仆るゝ戦死者を見るに及びて、始めて更らに活ける想像を吾に与へ、更らに真実なる消息を吾に伝へ、更らに真面目なる謎を吾に解きたるやの感あり。詩の如く読み、絵の如く想ひたる源氏平氏の戦も、人間の真面目なる事実なりしを感じぬ、斯くの如く申せば、余りに仰山の様なれども、吾れ実にしか感じたり[18]（『愛弟通信』「旅順陥落後の我艦隊」）

これは、独歩が旅順陥落四日後の一八九四年一一月二五日に旅順港外の饅頭山砲台下の海岸に上陸し、はじめて戦死者を見た時の感想を述べたものである。独歩の上陸は、いわゆる「旅順虐殺事件[19]」が発生した直後のことだが、

【図 57】 旅順虐殺事件を物語る死体埋葬の写真*[20]

そのことについて独歩がどれほど知っていたかどうか、この文章からは分からない。確かなのは日本中が戦勝ムード一色に染まっていたまさにその時、独歩は戦死者、しかも敵兵の死体を見つめていたことである。そのまなざしが描き出したものは、戦争とは詩や小説、絵に描かれるような美しいものではなく、人間を破壊し尽くす「魔物」だという事実である。実のところ、この当たり前の視座を獲得した従軍記者は日清戦争を通じて独歩くらいのものである。

末延芳晴氏によれば、日清戦争当時軍医として第二軍に従軍した森鷗外は旅順で虐殺が行われた事実を知っていた可能性が非常に高いという。*[21] その根拠として、死体の焼却や埋葬が鷗外の管轄であること、虐殺の現場を撮影した亀井茲明*[22]と事件の一週間後に会っていること、そして旅順に入り、累々と横たわる死体を目にしたことを、日記に「岸辺屍首累々たり」と書きとめていることなどが挙げられている。*[23]しかし、これだけのことを知っていながら、鷗外はたとえ私的な日記でさえも虐殺の事実については全く触れていない。その理由について、末延芳晴氏は次のように述べている。

独歩より二十日余り遅れて旅順に上陸したせいで、死体の焼却・埋葬が進んでいたとはいえ、それでも累々と横たわる「屍首」を目撃し、日記に「屍首累々たり」と書き付けた時、鷗外もまた、独歩と同じように、戦争の冷酷な現実と戦争そのものがはらむ「悪」の本質に直面していたはずである。しかも、この時鷗外は、独歩と違って、『舞姫』や『うたかたの記』などの作者として、あるいは坪内逍遙と「没理想論争」を交わした批評家として名の知られた文学者でもあった。にもかかわらず、このとき、軍医部長森林太郎のなかに文学者森鷗外が召喚されることはなく、それゆえに戦争の現実を直視し、その目が見たもの、心が感じたものを正確に日記に記すことをしなかった。いや、できなかったと言った方が正確かもしれない。鷗外の意識の内部にあって、国家が個人に優越する不等式が揺るぎないものとして定立し、明治国家のため、天皇のため軍医部長の職責を全うすることが最優先されていたからである。[*24]

つまり、鷗外が旅順虐殺事件を知っていながらも、そのことから目をそらしたのは、国家が個人に優越するという明治の国家原理を、自明のこととして受け入れてしまったがためである。[*25]

それに対して、同じく旅順虐殺の現場を目撃した独歩は、鷗外同様、いやそれ以上に忠君愛国思想に染まっていたにもかかわらず、虐殺の事実から目をそむけず、その事実を正確に書き残している。この違いはいったい何によってもたらされたのであろうか。

二十四日には陸軍上陸に艦長と共に上陸したり。（中略）

上陸して民家に至りぬ。土民悉く逃亡して有らず。戯れに豚一頭、家鴨二羽及び婦人用のくつ二足を掠めて帰艦す。（中略）

吾今にして婦人用のくつ一個を特に吾が手もて携へ帰りたるを悔やんで止まず。吾何の権ありて此の民の家庭悦楽の一品を掠めたるか。

余人は兎も角、吾の如き天の民を一視同愛すべき信仰を懐き乍ら出来心のたはむれとは言へ、反省もせずして此の害悪を行ふ。

吾実に後悔して止む能はざる也。

丘陵起伏、耕野茫々、所々に高樹あり、高樹の小蔭に民家四五の簇をなす、牛、豚、鶏、家鴨、驢馬等、自在に逍遥す。

嗚呼皇天の自由の民！　吾これに一害を加ふ。

後悔の一詩を作らんと欲して詩想成り、文字ならず。

（『欺かざるの記』一八九四年一〇月二九日（ママ）[26]）

これは、従軍して間もない頃の独歩が艦長に従って遼東半島の花園口に上陸した際の様子を、従軍記と並行して書いていた日記『欺かざるの記』に綴ったものである。つまり、独歩は鷗外と同じく従軍記を書きながら私的な日記も付けていたのだが、その日記にひそかに日本軍が清国人の民家から食糧や生活用品などを略奪し、自身もそれに加担していたことを暴露していたのである。

日清戦争がはじまると、軍部は「内国新聞記者従軍心得」[27]を制定し、軍に不都合な記事を書いた記者は帰国させるなど、厳しい報道規制を敷いていた。[28]そうした時期に独歩があえて日本軍の野蛮な犯罪行為を告白したのはほかでもない、その犯行に手を染めた自身への痛切なる反省があったからである。この反省の弁に対して西田勝氏は、

「日本における戦争犯罪の最初の自覚」と評価し、もし戦争犯罪を歌った独歩の詩が完成していたら、「それは日本における戦争犯罪の最初の自覚を歌い上げた、画期的な詩となっていたに間違いない」[*29]と残念がっている。

指摘の通り、独歩は戦争犯罪の詩は歌わなかった。だけれども、日本近代文学史上はじめての戦争文学と目される旅順虐殺の現場を書き残している。[*30]この事実はいくら強調してもし過ぎることはないと思われるが、鷗外をはじめ他の従軍記者が見逃した虐殺の現場を独歩に直視させたのは、「文野の戦争[*31]」という名の下で行われた「義戦[*32]」への疑問に他ならない。

日清戦争当時、日本が国を挙げて戦争をしていたことは前述したとおりであるが、その確固たる雰囲気を作っていく上で福沢諭吉や徳富蘇峰、内山鑑三といったジャーナリストたちが重要な役割を果たしていたことはよく知られた事実である。しかも、彼らはただ単に戦争を促しただけではなく、日清戦争を「文野」、すなわち「文明開化の進歩をはかる」「文明国」の日本とその文明開化の「進歩を妨げんとする」「野蛮国」の清国との戦いと位置付け、「幾千の清兵は何れも無辜の人民にしてこれを鏖にするは憐むべきが如くなれども、世界の文明開化のためにその妨害物を排除せんとするに多少の殺風景を演ずるは到底免れざるの数なれば、彼等も不幸にして清国の如き腐敗政府の下に生れたるその運命の拙きを自ら諦む外なかるべし[*33]」と、その正当性を強く主張していた。徳富蘇峰に命じられて海軍の従軍記者になるなど、メディアと深くかかわっていた独歩は、当然ながら日清戦争が単なる戦いではなく、「文明」と「野蛮」の戦いであるという事実については認識していたはずである。だが、「文明の軍隊[*34]」であるはずのその日本軍が略奪に走ったのである。

3　日清戦争の事実を知らされていない人たち

公の従軍記にも食糧調達をめぐる日本軍と清国の民間人とのやりとりを何度も取り上げている。

(1) 「文明の義戦*35」と日本軍

独歩はこの事件が非常に気掛かりだったようで、最初の暴露から一週間後の一一月一日と二日の両日、三週間後の一九日、そして約一カ月後の一二月二一日の日記にも日本軍による略奪を問題にしている。日記だけではない。

『何国の人なるや』
少尉反問して曰く
『爾、之れを知らざるか』
『知らず』（見よ、彼れ日清戦争を知らざるに似たり）
少尉乃ち答へて曰く
『吾はこれ大日本帝国の人なり』（意気堂々！）
彼問ふて曰く
『此地に来る、何事を為すぞ』
是に於てか、少尉筆を執て、大に気炎を吐く、曰く
『清国われと兵端を開らく、吾れ今来りて之れを討たんとす。然れども安ぜよ。吾れ妄りに無辜の民を害する者に非ず』
此時周囲に立ちし清人のうち、頻りに舌打ちしたる者あり。其の様、日本人をして遂に茲に上陸せしむるに至りたるを、憤慨するもの丶如し。
又問ふて曰く

『海内の兵船、総て是れ日本船か』
海内の兵船とは、沖に停泊せる、吾が船舶艦隊を指すなり。答て曰く
『然り』（何故に然り！　然り！　とは言はざる）
『此処に来る、誰れと戦んと欲するか』（遇！）
『此地に於ては戦争せず』
『然らば此に至る何事をかなす』
少尉少しく窮す、誤魔化して曰く
『吾兵を休養せんが為めなり』
『兵船糧米なきか』
此の問大に意味あり。彼れ兵を休養すると聞ひて、自国の存亡より、寧ろいち早く自己の米櫃を懸念したる也。
『六ヶ月の糧を蓄ふ』と答へぬ。
勿論出任せなり。然れど更らに彼等を安んぜんと欲し
『汝等の財産を害せざる可し、安じて可なり』（『愛弟通信』「波濤―五十余の勇士金州半島に現はる」、傍線は筆者[36]）

長い引用をしたのは、独歩が日本軍の食料調達問題にこだわった理由を示したかったからである。

独歩は当初、従軍早々艦長に従って清国の花園口に上陸し、生まれて初めて見る清国の風景や家屋、人々の暮らしなどに胸をときめかせた。そして、戦場にいるのも忘れて「愛弟愛弟！　意気昂然とは実に吾等此時の心持をや云ふらん。見よ見よ、断崖の断処、路の丘上に赴く処、続々蟻の如く上りゆく也。[37]」といった記事を書いていた。

しかし、独歩の感傷とは裏腹に、清国の人たちは自国が日本と戦争をしていることさえ知らされていない、いわば

「社会の片隅に忘れられた人」たちなのであった。国を挙げて戦争をしていた日本から取材に来ていた独歩は、戦争という国家的運命すらまったく知らされることのない人々の存在に驚きを禁じ得なかった。[*38]と同時に、彼らは世界の情勢や国家の運命などではなく、むしろ明日のコメのことを心配せねばならない「憐れむべき」人々であるという事実に気付くのであった。

ところが、「戦時国際法」に従って「文明戦争」をしていたはずの日本軍は、食糧調達という理由でこの憐れな民の大事な財産を奪っていた。しかも数回にわたって行っていたのである。それに手を染めた自分に我慢ならず、独歩が激しい自己反省を行っていたことは前述のとおりである。この事件を契機に、独歩の戦争、とりわけ軍人に対する思いは変わっていった。

十一月一日は、小計主長等と共に島に上陸して、牛、豚、鶏、家鴨を求めて帰りぬ。二日は艦長大主計等と小長嶋に上陸して午前半日を暮らしぬ。此等の事は詳記せざる可し。吾が脳頭より脱出し得ざる事なれば也。（中略）

戦争に従事し乍ら、吾殆んど無感覚なり

（『欺かざるの記』「一一月六日」、傍線は筆者[*39]）

昨日午後二時頃より上陸して牛豚を買ふ、実は半ば奪ふなり。但し彼等土民にして吾を疑はず、吾が求めに応ぜんか彼等も亦た利する可かりし也（中略）

凡そ宇宙観と人生観を有たぬ者程其の見職の卑しきは非ずとは軍人と交はりて感ずる処なり。

（『欺かざるの記』「一一月一九日」、傍線は筆者[*40]）

> 艦内にてはストーブの前で日々夜々馬鹿話計り致し居候某々将校達の情話も已にきゝあき申候士官次室の諸君とは日々夜々ほらの吹きくらべ致し居候但し精神上の事を語りてもわかる御方更らになし宗教は愚民の道具だ位が関の山に御座候故にストーブの前幽懐を談ずなどの風流事は夢にも出来難く候『軍人とは一種の愚人なり』とは小生発明の秘密名言に御座候
>
> （一八九四年一二月九日付け田村三治宛手紙、[*41] 傍線は筆者）

このように、独歩は軍人ほど卑しい連中はいないと不信感を露わにし、愚かな彼らと一緒に過ごすことによって感覚が麻痺してしまったと、軍人批判を展開するのであった。ただし公的な従軍記ではなく、読者の目に触れることのない私的な日記と手紙の中においてである。

(2) 戦争被害者へのまなざし

いずれにせよ、日清戦争を通じてこうした軍人批判をした独歩のような存在は、稀有であったといえるだろう。なぜなら、日清、日露両戦争に従軍していた森鷗外は従軍記と並行して私的な日記をも付けていたが、彼でさえも慣行に従って日本軍の勝利や日本軍兵士の勇気をたたえ、天皇の威光を称揚するなど、いわゆる「忠君愛国主義」から自由ではなかったからである。しかし独歩は、たとえ私的な日記や手紙の中とはいえ、そのタブーを犯していた。何よりも注目すべきは、軍人への不信感が強くなっていくにつれて略奪された側の人たちへの関心も高まっていったことだ。

次の文は、独歩が一一月一八日に目撃した日本軍の略奪事件を従軍記に書いたものであるが、同じ事件を扱った前述の日記とは全く異なる書き方がされている。報道規制の影響もあってか、従軍記には略奪の事実そのものは認めておらず、日本軍を疑う清国農民の猜疑心や狡猾さ、卑屈さばかりが問題にされているのである。[*42] その箇所を見

てみると、

支那人は軍人を以て、悉く奪掠する者と思ひ定め居るなり。牛も鶏も豚も悉く隠して、洒々然と吾等に対す。余独り或る農家に入りけるに、半白の老人吾を迎へてお世辞笑ひす。試みに筆談せんと欲すれば、彼れ先づ地に書して曰く『貧窮』と。殆んど吾を盗賊視する也。余乃はち指先にて地に書して曰く、吾等は奪う者に非ず、買はんと欲する也。家豚を売らずや。と彼只だエヘラ〳〵と笑ふのみ、尚ほ深く吾等を疑ふもの丶如し。主計長筆談して、僅かに牛一頭を買ふことを約す。牛は山上に在り、連れ来るべしとて、人をして遠く山上より牽き来らしむ。山上は牧場なり。

彼方に一群、此方に一群土民集り来たりて吾等を圜視す。老ひたるもあり、小児もあり、笑ふもあり、泣きだしそふなるもあり。小児等にビスケットを与ふれば、喜びて食す。老人に煙草を与ふれば、直ちに口にクワへ、火を借せと云ふ。彼等に底深き猜疑の念だになくは(ママ)、実に可憐の民と云はざる可らず。

(『愛弟通信』「艦上に空しく腕を撫す」――「ヴィクトリア澳に牛を買ふ」一八九四年一一月一九日)*43

このように、独歩は略奪の原因を農民側にあるという書き方をしている。しかしだからと言って、独歩は日本軍による略奪の事実を否定しているわけではない。むしろ、日本軍を疑う清国農民の用心深さを描くことによって、生き延びるために必死な底辺の人たちのたくましい姿を浮き彫りにしていることが、この文章から感じとることができるのである。

この記事に注目した芦谷信和氏は、日本軍を疑う清国の農民の用心深さは、清国の農民の場合に限らず、虐げられてきた封建時代の日本の農民などにも共通して見られる態度であると指摘し、清国の農民たちを見つめる独歩のまなざしにヒューマニズムを読みとっている。[*44] 一方、同じくこの記事に注目した佐谷眞木人氏は、日本軍を疑う清国人の用心深さを問題にしたこのような書きぶりは、独歩の善意とは裏腹に清国人に対する差別感情がはらんでいると指摘し、独歩が事実を詳しく書けば書くほど「野蛮国」なる清国と「文明国」なる日本の違いが明らかになり、清国への差別につながると述べている。[*45] 指摘の通り、独歩の描いた清国人の中には自分の国が戦争をしていることさえも知らない「憐れむべき愚かな」人や、臆病で怯懦な兵士たちが少なからず存在する。

しかし、独歩の従軍記を一読して感じられるのは、従軍中に出会った清国や朝鮮の民間人を描く際の独歩のまなざしには敵・味方の区別もなければ、文明・非文明の比較もない。戦争がもたらす悲惨な現実と、その巻き添えになった底辺の人たちへの暖かい眼差しがあるばかりである。次の文はその端的な証拠である。

> 吾れ独り、此時又た砲台の頂に上ぼり、大連湾を見下しぬ。
> 幾多の運送船、幾十の堅艦、湾内の各所にかゝり、一見開港場の如し。これが敵の軍港かと思へば、何となく有り難過ぐる心地せり。かゝる要港を吾物敵（顔カ）に占領する程愉快なるはなし、これを勝者の味と申す可き。（中略）
> 吾等が行く路傍に、一個中年の婦人を見たり、其の色青ざめて、寒むそふに見へぬ。壁に倚りて立ち、悲しげに吾等を見やれども、誰れとて顧みるものなかりき。
>
> （『愛弟通信』「大連湾占領後の海事通信—和尚島の砲台」一八九四年一一月一二日、傍線は筆者）[*46]

これは、大連湾が日本軍の手中に落ちた直後、和尚島に上陸した時の様子を描いたものである。独歩は立派な砲台を持っていながら一回も使うことなく逃げ出した清国兵の脆さに呆れつつ、皆と一緒に逃げ切れず島に取り残されてしまった一人の中年女性の様子を描くのを忘れていない。この女性を見つめる独歩には勝者であるがゆえの驕りや傲慢さはない。むしろ、不安げに立っている憐れな清国婦人を誰一人して顧みない日本兵の無関心を皮肉っているのである。

この文章に注目した平岡敏夫氏は、独歩の「小民へ寄せる感性は曇っていない」と評価しつつも、「何故に、その婦人がそのように立っているのか、立たざるを得ないのか、という問いはない」のを問題にし、「これはたんに独歩個人にとどまらぬ、日清戦争における国民意識の問題であろう」と指摘している。[*47] つまり、独歩も他の日本人同様「隣国侮蔑の忠君愛国主義」から完全には逃れることはできていなかったのを問題にしているのである。

確かに独歩の従軍記には「大日本帝国万歳！」「天皇陛下万歳」という表現がよく出てくる。また、「見よ、支那兵は半日を出でずして、其の軍港を吾に投げつけたり。吾、有難しと小指の爪の先にて之れを受け取りぬ／愛弟！見給へ、余りの脆さに、記すべき事殆んどなきに非ずや。万歳！　風を望んで潰ゆとは此事なり、話にならずとは此事なり」（「大連湾進撃」一八九四年一一月一〇日）のような清国兵や清国人への蔑視や侮蔑を表わす言葉が散見されているのも事実である。

しかし、これまで見てきたように、独歩は「隣国蔑視の忠君愛国主義」にとらわれながらも、自分の国で戦争が起きていることさえ知らない人たちを深い憐民の情をもって描き出している。そのまなざしが捉えた隣国の姿は日清戦争に従軍した他の日本人とは明らかに異なっている。戦時中という特別な環境下において、厳しく限られた表現方法の中で、独歩もまた、暗喩的に読者に語りかけざるを得なかったが、時を経て、現在のわれわれが読み解くと、文字の裏に秘められた独歩のまなざしを感じることができるのである。

4　日清戦争と異国体験

(1) 従軍記者の見た朝鮮

前述の如く、日清戦争がはじまると、新聞各社は競って戦地に特派員を送り出した。その数、一二九名とされている。近代日本の初の対外戦争を取材するに当たって、メディアもしのぎを削り、一方の読者も日々刻々と変化する戦況を追い求めてこぞって新聞を読んだ。もちろん、戦場から送られるすべての記事が読者に歓迎されたわけではない。日清戦争を通じてもっともよく読まれた従軍記は、国民新聞社から派遣された松原岩五郎の陸軍従軍記と国木田独歩の海軍従軍記なのであった。ともに『国民新聞』に連載される当初から人気を博し、後に単行本にまでなったが、面白いことに、この二つの従軍記の性格はまったく異なっている。

海軍に従軍した独歩は、黄海海戦後に軍艦千代田に乗り込み、大連湾進撃、旅順攻撃、威海衛夜撃作戦など日本海軍の活躍ぶりを目の当たりにしたものを弟の収二に宛てた書簡形式で書き上げて読者の注目を浴びた。一方、陸軍に従軍した松原岩五郎は、開戦前年に貧民窟ルポルタージュの記念碑的作品として知られる『最暗黒之東京』(一八九三)を刊行したばかりの著者らしく、肝心の戦況報告は簡単にして、紙面のほとんどを朝鮮の文化風俗を書くことに費やした。[*48] つまり、前者は日本海軍の戦闘を扱い、後者は戦場となった朝鮮の文化風俗を描くことによって読者の支持を得たわけである。ただし、松原の従軍記は独歩と違って、「天皇陛下万歳」や「大日本帝国万歳」のような日本軍の勇敢さをほめたたえる華やかなところは一切ない。にもかかわらず、彼の従軍記が新聞に連載されるやいなや人気を博し、単行本になった時には大ベストセラーになったのはほかでもない。隣国でありながら、その実態がまったく知らされていなかった朝鮮のことが多く取り上げられていたからである。

征韓論（一八七三）を契機に、日本では朝鮮を知ろうとする動きが起こり、朝鮮地図や地誌、朝鮮案内書、朝鮮語学書などが次々と出版されるなど朝鮮への関心が高まっていた。[*49] しかし、それはあくまでも政治家や一部の知識人が示した関心であって、一般の人々にとって朝鮮は依然として未知の国なのであった。それが日清戦争によって実際の朝鮮の地を踏んだ特派員から生の情報が寄せられたのである。中でも松原岩五郎の記事は、朝鮮各地、とりわけ釜山から梁山、密陽、大邱、玄風、慶山、尚州に至るまでの南部「七府三県三十五部落」[*50]の地理・自然風土、歴史、交通から衣服と住家、生活の程度、一般風俗、性質までもが網羅的かつ体系的に紹介されていることもあって、読者から熱狂的に迎えられた。問題はその中身である。松原岩五郎の従軍記を含む戦地から伝えられる朝鮮関連記事は、程度の差こそあれ、そのほとんどは朝鮮の文化風俗をさげすみ、見下す内容となっている。その代表的なものをいくつか紹介すると、次のようなものがある。

八月二十八日早朝釜山を発して道を中路に取り東莱府に向かふ。雨なく風なき盛暑の炎天、数十日に亘つて稲田、蔬畦悉く旱魃呈し路傍の石礫燬くが如く、黄塵脚を捲き身は蒸すが如し。発程一里にして海浜に部落あり小屋簇まつて二百余、是れ釜山津韓民の部落にして高所より是を望めば恰も地上に藁蓋を伏せたるが如く團々として丘陵の間に起伏す近づきて是を見るに何れも隘陋卑濕の民舎にして高さ四尺に上らず、石を積みて垣をなし、岬を覆ふて屋根をし泥土を以て僅かに壁を作り、丸木を以て自然の柱を築く、苑然たる乞丐小屋にしていまだ全く家の形を成さざるもの比々皆然り、而して其道路は丘陵に頼って路傍に厳根峙ち、磊々たる塊石往来に横はる、而かも其部落は一個の小都会にして路傍に雑貨を繋ぐ家あり、土店に草鞋を吊し茶紙を置き、戸板の上に明太魚の干物、葉煙草塵を被れる寸燐の箱は眞田の紐と相結んで零落たる光景、自から国土の貧乏を示し、亡国の分限一目の下に了然たり。（松原岩五郎『征塵余録』[*51]）

これは、『国民新聞』から派遣された松原岩五郎が初めて目にした朝鮮の都市景観について書いたものであるが、松原は狭くて糞尿だらけの不潔な道路と粗末でみじめな家屋、埃にまみれた薄汚い雑貨が並ぶみすぼらしい店舗など、とうてい都市とは言えない釜山の様子を「亡国の分限一目の下に了然たり」と見下している。

韓人の家は釜山に在りて、日本居留地と一山を隔て、海に沿ふて行けば、阪路羊腸、水は溺糞に和して乱流す、躍りて之を踰れば黄泥滑らかにして脚を着るに処なく、転鉄せんとするもの数々、路傍に韓人の家あり、家といいはんよりは寧ろ小屋なり、小屋といふも猶ほ妥当ならざるを覚ふ、我国陋港の中に在るところの掃溜に屋を加へたるが如しといふの適中せるを知るなり、（中略）余等は其の両三家訪ひたり、主人妻拿、垢面蓬髪、穢を極め汚を尽くして、近づくべからず、加ふるに彼等は日常汁にも香の物にも、皆な蒜を交へて食ふを以て、蒜臭、その呼吸に随ふて人を吹く、語らんと欲して、彼を麾き進むると両三歩すれば、如何に豪雄なるものといへども宛かも悪龍の毒気を吐に逢ひたるごとく、辟易すると数歩、手を揮ふて斥ぞけざるはなし、余等も亦た其の臭に堪へず、直ちに走りて家を出づ（遅塚麗水『陣中日記』*52）

これは、『報知新聞』から派遣された遅塚麗水が朝鮮の家屋について書いたもので、前述の松原が朝鮮の家屋の粗末さと不潔さに嫌悪感をあらわにしたように、遅塚もまた、今にも崩れ落ちそうな豚小屋同然の粗末な家屋を見下し、「我国陋港の中に在るところの掃溜に屋を加へたるが如しといふの適中せるを知るなり」と記している。

天性怠惰を以て有名なる朝鮮国人、世界中安逸を楽む亦韓人のごときは非ざるべし、彼等の平生たる其独り居る時は唯睡眠のみ、既に二人相寄れば冗談に時の遷るを知らず、三人集まつて必らず手遊を始む。（中略）

兎も角朝鮮男子の遊惰なるは内地一般何処も異りなくして長きは二尺五六寸、短きも亦一尺七八寸を下らざる長煙管を携へて日、一日ぶらり〳〵と部落より部落へ、県より県へ、府より府へかけて同類相集り寄つてたかつて博打を開く、蓋し韓人一般の風俗は今日在つて明日なく、生活に在つても貯蓄の念なく、奮発して其身の地位境遇を進めんなどいう観念は微塵なくして唯其日一日喰ふて通れば其日の役目は済むと云ふが如き極めて単純なる生涯にして将来の希望、前途の胸算などいふ事は薬にしたくもなき有なり様。（松原岩五郎『征塵余録』[*53]）

一方、これは朝鮮人の性質について取り上げたものであるが、松原は朝鮮の人たちが如何に勤労を蔑視し、無為徒食で怠惰な生活を送っているかを、言葉を尽くして書き記している。同様のまなざしは清国人に対しても向けられていた。

行先遥かに山を見る漸く近づくに幾多の邱陵禿げ並びて姿のけはしからぬさすがに大国の風あり。砲台に昨日の戦を忍びつ、〇〇湾に碇を投ずれば乞食にも劣りたる支那のあやしき小船を漕ぎつけて船を仰ぎ物を乞ふ。飯の残り筵の切れ迄投げやる程の者は皆かい集めて嬉しげに笑ひたる亡国の恨は知らぬ様なり。船の形は画に見つる如く中部低く両端に高くして雅致多きものから不潔言はん方なければ悪疫の恐れありとて近づけざるもあはれなり。（正岡子規「陣中日記」[*54]）

これは、『日本』新聞から派遣された正岡子規が初めて見た清国について述べたものであるが、子規は大連湾に着いた船の上から物乞いに集まってきた清国人を「乞食にも劣りたる」と見下し、彼らを「ちゃん」とか「ちゃん〳〵坊主」、あるいは「土人」といった蔑称で呼ぶのを憚らなかった。

(2) 兵士の見た朝鮮

たとえ戦地とはいえ、生まれて初めて見る外国の風土や建築、人々の生活風俗、文物などに記者たちもきっと胸をときめかせていたはずである。しかし、松原をはじめとする記者たちはそれらに対して素直な印象や感想を述べるよりも、現地の家屋や街の不潔さと異臭を強調して、それを野蛮の表象として蔑視しているのであった。これについて原田敬一氏の次の指摘は示唆に富む。

日清戦争の兵士は、一八七二年の学制発布後に生まれている。彼らは学校と軍隊という二つの教育により、「衛生」や「清潔」について、念入りにたたき込まれるという経験を、理念的にも(「衛生的であることが近代人である」)、身体的にも(「まず手を洗い、食事をしよう」)経てきている第一世代である。兵士たちは、克服すべき対象の欠陥に最も敏感であり、「不潔」と「におい」の向こうに、必ず「遅れた文化」を見据えている。[*55]

氏によれば、日清戦争に従軍した兵士たちが現地人の「不潔」と「におい」に不快感をあらわにしたのは、学校と軍隊両方で徹底した公衆衛生教育を受けていたからであるという。

明治の初めに、日本ではコレラが大流行し、多くの犠牲者を生んだ。近代国家としての体制を整えつつあった明治政府は大きな打撃を受け、その予防に乗り出した。各県では衛生観念のない無知な民衆に対して、「まず手を洗い、食事をしよう」といったキャンペーンから天然痘など伝染病の予防接種、病原菌を運ぶ鼠の捕獲・買い上げの奨励、「衛生唱歌」の普及、「衛生博覧会」の全国開催など、その啓蒙に当たった。[*56] とりわけ、全国に二万校以上も設立された小学校をはじめとする各種学校は伝染病にさらされるもっとも危険な媒介所として認識され、学生への徹底的な衛生教育が行われた。その結果、日清戦争の始まる一八九〇年頃の日本には「衛生的であることが近代人である」という意識が社会一般に広く流布するようになっていたのである。

しかし、当時の朝鮮や清国は残念ながら近代的な衛生観念がいまだ普及されておらず、前述の従軍記者の書いた記事からも分かるように、兵士たちが目にした不潔な家屋や街の光景は日本で受けていた衛生教育をはるかに超えるものであった。次の文は朝鮮の元山と仁川に上陸した兵士が故郷の家族に送った手紙と日記の一部であるが、二人はまるで申し合わせたように、糞尿をそのまま道路に流す不潔な街に驚愕している。

聞きしに勝る不潔である。道路は塵糞にておおわれ、不潔の大王をもって自ら任ずる豚先生、子分を引き連れ、人間どもを横目で睨みつつ道路を横行する。臭気鼻をつき、嘔吐をもよおすなり。(第二十二連隊第五中隊歩兵軍曹濱本利三郎が、一八九四年八月五日に朝鮮の元山津に上陸した際の印象を書いた従軍日記[*57])

朝鮮ノ家屋ハ我国ニ絶テ見サル荒屋ニシテ(中略)家ト家トノ間へ下水ヲ流シ或ハ尿ヤラ糞ヤラ流レテ(中略)道を歩クルモ臭気芬々殊ニ掃除ノトキハ道ノ間真中へ塵ヲ捨テル様見受ケラル故ニ市中ト雖も我カ国馬屋ヲ通ルヨリモマダ(第七聯隊第五中隊歩兵片岡力蔵二等軍曹が、一八九四年九月一三日に朝鮮の仁川に上陸した際の街の印象を書いた手紙[*58])

朝鮮だけではない。清国も朝鮮以上に不潔極まりなかったと、第三師団騎兵隊第三大隊第二中隊第四小隊の西村松二郎は、郷里の石川県羽咋郡高浜町(現志賀町)に住んでいる友人岡部亮吉に次のような手紙を書き送っている。

是迄支那人ノたれながしノ糞尿も氷雪の中ニ隠レ居タルガ今ハ糞尿一時ニ表ハレ其不潔謂ふ不可尤モ支那人

ハ自分門前にても上等社会ニ至ル迄糞尿こきながしにて別に便所の設ケ無之兼而野蛮国とい知り居たれども余りの予想外ニテ驚入候[*59]

このように見てくると、兵士たちも従軍記者たちと同じく、戦争の巻き添えになった朝鮮や清国の人たちを思いやるよりも、彼らが如何に不潔極まりない生活を送っているか、そのことにしか関心を示していなかったことが分かる。

しかし、ここで留意したいのは、朝鮮人の不潔に嫌悪感をあらわにした兵士の多くは、実は東北など地方農村出身の農民であったということだ。次の文は、一八七八年に来日したイギリス人旅行家のイザベラ・バードが栃木県から福島県へ越えようとする山中で目撃したことを書いたものであるが、当時の関東北部の山間の人たちの生活がどんなにみじめなものであったかが如実に描かれている。

この人たちはリンネル製品を着ない。彼らはめったに着物を洗濯することはなく、着物がどうやらもつまで、夜となく昼となく同じものをいつも来ている。(中略)彼らは汚い着物を着たままで、綿をつめた掛け布団にくるまる。蒲団は日中には風通しの悪い押し入れの中にしまっておく。これは年末から翌年の年末まで、洗濯されることはめったにない。畳は外面がかなりきれいであるが、その中には虫がいっぱい巣くっており、塵や生物の溜まり場となっている。髪には油や香油がむやみに塗りこまれており、この地方では髪を整えるのは週に一回か、あるいはそれより少ない場合が多い。このような生活の結果として、どんな悲惨な状態に陥っているか、ここで詳しく述べる必要はあるまい。その他は想像に任せた方がよいであろう。この土地の住民、子どもたちには、蚤やしらみがたかっている。皮膚にただれや腫物ができるのは、そのため痒みが出てきて掻くからである。[*60]

ここに描かれた日本の農山村の生活と、兵士の描いた朝鮮や清国の農村の生活との間に生活上における質的な差は感じられない。にもかかわらず、戦地に上陸した兵士たちがこぞって現地人の不潔な生活を見下す内容の手紙を書いていたのは、従軍前に受けていた衛生教育の影響が大きい。しかし、それにもまして指摘したいのは、「聞きしに勝る不潔である」と書いた前述の兵士の文からも分かるように、兵士たちはすでに流布していた朝鮮及び朝鮮人像の影響を受けていたということである。

次の文は、第二十二連隊第五中隊歩兵軍曹濱本利三郎が朝鮮人の気質について書いたものであるが、前述の松原岩五郎が『国民新聞』に掲載した朝鮮人の気質を書いた記事と極めて酷似している。

> 由来、韓人は怠惰性であるという。働いて財を貯え家を富ますがごとき考えは毛頭ない。このような怠惰性に国民をさせた一大原因は、この国の悪政のためである、ということが予は徴発に身をもって知ったことだ。
> （中略）
> 金銭があるため、むしろ一家団欒の生活を維持することができない。故に、一日働けば一日遊ぶという有様。ために民衆には貧者もなく、富者もない。[*61]

つまり、兵士たちは他人が使っていた文章を真似したり、あるいは新聞や雑誌で読んだような決まり文句を使って手紙を書いていたのである。その際に、彼らが見本としていたものがほかならぬ『国民新聞』や『日本』『報知新聞』など、当時日本の言論界をリードしていた新聞なのである。

(3) 独歩の見た朝鮮

一般的に、日本人の朝鮮及び清国蔑視は日清戦争以後より始まったと言われる。しかし、これまで見てきたように、その蔑視観を煽ったのは本人たちの好むと好まざるとにかかわらず、松原岩五郎や遅塚麗水、正岡子規など、当時文壇に名をはせていた従軍文士たちである。独歩も例外ではなく、前述のとおり、清国人を「ちゃん」と呼び捨て、「くろをとが見れば兎も角も、余の如き其の道に縁遠き者に在りては、只だ此の如き立派なる砲台を、一発の弾丸放つ事なく、敵に渡すとは、能く〳〵魂のなき支那兵かなと、敵ながら涙がこぼれそふに感じたるまでなり」[*62]と、清国兵への蔑視や侮蔑の気持ちを示す記事を盛んに書いていた。しかし、その独歩にもう一つの別の顔が存在していたということは意外と知られていない。次の二つの文は、独歩が生まれて初めて朝鮮の地を踏んだ一八九四年一〇月二二日のことを従軍記と日記にそれぞれ書いたものである。

昨日(二十二日)午後四時大同江口を発したり。(中略)

主計長云へり、君、朝鮮の家を見物しては如何と、吾れ尤も願ふ処と答へたり。

此問答は二十一日の夜、士官室に於て、雑談の際に起りしものなり。此日主計長、大同江畔に上陸し、内地の三里を進みて食牛四五頭を買求したり。突然艦長は旗艦より帰りぬ。何時抜錨すべきやも知れざれば、出港用意にか、れと命ぜり。主計長は上陸して在らず、直ちに信号を以て帰艦を急ぐべきを命じぬ。僅かに牛を海岸まで伴ふたる主計長は、牛をそのま、に托け置きて帰りたり。然るに吾艦其一夜は遂に抜錨せざる事となり、明朝牛を連れ来るため、再びボートをだすべきに定まりぬ。かくて吾、其のボートに乗じて、上陸すべき便宜を得たり。

此日程麗らかなる天気は東京を出立以来なし。

【図 58】 大同江畔の風景*64

されど愛弟、大同江畔の光景、朝鮮茅屋の実況、此の時の吾が感。凡てか、る事は吾今ま茲に詳記するのいとまなし。無事帰朝せば炉を擁して、親友数輩と共に快談するの楽しきに如かじ。*63（「海軍従軍記」一八九四年一〇月二二日、傍線は筆者）

朝鮮人の住宅を見たるは是がはじめてなり。

朝鮮人の生活を実見したるも始めてなり。

小丘と孤林と、畦道と、海澤と、岩礁と退潮、満潮と夕陽と、白衣と、野牛とは更らに一段の光景を加ふに似たれども、寧ろ吾をして此の民の生活其のものを憐ましめたり。

彼等は現今己れの国の如何になりつ、あるかを知らざるが如し。人民、政事、戦争、相関する幾何ぞ。

大同江畔の此の光景は吾をして後年決して忘る、能はざる印象を与へたり。*65


（『欺かざるの記』一八九四年一〇月二二日、傍線は筆者）

注目すべきは、この両方が朝鮮人を侮ったり、朝鮮の

【図 59】 朝鮮の茅屋*66

住居の不潔を強調したりするようなものではない、ということである。朝鮮だけではない。清国人に対しても臆病で怯懦な兵士への蔑視はあっても、貧しい民間人の不潔な生活を蔑視するようなことは一切書いていない。

これまで見てきたように、日清戦争当時の日本のメディアは朝鮮や清国の住居の不潔と異臭を強調し、これを野蛮の象徴として蔑視する風潮が強かった。*67 その影響を受けた従軍記者や一般兵士、軍夫たちが差別や偏見、蔑視に満ちた記事や手紙、日記を盛んに書いていた。

しかし、独歩は公の報道記事だけではなく、私的な感情を吐露する日記や手紙ですらも朝鮮の人とその暮らしを蔑視するようなことは一切書いていない。それよりも、むしろ朝鮮や清国の人たちが自国の支配権をめぐって日本と清国が戦争をしていることについて何にも知らされていないことに深い関心を示し、その行く末を案じていた。つまり、独歩は日清戦争に従軍した他の多くの日本人のように安易な朝鮮蔑視に陥らなかったのである。この事実はもっと評価されてしかるべきだと思うが、それにしてもいったいなぜ独歩は誰もが驚愕した朝鮮や清国の不潔な風俗には一切関心を示さなかったのであろうか。

まず、海軍に従軍した独歩には陸軍に従軍した松原岩五郎や正岡子規、遅塚麗水などと違って上陸の機会が少なく、朝鮮や清国の人たちの生活を直に見ることができなかったであろうことが指摘できる。だが、それは理由にはならない。なぜなら、日清戦争当時、従軍記者をはじめ多くの兵士、軍夫たちは朝鮮の事物を注意深く観察することなく、日本で流布していた情報などによって記事や手紙、日記などを書いていたからである。[*68] つまり、独歩もそうした情報を使っていくらでも朝鮮を蔑視する記事を書くことができたはずである。にもかかわらず、独歩は朝鮮とそこに住む人たちを侮蔑するような記事は一切書かなかった。

では、独歩はどうして皆が簡単に陥ったステレオタイプの隣国蔑視論に陥らなかったのであろうか。一つは彼が従軍前に読んでいた貧民窟ルポルタージュの影響が考えられる。

5　日清戦争直前の日本の現実と貧民窟ルポルタージュ

日清戦争直前の日本は、資本主義の進展によって国民の生活様式の上にもいろいろな変化が起こり、大都会を中心に西洋式の生活様式が取り入れられるなど、国民生活の近代化が推し進められていった。しかし、それはあくまでも都会中心のものであって、交通・通信の不便な農山村地帯などでは依然として江戸時代の伝統的な生活様式が営まれていた。[*69] つまり、国民の大多数を占める農民たちは近代化とは無縁な生活を送っていたのである。しかも、生活状態はよくなるどころか、明治政府の富国強兵政策に伴って増税が実施され、租税公課が納入できない多くの農民たちは土地を手放したり、借金に苦しむという事態に追い込まれた。困窮した農村や漁村では、家族の窮状を救うために子どもたちが奉公や身売り、出稼ぎなどに出かけたが、生活は酷くなる一方であった。当時の農山村の

【図60】「鮫河橋貧家の夕」(1903年10月*70)

人々が如何に貧しくみじめであったかは、前述のイザベラ・バードの記録に詳しいが、問題は、このような貧しく汚い生活が決して農山村だけのことではなかったことだ。

【図60】のように、東京や大阪など大都会には残飯を奪い合って常食とし、蚤や虱や皮膚病に苦しみ、汚水にまみれて暮らす人たちが集まって暮らす貧民窟があちこちに出現し、貧困や衛生状態が深刻な社会問題となっていた。そうした問題に対して救世軍などキリスト教団体による社会救済事業が活発に展開されたが、*71文壇も黙って見てはいなかった。

独歩と同じく日清戦争に従軍した桜田文吾と松原岩五郎が、当時東京の三大貧民窟であった下谷区万年町と四谷区鮫カ橋、芝区新網町、そして大阪の貧民街である名護町を実地探検した『貧天地饑寒窟探検記』(一八九三)と『最暗黒の東京』(一八九三)を次々と新聞に発表して世間を驚かせたのは前述の通りである。その新聞記事を独歩が読んでいたのである。それだけでも注目に値するが、独歩は松原たちの貧民窟ルポルタージュを高く評価した「二十三階堂主人に与ふ」（『青年文学』一八九三年一月）を執筆し、貧民への強い関心を示していたのである。次の文には貧民へ寄せる独歩の思いが単なる好奇心だけではないことが如実に示されている。

嗚呼『貧』の一字、此の一字、意味深く且つ長し。人間生まれて地に墜つ、何の為す処もなく、何の期する処もなく、終生営々、只だ〳〵貧と戦て其五十年の生命を行る、古往今往、幾万幾億？。人生渠等に取りて何等の意味ぞ。人間或は怠慢なり、然れども社会亦大不公平なるを免かれず。此の大不公平なる社会が、年々歳々、時々刻々、生み出す悲劇果たして幾何？　薔薇の如き豊頬も、『餓』の前には忽ち変じて茶色となる、失望となる狂乱となる、自暴自棄となる、罪悪となる自殺となる、殺害となる。自由を与えよ然らずんばパンを与えよ。仏国革命も詮て来れば自由の神と飢餓の悪魔との連合軍のみ。嗚呼『貧』決して言い易からず、橋畔の乞食は一大事実なり、陋巷窮屋は一大秘密なり。

二十三階堂主人足下、足下の筆少く壮重を欠く。貧は滑稽に非ず。貧は冷笑にあらず。世には軽薄狡猾の徒あり、野心の為めに、人気の為めに、肆ま、に政綱を造りて、心にも無き、空言を並べ、自称して貧民の友と大呼す。足下望むらくは、吾が日本社会の為めに、厳壮深甚の筆を振て、渠等に与ふに根源を以てせよ。[*72]

独歩が貧民窟ルポルタージュを読みだした一八九〇、九一年頃の日本は立身出世思想が急激に色あせていく時期とはいえ、依然として上昇志向の強い社会である。それ故に人々の関心も銀座など華やかな世界にばかり向けられ、貧民や貧困は社会の片隅に追いやられていった。

ところが、当時まだ無名の文学青年に過ぎなかった独歩は、尾崎紅葉や幸田露伴など文壇を代表する作家たちが誰一人として顧みなかった貧民[*73]に注目し、貧民問題の「根源」的追求を呼び掛けるなど、貧民への理解を深めていったのである。まさにその時、独歩は日清戦争に従軍したわけである。

前述の如く、従軍当初の独歩は生まれてはじめて見る異国の風土と人々の生活に胸をときめかせた。しかし、その期待とは裏腹に朝鮮や清国の人たちは東京の貧民に勝るとも劣らない悲惨な生活を送っていた。そんな彼らを日清戦争に従軍した多くの日本人、中には故郷の生活と朝鮮の生活との間に質的な差があったとは思えない東北の農村出身の兵士や都市の下層民出身の軍夫でさえも侮蔑の眼差しを向けていたのである。

独歩が、朝鮮や清国の貧しく不潔な風俗を強調する記事を一切書かず、むしろ彼らの境遇を憐れみ、その行く末を案じずにはいられなかったのは貧民窟ルポルタージュを通して貧民の実態を誰よりも知っていたからである。しかも、従軍前にしばしば帰省していた山口県熊毛郡の知人たちの悲惨な現実を思うと、なおさらのことであったろう。

6 新たな出稼ぎの場となった日清戦争

(1) 海外出稼ぎブームと山口県熊毛郡麻理府村

独歩は、日朝修好条約が締結された一八七六年から日清戦争に従軍する一八九四年までの約一八年間、萩、岩国、山口、舟木、平生、柳井と県下の裁判所に勤務する父について山口県の各地を転々として過ごした。六歳から二四歳（ただし、一八八七年四月からは親元を離れて東京、佐伯などで過ごしながら山口県には度々帰省していた）という人生の中で最も多感な時期を過ごした山口時代は独歩の文学世界に大きな影響を及ぼしていた。とりわけ、一八九一年五月から一八九四年八月まで機会のある度に帰省していた熊毛郡は、後に「熊毛もの」と言われる一連の作品群、すなわち「まぼろし」（一八九八）「小春」「初恋」（一九〇〇）「帰去来」（一九〇一）「少年の悲哀」「富岡先生」「酒中日記」（一九〇二)「非凡なる凡人」「女難」「悪魔」(一九〇三) を生み出すほど、独歩の精神世界に計り知れない影響を及ぼしている。その熊毛時代を描いた作品の中でも、「帰去来」と「少年の悲哀」は独歩の外国、とりわけ朝鮮とのかかわりを知る上で注目に値する作品である。なぜなら、「帰去来」と「少年の悲哀」には一八九〇年代の山口県の実態、すなわち朝鮮貿易に従事するために住民の七割が朝鮮に移住した山口県熊毛郡麻理府村馬島のことや、貧しさゆえに娼婦となって熊毛郡曽根村に流れてきた若い娘が朝鮮に売られていくことなどが取り上げられているからである。

明治になって、多くの日本人が留学や公用、商用、私用、移民などを理由にハワイ、アメリカ本土やカナダをはじめ、メキシコ、ブラジルなどの中南米、朝鮮、満州、中国本土、ロシア極東、樺太、南洋群島、東南アジア、オセアニアといった海外に出ていった。[*74] こうした移住(渡航)ブームの背景には、明治維新による急激な社会の変化などで多くの地場産業が衰退し、再編を迫られた地域の人たちが新たな活動場所を求めて海外進出に踏み切ったことが指摘できる。[*75] 独歩の滞在していた山口県熊毛郡旧麻理府村(現在田布施町麻理府)はその典型的な地域である。

木村健二氏によれば、旧麻理府村は江戸時代に瀬戸内海航路の中継地として栄えたが、明治になって巨大海運業者及び大阪商船に集約される中小の汽船会社の進出などによって解体を余儀なくされた。そこで何らかの対応策を講じなければならなくなった麻理府村は、幕末より往来の経験のある朝鮮航路に目を付け、麻理府村馬島の有力な船主や同村別府の庄屋層たちが西洋形の帆船を仕立てて大阪からマッチなどの雑貨や綿布、酒、材木、塩などを仕入れて朝鮮へ行き、米や大豆などの穀物を大阪へ運ぶという朝鮮貿易に乗り出した。[*76] それゆえ、この地方では昔から「朝鮮成金」といわれる資産家が多く、帰省中の独歩が英語を教えるために出入りしていた石崎家も、綿布を主とした朝鮮貿易を手広くやっていた麻理府村周辺では飛びぬけた資産家の一人であった。[*77] しかし、西洋形の帆船を用いた朝鮮貿易も、一八九〇年代後期より汽船会社の朝鮮航路への進出が活発化するにつれて後退を余儀なくされた。その結果、麻理府村馬島は、独歩が「帰去来」の中で、麻理府村の者は沢山釜山に移住して居る。朝鮮貿易をする者は小川の外、麻理府村には猶ほ四五軒あつて、皆な五十噸、七十噸、乃至九十噸までの合子船を四五艘も持て居るのである。「朝鮮」の語は麻理府で少も外国らしく響かない、東京大阪といふよりも今少しく近しく思はれて居るのである。且つ同村の中に編入して有る馬島、麻理府村の岸から数丁を隔つる一小島で住民の七分は已に釜山仁川等に居住して、今は空家に留守居のみ住で居る次第である。[*78]

と記しているように、「男はほとんど朝鮮貿易のためや、遠洋へ出魚のために不在で、女のみのきわめてさびしい島」[*79]となってしまった。つまり、現実の麻里布村は近代化に取り残された貧しい漁村だったのである。

しかし、一八八七年に山口県を出てからほぼ四年ぶりに帰省した[*80]一八九一年頃の独歩にとって麻理府村は、「余別府を見るは之れが始めてなり別府は帆前船まがへ等を造る船大工あり、亦た〔以下三字抹消、小買的〕物品を店前に並べて売る家は殆んどなく。又た構大なる家宅多し別府は朝鮮商の大なる家多ければはなり」[*81]（『明治廿四年日記』七月二一日）と、朝鮮貿易で潤っているという印象が強かった。それゆえに村の若者から商売の修業のために朝鮮に渡ると言われても、

此日、横道乙熊サン（漸く十四五歳）商業見習の為め、明後日より朝鮮に航すとて、いとま乞いに来らる、朝鮮と聞けば、其の道のりはもとより東京に行くより余程近きも、何となく妙な感あり。[*82]（『明治廿四年日記』六月二六日）

と、地理的な関心しか示さず、なぜ彼らが住み慣れた故郷を離れ、外国で商売の修業を受けねばならないのか、そ

の背景について知ろうとしなかった。

(2) 戦場へ向かう底辺の人たち

ところが、一〇年後の独歩は違っていた。一九〇一年と一九〇二年に相次ぎ発表された「帰去来」と「少年の悲哀」には、村の若者が朝鮮にとどまらず、ハワイやアメリカまで出稼ぎに行っていることと、その移住者たちの後を追って海外に渡って行く「からゆきさん」のことが取り上げられているのである。これは、海外渡航者に対する独歩の認識が深まったことを意味するが、その認識を深めさせたのが日清戦争なのであった。

一八九四年一〇月に軍艦千代田に乗り込んだ独歩は、翌年三月までの約五カ月を艦上で過ごした。その間独歩は、大連湾を拠点として戦争作戦を遂行していた艦上から戦況を伝える記事を国民新聞社に書き送る一方、食糧を調達する軍人らに随行して朝鮮の大同江畔や清国の花園口、バカ島、和尚島、ヴィクトリア澳などに上陸し、名も知らないさまざまな外国人に会っていたことは前述したとおりである。しかし、独歩は外国人にばかり会っていたわけではない。独歩が記した従軍記には、外国人との交流や戦闘場面のほかに「艦上の天長節」「艦上における郵便物」「艦中の閑日月」「大連湾雑言」などの記事に見られるような、軍隊（軍艦）生活の様子が生々しく紹介されているばかりでなく、戦場で働く人夫や、新聞記者など、民間人の様子も取り上げている。例えば「艦上近事　十二月九日」には、

運送船入港の報は一艦の人をして蘇生の思あらしむ、無聊は人を殺さんとすればなり。各艦の小蒸気、端舟争ふて之に集る。試みに舷梯を上り行きて、軍艦にもあらず、商船にも非ず、実見の人に非ずんば想像する能はざる、一種の光景を見よ。

縄にて束ねる箱、莚にて包みたる樽など甲板の上に縦横乱雑を極め、其の間を右往左往するものは、軍人あり人夫あり商人なり。事務の応対をなすもの、『や其の後は』と挨拶するもの鰑を食ひつゝ走るもの、氷に滑りて驚くもの様々なり。死したる家鴨は帆綱に首をくゝり、生きたる家鴨は窮屈なる籠に悲鳴す、ぬけ目なき大倉組の番頭は手帳を携へて奔走し、倉庫より投げ上ぐる米はこぼれて靴にふまれ、こも被り『正宗』を端舟に運ぶ水兵の顔の色赤く、船になれぬ商人は病人かと疑はれ、早く来て得意に買ひ占めたる者は笑ひ、遅く来て不平を鳴らす者は笑はず。紛々囂々喧嘩のなきを怪しとするのみ。*[83]

と、物資を運ぶ運送船で働く人夫や商人、軍夫たちの様子が生き生きと描かれている。ただし、民間人に関する記事が少ないが故に、これまでの独歩の従軍記は軍隊生活の様子や、外国人との交流のみが注目されていたのも事実である。

ところが、独歩には日清戦争を契機に海外に出るようになった民間人を取り上げた作品が少なくない。例えば、日清戦争に刺激されて軍夫となって大陸に渡ったものの、彼の地で病死してしまった若者を描いた「置土産」（一九〇〇）、日清戦争の勝利によって獲得された植民地へ派遣される兵士とその家族が登場する「関山越」（一九〇〇）、従軍記者として日清戦争に参戦した主人公が久しぶりに帰省した故郷で目撃した出稼ぎブームに浮かれる村の若者たちの登場する「帰去来」（一九〇一）、日清戦争の勝利によって日本の影響力が強くなった朝鮮に流れていく娼婦を描いた「少年の悲哀」（一九〇二）、海軍士官となった主人公が少年時代に別れ、後に船員となった友人と大連湾上の運送船で再会するという「馬上の友」（一九〇三）などである。六〇編の作品のうち、五編も日清戦争を契機に海外に出かけていく底辺の人たちを取り上げていることは、それだけ彼らの存在が気になっていたと思われるが、独歩が海外出稼ぎの人たちに深い関心を示すようになったのは、帰省先の山口県熊毛郡で出稼ぎに行く人たちの困窮を目の当たりにしたからであろう。

独歩が再び熊毛郡に足を踏み入れたのは、大分県佐伯の鶴谷学館に教師として赴任する際に寄った一八九三年九月末である。以後、日清戦争に従軍する一八九四年一〇月まで計三回(一八九三年一二月末、一八九四年三月、同年八月)帰省しているが、当時の熊毛郡は他の農村地帯と同じく、近代化のあおりを受けて経済が大きな打撃を受け、多くの農民が土地を手放したり、借金に苦しむという事態に追い込まれていたのは前述のとおりである。その結果、村人の中には生活費欲しさに犯罪に手を出したり、一家が零落して北海道に移住したり、家族の窮状を救うために東京や大阪のような大都会は無論ハワイやアメリカ、南米など海外にまで出稼ぎに行ったり、仕事がなくて村を流浪したりする人たちが続出した。朝鮮貿易で潤っていたかつての村の姿はすっかり影を潜め、遊ぶ金ほしさに犯罪にまで手を出すようになってしまった村人の悲惨な暮らしを目撃した独歩の衝撃は大きく、帰省中は毎日のように「多く見たり、多く聞きたり、思へば此等の事実悉く深き意味ある哉」(一八九三年一二月三一日)、「横道氏の零落と悲惨の跡を見る、其事は横道氏の事を記する時記す可し」(同月二日)、「帰省中に聞き得たる事実、観察したる事実は吾をして実に言ふ可からざる悲を心底に感ぜしめぬ」(同月四日)と、村人の行く末を案じずにはいられなかった。

それほど当時の熊毛郡は経済的に困窮を極めていたが、そこに日清戦争が勃発し、戦場となった朝鮮と清国が新たな出稼ぎ場として注目を集めたのである。それまで都会のスラム街に住みついたり、ハワイやアメリカ、南米などへ出稼ぎに行っていた底辺の人たちは一斉に戦場へと向かった。熊毛郡も例外ではなく、生活に困った農夫たちが「軍夫となりて彼地に渡り一稼大きく儲けて帰り」(「置土産」)たいと、軍夫に募集して戦場に渡ったのは独歩の作品でも指摘されている。軍夫だけではない。地理的に近い朝鮮には軍を相手に一儲けしようとした人たちの渡航が急増し、京城(現ソウル)をはじめ釜山、元山、仁川、平壌など朝鮮各地には日本から押し寄せた雑貨商、貿易商、飲食店、料理屋、薬売たちがあふれ、中には醜業を営む人たちもいたと、高崎宗司氏はその著『植民地期朝鮮の日本人』（岩波新書、二〇〇二年）の中で次のように述べている。

戦争が始まると、軍は民間所有の船を借り上げて兵馬の運送に当たらせた。船舶所有者の利益は多かった。朝鮮に上陸した日本の軍人・軍夫を相手に商売しようとした人たちも大勢いた。小舟を操って大阪から仁川に赴いた森田熊夫もそうした一人であった（森田熊夫、一五二）。（中略）仁川には、上陸した日本軍を相手に商売しようとした人たちが次々と入港してきた。仁川の居留民は、九四年四月に二五六四人であったが、一年後の九五年四月には四三七九人へと激増した。（中略）元山でも、同時期、七九五人から九〇三人に増えている。戦場から離れていた釜山の居留民は、同時期、四七五〇人から四〇二八人に減少している。冒険的な人々が戦場を求めて漢城や仁川に向かったためであろう。（中略）

ところで、戦場の北上に伴って、軍を相手に一儲けしようとした人たちは、軍とともに開港地を出て、北朝鮮の平壌・開城・鎮南浦・義州などに進出し、定住した。九四年九月、日本軍が平壌に入城すると、わずか一ケ月の間に四〇〇〇～五〇〇〇人の日本人が平壌に押し掛けた（平壌商業会議所、三九五）。これまで、漢城・仁川において、「口銭取ヲ業トセシ者、又ハ雑貨商ノ失敗者、否ラザレバ一定ノ営業ナカリシ者、又ハ全ク商売ノ経験ナキ者等」すなわち「冒険射利ノ輩等」が、「必死競争シテ此地ニ来リ皆韓人ノ空家ニ占入シ各自随意ニ店舗ヲ設ケ、軍人軍属ニ対シ酒煙草砂糖又ハ防寒具ヲ売付ケタ」のである。中には「醜業」を営む者もあった」（『通商彙纂』第三八号、九六年、六、一〇）

九五年四月には下関で講和条約が締結されて、日清戦争は終わった。そのころから、平壌の東・大同門の通りには、貿易商尹籐佐七らが住み着くようになった（「全平壌楽浪会、五五」）。同年の七月下旬、平壌の居留民数

【表6】 朝鮮居留地在留日本人本業者別人数*[85]（単位：人）

職　種	1897年（%）	1906年（%）	1910年（%）
官吏	266（7.2）	2,107（6.7）	4,169（8.7）
公使	—	136（0.4）	95（2.3）
教員	14（0.4）	181（0.6）	345（0.8）
新聞及雑誌記	—	—	165（0.4）
神官	—	5（0.0）	25（0.1）
僧侶及宣教師	8（0.2）	72（0.2）	121（0.3）
弁護士及訴訟代理人	—	32（0.1）	60（0.1）
医師	11（0.3）	200（0.6）	216（0.5）
産婆	7（0.2）	62（0.2）	121（0.3）
農業	23（0.6）	1,063（3.4）	1,180（2.7）
商業	1,660（45.1）	9,350（29.8）	10,884（25.3）
工業	752（20.4）	3.858（12.3）	5,064（11.8）
漁業	127（3.4）	793（2.5）	1,153（2.7）
雑業	547（14.8）	6,435（20.5）	9,978（23.2）
芸娼妓酌婦	260（7.1）	3,618（11.5）	2,517（5.8）
労力	9（0.2）	2,500（8.0）	4,705（10.9）
無職業		935（3.0）	1,397（3.2）
計	3,684（100）	31,347（100）	43,095（100）

は一一二人になった。男九四人、女一八人であった。出身地別に見れば、長崎四二、山口二六、福岡・広島各七人であった。職業別に見れば、雑貨商一〇、貿易商九、飲食店六、売薬四であった*[84]（『通商彙纂』第三九号、九六年、五～六）。

しかし、豊かな生活を夢見て戦場に渡った出稼ぎの人たちは【表6】からも分かるように、大部分は商業に従事し、しかも小売雑貨（ほとんど行商）や商店の店員、番頭、女中奉公、手代、丁稚、娼婦、日雇い、塩田労働者といった下積みの仕事についていた。つまり、朝鮮に渡った出稼ぎの人たちは日本と変わらない底辺生活を余儀なくされていたのである。にもかかわらず、出稼ぎの数は減るどころか、むしろ増えて戦後の一八九六年には朝鮮在住の日本人は一万人を超え、一〇年後の一九〇六年には七万人に達している。しかも彼らの大半は、【表7】「本籍地別朝鮮在留日本人」から

【表 7】 本籍地別朝鮮在留日本人*[86]

1896 年			1906 年		
府県	人数	比率	府県	人数	比率
	人	%		人	%
長崎	3,587	30.0	山口	13,251	17.0
山口	3,294	27.8	長崎	8,542	11.0
大分	970	8.2	福岡	5,842	7.5
福岡	646	5.4	大分	5,436	7.0
熊本	460	3.9	広島	4,176	5.4
大阪	427	3.6	熊本	4,164	5.3
広島	310	2.6	大阪	3,772	4.8
佐賀	257	2.2	佐賀	2,540	3.3
兵庫	233	2.0	兵庫	2,252	2.9
東京	229	1.9	東京	2,121	2.7
その他 36 道府県	1,441	12.2	その他 37 道府県	25,816	33.1
計	11,854	100.1	計	77,912	100.0

も分かるように、山口県や長崎県、福岡県、大分県、熊本県、広島県など、いわゆる西日本の出身者である。これは当時の西日本が経済的に貧しかったことを物語っているが、その西日本の中でも山口県は長崎県とトップを争うほど朝鮮へ渡る者が多かった。とりわけ熊毛郡旧麻理府村は住民の七割が朝鮮に移住するなど、朝鮮進出が盛んだったのは前述のとおりである。

その熊毛郡に従軍直前の一八九四年八月から一カ月ほど滞在していた独歩は、佐伯から帰省途中に「出兵の光景を目撃せり。三日の午前十一時三ケ濱を出発して午前四時広島に着し直ちに乗り換えて九時帰国す。戦場の報しきりに至る。」*[87]と、戦場に向かう兵士を目撃している。その出兵光景の中に兵士の後を追って戦場へと出稼ぎに行く「置土産」の軍夫や「少年の悲哀」の娼婦、「馬上の友」の船員のような若者が交じっていたのは想像に難くない。

(3) 忘れられた出稼ぎの人たち

しかし、出稼ぎの現実は決して甘くなかった。独歩が「帰去来」の中で、布哇出稼！　これが我故郷の流行の一とは兼て知て居たが、斯くまで村の若者相率ひてゾロ〴〵と出て行く程には思はなかつた。中にも布哇から直ぐ帰らないで亜米利加のはてまで流れ行き、其儘消て了ふ者もある。それやこれやで出稼のために我故郷では色々の悲しい痛ましい話説が幾多も出来て居るのである。[*88]

と指摘しているように、ハワイに出稼ぎに行った人たちは「金をためて故郷に錦を飾れる」という当初の目的と違って、低い賃金と劣悪な労働環境、気候や風土の違いからくる病気などが原因で帰国できず、異国の地に骨を埋めた人も少なくない。[*89]また、「からゆきさん」として朝鮮をはじめ海外に売られていった娼婦たちも、

流の女は朝鮮に流れ渡つて、更に何処の涯に漂泊して其果敢ない生涯を送つて居るやら、それとも既に此世を辞して寧ろ静寂なる死の国に赴いたことやら、僕は無論知らないし徳二郎も知らんらしい。[*90]

と、誰にも気づかれないまま消えさったと独歩は「少年の悲哀」の中で指摘しているのであった。

ところが、近代国家建設を急ぐ当時の日本社会は出稼ぎの置かれた過酷な現実を顧みる余裕などなく、彼らは無関心の中で忘れられていったのである。問題は一般の人だけではなく、日清戦争に従軍した軍夫たちも悉く忘れられてしまったのである。

日清戦争の際、日本軍は食糧、衣服、弾薬などを輸送する輜重輸卒が十分育てられておらず、また頼りにしていた現地（朝鮮）での調達もうまくいかず、結局、日本各地から十五万三九七四人という大量の人夫が集められ、そのうち十数万人が戦場に送り込まれた。[*91]しかし、【図61】のように、単衣の半天に股引、草鞋という出立で酷寒の

【図61】「軍夫極寒に堪えず凍死す」[*92]

【図62】「旅順陥落の頃の人夫・百人長」[*93]

戦場に送り込まれた軍夫たちは寒さと凍傷などに苦しめられた末に生きて帰ることが出来ない人が続出した。中には、【図62】のごとく、

> 茂早や寒さも烈しく、身なりは単えの半天同股引、あまりのさむさの強きゆえ、悪るいと知りつつチャン公のきもの徴発してこれきてさむさを凌ぐ、思い思いにきたふうぞく余程妙てこなふう成り[*94]

と、中国人の着物を略奪して寒さを凌ぐ軍夫たちもいたりしたが、それでも七千人以上、おそらく八千人以上の軍夫が戦病死したと推定されている。[*95]

日清戦争の際に亡くなった日本側の死亡者は、軍人一万三千人強と軍夫七千人から八千人、合計で二万人を超えると考えられているが、[*96]その三分の一を軍夫が占めていた。それだけ軍夫たちは過酷な条件の下で働かされていたわけであるが、軍夫たちの惨状は戦場の兵士たちにも注目されていた。

次の文は、一八九四年一一月金州城の南、蘇隊屯に駐屯中の稲垣三郎騎兵副官が書いた手紙である。彼は防寒具を支給されていない軍夫たちが「民家の衣類毛皮の如きものを掠奪し、着用する」のを「無理ならず」と軍夫の立場に理解を示し[*97]、後方で戦争を支えている軍夫の厳しい作業現場を次のように描写している。

殊に道路は本邦に比して、非常に悪しく、従て僅か二三俵を積載したる車も、殆ど人夫三人が必死大困難を以て、日々僅か五六里を行進する位に過ぎず、実に出征軍中人夫程可憐の者無し、寒気の為め凍死するものありたりとは、縦列中に於て屢々耳にする所なり。従来作戦の進歩に従がひ、兵站係の延長するに従ひ、最も此の点に関して、一大考慮を要すべきなり。[*98]

この将校の手紙からも分かるように、日清戦争は軍夫なしでは戦えなかった戦争である。しかし、当時の日本軍は兵站部を担当する軍夫の負担など全く考慮せず、むしろ寒さを凌ぐために略奪に走る軍夫たちを取り締まるなど、軍夫たちは「文明の軍隊」を標榜している日本軍のイメージを損なう厄介な存在として厳しい目で見られていた。[*99]何よりも驚くのは、凍死などが原因で戦病死した、恐らく八千人以上の軍夫は、軍人ではない理由で、戦死者として扱わず、政府の『官報』に掲載されなかったことだ。[*100]つまり、軍夫は軍に無視され、使い捨てにされてしまったのである。

戦争から帰還後、その事実を知った軍夫たちの衝撃は大きく、前述の絵日記をつけていた丸木力蔵は日記の末尾にわざわざ「日清戦役日本軍死亡者は、有栖川宮殿下及北白川宮殿下始め、その数実に一万五四七人の多きに達し、もしこれに軍夫を加うればバ、その数また数千人まさん」[*101]と、軍夫の戦死者数が公式に集計され顕彰されないことを指摘し、後方で戦争を支えた軍夫の「功績」が認められないことに対して「異議申立て」を行っていた。[*102]しかし、丸木の思いとは裏腹に正規の軍人ではない軍夫は終戦とともに人々の記憶から消え去り、その実態が明らかにされたのは日清戦争開始から一〇〇年が過ぎた一九九〇年代に入ってからである。その軍夫の存在を一〇〇年前から注目した独歩は、「軍夫となりて彼地に渡り一稼大きく儲けて帰り、同じ油を売るならば資本を下して一構の店を出した」いと人生設計をしたものの、その夢を果たさず「彼地で病死した」軍夫の実態を取り上げた作品を執筆し、終戦とともに急速に社会から忘れさられた軍夫の存在を浮かび上がらせたのである。その先駆性に驚かずにはいられないが、独歩が社会的に見捨てられた軍夫に深い関心を示すようになったのはこれまで見てきたように、従軍記者として危険な戦場に出かけ、そこで厳しい労働補給・輸送を担う軍夫をはじめ様々な民間人たちが戦争という極限状態の中でも黙々と働く様子を目撃していたからである。しかし、文明の戦争をしていた当時の日本社会は独歩が「置土産」で指摘しているように、

若い者の遽に消えて無くなる、此頃は其幾人といふを知らず大概は軍夫と定まり居れば、吉次も其一人ぞと怪しむ者なく三角餅の茶店の噂も七十五日経過せぬ間に吉次の名さへ消えてなくなりぬ*103

と、出稼ぎのためにはるばる日本から危険な戦場に出かけていく軍夫を顧みず、その存在をひた隠した。それゆえに彼らは長い間日本社会から忘れられた存在となったが、そんな社会に違和感を覚えていた独歩は、作家となるや否や真っ先に終戦とともに忘れ去られていった軍夫と、軍を相手に一儲けしようと戦場や植民地に出かけて行く娼婦や商人たちの実態を取り上げ、彼らの存在を忘れなかったのである。いや忘れるわけにはいかなかったのであろう。なぜなら、彼らこそ文学者を志したその日に、

多くの歴史は虚栄の歴史なり、バニティーの記録なり。人類真の歴史は山林海辺の小民に問へ、哲学史と文学史と政権史と文明史の外に小民史を加へよ、人類の歴史始めて全からん。[*104]

と、書くべき対象と自覚していた「小民」に他ならなかったからである。

7　もう一つの「小民史」

(1) 日清戦争後の文壇と民衆へのまなざし

日清戦争から帰還した独歩は、佐々城本支・豊寿夫妻が主催した従軍記者のための晩餐会の席で知り合った夫妻の長女、信子と熱愛の末に結婚したものの、半年足らずで破局を迎え、文学者の道を歩み始めた。処女作「源叔父」は、日清戦争勃発からちょうど三年後の一八九七年八月に発表されたが、独歩は初めての小説で、それまでの日本文学が顧みなかった孤独な渡し守の老人と、白痴に等しい捨て子の乞食の少年との交流を描き、文壇の注目を浴びた。処女作だけではない。独歩は生涯に渡って都会の貧しい電話交換手（「二少女」、一八九八）、山村の馬子・孤島の漁師・流しの琵琶僧（「忘れえぬ人々」、一八九八）、一旗稼ぐために戦場に出稼ぎにいったものの病死した軍夫（「置土産」、一九〇〇）、朝鮮に売られていく漂泊の娼婦（「少年の悲哀」、一九〇二）、小島のひ弱い小学校教師（「酒中日記」、一九〇三）、盲目の尺八吹き（「女難」、一九〇三）、白痴の少年（「春の鳥」、一九〇四）、行き倒れの結核患者（「窮死」、一九〇六）、貧窮の植木職人（「竹の木戸」、一九〇八）といった社会の底辺に生きる様々な無名の民衆を描き続けたのである。

無論、独歩だけが下積みの民衆の姿を描いたわけではない。日清戦争前から松原岩五郎らの貧民窟ルポルタージュをはじめ、樋口一葉の一連の小説、硯友社系の小説、そして自然主義の作品の中にも、独歩と同じく社会の底辺下層に取材したものは少なくない。中でも、広津柳浪や泉鏡花、川上眉山など、硯友社系の作家たちが流行らせた悲惨小説と深刻小説、観念小説は、日清戦争を契機に露呈・拡大しはじめた社会的疎外者の深刻かつ異常な境遇や運命、環境を描いて文壇にセンセーションを巻き起こした。

しかし、これらの多くは山田博光氏らが指摘しているように、社会の裏面に目を向けながらも、そのようなひずみを生み出す根源にも貧民の実際の生活にも、心の深部にも、一切立ち入らず、貧乏人や肉体的欠陥のある不具者の悲惨かつ深刻な一面だけをエキセントリックに描くだけであった。それゆえに悲惨小説や深刻小説、そして観念小説は、早くから「未熟さ・皮相さ[*105]」、「人間把握の外面性とあいまいさ[*106]」が指摘されるばかりでなく、「作品の背後に貧民たちの人間性を否定するようなニヒリズムが漂っている[*107]」という何とも芳しくない評判をも受けていたのである。

それに対して、独歩は悲惨小説と同じく白痴や娼婦、乞食、土方人足といった社会の陽の当らない場所に生きる最下層の人たちを取り上げながらも、彼らを決して「怠け者」「落伍者」、あるいは奇矯な存在として描かなかった。むしろ、社会的に見捨てられた、これらの人たちの生の中に「ヒューマニティ」を発見し、一人一人の一生を「すべて意味のあるもの[*108]」として描き上げている。

前述の如く、独歩が下積みの小民を描き始めた一八九〇年代後半の日本社会は、立身出世主義思想が急速に色あせていく時期とはいえ、依然として上昇志向が強く、人々の関心も都市の華やかな風俗にばかり目が向けられ、下積みの貧しい人たちは社会の片隅に追いやられていった。こうした社会の影響を受けた当時の文壇では、書生や学士、官僚、実業家といった立身出世を志すエリートに光が当てられ、その上流社会の華美な風俗が多く描かれ、一方の下積みの人々の生活や、ヒューマニティの声といったものには焦点が当てられることも、取り立てて問題視されることもなかったと、小田切秀雄は指摘している[*109]。

そこに独歩の描く下積みの人たちが登場したのである。異様な暗さが付きまとう硯友社系の悲惨小説とは異なり、「どこか暖か」く、「清潔な人間愛にみちた」独歩の作品世界に文壇が注目したのは言うまでもない。独歩が当時の文壇と異なる新しい人間像を描きだすことができたのは、多くの研究者が指摘しているように、キリスト教の平等主義やワーズワースの反文明主義、カーライルの思想、徳富蘇峰を中心とする民友社の平民主義などによるところが大きい。

キリスト教をはじめとするこれらの思想（博愛主義や平等主義、自然尊重、田舎賛美、反文明主義、功名心の否定などといったもの）は、それまでの日本人が経験したことのない世界観や人生観、人間観を主張していた。独歩をはじめ多くの若者が、この進歩的な思想の洗礼を一度は必ず受けていたということは周知の事実である。独歩は晩年、「我は如何にして小説家となりしか」という文章の中で、功名心にかられた自分が眼中にもなかった小説家の道に進んだのは人生問題に悩んだ時、キリスト教やカーライル、ワーズワースとの出会いがあったからだと次のように述懐している。

処が、自分の精神上の一大革命が起こりました、即はち、人性の問題に触着つたので有ります、謂る「我は何処より来たりし」「我は何処へ行く」「我とは何ぞや、(What am I?) との問題に触たので有ります（中略）そこで読む書が以前とは異なつて来る、以前は憲法論を読み経済書を読み、グラツドストンの演説集を読み、マコーレーの英国史を読んだ自分は、知らず〱此等を捨て、カライルのサルトルレザルタスを読み、ヲーズヲースの詩集にあこがれ、ゲーテをのぞき見するといふ始末に立至りました。斯うなると、自分は哲学と宗教との縁を離るゝ事が出来なくなり、基督教にて示されし宇宙観、人生観などが寝ても覚めても自分を或は悩まし或は慰め、それに心を奪はれて実際の事は殆ど手にもつかぬ場合もありましたし、自然、自分は宗教家にならうかと思つた事もありました。

斯ういふ境遇に陥つた青年は当時、自分ばかりでなく、外に幾人もあります自分の友達の中にもあります、そして終極皆な如何になつたかと申しますと、遂に宗教家になつたものもあり、語学か倫理の教師になつたものもあり、そして文章を書くのが本職になつたものもあり、先づ此の三類の一に大概は落着て了つたのです。或は未だ何れにも落着ないものもあります。そして自分は文章に縁多き方に来て了つたのです。*110（傍線は筆者）

確かに、キリスト教やワーズワース、カーライルとの出会いは独歩の精神世界に大きな変化をもたらし、それまで顧みなかった山林海辺の名もなき小民の生の中に「ヒューマニティの叫び声」を聞き、それを世に伝える「人間の教師」になることを決意させている。

（2）日清戦争と「忘れえぬ朝鮮」

しかし、小民の人生を描く文学者を志したとはいえ、一八九三年当時の独歩にとって「小民」像は未だ実態を伴わず、「只だヒューマニティーの自然の声を聞き、愛と誠と労働の真理を吾が能くするだけ世に教ゆるを得ば吾が望み足れり」*111という程度のものであった。その独歩が小民像を具体的に意識しはじめたのはこれまで見てきたように、日清戦争に従軍してからである。

独歩の従軍体験は、最初の妻である佐々城信子との出会いをもたらす契機と見做されることが多く、文学的影響についてはあまり言及されていない。しかし、その従軍体験は、戦地で見かけた多くの他者との接触によって、おぼろげに気づき始めていた山林海辺に住む無名の民衆、すなわち小民への認識を深める場でもあった。その最初の場が、従軍早々に上陸した朝鮮の大同江畔で見かけた朝鮮人の生活と自然である。すでに第4節で一部を引用したが、饒舌をいとわず今一度、日記の全文をひいてみる。


朝鮮人の住宅を見たるは是がはじめてなり。

朝鮮人の生活を実見したるも始めてなり。

小丘と孤林と、畦道と、海澤と、岩礁と退潮、満潮と夕陽と、白衣と、野牛とは更らに一段の光景を加ふに似たれども、寧ろ吾をして此の民の生活其のものを憐ましめたり。

彼等は現今己れの国の如何になりつゝあるかを知らざるが如し。人民、政事、戦争、相関する幾何ぞ。

大同江畔の此の光景は吾をして後年決して忘る、能はざる印象を与へり。

昨夜士官室に於て艦長をはじめとして互に集会雑談し政事談尤も盛んなりき。何故に軍艦製造費をこばみたるかてふ問は切々吾に向かつて発せられたり。

生活の変化は人をして自然を忘れしむ、宇宙の不思議を忘れしむ。

人は実に人の奴隷なり。人の人に対する関係を思ふ毎に実に驚嘆に堪へざるものあり。

嗚呼吾をして如何なる境遇に在らしむるも常に根本に着眼せしめよ。

嗚呼常に爾の蒼天を仰げ。

戦争。流血。軍艦。人生の事実なり。されど宇宙これ爾を包む大事実なるに非ずや。*112


(『欺かざるの記』一八九四年一〇月二二日、傍線は筆者)

独歩が朝鮮の地を踏んだのは僅か数時間である。しかし、そこで見た光景は「後年決して忘る、能はざる印象を与」へている。それほど朝鮮で受けた衝撃が強かったということだが、その衝撃とは、朝鮮の人々が自分の国が戦争をしていることさえ知らされていない、いわゆる「社会の片隅に忘れられた人々」であったことである。朝鮮人だけではない。中国の人々も、「『爾等明朝の遺民か、将た又た清朝の忠臣か』／『吾等是れ明朝の民のみ』（阿々！眞か偽か）／少尉一歩を進めて／『吾国既に清朝と開戦す。爾等何ぞ此の時を以て蹴起（しうき）（ママ）、清朝を倒さゞる、吾れ之れを援くべし』／彼等只だ互に顔見合はして答へず」[*113]から分かるように、自国が戦争をしていることも、明が清にとってかわられたことも知らずに生きていた。

国を挙げて戦争をしている日本から取材に来ていた独歩の衝撃は大きく、その事実を何度も記事にしていたことは前述のとおりであるが、独歩はただ単に驚いたわけではない。戦争も国家の運命にも何の関心をも示さず、太古から悠々と流れる大同江の畔でひっそりと暮らす異国の農民たちの姿を見て、朝鮮の支配権をめぐって日本と清国が戦う、その戦況を伝えるためにはるばる戦場に渡った自分たちを「戦争。流血。軍艦。人生の事実なり。されど宇宙これ爾を包む大事実なるに非ずや」と省みていたのである。

一八九四年一〇月一九日午前一〇時過ぎ大同江に着いた独歩は、夕方西京丸から千代田軍艦に乗り移り、本格的な従軍記者生活をスタートさせた。ところが、その日の夜、士官室で艦長や士官たちと雑談の際に、軍艦製造費の縮小問題をめぐって士官たちと議論になってしまう。政府が出した軍艦製造費の予算案を衆議院が反対し、その結果軍艦製造費が削減されたことに対して腹を立てた海軍士官たちが、艦内の唯一の民間人である独歩に「何故に軍艦製造費をこばみたるか」と疑問や不満、怒りをぶつけてきたのである。[*114]この問題に対して、独歩は当初「今日午前少尉諸子と共に談じ書に及びたり。吾は政治上の談を試み、諸子よりは軍艦の事をきゝぬ」[*115]という程度の反応しか示さなかった。

だが、二二日、食料を買い求めて大同江に上陸する主計長に伴われ、生まれて初めて朝鮮の田園風景や人々の生活を目の当たりにした独歩は、その日の夜、昨夜議論となった軍艦製造費の縮小問題を日記に取り上げ、士官たちの質問攻めにあっていたことを暴露し、「生活の変化は人をして自然を忘れしむ、宇宙の不思議を忘れしむ。人は実に人の奴隷なり。嗚呼吾をして如何なる境遇に在らしむるも常に根本に着眼せしめよ。嗚呼常に爾の蒼天を仰げ。」と戦争批判を展開したのである。

独歩は民友社の徳富蘇峰に勧められて海軍の従軍記者として戦場に赴いた。徳富蘇峰は、日清戦争当時福沢諭吉とともに挙国一致の国民世論を作っていたジャーナリストである。その彼の意図で従軍記者となった独歩は当然ながら、忠君愛国思想に基づく報道を心かげていた。しかしその一方で、公の従軍記には決して書けないような日本軍の略奪行為を暴露するなど、いわゆる戦争批判をも行っていた。つまり、独歩は二重のまなざしで日清戦争を捉えていたわけであるが、独歩が日本軍の勇敢さをたたえながら、その裏でひそかに軍人批判を行うことができたのは前述のごとく、キリスト教をはじめワーズワースやカーライル、佐伯の自然などによるところが大きい。

独歩は、従軍直前の一八九三年一〇月から翌年七月まで大分県佐伯町の鶴谷学館で英語と数学の教師をしていた。一年足らずの滞在とはいえ、この時の体験が独歩の思想と人生観、そして文学に深い影響を与えていることはよく知られた話であるが、その影響とは、ワーズワースの詩想に導かれて自然について深く学んだことである。それも、ただ自然の中を渉猟し、その美しさを耽美するという消極的なものではなく、*116 自然の偉大さに「驚く」というような積極的なものであった。後に独歩は佐伯時代を振り返って、

> 此静観なる一年間に自分は全く自然の愛好者となり、崇拝者となり、ヲーズヲース信者となり、明けても暮ても渓流、山岳、村落、漁村を遍ぐり歩き、渓を横ぎる雲に想を馳せ、森に響く小鳥の声に心を奪はれ、そして同時に、『牛肉と馬鈴薯』（自分の書いた小説）の主人公、岡本誠夫の煩悶と同じ煩悶を続けて居ました*117

と、一日たりとも自然を思わない日がないほど自然を直視し、自然そのものに驚くという生活を送っていたと回想しているが、その生活は長く続かなかった。一部の生徒のストライキにあった独歩は、「雇はれて百円もらつて千人の生徒を教ゆるよりも独立して三人の小供にいろはを教ゆる方が余程面白ろし。田舎は馬鹿の集合なり。自然の美必ずしも人心の美と一致せず[*118]」という手紙を友人に書き送るなど反発はしたものの、結局佐伯を去る羽目になってしまったのである。

八月一日、ついに佐伯を出た独歩は、東京で弟子たちと共同生活を始めたのを皮切りに、徳富蘇峰への就職依頼、民友社の手伝いと国民新聞社への出勤、そして新聞記者など非常に慌ただしい生活を送っていた。そこに従軍記者の話が持ち込まれ、海軍従軍記者として軍艦千代田に乗り込んだわけである。独歩が家族の反対を押し切ってまで従軍を決心したのは、「曰く吾を自然のうちに更生せしめんがためなり。更に言ひ換ゆれば愈々シンセリティなる自然の児とならんことのため也。また他かの言を以てすれば、吾が霊性をして一段の進歩あらしめんためなり[*119]」という理由からである。

ただし、若い士官たちとの海上生活は物珍しさゆえに、初めは刺激に富んでいたものの、「自然の児」として「霊性をして一段の進歩」を期待した独歩の思惑は、軍艦削減問題を巡る軍人たちとの議論などにより、早くも疑問へと変わってしまう。まさにその時、独歩は朝鮮人の生活とその風物を見学する機会を得たのである。

生まれて初めて見る朝鮮の人たちは自国で戦争が起きていることさえも知らされてもらえない憐れな民なのであった。だが、当の本人たちはそのことには何の関心をも示さず、天地自然の懐に抱かれて静かに暮らしていたのである。その光景は、ひどく独歩を揺さぶった。なぜなら、戦争や政治といった社会的生き方とは無縁に社会の片隅でひっそりと生きるその生き方こそ、かつて佐伯で突き詰めようとしていた人生問題にほかならなかったからである。しかし、佐伯を離れてからの独歩は慌ただしい生活に追われて自然など顧みる余裕など全く持たず、気が付けば戦争という現実の真っただ中にいたのである。だからこそ、「生活の変化は人をして自然を忘れしむ、宇宙の不思議を忘れしむ。人は実に人の奴隷なり」と痛切に感じたのである。そして、軍艦製造費が削減されたことを問題にしている士官たちは無論、それに対して何の抗弁もできなかった自分を振りかえり、「如何なる境遇に在らしむるも常に根本に着眼せしめよ」と、戦争全盛になってしまった日本社会に対して、どのような場合も「根本」を忘れてはならないと主張したのである。無論、そのことは決して公の従軍記には書けなかった。だからこそ、余計にそれを気付かせてくれた大同江畔の名もなき朝鮮民衆の生活が脳裏に焼き付いて「後年決して忘る、能はざる印象を与へ」られたと、日記の中で告白していたのである。

(3) もう一人の「忘れえぬ人々」

独歩は後に「忘れえぬ人々」(一八九八)という小説を執筆し、戦争や政治のような社会的生き方には全く関心を示さず、天地自然の懐に抱かれてひっそりと生きる民衆への共感を示して文壇の注目を集めたが、大同江畔で見た朝鮮の人々はその最も象徴的な存在だったのである。

「忘れえぬ人々」は、溝口という寂しい旅籠屋で大津という無名の青年作家がたまたま同じ部屋に泊まった秋山という無名の青年画家に自作の原稿「忘れ得ぬ人々」について語った三つの物語によって構成された作品である。独歩は、この作品のなかで主人公の大津を通じて「忘れえぬ人」とは、「朋友知己其ほか自分の世話になつた教師先輩」のような「必ずしも忘れて叶ふまじき人」ではなく、「恩愛の契もなければ義理もない、ほんの赤の他人であつて、本来をいふと忘れて了つたところで人情をも義理をも欠かさないで、而も終に忘れて了ふことの出来ない人」だと、その意味を説明している。そして、その例として瀬戸内海の小島で磯を漁る男、阿蘇山の馬子、四国三津カ浜の琵琶僧の三人と、具体的な描写を省いた北海道歌志内の鉱夫、大連湾頭の漁夫、番匠川の瘤ある船子の三人の計六人を取り上げた後、なぜこれらの人たちを忘れることができないのか、その理由を次のように説明している。

『要するに僕は絶えず人生の問題に苦しむでゐながら又た自己将来の大望に圧せられて自分で苦しんでゐる不孝な男である

『そこで僕は今夜のやうな晩に独り夜更て灯に向つてゐると此生の孤立を感じて堪え難いほどの哀情を催ふして来る。その時僕の主我の角がぼきり折れて了つて、何んだか人懐かしくなつて来る。色々の古い事や友の上を考へだす。其時油然として僕の心に浮むで来るのは則ち此等の人々である。さうでない、此等の人々を見た時の周囲の光景の裡に立つ此等の人々である。我れと他と何の相違があるか、皆な是れ此生を天の一地方の一角に享けて悠々たる行路を辿り、相携へて無窮の天に帰る者ではないか、といふやうな感が心の底から起つて来て我知らず涙が頬をつたうことがある。其時は実に我もなければ他もない、たゞ誰れも彼れも懐かしくつて、忍ばれて来る。

『僕は其時ほど心の平穏を感ずることはない、其時ほど自由を感ずることはない。其時ほど名利競争の欲念消えて総ての物に対する同情の念の深い時はない。*120

つまり、独歩は作中の大津の言葉を借りて「夜」、一人で灯に向かって「生の孤立を感じ」ると、今まで名誉や出世、権力などのために欲張ってきた様々なことが一切無意味に感じられ、無性に人懐かしくなってくる。その時、心に浮んで来るのが「此等の人々」だと言うのである。そして、我も他も等しく無窮の天地に生まれて有限の人生を生き、相携えて無窮の自然に帰るものではないかという「大事実」に気付くと、その時ほど名利競争の俗念が消え、心の平穏と自由を感じ、「総ての物に対する同情の念の深い時はない」と述べているのである。

芦谷信和氏は、この「我れと他と何の相違があるか、皆な是れ此の生を天の一地方の一角に享けて悠々たる行路を辿り、相携えて無窮の天に帰る者ではないか」という言説に「『運命共同体的連帯意識』、一切無差別平等、自他一如の同胞意識」[*121]を捉え、独歩文学の国際性・世界性を読み取っている。しかしその一方では、忘れえぬ人々として取り上げた六人のうちの「大連湾頭の青年漁夫」が単に例示されているに過ぎず、具体的形象化を欠くことから独歩の国際性・世界性はきわめて微弱なものにとどまってしまったとも指摘している。[*122]

確かに、独歩は「大連湾頭の青年漁夫」について何も語らず、ただ名前を述べているにすぎない。しかし、これまで見てきたように、独歩は「大連湾頭の青年漁夫」の存在を忘れていたわけではない。忘れるどころか、従軍中に出会った清国や朝鮮の人々の姿から逆に出稼ぎのために朝鮮や清国、台湾、ハワイといった海外に出かけていく底辺の日本人を取り上げ、なぜ彼らが身寄りもいない外国に渡っていかねばならないのか、その存在を以て現実を浮き彫りにしていたのである。

日清戦争に取材した作品は少なくない。泉鏡花「予備兵」「海戦の余波」、大塚楠緒「応募兵」、江見水蔭「夏服士官」「雪戦」「病死兵」（いずれも一八九四）、泉鏡花「琵琶伝」、松居松葉「脱営兵」、饗庭篁村「従軍人夫」、小杉天外「喇叭卒」、三宅青軒「水雷士官」「朝鮮の雲」、江見水蔭「水雷艇」「電光石火」、金子春夢「凱旋二人軍夫」、村井弦斎「旭日桜」（いずれも一八九五）、泉鏡花「海城発電」「勝手口」、山田美妙「負傷兵」、川上眉山「大村少尉」（いずれも一八九六）、泉鏡花「凱旋祭り」（一八九七）、広津柳浪「七騎落」、国木田独歩「遺言」「置土産」（いずれも一九〇〇）など、[*123]戦中から戦後にかけて沢山の作品が描かれている。

しかし、泉鏡花の「琵琶伝」「海城発電」と広津柳浪の「七騎落」、川上眉山の「木村大尉」、そして独歩の「置土産」など、一部の作品を除く、ほとんどの作品は尽忠報国の亀鑑とも言うべき軍人を描いたものであって、戦争を奇貨として一旗上げようと危険な戦地に渡った底辺の人たちを取り上げたものではない。日清戦争に動員された全兵力は二十四万〇六一六名で、そのうち軍夫が十五万四〇〇〇名である。この軍人と軍夫を相手に商売をしようとした人たちが日本全国から戦地に出かけていた。とりわけ戦場となった朝鮮と台湾には戦前と戦後合わせて二万人以上が進出している。[*124]が、当時の日本の文壇では誰一人として、戦場へ出稼ぎに行った人たちに注目し、その実態を小説の形で残そうとはしなかった。そうした文壇に違和感を抱いていた独歩は、作家となるや否や、終戦とともに忘れ去られていった軍夫と、軍を相手に一儲けしようと戦場や植民地に出かけていく娼婦や商人たちの実態を取り上げた。独歩にそれができたのは、こういった人々の存在を忘れていなかったからこそである。

しかし、独歩の思いと違って、日清戦争を契機に海外に出かけていく小民を描いた作品は長い間注目されることはなかった。軍夫を扱った「置土産」は言うまでもなく、朝鮮に流されていく娼婦を描いた「少年の悲哀」も、朝鮮貿易に従事するために島民の七割が朝鮮に移住したり、村の若者が次々とハワイに出稼ぎにいくのを取り上げた「帰去来」も、発表当初は「作は拙劣読む可からず、筆の稚気ありて乳臭を脱せざる、尋中の二三年生さへ、此れ程の悪文は作られる可（『帝国文学』一九〇二年九月）」、「長さに比して深さは浅い。別に新しいと云ふところはない」[*125]と酷評されたこともあって、作中に取り上げられている海外に出稼ぎに行く底辺の人たちの存在が話題にされなかった。

ところが、同時代の文壇ではほとんど顧みられなかったこの「少年の悲哀」と「帰去来」は、一九〇〇年代から一〇年代にかけて日本に留学していた朝鮮と中国の留学生たちに注目され、読まれていたのである。中でも「少年の悲哀」は、後に中国と朝鮮を代表する文学者となった周作人と李光洙が翻訳と同名小説を書き残すほど、留学生たちの間で広く愛読されていたが、李光洙たちが独歩の作品の中でもとりわけ「少年の悲哀」と「帰去来」に関心を示したのはほかでもない。日本人の作家としては珍しく朝鮮を取り上げていることへの好奇心であっただろうが、それにもまして彼らを強く引き付けたのは、朝鮮に渡って行く下積みの日本人を見つめる独歩のまなざしへの共感であろう。

独歩は日清戦争の戦況を伝えるために進んで従軍し、勇敢な日本軍をほめたたえる記事を盛んに描いた。しかし、その一方では、戦場で会う朝鮮や中国の名も知れない民衆への共感を描くことも忘れなかった。この従軍中に出会った人々への共感や連帯感は、その後の独歩の創作の基調においての低音の一つとなったが、その契機となったのが従軍早々に上陸した朝鮮の大同江畔で見た光景であったことを、私たちは忘れてはならないだろう。

8 独歩文学へのオマージュ

李光洙をはじめ金東仁、廉想渉、田榮澤など韓国近代文学の創始者のほとんどが、日本留学を体験していることはよく知られた事実である。当時日本に留学していた若き文学者たちは、日本文学界の息吹を直接感じながら、国木田独歩をはじめ夏目漱石、田山花袋、島崎藤村、岩野泡鳴、有島武郎などの作品を読んでいた。その中でも、彼らの関心をとりわけ強く惹きつけたのは、同時代において文壇に最も知られていた夏目漱石でも、島崎藤村でもなく、すでに文壇の第一線を退いていた国木田独歩なのである。

どうして漱石でも藤村でもなく独歩の作品が、韓国の文学者に影響を与えたのか、その受容のありようを明らかにすることは、韓国近代文学だけではなく、独歩文学、さらには日本近代文学史への新たな可能性を見いだすことになるだろう。本書において、独歩文学が国境を越え、世代を超えて韓国近代文学に、いかなる影響を、何故に与え得たのかという点について言及したつもりである。その実証過程で、韓国の作家たちは漱石や藤村、有島らを表面的に模倣していたのに対して、独歩からはより根本的なところで影響されていたことを示した。

これは比較文学史的観点から見たとき、きわめて重要な意味をもつ。従来、韓国における外国文学、とりわけ日本近代文学の受容を論ずる場合、そのほとんどがリアリズムないしは自然主義文学に重点が置かれ、藤村や花袋、泡鳴、それに有島など、いわゆる私小説作家が多く言及されてきた。独歩は単に日本の自然主義の先駆者であり、天性の短編作家であるという文学史的事実しか知られていなかった。しかしながら、花袋や藤村、泡鳴、有島などは、ある一時期のごく一部の作家たちに読まれていたに過ぎなかったのに対して、独歩は一九一〇年代から一九四〇年代にかけて、近代文学の祖と言われる李光洙から在日朝鮮人作家の先駆者である金史良に至るまで幅広くかつ多くの作家たちに読まれていたという事実が、ここで新たに明らかにされたのである。

いったいなぜ、韓国の近代文学者たちは自然主義をはじめ日本の近代文学を形成・成立させたと見なされる漱石や鷗外、二葉亭四迷らの作品ではなく、むしろその周辺的な作家として知られる独歩の作品を愛読していたのか。その受容の背景を考える上で、柄谷行人氏の『日本近代文学の起源』（一九八〇）は示唆に富む。というのも、本書には独歩こそ日本近代文学の「起源」に最も深くかかわる文学者であるという、それまでの「文学史の常識」を覆す主張がなされているからである。その主張によれば、独歩は漱石や鷗外、二葉亭四迷、それに藤村など、いわゆる日本近代文学史の系譜の中で主流とみなされてきた作家たちが実体化できなかった「新しさ」を持っていたが故に日本近代文学の「起源」となり得たというのである。その「新しさ」を独歩自身が、

徳川文学の感化も受けず、紅露二氏の影響も受けず、従来の我文壇とは殆ど全く没関係の着想、取扱、作風を以て余が制作も初めた事に就ては必ず其本源がなくてはならぬ。其本源は何であるかと自問して、余はワーヅワースに想到したのである*126

と述べているように、ワーズワースをはじめとする外国文学から得ていたことは周知の事実である。つまり、独歩の「新しさ」は伝統文学との「断絶」がもたらしたものといえるが、しかしそのことがまた、独歩が世代や流派、さらには国境を超えて広く読まれる要因となった。次の柄谷行人氏の指摘はそのことを端的に物語っている。

近代「文学」の主流は、鷗外・漱石・二葉亭ではなく、国木田独歩の線上に流れて行った。夭折したこの作家は、ある意味で、次の文学世代の萌芽をすべて示していたといってもよい。たとえば、『欺かざるの記』という告白録を最初に書いたのは彼である。柳田国男との関係はいうまでもないが、田山花袋も「国木田君は肉欲小説の祖である」(「自然の人独歩」)と書き、また、芥川龍之介は『河童』のなかで、独歩をストリンドベリー、ニーチェ、トルストイとならべ、「轢死する人足の心もちをはつきり知つていた詩人です」と書いている。さらに、初期の志賀直哉は明らかに独歩の影響下に出発している。こうした多義性のゆえに、たとえば国木田独歩はロマン派か自然主義派かといった議論が生じるのだが、彼の多義性は――ルソーの多義性とある意味で似ている――、まさに彼がはじめて新たな地平に立ったところからきているといってよい。ヴァレリーがいうように、ある一つの事柄で新たな視野をひらいた者は一挙に多方面の事柄が視える。ポーは推理小説の基本的なパターンを書きつくしてしまったが、しかし彼の〝一歩〟は、犯罪という行為ではなく、詩作という行為を意識化するという未曾有の試みにこそあった。国木田独歩の多彩さは、文学流派の問題などではなく、はじめてあの「透明」を獲得したことにあったのである。*127

氏によれば、独歩の作品には「次の文学世代の萌芽」がすべて示されている。告白録をはじめとして従来の短編小説の概念を打ち破る新たな短編スタイル、誰も顧みなかった雑木林の美の発見、山林海辺の小民や下積みの人たちへの暖かいまなざしなどは、芥川龍之介や志賀直哉、太宰治、梶井基次郎、井伏鱒二ら次世代の若き文学者たちを強く引き付け、深い影響を与えていたことは周知の事実である。

こうした独歩の先駆性と多様性には、一九一〇年代に日本に渡ってきた朝鮮人留学生たちも瞠目していた。独歩文学が再評価されようとしていたまさにその頃に、日本にやってきた金東仁や田榮澤、廉想渉たちは、それまでの朝鮮文学には見られなかった平凡な市井の生活とそこに生きる人たちの人生を取りあげた独歩の作品に衝撃を受けた。なぜなら、当時の朝鮮文壇では相も変わらず啓蒙や教化という理念を盛り込んだだけの旧態依然とした小説が書かれていたからである。そのような文壇に強い危機感を抱いていた金東仁たちにとって一九一〇年代の日本の文壇はまさに目から鱗が落ちるような空間であった。彼らはリアリズムや自然主義、私小説といった文芸上の新しい主義や理論を貪欲に取得し、啓蒙文学からの脱皮を目指した。次の文は、当時の文学者たちの心情を如実に物語っている。

> 我々は小説の題材をくだらない朝鮮社会の風俗改良に置かずに、「人生」という問題と生きていく苦悩を描いてみようとした。勧善懲悪から朝鮮社会の問題提示へ――さらに一転して朝鮮社会の教化へ――かかる過程を経た朝鮮小説はついに人生問題提示という本舞台に立ったのである。*128

金東仁たちが如何に社会教化を目的としたそれまでの文学から脱皮し、平凡な人たちの生活と彼らの抱えている切実な人生問題を捉える文学を目指していたのかがこの文章から窺える。こうした彼らの活動によって、朝鮮文学は啓蒙文学から人生問題を写し取る近代文学へと変貌を遂げていったが、ここで指摘したいのは、彼らが目指した文学がそもそも朝鮮文学には存在しなかったまったく新しいものだということだ。金東仁たちは日本文学や日本語に訳された西洋文学を夢中で読み、見本となるものを探し求めた。そして出会ったのがほかでもない、独歩の短編小説なのである。柄谷行人氏は、独歩は「次の文学世代の萌芽」をすべて示していた作家であったと指摘しているが、実は氏の指摘よりすでに半世紀も前に、韓国の文学者たちは独歩文学の先駆性や多様性に注目し、それを読み取っていたのである。

例えば、近代文学の祖といわれる李光洙（一八九二〜一九五〇）は、「からゆきさん」として朝鮮に流されていく下層社会の女と、その女を気遣う少年との交流を描いた独歩の「少年の悲哀」（一九〇二）に影響を受け、少年から大人の世界へと越境する無垢なる少年時代を顕在化しつつも、作者自身の強い啓蒙意識によって古い結婚制度を批判した同名作品「少年の悲哀」（一九一七）を執筆している。また、女に背かれた男の切ない思いを一人称で告白した独歩の書簡体小説「おとづれ」（一八九七）に影響を受けて自由恋愛のモチーフを見出した。そして自由な男女交際と結婚の実践こそが朝鮮社会を封建的因習から救い出すことができるという朝鮮社会の近代化を迫る朝鮮初の近代書簡体小説「幼き友へ」（一九一七）を執筆している。

近代短編小説の開拓者として知られる金東仁（一九〇〇〜一九五一）は、「女難」（一九〇三）と「運命論者」（一九〇三）の二作品に注目し、朝鮮社会では絶対的タブーとなっていた近親相姦というおぞましい事件を、〈私〉という一人称の語り手を設定し、その語り手が出会った不思議な男の身の上話として描く枠組小説「ペタラギ」（一九二一）を執筆し、朝鮮文学史上はじめて書くことの自在さを獲得した。

近代最初の純文芸同人雑誌『創造』を発刊した田榮澤（一八九四〜一九六八）は、独歩の中期と晩年の代表作である「春の鳥」（一九〇四）と「竹の木戸」（一九〇八）を読み、これまで朝鮮社会が見落としてきた子供や愚者、女性、貧民などいわゆる社会的弱者を写し取る一人称観察者叙述形式の方法を取り入れて「白痴か天才か」（一九一九）と「ファスブン」（一九二五）を執筆している。前者は東アジア文化圏における愚者文学をモチーフにすることによって近代化の過程で植民地に転落した朝鮮社会の問題点を追及し、後者はどん底の貧困にあえぐ都市下層労働者の境遇に同情しつつも、決して彼らの生活にわけ入ろうとしない新中間層の傍観者的意識を浮き彫りにし、朝鮮文学の他者表象に新境地を画した。

自然主義文学の祖と評される廉想渉（一八九七〜一九六三）は、立身出世を追及する人生への疑念から故郷を賛美する帰省小説「帰去来」（一九〇二）に影響を受けたが、植民地下という絶望的な状況では、故郷はもはや心を癒すユートピアでも母なる空間でもなく、民族の主体性を抹殺する「墓地」であるという逆説的真実を提示した帰郷小説「万歳前」（一九二四）を執筆し、朝鮮近代文学に「故郷」という概念を持ち込んだ。

知識人小説の旗手、兪鎮午（一九〇六〜一九八七）は、意気地のない、行動力に欠けたいわゆる「ハムレット型」の主人公がその性格故に運命に翻弄されていく不条理さを描いた独歩の「運命論者」（一九〇三）に影響を受け、抗日運動に従事するか、それとも現実から目を背けるかという二者択一を余儀なくされた植民地下の知識人の精神構造を捉えた「馬車」（一九四二）を執筆し、知識人小説の新境地を開拓した。

在日朝鮮人文学の嚆矢、金史良（一九一四〜一九五〇?）は、日露戦争後の状況を〈余計者〉の視点から描いた独歩の「号外」（一九〇六）に注目し、それを植民地下の朝鮮の閉塞した状況の中で捉え直し、過酷な植民支配下を生きる知識人たちが、知識人であるが故に社会や国家から疎外されて〈余計者〉になっていく過程を見つめた「留置場で会った男」（一九四二）を執筆している。

一人の日本人作家の作品が、これほど多くの朝鮮の文学者たちに深くかつ広く受容された例は、それまでの日本文学には見られない。しかも、受容した側が一九一〇年代から二〇年代、三〇年代の朝鮮文壇を代表する文学者ばかりなのである。それゆえ李光洙らの描いた作品は、同時代の文学者や文学を志す若者の間に注目を集め、その手法が積極的に取り入れられた。その結果、一九二〇年代に入ると、文壇をあげて書簡体小説と枠小説、一人称観察者視点形式小説のブームが巻き起こったのである。これは韓国における日本近代文学の受容と影響が、もはや一作家個人の問題にとどまらず、韓国近代文学の「起源」と深くかかわっていたということを意味するが、その最たる文学者が独歩なのであった。

それにしても、数多い日本の近代小説の中で、なぜ独歩が選ばれたのだろうか。その意味をあらためて考えると、やはり独歩の作品には影響を与えるだけの十分な起動力・喚起力があったと思わざるを得ない。独歩はそのような条件を十二分に備えていた作家であった。言い換えれば、独歩の作品には日本の他の作家たちに比べて、植民地下の朝鮮人作家たちを惹きつける何かがあったわけであるが、次の点だけはいくら強調してもし過ぎることはあるまい。すなわち、それは独歩の時代に対する鋭い感覚と、社会の底辺に生きる小民への深い関心と温かいまなざしであろう。

独歩は文学者を志したその日の日記に、「多くの歴史は虚栄の歴史なり、バニティーの記録なり。人類真の歴史は山林海辺の小民に問へ、哲学史と政権史と文明史の外に小民史を加へよ、人類の歴史始めて全からん[*129]」と、小民史を描く作家になりたいと誓っていた。以来、独歩は生涯に渡って小民への愛を貫いたが、山田博光氏は独歩の愛したこの小民を次の三種類に分けている。

> 明治の近代文明とは無縁に、太古さながらの自然と人間の融合した生活を営む山林海浜の小民たち。（中略）次に明治社会の下積みの小民たちがある。ある者は明治社会の発展に取り残され、ある者は貧乏なために明治社会から疎外されている。（中略）第三に明治の社会体制の中で功名を求めず、誠実に無名の人生を生きる善良な小民たちがある。[*130]

このような小民像は、独歩の他にも同時代作家の他の小説、すなわち日清戦争後の悲惨小説や観念小説、あるいは田山花袋らの自然主義の作品にも描かれている。しかしながら、悲惨小説や自然主義の作品に出てくる小民たちが無意味なつまらぬ人生を送るものとして否定的に描かれているのに対して、独歩の描いた小民たちにはどこか温かさや親しみが感じられるものとして描かれている。[*131]朝鮮の作家たちが独歩の作品を読んで共感を抱き、連帯感を覚え、感化される所以はまさにここに基づくものであろう。

独歩は漱石や鷗外たちと違って、立身出世した階級や知識人を描く代わりに、名も知れぬ底辺の人々の人生と運命を描いていたが、その「小民」の中の一人が海軍従軍記者として戦地に赴く途中、大同江畔で見た白衣を着た朝鮮人であったことは、ここで改めていうまでもないであろう。日清戦争から十五年後、あのとき平和に暮らしていた朝鮮の人々は、過酷な日本の植民地下を生きなければならない「小民」になっていたのである。李光洙をはじめとして金東仁、朱耀翰、田榮澤、廉想渉、金岸曙、兪鎮午、金史良らが、独歩の描いたさまざまな小民に自己の運命を投影しながら作品を読んでいたことは、おそらく彼ら自身が「小民」だったからではなかろうか。

なぜ漱石や鷗外、藤村ではなく、独歩の作品が朝鮮人作家たちに受容されていたのかという問いに対して、この「小民史」の視点から独歩文学を捉えなおすとき、その真の理由が浮き彫りになると思われる。本書がその意味で、課題追及の第一歩となっていれば幸いである。そして、隣国である韓国の近代文学者たちの視点が、今や教科書のなかでしか見られないほどになってしまった独歩文学に、新たな光を灯すことを願ってやまない。

註

＊1　例えば、福沢諭吉は戦争直前に「支那朝鮮両国に向かって直に戦を開くべし」といった内容の社説を『時事新報』に掲載し、徳富蘇峰も同じく開戦直前の『国民之友』に「膨張ありて、征清あり」「今や好機は我に接吻せんとす」

「好機とは何ぞや、言ふ迄もなし、清国と開戦の好機也」という〈大日本膨張論〉を展開した。また内村鑑三は戦中の『国民之友』（一八九四年九月）に *Justification of Corean War* を英文（但しこの論文は「日清戦争の義」という題で邦訳され同誌に掲載された）で発表し、日清戦争における日本の正当性を海外に向けて訴えた。

＊2　参謀本部編纂『明治廿七八年日清戦史』第八巻（一九〇七年）一四〇頁。

＊3　塩田良平「解説」（『国木田独歩著　愛弟通信』岩波文庫、一九四〇年）一八七頁。

＊4　佐谷眞木人『日清戦争――「国民」の誕生』（講談社現代新書、二〇〇九年）五二～五三頁。

＊5　遅塚麗水編『激戦中の平壌』（春陽堂、一八九五年）。ただし、西田勝『近代日本の戦争と文学』（法政大学出版局、二〇〇七年、七五頁）による。

＊6　前田登美「正岡子規の生涯」（『福田清人編人と作品　正岡子規』清水書院、一九九一年）六二～六七頁参照。

＊7　遅塚麗水『陣中日記』（春陽堂、一八九四年）三頁。

＊8　原田敬一「民友社と平民社」（『シリーズ日本近現代史③日清・日露戦争』岩波新書、二〇〇七年）一六三頁。

＊9　田山花袋「東京の三十年」（『定本田山花袋全集第十五巻』臨川書店、一九三七年）四九八頁。

＊10　末延芳晴『森鷗外と日清・日露戦争』（平凡社、二〇〇八年）一三～一五頁。

＊11　西田勝「陣中日記」――戦争の惨たらしさと朝鮮人の不屈な抵抗」（『近代日本の戦争と文学』（法政大学出版局、二〇〇七年）九八頁。

＊12　佐谷眞木人、前掲書註＊4　七四頁。

＊13　佐谷眞木人、前掲書註＊4　七四頁。

＊14　遅塚麗水、前掲書註＊7　二〇四頁。

＊15　国木田独歩「愛弟通信――「艦上の天長節」（『定本国木田独歩全集第五巻』学習研究社、一九九六年）五一頁。

＊16　佐谷眞木人、前掲書註＊4　七七頁。

＊17　①竹内好「ナショナリズムと社会革命」（『人間』一九五一年七月号）②小田切秀雄「国木田独歩と石川啄木」（岩

波講座『文学』第七巻、一九五四年五月）③福田容子「独歩における愛国心」（『日本文学』一九七〇年五月号）④山田博光「『愛弟通信』とその周辺」（『国木田独歩論考』創世記、一九七八年）などがある。

＊18 国木田独歩、前掲書註＊15 八〇頁。

＊19 「旅順虐殺事件」とは、日清戦争の旅順攻略の際、市内および近郊で日本軍が清国軍敗残兵掃討中に旅順市民も虐殺したとされる事件。井上春樹『旅順虐殺事件』（筑摩書房、一九九五年）による。

＊20 『日清戦争従軍写真帖――伯爵亀井茲明の日記』（柏書房、一九九二年）一九九頁。

＊21 末延芳晴、前掲書註＊10 四二頁。

＊22 亀井茲明（かめいこれあき）は、一八六一年六月に公卿堤哲長の三男として生まれ、亀麿と命名される。十一歳で明治天皇の側近、ご給侍役となる。一八七六年十六歳の時、石見国（島根県）旧津和野藩主亀井茲監の養子となり、茲明と名乗る。十七歳の一八七七年、イギリスに留学してロンドン大学予科で学ぶ。三年後に帰国し、宮内省に勤務したが、一八八六年にドイツに留学する。ベルリン大学に入学し、美術や芸術に深い関心を寄せ、欧州各地で視察旅行を行い、染布や壁紙、美術品など多数を収集する。この留学中に「美術論第一、第二、第三」を執筆し、美術と国家の関係について研究を行う。一八八九年に開催されたパリ万国博覧会には連日通って見学している。一八九二年に五年間の留学を終えて帰国し、美術と国家のあり方について立案し、実施に移そうとするが、工場の災害などで失敗に終わる。三十四歳の年の一八九四年に日清戦争が始まり、自費で写真班を編成して従軍を志願し、戦闘場面、砲台、錨地など、三〇〇枚の写真を撮影する。しかし、この戦場での生活で健康を損ない、一八九六年三六歳の若さで死去する。翌一八九七年に写真集『明治二十七年戦役写真帖』と、一八九九年に戦場日記『従軍日乗』が亀井家によって出版される。『日清戦争従軍写真帖――伯爵亀井茲明の日記』（柏書房、一九九二年）による。

＊23 末延芳晴、前掲書註＊10 三六頁。

＊24 末延芳晴、前掲書註＊10 四八頁。

＊25 末延芳晴、前掲書註＊10 三五一頁。

＊26　国木田独歩「欺かざるの記」（『定本国木田独歩全集第七巻』学習研究社、一九九六年）二四二頁。

＊27　防衛庁防衛研究所戦史部資料室所蔵、陸軍省『緊要事項集』（明治二七年六月〜）所収。ただし西田勝、前掲書註＊11　八五頁による。

＊28　佐谷眞木人、前掲書註＊4　七八頁。

＊29　西田勝、前掲書註＊11　八二頁。

＊30　末延芳晴、前掲書註＊10　四七頁。芦屋信和「国木田独歩の見た中国――「愛弟通信」」（『作家のアジア体験――近代日本文学の陰影』世界思想社、一九九二年）四〇頁。

＊31　福沢諭吉が率いる『時事新報』は、開戦直後の一八九四年七月二九日に「日清の戦争は文野の戦争なり」と題する社説を掲載している。「文野」とは、「文明」と「野蛮」のことである。つまり、福沢は戦争を「文明開化の進歩をはかる」日本と、「進歩を妨げんとする」清国との戦いと位置づけた。

＊32　反戦主義者と知られる内村鑑三は、「日清戦争の義」（『国民之友』一八九四年九月三日号）で、「日本は東洋における進歩主義の戦士である。故に、進歩の大敵である支那諸国を除けば、『日本の勝利を希望しないものは世界万国にあるわけがない』。したがって日清戦争は「我々にとっては実に義戦」であり、「外科医が裁断器を以て病体治療に従事する時の念を以て清国に臨む」べきであると主張した。

＊33　『時事新報』一八九四年七月二九日付社説。

＊34　大谷正『兵士と軍夫の日清戦争』（有志舎、二〇〇六年）五八頁。

＊35　大谷正「『文明戦争』と軍夫」（原田敬一編『日清戦争の社会史――「文明戦争」と民衆』フォーラム・A、一九九四年）一九六頁。

＊36　国木田独歩、前掲書註＊15　三二一〜三二三頁。

＊37　国木田独歩、前掲書註＊15　二七頁。

＊38　佐谷眞木人、前掲書註＊4　六三〜六四頁。

＊39　国木田独歩、前掲書註＊26　二四七〜二四八頁。
＊40　国木田独歩、前掲書註＊26　二四九〜二五〇頁。
＊41　国木田独歩「書簡」（『定本国木田独歩全集第五巻』学習研究社、一九九六年）三六四頁。
＊42　芦谷信和、前掲書註＊30　三三五頁。
＊43　国木田独歩、前掲書註＊15　六六頁。
＊44　芦谷信和、前掲書註＊30　三六頁。
＊45　佐谷眞木人、前掲書註＊4　六一〜六五頁参照。
＊46　国木田独歩、前掲書註＊15　五七頁。
＊47　平岡敏夫「独歩と花袋の戦争」（『国文学解釈と鑑賞　特集独歩と花袋』至文堂、一九八二年七月号）。
＊48　松原岩五郎の陸軍従軍記『征塵余録』（春陽堂、一八九六年）は、前半部と後半部に分かれ、前半は朝鮮の探検記、後半は従軍記という構成となっている。
＊49　朴春日『増補　近代日本文学における朝鮮像』（未来社、一九八五年）三三二頁。
＊50　松原岩五郎、前掲書註＊48　二二六頁。
＊51　松原岩五郎、前掲書註＊48　一〇〜一一頁。
＊52　遅塚麗水、前掲書註＊7　一四〜一五頁。
＊53　松原岩五郎、前掲書註＊48　四三〜四五頁。
＊54　正岡子規『正岡子規全集第十二巻』（講談社、一九七五年）八二頁。
＊55　原田敬一、前掲書註＊8　一六一頁。
＊56　小野芳郎『〈清潔〉の近代――「衛生唱歌」から「抗菌グッズ」へ』（講談社、一九九七年）参照。
＊57　濱本利三郎著・地主愛子編『日清戦争従軍秘録――80年目に公開する、その因果関係』（青春出版社、一九七二年）三二一〜三三三頁。

＊58　檜山幸夫『日清戦争——秘蔵写真が明かす真実』（講談社、一九九七年）一〇八頁。
＊59　檜山幸夫、前掲書註＊58　一〇九頁。
＊60　イザベラ・バード著・高梨健吉訳『日本奥地紀行』（平凡社、一九七三年）一〇九頁。
＊61　濱本利三郎、前掲書註＊57　三九頁。
＊62　国木田独歩、前掲書註＊15　五六頁。
＊63　国木田独歩、前掲書註＊15　二一頁。
＊64　『写真で見る近代韓国（下）山河と風物』（瑞文堂、一九八六年）四一頁。
＊65　国木田独歩、前掲書註＊26　二四一頁。
＊66　『写真で見る近代韓国（続）生活と風俗』（瑞文堂、一九八七年）八七頁。
＊67　大谷正、前掲書註＊34　九四頁。
＊68　大谷正、前掲書註＊34　二一三頁。
＊69　五味文彦編『詳説日本史研究』（山川出版社、一九九八年）三九四〜三九五頁。
＊70　風俗画報臨時増刊『新撰東京名所図会・四谷区乃部（上）』（東陽堂、明治三六年）ただし、五味文彦編『詳説日本史研究』（山川出版社、一九九八年、三八一頁）による。
＊71　五味文彦編、前掲書註＊69　三八一頁。
＊72　国木田独歩「二十三階堂主人に与ふ」（『定本国木田独歩全集第一巻』学習研究社、一九九六年）二三四頁。
＊73　屋木瑞穂「樋口一葉「琴の音」に関する一考察——ヴィクトル・ユーゴー『哀史』との比較を通して」（『三重大学日本語学文学』一九九九年一〇月）によると、当時社会問題と化していた貧民問題に強い関心を示し、それらを作品化したのは遅塚麗水『餓鬼』（一八九一）と樋口一葉「琴の音」（一八九三）ぐらいしか見当たらないという。両作品は、貧民救済が社会問題として認識されていく同時代状況の中で、社会のゆがみの現われとしての下層社会の暗黒面に照明をあてた作品である。

＊74　岡部牧夫『海を渡った日本人』（山川出版社、二〇〇二年）一～五頁参照。
＊75　岡部牧夫、前掲書註＊74 二〇～二一頁。
＊76　木村健二『在朝日本人の社会史』（未来社、一九九九年）四〇頁。
＊77　桑原伸一『国木田独歩――山口時代の研究』（笠間書院、一九七二年）一四一頁。
＊78　国木田独歩「帰去来」『定本国木田独歩全集第二巻』（学習研究社、一九九六年）三三九頁。
＊79　桑原伸一、前掲書註＊77 一六〇頁。
＊80　独歩は、上京二年目の一八八九年夏休みを利用して両親のいる舟木に帰省している。この際幼名亀吉から哲夫に改名している。
＊81　国木田独歩「明治廿四年日記」（『定本国木田独歩全集第五巻』学習研究社、一九九六年）二〇八頁。
＊82　国木田独歩、前掲書註＊81 二〇五頁。
＊83　国木田独歩、前掲書註＊15 八九頁。
＊84　高崎宗司『植民地朝鮮の日本人』（岩波新書、二〇〇二年）五一～五三頁。
＊85　木村健一「在外居留民の社会活動」（『岩波講座　近代日本と植民地5――膨張する帝国の人流』（岩波書店、一九九三年）三四頁。
＊86　木村健一、前掲書註＊76 一四頁。
＊87　国木田独歩、前掲書註＊26 一八一頁。
＊88　国木田独歩、前掲書註＊78 三三六頁。
＊89　①中嶋弓子『ハワイ・さまよえる楽園――民族と国家の衝突』（東京書籍、一九九三年）一四〇頁。②矢口裕人『ハワイの歴史と文化――悲劇と誇りのモザイクの中で』（中公新書、二〇〇二年）三三一頁。
＊90　国木田独歩「少年の悲哀」（『定本国木田独歩全集第二巻』学習研究社、一九九六年）四七三頁。
＊91　大谷正、前掲書註＊34、註＊35に同じ。

＊92　一ノ瀬俊也『旅順と南京――日中五十年戦争の起源』（文春新書、二〇〇七年、口絵10）によれば、この図は日清戦争で日本陸軍第二軍に属し、前線の部隊に食糧を輸送する仕事をしていた軍夫丸木力蔵がつけていた『明治二十七八年戦役日記』に収録された絵日記である。丸木は一八九四年一〇月二六日、遼東半島に上陸、一貫して後方輸送に従事、占領後の旅順・大連等を見聞した後、終戦とともに無事帰国している。この絵日記には前線の部隊に食糧を輸送する仕事をしていた軍夫が見た戦争の裏面が色彩鮮やかに描写されている。

＊93　一ノ瀬俊也、前掲書註＊92「口絵11」。

＊94　一ノ瀬俊也、前掲書註＊92　一一八頁。

＊95　原田敬一、前掲書註＊8　八〇頁。大谷正、前掲書註＊35　二〇一頁。

＊96　大谷正、前掲書註＊34　一二頁。

＊97　大谷正（前掲書註＊34）をはじめ原田敬一（前掲書註＊8）、一ノ瀬俊也（前掲書註＊92）によれば、兵士と違って、軍夫には軍服が支給されず、それゆえ軍夫たちは「一枚の半天股引」という薄着の出立で酷寒の戦場に送り込まれていた。戦地に上陸した軍夫たちは寒さに堪えられず、生き延びるため中国人の民家に入って衣服を盗みだす、いわゆる「徴発」行為に出た。そんな軍夫を、「文明戦争」を行おうとしていた日本軍は当初取り締まっていた。しかし、【図61】のように、防寒装備無しに極寒の中で後方輸送に当たっている軍夫たちが凍傷に苦しめられたり、寒さに堪えられず凍死したりするのを目の当たりにすると、彼らを無暗に罰するわけにはいかなかった。その結果、【図62】のごとく、軍夫たちは思い思いの中国人の格好で陣地を往来していたのである。

＊98　「戦時私信――稲垣騎兵副官の書簡」（『日清戦争実記第拾四編』（博文館、一八九五年）九九頁。

＊99　原田敬一「軍夫の日清戦争」（『日清戦争と東アジア世界の変容　下巻』一九九七年）四七七頁

＊100　原田敬一、前掲書註＊8　七七～八〇頁。

＊101　一ノ瀬俊也、前掲書註＊92　二一〇～二一一頁。

＊102　原田敬一、前掲書註＊8　八〇頁。

＊103　国木田独歩「置土産」（『定本国木田独歩全集第二巻』学習研究社、一九九六年）二八四頁。
＊104　国木田独歩「欺かざるの記」（『定本国木田独歩全集第六巻』学習研究社、一九九六年）七一頁。
＊105　立花雄一「国木田独歩と底辺ルポルタージュ」（『明治下層記録文学』ちくま学芸文庫、二〇〇二年）一四四頁。
＊106　小田切秀雄「独歩と民衆」（『明治・大正の作家たち』第三文明社、一九七八年）一九八頁。
＊107　山田博光「独歩文学の揺籃期」（『国木田独歩論考』創世期、一九七八年）二一一頁。
＊108　山田博光、前掲書註＊107　一二一頁。
＊109　小田切秀雄、前掲書註＊106　一九六頁。
＊110　国木田独歩「我は如何にして小説家となりしか」（『定本国木田独歩全集第一巻』学習研究社、一九九六年）四九六～四九八頁
＊111　国木田独歩、前掲書註＊104　七〇頁
＊112　国木田独歩、前掲書註＊26　二四一頁。
＊113　国木田独歩、前掲書註＊15　三四～三五頁。
＊114　芦谷信和『国木田独歩の文学圏』（双文社出版、二〇〇八年）一八頁。
＊115　国木田独歩、前掲書註＊26　二四〇頁。
＊116　小野茂樹『長谷川泉監修　近代作家研究叢書138　若き日の国木田独歩――佐伯時代の研究』（日本図書センター、一九九三年）八六頁。
＊117　国木田独歩、前掲書註＊110　四九七頁。
＊118　国木田独歩「書簡――明治二十七年六月二十七日　大久保湖邦宛」（『定本国木田独歩全集第五巻』学習研究社、一九九五年）三四九頁。
＊119　国木田独歩、前掲書註＊26　二三七頁。
＊120　国木田独歩「忘れえぬ人々」（『定本国木田独歩全集第二巻』学習研究社、一九九五年）一一〇～一一一頁。

＊121　芦谷信和『独歩文学の基調』（桜楓社、一九八九年）二九二頁。
＊122　芦谷信和、前掲書註＊121に同じ。
＊123　山田博光、前掲書註＊107　七九頁。
＊124　岡部牧夫、前掲書註＊74　一六頁。
＊125　「芸苑愚語」（『文庫』三巻六号、一九〇七年八月十五日）但し、『定本国木田独歩全集第十巻』三九八頁による。
＊126　国木田独歩「不思議なる大自然——ワーズワースの自然主義と余」（『定本国木田独歩全集第一巻』学習研究社、一九九五年）五三九〜五四〇頁。
＊127　柄谷行人『定本柄谷行人全集1日本近代文学の起源』（岩波書店、二〇〇四年）七三頁。
＊128　金東仁「朝鮮近代小説考」（『金東仁全集第八巻』弘字出版社、一九六八年）五九二頁。
＊129　国木田独歩、前掲書註＊104に同じ。
＊130　山田博光、前掲書註＊107　二一一頁。
＊131　山田博光、前掲書註＊107　二一一頁。

初出一覧

以下の旧稿を再収録するにあたっては、いずれも大幅に削除、加筆を行っている。

序　章　朝鮮文壇と独歩――日本留学・ジャーナリズム・国語教育
「朝鮮文壇と独歩―日本留学・ジャーナリズム・国語教育」（『テクストたちの旅程―移動と変容の中の文学』花書院、168―185頁、二〇〇八年二月）

第一章　恋愛、手紙、そして書簡体という叙述形式――「おとづれ」と李光洙「幼き友へ」
「恋愛、手紙、そして書簡体という叙述様式（上）―国木田独歩「おとづれ」と李光洙「幼き友へ」」（『宇都宮大学国際学部研究論集』第12号、1―19頁、二〇〇一年一〇月）、「恋愛、手紙、そして書簡体という叙述様式（下）―国木田独歩「おとづれ」と李光洙「幼き友へ」」（『宇都宮大学国際学部研究論集』第13号、1―19頁、二〇〇二年三月）

第二章　一人称観察者視点形式と「新しい人間」の発見――「春の鳥」と田榮澤「白痴か天才か」
「一人称観察者叙述形式が映し出す『新しい人間』―国木田独歩『春の鳥』を手掛かりとして」（『日本文化研究』第28輯、東アジア日本学会、403―431頁、二〇〇八年一〇月）

第三章　近代文学の「成立」と枠小説、そして「恨（ハン）」――「女難」・「運命論者」と金東仁「ペタラギ」
「媒介者としての日本文学―国木田独歩「運命論者」を手がかりとして」（『第27回国際日本文学研究集会会議録』国文学研究資料館、81―113頁、二〇〇四年三月）

第四章　もう一つの「少年の悲哀」――「少年の悲哀」と李光洙「少年の悲哀」
「時代の「悲哀」としての「少年の悲哀」」（『宇都宮大学国際学部研究論集』第21号、1―15頁、二〇〇六年三月）

第五章　愚者文学としての「春の鳥」――「春の鳥」と田榮澤「白痴か天才か」
「愚者文学としての「春の鳥」―国木田独歩「春の鳥」と田榮澤「白痴か天才か」」（『比較文学』第45巻、日本比較文学会、68―81頁、二〇〇三年三月）
第六章　帰郷小説が映し出す様々な故郷――「帰去来」と廉想渉「万歳前」
「東アジアの近代と故郷―国木田独歩「帰去来」と廉想渉「万歳前」」（宇都宮大学国際学部研究論集』第23号、1―21頁、二〇〇六年一〇月）
第七章　傍観者としての語り手――「竹の木戸」と田榮澤「ファスブン」
「傍観者としての語り手―国木田独歩「竹の木戸」と田榮澤「ファスブン」」（『宇都宮大学国際学部研究論集』第17号、1―17頁、二〇〇四年三月）
第八章　〈余計者〉と国家――「号外」と金史良「留置場で会った男」
「余計者という知識人と国家―金史良「留置場で会った男」と独歩「号外」」（『外国文学』第50号、宇都宮大学外国文学会、217―237頁、二〇〇一年三月）
終　章　もう一つの小民史――日清戦争と独歩、そして朝鮮
「もう一つの「小民史」―国木田独歩と日清戦争（上）」（『外国文学』第60号、宇都宮大学外国文学会、1―17頁、二〇一一年三月）、「もう一つの「小民史」―国木田独歩と日清戦争（下）」（『外国文学』第61号、宇都宮大学外国文学会、1―29頁、二〇一二年三月）「「韓国近代文学の起源」としての国木田独歩」（『日本近代文学』第73集、日本近代文学会、255―258頁、二〇〇五年一〇月）

図版出典

【図1】朝鮮人留学生が、多く在学していた明治学院中等部の一九二〇年頃の正門（明治学院大学歴史資料館所蔵）
【図2】『創造』創刊号「表紙」、一九一九年二月〔韓国〕
【図3】朱耀翰「日本近代詩抄」（『創造』創刊号、一九一九年二月）〔韓国〕
【図4】一九三一年京城地域男子高等普通学校読書傾向調査（『東亜日報』一九三一年二月二日付）〔韓国〕
【図5】新編高等国語読本巻四「目次」（朝鮮総督府、一九二四年）
【図6】中等教育国文読本巻五「目次」（朝鮮総督府、一九三二年）
【図7】改造社『現代日本文学全集』「新聞広告」（『東亜日報』一九二六年一一月三日付）〔韓国〕
【図8】改造社『世界大衆文学全集』「新聞広告」（『東亜日報』一九二八年三月三日付）〔韓国〕
【図9】尹心悳と金宇鎮の心中事件（『朝鮮日報』一九二六年八月五日付）〔韓国〕
【図10】国木田独歩「おとづれ」（『国民之友』一八九七年一一月）
【図11】李光洙「幼き友へ」（『青春』一九一七年七月）〔韓国〕
【図12】『手紙書く時これは便利だ』の雑誌広告（『三千里』一九三六年八月）〔韓国〕
【図13】盧子泳、恋愛書簡集『愛の炎』の新聞広告（『東亜日報』一九二三年二月一一日付）〔韓国〕
【図14】広津和郎訳『貧しき人々』（芳文堂、一九一六年）
【図15】洪永厚訳『青春の愛』（新明書林、一九二三年）〔韓国〕
【図16】「半洋女の嘆息！「ハズ」になるような人がいません」（『朝鮮中央日報』一九三三年九月二一日付）〔韓国〕

【図17】二葉亭四迷訳「あひゞき」（『国民之友』第27号、一八八八年七月）
【図18】国木田独歩「今の武蔵野」（『国民之友』第365号、一八九八年一月）
【図19】国木田独歩「春の鳥」（『女学世界』一九〇四年三月）
【図20】田榮澤「白痴か天才か」（『創造』一九一九年三月）〔韓国〕
【図21】河で洗濯する少女と水汲みをする少年（『写真で見る朝鮮時代』瑞文堂、一九八七年）〔韓国〕
【図22】父の仕事を手伝う幼い子供（P・エリエス著、杉山光信・杉山恵美子訳『〈子供〉の誕生─アンシアン・レジーム期の子供と家族生活』みすず書房、一九八〇年）
【図23】馬場孤蝶訳「常久のうらみ」（『新声』一九〇二年九月）
【図24】馬場孤蝶訳「ふなが〻り」（『明星』一九〇二年一〇月）
【図25】国木田独歩「女難」（『文芸界』一九〇三年一二月）
【図26】金東仁「ペタラギ」（『創造』一九二一年六月）〔韓国〕
【図27】国木田独歩「運命論者」（『山比古』一九〇三年三月）
【図28】姜希顔「高士渡橋図」（国立中央博物館所蔵）〔韓国〕
【図29】国木田独歩「少年の悲哀」（『小天地』一九〇二年八月）
【図30】李光洙「少年の悲哀」（『青春』一九一七年六月）〔韓国〕
【図31】敷島遊郭（仁川）（『写真で見る近代韓国（上）山河と風物』瑞文堂、一九八七年）〔韓国〕
【図32】桃山遊郭（京城龍山）（『写真で見る近代韓国（上）山河と風物』瑞文堂、一九八七年）〔韓国〕
【図33】結婚式を挙げたばかりの幼い新郎新婦（『写真で見る朝鮮時代（続）生活と風俗』瑞文堂、一九八七年）〔韓国〕

【図34】早婚の害（『朝鮮日報』一九二五年一月二三日付）〔韓国〕

【図35】Wordsworth, *There was a Boy*: Jonathan Wordsworth *WILLAM WORDSWORTH THE PTELUDE 1799, 1805, 1850*

【図36】ワーズワース「一人の少年がいた」（田部重治訳『ワーズワース詩集』岩波書店、一九三八／一九九〇年）

【図37】書堂で学ぶ子供たち（『写真で見る朝鮮時代　民族の写真帖第一巻　民族の心臓』（瑞文堂、一九九四年）〔韓国〕

【図38】間島へ移住する行列（『写真で見る独立運動（上）叫びと闘争』瑞文堂、一九八七年）〔韓国〕

【図39】国木田独歩「帰去来」（『新小説』一九〇一年五月）

【図40】廉想渉「万歳前」初出「墓地」（『新生活』一九二二年七月）〔韓国〕

【図41】関釜連絡船に乗る朝鮮人渡航者（坂本悠一・木村健一『近代植民地都市釜山』桜井書店、二〇〇七年）

【図42】開港直後の釜山港一九〇〇年代（『写真で見る朝鮮時代　民族の写真帖第二巻　民族のルーツ』瑞文堂、一九九四年）〔韓国〕

【図43】日本化の進む大田、本町通り（『写真で見る近代韓国（上）山河と風物』瑞文堂、一九八七年）〔韓国〕

【図44】南大門駅（現ソウル駅）の一九一四年頃の様子（『写真で見る朝鮮時代　民族の写真帖第三巻　民族の伝統』瑞文堂、一九九四年）〔韓国〕

【図45】国木田独歩「竹の木戸」（『中央公論』一九〇八年一月）

【図46】田榮澤「ファスブン」（『朝鮮文壇』一九二五年一月）〔韓国〕

【図47】京城の町はずれに藁筵で建てた土幕（孫禎穆『日帝強占領期　都市社会相研究』一志社、一九九六年）〔韓国〕

【図48】一九二四年頃の京城の貧民窟（『東亜日報』一九二四年十一月一二日付）〔韓国〕

【図49】漫文漫画「晩秋風景（五）鳩屋の冬夢」（『朝鮮日報』一九三三年一〇月二六日付）〔韓国〕

【図50】客を待つチゲ（背負い子）の群れ（『写真で見る朝鮮時代　民族の写真帖第一巻　民族の心臓』瑞文堂、一九九四年）〔韓国〕
【図51】国木田独歩「号外」（『新古文林』一九〇六年八月）
【図52】金史良「留置場で会った男」（『文章』一九四一年二月）〔韓国〕
【図53】併合直後中国へ亡命する移住集団（『写真で見る近代韓国　独立運動（上）』瑞文堂、一九八七年）〔韓国〕
【図54】徒手訓練を受ける志願兵たち（『写真で見る近代韓国　得率運動（下）』瑞文堂、一九八七年）〔韓国〕
【図55】平壌攻防戦に従軍した作家たち（『激戦中の平壌』春陽堂、一八九五年。但し西田勝『近代日本の戦争と文学』法政大学出版局、二〇〇七年）
【図56】旅順占領を報じた『時事新報』の号外（一八九四年十一月二四日付）の号外（但し佐谷眞木人『日清戦争の「国民」の誕生』講談社現代新書、二〇〇九年）
【図57】旅順虐殺事件を物語る死体埋葬の写真（『日清戦争従軍写真帖―伯爵亀井茲明の日記』柏書房、一九九二年）
【図58】大同江畔の風景（『写真で見る近代韓国（上）山河と風物』瑞文堂、一九八七年）〔韓国〕
【図59】朝鮮の茅屋（『写真で見る近代韓国（続）生活と風俗』瑞文堂、一九八七年）〔韓国〕
【図60】鮫河橋貧家の夕（風俗画報臨時増刊『新撰東京名所図会・四谷区乃部（上）』東陽堂、一九〇三年。但し五味文彦遍『詳説日本史研究』山川出版社、一九九六年）
【図61】軍夫極寒に堪えず凍死す（丸木力蔵『明治二十七八年戦役日記』。但し一ノ瀬俊也『旅順と南京―日中五十年戦争の起源』文春新書、二〇〇七年）
【図62】旅順陥落の頃の人夫・百人長（丸木力蔵『明治二十七八年戦役日記』。但し一ノ瀬俊也『旅順と南京―日中五十年戦争の起源』文春新書、二〇〇七年）

あとがき

今、村上春樹の作品が世界各国で読まれている。米国、英国、ロシア、フランス、ドイツ、イタリアをはじめとして韓国、中国、台湾、タイ、インドネシアからクロアチア、ラトビア、ギリシャ、ルーマニア、ブラジル、スペイン、イスラエルなど、読者は全世界的に広がっている。一人の作家の作品がこれほど多くの地域で読まれた例は、少なくとも日本文学にはまだない。なぜ村上春樹は世界的に注目されるようになったのか、その人気を支える要因の一つとして、彼の作品が徹底してグローバル化を目指しているところ、言い換えれば日本というローカルなものを強く打ち出さなかったことが指摘されている。確かに、春樹の作品を読むと、富士山や着物、歌舞伎、茶道、桜といった伝統的な日本文化を描くそれまでの日本文学と違って、アメリカナイズされた西欧文化のアイコンに満たされていることに気づく。そして、そのことが脱政治化、脱歴史化へと突き進む後期資本主義社会を生きる若者の心をつかみ、虜にしたのは周知の事実である。私が日本文学を読みだした三〇年前の状況を思うと、文字通り隔世の感を禁じ得ない。

私を日本文学というマイナーな世界に誘い入れたのは、いわゆる Big Three と呼ばれる川端康成、谷崎潤一郎、三島由紀夫らの作品である。彼らは、村上春樹より遥か以前に世界各国に翻訳・紹介されたが、無論、大衆的な人気を博することはなかった。それは、川端康成たちが人類普遍の問題を世界の人々に分かる形で提出せず、古き良き日本を前面に押し出した伝統的な世界を描いたからである。その結果、エキゾチックな日本の姿を世界に知らしめることはできたが、日本文学の国際化という点では後退したと言わざるを得ない。しかし、欧米文学に親しんでいた一九八〇年代当時の私には、ひなびた温泉場の風俗や四季の移ろい、芸者の官能美などが作りだす日本文学の世界に不思議な魅力を感じずにはいられなかった。

一九八〇年代初頭の韓国では、日本語を学ぶことに後ろめたさを感じるような社会的雰囲気があった。当然、日本文学への関心も低く、英米文学などに比べて日本文学の位相は実に貧しいものであった。そうした現状に不満を抱いていた私は、それまでの韓国における日本文学の位相を覆し、新たな日本文学像を構築したいと思うようになった。古き良き日本社会をエキゾチックに描いた文学作品から、私の関心はやがて明治開国とともに始まった日本の近代文学が、西欧近代文学の圧倒的な影響下において発展してきた事実へと移っていった。なぜなら、韓国の近代文学も日本同様西洋文学の圧倒的な影響の中で発展してきたからである。

しかし、その歩みはまったく違っていた。日本の近代文学の担い手たちが西欧の文学理念や技法、モチーフなどを積極的に取りいれることによって、従来の日本文学にない新しい境地を切り開いたのに対し、韓国の近代文学者は直接西欧からではなく、一度日本に受容されたもの、すなわち日本的に変容されたものを媒介にして韓国文学の近代化を図ったのである。西洋近代文学をただ一方的に受け入れていたと思っていた日本の近代文学が、実は韓国の近代文学の成立に深くかかわっていたという事実に、私は衝撃を禁じ得なかった。しかし、それよりもまして私が驚いたのは、日本の文学研究者のほとんどが、自国の近代文学がヨーロッパ文学の圧倒的な影響の下で成立したという事実には強い関心を示しても、韓国など東アジア地域の近代文学に大きな影響を及ぼしていたという事実についてはあまり関心を示さないことであった。本書は、そうした文学研究の状況にある種の違和感を覚え、それに一石を投じたいという思いから執筆したものである。

私は一九八〇年代後半から九〇年代半ばにかけて日本の大学院に留学し、国木田独歩をはじめ夏目漱石、島崎藤村、有島武郎など日本の近代文学者が韓国や中国、台湾など東アジア諸国の近代文学に及ぼした影響関係を究明する研究を行ってきた。しかし、当時の研究環境はイギリスやフランス、ロシア、ドイツといった欧米文学重視の傾向が強く、日本の文学と芸術がアジア諸国に受け入れられていたという事実に関しては関心が向けられなかった。それゆえにこそ日本は長い間、欧米文学の一方的な受信者だというレッテルを張られてきたわけであるが、問題は、このようなイメージが文学に限ったことではないことだ。哲学や思想から政治、経済、教育など、あらゆる分野において日本は欧米文化の一方的な受信者に過ぎないという評価を得ている。そうした研究状況に不満を抱いていた私は、日韓両学会を通じて日本の近代文学が韓国や中国、台湾などアジア諸国の近代文学に計り知れない影響を及ぼしたという論文を発表し、欧米文学重視の日本の学界に修正を迫った。折しも、一九九〇年代半ば頃から村上春樹の作品が東アジアからアメリカ、ヨーロッパなどで広く読まれ始め、学界でも日本やアジアの文学が世界に受け入れられていく有様を、従来の「受容」に代わる「発信」という、方向を異にする形で研究して行くことの重要性が認識されるようになった。その結果、近年、日本の近代文学がアジア諸国、とくに韓国や中国、台湾の近代文学に深い影響を及ぼしていたことを究明する研究が見受けられるようになった。しかしそれらの多くは、韓国や中国、台湾の文学者が日本近代文学を読み、その影響を強く受けていたという事実関係を概説的に指摘しただけに過ぎず、本書のような日本文学の何を、如何に受容したのかを、比較文学的方法論を用いて実証的に分析した学術的専門書ではない。東アジアにおける近代文学の成立過程に日本近代文学が深くかかわっていたという事実を明らかにするためには、概説書ではなく、原作の深い読解に支えられた実証的研究が求められるが、拙書がその見本となれば幸いである。

※

本書は、一九九六年度に筑波大学大学院文芸言語研究科に提出した博士論文「国木田独歩と若き韓国近代文学者の群像」をもとにして書かれたものである。博士論文の提出からもう十七年も経ってしまったが、ここであらためて審査を引き受けてくださった五人の先生方――荒木正純先生（現在、白百合女子大学教授）名波弘彰先生、阿部軍治先生、新保邦寛先生、今橋映子先生（現在、東京大学教授）に御礼申し上げたい。とりわけ指導教員の名波先生には、文学研究とは何かを一から教わった。当初の刊行計画からすっかり遅れてしまい、もう駄目だと何度もくじけそうになっていた私を奮い立たせ、出版へと駆り立てたのは先生の教えを形にしたいという思いからである。ようやくその日を迎えることができてほっとする一方、果たして答えになっているのであろうかという不安もあるが、ここではひとまず本書を上梓できたことに感謝し、その喜びをこれまで支えてくださった方々と分かち合いたい。

何よりも、修士課程在学中にご指導をいただいた滝藤満義先生に感謝申し上げたい。先生は、私の興味を、独歩の文学と芸術、思想にはじめて向かわせてくださった。先生との出会いがなかったならば、本書は存在しなかったと思う。遅ればせながら、この本を、先生に捧げたい。

また、研究者を志して日本の大学院の門を潜って以来、授業や学会、研究会などで出会った先生方や諸先輩、研究室やゼミ、研究会の仲間たちに、この場を借りて御礼申し上げたい。比較文学という「若く美しき学問」に魅せられて、曲がりなりにも研究者の道を歩んでこられたのも、故村松剛先生と利沢行夫先生、三枝壽勝先生をはじめとする皆様のお蔭である。既に故人になられた方もいらっしゃるが、謹んでお礼を申し上げたい。

そして、本書の刊行を引き受けてくださった翰林書房の今井静江さんに感謝したい。今井さんは、本書を企画段階から支持してくださり、科学研究費の出版助成の書類の作成から始まって煩雑な校正作業を手際よくこなし、素敵な本に仕上げてくださった。心よりお礼を申し上げたい。

最後に、韓国を離れて早三十年。異国暮らしの娘を、妹を、姉を遠くから暖かく見守ってくれる母・二人の兄・妹、そして何不自由なく思うままに研究させてくれた夫に感謝の気持ちを贈りたい。

なお、本書の刊行にあたっては、日本学術振興会の平成二十五年度科学研究費補助金（研究成果公開促進費）のほかに、宇都宮大学の平成十九年度・平成二十年度・平成二十一年度重点推進研究費と日本学術振興会より平成十九年度から平成二十四年度にかけて二度に渡る科学研究費（基盤研究C）をいただいた。これらの助成金が本研究を進める上で、大きな励みになったことを特に記して感謝にかえたい。

二〇一四年一月三日　宇都宮にて

丁　貴連

【著者略歴】

丁　貴連（チョン　キリョン）

1960年　ソウル生まれ。
1997年　筑波大学大学院文芸言語研究科博士課程修了、博士（文学）取得。
現　在　宇都宮大学国際学部教授
専　門　比較文学比較文化・日本文学・韓国文学
論　文　「国木田独歩と若き韓国近代文学者の群像」（『比較文学』第40巻、1998年3月）「時代状況と「文学」との接点―国木田独歩「運命論者」と兪鎮午「馬車」（『韓国近代文学と日本』共著、ソミョン出版社、2003年）「一人称小説が映し出す媒介者としての日本文学」（『第33回国際日本文学研究集会会議録』国文学資料館、2010年2月）など。
訳　書　『韓国文学はどこから来たのか』（共訳、白帝社、2005年）。

媒介者としての国木田独歩

ヨーロッパから日本、そして朝鮮へ

発行日	2014年2月10日　初版第一刷
著　者	丁　貴連
発行人	今井　肇
発行所	翰林書房
	〒101-0051 東京都千代田区神田神保町 2-2
	電 話　(03)6380-9601
	FAX　(03)6380-9602
	http://www.kanrin.co.jp/
	Eメール● Kanrin@nifty.com
装　釘	須藤康子＋島津デザイン事務所
印刷・製本	メデューム

落丁・乱丁本はお取替えいたします

ISBN978-4-87737-362-7

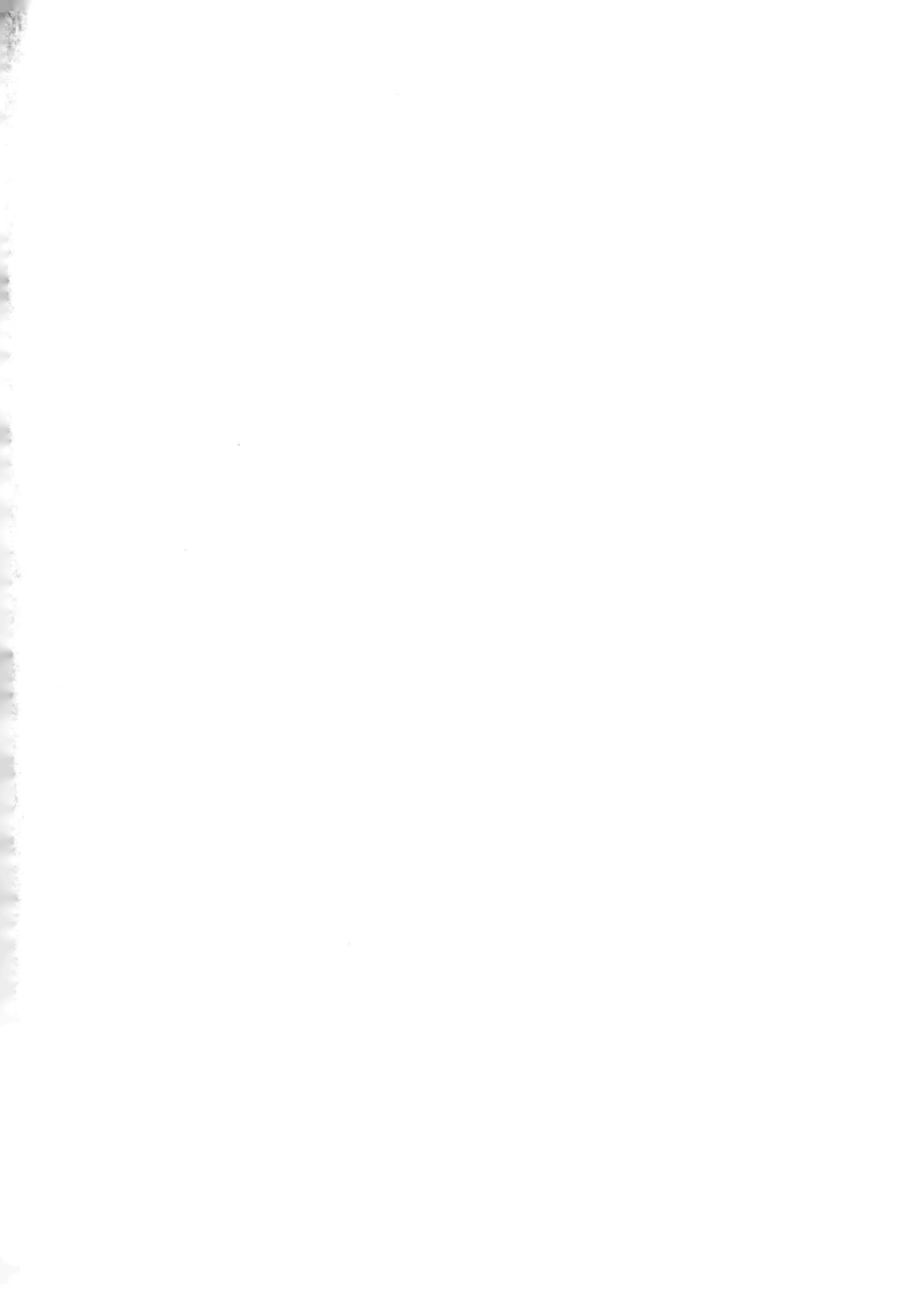